# 프롤레타리아의 물결

식민지 조선의 문학과 좌파문화

# 프롤레타리아의 물결
## 식민지 조선의 문학과 좌파문화

**초판인쇄** 2022년 9월 25일 **초판발행** 2022년 10월 5일
**지은이** 박선영 **옮긴이** 나병철 **펴낸이** 박성모 **펴낸곳** 소명출판 **출판등록** 제1998-000017호
**주소** 서울시 서초구 사임당로14길 15 서광빌딩 2층
**전화** 02-585-7840 **팩스** 02-585-7848
**전자우편** somyungbooks@daum.net **홈페이지** www.somyong.co.kr

**값** 42,000원 ⓒ 소명출판, 2022
ISBN 979-11-5905-714-4 93800

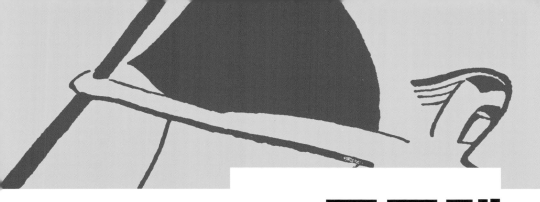

식민지 조선의 문학과
좌파문화

박선영 지음 │ 나병철 옮김

The Proletarian Wave
Literature and Leftist Culture in Colonial Korea, 1910-1945

# 프롤레
# 타리아의
# 물결

S.C.AHN

〈화보 1〉 20세기 초 인쇄 기술의 발전과 시각 매체의 혁명은 잡지의 표지를 시각 예술가와 다자이너의 색감 있는 현
란한 표현으로 전환시켰다. 거의 모든 좌파 영화와 그림이 20세기 중반의 전쟁 기간에 식민 당국에 의해 파괴되거나
소실되었기 때문에, 남아 있는 잡지 표지는 실제적으로 오늘날 한국에 잔존하는 사회주의 시각 예술을 대표한다. 이
페이지들과 책 전체에 제시된 것은 그런 의미 있는 표지 자료들의 모음이며, 이 표지들은 대중 출판의 초기 수십 년간
의 사회주의 미술가들의 폭넓은 주제적·양식적 영역을 보여주고 있다.
위의 『비판』(1933.1)의 표지는 모더니즘적 색채가 뚜렷하며, 이 파업하는 조합 노동자의 모습은 외관상 한국보다는
고도로 발전된 산업 복합체를 배경으로 한 서구적 특징을 드러낸다. 잡지의 이름은 한번은 현대 활자의 한자로, 또
한 번은 에스페란토어로 두 번 표기되었다. 수직으로 쓰여진 붉은 글자는 "자본주의 권력에 대한 특집호"로 해석된
다.(서울대 도서관 제공)

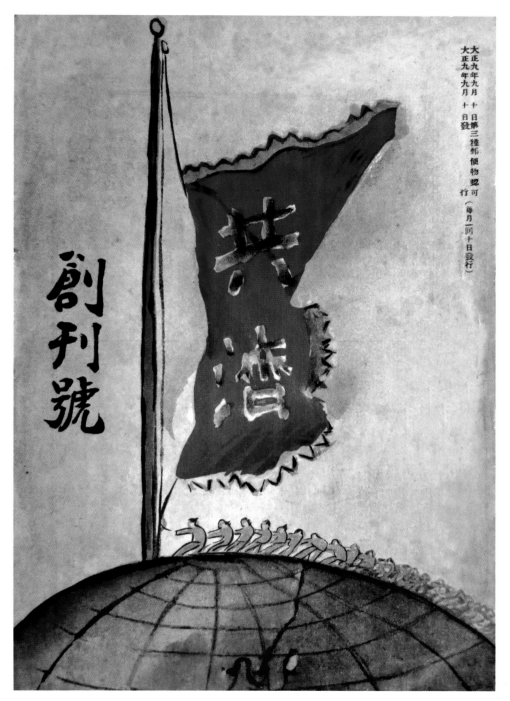

<화보 2> 『공제』(1920.9) 창간호의 표지는 질서 있는 노동자 군중에 의해 게양되는 거대한 붉은 깃발의 그림을 보여준다. 이 표지의 이미지는 잡지 이름의 시각적 재현이며, 깃발에 쓰여진 "공제"라는 잡지 이름은 크로포트킨의 상호부조의 이념으로부터 영감을 얻은 것이다.(연세대 도서관 제공)

<화보 3> 『개벽』의 창간 1주년 기념호(1921.7)의 표지는 지구의 꼭대기에 앉아 있는 한국 민족의 상징적 동물 호랑이를 보여주고 있다. 호랑이의 이미지는 식민지 시대 잡지 그림의 주요 메뉴였다. 이 그림에서 포효하는 호랑이는 <그림 3.1>에서의 길들인 호랑이와 선명한 대비를 보여준다.(근대서지학회 제공)

〈화보 4〉 단 한번 발간된 『음악과 시』(1930.8)의 표지. 이 잡지는 카프의 활동을 문학을 넘어 보다 대중적인 예술영역으로 넓히려는 노력의 일환으로 양창준과 다른 카프 회원들에 의해 발간되었다.(한국 잡지 박물관 제공)

<화보 5> 『어린이』(1932.1)의 표지. 박세영과 송영 같은 카프 회원들이 기고한 이 대중적인 어린이 잡지는 표지에 사회주의적 영향을 분명히 드러내고 있다. 여기서는 공장 노동자의 옷을 입고 세 어린이가 망치를 들고 파업 때의 행진의 자세를 보여주고 있다. (근대서지학회 제공)

〈화보 6〉『혜성』(1931.3) 창간호의 표지 장식은 나침반과 철로, 햇빛, 혜성의 미래주의적 몽타주이다. 이 이미지는 1929년 아돌프 무론(Adolphe Mouron)의 프랑스 철도 회사(북부철도, Chemin de fer du nord) 미술장식(아르 데코) 포스터 광고를 약간 수정해 다시 표현한 것이다. 혜성을 추가하고 컬러 도식을 변화시킴으로써 한국판 변주는 문자 N을 단지 지리적 방향분 아니라 이데올로기적 방향을 나타내는 것으로 재구성한 듯하다. (근대서지학회 제공)

<화보 7> 『혜성』(1932.3)의 표지에 기하학적 패턴을 배경으로 혁명적 노동자의 양식화된 모습이 그려져 있다. 소련에서 "사회주의 리얼리즘"이 탄생된 해에 발간된 이 표지의 구성은 러시아 구성주의의 영향을 보여주고 있다.(근대서지학회 제공)

<화보 8> 『근우』(1929.5) 창간호는 안석주가 그린 투쟁적인 여성의 역동적인 추상 이미지를 보여준다. 머리칼이 바람에 날리는 표지의 여성은 대담한 스타일의 치마를 입고 손에는 검을 들고 있다. 또한 이 여성은 오른손에 어떤 깃발이나 무기를 암시하는 것 ― 미묘한 힘을 불어넣는 모호한 이미지 ― 을 쥐고 있다.(연세대 도서관 제공)

# 明黎

## —1—

大正十四年七月 八 日 第三種郵便物 認可
大正十四年七月一日發行（毎月一回一日發行）

<화보 9> 아나키스트 경향의 잡지 『여명』(1925.7)의 창간호 표지. 표지의 그림은 떠오르는 해를 배경으로 굳건한 자세를 취하고 있는 젊은 하인을 묘사하고 있다. 이 잡지에는 포악한 주인에 대한 벙어리 하인의 반란을 그린 나도향의 인기 있는 소설 「벙어리 삼룡이」가 실려 있다.(근대서지학회 제공)

新女性

性女新

(行發日一回一月每) 行發日一月十年七和昭
可認物便郵種三第 日三廿月一年六正大

十月號

1932
VOL.6NO.10

〈화보 10〉 상업적인 여성잡지 『신여성』은 표지에 자주 서구적인 옷을 입은 현대 여성의 성적 매력의 이미지를 드러냈
다. 눈에 띄는 예외는 위의 1932년 10월호인데, 이 표지는 전과 다르게 수수한 전통적 한복을 입은 근심어린 음울한 표
정의 젊은 여인의 모습을 보여준다. 1932년 10월호는 사회주의 여성 활동가 송계월이 편집진에 포함되었을 때 발행되
었으며, 잡지의 본문에는 여성 정치범 수감자에 대한 기사가 실려 있다. (근대서지학회 제공)

## 감사의 말

　이 책은 컬럼비아대학에서 내 학위논문을 도와준 분들의 식견 있는 조언과 견실한 포용력이 없었다면 쓰여질 수 없었을 것이다. 폴 앤더러는 일본 근대문학을 가르쳐 주었고 대학원의 미로같은 과정을 통해 숙련되게 이끌어주었다. 찰스 암스트롱은 한국 리얼리즘에 대한 책의 잠재성을 처음부터 잘 간파하고 따뜻하게 성원해 주었다. 고故 자현 김 하부시는 항상 열정적이고 헌신적인 학자의 모델이었고 앞으로도 그럴 것이다. 테드 휴즈는 여러 해 동안 아낌없는 학문적 후원과 조언을 베풀어준 멘토이자 자애로운 동료였다. 부르스 로빈스는 저서와 담화를 통해 많은 영감을 고취해 주었다. 나는 또한 여러 해 동안 문학과 문화, 삶의 많은 훌륭한 스승들을 만나는 행운을 누렸다. 서울대학교의 김윤식, 권영민, 조남현, 조동일 교수, 버팔로 뉴욕주립대학SUNY의 바바라 보노, 뉴욕대학의 해리 하루투니언. 컬럼비아대학의 에드워드 사이드, 가라타니 고진, 마틴 푸크너. 이들의 열정과 지식은 다양한 방식으로 이 책의 구상과 탄생에 영향을 끼쳤다.

　남캘리포니아대학USC의 동료들은 이 책을 쓰는 동안 최적의 환경을 제공해주었고 항상 자극의 원천이 되었다. 브라이언 버나즈, 데이비드 바이얼록, 베틴 버지, 도미닉 정, 최영민, 조지 헤이든, 김남길, 소냐 리, 오드리 리, 아키라 리핏, 앤 맥나이트, 로리 믹스, 스탠리 로즌, 사토코 시마자키. 이들의 관대한 지원과 조언, 우정에 특히 감사한다. 또한 나는 늘 긴요한 조언을 해주고 더없이 세심하고 건설적으로 이 책을 검토해준 황경문에게 특별히 고마운 마음을 전한다. 데이비드 제임스 역시 초고를 전부 읽고 평을 달아주었으며 그의 제언은 최종 원고를 정하는 데 귀중한 도움을 주었다. 데이비드 강은 집필의 중요한 단계에서 위크샵을 구성해서 계속 도움을 준 동료였다. 나는 세인트 루이스 워싱턴대학의 포스트 닥터 과정에서 성심어린 협력관계를 이룬 많은 학자들, 특히 로버트 헤겔, 미정 미미 김, 린체이 레티 첸, 레베카 코플랜드, 로리 와트에게도 감사의 말을 전하고 싶다. 마지막으로 대학원 학생들은 크고 작은 아이디어들을 제공하며 여러 방식으로 원고에 도움을 주었다. 어경희, 나타니엘 헤네건, 강우석, 캐스린 페이지 립스미어, 박영선, 박윤지, 니콜 실드크라우트, 벤자민 우치야마에게 특별히 고마움을 느낀다.

 그 외 많은 한국학 연구자들과 동아시아 학자들이 이 책의 집필을 성원해 주었다. 이진경은 세심하고 주의 깊은 검토뿐 아니라 진정한 지성적인 사유의 예를 통해 매우 많은 것을 알려주었다. 김재용과 앨런 탄스만은 전체 원고를 읽고 아주 큰 도움이 되는 통찰과 제언을 제공했다. 많은 지식과 편의를 준 연구자들은 일일이 이름을 열거할 수 없을 정도이다. 특히 고마움을 표하고 싶은 것은 루스 배러클러프, 조숙자, 최경희, 정혜승, 킴벌리 정, 마이클 데닝, 헨리 엠, 크리스토퍼 한스컴, 켈리 정, 찰스 김, 김경현, 김상준, 수지 김, 로스 킹, 권나영, 이남희, 이상경, 데이비드 맥캔, 민은경, 남화숙, 오세미, 사무엘 페리, 마이클 로빈슨, 류영주, 마이클 신, 서석배, 양윤선, 다프나 주어이다. 이들의 수많은 도움은 각주에 미처 다 표시할 수 없을 정도이다. 특별히 언급해야 할 사람들은 천정환, 한기형, 손유경, 이혜령, 그리고 성균관대학교의 사회주의 문화 독서회의 회원들이다. 그들은 2011년 처음 만난 이래로 열정과 영감의 필수적인 원천이었으며, 미래의 연구와 협력을 위해 의지하고 싶은 학자 집단의 모습을 보여주고 있다.

이 책의 연구를 도운 많은 도서관 사서들에게도 지금 고마움을 전하고 싶다. 컬럼비아대학의 이효경과 신희숙, 앤아버 미시간대학의 성윤아, 세인트 루이스 워싱턴대학의 토니 장이 그들이다. 나는 남캘리포니아대학에서 한국 헤리티지 도서관의 뛰어난 두 명의 사서 조이 김과 이선윤에게 매일 같이 많은 도움을 받았다. 또한 헌신적으로 편의를 제공해준 많은 한국의 도서관 사서들에게도 감사드린다. 국립도서관, 국회도서관, 서울대 도서관, 연세대 도서관, 고려대 도서관의 많은 직원들이 식민지 시대 잡지, 간행물, 책들을 희귀본까지 자주 검토할 수 있게 해주었다. 그와 함께 아단과 춘천의 개인 자료실을 편리하게 이용할 수 있게 해준 한국 근대서지학회의 오영식에게도 고마움을 전한다. 이 책에 실린 많은 컬러 자료들은 그의 아카이브들의 개인 자료를 복사한 것이다.

이 책은 연구와 집필의 여러 단계에서 다양한 재단들의 후원을 받았다. 대산 재단은 나의 컬럼비아대학 학위논문의 완성을 위해 장학금을 제공해주었다. 한국문학번역원은 여러 면에서 이 책의 자매편인 『『만세전』 외 근대소설 선집On the Eve of the Uprising and Other Stories from Colonial Korea 』코넬 동아시아 시리즈, 2010의 번역과 출판 기금을 조달해주었다. 아시아학회Association of Asian Studies의 동북아 연구 위원회Northeast Asia Studies Council는 연구 여행비와 학회 개최비를 후원했고, 아사아학회는 이 책의 출간 보조금을 지원해주었다. 돈사이프대학과 한국학연구소의 세종 위원회, USC 동아시아 연구센터는 꼭 필요한 연구비를 다수의 대학에서 수년 동안 지원해주었다.

나는 여러 대학에서 이 책에 실린 논문들을 초청 강연한 바 있다. 애리조나 주립대, 컬럼비아대, 듀크대, 하버드대, 한국과학기술원KAIST, 서울대, 성균관대, 버클리대, UCLA, 앤아버 미시건대, 워싱턴대, 세인트 루이스 워싱턴대 등이다. 강연의 주최자들과 토론자들, 의견과 조언을 들려준 사람들에게 고마움을 전한다. 제1부와 2부, 3부의 두 장은 모두 아직 발표되지 않은 글들이다. 제6장은 2013년에 『입장들』*Positions : East Asia Culture Critique 21, no. 4*』pp.947~985에 「식민지 조선의 페미니즘을 다시 사유하기─강경애의 프롤레타리아 여성에 대한 초상」으로 발표되었던 글이다. 제7장은 2009년에 『아시아 연구 저널』*Journals of Asian Studies 68, no. 3*』pp.861~893에 「비판으로서의 일상생활─식민지 말 김남천의 문학적 실험」으로 실렸었다. 이 글들을 다시 실을 수 있게 허용해 준 학술지들에게 사의를 표한다.

더 감사해야 할 사람은 하버드대학 아시아 센터와 컬럼비아대학 웨더헤드 동아시아 연구소의 편집자들이다. 하버드에서는 익명의 두 서평자들이 긴요한 검토와 제언을 해주었다. 또한 로버트 그래함은 저자로서는 더할 나위 없이 믿을 만하고 주의 깊은 편집자였다. 데보라 델 가이스는 편집과정 내내 세심한 식견으로 안내해주었고 제프 코슬로이는 멋진 책 표지 작업을 해주었다. 아울러 바바라 폴섬과 김 지암바티스토, 케이티 반 히스트, 페트리샤 왈디고의 조심스럽고 인내심 있는 원고 교열에도 감사한다. 마지막으로 댄 히치콕 본에게 식민지 시대 사진 자료의 사려 깊고 능숙한 복원을 도와준 데 대해서 고마움을 전한다.

모든 책의 이면에는 개인적인 삶이 있으며 내게는 고맙게도 멋진 사람들과의 삶이 있다. 한국의 나의 가족은 항상 든든하게 나를 떠받쳐 주었다. 여러 해 동안 나의 부재와 예측할 수 없는 삶의 행로를 인내하며 정서적·물질적으로 지원해준 부모님께 진심으로 감사드린다. 그리고 늘 조건없는 사랑과 배려를 베풀고, 지금과 같은 행복한 가족(형부, 조카들)을 있게 해준 따뜻한 자매들에게도 정말 고맙다는 인사를 하고 싶다. 또한 책을 쓰는 전후로 말할 수 없을 정도로 내 삶을 풍부하게 해준 이태리에 있는 가족에게도 감사의 말을 건네고 싶다. 끝으로 지난 수년 동안 나만큼이나 이 연구서와 함께 산 남편이자 생의 동반자 마시모 그라시아에게 말로 표현할 수 있는 것보다 더 깊은 감사의 마음을 전한다.

이 책을 처음 구상했던 2000년대 초반과 그로부터 20여 년이 지난 오늘의 세계는 급변한 듯하면서도 닮은 면모가 있다. 당시는 9·11 테러가 발발한 지 일 년 남짓한 때로, 1990년대 초 걸프전 직후 미국의 정치학자 새뮤얼 헌팅턴이 주장했던 "문명의 충돌"이라는 이론이 대유행을 하고 있었다. 냉전 이후 세계 질서를 국경을 넘어서는 문명 간의 갈등, 특히 기독교와 이슬람 문명의 대립에서 찾는 이 용어는 이후 2008년에서 2009년 사이 경제 위기로 인해 미국에서 계급 갈등의 서사가 급부상하면서 지식인들과 대중의 관심 밖으로 밀려나게 되었다. 그러나 최근 미국과 중국 간에 소위 신냉전의 조짐이 분명해지면서, 학술장과 공론장에 이 용어가 다시 등장하고 있다. 물론 이는 충돌할 수밖에 없는 문명들의 운명에 관한 객관적인 관찰의 결과라기보다는 서구의 패권에 대한 비서구권의 도전에 대해 주로 미국이 갖는 위기의식의 표현이다. 따라서 그 실체가 분명치 않음에도 불구하고, 이와 같은 용어는 종종 포퓰리즘적 정치구호로서 강력하고 위험한 호소력을 갖는다. 이처럼 현란한 정치 용어들의 저변에 깔려 있는 물질적인 이해관계는 무엇인가. "대동아 공영권"과 "범아시아주의"라는 용어가 유행하던 또 다른 "문명의 충돌" 시대에 살았던 김남천은 지금도 유효한, 이 질문을 집요하게 파고들었다. 훨씬 엄혹했으되 그렇다고 오늘날과 전연 다르지만은 않았던 그 시대에 김남천을 지탱한 사상은, 구소련의 지배 이데올로기가 아니라 끊임없이 변화하는 자본주의 사회를 비판하는 살아있는 현실 비평의식으로서의 사회주의였다. 식민지 조선의 사회주의 문학·문화 운동의 역사를 재조망한 이 책의 글과 생각들이 지금도 시의성을 갖는다고 믿기에 한국어 번역본을 펴낸다.

이 책을 쓰고 있었던 때는 또한 영미권 한국학 연구자들 사이에서 "식민지 근대성"이 민족주의사관을 대체하는 새로운 역사 기술의 패러다임으로 성립되고 있었다. 사회주의 문화를 분석한 이 책은 그 패러다임 하에 나온 연구성과들과 변증법적인 관계로 얽혀 있다. 식민지 근대화론과 민족주의사관 양자를 다 비판하면서 제3의 패러다임으로 등장한 식민지 근대성 담론은 근대사에서 식민주의가 낳은 핵심적인 지형을 견지하되, 동시에 제국과 식민지의 문화적 혼종성을 강조함으로써 새로운 연구의 지평을 열었다. 그에 따라 여성, 이주민, 회색지대의 지식인, 소비자로서의 대중 등 민족국가의 경계인들과 하위주체들이 재발견되었고 그들의 다양한 삶의 방식으로 채워진 보다 풍요로워진 식민지 근대상이 제시되었다. 그러나 이 새로운 역사적 공간에 제국과 자본주의, 그리고 민족주의까지 비판했던 사회주의자들을 재현하기란 쉽지 않았다. 패러다임의 근간을 이루는 주류 탈식민주의론 학자들이 제국의 문화적 헤게모니는 곧 근대의 "에피스테메"인식의 무의식적인 체계라고 주장하고 있던 상황에서, 제국의 문화에서 파생되지 않은 근대 식민 주체를 상상하기가 어려웠기 때문이다.[1] 게다가 그 이론의 틀 내에서 사회주의는 대개 근대주의의 일종으로 또 하나의 제국주의적인 사상으로 간주되었다.[2] 이 두 관점이 이론

---

1    여기서 주류 탈식민주의론이란 에드워드 사이드, 호미 바바, 가야트리 스피박 등 세칭 탈식민주의의 세 거장이 일궈 놓은 이론의 체계를 일컫는다.

2    이에 관련해서는 프라센지트 두아라(Prasenjit Duara)의 *Provincializing Europe : Postcolonial Thought and Historical Difference*(Princeton University Press, 2007) 참조.

적으로 결합되어 있는 패러다임 하에서 식민 근대의 현실비평으로서의
사회주의 문화는 인식의 사각지대에 놓여 있었다. 유일한 "비서구 제국"
치하에서 식민주의를 경험하며 서구적 근대가 아닌 대안적 근대를 추구
했던 조선의 사회주의 작가들을 재현하기 위해서는, 보다 다원적인 근대
의 상을 상정하고 그들의 주체 형성 과정을 시대적 맥락 속에서 보다 세
밀하게 분석해야 했다. 이 책에 새겨져 있을 수년간의 흔적들, 적어도 영
미 한국학계에선 지식생산의 기틀이었던 식민지 근대성의 패러다임과
씨름했던 고투가, 누군가에게 도움이 되길 바란다.

국내 독자들은 영미권에서의 이 책에 대한 반향과 그 후속작업에 대해
궁금해할 수 있겠다. 한국 역사와 문학 연구자들 간에서는 대체로 책이
잘 받아들여졌고, 영문학계 사회주의 문화 연구자들과 학회에 참여할 기
회도 있었다. 특히 미국 소수민족계 사회주의 작가들을 연구하는 버클리
대 영문과 스티븐 리 교수가 개최한 워크숍 학회를 통해 이 책에 못다 쓴
근대 아나키즘 문화에 관한 개별 논문을 발표할 수 있었다. 그 주제에 대
해 관심 있는 연구자들은 다음의 링크에서 논문을 읽어볼 수 있다https://
cross-currents.berkeley.edu/e-journal/issue-28/park. 이 책의 연구와 밀접하게 관련되
어 있으나 비교한국학지Comparative Korean Studies에만 발표되고 책에는 실리
지 않은 근대 르포 문학에 관한 논문은 최근에 조희경 교수가 편집한『루
틀리지 한국문학 비평선집Routledge Companion to Korean Literature』2022에 재게재
되었다. 그리고 지금은 근대 사회주의 여성 문화를 상호교차 페미니즘
이론을 통해 재검토한 논문을 최혜월 선생님께서 공동편집하시는『옥스
퍼드 동아시아 젠더사Oxford Handbook of East Asian Gender History』에 기고하기 위
해 집필 중이다.

개별 연구자의 연구 일관성을 기대하는 영미학계의 관례에 따르면 식

민지 조선의 사회주의 문화를 연구한 내가 북한 문학을 차기 연구과제로 선택하는 편이 자연스러웠을 것이고, 실제로 몇몇 동료들은 그러한 기대를 직접적으로 표명하기도 했다. 하지만 나는 현재 남한 SF문화사를 연구 중이다. 이것이 다소 의아스러운 결정이 아니냐는 반응을 보이는 동료들이 종종 있기 때문에 이 자리를 빌려 이 두 연구 사이의 연결성에 대해서 짧게나마 설명을 덧붙이고 싶다. 사회주의 문화와 SF, 언뜻 보면 이질적인 듯한 두 문화 사이에는 유토피아에 대한 갈망과 세계에 대한 구조적 분석 및 전망이라는 요소가 공통분모로 존재한다. 이 책에서는 다루지 못했지만, 식민지 시대의 SF 작품들 — 정연규의 「이상촌」이나 카렐 카펙의 「로봇」<sup>R.U.R. 로숨의 유니버설 로봇</sup>을 번역한 박영희의 「인조노동자」, 허문일의 「천공의 용소년」 등 — 에도 그와 같은 특징이 잘 드러난다. 다만 할리우드 영화를 통해 가장 널리 알려진 SF가 문학에서는 비주류 장르이다 보니 SF계 밖의 학자들에게는 내 연구 행로가 다소 일관성이 결여된 듯 보이는 것뿐이다. 과학적 근대성과 그 사회적 여파를 고민하는 SF는 리얼리즘만큼이나 진지하고 급진적일 수 있는 서사 양식이고 연구 가치도 충분하다. 이 점을 대중들과 학자들에게 인식시키는 데 내 차기 연구가 일조할 수 있게 되길 바란다.

한국에서 학부까지 마친 영미권의 한국학자로서 첫 연구서가 모국어로 번역되어 고국의 독자들과 조우하게 된다는 것은 설레는 일이 아닐 수 없다. 동시에 한국문학에 익숙하지 않은 영미권 독자를 가정하고 쓴 이 책이 한국의 연구자들과 독자들에게 어떻게 읽힐 것인가 하는데 대한 우려도 없지 않다. 하지만 이 책을 쓰는 동안 혹은 출간 이후 성원해 준 국내 학자분들의 격려에서 용기를 얻는다. 권보드래, 이상경, 천정환 등 선학들, 그리고 소명출판의 박성모 대표를 직접 소개해 주신 김재용 선생님께 특히 감사드린다. 마지막으로 번역을 기꺼이 맡아주시고 독자들을 위해 역자 주석까지 꼼꼼하게 달아 주신 나병철 선생님께 무한한 감사의 말씀을 전하고 싶다. 노련한 학술서 번역가로 명성이 높으신 선생님의 제안에 따라, 시대 지칭에서 (비판의 우려를 감수하고) "식민지 조선"을 맥락에 따라 "한국"으로 부르는 것에 동의했는데, 생각해 보면 당시에는 "조선"이라는 국가 자체가 존재하지 않았고, 또한 "대한제국"의 역사도 있었으므로 그도 그렇게 틀린 것만은 아닌가 싶다. 분단된 나라의 반쪽에 산다고 역사의 불연속성만을 늘 강조해야만 한다면, 그 또한 억울한 일이 아니겠는가. 분단과 그 거센 후속풍 속에서 오랫동안 잊혀지고 왜곡돼야만 했던 문화사를 복원하기 위한 책에서 이 정도 융통성은 가져도 좋을 것 같다.

2022년 8월
박선영

# 다양한 사상들을 횡단하는 프롤레타리아의 물결

21세기에 들어서면서 우리는 평등과 정의의 위기라는 오래된 역사적 난제에 다시 직면하고 있다. 100년 전의 식민지 상황에서 겪었던 고통이 포스트식민 시대의 미로의 끝에서 재출몰하고 있는 것이다. 오늘날 불평등과 차별에 맞서 싸웠던 과거의 사상과 문화의 기억을 다시 소환해야 하는 것은 그 때문이다.

물론 식민지 자본주의와 맞섰던 저항적 문화는 지금의 디지털화된 감각적 문화와는 거리가 있다. 그러나 오늘날 우리는 1930년대 이래 최악의 경제위기와 과열된 자본주의로 인한 기후위기를 겪고 있다. 전지구적 빈부격차와 실직상태, 이주 노동자에 대한 인종차별 등은 식민지 사회주의 작가들이 직면했던 난제들과 비슷하다. 다만 변화된 상황에서 유사한 문제의 해결을 위해 예전의 사회주의가 그대로 다시 돌아올 수는 없는 것이다.

그런 상황에서 박선영은 우리에게 남겨진 유산을 원본의 사상 대신 잔여적 생명으로 주장하고 있다. 잔여적 생명이란 사상이 사멸한 후에 기억에 잔존하는 정치적 무의식일 것이다. 박선영은 우리에게 그런 무의식과 기억을 남긴 것을 사회주의 사상 대신 프롤레타리아의 물결이라고 부르고 있다. 프롤레타리아의 물결은 사회사상과 민족의식, 젠더적 각성이 흘러들어 유동적 흐름을 이룬 넓은 강의 은유이다.

프롤레타리아의 물결은 정통성에 얽매였던 사상의 편협성을 전복시키는 혁명적인 신조어이다. 유동적인 물결은 직선적인 사상과 동요하는 정동의 합류를 의미한다. 한 시기의 사상은 사멸할 수 있지만 무의식 속에 정동의 기억은 사라지지 않는다. 그 때문에 물결은 과거의 한 시대에 성패를 넘어서서 기억을 통한 전승을 지속시킨다. 실제로 식민지 시대의 프롤레타리아의 물결은 해방 후 민주화 시대에 민중의 물결로 다시 돌아왔다.

우리가 딱딱한 사상 대신 그런 유동적인 물결과 조우한 것은 사상과 이론의 여행<sup>사이드</sup>을 경험했기 때문이다. 사회주의 사상은 식민지에서 민족적·인종적 문제에 부딪치면서 더 복합적으로 증폭될 필요성<sup>파농</sup>에 직면했다. 그와 함께 젠더적 동요 속에서 남성중심적 근대 체제 자체를 뒤흔드는 파문을 일으켰다. 서구와 소련에서 식민지 조선으로 이동하는 동안 이론의 여행이 직선적인 사상을 유동적인 물결로 만든 것이다.

사회주의는 직선적인 계급 운동이 아니라 인종과 젠더의 중첩된 영역에서 회전이 걸린 움직임을 보였다. 식민지 조선의 복합적인 상황에서 휘어지고 파동치는 정치적 장 자체가 우리의 생생한 현실이었던 것이다. 여기서는 원본의 사회주의적 정통성이나 혁명적 교리의 충실성을 따지는 것은 무의미하다.

실제로 식민지 시대의 사회주의는 정치적으로 약한 고리를 만들고 있었다. 매번 해체의 위기를 맞은 유약한 공산당은 교리적으로 좌파 작가와 지식인들에게 큰 영향력을 행사하지 못했다. 그러나 한국의 진보적 운동은 강한 정치적 핵심이 부족한 대신 사회적·문화적으로 왕성한 활력을 보였다. 혁명적인 정치적 지도력의 부재라는 약점이 유연하고 창조적인 문화의 물결을 만들 수 있게 했던 것이다.

탄력적이고 유동적인 프롤레타리아의 물결은 과거의 사회주의적 정치학과는 다른 제3의 문화적 대안을 제시한다. 예컨대 월러스틴은 자본주의가 독주할 때마다 그 위기에 대한 무의식적 대응으로 공산주의 유령이 출몰했음을 말하고 있다. 마르크스가 말한 1848년 유럽의 첫 번째 공산주의 유령에 이어 1917년 이래 전세계적으로 곳곳에 유령이 떠돌고 있었다. 한국의 경우 식민지 시대 염상섭은 1919년 3·1운동 이후 마르크스주의가 "인플루엔자처럼" 번지기 시작했다고 말했다. 염상섭이 목격한 인플루엔자는 1925년 무렵 거의 모든 청년 작가들에게 사회주의의 흔적이 확인될 만큼 확산되었다. 마치 배회하는 유령처럼 식민지에도 사회주의가 스며든 것이다. 그러나 이런 변화는 공산주의 유령이 식민지 조선을 점령했음을 뜻하는 것만은 아니었다. 청년 작가들의 동요는 사회주의의 신봉이기 이전에 민족적·사회적 불평등과 차별에 저항하는 윤리적인 물결이었다. 세계적으로 두 번째의 공산주의의 유령은 1917년 이후 식민지 조선에 이르러 약자와 타자의 물결이 된 것이다.

프롤레타리아의 물결은 공산주의의 유령보다 덜 혁명적인 대신 더 깊고 넓은 동요를 일으켰다. 중심적 지주가 부재한 상태에서 오히려 더 크게 동요하는 탈중심화된 역사적 블록이 만들어졌던 것이다. 운동의 물결은 식민지에서 탈출하는 승리의 깃발을 올리지 못한 대신 그 흔적으로서 우리의 심연에 보다 깊은 각인을 남겼다.

첫 번째 공산주의 유령이 나타났을 때 마르크스는 "만국의 노동자여 단결하라. 그대들이 잃을 것은 쇠사슬일 뿐이다"라고 말했다. 그러나 한국의 경우 사회주의의 중심과 주변에서 연대한 사람들은 식민지의 쇠사슬에서 해방될 수 없었다. 하지만 대신에 사람들은 가혹한 검거와 검열을 피해 물밑에서 연대하는 방법을 알게 되었다. 보이는 영역에서의 억압은 보이지 않는 정동의 연대를 촉진시켰으며 그것을 표현한 것이 바로 문학이었다. 그로 인해 정치적 성공 대신 문학과 문화 영역에서의 번성을 이룬 것이 프롤레타리아 물결의 중요한 특징이었다.

문화와 문학영역에서의 성과는 식민지 조선의 대항 헤게모니의 특징을 알려준다. 대항 헤게모니로서 프롤레타리아 물결의 첫 번째 특징은 마르크스주의를 포함해 다양한 비판사상들을 횡단하는 문화운동을 촉진시킨 점이다. 정치적으로 양립할 수 없는 사상들이 문화적 창조의 생산에서는 서로 혼합될 수 있었던 것이다. 식민지 조선에서는 아나키즘, 마르크스주의, 민족주의, 페미니즘 등이 갈등과 분열 속에서도 유연하고 폭넓은 문화적 장을 만들고 있었다. 염상섭과 이기영, 김남천, 강경애는 정치적으로 갈등할 수 있었지만 문학적 성과에서는 오히려 풍부한 창조적 공간을 열 수 있었다.

문학과 문화를 중심으로 한 전통의 또 다른 특징은 한 시대의 패배를 넘어서서 불현듯 또 다른 역사적 회생의 순간을 만든다는 점이다. 사상은 소멸할 수 있지만 한 때 짓밟힌 문화는 완전히 사라지지 않는 것이다. 심연 속에 살아남은 패배한 문화는 다른 시기에 새로운 역사의 제분기를 돌리는 밀알<sup>스튜어트 홀</sup>이 될 수 있다. 실제로 프롤레타리아의 물결은 1970~1980년대에 민중의 물결로 돌아왔으며 이번에는 정치적 승리를 안겨주었다.

그러나 민주화에 성공한 이후에도 차별과 불평등은 사라지지 않았고 더 좋은 세상은 오지 않았다. 자본주의의 독주를 공공연히 옹호한『역사의 종언』<sup>후쿠야마</sup>이 선언된 이후 신자유주의의 세계적 질주는 래디컬한 사상들을 무력화하며 양극화된 세상을 낳았다. 이에 대해 프레드릭 제임슨은 비판적 사상<sup>대서사</sup>은 사라진 것이 아니라 무의식의 식민화로 인해 심층으로 이동해 있다고 말했다. 그 때문에 위기에 처한 대서사는 과거의 사상이 아니라 유동적인 물결로 돌아온다. 제임슨이 언급한 심연의 대서사야말로 프롤레타리아의 물결과 민중의 물결을 넘어서서 제3의 물결이 귀환하는 장소일 것이다.


## 창조적 변주

식민지 조선인들은 마르크스가 주목한 소외된 프롤레타리아보다 더 심각한 고통을 겪었다. 역설적인 것은 그런 잔혹한 고통의 시간은 창조적 변주의 순간이기도 했다는 점이다. 계급과 민족, 젠더의 모순이 중첩된 현실에서는 분열과 혼돈 속에서 다양한 사상들을 횡단하는 복합적인 장이 열어 젖혀졌다.

복합적인 역사적 장의 특징은 복수의 사상들을 횡단하는 가변성이 생성된다는 점이다. 근대란 다양한 사상적 기획들이 미래를 지향하며 각축을 벌이는 경쟁의 장이다. 그에 따라 자유주의, 민족주의, 사회주의가 나타났지만 서구의 경우에는 이런 사상들이 결코 상조적相助的으로 양립할 수 없었다. 반면에 식민지 조선에서는 빈번히 사회주의는 민족해방의 정치적 장 속에서 움직였으며 민족주의는 사회주의에 자극을 받아 자신의 한계를 넘어섰다. 그렇게 해서 아나키즘, 마르크스주의, 민족주의, 페미니즘을 관통하는 조선인의 탈식민의 물결이 만들어진 것이다.

그런 맥락에서 박선영은 마르크스주의 이전에 성행했던 아나키즘적 사상과 문학을 주목한다. 20세기 초 한국의 지식인들이 아나키즘에 매료되었던 것은 아직 미산업화된 사회에서 크로포트킨이 말한 반란적이고 반권위주의적인 사상이 설득력이 있었기 때문이다. 그로 인해 아나키즘은 단지 사회주의의 미숙한 단계가 아니라 식민지 시기 내내 지식인들에게 널리 영향을 끼쳤다. 특히 『신생활』에 실린 현진건의 「인ㅅ」[1922], 염상섭의 「묘지」[1922], 이성태의 「쇠공장」[1922]에는 아나키즘적 사상이 분명히 나타나 있다. 박선영은 카프의 초기 단계인 신경향파 문학 역시 눈에 띄게 아나키즘의 색채를 표현한 것으로 평가한다. 신경향파에 영향받은 아나키즘적 작가 중에서 가장 성취를 이룬 것은 「행랑자식」, 「물레방아」, 「지형근」을 쓴 나도향이었다. 나도향은 계급적 각성보다 사랑에 목숨을 거는 주인공을 그리면서도 고착된 식민 사회에 대한 한순간의 격렬한 반항을 드러냈다. 마르크스주의의 입장에서는 아나키즘에 세밀한 계급분석이 결여되어 있었지만 그런 약점은 근대화와 반권위적 사회 비판의 야심찬 기획의 초석으로 작용했다. 나도향이 그린 하층민의 사랑과 반항에는 아나키즘적 반권위주의가 통렬하게 표현되고 있었다. 그런 아나키즘은 초기에만 성행한 것이 아니라 사회주의 문화 전체에 영향을 미쳤다. 나도향은 카프에 가담하지 않았지만 김화산과 권구현은 카프 회원으로서 조직의 주도층과 논쟁을 벌였다. 이후 아나키스트들은 카프에서 제명된 후에도 주변적인 영향력을 지속시키고 있었다. 더 나아가 그들의 반권위주의와 평등주의 사상은 오늘날의 한국의 진보적 좌파문화에서 여전히 중심적인 지위를 얻고 있다.

아나키즘을 포함해 프롤레타리아 물결을 이룬 것은 동반적 여행자들 fellow travelers이었다. 카프는 1930년대 초에 좌파 진영에 대한 카프의 헤게모니를 주장하는 방법으로 유진오, 이효석, 채만식 등을 동반자 작가라고 불렀다. 그러나 박선영이 말하는 동반적 여행자에는 아나키즘, 좌파 민족주의, 신좌파, 사회주의 페미니즘 등이 포함되며, 여기에는 어떤 중심적인 헤게모니가 없었다. 하나로 수렴될 수 없는 이 다양한 사람들은 서로 갈등하고 교섭하는 중에 식민지 조선을 관류하는 생생한 문화적 물결을 만들고 있었다.

동반적 여행자의 특징은 하나의 사상으로 귀결될 수 없는 틈새 공간에서 실제로 살아 움직이는 문학을 생산한 점이다. 예컨대 염상섭은 민족주의자이면서도 사회주의에 접목한 반자본주의적이고 탈식민적인 문학을 창조해냈다. 서구의 경우에는 민족주의자가 사회주의자와 손을 잡는 것은 쉽게 상상하기 어렵다. 그러나 식민지에서는 "프롤레타리아 민족"을 구원하려는 염상섭 식의 사회주의적 민족주의가 활력적으로 움직일수 있었다. 일종의 모순어법인 좌파 민족주의자에는 염상섭, 홍명희, 안재홍, 김준연, 백남운, 이순탁 등이 있었으며, 이들은 자본주의에 대한 사회주의적 비판을 신뢰하면서 민족해방을 위해 대안적인 사회체제를 추구하려 했다.

동반적 여행자의 또 다른 흐름은 이효석, 유진오, 채만식 등의 신좌파이다. 세련된 예술적 감각을 지닌 이들은 사상적 정통성을 중시한 카프와다른 독특한 색채의 사회주의적 문학을 창조했다. 세 사람은 1930년대중반 이후 작품에 변화를 보이지만 새로운 작품들도 비판적 문학의 물결에 포함될 수 있다. 이들의 문학적 성과는, 우수한 교육을 받은 엘리트적지성이 요코미츠 리이치의 신감각파 문학 같은 모더니스트적 자극과 결합한 실험적 산물이었다.

신좌파 중에서 특히 주목되는 것은 채만식이었다. 채만식의 유머러스하고 교란적인 대안적 서사는 에로틱, 그로테스크, 익살 같은 당대 대중의 취향과 잘 맞아떨어졌다. 대중적인 잡지가 번성한 시기에 채만식은정치적 진보주의와 비옥해진 대중문화 사이의 생산적인 교차영역을 확대했다. 채만식의 문학은 카프가 곤경에 처할수록 오히려 더 빛을 발했는데, 이는 검거와 검열의 통제를 뚫고 나오려는 창조적 고뇌와 지난한 진통의 산물이었다.

1930년대에 성행한 대중잡지의 혜택을 입은 또 다른 사람들은 사회주의 여성 작가들이었다. 강경애, 박화성, 백신애, 송계월 같은 작가들은 전원 남성 조직인 카프에 가담할 수 없었다. 그 대신 그들은 정치적 억압과 대중문화의 번성이 교차되는 시기1930년대에 새로운 창작의 기회를 얻었다. 이들 사회주의 페미니스트들은 나혜석 같은 신여성의 불행을 넘어설 수 있는 새로운 페미니즘의 통로를 열었다. 이제까지 강경애 같은 작가들은 넓은 범위에서 사회주의 문학의 흐름에서 포괄적으로 논의되어 왔다. 그러나 강경애의 리얼리즘은 사회주의에마저 존재하는 남성중심성을 넘어서는 페미니즘적 서사를 창시한 점에서 중요하다. 예컨대『인간문제』에서 지식인 신철의 배신과 대비되는 선비와 첫째의 사랑은 레비나스가 말한 여성적인 에로스의 승리를 보여준다.『인간문제』는 좋은 연인만이 훌륭한 혁명을 수행할 수 있으며 진정한 혁명가만이 진실한 연인이 될 수 있음을 드러낸다. 그처럼 사적 영역과 공적 영역을 횡단하는 에로스적 사랑 같은 주제를 통해, 조선의 사회주의 페미니스트들은 단순히 카프문학 속에 포함될 수 없는 독특한 페미니즘의 물결을 보여주고 있었다.

프롤레타리아 물결에는 이런 주변적인 작가들과 함께 카프 내에서의 예술적 성취 역시 중요했다. 카프는 두 번의 방향전환 속에서 외관상 문학이 마르크스주의 교리를 교육시키기 위한 공론장으로 기능하길 원하는 듯이 보였다. 그러나 카프의 최고작 이기영의『고향』은 정통적 교리나 정치적 볼셰비키화와는 무관한 깊은 문학적 열망의 성취였다. 카프문학의 발전은 사상운동만큼이나 시각적인 근대적 문화의 번성과 연관이 있었다. 이기영 역시 카프의 교리적인 강요만으로는 문학의 박진성의 요구를 충족시킬 수 없음을 발견했다. 그런 시기에 르포르타주와 다큐물의 성행은 카프작가들에게 시각적인 자극을 제공했다. 물론 르포르타주는 거의 공장이나 도시 노동자에 초점을 맞췄기 때문에 작가들에게는 절대다수인 농민을 소홀히 할 위험이 있었다. 그러나 농촌 출신인 이기영은 작가적 투쟁으로서 르포적 탐사를 스스로 실천에 옮겼다. 이기영은 인물들의 실제 모델과 접촉하기 위해 고향 천안을 방문하며 마을 근처의 절에 머물렀다. 그런 면밀한 다큐적인 방법에 의해 농민의 일상이 생생하게 묘사된 작품의 성취를 이룰 수 있었던 것이다. 이기영은 식민지 근대화 속에서 점차 변화되는 사회관계의 복잡성과 언어의 미묘한 색조에 세밀한 주의를 기울일 수 있었다.

카프는 정통성을 내세웠지만 최고의 카프 작가 이기영은 마르크스주의가 여행하며 일으킨 물결을 이해하고 있었다. 그 때문에 이기영의 『고향』은 교리주의를 넘어서서 사회주의 문학의 최고봉이 될 수 있었다. 그처럼 『고향』은 최초이자 최고의 정치적 행위였지만 그로 인해 카프가 프롤레타리아의 물결을 일으킨 헤게모니적 중심이었다고 말할 수는 없다. 『고향』이 창조적 변주와 번역의 산물이듯이 사회주의를 식민지 현실에 적용시킨 물결이 곳곳에서 일어나고 있었기 때문이다. 더욱이 마르크스주의가 사멸의 위기에 처한 식민지 말까지도 김남천 등에 의해 독특한 "미학의 정치화"가 계속 시도되고 있었다. 카프가 발전과 쇠퇴를 경험하는 동안 그 주변의 탈중심화된 물결 역시 증폭과 변주를 거듭했다. 카프라는 마르크스주의 조직은 "아나키즘, 민족주의, 페미니즘과 그 미학적 실험에 의해 영감이 고취된 사상적·미학적 구성의 그물망"에 끼워 넣어질 수 있을 것이다.

# 문학적 모험의 의미와 새로운 회생

프롤레타리아의 물결은 아무도 경험하지 못한 여행에 나서야 하는 위험한 모험을 요구했다. 리얼리즘적 논쟁을 거쳐 『고향』 같은 작품에 이른 카프의 진행 자체가 정치적 모험이자 미학적 실험이었다. 일련의 카프의 비평적 논쟁은 그런 아슬아슬한 긴장된 여행을 반영하고 있다. 예컨대 김기진은 「변증적 사실주의」에서 지적 마스터베이션을 비판하며 리얼리즘의 박진성을 강조했다. 김기진의 논의는 젊은 회원들의 강한 반발에 부딪혔지만 박진성의 요구는 사라지지 않고 내적 긴장을 형성했다. 그런 중에 이기영은 김기진의 비평에 화답한 최초의 작가의 모습을 보였다. 실제로 이기영의 소설적 발전은 카프 논쟁의 은밀한 긴장관계 속에서 진행된 작가적 모험이었다. 그것은 젊은 지도층의 정통성 요구와 미학적 모험의 현실성 사이에서 감행된 식민지를 관통하는 내적 여행의 과정이었다.

이기영의 『고향』 집필 과정은 마르크스의 이론과 청년 지도층의 강령이 책갈피에서 벗어나 식민지 농촌으로 여행하는 진행이었다. 그런 유동성 속에서의 생생한 긴장관계는 『고향』에서 지식인 김희준과 소작인 인동 사이에 그대로 반영되어 있다. 김희준은 잠자던 인동을 깨워줘 놀라운 딴 세상을 보게 했다. 그러나 이상스러울 정도로 절대적인 김희준의 지식마저도 무지에 부딪혀 보지 못하는 것이 있었다. 인동은 김희준의 주선에 따라 사랑하는 방개 대신 부유한 음식점집 딸 음전과 혼례를 올린다. 인동이 방개를 포기한 데에는 가난 때문에 방개 어머니가 그를 거절한 이유도 있었다. 인동은 고민하던 끝에 김희준의 말을 따랐지만 자신도 모르게 방개에 대한 열정은 갈수록 커져가고 있었다.

그와 비슷한 고민을 지닌 김희준은 갑숙에 대한 사랑을 동지애로 승화시켰다. 그러나 인동은 소작쟁의에 참여해 투쟁의식을 불태우는 동안에도 방개에 대한 사랑을 포기하지 않았다. 인동의 사랑은 아무것도 잃을 것이 없는 사람의 목숨을 건 도약이었으며 가난을 모르는 음전에게는 그것이 없었다. 인동에게는 김희준마저 장님 상태로 만든 필사적인 도약의 욕망이 있었다. 동지애가 중요한 김희준과는 달리 인동의 절박한 사랑은 투쟁의지와 구별되지 않는 것이었다. 그의 사랑의 열정과 새로운 세상에 대한 열망은 사회주의의 책갈피에서 벗어나 가난을 아는 식민지 농촌을 여행할 때만 경험할 수 있는 것이었다.

이기영은 지식인과 농민의 불협화음을 통해 해방을 소망하는 식민지 조선의 울림을 표현할 수 있었다. 그런『고향』의 특이성은 모험적인 여행을 통해 이룬 성취였다. 사회주의 리얼리즘에 표현된 소련의 집단농장은 여행을 하는 동안 원터 마을의 두레가 되었다. 그와 마찬가지로 전위와 농민 사이의 위계는 식민지 조선으로의 여행을 통해 불협화음 속의 화음이 되었다.

박선영은 프롤레타리아의 물결이 카프는 물론 그 주변에서의 지속적인 정치적·문학적 모험의 산물임을 보여준다. 프롤레타리아 물결의 다양한 모험의 시도는 염상섭 같은 카프 주변의 작가들을 통해 더욱 특징적으로 나타났다. 염상섭은 흔히 민족주의자로 불려지지만 앤더슨이 말한 민족주의와 소설의 관계를 그의 문학에 적용시키는 것은 무의미하다. 염상섭의 유물론적인 리얼리즘 소설은 식민지의 독특한 좌파 민족주의의 모험을 구현해내고 있었다. 좌파 민족주의는 어떤 민족주의 이론도 상상해내지 못한 염상섭 같은 식민지 지식인들의 발명품이었다. 식민지 특유의 사회주의적 민족주의를 말하는 것은 민족주의를 다원화하는 동시에 사회주의를 교리적 사상이 아닌 유연한 물결로 이해하는 것이다.

염상섭의 좌파 민족주의는 문학적 모험을 통해 점점 발전되어 갔다. 아나키즘적 사회주의에 경도되었던 염상섭은 계급적 주체보다 억압받는 식민지적 자아의 고민을 토로하는 소설을 썼다. 염상섭이 선택한 양식은 당시에 인기가 있던 일본의 사소설에서 유래한 내면고백체였다. 그러나 염상섭은 「표본실의 청개구리」에서 사소설의 창조적이고 도발적인 변주를 보여주었다. 일본의 사소설은 아쿠타가와 소설에서 보듯이 개인성의 숨겨진 비밀을 분신이나 도플갱어를 통해 표현했다. 그와 비슷하게 염상섭은 「표본실의 청개구리」에서 '나'의 분신 같은 김창억을 통해 숨겨진 고통을 암시했다. 그러나 그는 김창억의 비밀을 3·1운동에 연관시킴으로써 개인의 분열을 민족적 충격에 연결시키고 있다. 그런 맥락에서 「표본실의 청개구리」는 고백체이면서도 "나의 전기me-moir인 동시에 우리의 전기us-moir의 소설"이었다. '나'의 번민 뒤에 있는 3·1운동은 개인과 민족을 연결하는 보이지 않는 끈을 만들고 있었다. 개인적으로 말할 수 없는 고통인 3·1운동은 소설이 파헤쳐야 할 민족의 비밀이 되었다. 식민지에서는 나를 탐구하는 일이 민족을 탐색하는 일과 구분되지 않는다. 일본 작가들이 개인성의 숨겨진 비밀을 미학화함으로써 근대소설을 성취한 반면, 염상섭은 억압받는 민족의 비밀을 암시함으로써 근대문학의 지평에 들어선 것이다.

염상섭의 민족의 비밀은 「만세전」에서 사회주의적 유물론과 결합된다. 「만세전」은 여전히 고백체이면서도 주인공 이인화의 변화하는 내면성을 식민지 조선인들의 파노라마적인 모자이크에 투사하고 있다. 서두에서 이인화는 연락선에서 일인들의 인신매매 이야기를 엿들으며 민족적 고통이 인종의 프롤레타리아화의 방식으로 발생됨을 알게 된다. 그는 목욕탕 안의 김 때문에 자신의 존재가 보이지 않게 되었을 때 그것을 인식하게 된다. 그 순간 개인의 존재를 말소시키며 진실을 드러내는 민족의 고통이 그 자신의 내면적 정체성의 핵심이었던 것이다. 그런 민족적 고통은 인종의 영역에서 계급적인 프롤레타라화가 진행될 때 심화된다. 「만세전」에서 이인화가 경험한 것은, "제국의 자본주의적 착취 속에서 빈민화pauperization를 낳는 발전의 과정, 그리고 그에 걸려든 프롤레타리아 민족으로서 식민지 조선의 시각화"였다. 그런 현장을 경험하는 개인의 자각의 과정은 식민지 민족의 심화된 고통을 발견하는 진행이기도 했다. 이 소설은 민족의 비극과 계급적 비극이 교차되며 감당하기 어려울 정도로 증폭된 불행의 현장을 발견하는 여행을 그리고 있다.

"프롤레타리아 민족"의 초상화는 『삼대』에서 보다 더 구체적으로 나타난다. 『삼대』는 발견자의 입장에서 생활인의 입장으로 선회함으로써 민족의 모습을 더욱 세밀하게 유물론적으로 조망할 수 있게 된다. 이 소설의 민족적 서사를 구조화하고 있는 것은 사회주의적 영감을 지닌 의식, 즉 계급의식과 인간관계에 대한 유물론적 관점이다. 『삼대』는 당대의 민족을 구성하는 세력들을 총체화하고 있지만, 그것을 나타내는 모든 인물들은 경제적 불균형과 화폐적 욕망에 의해 분열된 사람들이다. 이 소설에서는 낯선 사람들끼리든 부부나 가족관계이든 돈이 모든 인간관계를 매개한다. 또한 "의식주의 묘사에서 가진 자와 못 가진 자 사이의 차이가 부각되면서, 소설 전체를 관통하는 계급의식이 모호함이 없이 반복해서 강조되고 있다".

그런데 그런 갈등에 대응하는 사람들은 사회주의자만이 아니다. 염상섭은 유물론적 조망과 함께 제국의 억압과 공통의 해방의 의제를 공유하는 "정동 공동체affective community"로서 식민지 조선의 전망을 함께 투사한다.『삼대』는 앤더슨이 말한 상상적 공동체와는 다른 식민지 특유의 정동적 공동체를 보여준다. 이 정동적 공동체는 사회주의자의 연대는 아니지만 프롤레타리아의 물결에 의해 숨겨진 활력을 얻고 있다. 청년들은 정치적 행동에 앞장서지 않지만 식민지와 자본주의에 연관된 사건에 연루되며 정동적으로 연대의 끈이 형성되어 있음을 암시한다.『삼대』는 프롤레타리아의 물결을 이루는 소설의 하나인 동시에 서사의 내용 자체가 그 물결에 의해 생생해진 정동적 공동체를 보여준다.

식민지의 정치적이고 문화적인 모험에서 박선영이 주목하고 있는 또 다른 흐름은 페미니즘의 물결이다. 페미니즘은 사상인 동시에 그 자체가 유연한 물결의 역할을 한다고 할 수 있다. 물결이란 사상의 교의적 차원을 넘어선 수행적 차원의 서사와 담론이다. 페미니즘은 당대의 모든 가부장적 체제의 이념을 거스르는 서사를 보여줌으로써 그 자체로 저항적인 물결을 드러냈다. 그와 함께 진보적인 사회주의에조차 남아 있는 남성중심적 도식성에서 벗어나 유연한 서사적 진행을 보여주었다. 이제까지 강경애와 박화성의 작품에서 잘 주목하지 않았던 사회주의 페미니즘의 의미는 바로 여기에 있다.

인종의 영역의 프롤레타리아가 비극을 심화시키듯이 젠더 영역의 프롤레타리아 역시 고통을 증폭시킨다. 그러나 그에 대응하는 페미니즘의 의미는 거기서 더 나아간다. 진보적 사상을 포함한 근대의 모든 담론과 체제가 남성중심적이기 때문에 페미니즘의 서사는 그 자체로 수행적 차원의 물결을 강조하게 되는 것이다.

예컨대 강경애의 「소금」에서 봉염 어머니의 변화 과정은 위기에 대처하는 페미니즘 물결의 힘을 암시한다. 이 소설의 "실패한 프롤레타리아 모성"의 서사는 위험한 시대에 독자의 동정을 끌어내는 장치로서 어머니가 선택된 것으로 볼 수 있다. 그와 함께 당대의 제국의 권력 역시 희생적인 모성애를 찬양하며 양육의 서사를 통해 남성 노동력의 필요를 충당하려 했다. 그러나 「소금」은 양쪽의 가부장제적 서사를 반대하며 봉염 어머니가 홀로 일어서는 과정을 그리고 있다. 여기서 중요한 것은 봉염 어머니의 변화가 단순히 자기희생에서 벗어나 독립적 자각에 이르는 과정이 아니라는 점이다. 그녀는 모성을 위해 자기를 지우는 대신 잃어버린 자식들을 타자로서 끌어안으며 자신의 존재를 고양시킨다. 곤경에 처한 봉염 어머니의 프롤레타리아 모성의 위치는 숭고한 모성이 불가능함을 입증하는 (체제에 동화될 수 없는) 타자성의 위치였다. 사회주의의 프롤레타리아 서사가 가부장제적 모성숭고한 어머니을 비판하는 페미니즘의 물결을 가장 효과적으로 일으킬 수 있었던 것은 그 때문이다. 「소금」은 자신의 전부였던 자식들을 (동화에 실패한) 불가능한 타자로서 끌어안으며 존재의 물결을 일으키는 프롤레타리아 어머니를 그리고 있다. 이 소설은 모든 것을 잃은 어머니에게 남아 있는 연약한 타자성의 물결을 통해 강력한 저항을 표현하고 있다. 이처럼 사상이 위기에 처한 시대에 희생된 타자를 끌어안고 더욱 강인해진 저항을 표현하는 것이 페미니즘의 물결의 힘이다.

페미니즘이 사상을 물결로 표현한다는 것은 『인간문제』에서 보다 더 분명하게 나타난다. 『인간문제』는 식민지 시대에 가장 착취 받는 계급이었던 여자 노동자의 삶을 그리고 있다. 여자 노동자들은 말할 수 없는 심한 착취를 당했을 뿐 아니라 일본인 감독으로부터 성적 유린에 시달려야 했다. 『인간문제』는 용연마을의 순진한 처녀 선비가 여공이 되어 그런 사회적 모순에 대항하게 되는 성장 과정을 그리고 있다. 그러나 선비의 성장은 단순히 계급적 자각에 이르는 전개가 아니며 수동적 신체에서 벗어나 능동적 정동이 고양되는 과정이기도 하다. 선비의 자아의 고양은 첫째와의 재회에서 정점에 이르는데 이는 사랑의 정동과 사상적 자각이 분리된 것이 아님을 뜻한다. 사상적 탄압이 심화된 시대에 선비의 성장서사에서 희망을 갖게 되는 것은 정동과 사상의 결합이 일으키는 물결이 전해지기 때문이다.

노동운동의 탄압 속에서도 여전히 물결치는 선비의 서사와 대비되는 것은 지식인 신철의 배신이다. 사상이 위기에 처한 시대에 신철은 쉽게 전향을 하고 부잣집 여자와 약혼을 한다. 남성 사회주의 지식인들은 사랑과 혁명을 분리시킬 것을 주장했지만, 신철 자신은 사상을 배신한 동시에 사랑에서도 비열함을 보여주었다. 반면에 선비는 첫째에 대한 사랑이 절실해진 순간 사회적 모순에 대항해야 할 시대적 운명을 절감한다.

선비의 페미니즘적 서사는 사적인 사랑과 공적인 사상이 분리된 것이 아님을 보여준다. 흔히 여성은 사적 영역에 몰두하며 감성적 문제에 휩쓸린다고 말해지곤 한다. 반면에 그런 편견에 저항하며 사적 영역과 공적 영역, 정동과 이성의 영역을 횡단하는 것이 페미니즘의 주요 역할의 하나일 것이다. 사상이 위기에 처한 시대에 선비의 서사는 정동의 강렬함을 통해 물결을 일으키며 위협에 대항하고 있다. 『인간문제』는 여자 노동자들이 남성 사회주의 지식인과는 달리 사상을 물결로 이해하며 억압에 대처함을 보여준다. 강경애는 정치적 억압이 심화된 시기에 페미니즘적 모험으로 물결을 일으키며 시대적 위기를 넘어서고 있었다.

사상적 위기의 시대를 문학적 모험으로 돌파한 또 다른 작가는 김남천이었다. 김남천은 다른 사회주의 작가들과 달리 사상이 금지된 1938년 ~1941년 사이에 문학적 성공의 정점을 보여주었다. 그는 전향이 강요되는 시기에 혁명적 투쟁과는 다른 방식으로 유물론적 비판을 수행할 문학적 실험을 발명해내고 있었다. 박선영은 김남천의 문학적 실험의 시도를 일상생활의 미학이라고 명명하고 있다. 김남천은 유물론이 경제적 영역에 국한되지 않으며 일상생활의 문화가 경제나 정치만큼 중요함을 인식했다. 그가 말한 "모랄"이란 일상생활에서 주체가 세계와 관계하는 유물론적 근거이다. 그런 모랄에 근거해 풍속을 말하는 것은 일상생활의 문화적 자율성을 중시하는 것이다.

김남천은 도시 문화가 번성한 1930년대에 모더니스트처럼 일상의 풍경을 주목했다. 그러나 문학적 공간으로서 일상에 대한 관심은 모더니스트와 유사했지만 그 공간에 대한 미학적 방법에서는 그들과 매우 다른 점이 있었다. 물론 박태원과 이상의 모더니즘 역시 식민지 자본주의의 도시화에 저항하며 "일상"을 모더니티의 상품화된 형식에서 이연된 진정성의 공간으로 재형상화했다. 하지만 김남천의 "일상"의 대응은 "보다 더 공격적인 형식"을 취했다고 할 수 있다. 그의 위기에 대한 일상에서의 모험적 대응은 「녹성당」과 「맥」의 실험적 시도에서 가장 주목된다.

정치적 행동뿐 아니라 비판적 문학도 불가능해진 시대에 「녹성당」의 주인공 박성운은 일상으로 돌아올 수밖에 없었다. 그런데 세태에 침잠된 박성운에게는 사상도 신념도 사라졌지만 자신도 모르게 김남천이 말한 "모랄"이 잔존하고 있었다. 일상에 남은 유물론적 비판의 근거인 모랄은 일상생활의 미학에서 은밀하게 작동된다. 박성운은 전향했지만 심층의 자아가 모두 회유된 것은 아니었다. 「녹성당」이 다중적 자아 — 1인칭 화자 김남천, 죽은 박성운, 박성운의 수기적 소설 속의 박성운 — 를 통해 무한한 회귀의 효과를 창조하고 있는 것은 그 때문이다. 다중적 자아를 통한 모랄의 표현은 이 소설의 파편적인 몽타주의 틈새에서 은밀하게 새어나온다.

박성운이 분열된 일상을 경험하는 시대는 프롤레타리아도 민중도 사라진 시대였다. 그러나 박성운은 답답한 일상에서도 심연의 모랄의 작동을 감지했다. 그는 집안의 아내와 집밖의 경찰의 감시를 따돌리며 빈민들에게 강연을 하러 움직인다. 박성운의 행동은 더 이상 계급적 자각을 위한 사상의 실천은 아니었지만 거기에는 깊은 곳으로부터 나오는 물결의 감지가 있었다. 사상은 혁명을 기획하지만 모랄은 물결을 일으킨다. 박성운은 어린 시절에 물속에 누가 더 오랫동안 들어가 있는가를 내기하던 질식할 듯한 경험을 머리에 떠올린다. 잠수를 한듯이 질식할 것 같은 상황에서도 물결을 일으키기 위해 물 속에서 나오지 않고 모랄을 실행하고 있는 것이다.

「녹성당」의 다중적 자아의 간섭효과는 「맥」에서 보다 더 미묘하고 강렬하게 제시된다. 「맥」에서 김남천의 숨겨진 자아는 오시형과 이관형, 그리고 최무경이라는 여성으로 분산되어 있다. 전향자 오시형은 일본의 신체제와 범아시아 전망을 수용한 반면, 비판의식을 지닌 이관형은 범아시아론의 근거인 동양학에 대해 회의적이었다. 그러나 두 사람의 사상적 대립이 단순히 이분법적으로 구분될 수 있는 것은 아니었다. 법정에서 전향선언을 한 오시형 역시 숨겨진 불안이 사라진 것은 아니며, 이관형의 비판의식은 모더니스트 같은 유아론으로 인해 무력화되어 있었다. 그 때문에 두 남성은 서로 다른 방식으로 최무경을 불행에 빠뜨리는 요인이 되고 있다. 김남천은 최무경의 감성적인 고통을 중심으로 서사를 구성하면서, 두 남성 인물들을 통해 "사상적 대립보다 더 깊이 심화된 어떤 불안"을 수수께끼처럼 암시한다. 명확하지 않은 그 숨겨진 불안은 「맥」의 서사적 경제 안에서 "오시형과 이관형의 성격을 모호한 색조로 가득 채우고 있다".

이런 불안에 더해「맥」의 핵심적 플롯에는 최무경의 여성시점이 보여주는 페미니즘의 물결이 있다.「맥」은 김남천 자신과 연관된 주요 인물들의 다중적인 대화적 소설이며, 그런 복합적 관계에서는 최무경의 여성시점이 매우 중요하다. 먼저 최무경이 오시형에게 배신을 당하는 과정을 통해, 김남천은 젠더화된 문학적 전략으로서 남성 지식인의 "개인적 배신"과 "정치적 전향"을 연관성을 암시한다. 이는 강경애와 백신애의 소설의 발전이지만 오시형과 최무경과 관계는 신철과 선비보다 훨씬 복잡하다. 오시형 역시 은폐된 불안의 희생자이기 때문에 최무경의 슬픔은 완전히 동화될 수 없는 다중적 자아의 동요의 표현일 것이다. 오시형의 불안이 공적 영역에서의 사상적 패배라면 최무경의 동요는 그런 패배를 보상하는 일상의 영역에서의 물결일 것이다.

이 소설에서 그런 다중적 자아의 간섭효과는 보리의 비유를 통해 강조된다. 이관형의 비유에서 흙 속에 묻힌 보리는 일상의 영역에서 고통을 당하는 사람들의 은유이다. 반면에 흙에 묻히지 않고 갈려서 빵이 되는 사람은 공적 영역에서 동화된 오시형일 것이다. 최무경의 "흙 속에 묻혀 꽃을 피우겠다"는 소망은 공적 영역의 패배를 되갚는 일상의 영역에서의 미래를 향한 물결이다. 이 소설의 여성적 전략은 한편으로 정치적 영역에서의 작가 자신의 침해된 남성성의 느낌을 의미화한다. 그러나 다른 한편 그것은 일본이 제국적 신민들에게 요구한 호전적 남성성에 대항하는 김남천의 도전적인 물결을 상징한다.

박선영은 책 전체를 통해 사상의 패배에 굴복하지 않는 물결의 승리에 초점을 맞추고 있다. 염상섭은 좌파 민족주의의 발명을 통해, 강경애는 페미니즘의 실천을 통해, 김남천은 일상생활의 미학으로써 물결을 일으키고 있었다. 염상섭과 강경애, 김남천이 일으킨 물결은 당대에 정치적 승리를 가져올 수는 없었다. 다만 그들이 입증한 것은, 사상의 패배에도 물결은 사라지지 않으며 역사적 다른 시기에 새롭게 회생한다는 것이다. 진보적 역사의 힘으로서 프롤레타리아의 물결은 일본의 파시즘과 전후 냉전 질서에 굴복해야만 했다. 그러나 수십 년 후 민주화 운동의 활동가들에게 새로운 운동의 명성을 빛나게 한 것은 바로 "패배한 과거의 억압과 저항의 역사"였다.

21세기는 또 한 번의 역사적 도전의 시기이다. 신자유주의의 세계는 역사의 진보를 숨 막히게 하는 또 다른 질식의 시대일 수도 있다. 그처럼 불평등성과 차별이 심화된 시대에 피케티『사회주의 시급하다』와 바스카 선카라『미국의 사회주의 선언』, 사이토 코헤이『지속 불가능 자본주의』는 사회주의가 시급하다고 외치고 있다.

그러나 사회주의가 다시 돌아오리라고 믿는 사람은 많지 않다. 우리에게 남아 있는 희망은 변화된 현실에서 창조적으로 살아 움직이는 은밀한 사람들의 물결이다. 박선영은 그런 물결을 통해 다시 운동을 발아시키는 데 문학과 대중문화가 숨겨진 추동력이 됨을 보여주고 있다. 문학이 전부는 아니지만 정치적 부흥을 위해 매우 중요하며 비판적 사상이 무력화된 우리시대에는 더욱 더 그렇다고 할 수 있다.

오늘날은 김남천의 시대처럼 프롤레타리아도 민중도 사라진 시대이다. 그러나 그때나 지금이나 적에게 포위된 상태에서도 저항적인 문화적 전통의 아우라는 계속 생성되고 있다. 과거에 전쟁의 권력에 포위되었다면 지금은 상품의 권력에 둘러싸여 있다. 그 때문에 우리는 질식할 듯한 고통을 견디며 김남천처럼 물속에서 물결을 일으키려는 모험이 필요한 셈이다. 「녹성당」의 박성운은 사상의 신념을 상실한 상태에서도 가슴을 졸이며 뒷골목의 빈민들에게 다가가고 있다. 그것은 흙 속에 묻힌 보리가 새로운 꽃을 피우려 소망하는 것과도 같다. 민중이 소멸된 시대에도 프롤레타리아 물결의 숨겨진 힘은 사라지지 않는다. 소멸된 사상은 물결의 잔여물로 심연에 각인되어 있으며, 이제 새로운 창조적 변주를 통해 패배의 기억을 되갚는 놀라운 전환의 힘을 발휘할 것이다.

유례없이 불평등과 차별이 만연된 시대에 박선영의 책이 새로운 전환의 물결을 만드는 촉매제가 되길 기대해 본다. 이 소중한 책을 추천해 주신 소명출판 박성모 사장님께 진심으로 감사드린다. 이 책을 번역하는 데 많은 도움을 준 한국교원대학교 정은주, 홍진일, 이은숙, 주영하, 최미란 선생님께 고마움을 전한다. 아울러 이 책을 정성껏 꾸며주신 소명출판 편집부 여러분께도 깊은 사의를 표한다.

2022년 9월
나병철

# 차례

# 서론

　전통은 헤게모니적인 의미로서 항상 가장 활력적인 힘을 발휘한다. 왜냐하면 그것은 현대적 질서에 대해 역사적·문화적 정당성을 부여하는 계획적인 선별과 연결의 과정이기 때문이다. (…중략…) 대항 헤게모니의 가장 가능성 있고 영향력 있는 작업이 대개 역사적이라는 사실은 의미심장하다. 즉 영향력 있는 대항 헤게모니의 작업이란 폐기된 영역을 회복하거나 선별적이고 축소된 해석을 구제하는 것이다. 그러나 그런 선별적 전통의 실행 과정에서 현재로의 연결선이 선명하고 활력적으로 발견되지 않으면 그 같은 회복과 구제는 별로 효과가 없다.[1] 만일 현재로의 연결이 발견되지 않으면 어떤 회복도 단지 잔여적이고 주변적일 수 있다. 선별적 전통이 강력한 동시에 취약한 것은 바로 그런 핵심적 연결 지점에서이다. 그 지점에서 과거의 새로운 변형은 흔히 현재를 정당화하며 미래를 향한 방향을 가리킨다.

— 레이먼드 윌리엄스, 『마르크스주의와 문학』[2]

　이 책에서 "프롤레타리아의 물결"이라는 용어는 1910년대 중반 한국 문화에서 발흥했고 태평양 전쟁이 임박한 1940년대 초에 쇠퇴한 작가, 지식인, 출판인, 편집인, 독자의 포괄적인 동맹을 나타낸다. 물결을 이

---

1　[역주] 회귀한 선별적 전통이 현재의 맥락에서 재창조되며 연결되어야 한다는 뜻임.
2　[역주] 레이먼드 윌리엄스, 박만준 역, 『마르크스주의와 문학』, 지만지, 2013, 236~237쪽 참조.

룬 사람들은 국제 정세의 흐름에 따라 좌파 운동의 출현에 고취된 문화적 행위자들이었다. 이 프롤레타리아 물결의 행위자들은 식민지의 문화적·사회적 경험을 다양한 급진적 이론의 사상적 프리즘으로 보기 위해 공식적·비공식적 회합과 학생모임, 문학잡지, 글쓰기 경연, 독서서클, 대중강연에서 모이게 되었다. 아나키즘과 마르크스주의가 강력한 영향을 끼쳤지만 사회적 민주주의와 대중의 정치적 해방, 러시아 혁명의 경험에 관한 보다 광범위한 사상들 역시 널리 퍼져 있었다. 어떤 경우이든, 사회주의의 고전들이 아직 한국어로 거의 번역되지 않았기 때문에 이데올로기적 정통성은 규칙보다는 예외가 더 많았다. 아마 우리는 이 시기의 역사에서 시대정신이 한국에 사회주의를 퍼뜨렸다고 말할 수 있을 것이다. 그런 흐름 속에서 사회주의적 메시지는 새로이 식민화된 민족의 복잡한 정치적·사회적·문화적 현실을 파악하려는 많은 사람들에게 큰 공명을 일으켰다.

그 같은 프롤레타리아의 물결은 결코 단일한 운동으로 조직되거나 제도화되지 않았다. 식민지 시기 동안[1910~1945] 문화적 좌파는 구성원과 이데올로기적 방향이 많이 다른 성기고 까다롭기도 한 성좌로 구성되어 있었다. 그런 문화적 소우주의 근원적 핵심에는 1925년에 결성된 카프라는 마르크스주의 조직이 있었다. 카프는 선명한 입장을 지닌 집단이었고 그 정치적 예술의 옹호는 1935년에 일본 당국에 의해 마지막으로 중단되었다. 카프는 전체 좌파 운동의 추진체인 동시에 서로 다른 지지자들 간의 논쟁을 위한 촉매제였다. 카프의 지지자들 중에는 경쟁하거나 겨우 양립하는 사회주의 경향의 명성 있는 이데올로기들을 신봉하는 사람들이 있었다. 예컨대 이미 1910년대 중반에 표트르 크로포트킨[3] 유형의 아나키즘이 중국과 일본의 조선인 망명객과 학생들을 크게 고취시켰으며, 식민지 시기 동안 그런 아나키즘의 교리는 마르크스주의의 중요한 대안과 대위법적 위치로 제공됐다. 그와 비슷하게 경쟁과 협력을 오가는 역동성 속에서, 좌파 민족주의의 영향력 있는 집단은 처음에는 카프의 민족에 대한 계급의 지나친 강조를 반대했지만, 나중에는 신간회[1927~1931]라는 상부 조직 아래에서 마르크스주의와 손을 잡았다. 또한 사회적 · 지리적 위치에 따라 식민지 문화의 주류 외부에서 활동을 수행하는 집단들도 있었다. 그런 측면에서 사회주의적 여성 작가들은 조선 사회의 뿌리 깊은 성 차별 때문에 실제적으로 그들 자신의 입장을 지닌 경우였다. 또한, 일본에 이주한 조선인 중에는 실질적으로 카프나 다른 조선 내의 조직을 향하기보다는 자치적인 조직을 갖는 경향이 있었다.

식민지 시기 동안 프롤레타리아 물결의 영향은 한반도를 가로질러 강력하게 감지되고 있었다. 한 논평자가 말했듯이, 마르크스주의는 일본에 저항해 일어선 1919년 3 · 1운동 이후 "인플루엔자처럼" 번지기 시작해서, 1925년에 와서는 급진적 이데올로기의 영향이 전혀 보이지 않는 젊은 작가는 드물게 되었다.[4] 정확한 회원을 추산하긴 어렵지만 정점기에

---

3    [역주] 러시아의 혁명가이자 지리학자, 아나키즘 사상가. 그는 『상호부조론』에서 종의 진화에서 가장 중요한 요인은 다윈이 말한 경쟁이 아니라 협동이라고 주장했다. 같은 종들끼리는 싸움보다는 부양과 이해, 보호가 진화에서 우수하게 살아남게 하는 요소라는 것이다. 그는 영국과 러시아의 아나키즘 운동을 창시했으며 프랑스와 벨기에, 스위스의 아나키즘에도 많은 영향을 주었다. 사유재산과 불평등한 소득 대신 무상분배가 이루어지는 '무정부적 공산주의' 이론을 정립하여 아나키즘 경제사상의 발전에 기여했다. 그는 러시아 혁명(1917) 발생 이후 국가 없는 사회의 토대로 생각한 코뮌과 소비에트 병사, 노동자 위원회의 구성에 한껏 고무되었지만 볼셰비키가 권력을 장악하자 실망에 빠지게 되었다.

4    염상섭은 「계급문학을 논하여 소위 신경향파에 여함」(『조선일보』, 1926.1.22~2.2)에서 1920년대 중반 문학적 사회주의의 인기를 "인플루엔자"에 비유했다. 또한 백철이 『증보 신문학사조사』(민중서관, 1957)에서 논의한 청년 작가 세대에 끼친 사회주의적 영향에 대한 설명을 볼 것.

는 카프에서만 도쿄를 포함해 10개의 지국에 150명이 넘는 활동적 조직원이 있었다고 전해진다.[5] 한 자료 조사에 의하면 20세기 전반 동안 60종류가 넘는 좌파 경향의 조선어 간행물들이 한국과 일본, 중국, 소련에서 발간되었다고 한다.[6] 가장 유명한 진보적 잡지는 『개벽』1920~1926과 『조선지광』1922~1930, 『비판』1931~1940이었지만, 『조선일보』, 『현대평론』, 『신여성』 같은 잘 알려진 주류 간행물들도 사회주의적 대의에 우호적이었다. 몇몇 작가들과 소설들은 폭넓은 대중적인 인기를 누리고 있었다. 예컨대 부상하는 도시 부르주아의 습성을 신랄한 풍자로 질책한 유머 넘치는 채만식은 1930년대 대중 잡지들의 주요 메뉴였다. 마찬가지로 『조선일보』에 연재하는 동안 많은 찬사를 받은 이기영의 명작 『고향』은 단행본으로 여섯 번 재판되었고 그동안 그는 최고의 조선 농민문학 작가로 알려지게 되었다.[7] 진보적 문학가들이 쓴 작품들은 문학 장르의 전 영역을 흡수했으며, 시와 소설, 에세이, 희곡을 넘어 문화비평뿐 아니라 일본, 유럽, 러시아, 미국의 진보적 작품의 번역에까지 이르렀다.[8]

프롤레타리아 물결의 강렬한 모험은 행복한 결말을 맺지는 못했다. 혁명적이고 국제적인 사상으로 대담하게 발을 내딛은 조선의 지식인 청년

---

5　김기진, 「조선에 있어서 프롤레타리아 예술운동의 과거와 현재」, 『사상월보』, 1932. 10. 『김팔봉 문학 전집』 2, 문학과지성사, 1988, 53~68쪽. 김기진은 1931년에 구속되어 서대문 형무소에서 경찰의 구금 상태에서 이 글을 썼으며, 그 때문에 회원 수에 대해 보수적인 추산을 했을 것으로 생각된다. 카프는 문화적 조직이었기 때문에 이 숫자에는 영화 제작자, 영화감독, 미술가, 음악가도 포함되었을 것이다.

6　식민지 조선의 정기간행물의 포괄적인 목록은 김근수의 『한국 잡지사』(청록출판사, 1980)를 참고할 것. 이 잡지들은 대부분 문학에만 국한된 것은 아니지만, 많은 잡지들이 정규적으로 소설과 문학비평을 싣고 있었다.

7　천정환, 『근대의 책읽기―독자의 탄생과 한국 근대문학』, 푸른역사, 2014, 310쪽.

8　식민지 조선의 문학번역에 대한 상세한 설명은 김병철의 『한국 근대 번역문학사 연구』(을유문화사, 1975)와 『한국 근대 서양문학 이입사 연구』(을유문화사, 1980)를 볼 것.

들은 곧 일본 식민 당국의 혹독한 감시 하에 놓이게 되었다. 1935년의 카프 강제 해산과 함께 모든 사회주의적 활동들은 지하화되었고, 1941년 파시즘의 그늘과 태평양전쟁의 와중에서 식민지 조선에서는 모든 형태의 저항이 실행 불가능하게 되었다.

그러나 이처럼 활력적인 물결이 고투를 겪은 반면 그에 대한 기억은 이후로 긴 시간 동안 반향을 얻게 되었다. 실제로 프롤레타리아 물결의 역사적 경험은 정치적 행동주의의 모범이 되어 왔으며 미래 세대를 위한 문화 정치학의 모델이 되었다. 매우 유명한 1970~1980년대의 민주화 운동은 식민지 시대의 좌파적 급진주의에서 명료한 영감을 얻은 것이었다. 또한 프롤레타리아 물결의 눈부신 작가들은 오늘날에도 리얼리즘의 정전에 포함되어 널리 읽히며 논의되고 있다.[9] 이처럼 사후적으로 강력하게 진실을 입증하 는 점에서 식민지 좌파 운동은 스튜어트 홀이 언명한 격언의 적합한 예증이 되고 있다. 즉 한 시기에 패배한 문화적 힘은 사라지지 않고 이후 시대의 새로운 역사의 제분기를 돌리기 위한 밀알이 되는 것이다.[10] 프롤레타리아의 물결은 오늘날 남북한 양쪽에서 집단기억을 만드는 특별한 위치를 차지하고 있으며, 그 유산은 현재의 공동적 기원origin이자 미래의 통일을 가능하게 하는 요인으로 살아 숨 쉬고 있다.

이 책은 식민지 시기 한국 좌파 문학의 기원과 발전, 영향을 연구한다. 그런 진행의 목표는 당시의 기록을 재조정하는 동시에 회생시키는 것이

---

9    Sunyoung Park, "The Colonial Origin of Korean Realism and Its Contemporary Manifestation", *Positions : East Asia Culture Critique* 14, no 1, 2006, pp.162~195.

10   Stuart Hall, "Gramsci's Relevance for the Study of Race and Ethnicity", *Stuart Hall : Critical Dialogues in Cultural Studies*, Routledge, 2005, p.423.

다. 먼저 자료에 의한 입증을 추구하면서, 이 책은 식민지 시기와 그 이후에 예술적 감성과 문화 정치학에 큰 영향을 끼친 역사적·이데올로기적·미학적 지형을 추적할 것이다. 그런 과정에서 이 책은 또한 재조정의 관점을 취하게 된다. 즉 1970년대 이래로 "민족nation"을 식민지 근대성의 한국적 경험의 설명적·규정적 범주로 강조해 왔지만, 여기서는 계급을 식민지 조선 문화를 조망하는 렌즈로 사용할 것이다. 마지막으로 회생의 측면에서, 이 책은 한때 성행했던 문학운동에 대한 미학적·이데올로기적 재평가를 위해 노력할 것이다. 한국에서 아직까지 계속되고 있는 수십 년의 냉전의 시간은 모종의 좌파문화 형식의 생명력을 감지하고 평가하는 일을 크게 훼손해 왔다. 나는 레이먼드 윌리엄스의 대항 헤게모니의 입장 — 적대적 전통에 직면해서 폐기된 영역을 회복하는 것 — 에 고취되어, 매우 부정적인 이데올로기적 고착화의 산물들을 교정하는 것을 이 책의 목적으로 삼을 것이다. 또한 그 과정에서 나는 근대 역사의 결정적 시기에 한국문화에 핵심적이었던 몇몇 작가와 작품, 사상의 생명성을 회생시키려 노력할 것이다.

식민지 좌파문화는 한국학자들에 의해 폭넓게 논의되어 왔지만 현재 영어권에서는 그에 대한 출판물이 부족한 상태에 있다. 가장 유용한 글은 마이클 로빈슨과 브라이언 마이어스, 신기욱, 타티아나 가브로센코의 네 책 중 한 장씩이며, 이 책들의 주요 주제는 한국 민족주의로빈슨과 신기욱나 북한문화마이어스와 가브로센코이다.[11] 그 책들을 빼면 식민지 좌파 작가는 피터

---

11   Tatiana Gabroussenko, *Soldiers on the Cultural Front : Development in the Early History of North Korean Literature and Literary Policy*, University of Hawai'i Press, 2010. Brian Myers, *Han Sŏrya and North Korean Literature : The Failure of Socialist Realism in the DPRK*, Cornell University Press, 1994. Michael Robinson, *Cultural Nationalism in Colonial Korea, 1920~1925*, University of Washington Press, 1988. Gi-Wook Shin, *Ethnic Nationalism in*

리의『한국문학의 역사』같은 주석서에서 언급 대상이 되고 있고, 두 권으로 된 로버트 스칼라피노와 이정식의『한국 공산주의 운동사』가 보다 적어진 최근 자료인 셈이다.[12]『한국 공산주의 운동사』에서는 식민지 좌파문화가 다시 북한문화의 전신으로 간단하게 언급될 뿐이다.

이처럼 관심이 적은 이유 중의 하나는 식민지 좌파문화가 일반적인 사회주의의 문화적 힘과 연관된 중요한 기능을 수행하는 데 실패한 것으로 보기 때문이다. 실제로 앞에서 언급한 연구들은 좌파문화 전통에 대해 대개 비판적 입장을 취하고 있다. 마이클 로빈슨에 의하면, 좌파 작가 중에는 어떤 일관된 정치적 노선도 보이지 않으며, 몇몇은 "자본주의의 본성을 평가한 증거"를 잘 보여주지 않는다. 로빈슨의 관점으로는, 조선의 좌파 지식인들은 눈에 띄게 민족주의적 경향을 지녔으며 그런 맥락에서 산업 노동 계급보다는 농민을 편애하고 있었다. 이점은 식민지 민족의 경우 사회주의 문화가 부차적이고 비정통적이었음을 말해주고 있다.[13] 마찬가지로 브라이언 마이어스와 타티아나 가브로센코는 사회주의 문화가 무력하게 보이는 것은 만연된 비정통성 때문일 것으로 지적했다. 그들의 평가에 의하면, 한국의 좌파들은 그들 자신을 사회주의자로 생각

---

*Korea*, Stanford University Press, 2006. 마찬가지로 중요한 글들은 동아시아의 프롤레타리아 예술에 대한 *Positions : East Asian Cultures Critique* 14, no 2(Fall 2006)의 특집에 모아져 있다. 이 글들은 모두 이제까지 간과했던 식민지 좌파 문학에서의 젠더와 이산적 주체들에 초점을 맞춤으로써 새로운 연구의 길을 열고 있다. Ruth Barraclough, "Tales of Seduction : Factory Girls in Korean Proletarian Literature"와 Emiko Kida, "Japanese-Korean Exchange within the Proletarian Visual Arts Movement", Samuel Perry, "Korean as Proletarian : Ethnicity and Identity in Chang Hyŏk-chu's 'Hell of Starving'"을 볼 것.

12    Peter Lee, ed., *A History of Korean Literature*, Cambridge University Press, 2004. Robert Scalapino and Chong-sik Lee, *Communism in Korea*, vol. 1, University of California Press, 1972.

13    Michael Robinson, *Cultural Nationalism in Colonial Korea, 1920~1925*, pp.118 · 119 · 164.

했음에도 불구하고 실제의 논의들은 민족주의적 경향을 보이며, 더 심하게는 마르크스 레닌주의의 핵심 교의와 크게 모순되는 전통주의적이고 반근대적인 비전을 드러낸다. 그런 관점에서 마이어스는 카프 초기의 신경향파에 대해 이렇게 논의하고 있다. "(이 문학에서는) 마르크스주의 이데올로기에 대한 어떤 의미 있는 반영도 발견하기가 어렵다. (…중략…) 이 시기에 쓰여진 대부분의 작품들은 당시에 '부르주아' 자연주의로 불린 작품처럼 민족중심적 애국주의와 반산업주의의 특징을 드러냈다."[14]

이 책은 그런 비우호적인 비판적 시나리오에 도전하면서, 식민지 시기의 이데올로기적 풍경 내에 진품의 사회주의가 세평과는 달리 풍부하게 스며들어 있었음을 보여줄 것이다. 즉 좌파 문학과 문화는 한국의 근대성 논쟁에서 뛰어난 역할을 했으며, 그런 활동은 20세기 초반 국제적 사

---

14  Brian Myers, *Han Sŏrya and North Korean Literature*, p.17. 이런 비판들은 좌파문학의 중심에서 감지되는 이데올로기적 부조화를 지적하면서, 사회주의와 공산주의가 식민지 조선의 복잡한 이데올로기적·문화적 환경에 전혀 맞지 않았다는 1950~1960년대에 한국에서 유행한 관점을 그대로 소환한다. 조연현 같은 비평가는 사회주의 교리의 이미지가 한국문화에 외재적이었다고 말하면서, 식민지 시기에 외국에 영향을 받은 프롤레타리아 문학은 민족의 실수인 동시에 문예의 실패였다고 주장했다. 조연현, 『현대문학 개관』, 반도출판사, 1978, 184쪽 참조. 그러나 초기의 비평가들이 사회주의 이데올로기 자체의 위험을 비판한 반면 보다 최근의 설명들은 날카롭게 좌파들이 사회주의를 확증하는 데 실패했다고 제시한다. 마이어스와 가브로센코의 경우, 그런 논의는 북한 문화의 권위의 실추를 말하는 보다 넓은 전략에 포괄되어 왔다. 즉 문화적 권위가 실추된 북한은 실패한 국가인데, 그 이유는 국제적 범죄와 인권위반 때문만이 아니라 사회주의 교리를 원리적으로 완전하게 확증하지 못한 무능력 때문이라는 것이다. 두 비평가에 의하면, 그런 결함의 근원은 지식인들이 평가의 기준을 문학적·지적 성취보다 연고주의와 개인적 친밀성에 두며 권력세습 체제를 승인하기 때문일 것이다. Brian Myers, *Han Sŏrya and North Korean Literature*, pp.1~2와 Gabroussenko, *Soldiers on the Cultural Front*, pp.167~174를 볼 것. 그에 앞서 마오쩌둥의 중국의 경우에 적용된 똑같은 방식의 전략은 James Myers, "The Political Dynamics of the Cult of Mao Tse-Tung", *Communist China : A System—Functional Reader*, (edited by Yung Wei, Columbus, OH : Merrill, 1972), pp.78~101을 볼 것.

회주의 문화와 상통하는 가치들을 내놓음으로써 가능한 것이었다. 이 책이 그런 평가의 핵심으로 주장하는 사안은, 비서구 특히 식민지의 맥락에서 사회주의 이데올로기에 대한 "가변적인 역사적 실행"의 인식이다. 사회주의의 번역과 지역적 적용에서 한국의 사회주의자들은 서구나 소련의 경우와는 매우 다른 역할을 했다. 트랜스내셔널하고 탈식민적인 관점에 기대어 그런 가변성을 탐구하는 것은, 식민지와 그 이후의 사회와 문화에서 중요한 역할을 한 지적 전통을 보다 잘 이해할 수 있게 해준다.

한국은 식민지를 통해 근대에 들어섰으며 그런 조건은 사회주의적 영감이 한국에 수입되고 적용되는 방식에 깊은 영향을 미쳤다. 왜 그런 역사적 순간에 한국에서 사회주의가 분출되었는가? 식민지 상황은 좌파 문학의 실천에 어떤 충격을 주었는가? 또한 좌파 작가들은 새로이 식민화된 민족의 복잡한 이데올로기적·문화적 환경에서 사회주의적 교리를 어떤 특별한 방식으로 적용시켰는가? 이 책의 제1부와 제2부가 보여주듯이, 다양한 행동주의가 좌파 운동을 가로질러 펼쳐졌지만, 적어도 두 가지 일반적인 특징이 근대 한국의 사회주의 문화의 실천에서 나타나고 있었다.

첫째는 식민지 조선의 지식인들이 새로 도입된 사회주의 사상에 자주 민족주의적 회전을 걸었다는 점이다. 그렇게 하면서 그들은 민족주의적으로 고취된 민중 개념을 통해 프롤레타리아라는 마르크스주의의 범주를 실행에 옮겼다. 또한 독립된 "프롤레타리아 민족"으로서 조선의 전망을 투사하며 그 자체의 역할을 국내외적 정치학[15]에서 규정해야 했다.

둘째로 한국의 좌파들은 산업 프롤레타리아의 전형적 공산주의 투쟁

---

15  [역주] 식민지 특유의 '프롤레타리아 민족'이라는 개념은 국내적 정치학 뿐 아니라 국제적 정치학을 필요로 하게 되었다.

보다는 빈번히 농촌 문제에 초점을 맞추며 식민지 조선의 사회경제적 조건에 대응했다. 그런 방식으로 그들은 1880년대의 동학농민혁명에까지 회귀하면서, 농민을 억압을 견디는 사람들이자 (농촌이 대부분인) 조선의 사회적 변화의 행위자로 보는 지역적 전통을 지속시켰다.

1950년대가 시작되자 남한의 변화된 냉전 상황 아래서 식민지 시기 사회주의의 문화적 전통은 잊혀지거나 (보다 자주) 위험하고 잘못된 정치적 선택으로 기억되었다. 사회주의 운동의 평가절하는 위험한 이미지를 씌우는 데만 있지 않았다. 우호적인 비평가들 — 특히 1970~1980년대의 남한의 활동가에 속한 사람들 — 조차도 문학의 사회주의적 내용을 정치적으로 수용가능한 민족주의 요소로 강조하며 해석하곤 했다. 따라서 좌파문화는 식민지 시기가 종료된 후 서구뿐 아니라 남한의 논쟁에서도 불편한 이데올로기적 유산이 되었다. 식민지 시기 문화적 다양성 속의 좌파 전통의 활력은 아직도 충분히 인식되지 않고 있다. 그리고 그 결과로서 사회주의적 가치들과 정치학은 이데올로기적 짐을 진 냉전의 수십 년처럼 오늘날 여전히 한국에서 실행 불가능한 것으로 남아 있다.

에드워드 사이드는 「여행하는 이론 재검토Traveling Theory Reconsidered」1994에서 확립된 비평적 패러다임이나 "이론"이 원래의 맥락과 다른 곳에 배치될 때 어떻게 혁신적이고 생산적인 활용을 얻을 수 있는지 통찰했다. 사이드에 따르면, 이론이 문화들을 횡단해서 "여행할" 때 그 운동은 필연적으로 "활력 있는 다른 장소와 위치, 상황의 가능성"을 열어젖힌다. 시간과 문화, 지리의 가변성을 반영하는 새로운 설정은 흔히 이론을 풍부하게 변화시키며, 원본의 단순한 복제로 볼 수 없는 기발한 문화적 생성에 이를 수 있다. 사이드는 이렇게 주장하고 있다. "단순히 빌려오거나 적용한다고 말하는 것은 적합하지 않다." 왜냐하면 원래의 이론가와 뒤따르는 사람 사이에서 창설되는 것은 "상당한 정도의 지적이고 (아마도) 도덕적인 공동체이며, 가장 깊고 흥분되는 의미에서의 연대affiliation"이기 때문이다.[16]

이론의 개방성을 강조하는 사이드의 제휴의 다원주의는 20세기 사회주의 사상의 전지구적 이동을 주시할 때 명심해야 할 주장이다. 식민지와 제3세계에 옮겨진 좌파문화는 보다 잘 알려진 소련과 서구의 경우와는 상당히 상이했다. 하지만 그런 내포적인 차이가 곧바로 원산지의 맥락에서 사회주의의 실패를 나타내지는 않는다. 정통성과 양식적 유사성을 강조하는 유럽중심적 태도는 매우 자주 서구와 소련의 마르크스주의를 전세계 사회주의 문화의 패러다임으로 간주해왔으며, 그 때문에 주변부에서의 사회주의적 경험은 완전한 이탈은 아니라도 원래 모델의 복제품의 위치로 강등되어 왔다.

이 같은 생각은 직접적으로 이 책의 식민지 시대 한국의 좌파 문학에 대한 재평가와 연관된다. 예컨대 마이클 로빈슨은 1988년에 쓴 식민지 조선의 민족주의에 대한 연구에서 좌파 지식인을 민족적 저항운동의 중요한 행위자로 설득력 있게 재현했다. 그러나 그런 재현으로 인해 그는 또한 좌파의 사회주의적 참여의 순수한 성격을 의심했다. 즉, "대다수의 좌파들은 망명 중인 조선 공산주의 운동과 큰 연관이 없었다. 실제로 그들은 정통적인 공산주의자가 전혀 아니었다. 그들은 당의 규율에 따르지 않았으며, 코민테른이 이미 지적했듯이, '민족주의' 즉 '조선의 해방과

---

16   Edward Said, "Traveling Theory Reconsidered", *Critical Reconstructions : The Relationship of Fiction and Life*, Stanford University Press, 1994, p.452.

독립'이 그들의 주요 동기였다".[17] 로빈슨은 민족주의 운동과 사회주의적 참여 사이의 긴장을 가정하면서, 암암리에 민족에 대한 마르크스주의적 관점이 본질적으로 부르주아적 설정이라고 확언하고 있다.[18] 그러나 근대 식민지의 환경에서 민족의식은 진보적·혁명적 세력의 가장 중요한 영감이었으며, 반식민적인 민족주의의 입장은 토착 저항운동이 옹호한 다양한 사회주의에 필수적인 요소였다. 한국의 경우에는 일본 식민 정착자가 대부분의 식민지 산업자본을 지배하고 있었고, 그런 사실은 한국의 사회주의자들이 강력한 반제국주의적·민족주의적 경향을 실행하지 않을 수 없게 만들었다. 레닌과 코민테른이 식민지 사회에서의 사회주의자는 민족해방운동에서 능동적 역할을 맡아야 한다고 촉구한 것처럼,[19] 한국 사회주의자들의 움직임은 1920년대 초의 국제적 논쟁과 보조를 같이 하고 있었다. 또한 프란츠 파농이나 호치민 같은 민족주의적 지식인들이 1950~1960년대에 반식민적 입장을 체계화하며 마르크스주의에 크게 의존했듯이, 그런 움직임은 이후로 세계적으로 확립된 경향이었다.[20]

---

17  Michael Robinson, *Cultural Nationalism in Colonial Korea, 1920~1925*, p.114. 이후 로빈슨은 최근의 자신의 역사서 *Korea's Twentieth-Century Odyssey : A Short History*(University of Hawai'i Press, 2007)에서 그런 관점을 빼고 있다. 따라서 보다 최근의 책에서 종전의 관점을 명확히 부인하진 않지만 그는 지금은 다른 입장을 취하고 있다.

18  마르크스 자신이 민족주의를 부르주아의 이데올로기적 도구의 하나로 규정했다. Karl Marx and Frederic Engels, *The German Ideology*, International Publishers, 1996, pp.79~81 참조.

19  Duncan Hallas, *The Comintern : A History of the Third International*, HayMarket Books 2008, pp.49~50.

20  민족주의 담론을 부르주아가 독점했다는 가정은 서구의 초기 자본주의 발전의 주요 경험에 근거한 것이다. 이 경우에 각 민족들과 중산계급은 사회주의가 출현하기 전까지 완숙하게 발전하는 흐름을 보였다. 반면에 탈식민화하는 세계에서는 민족 사상이 흔히 노동계급과 피억압 대중에 의해 다시 제기되었으며, 그 결과로서 민족문화의 헤게모니는 많은 경우에 중산층 — 파농이 비판한 민족적 부르주아 — 과 사회주의에서 말하는

식민지 사회의 좌파문화에 대한 연구는 자연스럽게 마르크스주의 이론과 탈식민지 연구의 교차영역을 나타내게 된다. 식민지 알제리에서 파농은 이렇게 유명한 언급을 한 바 있다. "식민지적 상황의 근원적 특성은 경제적 현실과 불평등성, 생활 방식의 현격한 차이가 결코 인간적 현실을 은폐할 수 없다는 점이다."[21] 그에 의하면, 식민지의 사회경제적 질서는 일차적으로 인종적 위계에 의존하기 때문에 식민지에서는 "경제적 하부구조가 상부구조이기도 하다". 따라서 마르크스주의적인 분석은 식민지 사회와 그 문화적 생산의 분석에 대해 생각할 때 "항상 약간의 확대해석"이 있어야 한다.[22] 이런 파농의 통찰은 소련의 사회주의 리얼리즘과 한국의 좌파 문학 및 문화 사이의 거리를 재검토하도록 요구하고 있다. 그런 거리는 "식민지적 차이"에 의해 측정되며, 그 같은 차이 때문에 문화적·역사적으로 조율된 분석방법의 연구가 필요하게 되는 것이다.

한국의 경우 식민지적 차이는 두 가지 차원을 특별히 고려해야 한다. 한편으로는 서구(그리고 소련)와 한국의 좌파문화 사이의 거리가 존재한다. 다른 한편으로는 일본의 제국적 문화 헤게모니와 조선인의 주체성 사이에서 차이가 나타난다. 그런 식민자와 피식민자 사이의 가변적이고 뒤얽힌 관계를 탐구할 때, 그람시의 마르크스주의적인 문화 헤게모니 개념의 전유는 탈식민 연구가 식민주의와 제국주의 연구에 가져온 가장 강력하고 영향력 있는 이론적 혁신의 하나일 것이다.[23] 마찬가지로 식민자와

---

하위계층 사이에서 대결이 이뤄졌다.

21  [역주] 경제적 차이가 인종적인 차별을 은폐할 수 없으며 불평등성은 일차적으로 인종적인 존재론적 차별에서 기인한다. 그 때문에 마르크스주의에서는 경제적인 것을 불평등의 원인으로 보지만 식민지에서는 원인이 곧 결과이기도 하다.

22  모든 인용은 Frantz Fanon, *The Wretched of the Earth*(Grove Press, 1963), p.40.
   [역주] 프란츠 파농, 남경태 역, 『대지의 저주받은 사람들』, 그린비, 2004, 53~54쪽.

23  그람시의 통치 이데올로기로서 마르크스주의적 헤게모니에 대한 논의는 Antonio Grams-

피식민자 사이의 "제3의 공간"에 대한 호미 바바의 이론은, '피식민자는 식민자의 언어를 통해서만 말을 할 수 있다'는 (신)제국주의의 주장을 넘어서면서, 그와 동시에 토착적 자기구성에 대한 민족주의적 고집 역시 극복하는 방법을 제공한다.[24] 이 책은 헤게모니적 문화에 대항하는 조선인의 입장을 본질주의화하는 대신에, 그 대항적 입장을 구성적인 담론적 특성과 역사성의 위치에서 분석하려고 한다.[25] 다른 곳에서처럼, 조선에서의 문화적 대항 헤게모니의 실천은 결코 정적이지 않았으며, 일본 제국 ― 그리고 일본을 넘어서 세계 ― 세력의 역사적 진화와 그에 따른 (제국의) 헤게모니 문화 자체의 굴절에 대응해 항상 변화되었다.

그와 함께 나의 연구에서 마르크스주의적인 설명과 좌파문화에 대한 초점은, 식민주의의 심리적·문화적 지배 기획을 강조하는 탈식민주의에 견실한 경제적·물질적 차원의 비판적 관심이 보충될 것을 요구한다. 그런 균형 있는 태도는 우리의 텍스트의 독서를 "물질적이면서 문화적인" 맥락 속에 위치시키는 일 이상의 의미를 지닌다. 식민주의에 대한 마르크스주의의 분석은 인종의 문제와 병치되고 접합된 계급적 문제의식을 전면에 내세운다. 그 같은 비판적인 태도는 무엇보다도 서구와 동양, 제국과 식민지를 내부의 균열과 이탈이 없는 정치적 실체로 물화시키는 탈식민적 경향에 도전한다.[26] 예컨대 일본과 한국 좌파 작가들 사이의 지적·인

---

ci, *Selections from the Prison Notebooks*(International Publishers, 1999), pp.275~276을 볼 것.

24    Homi BhaBha, *The Location of Culture*, Routledge, 1994, pp.36~39.
      [역주] 호미 바바, 나병철 역, 『문화의 위치』, 소명출판, 2002, 97~101쪽. 제3의 공간은 제국에 의해 강요된 식민 문화도 민족문화의 본질도 아닌 은밀한 불확정성을 지닌 미결정적인 공간이다.

25    [역주] 식민지 조선인의 대항이 민족주의나 사회주의 이념의 본질보다는 식민지의 역사적·사회적 맥락에서 담론적으로 구성된 것으로 본다는 뜻임.

26    탈식민적인 서구의 물화에 대한 비판으로는 Frederick Cooper, "Postcolonial Studies

격적 제휴는, 주요 탈식민적 패러다임을 넘어 식민자와 피식민자 간의 상호연관의 양식에 대한 이해를 복합적으로 만든다. 그 같은 맥락에서 마르크스주의의 계급에 대한 사유는, 식민지 조선의 민족주의를 제국의 문화들에 대립했던 만큼 최소한 어떤 문화적 요소에 참여한 것으로 보게 하면서, 그처럼 보다 유연하게 이해된 민족주의 담론과 어우러지게 된다.

좌파문화 연구가 몇몇 잘못 가정된 내용의 오해를 반박하게 되는 것은 흔히 있는 일이다. 이 책의 연구 역시 예외가 아닐 것이다. 식민지 조선의 좌파문화는 좌파적 성향이 부족하다고 여겨졌을 뿐 아니라 때로는 너무 교리적이거나 비교리적이라고 비판을 받았다. 또한 너무 순진하거나 지적이고, 독창성이 없거나 특별하다고, 보수적이거나 실험적이라고 비판받아 왔다. 그런 논의들 중에서 특별히 이 연구에 관련된 것은 없지만, 우리는 보다 깊이 내재되어 있는 실상을 간과하면 안 된다. 즉 확대되는 자본주의 문화 헤게모니의 내부에서 사회주의적 문학과 예술에 대한 폄하는 빈번히 체계적이고 이데올로기적이었다는 사실이다. 세계관은 헤게모니와 함께 하기 때문에 내면화되게 마련이며, 수많은 문화적 형성물들과 교환되고 진화하면서 인식의 가능성을 열어간다.[27] 그런 세계관과 문화의 관계에 따르면서, 이 책은 식민지의 좌파 문학의 역사를 대항 헤게모니에 봉사하는 것으로 설명하려 노력할 것이다. 만일 논쟁 자체로 이데올로기의 그림자를 일소하길 바랄 수 없다면, 간과된 문학 전통을 단

---

and the Study of History", *Postcolonial Studies and Beyond*(edited by Loomba et. al,) pp.401~422 와 Neil Lazarus, "The Fetish of 'the West' in Postcolonial Theory", *Marxism, Modernity and Postcolonial Studies*(edited by Crystal Bartolovich and Neil Lazarus, Cambridge University Press, 2002)pp.43~64를 볼 것.

27 [역주] 세계관은 문화 헤게모니에 의해, 즉 문학과 예술을 접하면서 인식의 가능성을 열어가게 된다.

지 재현함으로써 그 전통을 회생시키는 역사적 요인을 제공할 수 있을 것이다. 냉전 기간 동안 심한 정치적 반대를 겪은 좌파 문학의 경우에는 특히 그렇다고 할 수 있다. 오늘날 우리는 편견 없이 직접 좌파 문학을 읽는 것만으로 그 문학을 구출할 수 있으며, 그렇게 하면서 현재의 답답한 자족감에서 벗어나 수십 년의 이데올로기적 고착화를 피할 수 있게 된다.

식민지 좌파 문학의 역사를 기록하려는 노력은 이미 1935년에 임화의 「조선 신문학사론 서설」의 발간에서 시작되었다. 임화의 문학사론은 카프가 일본 당국에 의해 강제 해산된 이후 부분적으로 카프의 변호를 위해 쓰여졌다.[28] 그러나 한국이 분단된 뒤로 사회주의 문화의 주제는 학술 담론과 공공의 담화에서 금기시되었으며, 식민지 좌파 작가의 작품에 대한 출판과 유통은 엄격하게 금지되었다. 그 같은 금지는 1987년 한국이 민주화된 후에야 비로소 해제되었다. 이때부터 예전의 사회주의 문화는 강력한 학술적 관심을 끌었고, 광범위한 민중 문화운동 안에서 연구자와 활동가들에 의해 재발견되었다.[29] 그들 지식인들은 보통의 한국인 곧 민중의 가치와 이해를 고양시키려 하면서, 북한과의 민족적인 화해를 위해

---

28  임화, 「조선 신문학사론 서설」, 『조선중앙일보』, 1935.10.9~11.13. 식민지 말 임화의 한국 근대 문학사에 대한 글쓰기는 문학적 역사 편찬을 위한 토대적 작업으로 볼 수 있다. 임화의 작업과는 별도로 백철의 『조선 신문학사조사』(1948)는 식민지 문학사를 포괄적으로 설명하는 최초의 시도이며, 원래는 200쪽 이상을 사회주의 운동 및 문학 창작물에 할애했다. 그러나 한국전쟁 중에 출간된 축약된 제목(『신문학사조사』, 1953)의 개정판에서는 갑자기 좌파 문학의 부분을 단 20쪽으로 축소했다. 백철의 문학사의 발간과 개정에 대해서는 전용호, 「백철 문학사의 판본 연구」, 『민족문화연구』 41(2004), 280~310쪽을 참고할 것.

29  민주화 이전의 침묵의 중요한 한 예외는 김윤식의 문학비평이었다. 이미 1970년대에 이 문학사가는 식민지 좌파 비평에 대한 선구적인 연구서를 출간했다. 김윤식, 『한국 근대 문예비평사 연구』, 일지사, 1976 참조.

냉전의 압박에 맞서 한국 내의 공유된 문화유산을 회생시키려 했다. 그들의 집단적 노력은 1993년에 『한국 근대 민족문학사』의 발간에서 정점에 이르렀다. 이 책은 민족주주의적으로 해석된 틀에서 좌파문학을 식민지 시기 문학의 중심에 놓는 수정된 문학사였다.[30]

민주화의 맥락에서 재발견된 많은 식민지 사회주의 작가들은 비공식적이지만 영향력 있는 한국 문학 정전으로 자리하게 되었다. 그 뒤를 이어 1990년대 후반에서 오늘날까지의 새로운 연구들은, 사회주의 문학의 비판적 수용을 근대성의 보다 넓은 맥락과 포스트민족주의적 식민지 역사 내에 통합시키려 시도했다. 어떤 연구자들은 이제까지 주변화되었던 좌파 여성 작가와 아나키스트 사상가, 재일 한인 이주 공동체의 이산적 작가를 포함하도록 정전을 세밀하며 확장시켰다.[31] 다른 연구자들은 한국과 일본 좌파 간의 많은 초문화적 제휴를 밝히거나, 보다 불확실하고 이데올로기적으로 모호한 식민지 말 사회주의자의 글을 조명하면서, 민

---

30 김재용 외, 『한국 근대 민족문학사』, 한길사, 1993. 1980년대의 민중문화 담론은 1970년대의 민족문학 담론에 초기의 뿌리를 갖고 있었다. 진보적인 민중 지향의 민족문학의 개념은 백낙청의 1974년의 독창적인 글 「민족문학 개념의 정립을 위해」에서 보수적 민족문학에 대한 반대로서 이미 체계화되고 있었다. 백낙청의 글은 1993년에 "The Idea of a Korean National Literature Then and Now"라는 제목으로 번역되었다. 1970년대의 진보적 민족문학 이념과 보다 명백히 계급에 근거한 민중문학과의 연속성에 대해서는 성민엽 편, 『민중문학론』(문학과지성사, 1984)에 실린 글들을 볼 것.

31 좌파 여성작가에 대한 최근의 연구로는 김인환 편, 『강경애, 시대와 문학』(랜덤하우스코리아, 2006), 구모룡 편, 『백신애 연구』(전망, 2011). 이상경, 『임순득, 대안적 여성 주체를 향하여』(소명출판, 2009) 참조. 아나키스트 문학에 대해서는 김택호, 『한국 근대 아나키즘 문학, 낯선 저항』(월인, 2009)과 이호룡, 『한국의 아나키즘, 사상편』(지식산업사, 2001) 참조. 또한 재일 한국 좌파 작가에 대해서는 김재용·곽형덕 편역, 『김사량, 작품과 연구』(역락, 2009)와 감학동, 『장혁주의 일본어 작품과 민족』(국학자료원, 2008) 참조.

중 비평의 잠정적인 민족주의적 열정을 유연하게 만드는 데 기여했다.[32] 그밖에 또 다른 흐름은 초기 사회주의 문학 연구를 근대 문화연구와 사회역사학의 틀 내에서 보다 확고하게 근거지으려 해왔다. 그런 방법의 한 예로서 성균관대에 모인 한 학술 집단을 들 수 있다. 이들은 사회주의 문화가 식민지 조선의 일상에 끼친 영향에 관심을 두면서, 특히 독서회, 야학, 공제회 같은 사회적 공간을 창조한 사회주의 사상의 역할에 초점을 맞추어 왔다.[33]

이 책 역시 그런 새로운 한국 비평의 진행에 대화적으로 발을 맞추면서 이데올로기적이기보다는 문화적 관점에서 주제에 접근하려고 한다. 그에 따라 교리나 정통성 보다는 영향과 연계성에 의거해 식민지 좌파 문학 영역의 범위를 정하게 될 것이다. "프롤레타리아의 물결"이라는 신조어 자체가 유연성을 요구하는 동시에 식민지의 시공간에서 사회주의 문화가 품었던 많은 상이한 양식들과 형식들을 인식할 것을 의미하고 있다. 이전까지는 흔히 사회주의 문학이 카프 작가의 작품과 동일시되어 왔다. 반면에 여기서는 카프라는 마르크스주의 조직을 아나키즘, 민족주의, 페미니즘, 그리고 해방의 전망의 영감까지 포함하는 사상적 구성의 유연한 그물망에 끼워 넣을 것이다. 마찬가지로 이 책은 비교문학과 트랜스내셔널한 연구의 지침을 받아들이면서, 한국, 일본, 중국, 러시아(그

---

32  예컨대 조진기, 『한일 프로문학론의 비교연구』(푸른사상, 2000), 문학과사상연구회, 『임화문학의 재인식』(소명출판, 2004), 노상래, 『한국문인의 전향 연구』(영한, 2000) 참조.

33  상허학회, 『근대 지식으로서의 사회주의』(깊은샘, 2008)의 관련된 글들과 성균관대 동아시아 학술원, 『근대 지식으로서의 사회주의와 그 문화, 문화적 표상』, 『대동문화연구』 64(2008) 특집을 볼 것. 또한 손유경, 『프로문학의 감성구조』(소명출판, 2012)와 최병구, 「1920년대 프로문학의 형성과정과 미적 공통성에 관한 연구」(성균관대 박사논문, 2013)를 볼 것.

리고 다른 나라들)의 지식인들 간의 많은 인격적·지적 연대를 강조하려고 노력했다. 그런 시도에 포함된 역사적 관심과 문화적 전파의 국제적 진행에 대한 연구는, 오늘날 동아시아 문화 담론에 여전히 뚜렷한 민족주의적 서사를 재조정하게 해준다.

올바른 교리나 이데올로기적 추종은 식민지 좌파문화의 평가 기준으로는 적합하지 않다. 그보다는 특수한 식민지적 맥락 자체에서 수행된 문화적 충격과 의식의 고양 효과, 대항 헤게모니 기능에 근거해 평가가 이뤄져야 한다. 그런 이유로 이 책의 "제1부 배경"은 식민지 조선에서 좌파 문학을 발흥시키고 발전시킨 사회적·정치적·경제적 맥락을 검토할 것이다. 그런 과정에서 초기의 산업발전과 최초의 노동조직의 형성, 공산당을 건립하려는 초기 노력에 초점을 맞출 것이다. 여기서 중요한 것은 일본과 중국, 서구, 그리고 소련에 수립된 공산주의 체제와는 다른 식민지 좌파 작가의 두 가지 제도적 요소 — 노동운동의 상대적 미약성과 조선 공산당의 불안정성 — 의 검토이다. 이 두 가지 요소는 모두 한국 좌파의 비정통적인 성격을 알려주면서, 또한 식민지라는 특수 조건 하에서 수행된 문학의 대항문화적 기능을 평가하기 위한 초석이 된다.

"제2부 풍경"은 식민지 조선의 좌파 문학운동의 역사와 제도, 이데올로기, 미학에 대한 포괄적인 개관을 제공한다. 이 책이 창안한 신조어 "프롤레타리아의 물결"이라는 표제는, 운동의 이데올로기적 응집성과 역사적 순간의 발흥의 중요성을 강조하면서, 다중적이고 자주 불일치하는 식민지 좌파문화를 인식 가능한 틀 안에 모으려는 목적이 있다. 따라서 제2부의 첫 장인 제2장은 1910년대 "초기 아나키스트 집단"의 좌파적 기원에서부터 1940년대 초 태평양 전쟁 전야의 쇠퇴에 이르기까지 프롤레타리아 물결의 역사적·제도적 윤곽을 추적한다. 이 개괄은 일차적으로 당대의 간행물과 작가의 기록, 작품의 초판 및 재판으로부터 시작해서 좌파 운동을 일종의 구성적인 문화적 생성물로 제시할 것이다. 그렇게 하면서 식민지 좌파 운동을 이데올로기와 민족의식, 젠더, 계급의 유입에 의해 유동적인 흐름이 형성된 넓은 강으로 표현할 것이다. 제2장이 보여주는 것은, 카프가 운동을 주도하려 했음에도 불구하고 변경의 집단들과 지식인들은 좌파문화의 목적과 방향에 관한 열띤 논쟁에 참여하면서 시종 독특한 목소리를 유지했다는 것이다.

제3장에서는 이 책의 주제로 초점을 옮겨서 식민지 조선의 문화적 풍경에서 프롤레타리아 물결의 깊은 미학적·이데올로기적 파문을 논의한다. 널리 주장되는 문학적 근대성의 서사는 거의 전적으로 자유주의 개혁 지식인들이 한국에 예술적 자율성의 근대 사상과 개인주의, 계몽을 도입했다고 믿게 한다. 그러나 문학적 근대성은 그와 똑같은 만큼의 좌파 지식인과 작가들의 성취물이었다. 좌파들은 사회적 참여와 민족해방 사상을 개혁주의자들과 공유하고 있었지만, 그에 덧붙여 공산주의적 가치를 위해 개인주의를 거부하고 있었다. 예컨대 그들은 전통문화와 부르주아 문화의 엘리트주의적 경향을 비판했다. 또한 그들은 불균등 발전과 식민주의, 전쟁의 현실을 알리면서 그에 대한 비타협적인 유물론적 접근법을 선전했다. 따라서 좌파문화는 식민지적 상황에서의 "대안적 근대성"의 제안이었으며, 당대의 다른 문화적 세력과 상호작용하면서 진보적이고 대항문화적인 입장을 취하고 있었다. 이 같은 제시는 좌파문화의 비판적 이미지를 단지 민족저항운동의 보다 급진적 지류로 보는 입장을 재조정한다. 그와 함께 좌파를 토착적 가치와 전통적 유토피아를 옹호하는 반근대 사상으로 보는 관점 역시 반박한다.

같이 묶여진 제2장과 제3장은 식민지 좌파 문학의 재평가를 위한 포괄적인 입장을 세우는 준비 작업이다. 여기서 제시되는 것은 좌파 문학이 기존의 관점과 달리 보다 확장성이 있었으며, 한국을 근대적 문화와 사회로 변화시키는 데 풍부하고 필수적인 공헌을 했다는 것이다. 이 일반적 개괄에서 세부 내용으로 이동해서, "제3부 초상"에서는 식민지 조선에서의 좌파 문학 경험의 다양성과 복합성을 보여주는 상호연관된 구체적 연구를 진행한다. 여기서는 세 명의 주요 좌파적 작가들 — 염상섭, 강경애, 김남천 — 과 카프문학 집단을 다루면서, 독립된 논문적인 설명을 통해 식민지에서의 사회주의의 침투성과 풍부함을 보여주는 관점을 진전시킨다. 그렇게 하면서 마르크스주의 문학비평을 규정하는 모종의 질문들 — 리얼리즘 미학, 프롤레타리아 작가와 좌파 민족주의자의 충돌, 사회주의와 페미니즘의 관계, 제국주의 전쟁 이데올로기로서 범아시아주의의 출현 — 을 망라하는 새로운 전망을 도입하게 된다. 이 제3부의 각 장에서는 개별적 작가들의 지적 경험에 초점을 맞추면서, 전체적으로는 작가들의 주제를 보다 넓은 사회적·역사적 맥락에 위치시킬 것이다. 그런 과정에서 보다 일반적인 담론들, 예컨대 1920년대의 급진적 행동주의와 1930년대의 경제적 번영, 그리고 번영과 함께 30년대를 동시에 관통한 식민지 사회의 군국주의화 같은 문제들을 열어놓게 된다.

이 책은 문학적·문화적·역사적 주제를 주로 다루기 때문에 정치적 이론의 개념적 문제에는 많은 논의가 할애되지 않는다. 그러나 첫 번째 논의를 시작하기 전에 분석에 핵심적인 몇 가지 이데올로기적 용어들의 의미를 분명히 하는 것이 유용할 것이다. 널리 이해되고 있듯이, "사회주의적"이라는 용어는 근대 자본주의 사회의 비판을 평등주의적 공산사회의 전망에 연결시키는 어떤 정치 이론을 나타낸다. 그 같은 정의에서, "사회주의적 견해"는 자본주의와 대립하는 입장을 지닌 점에서 자유주의적 관점과 구별되며, 국가주의보다 공산사회의 전망을 기획하는 점에서 파시즘과 구분된다. 이 책에서 "사회주의"와는 근소하지만 중요한 차이가 있는 "좌파적"이라는 관형어는 "사회주의적으로 고취된"과 동의어로 사용된다. 그런 의미에서 어떤 작가가 좌파적이라는 것은, "작가가 궁극적으로 참여한 교리가 사회주의와 같은가" 와는 상관없이, 그의 작품이 사회주의의 실제적인 영향을 보이는 것을 뜻한다. 따라서 염상섭 같은 작가는 일차적으로 민족주의와 제휴했지만, 그의 작품에 사회주의가 형성적인 영향을 끼쳤기 때문에 좌파의 지위를 갖게 된다. 마지막으로 보다 세부적인 논의에서 "아나키스트"와 "마르크스주의"는 사회주의적 입장의 두 개의 다른 버전이며, 하나는 바쿠닌-크로포트킨으로부터, 다른 하나는 마르크스-엥겔스로부터 유래한 것으로 인정된다. 이따금 개별적 작가의 사유에 따른 다른 사회주의적 사상들이 나타나긴 하지만, 아나키스트와 마르크스주의는 한국 좌파문화에 단연 가장 눈에 띄는 영향을 미쳤다.

과거를 다시 읽는다는 것은 흔히 현재를 반성하는 한 방법이며 아마도 미래를 비추는 방식이기도 할 것이다. 자본주의가 모든 가능한 세계의 최선의 상황이라는 『역사의 종말』[1992][34]의 국제주의적 자본주의 승리 선언이 발표된 지 20년 이상이 지났다.[35] 실제로 새로운 천년의 초기에도 마르크스주의와 사회주의를 위한 조종이 여전히 크게 울려 퍼지고 있었다. 그러나 오늘날 미국과 유럽, 다른 발전된 국가들이 1930년대 대공황 이래 최악이라는 경제적·재정적 위기를 겪는 상황에서, 이제 세계적 사회체제에 대한 계급에 기초한 비판이 훨씬 더 기류에 어울린다. 곳곳

---

34 [역주] 프랜시스 후쿠야마, 이상훈 역, 『역사의 종말』, 한마음사, 1992.
35 Fransis Fukuyama, *The End of History and the Last of Man*, Free Press, 1992.

의 실직사태, 극심한 빈부격차, 여성의 빈민화, 초국적 노동 이주자에 대한 인종차별 등, 오늘날 우리가 씨름하고 있는 많은 문제들은 식민지 좌파 작가들이 직면했던 난제들과 비슷하다. 식민지 조선인들은 많은 사람들이 아직 근본적인 사회개혁의 가능성을 신뢰하던 시대를 살았다. 만일 우리가 그들 안에서 우리의 삶의 경험과 열망을 인식한다면, 우리는 분명히 다시 한 번 그런 믿음을 느낄 수 있을 것이다. 그리하여 현대 자본주의 역사의 새로운 세기로 더 깊이 돌입하는 순간 평등과 사회 정의 같은 가치들에 의해 고양될 수 있을 것이다.

# 제1부

# 배경

# 제1장

## 식민지 조선의 좌파
### 맥락적 설명

브루스 커밍스에 의하면, 근대 한국은 (서구와 일본의) 외세의 다가옴에 의해 규정되는 만큼 "또한 일반 농민의 정치적 참여에 의해서도 정의될 수 있다".[1] 다양한 서사적인 가능성이 있지만, 19세기 말과 20세기 초에 한국에서 일어난 엄청난 변화는 흔히 파괴적인 "외국 세력의 도착"으로 설명되어 왔다. 그러나 커밍스의 말이 암시하듯이, 한국 근대사에 대한 똑같이 효력 있는 관점은 이 시기의 놀라운 국내 봉기를 강조하는 것일 터이다. 반란과 저항의 물결을 통해 나타난 하위계층의 정치 세력의 발흥은, 한국 근대화의 중심서사의 하나이면서 한국에서 좌파문화의 형성을 매우 직접적으로 감지할 수 있는 맥락을 제공한다.

사회주의 사상이 한국에 스며든 과정은 전통적으로 식민화의 경험[1910]과 러시아 혁명[1917], 민족주의적 대중 혁명 3·1운동[1919]을 통해 설명되어 왔다. 역사가들이 지적했듯이, 약 10년 간의 혹독한 식민 통치 이후 1920년대의 한국의 민족주의적 지식인들은 피식민 민족의 독립을 위한 서구의 지지 선언이 무용함을 인식했다. 그에 따라 그들은 방법을 급진화했으며 방향을 바꿔 이웃 소련의 마르크스 레닌주의의 승리에 고취되었다.

---

1  Bruce Cumings, *Korea's Place in the Sun : A Modern History*, W. W. Norton & Company, 2005. p.115.

그 같은 마르크스 레닌주의의 집단적이고 반제국주의적인 가치는 한국 토양에서의 대중 봉기의 정신에 조응하는 것이었다. 이 같은 서사에서 민족적인 문제는 시작하자마자 좌파 아젠다 위에서 도드라졌으며, 한국의 사회주의는 서구 국가들의 이중 잣대에 실망한 지식인에게 자유주의의 핵심적 대안으로 기능했다.[2]

한국의 초기 사회주의 역사의 이런 해석에는 많은 설명이 필요하다. 좌파 지식인의 민족주의적 참여는 한국 사회주의 운동의 항시적인 특징이었으며, 1919~1920년의 3·1운동은 새로이 식민화된 국가에서 좌파 행동주의가 강렬해지는 분수령이 되었다. 그러나 보다 넓은 역사적 시각에서 볼 때, 초기 사회주의 문화를 설명하려면 또한 20세기 초반의 노동 투쟁과 정치적 행동주의의 기원을 인식할 필요가 있다. 한국 지식인들은 1920년 초에 일시에 사회주의로 이동했지만, 농민과 도시 노동자에 의해 지지된 지역적 노동운동은 이미 1900년대 이래로 발전되어 오고 있었다. 변화하는 사회·경제적 조건을 반영하는 이 방대하고 느슨하게 조합된 사회 세력은, 식민지 조선에서의 영향력 있는 좌파문화운동의 발전을 위한 토대를 놓았다. 오늘날의 비평가들은 이따금 식민지 시대부터 있어 온 좌파 문학의 설익은 정제되지 못한 성격을 한탄한다. 그러나 그런 비평가들은 반엘리트주의와 포괄성을 핵심 가치로 하는 문화운동의 사회적인 통합적 성격을 잘 파악하지 못한 셈이다. 그 같은 측면에서 좌파문화는 식민지 조선의 내재된 사회운동의 토대에 조응해 성장하고 있었으며, 다양한 사회적 구성으로 인해 식민지 시기와 그 이후의 윤리적·정치

---

2    예컨대 Michael Robinson, *Korea's Twentieth - Century Odyssey : A Short History*(University of Hawai'i Press, 2007) p.69를 볼 것.

적 논쟁에 적절히 관여하게 되었다.[3]


## 조선 후기 농민의 사회적 불안

20세기 초 한국의 사회주의 운동의 발흥은 국내의 내재된 상황과 국제적인 발전이 결합된 결과였다. 국내적으로 조선 후기 사회는 하위계층의 불만이 점차로 커져가는 상황을 나타냈으며, 그런 상황은 산업발전의 징조를 경험하기 시작하면서 더 악화되었다. 국제적 무대에서는 러시아의 혁명적 사건과 유럽에서의 봉기가 사회주의를 전 세계적으로 대중적이면서 두려운 것으로 만들었다. 한국의 경우 사회주의는 국내적 상황에 대처하는 방법을 모색하던 활동가와 지식인들에게 특별한 인상을 주었다.

19세기 후반 동안 조선 왕조는 서구와 아시아의 제국들에 의해 정치적 안정성을 위협받게 되었다. 외국의 외교관과 군대가 조선에 점점 영향력을 행사하려 하자, 조선 농민들은 전통적 지배자들과 새로운 권력 사이에서 압박감을 느끼기 시작했다.[4] 양반의 핏줄이 아닌 조선인들 사이에서 불만이 발생하면서, 그런 불만은 곧바로 새로운 이데올로기적인 구성물들을 통해 표현되고 있었다. 아직 영향력이 적었던 카톨릭 사상은 이제 평등주의적이고 공산사회적인 메시지의 힘을 통해 전파되기 시작했다. 그와 함께, 카톨릭의 "서학"에 자극 받으며 대비를 이룬 자생 종교 동

---

3    [역주] 이 책은 식민지 시대 좌파의 문화운동이 정통성에 미치지 못했기보다는 오히려 반엘리트적인 다양성을 통해 사회전체의 흐름을 주도했음을 강조하고 있다.
4    양반이라는 단어는 문자 그대로 "문관과 무관 관리"를 나타낸다. 그러나 조선의 양반은 원칙과 달리 실제로는 세습적이었으며 모든 양반이 관리는 아니었다.

학은, 특히 하위계층 속에서 고유한 보편적 휴머니즘의 교리를 설파했다. 동학도들은 1894년에 무장한 농민 봉기를 이끌었으며, 무엇보다도 부패한 관리의 처벌과 일본 상인의 추방, 위계적인 신분제도의 폐지를 요구했다. 동학운동은 무력으로 진압되었고 운동에 참여한 사람들은 무거운 희생을 치렀다. 그러나 그들의 몇 가지 요구가 이후의 사회 개혁에 반영되었기 때문에 봉기가 전혀 허사로 끝난 것은 아니었다.[5]

19세기 말의 그런 농민 혁명의 진압은 조선 반도의 힘의 균형에 중대한 변화를 나타냈다. 농민군의 증대된 위협에 직면한 왕실의 지배 엘리트들은 청나라 쪽에 군사적 도움을 요청했다. 청나라는 재빨리 승낙했고 왕실에 큰 피해 없이 상황은 회복되었다. 그러나 조선의 도움의 요청은 일본에게 군대를 파병하는 구실을 만들어 주었다. 이어서 조선은 청일전쟁의 전쟁터로 변해버렸으며, 1895년에 전쟁이 일본의 승리로 끝난 후 일본은 조선에 영향력을 확대하게 되었다. 이 일련의 사건들은 이후 조선 왕조의 불가피한 역사적 쇠퇴의 상징이 될 것이었다. 첫째로 조선의 도움의 요청은 왕실의 외세에 대한 심각한 의존성을 드러내게 되었고, 결과적으로 일본의 군사적 야망을 부추겼다. 또한 이 사건은 조선 왕실이 발흥하는 민중과 거리를 두면서 청나라와 친밀한 관계를 갖고 있음을 드러내었다. 지식인과 언론에서 근대적 민족 사상이 점차 퍼뜨려지고 있는 시기에, 왕실이 농민을 진압하고 외세를 이용한 것은 시대착오적이거나 더 나쁘게는 반역적이라는 공공의 여론을 불러일으켰다.

동학혁명 이후 몇 년 안에 불만을 지닌 농민들은 이른바 의병이라는 병사 조직을 만들기 시작했다. 의병은 비정규적인 민병으로서 유학자나

---

5   동학의 종교와 운동에 대한 최근의 연구로는 George Kallnder, *Salvation through Dissent: Tonghak Heterodoxy and Early Modern Korea*(University of Hawai'i Press, 2013)를 볼 것.

<그림 1.1> 1907년의 조선의 농민 의병들. 출전은 프레드릭 아서 맥켄지, 『대한제국의 비극』(1908).

전 군사 관리, 농민 지도자에 의해 이끌어지고 있었다.〈그림 1.1〉 의병은 외세로부터의 독립과 부패관리의 처벌, 더 평등한 부의 분배를 요구한 점에서 여러 면에서 동학운동의 연장선상에 있었다.[6] 의병의 참여와는 별도로 농민들은 또한 정부의 정책과 지주의 착취에 대항해 자발적인 저항을 벌였다. 1900년대와 1910년대 사이에 신문들은 수백 명의 농민들이 참여한 사건들을 보도하고 있는데, 이 사건들은 마침내 대중 혁명 3·1운동 1919으로 분출될 저항의 불꽃을 붙인 셈이었다.[7]

---

6    홍영기, 『한말 후기 의병』, 독립기념관한국독립운동사연구소, 2009 참조.
7    예컨대 『황성신문』은 농민이 탄광 감독의 집을 습격한 「농민 타광」(1905.10.20)과 과세에 대한 농민의 조직적인 항의인 「농민소원」(1907.11.23)의 기사를 싣고 있다. 또한 이 신문은 자주 러시아 농민의 봉기를 보도했다. 그와 함께 『대한매일신보』는 지역 의병의 참여를 탄압하는 경찰에 의한 「농민폐농」(1909.6.3)과 식민 당국의 토지조사에 항의하는 「옹진 농민 소리」(1910.7.5)를 보도하고 있다. 클락 소렌슨은 오래된 기원을 지녔음에도 식민지 이전에는 농민의 개념이 한국의 공적 담론에서 중요한 사회적 범주로 확립되지 않았다고 논의한다. 그런 견해를 조금 수정하자면, 농민의 개념이 민족주의적인 내포를 얻은 것은 1920년대 초이지만, 이미 1910년대의 자국의 신문에는 이 단어가 널리 사용되었음을 언급해야 한다. Clark Sorenson, "National identity and the

농민의 불안은 한국 좌파 운동의 발흥에 중요한 배경적 요인을 형성했다. 1900년대 동안의 신문과 잡지들은 농민의 곤경과 저항에 대한 기사들을 정기적으로 싣고 있었다. 그 이후로 1920년대 동안 잡지 『개벽』은 농민 활동가들과 발흥하는 사회주의 문학 운동 사이의 유력한 연결고리 역할을 했다.[8] 농민의 곤경과 저항 행동은 많은 지식인들이 사회주의 이데올로기를 지지하도록 고취했을 것이며, 이후로 그런 지식인들은 식민지 시대와 그 뒤의 농민운동에서 조직의 규율과 이론적 토대를 제공했다. 산업자본이 거의 없었던 이 초기 단계에 이른바 농민문제는 이미 좌파 활동가의 특별한 관심사였고, 이어지는 아나키스트와 마르크스주의 지식인의 물결에서도 여전히 그럴 것이었다.[9]

## 식민지의 산업화와 노동운동

한국은 1910년에 일본의 통치가 시작되었을 때 아직 산업화 이전 단계의 사회였다. 조선조 말엽의 경제발전은 약간의 제조업 영역의 성장을 이루었지만, 그런 변화는 국가 전체의 농업 경제의 근본적인 전환에는 부족한 것이었다. 제조업의 초기의 발전을 보여주는 것은 직조국[1885~1891]의 건립이었는데, 여기서는 청나라의 기술자들이 조선 노동자들에게 수

---

Creation of the Category 'Peasant' in Colonial Korea", *Colonial Modernity in Korea*, edited by Gi-Wook Shin and Michael Robinson, Havard University Press, 1999, p.297 참조.

8  1920년대 한국 문학계에서 『개벽』의 역할에 대해서는 최수일, 『개벽 연구』(소명출판, 2008) 참조.

9  농민운동에서 『개벽』의 역할은 동학운동으로 거슬러 올라가는 천도교와의 연합으로 인해 중요한 의미를 지닌다.

입된 유럽의 기계를 작동시키는 방법을 가르쳤다. 그런 실험은 처음에는 약간의 관심을 불러일으켰지만, 상업과 손노동에 대한 전통적인 유교적 폄하와 숙련된 인원의 부족으로 인해 끝내 번창을 이루지 못했다.[10]

주로 식민 통치하에서 이루어진 한국의 산업화의 경험은 서구뿐만 아니라 일본 제국과도 구별되는 역사적 성격을 지니고 있었다. 식민지 조선의 거의 모든 산업자본은 90%까지 일본에 소속되어 있었다.[11]

따라서 한국의 산업화의 일반적 과정은 동아시아에서의 정치적·경제적 팽창을 위한 일본의 변화하는 전략에 따라 결정되었다. 일본이 조선을 주로 쌀 창고와 제조업 생산물 시장으로 보던 1910년대 동안, 식민지 정부는 경제 정책을 쌀 생산의 증식에 초점을 두었다. 이런 수출을 위한 농업 생산물의 상업화에 대한 강조는 회사령[1910~1920][12]의 제정과 함께 행해졌으며, 이 법령은 모든 새로운 사업에 인가를 받도록 요구함으로써 결과적으로 지역 산업발전을 방해했다. 그러나 일본이 1915~1918년 사이에 빠른 경제성장을 경험하면서 상황은 매우 달라졌다. 잉여 자본의 증대가 배출구를 필요로 함에 따라 일본은 회사령을 폐지하고 조선에 자유로운 자본의 유입을 허락했다. 이런 변화는 식민지의 산업화 과정에 박차를 가하게 되었고, 1920년대에는 직물, 식품, 고무, 도자기 등 경공업에

---

10    Carter Eckert, *Offspring of Empire : The Koch'ang Kims and the Colonial Origins of Korean Capitalism, 1876~1945*, University of Washington Press, 1991, pp. 1~6·27~28 참조.

11    외국 자본의 우위는 한국인이 필연적으로 산업화의 이득에서 소외되어 있었음을 의미하는 것은 아니다. 경제발전은 상당수의 한국인들 — 특히 기업가들과 기술 노동자들 — 에게 사회적 상승의 기회를 제공했기 때문이다. 그와 동시에 한국 산업화 과정을 추동한 것은 국내적 요구보다는 제국 본토의 외부적 이익을 위한 것이었다.

12    [역주] 조선총독부는 식민지 조선을 식량(원료) 공급지와 상품 소비로 제한하기 위해 1910년 회사령을 제정하고 1911년부터 회사의 설립을 총독의 허가에 따르도록 통제했다.

중점을 둔 공장이 두 배로 증가했다.[13]

　1931년 만주를 침략하면서 일본은 조선을 지속적인 팽창을 위한 전략적 병참 기지로 전환시켰다. 산업화의 초점이 점차 기계, 철강, 화학, 선박 생산 같은 중공업으로 전환되었고, 그런 발전 속도는 1937년에 중일전쟁이 발발하자 급속도로 가속화되었다. 이 같은 전시戰時의 산업화 과정은 하부구조의 팽창이 지역 주민의 요구를 훨씬 초과하는 "과잉 발전"을 초래했다.[14] 태평양전쟁이 끝날 때까지 한국은 적어도 도시 중심지는 상당히 산업화된 사회였으며 공업 영역의 고용은 노동력의 30%를 넘는 비율을 차지했다.[15]

　그 같은 점차적인 산업화 과정을 겪는 동안 한국 사회는 전통적 경제구조의 점진적인 해체를 경험하게 되었다. 토지의 소유권은 차츰 소수의 지주의 손에 집중되었고 농촌 노동의 프롤레타리아화가 초래되었다. 대규모의 상업 경작을 선호한 식민 당국의 수출지향적 농업정책은 상층의 지주들을 이롭게 했으며, 소지주와 준소작인, 토지 없는 농민들을 궁지에 몰아넣었다. 1930년까지 부재지주가 토지 소유자의 31%로 증가했고, 지주를 돕는 마름의 숫자는 1920년대 후반 동안 두 배로 늘어났다.[16] 토지 소유권이나 소작권을 빼앗긴 사람들은 점차로 농촌 임금 노동을 위한

---

13　김경일, 『노동운동』, 한국독립운동편찬위원회, 2008, 44쪽 참조. 이 시기의 공장은 대개 영세적인 규모에 30명 이하의 노동자들을 고용했지만 1920년대 말에 그 숫자는 4,500곳에 달했다.

14　Bruce Cumings, "The Legacy of Japanese Colonialism in Korea", edited by Ramon Myer and Mark Peattie, *The Japanese Colonisl Empire, 1895~1945*, Princeton University Press, 1984, p. 489.

15　김경일, 『노동운동』, 15~18쪽.

16　Gi-Wook Shin, *Peasant Protest and Social Change in Colonial Korea*, University of Washington Press, 1996, p. 46.

경쟁 시장으로 내몰리게 되었다. 그들 중 많은 사람들은 더 나은 일자리를 찾아 도시나 해외, 특히 일본과 만주로 이주를 결심하게 되었다. 그러나 도시의 이주 노동자들은 공업 영역 외부에서 일자리를 찾았고, 일용노동 시장에 몰려들거나 인력거꾼, 짐꾼, 건설노동자로 고용되었다.[17] 역사가들은 그런 도시 노동 대중을 "흔히 비고용 상태에서 일자리를 찾는 수많은 떠돌이들"이라고 통렬히 묘사했으며, 그들의 불안하고 불확실한 비참한 상황을 나타내는 "가상적 빈민층virtual paupers"이라는 표현을 만들어냈다.[18]

남성 인구 중 불완전 일용노동이 특별히 많았던 점과 이 시기의 경공업 중심의 상황은, 식민지 조선의 공장에서 여성과 어린이 노동자가 상대적으로 높은 비율을 차지했던 사실을 설명해준다. 1920년대 초에 여성은 공장 노동력의 약 20%에 달했으며, 그 숫자는 1930년대와 40년대에 30% 이상으로 증가했다.[19] 여성의 산업노동력의 참여는 남녀가 유별했던 전통적인 한국사회에서 공공의 논쟁을 야기했으며, 공장주는 가부장적 정책을 도입함으로써 그에 대처했다. 즉 노동자들에게 공장단지에 성별로 구분된 숙소를 마련해주고 행동에 엄격한 규율을 부과하는 정책이

---

17    Ibid, p.45. 1930년대 초에 산업노동자는 도시 노동력의 50%에 달했다. 이 비율은 전시 기간 동안 탄광과 건설 노동자의 폭발적 증가에 따라 약 30%로 감소했다.

18    Ken Kawashima, *The Proletarian Gamble : Korean Workers in Interwar Japan*, Duke University Press, 2009, pp.9~12. 이 연구에서 가와시마는 재일 조선인 노동자들에게 적용하기 위해 프롤레타리아의 개념을 확장할 것을 논의한다. 재일 조선인 노동자들은 인종차별적인 공식적 정책에 의해 보다 안전한 일자리와 좋은 보수가 금지되었으며 일용노동시장에서 노동을 팔 수밖에 없었다. 또한 일본의 노동법이 제국 본토에서만 실행되었기 때문에 식민지 조선의 노동자들은 거의 합법적인 보호를 받지 못했고 복지 안전망도 없었음을 주목해야 한다.

19    Janice Kim, *To Live to Work : Factory Women in Colonial Korea, 1910~1945*, Stanford University Press, 2009, p.27.

었다.[20] 그러나 실제적으로 여성 노동자들은 남성에 비해 일반적으로 보다 혹독한 상황에 처해 있었다. 남성 공장 감독의 처분 하에서 여성 노동자는 흔히 성적 폭력과 괴롭힘의 희생자가 되었다. 그들은 좀처럼 남성만큼 벌기가 어려웠으며 하루의 평균 노동 시간은 통상적으로 남성을 초과했다.[21]

도시 노동자들의 집단적 노동운동은 식민화되기 이전부터 시작되었고 1910년대 말에는 눈에 띄는 사회적 현상이 되었다. 이 초기의 노동자 파업은 대부분 항구나 건설 현장, 광산에서 발생했으며 노동 조건의 개선과 함께 임금 인상을 요구하는 특징을 갖고 있었다. 노동 행동주의가 급증한 것은 이전보다 크게 증가된 50건의 노동자 파업이 일어난 1918년이었다. 전후의 인플레이션은 일본의 쌀 폭동 같은 전국적 대중 봉기를 야기했으며 이는 노동 분쟁의 갑작스런 증가의 원인이었을 수 있다. 더욱이 3·1운동의 전반적인 사회적 동요로부터 더 큰 추진력을 얻게 되자 노동자 파업의 파고는 이후에 훨씬 더 높아졌다.[22]

한국의 최초의 노동 조직인 조선 노동 공제회는 1920년 서울에서 창설되었다. 공제회의 지도자들은 자신들이 일본에서 경험하고 학생 때 도움을 주었던 일본 노동운동에 의해 고취되었다. 공제회는 창설 후 4년 이상 동안 가장 발전된 산업 영역에서 조직이 확대되었으며 마침내 회원이 거의 18,000명에 이르게 되었다. 이 노동운동은 특히 인쇄 노동자와 부

---

20  여공에 대한 논쟁적인 담론으로는 Theodore Jun Yoo, *The Politics of Gender in Colonial Korea : Education, Labor, and Heath*(University of California Press, 2008), pp. 152~160 참조.

21  Janice Kim, *To Live to Work : Factory Women in Colonial Korea, 1910~1945*, pp. 89~92.

22  이 초기의 노동자 파업에 대한 통계적인 정보와 자세한 사항은 강만길 외, 『한국노동운동사 1 - 근대 노동자 계급의 형성과 노동운동』 조선 후기~1919, 지식마당, 2004, 224~243쪽 참조.

두 노동자, 운송 노동자의 구성원들을 통해 참여자들을 끌어들였다. 공제회는 또한 농민에게 관심을 두었는데 농민은 여전히 당시의 노동계급의 대다수를 떠맡고 있는 셈이었다. 공제회의 운동은 계급투쟁 같은 혁명적 대의보다는 상조나 노동자 교육 같은 개혁적 안건을 강조하는 경향이 있었으며, 그 부분적인 이유는 많은 사람이 일 년이나 다년의 계약이 없는 "자유" 노동자라는 회원의 직업적 성격 때문이었다.[23]

한국의 노동운동은 1920년대 중반에서 30년대 중반 사이에 보다 더 강렬하고 급진적이 되었다. 식민지 조선에서 산업화 과정이 진전됨에 따라 처음에 지역에 기반한 조직은 산업 중심적 조직으로 대체되었고 공장 노동자들은 점차 노동 분쟁에서 중요한 역할을 하게 되었다. 노동자들이 더욱 집단화된 점 외에도 두 가지 요인이 이 시기의 노동운동의 급진화에 결정적인 영향을 미쳤다. 두 가지 요인은 1929년의 재정 위기의 여파로 인한 경제적 붕괴와 좌파들이 반제국주의적 통일전선으로부터 민중혁명 조직 위주로 선회한 점이었다. 경제공황은 심하게 억압된 노동자들이 노동투쟁에 자발적으로 참여하는 계기를 만들었으며, 코민테른에 의해 부추겨진 좌파 전략의 변화는 지식인이 노동자 위치로 더 활력 있게 침투해야 될 것으로 해석되었다.

이 시기의 노동자 파업은 대규모로 잘 조직화되어 정치화되는 경향이 있었다. 대표적인 것은 1929년의 원산 총파업이었으며 여기서는 이천 명 이상의 다양한 산업 노동자들 — 운송에서부터 의류 제조, 인쇄 노동자까지 — 이 부당한 고용 실태에 대규모로 저항하며 참여했다.〈그림 1.2〉 1930년대 초에는 농민들과 공장 노동자들 중에서 이른바 적색노조가 출

---

23  김경일, 『노동운동』, 92~98쪽. 직업의 변화에 따른 한국 주민의 몰락에 대해서는 Andrew Grajdanzev, *Modern Korea*(Institute of Pacific Relations, 1944) 참조.

<그림 1.2> 원산 노동조합이 일으킨 저항 행렬. 출전 『동아일보』, 1928.5.10(『동아일보』 제공).

현했으며, 특히 중공업이 집중되고 공산주의 운동이 매우 활력적이었던 동북지역에서의 발흥이 눈에 띄었다.[24]

그러나 노동 행동주의의 높은 파도는 1930년대 중반 일본이 군국주의를 강화하면서 가라앉기 시작했다. 노동쟁의의 발생은 1940년대에 이르러 급속하게 쇠퇴했다. 식민지 말에 산업 노동자의 숫자가 3배로 증가했지만, 세 주요 도시 — 서울, 평양, 부산 — 에서의 파업은 1930년대 초에 약 40건에서 1940년에 5건 이하로 감소했다.[25] 농민운동은 지속되었지만 이 역시 집단적인 농조 운동보다는 개별적인 소작 소송 형식을 취하

---

24   적색농조운동에 대해서는 Gi-Wook Shin, *Peasant Protest and Social Change in Colonial Korea*, pp.75~113 참조.
25   김경일, 『노동운동』, 313쪽.

는 경향이 있었다.

　일본이 노동 불안의 파도를 잘 저지한 것은 단순히 억압 때문만은 아니었다. 똑같이 중요한 것은 식민 정부가 조선 농민에게 보다 부드러운 수사와 우호적 정책을 채택한 것이었으며, 이는 일본의 군사화 운동을 위해 주민들을 동원하는 것을 의미했다.[26] 그러나 전쟁 말기의 경제적 어려움은 농민과 산업노동자들에게 극단적인 압박을 주었다. 그들의 불만과 절망은 흔히 태업과 도주 같은 보다 수동적인 저항의 형식으로 표현되었다.[27]

　식민지 조선의 노동투쟁에 급진적 순간이 있었음에도 불구하고 농민운동과 노동운동에 대한 최근의 연구들은 운동의 참가자들이 대개 혁명적인 계급의식이 없는 프롤레타리아였다고 제시한다. 노동투쟁을 프롤레타리아적 단결의 정치적·집단적 전개로서 재현한 이전의 연구는 실제로 참가자의 선언들이 흔히 개별적이고 주의주의적主意主義的이었던 점과 맞지 않는다. 제니스 김이 논의했듯이, 민족주의와 사회주의 모두에서 의식을 고양시키는 운동은 영속적인 효과를 갖지 않았다. 여성 노동시위의 방대한 다수는 자발적이고 독립적으로 발생했다.[28] 마찬가지로 신기욱은 식민지 시기의 소작쟁의가 대개 혁명적이고 이데올로기적이기 보다는 개혁적이고 실용적이었음을 보여준다.[29] 경제적 위기의 시기에 지식인들은 도시와 농촌의 노동자들에게 이데올로기적 자극을 제공했지만, 노동자들은 보통 프롤레타리아의 추상적인 집단성보다는 자신들의 가족과 지역 공동체에 더 많이 결속되어 있었다.

---

26　Gi-Wook Shin, *Peasant Protest and Social Change in Colonial Korea*, pp.114~132.

27　Ibid, pp.134~143, 김경일, 『노동운동』, 398~414쪽.

28　Janice Kim, *To Live to Work : Factory Women in Colonial Korea*, p.114.

29　Gi-Wook Shin, *Peasant Protest and Social Change in Colonial Korea*, p.74.

다음 절에서 볼 것처럼, 식민지 조선의 억압적인 환경은 강력한 공산주의 당의 형성을 방해했다. 이런 사실은 왜 노동운동이 전성기에조차 정치와 사회주의적 이데올로기의 영향에서 주변에 머물렀는지 설명해준다. 그와 함께, 다음에 계속 보게 될 것처럼 유약한 공산당은 좌파 작가와 지식인들에게 거의 영향을 행사하지 못했다. 우리가 말할 수 있는 것은, 한국의 좌파 운동은 강한 정치적 핵심이 부족했지만 사회적·문화적 위력이 탄탄했다는 점이다. 이데올로기적 어조가 명료하면서도 비정통적이었던 좌파 문학의 몇 가지 뚜렷한 특징은 좌파의 정치적 약점으로 설명될 수 있다. 그러나 그런 약점은 작가에게 정치성을 부과하면서도 사회주의 교리를 식민지의 특수 상황에 적용할 때 자유롭게 판단할 수 있게 허용하고 있었다.


## 한국의 공산주의 운동과 문화적 좌파


한국의 공식적인 공산당은 1925년에 서울에서 창립되었으며 이 당은 같은 해에 코민테른에 의해 인정되었다. 그러나 그런 중요한 순간을 이끈 것은 러시아와 일본, 중국에서 발생한 일련의 사건들이었다. 최초의 조선 공산당은 이미 1910대 말에 러시아에서 결성되었다. 러시아는 두 집단의 한국 이주민들을 받아들였는데 그 숫자는 모두 수만 명에 이르렀다. 그들은 19세기 중엽 무렵 경제적인 이유로 이주한 사람들과 그 뒤에 한일병합 이후 정치적 망명을 선택한 사람들이었다. 후자 집단의 존재를 대표한 것은 한민 사회당한국 사회주의당이었으며, 1918년 하바로프스키에서 창립된 이 당은 그 뒤 본부를 상하이로 옮겼다. 반면에 전자의 집단을 대표한 것은 1919년 9월에 창립된 이르쿠츠크 공산당이었다. 이르쿠츠크 공산당의 러시아화된 조선인 지도자들은 이데올로기적으로 보다 정통적이었으며 러시아의 국내 정치의 문제에 더 관심이 있었다.

그들의 국제주의적 참여가 어땠든 간에 러시아의 조선 공산주의 운동은 민족주의적 의제를 강력한 동기로 갖고 있었다. 그런 이중적 대의 ─ 민족주의와 사회주의 ─ 는 이 운동에 우선권의 문제를 부과했고 시작부터 내적 논쟁을 야기했다.[30] 실제로 두 개의 공산당은 조선의 혁명에 대한 전망에서 분열되어 있었으며, 상하이 공산당이 두 단계의 혁명 ─ 민족해방에 뒤따른 프롤레타리아의 봉기 ─ 을 지지한 반면, 이르쿠츠크 공산당은 직접적인 프롤레타리아 혁명을 옹호했다. 두 개의 공산당은 조선의 내부에서 부상하는 사회주의 운동의 헤게모니를 위해 경쟁했다.[31] 그 시기 식민지 조선에서는 3·1운동의 여파로서 몇 개의 급진적인 반체제 집단이 발흥하고 있었다.

그러나 모든 좌파들이 북으로부터 온 것은 아니었다. 스칼라피노와 이정식이 언급했듯이, "한국 마르크스주의자들은 러시아에서보다 일본에서 더 많이 만들어졌다".[32] 대부분이 학생인 상당수의 불특정한 한국 청년들은 일본의 대안적인 정치적 현장에 참여하면서 사회주의와 공산주의에 이끌렸다. 마르크스가 주장한 사회주의는 1917년 볼셰비키 혁명의

---

30   여기서 나의 관점은 스칼라피노와 이정식과는 다르다. 두 사람은 한국 공산주의 운동을 민족주의와 공산주의의 대의를 (레닌의 반대에도 불구하고) 동일시했던 "동질적인" 운동으로 간주한다. 그런 경향이 눈에 띄게 나타나긴 했지만 두 사람의 주장은 표면적 가치를 취해 식민지 좌파에 존재했던 불화를 간과한다. Robert Scalapino and Chong-sik Lee, *Communism in Korea*, 1, University of California Press, 1972, p.61 참조.

31   두 분파의 비교를 위해서는 임경석, 『초기 사회주의 운동』(한국독립운동사편찬위원회, 2009), 185~224쪽 참조.

32   Scalapino and Chung-sik Lee, *Communism in Korea*, 1, p.57.

결과로 일본에서 아나키즘의 대안으로 명성을 얻었다. 많은 좌파들은 마르크스주의의 집단 혁명이 아나키즘의 단일한 테러 행동을 넘어선 개선 책임을 발견했던 것이다. 그러나 일본에서는 공산주의를 당으로 조직하는 것이 금지되었기 때문에 "사상단체"라고 불리는 문화적 조직을 창설했고 이는 정치적 행동주의의 합법적 전선을 제공했다. 그런 조직의 하나가 "북성회"였으며 이 단체는 "흑도회"[1921]의 아나키스트 출신 전향자들이 1923년에 창립한 것이었다.[33] 북성회는 조선에까지 활동을 확장했고 그 과정에서 이름을 "북풍회"[1924]로 바꾸었다.[34] 3·1운동의 열기의 한가운데서, 일본에서 돌아온 조선인들은 중국과 러시아에서 귀국한 사람들과 함께 국내 공산주의 운동의 급속한 성장을 주도했다.

마침내 조선 공산당[KCP]이 서울에서 발진했을 때 공산당은 상하이와 이르쿠츠크, 도쿄 분파와 연합의 형식을 취했다. 조선 공산당의 핵심 창립 멤버는 화요회[1924]라는 마르크스의 탄생 요일을 기념하는 이름의 사상단체 출신의 사람들이었다.[35] 또한 창립 의제는 "조선의 완전한 독립"과 "8시간 노동시간의 실행", "여성의 정치적·경제적·사회적 평등", "중국과 러시아 혁명의 지지"를 목표로 삼았다.[36] 단체들의 연합인 "당"은 이미 존재하는 청년·농민·노동 조직들과의 실제적인 연대망에 의존할 수 있었다. 그러나 바로 그 때문에 당의 지도자들은 또한 다양한 분파들을 중재해야 할 필요성에 의해 제약을 받았다. 분파들의 중재는 쉽지 않았고

---

33 Daesook Suh, *The Korean Communist Movement 1918~1948*, Princeton University Press, 1967, p.46.

34 북풍회에 대한 보다 자세한 설명은 임경석, 『초기 사회주의 운동』, 338~341쪽 참조.

35 이준식, 『조선 공산당 성립과 활동』, 한국독립운동사편찬위원회, 2009, 75쪽. 화요회는 조봉암, 김재봉, 박헌영 같은 주요 지도자를 포함해 이르쿠츠크 공산당 회원들이 돌아오면서 창립되었다.

36 위의 책, 83~84쪽.

당의 활동은 유약한 통합성과 구성원들의 잦은 분쟁 속에서 진행되었다.

1925~1928년까지 존재했던 조선 공산당은 식민지 경찰력의 매우 실제적인 통제를 받아야 했다. 그러나 마찬가지로 인상적인 것은 당의 생명을 유지하려는 한국 사회주의자들의 끈질김이었다. 조선 공산당은 세번 해체되고 재건되는 일을 반복했으며 그동안 당의 지도부가 서로 다른 분파들 사이에서 여섯 번 교체되었다. 그때마다 경찰은 모든 혐의자들을 대규모로 검거했고 그로 인해 당 서열에 있는 대다수의 구성원들이 일소되었다.〈그림 1.3〉 네 개의 다른 공산당의 모습 중에서 세 번째가 가장 오래 지속되었으며, 그 때 신간회의 통일전선 속에서 좌파 민족주의자와의 연합을 통해 가장 광범위한 조직의 연대망을 가동했다. 조선 공산당은 네 번째 경찰의 검거 후에 실제적으로 해산되었다. 그러나 이는 한국인들이 더 이상 당을 재건하려는 의지가 없었기 때문이 아니라, 또 다른 공식적 공산당을 건립하기 전에 조선의 사회주의자들이 노동계급 대중 사이에서 지지기반을 확대하라는 코민테른의 지령에 따른 것이었다. 최근의 연구에 의하면, 박헌영이 이끄는 경성 콤 그룹[1939~1941][37]을 포함해 다양한 지하 조직들이 1942년에 이르기까지 여전히 재건을 노리고 있었다.[38]

이런 마지막 상황이 입증하듯이, 조선 공산당은 짧은 존립 기간 동안 코민테른과 양가적인 관계를 유지했다. 국제적 공산주의 운동의 사령탑으로서 코민테른은 조선의 발전에 면밀한 관심을 가졌으며, 조선인 활동

---

37　[역주] 조선 공산당 재건을 목적으로 김단야, 박헌영, 김삼룡, 이관술이 중심이 되어 경성, 함경도, 경상도에서 활동한 조직. 1940년 지도부가 와해된 후 재건을 시도했지만 1941년 일본에 의해 검거되어 결국 해체되었다.

38　조선 공산당의 역사에 대해서는 Daesook Suh, *The Korean Communist Movement* 참조. 소련의 자료를 포함한 보다 최근의 설명은 이준식,『조선 공산당 성립과 활동』과 최규진,『조선 공산당 재건운동』(독립기념관한국독립운동사연구소, 2009) 참조.

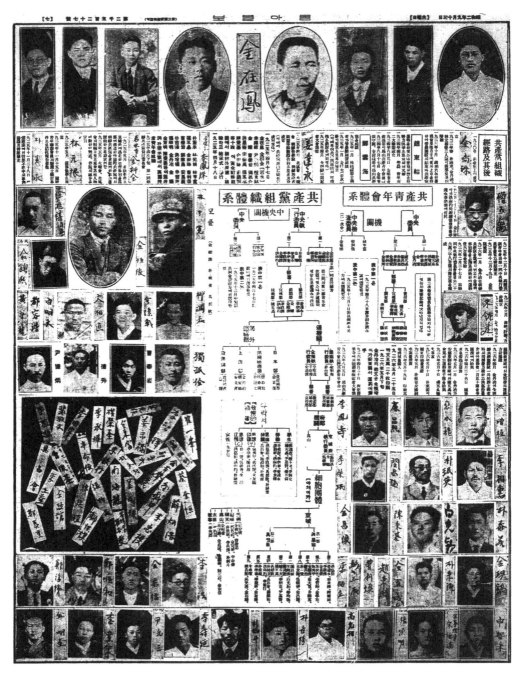

〈그림 1.3〉 1925년 조선 공산당 당원들의 체포에 대한 신문기사. 이 사건은 1927년 9월 13일 『동아일보』에 뒤늦게 보도되었다.(『동아일보』제공)

가들에게 자금과 요원, 무기의 형태로 도움을 주면서, 모스크바에 본부가 있는 동방 노력자 공산대학[39]을 쉽게 이용할 수 있게 해주었다. 이런 우호적인 정책은 부분적으로 새로운 소비에트 정권의 전략적인 이해에 의해 추진되었고, 소비에트 정권의 식민지와의 제휴는 서구 및 동양 제국들과의 대결 상황에서 나온 계획적 조치였다.[40] 그러나 이런 상호적인 이해와 제휴에도 불구하고 코민테른은 조선 공산당이 일본 경찰에 의해 반복적으로 해체되자 승인을 철회했다. 코민테른은 또한 스탈린의 "일국 사회주의 이론한 국가 안의 사회주의"이라는 새로운 정책 하에서 해외 조선인 공산주의 조직의 해체를 강요했는데, 이 정책은 각 국가에 한 공산당만을 인정하는 것이 소련의 국가적 이익에 부합하기 때문이었다. 새로운 퇴행적인 국가중심적 정치 풍토 속에서, 해외의 한국 공산주의자들은 중국이든 일본, 러시아이든 거주지 국가의 공산당과 관계를 맺을 수밖에 없었다. 한국인들은 일반적으로 코민테른을 "모든 공산당들의 어머니"로 간주했지만, 자신들의 자율성에 거슬리는 코민테른의 결정은 많은 사람에게 반감의 원인이 되었다.[41]

조선 공산당과 정치적 좌파가 직면한 이런 곤경은 한국의 사회주의 운동에 중요한 결과를 남겼다. 강력한 합법적인 중앙 조직이 없는 상황에서 좌파 행동주의는 지하에서 번성했고, 서구에서 흔히 사회주의 대중운동이 공개적으로 인정된 것 같은 상황을 결코 성취할 수 없었다. 따라서 노동운동과 지적인 아방가르드는 중요한 제도적·정치적 자산을 박탈당

---

39  [역주] 코민테른이 공산주의 지도자를 양성할 목적으로 설립한 대학.
40  일본은 1905년 러일전쟁에서 승리했고 반혁명적 백군의 주요 참여자였기 때문에, 소련 역시 한국의 일본에 대한 저항을 지원하는 데 특별한 관심을 갖고 있었다.
41  Daesook Suh, *The Korean Communist Movement*, pp.102~108·177~186, 최규진,『조선 공산당 재건운동』, 16~20쪽 참조.

한 셈이었다. 다른 한편, 이후의 시간들에서 또한 명백해질 것처럼, 식민
당국이 사회주의자들을 혹독한 방식으로 지배한 것은 결국 조선인 대중
의 존경심 속에서 사회주의자의 지위를 높이는 데 기여했다. 그 때문에
사회주의자의 초상화는 일본 식민자들에게 양날의 칼로 작용한 셈이었
다. 왜냐하면 사회주의자의 처지는 좌파에게 직접적인 정치적 효능을 박
탈한 만큼이나 지속적인 도덕적 지위를 부여했기 때문이다.

안정된 공산당의 부재는 문화적 좌파에게도 중요한 결과를 초래했다.
분명히 공산당과 카프의 사회주의 문화조직 사이에는 인적 요원에서 겹
쳐지는 부분이 있었다.[42] 그러나 공산당이 계속 공격을 받는 상태였기 때
문에 식민지 좌파 작가들은 후원을 얻지도 확립된 정치 기구의 감독을
받지도 못했다. 예컨대 후원의 부재는 당 기관 내의 믿을 만한 출판 공
간을 이용할 수 없음을 뜻했다. 이점은 카프 작가들에게 특히 뼈아픈 일
이었는데, 무자비한 검열이 있을 때 공공연한 정치 집단과의 제휴가 짐
이 되었기 때문이다.[43] 일본 당국이 1926년 『개벽』을 폐간시키자 유일하

---

42  두 조직에 관계한 사람들에는 조중곤, 김복진, 김두용, 고경흠, 이북만, 이우적 등이 있
다. 한국의 최초의 조각가인 김복진은 카프의 창립회원이자 이론적 설계자인 김기진의
형이다. 작가들의 전기적 사실에 대해서는 권영민, 『한국 계급문학 운동사』(문예출판
사, 1998), 359~400쪽과 강만길·성대경 편, 『한국 사회주의 운동 인명사전』(창작과비
평사, 1996) 참조.

43  한국이 아직 보호령 상태에 있을 때 일본은 두 개의 법 — 신문지법(1907)과 출판법
(1909) — 을 도입해 검열정책의 토대를 마련했다. 그런 규제는 본토의 모델에 따른 것
이었지만, 한국의 검열은 경찰청 내의 검열관 앞에 모든 출판물을 제출하게 요구한 점
에서 더욱 엄격한 것이었다. 한만수가 주장했듯이, 검열의 존재는 "식민지적 텍스트에
주어진 것"을 자주 작가가 "쓸 수 있었던 것"의 문제로 제한시켰다. 이는 표현의 자유 속
에서 작가가 "쓰고자 했던 것"과는 다른 것이었다. 식민지의 검열 정책에 대한 논의로
는 Michael Robinson, "Colonial Publication Policy and Korean Nationalist Movement"
*The Japanese Colonial Empire, 1895~1945*; 동국대 문화학술원 한국문학 연구소 편, 『식민
지 시기 검열과 한국문화』(동국대 출판부, 2010); 검열연구회 편, 『식민지 검열, 제도,

게 남은 경향적 간행물은 민족주의 잡지였다 이후 사회주의적 색채를 띠게 된 『조선지광』[1922~1931]이었다. 자금조달과 검열의 열악한 조건은 불가피하게 대안적인 출판 통로를 모색하게 했으며, 때때로 그런 위험한 일은 "적의" 잡지에 발표했다는 이유로 카프 지도부에 의해 비판을 받았다.[44] 그런 상황은 독자층이 확대되고 출판 산업이 새로이 활력을 얻은 1930년대 초에야 일련의 좌파 잡지들 — 『비판』[1931~1940], 『이렇다』[1931~1936], 『신계단』[1932~1933] — 이 간행되며 얼마간 개선되었다〈화보 1〉.[45]

작가들의 경우 약한 공산당의 위상과 연관된 긍정적인 점은 교리적 구속에서 벗어난 자유를 더 많이 누릴 수 있다는 것이었다. 카프 지도부는 일반적으로 코민테른의 정책 노선에 따르길 열망했고, 1930년 경에 문학 생산물의 질을 통제하기 위해 내부적 검사 체제를 만들기도 했다.[46] 그럼에도 불구하고, 어떤 구성원이 모호하고 열려진 번역을 일삼으며 코민테른에 대한 비정통적인 해석을 했을 때, 적용할 수 있는 유일한 규율적 수단은 동료적인 제재였으며, 최대의 조치는 조직으로부터의 제명이었다. 그런 조치들이 심리적 상처를 남겼을 수 있지만, 같은 시기의 강력한 공산 정권의 비정통성에 대한 중대 처벌과 비교하면 느슨한 것이었다.

식민지 정부의 정치적 좌파에 대한 억압은 결국 문화적 좌파의 규모와 중요성을 부추기는 효과를 나타냈다. 공장과 광장에서라면 용인될 수 없

---

텍스트, 실천』(소명출판, 2011) 참조. 한만수의 논의는 한만수, 「식민지 시기 문학 검열과 비교연구의 필요성」, 『비교문학』 41(2007), 106쪽 참조.

44  박영희, 「초창기의 문단 측면사」, 『현대문학』, 1960.5, 391쪽.

45  당대의 새로운 좌파 잡지에는 『아등(我等)』(1931~1932), 『제일선』(1932~1933), 『혜성』(1931~1932), 『대중』(1933) 등이 있다. 『개벽』의 출판인은 『개벽』이 종간된 뒤에 『별건곤』, 『혜성』, 『제일선』을 재도입했지만 후자의 완화된 대안들은 선행한 잡지의 강한 타격력을 회복할 수는 없었다.

46  박영희, 「초창기의 문단 측면사」, 『현대문학』, 380쪽.

을 활동과 사상이 편리하게 허구적인 문학의 경계 안에 담겨지면 자주 식민 당국에게 받아들여졌다. 그 때문에 법을 벗어난 정치적 당 대신에 회합, 독서 모임, 문화 단체들이 흔히 좌파 활동의 중심으로 여겨졌고, 여기에는 교리적 교육에서부터 거리 시위의 기획에 이르기까지의 활동들이 있었다. 예컨대 광주학생운동[1929]과 경성제대의 반제국주의 운동[1931] 같은 조직적 저항에서 중심적인 역할을 한 것은 좌파 독서 써클이었다.[47]

한국 사회주의 운동에서 문화의 눈에 띄는 역할은 식민지 시대와 그 이후에 왜 한국에서 문학이 신망을 얻었는지 면밀히 설명해준다. 언론의 자유가 심각하게 박탈된 사회에서 창조적 글쓰기는 정치적 담론의 위치에서 수행할 부가적인 사명을 떠맡고 있었다. 좌파 작가와 독자들은 모두 문학적 실천이 정치적인 관여의 방식임을 명심하고 있었다. 좌파 문학은 주로 사회주의 사상을 대중화하고 사회주의적 "감정의 구조"를 구축하는 데 기여했으며, 작가들은 절박한 식민지적 검열 상황에 대처하며 그 일을 수행하고 있었다.


## 한국 좌파 운동에서의 식민지적 차이

19세기 후반의 농민 혁명은 한국의 최초의 노동 조직이 계속 성장하는 데 비옥한 토양을 조성했으며, 식민지 시기의 산업적 확대는 그런 노동문화가 도시 중심 — 특히 서울 — 으로 침투해 보다 가시화되게 했다. 그

---

47 천정환, 「1920년대의 독서회와 '사회주의문화' ─사회주의와 대중지성의 형성」, 『대동문화연구』 64, 2008, 58~59쪽. 윤금선, 「1920~1930년대 독서운동 연구」, 단국대 동양학 연구소 편, 『근대 한국의 일상생활과 미디어』, 민속원, 2008, 159~160쪽 참조.

같은 운동에서 정치적 좌파와의 결속력은 대부분 빈약했는데, 이는 조선 공산당이 조직적으로 구조화된 운동 내에서 지도력을 행사할 만큼 식민 당국의 억압을 극복할 수 없었기 때문이다. 그럼에도 불구하고 좌파문화는 식민지 시대 동안 넓은 의미에서 번창한 셈이었다. 그 이유는 부분적으로 좌파문화가 사회적 쇄신의 깊은 요구에 반응했기 때문이며, 또 부분적으로는 사회주의가 그 시대의 어떤 가장 재능 있는 젊은 작가들과 지식인들의 지지를 받았기 때문이다. 따라서 한국의 좌파는 독특하게 "중심이 빈 역사적 블록"이었으며, 강한 정치적 핵심을 박탈당했지만 사회적·문화적 표현에서는 전반적으로 번성하고 있었다.[48] 노동운동의 경험은 1920년대 전반의 몇몇 신경향파 작가들에게 직접적인 영감을 제공했고, 좌파 지식인들은 식민지 시기 내내 들이나 공장과 특별한 관계를 유지했으며, 때로는 그런 계급으로부터 출현하기도 했다.

식민지적 근대화의 필수적인 현상으로서, 한국 좌파 운동은 근대화의 중요 과정의 역사적 특수성을 반영하고 있었다. 그런 맥락에서 좌파 운동은 강한 반제국주의적·민족주의적 참여를 책임지고 있었고, 어떤 지점에서 급진적이고 비타협적인 민족적 저항 형식을 떠맡고 있는 셈이었다. 그러나 보다 특징적인 사회적·정치적 활동을 통해 좌파 운동은 또한 식민지의 노동 계급의 편에 확고하게 서 있었다. 당시의 식민지 조선은 불안정하게 고용된 도시 노동 계급과 대다수의 농민들로 구성되어 있었기 때문에, 공장 노동자들은 좌파 구성원의 소수적 일부를 이룰 뿐이었

---

48   경제적·사회적·정치적·문화적 관계들을 총체화하는 층들로서의 "역사적 블록"의 개념에 대해서는 Antonio Gramsci, *Selections from the Prison Notebooks*(International Publishers 1999), p.366·377 참조.
    [역주] 여기서 비어 있는 역사적 블록이란 대항 헤게모니로서 정치경제적 중심은 약화된 상태에서 문화적 심급이 왕성했던 특이한 식민지 좌파의 문화운동을 말한다.

다. 이런 식민지 노동력의 잡종적인 구성은 좌파 노동운동을 다양화하는 동시에 서구 좌파 교리의 비교문화적인 번역이라는 도전적 과제를 함께 제기했다.

한국 좌파의 또 다른 두드러진 식민지적 특성은 정치적 선언이 약하다는 것이었다. 앞에서 살폈듯이, 조선 공산당은 한국의 보다 넓은 범위의 사회주의 세력을 완전히 통솔할 수는 없었다. 사회단체들과 문학 집단들이 한국 좌파 운동의 중심으로 여기는 것은 정치적 당이기보다는 사상이었다. 문학은 특히 가장 풍부한 좌파문화의 형식임이 드러났는데, 그 이유는 명료한 사회적 비판을 전달하는 데 효과적이었기 때문이다. 또한 영화와 연극 같은 다른 매체들은 보다 많은 자금 투자가 필요하고 더 심한 검열을 받아야 했기 때문이다.[49]

서구와 러시아, 일본의 경우와 비교해서, 식민지 조선의 좌파 지식인들은 매우 불리한 조건에 대처해야 했다. 그들은 안정된 당 조직의 연결망으로부터 거의 도움을 기대할 수 없었고, 항상 검거의 위험과 그보다 더 악랄한 검열에 노출되어 있었다.[50] 그러나 조금 다른 관점에서 보면, 식민지 시기 한국 좌파의 불리함은 긍정적인 결과를 낳은 것으로 생각될 수 있다. 확고하고 통제적인 당의 권위의 부재 속에서, 조선의 좌파 지식

---

49  식민지 시대 프롤레타리아 연극과 영화운동에 대해서는 안광희, 『한국 프롤레타리아 연극운동의 변천과정』(역락, 2001)과 Hyangjin Lee, *Contemporary Korean Cinema : Identity, Culture, and Politics*(Manchester University Press, 2000), pp. 28~29 참조.

50  식민 당국자들은 분리와 지배의 정책을 통해 끊임없이 문화영역에 대한 통제력을 행사하며 급진적 작가들의 출판 기회를 제한하려 했다. 검열의 수단과는 별도로 당국자들은 또한 용이한 출판시설의 편의성과 재정적 도움을 제공하며 순응적인 출판인들을 동원했다. 한만수, 「식민지 시기 문학 검열과 인쇄자본」, 검열 연구회 편, 『식민지 검열, 제도, 텍스트, 실천』과 「식민지 시기 근대기술과 인쇄물 검열」, 『한국문화연구』 32권, 2007 참조.

인은 상대적으로 정치적 감독에서 자유로웠고, 마르크스주의와 사회주의 사상을 자신의 창조적 활동에 적용할 때 많은 자율성을 얻을 수 있었다. 더욱이 식민지적 검열의 압박은 좌파 문학의 실천을 발전시키는 방향으로 아이러닉한 기여를 하고 있었다. 왜냐하면 작가들은 검열의 통제를 우회하는 다양한 방식을 고안하면서 예술적 솜씨를 발휘해야 했기 때문이다. 결과적으로 한국 사회주의 운동이 불가피하게 문화에 초점을 맞추게 된 점은, 좌파 문학의 풍부한 작품들의 발전을 고취시킨 셈이었다. 그 때 창작된 작품의 실체는 이제 포스트식민지 시대에 좌파의 유산을 확고하게 만드는 효력을 보이게 될 것이었다. 적에게 포위되었지만 저항적이었던 문화적 전통의 아우라는, 지금까지도 식민지 좌파문화의 특이성을 드러내고 있으며, 오늘날의 한국의 진보적 정치학에 도덕적인 진정성을 제공하고 있다.

제2부

풍경

## 제2장

# 프롤레타리아의 물결
## 문학적 좌파의 해부

　박영희는 1930년대 말에 지난 10년간의 사회주의 문학의 운명을 회고하는 글을 쓰면서, 1930년경의 시간을 자신과 다른 카프 회원들에게 특히 어려운 시기로 손꼽았다. 그는 우울한 평가를 내리며 다음 같은 회상조의 글을 썼다. "[우리는] 의식 문제와 문학 문제의 균형을 잃어버리고 쭈그리고 엎대어" 있을 뿐이었다. "우리는 백열화된 논전의 토치카 속에서 (…중략…) 현상을 유지하느라고 다만 침울하였을 뿐이었다. 논전이 활발하였던 반면 작품행동에는 침체기가 왔고 권태기가 온 것이었다"[1] 카프 서기장이자 공동 창립자였던 박영희는 그때까지 조직을 올바른 공산주의적 방향으로 이끌려 애썼지만, 동료 지식인들의 반대와 함께 예술과 정치 사이의 미묘한 균형에서 좌절을 맛볼 뿐이었다. 박영희의 회고에 의하면, 카프는 시대의 역경에 부딪히며 마르크스주의 문학과 예술을 식민지 조선에 도입하려 용기 있는 노력을 기울였다. 그러나 카프는 또한 엄청난 어려움을 겪어야 했다. 박영희 자신의 주장을 빌리면, 조선의 좌파는 서구나 소련이 이룬 마르크스주의 문화를 조선에서 비슷하게 창조하는 데 실패했다.

---

1　박영희, 「초창기의 문단 측면사」, 『현대문학』, 1960.5, 358쪽.

박영희의 시인을 확언하듯이, 오늘날의 비평가들은 식민지 지식인들이 대부분 마르크스주의 원리를 이론과 문학 실천으로 꽃피울 수 없었음을 인정하는 경향이 있다. 예컨대 마이클 로빈슨은 『개벽』에 실린 1924년의 글에 대해 논평하면서 작가가 사용한 "뒤죽박죽된 범주들"을 지적했다. 또한 그는 "정통 마르크스주의의 분석 범주를 한국 상황에 적용할 때 직면한 한국인들의 어려움"[2]에 대해 언급했다. 마찬가지로 한국과 소련의 비교 분석에 집중한 타티아나 가브로센코는 정통성을 잃은 듯한 징후를 근거삼아 이기영의 작품을 비판했다. 즉 "[이기영의] 작품들은 세계와 사회, 계급투쟁의 사상, 공산주의 혁명의 개념 — 공산주의적 정통성의 필수적인 특성들 — 을 전혀 프롤레타리아 중심의 접근법으로 제시하지 못했다".[3] 그 둘과 다른 논평자들은 전반적으로 사회주의에 의해 고취된 문학이 식민지 문화에 실제적으로 기여했음을 인정한다. 또한 대개는 그런 문학이 중요한 민족주의적 의미를 지녔다고 평가한다. 하지만 그와 동시에 연구자들은 특히 식민지 조선의 좌파 문학의 사회주의적 가치에 대해 회의를 표명한다. 그들에 따르면, 좌파 작가들은 마르크스 레닌주의의 근본적인 교의를 습득하는 데 큰 어려움을 겪었으며, 그로 인해 비정통성을 지닌 글들을 쓰거나 어떤 경우에는 이데올로기적인 순진성을 드러냈다.[4]

이런 견해들에 대해 균형 잡힌 평가를 하려면 약간의 맥락에 대한 설명이 필요하다. 식민지 지식인들의 문학적·이론적 생산물들을 고찰할 때 정통적인 마르크스주의로 인정할만한 것이 별로 없었음은 의문의 여

---

2 Michael Robinson, *Cultural Nationalism in colonial Korea, 1920~1925*, p.123.

3 Tatiana Gabroussenko, *Studies on the Cultural Front : Development in the Early History of North Korean Literature and Literary Policy*, p.77.

4 예컨대 Gabroussenko, ibid, Brian Myers, *Han Sŏrya and North Korean Literature : The Failure of Socialist Realism in the DPRK.*, Robinson, *Cultural Nationalism*을 볼 것.

지가 없다. 사실 한국 작가의 실제 생산물에는 보다 넓은 범주의 공산주의 이론조차 많이 재현되어 있지 않다. 그러나 위의 평가들이 놓치고 있는 것은, 정통성의 문제가 재현보다는 식민지 시기 좌파 문학의 도전과 열망, 궁극적인 의미 속에 날카롭게 스며들었다는 점이다.

여기에 대해서는 특히 두 가지 점을 언급할 필요가 있다. 첫째로 마르크스주의와 공산주의를 식민지 조선을 고취시킨 새로운 영감으로 생각할 때, 실제로 문제가 되는 것은 유럽에 기원을 둔 국제적 정치 운동과 아직 서구적 근대화의 변화에 거의 노출되지 않은 동아시아 사회와의 만남이다. 사회주의 교리는 그런 이론적인 이주의 과정에서, 서구나 소련의 마르크스주의적·공산주의적 "정통성"의 사상에서 자연스럽게 이연되는 방식으로 조정되고 재형성되어야 했다.

둘째로 공산주의를 식민지 좌파의 규범적인 시금석으로 주장한 것은 카프의 서기장인 박영희가 확실히 승인한 관점을 나타낸 것이다. 새로 창립된 조선 공산당의 문화적 날개 카프는 마르크스주의에 대한 충성심을 자기 자신의 이미지에 각인시켰다. 그러나 그 시기의 모든 좌파 경향의 지식인들이 마르크스주의나 공산주의를 자신의 영감의 근원으로 삼았다고 보는 것은 잘못된 일일 것이다. 식민지 현실의 보다 정확한 풍경은 일종의 열려진 이데올로기의 환경이다. 여기서는 지역적 요소들이 다양한 사회주의적 교리들 — 특히 아나키즘과 마르크스주의 — 을 민족주의·자유주의·페미니즘·범아시아주의 같은 다른 주요 이데올로기들과의 교차영역에 적용시키고 있었다.

이 같은 예비적인 고찰은 식민지 좌파 운동의 지나치게 단순화된 이미지를 복합화시키는 것을 뜻한다. 즉 사회주의를 한국문화에 가져오는 데 전반적으로 "실패했다"는 이미지를 복잡화하려는 것이다. 설령 사회주의적 교리들이 해외에서 한국으로 도입되었음을 인정한다 해도, 그리고 지역적 지식인들이 그 교리들을 "배우려" 열망했음을 보였다 해도, 그런 맥락에 국한하면 "그들은 진짜로 사회주의를 이해했는가?"라는 질문에 관심이 제한된다. 반면에 이제까지 잘 제기되지 않았지만 또 다른 가능성을 지닌 질문들은, 급변하는 시기에 한국 지식인의 이데올로기적 교섭에 대한 보다 많은 통찰을 제공한다. 즉 좌파문화의 이야기는 식민지 시기 동안 한국에서 실제적으로 어떻게 연출되었는가? 한국 문화가 20세기 전반의 국제적인 급진적 운동들과 조우하며 어떤 새로운 이데올로기적 생성물들이 생산되었는가? 또한 당대 지식인들이 사회주의를 "이해했는가"와는 상관없이, 한국인들은 실제적으로 사회주의를 갖고 어떻게 다루고 행동했는가? 사회주의가 어떤 형식으로 수용되었든 간에, 식민지 조선의 복합적인 이데올로기적 환경에서 사회주의는 어떤 기능을 연출했는가?

이런 질문들을 떠올리는 것을 시작으로, 이 책은 이제 식민지 조선에서 문화적 좌파를 구성한 사건, 사람, 회합, 잡지, 출판인, 일반적인 제도적 배경들에 대한 역사적 윤곽을 추적할 것이다. 여기서 직접적으로 강조되는 것은 좌파 운동의 해부와 내적인 구성이다. 거기서 더 나아가 전체로서의 문화적 좌파를 보다 넓은 근대 한국 문화의 풍경 안에 놓는 일은 제3장에서 진행할 것이다. 따라서 나는 제2장에서 먼저 아나키스트 사상이 1910~1925년 사이에 한국에 도입된 과정을 설명하며 논의를 시작한다. 그 다음으로 1925~1935년 사이의 카프의 제도적 역사의 연대기를 살펴보면서, 처음에는 카프 조직의 마르크스주의적인 출발에 초점을 맞추고, 이어서 프롤레타리아 문학운동을 다양화시킨 논쟁적 촉매제로서 카프의 성숙을 주목할 것이다. 이런 역사적 윤곽의 고찰은 카프 시대와 그 이후에 회원이 아닌 동정자sympathizer였던 많은 지식인 집단에 대한 개괄로 끝을 맺는다. 마지막 논의에서 보게 될 것처럼, 근대 좌파문화는 마르크스주의·아나키즘·자유주의·민족주의·페미니즘 같은 중요하고 다양한 이데올로기적 영향력의 긴장 속에서, 그리고 많은 상승효과 속에서 번창했다. 카프의 중심성에 초점을 맞춘 과거의 논의는 이제까지 좌파 문학 전통의 진정한 범주를 잘 드러내지 못했다. 또한 혼종적인 문화생성물로서의 좌파 문학의 재발견을 방해하면서, 국제적인 사회주의적 영감을 식민지의 지역 현실에 적용해 번역한 생생하게 혼종적인 문화형성물의 재인식을 어렵게 해 왔다.

## 사회주의 문학운동의 아나키스트적인 출발

20년 동안 사회적 격변과 심각한 정치적 위기의 곤경을 겪은 후에, 20세기의 출발점에 선 한국은 급진적 변화의 기회가 다가온 매우 폭발할 듯한 사회였다. 발흥하는 부르주아 엘리트와 일부 양반 세력은 19세기 말 입헌군주제와 공화주의의 새로운 정치사상을 포용하며 근대화를 추구했다. 그들은 합법적 수단과 실패한 정변을 통해 그 같은 변화를 촉진시키려 시도했다. 그러나 농민과 하위계층의 경우에는 동학혁명의 경험이 혁명적인 평등주의와 반독재주의의 유산을 남긴 셈이었다. 바쿠닌과 크로포트킨, 마르크스, 프루동 같은 사람의 사상이 비옥한 성장의 토양을 발견한 것은 그런 뜨거워진 사회적 기류 속에서였다. 제1장에서 살핀 것처럼, 초기 사회주의 지식인들은 농민의 불안과 도시 투쟁의 현실에서 자신들의 사회적 지침을 발견했다. 새로 도입된 서구적 교리들 중에서 특히 아나키즘은 당시의 동요하는 대중의 열망에 조응했으며, 많은 지식인들은 급격히 변화하는 사회상황에 대해 사유하려 하며 아나키즘에 이끌리게 되었다.

세계적 조류를 생각할 때, 아나키즘은 적어도 마르크스주의가 러시아혁명의 승리 이데올로기로 퍼지기 시작한 1920년대 전반까지는 동아시아에서 여전히 영향력이 있었다.[5] "아나키무정부"란 그런 맥락에서 가변적인 사상들의 군집을 나타냈다. 그 중에서도 아나키즘의 특징적인 사상은 중앙 집중적 권위를 인정하지 않는 것과 자기결정권 및 공동체 내의 회합의 자유를 열망하는 것이었다. 이런 종류의 반권위주의와 반국가주의는, 유교적 보수성의 족쇄 속에서 근대화 (그리고 산업화) 초기까지 전통적 위계가 유지된 경직된 질서의 사회에 적합한 것이었다. 한국과 일본에서 똑같이 널리 읽힌 작가는 아나키즘적 공산주의의 통찰력을 지닌 표트르 크로포트킨이었다. 특히 대중적인 인기를 끈 것은 『상호부조론─진화의 요인』[1902][6]이었다. 이 책은 사회적·정치적 원리의 핵심으로서 상호협력을 주장하며 당시의 광적인 정치적 다원주의에 대항했다. 또 다른 인기를 끈 책인 『빵의 정복』[1906]은 자치와 권력의 분할에 기초한 이상적인 공산주의에 대한 크로포트킨의 청사진을 보여주었다.[7] 아나키즘은 사적 소

---

5  Lucian Van der Walt and Steven Hirsch, eds., *Anarchism and Syndicalism in the Colonial and Postcolonial World, 1870~1940 : The Praxis of National Liberation, Internationalism, and Social Revolution*, Brill, 2010.

6  [역주] 크로포트킨은 『상호부조론』에서 우승열패를 말한 다윈의 진화론을 반대하며 인간의 사회는 상호부조에 의해 발전한다고 논의했다.

7  이호룡, 『한국의 아나키즘』, 지식산업사, 2001, 92·93쪽. Dongyoun Hwang, "Korean Anachism before 1945 : A Regional and Transnational Approach", *Anarchism and Syndicalism in the Colonial and Postcolonial World, 1870~1940*, pp.102~103. 또한 크로포트킨의 "An Appeal to the Young"은 한국어로 번역되었다. 김명진, 「청년에게 고함」, 『동아일보』, 1920.5.22 참조.

유의 폐지를 옹호하는 크로포트킨이 파리에서 마르크스와 교류하며 탄생했다. 그런 특성을 지닌 아나키즘의 확산은 1920년대에 많은 지식인들이 찬성했던 마르크스 레닌주의 노선과의 친화성을 미리 나타냈다.[8]

중국과 일본은 1910년대 동안 상당수의 한국의 학생과 지식인, 이주 노동자들을 수용했다. 많은 한국인들이 크로포트킨이나 (보다 적게) 미하일 바쿠닌과 처음 만난 것은 바로 그 밀집된 공동체에서였다. 당시 중국에서는 조선인 이주자들이 상하이에 집결해 있었다. 상하이는 사람들이 비교적 자유롭게 뒤섞여 여행할 수 있는 항구이면서 그 시기의 급진적 운동의 온상이었다. 예컨대 대한제국[1897~1910] 말기의 군사 장교 출신이자 활동가인 신규식은 몇몇의 유명한 회원들과 함께 "동제사"를 건립했다. 이 비밀 단체에 대한 자세한 기록은 남아 있지 않지만, 이후 조선 사회당[1918]을 조직한 단체 지도자들이 반제국주의 저항의 사상적 지주로 처음에 아나키즘을 신봉했음은 잘 알려져 있다.[9] 반면에 한국 민족주의 활동가들이 탄압받고 있던 일본에서는, 많은 조선인 학생들이 그 대신 노동운동과 일본 동료들의 사회주의적 투쟁심에 이끌렸다. 특히 영향력 있는 노동 활동가는 정태신과 나경석이었는데, 그들은 오사카에서 조선인 노동

---

8 　동아시아에서의 한국 아나키스트의 역사에 대해서는 구승회 외,『한국 아나키즘 100년』(이학사, 2004)과 Dongyoun Hwang, "Korean Anarchism before 1945 : A Regional and Transnational Approach",*Anarchism and Syndicalism in the Colonial and Postcolonial World, 1870~1940* 참조.

9 　동제사는 곧 중국, 일본, 러시아, 미국(특히 하와이와 샌프란시스코)에 300명 이상 회원의 실제적인 연대망을 지닌 해외의 가장 큰 한국 민족주의 단체가 되었다. 홍명희, 문일평, 신채호 같은 작가들은 가장 활동적인 회원들이었다. 이 단체의 체제와 활동에 대한 더 많은 설명은 김희곤의 「동제사와 상해 지역 독립운동」,『한국사연구』 48 참조. 또한 중국에서의 한국 아나키즘 혁명의 생생한 이야기의 훌륭한 설명에 대해서는 Nym Wales and Kim San, *Song of Arirang : A Korean communist in the Chinese Revolution*(Ramparts Press, 1974) 참조.

세력을 조직하면서 오스기 사카에 같은 일본 아나키스트와 친밀하게 지내고 있었다. 두 사람은 이후에 국내에서 조선 노동 공제회의 창립 회원이 되었다. 일본에 있는 작가들 중에서 주목할 만한 인물은 황석우와 청년 염상섭이었다. 시인이자 비평가인 황석우는 『근대사조』1916와 『삼광』1920~1921이라는 잡지를 창간했으며, 염상섭은 『삼광』과 조선인 학생 잡지 『학지광』1914~1930에 글을 기고해 아나키즘의 대의를 퍼뜨렸다.[10]

1920년의 조선 노동 공제회1920~1922의 창립은 한국 사회사에서 분수령을 이룬 순간이었다. 한국 최초의 전국 규모 노동조직인 공제회는 곧 번성해 일시에 50개가 넘는 지국과 약 18,000명의 회원을 관장하게 되었다. 이 조직의 이데올로기적 기반은 사회주의적 글의 번역과 노동관련 기사들을 실은 『공제』1920~1921라는 잡지에서 상세히 설명되고 있다(화보 2). 크로포트킨의 상호협력과 번영의 원칙을 옹호한 공제회는, 빠르게 확장하는 직물·건설·운송·제지·인쇄 같은 산업 영역에서 협력적인 지역 노동 집단에 집중했다. 조선의 많은 노동 파업은 그런 영역에서 공제회의 후원 하에 일어났으며, 이에 자극받은 일본 당국은 공제회의 활동가들을 자주 탄압하게 되었다. 마찬가지로 중요한 것은 공제회가 육체노동의 존엄성과 가치를 옹호하는 교육활동을 펼친 점이다. 아직도 "하층민"의 직업이 유교적으로 폄하되던 사회에서, 공제회의 주장은 서울과 평양, 부산 같은 근대 도시의 점증하는 제화·이발·요리 노동자와 일용노동자들

---

10  나경석은 "KS생"이라는 익명을 사용해 「저급의 생존욕」(『학지광』, 2015.2)을 발표하면서 농민의 투쟁이 효과적으로 의지할 수 있는 총파업을 옹호했다. 정태신과 나경석의 노동 조직 활동에 대해서는 이호룡, 『한국의 아나키즘』, 114쪽 참조. 황석우의 시인과 출판인으로서의 경력에 대해서는 정우택, 『황석우 연구』(박이정, 2008) 참조. 염상섭은 「이중 해방」이라는 글에서 아나키즘의 색조를 띤 자유주의적 의제를 기획했다. 더 자세한 논의는 제5장 참조.

에게 혁명적이고 해방적인 메시지였다.[11]

　도시 노동의 조직과 함께 공제회는 농민조합을 도와 지주와 소작인 간의 소작쟁의의 중재와 조정에 힘을 썼다.[12] 공제회의 많은 일들이 농민의 권리를 옹호하는 것과 관련이 있었으며, 이는 19세기 말 동학 농민혁명에 근거한 전통을 잇는 것이었다. 『공제』는 이미 창간호에서 「소작인 조합론」[1920]이라는 신백우의 글을 실었는데, 이 글은 도시 임금 노동자가 힘들더라도 농촌의 소작인에 비해 더 문명화된 편한 삶을 산다고 언급하고 있다. 신백우는 농민의 불행이 지주 및 마름의 착취와 식민 지배자 때문임을 말하면서, "양반제와 자본주의"가 사회주의 봉기에 의해 전복되는 시점에서 소작인들이 서로 도우며 단결할 것을 촉구했다.[13] 여기서 신백우가 사용한 표현을 주목할 필요가 있는데, 그는 조선조 말기의 소작제도"양반제"와 식민 정부가 도입한 자본주의 발전을 둘 다 공격의 목표로 삼고 있다. 마르크스주의가 부르주아와 자본을 사회적 안티테제로 선정한 것은 그 다음의 일이었을 것이다. 반면에 초기단계의 노동운동에서 신백우 같은 활동가들은 흔히 막연한 반전체주의적 입장을 취하곤 했으며,[14] 소작인들에게 계속 조합을 만들 것을 요구했다. 일본 정부에 의한 당시의 조사에 따르면, 1920~1923년 사이에 조선의 소작인 조합은 0개에서

---

11　김경일은 『노동운동』(한국독립운동사편찬위원회, 2008), 92~98쪽에서 공제회의 활동에 대해 설명하고 있다.

12　Gi-Wook Shin, *Peasant Protest and Social Change in Colonial Korea*, pp.65~66.

13　신백우, 「소작인 조합론」, 『공제』, 1920.10. 신기욱에 따르면 당시의 대부분의 한국 농민은 생존의 차원에서 노동을 하고 있었으며, 이는 단순히 불행한 생활로는 설명될 수 없음을 뜻했다. 신백우는 아마 농민의 향상의 효과를 과장했을 수 있으며, 혹은 농촌 생활을 어쨌든 고착된 도시의 관점으로 보아 당연히 비참하게 여겼을 수도 있다. Gi-Wook Shin, ibid, pp.54~74 참조.

14　[역주] 이런 반전체주의와 반권위주의의 입장은 아나키즘의 특징으로 볼 수 있다.

107개로 증가했으며, 이는 공제회가 존재했던 시기와 대략 일치한다.[15]

공제회의 많은 회원들은 또한 아나키스트적 사상이 뚜렷한 보다 소규모의 단체들과 제휴하고 있었다. 타국<sup>망명</sup>에서 돌아온 학생들과 지식인들은 흔히 그런 조직의 지도자를 맡았고, 한국과 일본, 중국에 같은 단체가 있는 경우는 드문 일이 아니었다. 예컨대 박열은 서울에서는 흑로회<sup>1921</sup>를, 도쿄에서는 흑도회<sup>1921~1923</sup>를 이끌고 있었다. 반면에 신채호는 서울과 베이징 양쪽에서 흑색청년동맹<sup>1921~1924?</sup>을 창립했다.[16] 이 조직들은 동아시아를 풍미한 아나키즘의 역할과 보조를 맞추면서, 흔히 그들의 노동 행동주의를 반제국주의와 민족주의적 의제에 연결했다. 그들은 적어도 이론적으로는 폭파와 암살 같은 정치적 폭력의 행동을 통해 민족 독립을 촉진시킬 것을 제안했다. 그러나 실천적으로는 대부분 조직적이고 문화적인 역할을 수행했으며, 정치적 참여를 원하는 학생들과 지식인들을 위한 연대망

---

15  공제회는 지도층 사이에 논쟁이 생기면서 1922년에 해체되었다. 그 다음의 마르크스주의 이념의 대규모 노동자 농민 조직인 조선 노동자 농민 총동맹은 1924년에야 건립되었다. 농민조합의 통계에 대해서는 김용달,『농민운동』(한국독립운동사편찬위원회, 2009) 26쪽을 볼 것.

16  박열과 신채호의 조직적 활동에 대해서는 이호령,『한국의 아나키즘』, 101 · 102 · 126 · 127 · 151쪽 참조. 신채호는 이후에 식민지 조선에서 가장 존중받는 지식인 중의 한 사람이 되었다고 할 수 있다. 이 초기의 시대에 신채호는『신대한』(1919~1920),『정의공보』(1924~1925),『탈환』(1928~1930) 같은 간행물의 편집자로서 중국에서 한국 아나키스트 문학을 형성하는 데 중요한 역할을 했다. 그는 또한 민족주의적 역사편찬의 개척자이자 세계적 차원의 사회주의 혁명에 관한 알레고리적 환상소설『용과 용의 대격전』의 작가였다. 그처럼 신채호는 생산력이 뛰어난 학자이자 소설가로도 중요한 인물이었다. 그는 중국과 일본의 책을 읽고 아나키즘을 처음 만난 것으로 생각된다. 특히 량 치차오(梁啓超)의『인빙시 웬지((飮氷室)』(Collected works from the ice drinker's studio, 1903)와 고토쿠 슈수이의『長廣設』(Long Speech, 1905)을 읽고서였다. 두 책은 각각 러시아 니힐리스트 당의 테러리스트 활동과 아나키즘 및 그 테러 전략의 이론적 정당화에 대한 자세한 설명을 제공한다. 이호령,『한국의 아나키즘』, 44~85쪽과 고토쿠,『長廣設』참조.

을 제공했다. 이 단체들이 의도적으로 정치적 폭력을 회피했는지, 극도로 민완한 일본 경찰이 손쉽게 그들의 활동을 막았는지는 불확실하다.[17]

문학은 1920년대 초의 한국 아나키즘 운동의 중요한 부분이었다. 최초의 사회주의적 잡지 『신생활』[1922~1923]에 실린 작품들은, 일본의 조선인에 대한 경제적 억압을 비판하면서 식민통치 제도에 저항하는 일상이나 공장에서의 개별적 투쟁을 제시했다.[그림 2.1] 예컨대 현진건의 「인스」[1922]은 두 명의 노숙 도시 노동자가 경제적 파멸의 원인으로 일본의 동양척식주식회사를 비난하는 삽화를 보여준다. 동양척식주식회사는 식민지 기업으로부터 수익을 빼내는 일본의 국가적 벤처 사업이었다. 여자 인물은 자신의 기업가 아버지를 파산시킨 동척을 비난하고 있으며, 남자는 고용인에게 회사 임금이 제대로 지불되지 않았다고 항의하고 있다.[18] 마찬가지로 염상섭의 「묘지」[1922, 연재가 중단되고 나중에 「만세전」으로 개제됨]에 그려진 청년

---

17    그 같은 통제를 역설적으로 증명하는 예외로는 박열의 사건을 들 수 있다. 박열과 그의 아내 후미코 가네코는 나중에 일본 제국주의 왕실에 대한 테러를 계획한 것으로 유명해졌다. 한국에서 입증된 민족주의와 아나키즘의 동맹은 두 사상이 서로 대립적이라는 일반적 관점을 반박하고 있다. 그런 현상을 숙고하면서, 어떤 학자들은 아나키즘이 탈중심주의와 지역적 자율성을 강조하기 때문에 반제국주의적 민족주의자들이 아나키즘적 힘을 사용할 수 있었을 것이라고 주장해왔다. John Crump, "Anarchism and Nationalism in East Asia", *Anarchist Studies* 4, 1996, p.50. 더욱이 아리프 딜릭(Arif Dirlik)은 조금 다른 관점을 취하면서 세기 중반 혁명기의 중국의 유사한 상황에 대한 유용한 통찰을 제공한다. 딜릭은 민족주의를 아나키즘과 대립되는 보수주의로 보기보다는 20세기 전반 동아시아에서의 민족주의의 급진적 특성을 지적한다. 그 시기에 공화정의 이상은, "민족국가(nations)를 창조하기 위한 정치적 정당성을 혁명적으로 재개념화했으며, 정치적 공간의 내적인 재구성을 야기했다". Arif Dirlik, *Anarchism in the Chinese Revolution*, University of California Press, 1993, pp.50~51. 딜릭에 의하면, 민족(nation)의 이상 자체가 혁명적이기 때문에 어떤 지식인들에게는 그 이념이 아나키즘과 마르크스주의 같은 다른 급진적 사상의 통로로 이용될 수도 있었다. 또한 Lucian Van der Walt and Steven Hirsch, "Rethinking Anarchism and Syndicalism", *Anarchism and Syndicalism in the Colonial and Postcolonial World, 1870~1940* 참조.

18    현진건, 「인」, 『신생활』, 1922.5, 124쪽. 이 소설은 현좌권이라는 필명으로 발표되었다.

<그림 2.1> 아나키즘적인 영향을 나타낸 『신생활』(1922.5)의 만평. 대중의 고통에 대한 군부와 경제 당국의 무관심이 즐겁게 축배를 들고 있는 두 명의 거인으로 상징되고 있다.(남캘리포니아대학 한국 헤리티지 도서관 제공)

지식인은, 일본 형사에게 미행을 당하면서 일본인 상인과 사업가들에 의해 동포들이 빈민화되는 장면을 목격하고 있다.[19] 두 소설들은 마르크스주의 문학의 전형적인 공장 노동자 대신에 일상적인 식민지인의 곤경을 묘파하고 있다.

다른 한편 이성태의 「쇠공장」[1922]은 공장파업의 이야기를 서사화하지만 조합결성과 집단투쟁에 내재하는 어려움을 강조할 뿐이다. 이 소설의 1인칭 화자는 각성된 파업 참여자인데, 그는 동료들이 공장주가 정한 "노

---

19    염상섭, 「묘지」, 『신생활』, 1922, 7~9쪽.

동자 대표"의 말에 어떻게 속아 넘어가는지 토로하고 있다. 주인공은 "대중에 대한 실망"을 밝히며 "자신만을" 믿기로 결심하고 소수의 마음이 맞는 동료와 함께 싸움을 계속한다. 이 소설의 서사적 절정의 순간에 그는 "우리는 항상 소수자일 것"이라고 말한다. 이처럼 이 소설은 집단행동보다 개별적인 저항을 강조하면서, 전형적인 마르크스주의의 조직적 프롤레타리아 혁명에 대한 아나키스트적 대안을 제시하고 있다.[20]

크로포트킨의 아나키즘은 상호부조의 사상을 주장하지만, 그런 주제가 아나키즘에 고취된 작품에 반드시 명백히 나타나는 것은 아니다. 위에서 언급한 세 소설 중에서 「인」만이 그런 주제를 암시하고 있는데, 여기서는 노숙 노동자들이 서로를 돌보며 일종의 가족을 형성하고 있다. 그러나 사회주의적 문학에서 아나키스트적인 흔적상호부조은 주로 저항의 과정에서 부정적인 방식으로 나타난다. 즉 부정적 비판의 방식으로 평등주의적 반권위주의 사상을 암시하는 것이다. 「인」과 「묘지」, 「쇠공장」 같은 소설들은 유산자와 무산자로 크게 분열된 사회를 조감하면서, 사회적 불의에 대한 개인들의 분노를 표현하며 사회 상황의 타파를 옹호하고 있다. 예컨대 「인」에서 한 인물은, "곤충을 짓밟으면 부서지기 전에 대응할 것이고 작은 벌을 공격하면 죽기 전에 적어도 한 번 침을 쏠 것"이라

---

20  이성태, 「쇠공장」, 『신생활』, 1922.9, 82쪽. 이 소설은 작가의 이름이 "R S T"라는 이니셜로 소개되고 있으며 여기서 작가의 성은 'Ri'로 표기된 셈이다. 이 소설들 외에『신생활』에는 성해라는 필명으로 발표된 이익상의 「생을 구하는 맘」이라는 소설이 있다. 이 소설은 지식인과 인력거꾼의 내적 사고를 제시하기 위해 다중적 시점을 사용하고 있다. 또한 적진이라는 필명으로 쓰여진 「희생」이라는 소설이 있는데, 이 작품은 가족의 생계를 위해 부모에 의해 매춘을 강요당하는 젊은 여성의 비극적 이야기를 서술하고 있다. 그녀는 곤궁 속에서 성병에 감염되어 자살의 위기로 내몰리게 된다. 「희생」은 원래 1912년에 쓰여졌으며 식민지의 정치적 삶보다는 전통 고객을 대상으로 하고 있지만, 가난을 그로테스크하게 묘사하며 경직된 권위(여기서는 가족과 연관해 그려짐)에 대한 분노를 그린 점은 다른 소설들과 비슷하다.

고 생각한다.[21] 마찬가지로 「쇠공장」의 주인공은 공장 조직과 제도에 대해 성난 짐승처럼 저항할 준비가 되어 있다고 선언하고 있다.[22] 이 소설들은 이후에 나타난 이른바 신경향파 문학의 알려지지 않은 선구자들이었다. 신경향파 문학의 특징은 빈민들을 극적으로 재현하면서 정치적 탄압과 권위의 악용에 대한 개인의 저항을 공공연하게 인정하는 것이다. 오늘날 신경향파 문학은 흔히 카프문학 운동의 첫 번째 단계로 인식되지만, 대다수의 작품들은 실제적으로 눈에 띄게 아나키스트적인 색채를 지니고 있었다. 그 점은 국가나 기타 정치 제도의 권위에 대한 부정뿐 아니라, 빈번히 전통과 근대 양자의 사회적 위계질서를 비판하는 데서 특히 명백해진다.

아나키즘적인 소설의 초기 작품들과 함께, 1920년대 초반에는 사회주의적 경향의 문학비평과 미학적 토론이 나타나기도 했다. 그런 비평의 첫 번째 예는 아마 틀림없이 나경석의 「양화洋靴와 시가詩歌」[1920]일 것이다.[23] 이 글은 한국 근대문학의 작가들을 엘리트주의적 미학주의라고 비판하고 있다. 나경석의 논리는, 제화공이 시인을 위해 구두를 만들듯이 시인은 제화공과 노동계급이 이해할 수 있는 작품을 생산해야 하며, 엘리트들만을 위한 작품이어서는 안 된다는 것이다. 이 초창기의 글은, 이제 곧 모든 이데올로기적 종파의 한국 작가와 문학 비평가들에게 중요하게 될 주제를 이미 암시하고 있다. 실제로 이 글에서의 현대적 문학modern literature과 사회주의적 비평 간의 초기 비평적 분리는, 이후의 '모더니즘'과 '리얼리즘' 간의 대결을 미리 예시하고 있다. 그 같은 대결은 이제 앞으로

---

21  현진건, 「인」, 『신생활』, 1922. 5, 126쪽.
22  이성태, 「쇠공장」, 『신생활』, 1922. 9, 82쪽.
23  나경석, 「양화와 시가」, 『폐허』 1권, 1920. 7, 31~36쪽.

20세기 동안 한국의 문학적 생산과 비평에 결정적인 영향을 미치게 될 것이었다.[24]

문학과 문화의 영역에서 초기 사회주의적 아나키즘에 대한 지식인의 경험은 식민지 조선에 깊고 넓은 영향을 끼쳤다. 매우 일반적인 차원에서 아나키즘의 교리는, 한국의 사회와 정치를 위한 포용력 있는 새로운 비전을 환기시키는 힘 때문에 지식인들을 매혹시켰다. 예컨대 공제회의 강령은 크로포트킨의 반권위주의 사상을 사회적, 경제적, (심지어) 지정학적 상황을 전복시킬 필요성에 연결시켰다. "약소 민족은 강대 민족으로부터 천자賤子는 귀자貴子로부터 빈자는 부자로부터 각각 해방되지 않으면 안된다."[25] 이 같은 대범한 발언은 혁명적 변화의 열망 뿐 아니라 계몽의 해방 사상에서 탄생한 교리로서 아나키즘에 대한 포괄적인 이해를 담고 있다. 실제로 공제회의 창립 강령은 자유와 인간성의 평등, 인종적 차별의 폐지, 대중문화의 계발 등을 목표로 포함하고 있었다.[26] 이 항목들은 모두 서구에서라면 일반적인 자유주의적 의제에 속할 이념들이었다. 그러나 한국의 "압축된 근대성"의 맥락에서, 크로포트킨은 루소와 니체 같은 다른 서구 사상가들과 함께 읽혔으며, 그의 저서는 다른 사상서들처럼 근대화와 반권위적 사회개혁의 야심찬 진행의 초석으로 해석될 수 있었다.

이처럼 초기 사회주의적 문서들이 계몽사상과 혁명 정신을 둘 다 전달했다면, 그것에 분명히 부재한 것은 마르크스주의식의 보다 세밀한 계급

---

24  한국에서의 리얼리즘과 모더니즘 논쟁의 요약적 설명은 김윤식 · 정호웅, 『한국문학의 리얼리즘과 모더니즘』(민음사, 1989) 참조.
25  고순흠, 조선 노동 공제회를 위한 「선언」. 인용은 이호령, 『한국의 아나키즘』, 96쪽. 고순흠의 「선언」은 1967년 자료 수집과정에서 필사로 작성되었음. 고순흠은 식민지 아나키스트 운동에 대한 한국인 역사가들을 위해 이 글을 작성했다.
26  김경일, 『노동운동』, 93쪽.

분석이었다. 실제로 카프의 마르크스주의 지도자들은 이후에 동료 지식인들의 의심스러운 비정통성을 반대하면서 아나키스트를 "비과학적이고" "이상주의적"이라고 비판하곤 했다. 그러나 틀림없이 그들의 반대는 당시에 인기 있던 마르스주의적 논쟁 방식으로서, 앞선 사회주의적 교리들을 논박하는 방식의 기계적 반복이었을 것이다. 그런 논쟁 방식은 마르크스 자신으로부터 시작된 후 그 뒤 그의 추종자들에 의해 계속된 설득력 있는 형식이었다.

농민이 우세한 미산업화된 사회에서 처음 출현한 사회주의적 집단으로서, 아나키스트들은 경제적 착취보다는 권력남용과 불의 같은 보다 큰 스펙트럼을 지닌 사회 정치적 구조에 중점을 두었다. 그에 따라 그들은 당시의 선언들을 통해 전통적인 위계적 질서를 공격하면서, 힘없는 피억압자들 편에 서는 윤리적 태도를 선호해 경제적·계급적 분석을 보류했다. 식민지 조선의 불의에 대한 그런 폭넓은 관심 때문에, 1920년대에 개혁을 추구한 지식인들 속에서 아나키즘은 엄청난 성공을 누릴 수 있었다.

다음 절에서 보게 될 것처럼, 좌파들 속에서 마르크스주의 교리가 새로운 강력한 이데올로기가 되자 1920년대 중반 많은 지식인들은 마르크스주의로 전향했다. 그러나 아나키스트 지식인의 유연한 가변성으로 인해 여전히 그들이 마르크스주의에 대한 대립으로 남아 있었다는 점 역시 기억할만한 일이었다. 이전의 연구에서는 좌파 내에서의 아나키스트 전통이 간과되거나 경시되었으며, 카프의 중심성을 강조해서 똑같이 중요한 주변부를 희생시키는 담론적 경향이 있었다. 실제로 카프는 식민지 조선의 조직화된 좌파문화에서 가장 뛰어난 선언이었다. 그렇다 해도 식민지 시대 동안 카프의 마르크스주의적 입장이 아무 경쟁상대 없이 질주한 것은 아니었으며, 지금의 시점에서 카프에 규범적인 지위를 부여한다면 왜곡된 평가일 것이다. 한국의 아나키스트 문학은 마르크스주의의 이탈이 아니라 정통성의 전조였으며, 아나키즘 실천가들은 문화와 정치에 반권위주의와 평등주의 사상이 주입된 전망을 발전시켰고, 그런 사상들은 오늘날의 한국의 진보적 좌파문화에서 여전히 중심적인 위치를 얻고 있다.

## 카프의 탄생과 사회주의 문학의 마르크스주의적 전환

1925년 8월 17일 열한 명의 사람이 일본 프로 작가 나카니시 이노스케를 환대하는 만찬을 위해 서울 번화가 식당 태서관에 모였다. 나카니시는 여섯 개의 다른 사회주의 조직 — 화요회, 북풍회, 조선 노동당, 무산자동맹, 염군사, 파스큘라 — 의 초청으로 조선을 방문 중이었다. 물론 그중 염군사와 파스큘라는 조선의 사회주의 문학의 발전을 주요 목적으로 삼는 문화적 조직이었다. 두 단체는 넓고 포괄적인 문학적 형제애를 지닌 행동조직이었고 만찬에 온 구성원들은 다양한 배경을 지니고 있었다.

김기진은 지주의 아들이었고 일본의 릿교대학에서 프랑스 문학을 전공한 경력이 있었다. 박영희는 낭만주의적 백조파 출신의 시인이었으며 기독교 성직자의 아들이었다. 송영은 일본의 공장에서 노동한 경험을 갖고 있는 학교 교사였다. 또한 이적효는 초등학교 교육만을 받은 인쇄노동자이자 노동 활동가였다. 그날 밤 두 문학단체의 회원들은 하나의 사회주의적 문화조직으로 합치기로 결정했고, 그렇게 해서 조선프롤레타리아예술동맹이 탄생했다. 이 단체는 이후에 에스페란토어 "Korea Artista Proleta Federatio"로, 혹은 간단하게 카프[KAPF]로 역사에 알려지게 되었다.[27]

앞 절에서 본 것처럼, 사회주의 문학으로 볼 수 있는 형식들은 한국문화에서 적어도 1910년대 초에 나타났으며, 그 때는 중국과 일본의 정치적 망명객들과 학생들이 아나키즘 경향의 단체를 만들었을 때였다. 따라서 1925년의 카프의 결성은 한국의 사회주의 문학의 출발점이기보다는 문화적 좌파 내에서 마르크스주의가 급속히 주류가 된 시점을 나타냈다. 우리는 그 시기의 잡지들과 언어들을 추적해보면 쉽게 그런 변화를 간파할 수 있다. 카프의 출현 이전에 하층계급은 흔히 무산자라는 불특정한 용어로 불렸는데, 이는 자본주의 생산체계에서 사회적 계급에 부과된 기능보다는 일반적인 경제적 조건을 나타냈다. 그러나 카프의 출현과 함께 마르크스주의적 용어 프롤레타리아는 한국문학 담론에서 표준적 용어가 되었으며, 한 생산체계 내에서 어떤 집단이 맡은 기능으로서 계급에 대한 전형적 분석 역시 근거를 갖게 되었다.

국제적인 단계에서 보면, 1920~1930년대의 마르크스주의 문화운동은 흔히 프롤렛쿨트로 알려진 1917년 러시아 혁명 전야의 프롤레타리아 예술 교육 기구Proletarian Cultural and Educational Organizations의 발족에 그 기원을 두고 있다. "전진前進, Vpered"[28]이라고 불리는 아방가르드 단체가 주도한 프롤렛쿨트는 러시아에서 불행한 운명을 맞은 것으로 유명하다. 프롤렛쿨트는 곧 러시아에서 사회 통합을 증대하기 위한 스탈린의 독재적 집단주의 편향에 직면했다.[29] 그러나 1923년에 해체될 때까지 프롤렛쿨트의 원

---

27  조선 생활을 경험한 나카니시 이노스케는 일본 내의 조선 노동자들에 대한 문학적 묘사로 한국 사회주의자들 사이에서 인기를 누렸다. 그러나 박영희의 회상에 의하면, 그 날 밤 모인 작가들은 조선 노동자를 지칭하는 나카니시의 토인(토착인)이라는 단어에 대해 제국주의적 거만함을 나타내는 것으로 항의를 했다. 박영희, 「초창기의 문단 측면사」, 『현대문학』, 1960.5, 331쪽.

28  [역주] 러시아어 Vpered는 '앞으로(전진)'라는 뜻임.

29  프롤렛쿨트의 역사에 대해서는 Lynn Mally, *Culture of the Future : The Prolekult Movement in Revolutionary Russia*(University of California Press, 1990) 참조.

래의 영감은 먼 거리를 여행을 했으며, 1920~1930년대 동안 유럽과 미국, 아시아의 여러 나라들을 휩쓸 운동의 물결을 창조하고 있었다. 이 국제적 운동은 여러 나라에서 선재하는 다양한 지역적 대의들과의 협력을 촉진시켰는데, 그중에서 가장 강력한 것은 노동 행동주의와 반전운동, 반식민지 저항, 여성운동이었다.

한국의 특수한 요인 속에서, 1920년대 초 레닌의 동양에 대한 새로운 관심과 공산주의 운동을 위한 후속적 지지는 마르크스주의의 전파를 더욱 촉진시켰다. 이 시기에 코민테른은 식민지 조선의 공산주의자들에게 경제적 도움과 제도적 지원, 정치적 조언을 제공했다. 그와 함께 조선인들은 1919년 3·1운동을 거치며 대중의 전복적인 에너지의 장중한 폭발을 경험했다. 3·1운동 직후 마르크스주의의 준과학적 방법과 혁명의 예언은, 미래의 봉기를 위해 대중의 힘을 동력화하려는 사람들에게 새롭게 호소했다. 그 결실로서 몇 년 동안 많은 공산주의 단체들이 한국 내외에서 건립되었으며, 궁극적으로 조선 공산당의 창립1925을 가져왔다.[30]

카프의 역사는 이전의 여러 연구들에서 광범위한 자료들을 통해 검토되었다.[31] 위에서 살폈듯이 카프는 염군사와 파스큘라의 합체를 통해 1925년에 형성되었다.[32] 박영희와 김기진은 카프의 중심인물들이었으

---

30  임경석, 『초기 사회주의 운동』, 한국독립운동사편찬위원회, 2009, 225~292쪽.

31  카프 조직의 역사에 대한 가장 포괄적인 설명으로는 권영민, 『한국 계급문학 운동사』(문예출판사, 1998) 참조. 카프의 비평적 논쟁의 역사로는 김영민, 『한국 근대문학 비평사』(소명출판, 1999)와 조진기 『한일 프로문학론의 비교연구』(푸른사상, 2000) 참조.

32  두 단체는 회원 구성에서 의미 있는 차이를 보였다. 염군사는 대부분 이적효와 이호 같은 노동운동가로 구색을 맞추었으며 일본 공장에서 노동의 경력이 있는 송영에 의해 주도되었다. "문화운동을 통해 무산계급을 위해 싸운다"는 목표로 1922년 결성된 이들은, 잡지 『염군』의 창간을 이뤘으나 첫 두 권이 검열에 의해 압수되어 좌절을 맛보았다. 반면에 대부분 학생과 지식인으로 구성된 파스큘라는 낭만주의적 백조(1922~1923) 문학동인과 최초의 근대 연극 단체 토월회가 사전에 병합된 집단이었다. 파스큘라의

며 그들은 특히 초기 몇 년 동안 공동의장으로 활동했다. 카프의 목적으로 일괄적으로 합의된 것은 프롤레타리아 예술과 문학의 발전을 촉진시킨다는 것이었다. 또한 카프는 조선 공산당의 공식적인 후원 아래 특별히 새로운 작가들을 지도하고 조화시키는 데 초점을 맞췄다. 그런 역할을 수행하기 위해 카프는 당시에 가장 좋은 평판과 영향력을 지닌 『개벽』의 독보적인 지위를 성과 있게 이용하곤 했다. 문학 분과의 편집장인 박영희는 새로운 인재를 구하고 발굴하기 위해 정기적인 문학 경연을 실행했고, 프롤레타리아 문학에 대한 특별 토론을 편성했다. 많은 좌파 작가들에게 『개벽』은 공동체를 만들기 위한 중심이었으며 또 그만큼 출판의 출구이기도 했다(화보. 3).

카프의 이데올로기적 면모는 명백하게 프롤레타리아적이었지만 구성원 중 많은 사람들은 중간층이나 상류계급 출신이었다. 일반적으로 카프 회원은 남성 청년 지식인이었으며 10대 후반에서 30대 초반의 나이에 도시의 명문 고등학교를 나온 사람들이었다. 그들 중에는 일본 대학을 나왔거나 드물게는 중국과 러시아에서 대학을 다닌 경우도 있었다. 이 교육받은 카프회원들은 3·1운동과 1920년대의 학생 행동주의의 정치적 전력을 갖고 있었다. 그 시기의 학생 행동주의는 한국과 일본의 학생 잡지와 독서 클럽, 교외 독서 모임에서 사회주의 사상을 유포시키는 상황

회원 중에는 최초의 근대 조각가 김복진과 개척적인 신문 삽화가 안석주 같은 예술가가 있었다. 8명의 창립멤버의 이니셜을 딴 이 단체는 모호한 사상적 정체성보다는 문화적 친화성으로 출발했다. 김복진의 나중의 회상에 의하면, 동인들은 "화이트맨과 톨스토이, 루나차르스키의 추종자"였으며, 오히려 현재의 상황에 대항하는 "삶을 위한 예술"의 추상적 이상을 옹호했다. 파스큘라의 조직과 활동에 대해서는 김기진, 「나의 회고록」, 『세대』(1964.7~1966.1), 『김팔봉 문학 전집』 2(문학과지성사, 1988), 185~312쪽 참조. 또한 염군사에 대해서는 송영, 「조선 프롤레타리아 운동소사 1」, 『예술운동』 (1945.12), 59~65쪽 참조.

을 만들었다. 서울의 배재고보나 보성고보 같은 명문학교는 특히 급진적 지식인의 요람으로 유명했다.[33] 김기진과 박영희는 둘 다 배재고보를 졸업했고 임화와 김유영, 이익상은 보성고보 출신이었다. 배재고보를 나온 또 다른 사람은 최승일과 박세영, 송영 등이었다.

그런 카프의 엘리트 회원들과 결합한 것은 더 다양한 배경을 지닌 미미한 출신의 소수의 활동가들이었다. 후자의 활동가들은 대부분 농민과 노동자의 아들이었다. 이 노동계급 활동가들은 흔히 조선이나 일본의 직업학교를 수료한 경우가 많았지만 몇몇은 초등학교 교육 이상을 받지 못한 사람들도 있었다. 그들은 사무실 점원이나 인쇄노동자, 신문배달원, 하류 산업기술자, 공장 노동자들이었으며, 어떤 사람은 조기에 발전한 노동조직의 활동가나 경력자로 카프에 가담했다. 실제로 이 이례적인 회원들은 노동세계에 대한 익숙한 인식을 지닌 장점 때문에 카프 내에서 특별한 지위를 누렸다. 그런 집단에 속한 잘 알려진 작가에는 최서해와 김창술, 김영팔, 이적효, 이북명 등이 있다. 특히 최서해는 궁핍한 일용노동자로서 만주의 생활 경험에 대한 자전적인 작품들을 발표했고, 빈궁문학으로 유명한 초기 프롤레타리아 문학의 얼굴이 되었다.[34] 그와 함께 카프의 구성원에는 작가가 아닌 많은 회원들이 있었는데, 그들은 특히 연극 집단

---

33  배재고보는 1885년에 미국 감리교 선교사 헨리 G. 아펜젤러가 설립했다. 반면에 보성고보는 1905년에 조선왕조의 관리인 이용익이 설립했고 나중에 동학운동에 기원을 둔 토착종교 천도교가 운영했다. 두 학교는 일본의 식민화 이전에 설립되었으며 총독부의 병합 전 학교의 집단적 폐쇄에도 살아남았다. 직업교육에 초점을 맞춘 대중적 고등학교와는 달리 두 고보와 같은 학교들은 식민지 조선에서 엘리트적 고등교육의 역할을 계속 담당했다. 식민지 조선의 고등교육 제도에 대해서는 한용진, 『근대 한국 고등교육 연구』(고려대 민족문화연구원, 2012) 참조.

34  최서해 소설의 현대적인 수용에 대해서는 곽근, 『최서해 작품 자료집』(국학자료원, 1997) 참조.

에 소속되거나 조직적 활동에 참여한 사람들이었다. 이런 카프의 일반 회원들의 익명성은 그들에게 경제적·사회적으로 특별한 권한이 없었음을 나타낸다. 그럼에도 불구하고 그들은 조직의 중요한 토대를 형성했으며 1920년대의 10년의 발전 동안 그 숫자가 증가되었다는 증거가 있다.[35]

가장 소수의 세 번째 카프 구성원은 일본의 조선인 활동가들과 지식인들의 집단인데, 여기에는 오사카와 도쿄 같은 산업 중심지에서의 조선인 노동자의 지도자들과 조직책들이 포함된다. 이 해외의 구성원 중에서 유명한 사람으로는 고경흠, 김삼규, 김두용, 김용제, 이북만 등이 있었다. 그들은 사회주의 문화와 대중 문화산업이 보다 발달한 제국 본토의 위치에서 카프에 이론적인 지도력을 제공했다. 그들은 또한 일반적으로 식민지의 동료들보다 더 많은 표현의 자유를 누렸다. 이 세 번째 집단의 사람들은 1927년에 공식적으로 카프와의 제휴 관계를 만들었다. 그 후 그들은 카프와 나프[NAPF, 1928~1931] 사이의 교류를 제공하거나 또 다른 일본 좌파조직 코프[KOPF, 1931~1934]와의 접촉에 중요한 역할을 했다.

이 세 집단 — 청년 지식인, 노동자들, 일본 이주 조선인 — 은 모두 카프를 식민지 조선에서 가장 지속적이고 영향력 있는 사회주의 문화 조직으로 만들기 위해 힘을 합쳤다. 전통적 한국에서는 농민과 중인, 양반이 평등하게 교섭할 수 있는 공간이 특별히 없었기 때문에, 카프의 사회계급의 혼합은 그 자체로 거의 전례 없는 사건이었다. 이 모든 것을 가능하게

---

35  잘 알려진 카프 회원의 전기에 대해서는 권영민, 『한국 계급문학 운동사』가 유용하다. 카프의 150명의 회원 중에서 오늘날 절반 정도만이 신원이 알려져 있다. 전상숙은 식민지 시대 사회주의 활동가의 사회 경제적 배경에 대한 연구에서 조선 공산당 운동의 수백 명의 회원들에 대한 경찰의 프로필을 검토했다. 그녀는 1920년대 중반의 기록에서 노동계급 참가자들이 검문된 활동가의 27% 이하였지만, 이 비율은 1920년대 말~30년대 중반에 43%로 증가함을 주목했다. 전상숙, 『일제 시기 한국 사회주의 지식인 연구』, 지식산업사, 2004, 204쪽 참조.

만든 것은 사회주의 지식인의 평등주의적 사상이었다. 그와 함께 식민지 정부가 최소한의 기본 초등교육을 조선인에게 제공하며 공적 교육을 도입한 결과와도 연관이 있었다. 아이러니하게도 식민 체제에 저항하는 급진적 실천을 이끌 운동에서, 카프의 존재 자체가 부분적으로 자신의 적의 근대적 성취에 근거해서 나타난 셈이었다. 물론 이런 역설에는 조선인 신민들에게 문해력과 근대 교육이라는 숙련된 무기를 제공한 식민정부의 오판의 실수도 포함된다.[36]

카프는 공식적으로 마르크스주의 조직이었으면서도 처음부터 이질적인 이데올로기적 배경을 지닌 회원들을 포용했다. 실제로 앞서 살핀 것처럼 카프의 초기 신경향파 문학은 분명히 아나키즘적 특색을 나타냈으며, 강자에 대해 약자를 도덕적으로 옹호하는 측면에서 개인의 자발적인 저항 행동을 찬양했다. "마르크스주의 이론"과 "혼합된 이데올로기적 실천" 사이의 불일치는 카프 지도자들이 걱정했던 문제의 하나였다. 카프 지도자들은 지나친 절충과 비정통성을 두려워했을 것이며 잘 순응하지 않는 듯한 작가에게 부정적인 평가를 내리기 시작했다. 특히 아나키즘에 대한 비평이 혹독했고 그로 인해 아나키즘은 순진하고 긍정적 전망이 부재한 것으로 낙인찍히게 되었다. 예컨대 임화는 아나키스트 작가를 "난폭과 억압에 대한 감정적 반항"을 일삼는 "비사회주의적"이고 "비과학적"인 "광적 개인주의자"라고 논쟁적으로 규정했다.[37]

이런 전초전적인 논쟁은 결과적으로 사회주의 운동의 마르크스주의적인 전환의 초기 움직임인 셈이었다. 일찍이 김기진은 클라르테 운동을 이

---

36 한국에서의 식민지 교육의 역사에 대해서는 E. Patricia Tsurumi, "Colonial Education in Korea and Taiwan", *The Japanese Colonial Empire, 1895~1945* 참조.
37 임화, 「분화와 전개」, 『조선일보』, 1927.5.16~21. 『카프비평자료총서』 3, 155쪽.

끈 프랑스 공산주의자이자 일본 좌파의 영감의 원천이었던 앙리 바르뷔스[38]의 반전적인 사회주의적 글들을 소개함으로써 논쟁 과정의 토대를 마련했다.[39] 마찬가지로 박영희는 기획적인 글에서 작가들에게 보다 명료한 역사의 목적론적 방향 감각을 주입할 것을 촉구했는데, 이는 프롤레타리아 혁명의 궁극적 목표에 맞는 대중 반란을 자극할 목적을 지닌 것이었다.[40]

1927년 9월 카프는 명백한 마르크스주의 문화 조직으로 전환할 새로운 강령을 제시했다. 새로운 강령은 공개적으로 마르크스주의의 역사적 불가피성을 주장했다. 또한 모든 봉건적·자본주의적 사상과의 단절을 서두를 것, 전제적 권력에 대항하는 투쟁을 가능하게 할 것, (프롤레타리아의) 의식의 고양을 나타내는 활동을 수행할 것을 카프의 목적으로 명기했다.[41] 어떤 면에서, 지도층은 카프의 정치적 지향을 엄격하게 규범화하면서, 예술적 취지를 집단의 정치적 효력에 종속시키는 것을 선택한 셈이었다. 1927년 이후 이런 교리주의의 책무는 카프의 비평가들 사이에서 일상의 과정이 되었다. 그에 대응해 조직의 구성원들은 이제 예술의 선전

---

38  [역주] 앙리 바르뷔스(1873~1935)는 프랑스의 반전주의 작가이자 상징주의 말기의 시인이다. 제1차 세계대전을 계기로 급진적인 반전주의자가 되었으며 1919년에 빛이라는 뜻의 『클라르테』를 발표하고 전위적 문화운동 클라르테 운동을 전개했다. 이후 공산주의적 입장을 드러냈는데 김기진은 일본에서 바르뷔스의 글을 접하고 그의 영향을 받게 되었다.

39  김기진의 프롤레타리아 문학 비평가로의 초기의 발전에 대한 회상은 「나의 회고록」(『세대』, 1964.7~1966.1) 참조. 『김팔봉 문학 전집』 2(문학과지성사, 1988), 188~189쪽. 김기진의 바르뷔스에 대한 글로는, 「바르뷔스 대 로망 롤랑 간의 쟁론」(『개벽』, 1923.10)과 「클라르테 운동의 세계화」(『개벽』, 1923.9), 「또다시 클라르테에 대해서」(『개벽』, 1923.11)(이상 『김팔봉 문학 전집』 1, 문학과지성사, 1988, 427~478쪽) 참조.

40  박영희, 「투쟁기에 있는 문예비평가의 태도」, 『조선지광』, 1927.1.

41  「본부, 지부, 각 기술부 포고」, 『예술동맹』, 1927.11, 52쪽. 이 강령 역시 「조선 프로예맹 동맹, 방향전환의 결의」(『조선일보』, 1927.9.4)에 발표되었다. 그러나 이 신문기사는 마르크스주의에 대한 어떤 언급도 싣지 않았다.

선동의 가치를 연출하기 시작했다.

그러나 카프가 공공연히 마르크스주의적 방향을 언명하자 핵심 구성원과 아나키스트적 날개 사이의 간극은 치유할 수 없는 것이 되었다. 1927년 3월 마르크스주의적 개혁이 논쟁화된 바로 그 때, 김화산은 마르크스주의보다 아나키즘을 옹호함을 말하며 그 근거로 미적 자율성을 더 잘 인식하는 점을 들었다. 김화산은 "마르크스주의 유물사관적 사회비평에 대하여 전부를 승인"[42]하지만 문학을 계급혁명 목적의 수단만으로 도구화하는 것을 인정할 수 없다고 말했다. 즉, "문예는 ××[혁명]전기, ××[혁명]기, ××[혁명]후기에 의하여 그 역사적 필연의 임무를 다 하는 것이 아니라 그 시기 시기의 역사적 필연의 전개에 의하여 그 형태를 교환하는 것이다".[43] 이에 대해 조중곤과 임화, 윤기정은 김화산을 "부르주아 개인주의"와 "예술지상주의"라고 공격했다.[44] 김화산은 자신의 입장을 정당화하기 위해 다

---

42  김화산, 「계급예술론의 신전개」, 『조선문단』, 1927.3, 권영민 편, 『한국현대비평사』 2, 단국대 출판부, 1981, 395쪽.

43  김화산, 「뇌동성 문예론의 극복」, 『현대평론』, 1927.6, 『한국현대비평사』 2, 434쪽. 인용문의 "XX"는 한국어로 "복자", 일본어로 "후세지"로 인지된다. 이 표시는 원래 검열에 의해 삭제된 단어들을 나타낸다. 그러나 식민지 작가들 역시 자신의 말이 더 심하게 삭제당하는 것을 막기 위해 스스로 복자를 사용하기도 했다. 이 자기검열의 기술은 당연히 사상적 선언과 당국이 허용하지 않는 말들을 담고 있는 비판적 글들을 쓸 때 더 많이 사용되었다. 몇 단어의 말소는 작가 자신의 행위일 가능성이 많은 반면, X 표시가 몇 문장이나 한 페이지가 넘는 광범위한 삭제는 검열자의 행위로 생각된다. 한만수, 「식민시대 문학 검열로 나타난 복자의 유형에 대하여」, 『국어국문학』 136(2004.5), 415~441쪽과 「식민시대 문학 검열에 의한 복자의 복원에 대하여」, 『상허학보』 14(2005.2), 363~387쪽 참조. 일본 작가의 "후세지"의 전유에 대해서는 Gregory J. Kasza, *The State and the Mass Media in Japan 1918~1945*(University of California Press), 1988, pp.37~38과 Richard Mitchell, *Thought Control in Prewar Japan*, pp.163~164 참조.

44  조중곤, 「비맑스주의 문예론의 배격」(『중외일보』, 1927.6.18~23), 임화, 「착각적 문예이론」(『조선일보』, 1927.9.4~11), 윤기정, 「상호비판과 이론확립」(『조선일보』, 1927.6.15~20)을 참조할 것. 그와 함께 또 다른 아나키스트의 대응으로 강허봉, 「비맑스주의 문예론의 배격을 배격함」(『중외일보』, 1927.7.3~10)을 볼 것.

시 이렇게 대응했다. "공산파 전략가가 제작된 예술작품을 선전용으로 사용함은 무방한 일이다. 그러나 선전용의 예술을 창작하라 함은 공산파 전략가의 폭론이다."[45] "예술가는 그 시기 시기의 특수한 임무를 행하여야 한다는 그러한 공식적, 괴뢰적, 기계적 존재가 아니다."[46] 그러나 카프의 핵심 멤버들에게 김화산의 논의는 너무 자유주의적으로 들렸다. 새로 제기된 개혁의 중심적 취지는 카프의 생산물이 공산당 운동에 직접 문화적으로 기여하는 것으로 보여야 한다는 것이었다. 뜨거운 논쟁은 1927년 12월 카프에서 모든 아나키스트들을 제명하는 것으로 매우 단호하게 끝났다.

카프의 이데올로기적 정통성의 주장은 자기 자신의 역사적 맥락에서 보면 이해할만한 것이었다. 역사적 그 시기에 마르크스주의가 국제적으로 이전의 사회주의적 형식의 대안과 개선책으로 전달되었기 때문이다. 그러나 길게 보면 마르크스주의자와 아나키스트의 내적 분열은 한국의 좌파 운동의 명망과 후대의 비평적 기억을 손상시켰다고 논할 수 있다. 사회주의 지식인들에게는 파벌주의와 갈등의 이미지가 투사되었으며 그런 이미지는 통합된 정치적 전망을 지향하는 좌파의 요구를 불가피하게 침해했다. 더욱이 마르크스주의의 단호한 어조와 고착성은 좌파 운동의 여러 힘들 중의 하나를 짐스럽게 만든 셈이었다. 오늘날 어떤 비평가들은 식민지 지식인들이 마르크스주의 철학을 실전을 위해 채택하려 노력했으나 실패했음을 의심 없이 받아들인다.[47] 그러나 식민지 조선에

---

45    [역주] 김화산,「계급예술론의 신전개」,『카프비평자료총서』3, 105쪽.

46    김화산,「계급예술론의 신전개」,『한국현대비평사』2, 396쪽. 김화산,「뇌동성 문예론의 극복」,『한국현대비평사』2, 434쪽.
      [역주] 김화산,「뇌동성 문예론의 극복」,『카프비평자료총서』3, 185쪽. 김화산의 입장은 역사적 필연성 속에서 예술의 자율성에 의해 창작이 생산되는 것이지 특정 시기의 정치적 의도에 의해 미리 작품이 요구되는 것이 아니라는 주장임.

47    Tatiana Gabroussenko, *Soldiers on the Cultural Front : Development in the Early History of*

서 좌파 논쟁은 또한 "새롭게 식민화된 국가"에 알맞은 사회주의적 전망을 만들어 보려던 작가들의 노력의 과정으로 조망될 수 있다. 카프의 자신만만한 단언들은 강한 정치적 열정의 한 시기에 정당화될 수 있었지만, 역사적으로 그 시점에 제기된 "사회주의적 질문의 내적 개방성"을 흐리게 했을 수 있다.[48] 그로 인해 한국 좌파의 폄하된 이미지가 조장되었을 것이며, 근본적으로 이웃 소련의 마르크스 레닌주의 노선의 지지부진한 아류로 보게 되었을 것이다.

일단 마르크스주의적 전환이 결정적으로 이루어지자 김기진과 박영희는 조직의 역량과 연대망을 확장함으로써 새로운 노선을 공고히 하려 했다. 그들은 도쿄의 제3전선파 회원들과 힘을 합쳤다. "제3전선파"는 잡지의 표제에서 따온 것으로 정치적·경제적 선봉을 뒤쫓는 문화적 전선을 의미하고 있었다. 이 단체의 회원에는 이북만과 조중곤, 홍효민, 김두용이 포함되어 있었다. 재일 사회주의자들은 일본의 발전된 문화산업 덕택에 이론적 세련성과 제도적 편의성의 이점을 지녔고, 또한 제국이 본토에 허용한 보다 많은 언론의 자유를 누렸다. 더욱이 카프는 그런 새로운 회원들을 보충함으로써 『예술운동』[1927, 〈그림 2.2〉]이라는 새로운 표제로 중단된 잡지의 출간을 재개할 수 있게 되었다.

카프가 활동범위를 확장시킨 또 다른 방법은 신간회[1927~1931]에 가담함으로써였다. 신간회는 짧은 기간 동안 뛰어난 성공을 거둔 새로 형성된 민족주의적 상부 단체였다. 신간회는 총독부의 부분적 자율성의 제안을

---

*North Korean Literature and Literaty Policy*, University of Hawai'i Press, 2010, pp. 70~77; Brian Myers, *Han Sŏrya and North Korean Literature*, pp. 20~27 참조.

48　[역주] 넓게 보면 카프의 방향전환은 식민지에 맞는 사회주의를 모색하는 과정 중에 하나였지만, 마르크스주의의 정통성의 기준을 내세운 결과는 포괄적인 내적 방향에 손상을 입히기도 했다.

<그림 2.2> 카프의 잡지 중의 하나인 『예술운동』(1927.11)의 재인쇄된 표지. 원본에서는 세계를 감싸는 깃발이 붉은
색이었다.(남캘리포니아대학 한국 헤리티지 도서관 제공)

장려하는 문화 민족주의의 시도를 저지하기 위해, 홍명희와 안재홍 같은 좌파 민족주의자의 주도 하에 발기[1927.2]되었다. 신간회는 식민지 시대의 가장 큰 한국인 조직으로 빠르게 성장했으며, 한 때는 거의 150개의 지국과 제휴하는 약 3만 명의 회원을 거느렸다.[49] 카프는 그런 보다 넓은 민족주의적 운동에 참여함으로써 방대한 전국적 연대망에 의존하게 되었고, 평양, 개성, 수원, 원산, 함흥 같은 중요한 산업 중심지를 포함해 10개 이상의 도시의 지국[카프 지국]에서 연대에 기여할 수 있었다.

1925년 카프가 창립된 후 3년 내에, 절충적인 좌파 지식인들의 작은 형제애적 관계는 전국적으로 분포된 마르크스주의 문화 조직으로 변주되었다. 카프의 탄생은 사회주의 문화운동을 마르크스주의적 방향으로 결정적으로 전환시켰다. 그러나 그와 똑같이 중요한 것은 카프의 발흥이 전체로서의 한국의 문학과 문화에 충격과 영향을 끼쳤다는 점이다. 카프의 예술과 이데올로기적 참여의 계열적인 연결은 일반적으로 보다 많은 좌파 지식인 활동가들을 카프에 접근하도록 유인했다. 반면에 김화산 같은 작가들을 소외시키는 경향이 있었고 그런 작가들은 예술적 자율성의 문제에 더욱 관심을 갖게 되었다. 이런 특별한 예술적 궤적은 제4장에서 논의될 것인데, 그와 상관없이 식민지 문화에서 카프의 가장 눈에 띄는 특징의 하나는 과감하고 도발적인 방식의 이데올로기 기능의 수행이었다. 다음 절에서 볼 것처럼, 카프의 미학적이고 이데올로기적인 이중적인 사명은 문학 생산물의 독특한 특징을 결정했으며, 1935년에 마침내 해소될 때까지, 그리고 그 이후까지, 한국의 문화적 풍경 안에 특이한 위치를 제공했다.

---

49  이균영, 『신간회 연구』, 역사비평사, 1993, 248·260쪽.

# 카프의 성장과 한국 좌파의 예술적 반란

1920년대 말에서 1930년대 초 사이에 카프의 예술적 생산물은 과장된 교리주의와 도식적 플롯의 경향을 갖게 되었다. 정치적 정통성의 추구와 함께 조직의 새로운 급속한 팽창이 그런 예술적 위기에 빠진 이유였을 것이다. 문화적 집단이 문학적 질과 투자가 부족한 채 회원들을 받아들여 확장하는 가운데, 정치적 관심의 긴급성이 증대되며 미학적 모험의 특질을 실추시키는 결과가 생기게 된 것이다. 더욱이 카프의 새로운 급진화는 식민지 당국이 검열을 강화하고 작가에 대한 경찰의 감시를 심화시키는 빌미가 되었다. 결과적으로 카프의 생산성과 문학적 질은 전반적인 쇠퇴를 겪었으며, 이는 회원들이 피로감과 방향상실을 느끼게 하는 원인이 되었다.

예술적 위기와 거세진 검열의 압박은 카프의 논쟁의 주요 주제가 되었고, 그것은 프로 문학의 대중화 전략을 둘러싼 한 차례의 논전에서 직접 표출되었다. 그 문제에 관심을 가진 선배 회원의 관점을 나타내며 김기진은 일련의 온건한 견해들을 내놓았다. 김기진의 주장에 의하면, 프로 작가들은 교육받지 않은 독자가 더 쉽게 이해하게 이야기를 만들면서, 또한 식민지 당국과의 직접적인 마찰을 신중하게 피해야 한다. 즉, "작금 1년 이래로 극도로 재미없는 정세에 있어서 우리들의 '연장으로서의 문학'은 그 정도를 수그려야 한다".[50] 그러나 김기진의 온건성의 제안은 안막, 임화, 김두용 같은 도쿄에서 돌아온 보다 젊은 급진파의 반박을 받았다. 새로운 회원들은 김기진의 패배주의적 입장을 비판하면서 프롤레타

---

50    김기진, 「변증적 사실주의」, 『동아일보』, 1929.2.25~3.7. 『김팔봉 문학 전집』 1, 62쪽.

리아 문학운동을 계급혁명을 위한 정치적 투쟁으로 보다 완결시킬 것을 논의했다. 그들은 그렇게 함으로써만 카프가 제도적 방해를 넘어서서 프로 문학을 노동계급 독자 속으로 전파할 수 있을 것으로 믿었다. 즉, "결코 동지 팔봉이 말한 바 재미없는 정세 즉 탄×[압]이란 예술운동에 있어 형식문제를 문제 삼는 데서 해결되는 것은 아니다. 오직 그것은 ××[혁명]적 원칙에 의한 실천적인 세력과의 싸움에서만 해결할 수 있는 문제인 것이다".[51] 이 논쟁의 과정에서 김기진과 온건파들은 많은 영향력을 상실했으며 조직의 주도권을 쥔 젊은 급진파들과 결별하게 되었다. 돌이켜보면 이때의 논쟁은 카프가 편의주의보다 순수성을 선택한 또 다른 분기점이었으며, 이데올로기적 정통성의 사명감을 확언한 대신 수년간의 전환기에 탄압과 해체를 가져온 출발점이었다.

그런 생생한 논쟁과 지속된 권력투쟁의 와중에서 1930년대 초는 카프가 어떤 극적인 조직의 변화를 겪은 때이기도 했다. 1927년 중국의 민족주의자와 공산주의자 간의 국공내전은 코민테른의 통일전선 정책을 바꾸게 했으며, 코민테른은 전세계의 공산주의자들이 민족주의자와의 동맹을 단절하고 대신에 노동자와 농민 속에서 토대의 확장에 초점을 둘 것을 촉구했다.[52] 카프가 다른 사회주의 단체들처럼 신간회에서 탈퇴를 한 것[1931]은 실제적으로 그에 순응한 셈이었으며, 그 때문에 카프는 신간회의 해체에 부분적으로 책임을 갖게 되었다. 이렇게 해서 식민지 조선

---

51 임화, 「탁류에 항하여」, 『조선지광』 제86호, 1929.8. 또한 안막, 「프로 예술의 형식문제 −'프롤레타리아 리얼리즘'의 길로」(『조선지광』 제90호, 1930.3)와 김두용, 「정치적 시각에서 본 예술투쟁」, (『무산자』 제3권 1호, 1929.5) 참조.

52 12월 테제로 알려진 1928년의 코민테른의 결정은 영어와 러시아어, 한국어로 읽을 수 있게 되어 있었다. Dae-Sook Suh, *Document of Korean Communism, 1918~1948*, Princeton University Press, 1970, pp.243~256 참조.

에서 사회주의와 민족주의 지식인 사이의 중요한 협력은 막을 내리게 되었다. 다음 절에서 볼 것처럼, 신간회의 해소는 마르크스주의적 국제주의의 관례를 택한 지식인들과 민족 해방의 긴박성을 견지한 지식인들이 보여준 좌파 운동 내의 중요한 균열이었다. 물론 아직까지도 당시의 많은 지식인들은 국제주의적 사회주의 문화를 식민지에서 새롭고 독특하게 굴절시키고 있었다. 즉 그들은 "좌파적 민족주의"의 입장에 동조하면서, 마르크스주의적 경제 분석을 승인하는 동시에 여전히 조선과 조선인의 발전의 전제로서 민족적 통합과 독립을 주장하고 있었다.[53]

공산주의 운동의 전반적인 급진화 속에서 카프의 제휴의 중단은 결국 조직 자체의 통합성에 영향을 주는 변화를 초래했다. 카프의 도쿄 지부는 1931년 핵심 회원들이 서울 지도부의 무능함을 언급하면서 무산자라는 분리된 단체를 만들어 이탈했다.[54] 같은 1931년에 2년 동안 카프의 새로운 잡지 『군기』[1930~1931]를 간행하던 개성 지국은 카프를 떠나기로 결정했다. 이런 사건들은 이미 약화되고 있던 서울 집단의 전국적 연대망에 대한 지휘권을 심각하게 침식했다. 그런 일들은 아마도 카프 리더들에게 지도력의 갱신의 필요성뿐 아니라 더 나아가 위기감을 안겨 주었을 것이다.[55]

---

53  한국의 경우에는 이후 20세기 동안 남미와 북아프리카의 반식민지적 · 탈식민지적 운동 속에서 민족적 통합의 발전을 기대하고 있었을 것이다. 프란츠 피농이나 체 게바라 같은 지식인들은 아프리카와 아시아, 남미의 민족들이 서구 자본주의 권력으로부터 독립을 회복하기를 요구하면서, 세 대륙 간의 민족주의를 발전시키는 일에서 마르크스주의에 의해 영향을 받고 있었다. 피농과 체 게바라의 입장에 대한 설명으로는 Robert Young, *Postcolonialism*, Oxford University Press, 2003, pp.17~21, 122~129 참조.

54  김두용, 「정치적 시각에서 본 예술투쟁—운동 곤란에 대한 의견」, 『무산자』, 1929.5, 6쪽. 『카프비평자료총서』 3, 524~532쪽 참조.

55  카프의 내적 갈등에 대한 설명으로는 박영희 「초창기의 문단 측면사」, (『현대문학』, 1960.5) 참조.

이런 카프의 위기와 예술의 침체는 정치적 목적에 예술적 모험을 종속시킨 결과라고 말할 수 있을지 모른다. 그러나 실상 그런 카프의 창작의 곤경은 작가들의 계속된 성장 과정에서 생긴 사태로 보는 쪽이 더 타당한 측면이 있다. 즉 바로 그 시기까지도 작가들은 유럽에서 탄생한 마르크스주의 교의를 식민지 조선의 지역적 사회 현실에 적용시키고 번역하기 위해 고투하고 있었던 것이다. 제4장에서 보다 명백히 밝혀질 것처럼 카프는 곧 침체에서 회복했으며, 1930년대에 한국 프롤레타리아 문학에서 가장 성숙한 몇몇 작품들을 내놓게 되었다. 작가들은 르포르타주 같은 새로운 장르를 실험하기 시작했고, 이전에는 탐구되지 않았던 농민문학의 주제적 영역과 실험적 형식을 포함해서 예술적 범주를 확장시켰다.

이기영의 문학적 경험은 이 시기의 좌파의 문학적 부활을 상징적으로 나타낸다. 『조선일보』에 처음 연재된 명작 『고향』에서, 이기영은 식민지 근대화 과정을 겪고 있는 원터 마을 농민들의 집합적 삶의 모습을 생생하게 그려냈다. 오늘날 이 소설은 그때까지 도식화된 공장 노동자들을 주로 그렸던 카프 문학에 창작의 새로운 모범을 보여준 예로 잘 알려져 있다. 그러나 이기영 문학의 연구에서 분명히 밝혀지지 않은 것은, 『고향』이 마르크스주의와 극히 저산업화된 프롤레타리아 현실 사이에서 긴장하며 고투한 산물이라는 점이다. 이기영은 사회주의 대하소설의 영감에 르포르타주적 글쓰기 양식을 결합시켜 마침내 예술적 혁신을 이루어내게 되었다. 또한 그런 혁신을 통해 규모가 큰 서사 형식과 농민의 일상생활의 밀접한 묘사를 접합시킬 수 있었다.[56]

---

56  이기영의 문학적·미학적 궤적에 대한 설명은 제4장에서 제시할 것이다. 이기영의 경험은 카프의 예술적 발전의 대표적인 예로 보여질 수 있다. 또 다른 카프의 중요한 작가는 이북명인데, 그는 카프의 동료들과는 달리 공장 노동자로 핵심적인 경험을 한 후에

따라서 1930년대에 카프는 창작의 혁신을 이루며 예술적 부흥의 형식을 갖게 되었다. 또한 그로 인해 음악, 연극, 영화의 새로운 매체로 확장될 수 있게 되었다. 1930년에 카프는 『음악과 시』라는 잡지를 창간했는데, 이 잡지는 노동계급이 보다 편하게 접근할 수 있는 능동적 문화 형식인 새로운 "프롤레타리아" 음악의 창작을 고취하려 했다(화보 4).[57] 카프는 또한 한국의 최초의 전문적인 프롤레타리아 극단 — 1927년에 서울에서 창립되었고 1929년에 도쿄에 지국을 만든 불개미 — 의 배경으로 존재하게 되었다.[58] 두 프로 극단의 기획물들은 검열 때문에 상연되지는 못했지만, 그런 통제는 카프의 희곡의 창작을 막지는 못했다. 1930년 4월 카프는 조직을 개편해 연극과 영화, 미술의 분과를 만들었다. 연극 분과는 1931년 조선 프롤레타리아 극장 동맹으로 더 확대되었고 많은 지역 극단이 카프의 후원 아래 놓이게 되었다. 마침내 카프는 서울키노와 청복키노라는 두 개의 영화사를 창립해 새로운 영화 매체의 잠재력을 붙잡았다.

---

문학에 참여했다. 그는 「질소비료공장」과 「암모니아 탱크」(1932) 같은 작품에서 공장 교대시간의 살인적 운영에 희생된 노동자들의 극단적인 심리적 현실을 보여주었다. 오늘날 이북명의 작품은 식민지 시대 노동 르포문학의 가장 뛰어난 작가로 평가되고 있다.

57  이 잡지의 최초이자 유일하게 남아 있는 발행물의 내용에는 농민과 공장 노동자, 일용 노동자의 생활에 대한 20편의 시와 노래들이 포함되어 있다. 그런 창작물들과 함께 몇 편의 비평이 있으며 그 중에는 신고송의 「음악과 대중」이 눈에 띈다. 신고송은 당대의 도시 부르주아들의 서구적 음악회의 유행을 비판하면서, 민속적인 대중적 멜로디에 선전 시들을 결합시킬 수 있는 새로운 대중음악을 조망했다.

58  불개미 이전에는 적어도 1923년부터 진보적 노동자, 농민, 청년 조직에서 비전문적인 작가와 예술가들이 아마추어 연극을 공연해왔다. 그런 집단들을 촉발시키고 자극한 것은 토월회라는 최초로 서구에 영향을 받은 연극단체였다. 토월회는 앞서 살폈듯이 카프의 창립 구성원들의 한 부분이었다. 아마추어 프롤레타리아 연극운동에 대한 자세한 설명은 안광희, 『한국 프롤레타리아 연극운동의 변천과정』(역락, 2001), 30~72쪽 참조. 한국과 일본에서의 카프의 연극운동에 대해서는 같은 책, 73~166쪽 참조.

두 개의 영화사는 함께 5편의 영화를 제작했는데 가장 인기 있는 작품은 『홍가』[1929]와 『지하촌』[1931]이었다.[59] 카프의 새로운 매체로의 확장은 좌파 문화운동에 생생한 활력을 불어 넣었다. 문학이 전통적으로 교육받은 엘리트의 자산이었던 반면, 극장의 재현은 도시와 지방의 대중들 사이에서 인기가 있었고, 카프에 의한 매체의 전유는 좌파적 주제에 내재적 감상자들이 보다 쉽게 접근할 수 있게 만들었다.[60]

카프의 새로운 연극과 영화, 미술의 창작은 선전 선동의 목적에 매우 효과적인 잠재력이 있었다. 그러나 이는 그런 분야의 작품들이 경찰의 특단의 통제에 굴복하기 쉬움을 뜻하는 것이기도 했다. 예컨대 미술 분과에서 130점이 넘는 그림의 전시회를 꾸렸을 때 반 이상이 압류되었으며 계획했던 두 번째 전시회는 금지되었다.[61] 마침내 카프의 새로운 시각성의 시도마저 경찰에게 감시를 강화하는 빌미를 주게 되었던 것이다. 식민 당국은 1931년 조선 공산당의 재건에 연루되었다는 혐의로 카프의 핵심 회원들을 검거해 조직에 일격을 가했다. 또한 1934년 경찰은 서울과 지방 도시에서의 에리히 마리아 레마르크의 반전 소설 『서부전선 이

---

59　제2차 세계대전 동안 한국 영화자료가 파괴되어 현존하는 카프영화는 한 편도 없다. 이향진의 카프 "경향영화"의 재구성에 대한 설명을 볼 것. Hyangjin Lee, *Contemporary Koran Cinema*, Manchester University Press, 2000, pp.28~29. 김미현 편, 『한국영화사』, 커뮤니케이션북스, 2006, 59~62쪽 참조.

60　매체의 교차가 증가한 것 역시 다양한 감상자들을 고려했음을 뜻한다. 1930년경에 박세영, 송영, 이기영, 이동규, 이주호, 임화 같은 카프 회원들은 또한 아동문학의 생산에 적극적으로 참여했다. 최초의 아동잡지인 방정환의 『어린이』는 좌파의 글들을 많이 싣고 있으며, 이후 카프는 자체의 사회주의적인 어린이 잡지 『별나라』(1930~1934)를 창간했다(〈화보 5〉). Dafna Zur, "The Construction of the Child in Korean Children's Magazines, 1908~1950", Ph. D. Diss., University of British Columbia, 2011 참조.

61　최열, 『한국 근대미술의 역사』, 열화당, 1998, 264쪽. 카프 미술운동에 대한 더 자세한 설명은 같은 책, 257~264, 209~217쪽 참조.

상 없다』의 극장 공연을 막기 위해 출동했다. 이때 유명한 카프 작가 거의 모두를 포함해 전국에서 100명이 넘는 사람들이 체포되었다.⟨그림 2.3⟩ 그리고 대부분의 회원들이 여전히 구금된 상태에서 카프는 1935년 5월 공식적으로 해산되었다.[62]

　놀랍지도 않게 카프의 종말을 가져온 것은 (비록 간접적이지만) 1930년 대의 카프의 부흥과 대중화였다. 카프가 이데올로기적 선명성과 순수성을 과감하게 모색할수록, 일본이 군국주의화되어 가는 시기에 당국의 탄압에 더 노출되게 되었던 것이다. 검거에 이어서 카프의 회원들은 전향의 과정에 놓이게 되었으며, 식민 당국은 그들에게 이데올로기적 신념을 포기하고 사회적 활동에서 물러 설 것을 강요했다.

　그런데 그런 전향의 트라우마의 경험 자체가 많은 구 카프 작가의 문학적 증언의 주제가 되었다. 노골적인 활동적 작품이 금지되었던 시기에 카프 해산에 대한 간절한 글들이 계속 쓰여졌고, 어떤 면에서 더 많은 프로 작가들이 끈질기고 미묘하게 카프의 임무를 지속했던 셈이다. 한국에서 좌파 문학 행동주의가 결정적인 종말을 맞게 된 것은, 군사 통치가 일본 제국 전역에 확장되고 조선어 출판이 금지된 1941년에 이르러서였다.[63]

　한국 사회의 극단의 역동적인 10년의 시기인 1925~1935년에, 카프는 정치적 예술을 돕고 공산주의를 지지한 작가의 노력에 협력하며 좌파문화운동의 선봉을 맡았다. 한국문화에 대한 카프의 영향을 단순하게 평가

---

62　카프 해산 과정에 대한 더 자세한 설명은 권영민, 『한국 계급문학 운동사』, 292~348쪽 참조.

63　전향문학의 가장 완성된 몇몇 작품은 김남천에 의해 쓰여졌다. 김남천의 「맥」(1941)은 전시기의 사상적 탄압에 직면한 지식인의 모습을 자세히 보여준다. 식민지 시기 김남천의 미학적·사상적 궤적에 대해서는 제7장에서 설명될 것이다. 김남천은 마르크스주의 조직이 해체된 후에 사회주의 문학을 혁신하고 재활성화하는 도정에서 가장 효과적으로 형식적 실험을 포용했다.

<그림 2.3> 카프 회원의 재판에 대한 신문보도. 출전 『조선중앙일보』, 1935.10.27. 한 면을 가득 채운 기사는 카프 10년 역사에 대한 사진을 곁들인 개요를 함께 싣고 있다.(국사편찬위원회 제공)

하기는 어려울 것이다. 문화적 생산물에 정치적 지도성을 제공하는 야심 찬 실험으로서 카프는 이데올로기를 직접 예술적 논쟁의 핵심에 연결시켰다. 또한 카프는 근대 한국의 문학비평의 발전에 전류가 흐르게 했다. 그와 함께 문화생산을 영화와 연극으로 확장시킴으로써 문화의 민주주의화를 촉진했다. 마찬가지로 중요한 것은 카프와 비평가들이 많은 개념적 명료함과 새로운 용어들을 한국의 미학적 · 정치적 토론에 가져온 점이다. 카프가 구성된 후 몇 년 안에 카프 내외의 지식인들은 자신들의 입장과 논거를 스스로 명료하게 할 수밖에 없었다. 어떤 면에서 카프의 모험과 마르크스주의적 참여는 보다 포괄적인 좌파 운동의 이데올로기적 발전 — 그리고 대립적 논쟁 — 을 위한 촉매제였다.

그러나 카프의 중요성은 결코 식민지 조선에서 통합된 좌파문화의 선봉이 존재했음을 의미하는 데 있지 않다. 한국의 문화적 좌파를 둘러 싼 널리 퍼진 오해는 카프를 1920~1930년대 동안의 유일한 헤게모니적 표현으로 보는 것이다. 이미 살펴본 것처럼 (그리고 앞으로 더 고찰할 것처럼), 실제로 카프는 정점의 시기에조차 복합적인 한국의 좌파문화적 풍경의 한 부분이었을 뿐이다. 보다 작은 집단들과 개인적 활동들이 카프와 병존하며 지속되었는데, 그들은 주류 카프 노선에 이견을 지닌 채 여전히 스스로를 좌파적으로 여기거나, 어떤 경우에는 카프 여로의 "동반적 여행자fellow travelers"라고 생각하고 있었다.

# 동반적 여행자와 좌파문화의 다양화

"동반적 여행자"[64]는 논쟁적인 용어이다. 러시아 원어 포풋츠키poputchiki 는 트로츠키의 『문학과 혁명Literature and Revolution』1924에서 당의 동맹원은 아니면서 혁명을 도운 작가들 — 보리스 필냐크, 니콜라이 티코노프, 세르게이 예세닌 — 을 지칭하기 위해 처음 사용되었다.[65] 그 이후 이 용어는 식민지 시기 동안 여러 번 한국어로 번역되었다.[66] 자신을 "동반적 여행자"라고 자인한 염상섭은, 도쿄에서 필냐크의 강연을 들은 후 1926년에 이 용어를 심퍼사이저sympathizers로 처음 소개했다. 염상섭은 일제와 타협적 자본가에 맞선 사회주의자를 돕는 민족주의자를 지칭하려 이 용어를 썼으며, 따라서 동반적 여행자는 사회주의자에 의해 동맹적 자격이 인정될 수 있는 사람을 나타냈다.[67] 1930년대 초에 이 단어는 카프 비평가에 의해 동반자나 수반자로 재번역되었다. 그 당시의 카프 비평가는 동반자라는 용어가 조직이 쇠퇴하는 시기에 좌파 진영에 대한 카프의 헤게모니를 주장하는 유용한 방법이라고 생각했다.[68] 그러나 카프가 동반자라는 용어를 사용했을 때 이 이름이 모든 수신자들동반자 작가들에게 환영받은 것은 아니었으며, 채만식 같은 작가는 문화적 좌파 전체에 대한 카프

---

64 [역주] 이 책에서 동반적 여행자는 동반자 작가보다 더 포괄적인 의미를 지닌다. 예컨대 염상섭은 동반자 작가로 불리지는 않지만 카프의 동반적 여행자였다고 할 수 있다.

65 Leon Trotsky, "The Literary 'Fellow Travelers' of the Revolution", *Literature and Revolution*, Haymarket Books, 2005, pp.61~104.

66 이 러시아 용어의 한국어 번역에 대한 자세한 설명은 조남현, 「동반자 작가의 성격과 위상」, 『한국 현대 문학사상 연구』(서울대 출판부, 1994), 152~178쪽 참조.

67 염상섭, 「프롤레타리아 문학에 대한 P씨의 언」, 『조선문단』 16호, 1926.5.

68 예컨대 박영희, 「카프작가와 그 수반자의 문학적 활동」(『중외일보』, 1930.9.18~26)과 김기진, 「조선문학의 현재의 수준」(『신동아』, 1934.1), 『김팔봉 문학 전집』 1, 372쪽을 볼 것. 김기진의 글은 동반적 여행자에 대한 포괄적인 목록을 제시하고 있다.

의 통제적 의미를 분명히 거부하려 했다.[69]

식민지에서 '동반적 여행자'의 실체적인 존재는 카프의 문화정치적 장치에 대한 몇몇 지식인 집단의 매혹과 반감을 동시에 나타낸다. 많은 지식인들은 카프의 창립을 프롤레타리아 문화운동이 진화하고 성공한 구체적 신호로 환영했다. 그러나 어떤 지식인들은 카프에 공식적으로 참여하는 것을 꺼려하기도 했다. 처음부터 예술이 공공연한 정치적 조직으로 제도화되어야 하는가에 대한 염려가 존재했던 것이다. 더욱이 시간이 흐르면서 카프의 교리적인 배제주의와 회원들 간의 빈번한 분파적·이데올로기적 갈등에서 새로운 우려가 나타났다.

식민지 조선에서 '동반적 여행자'의 가장 중요한 집단은 이른바 좌파적 민족주의자들이었을 것이다. 식민지에서 흔히 있는 일이지만, 한국에서도 민족주의와 사회주의는 밀접하게 상조적相助的인 이데올로기적 입장을 나타냈으며, 많은 지식인들은 양쪽에 대한 신의를 공언했다. 그러나 1920년대 중반에 사회주의자가 급진화되자, 상당수의 좌파 민족주의 지식인들은 마르크스주의의 계급 분화적 주장이 통합된 민족 전선의 필요성과 조화되기 어려움을 발견했다. 그때 홍명희와 염상섭 같은 작가들은 동반적 여행자의 위치를 선택하면서 신간회의 확장적인 민족주의적 연합 내에서 중심적인 인물이 되었다. 이미 살폈듯이 신간회는 카프와 짧은 동안 제휴를 하며 불행한 운명을 맞은 단체였다. 카프와 신간회의 1931년의 결별은 민족주의자와 사회주의자 간의 가장 높은 긴장의 시점을 나타냈다. 민족주의자는 마르크스주의자의 공산주의 혁명의 강조가 식민지 국가의 억압적인 정치적 환경에서 역효과를 낳는다고 생각했다.

---

69    채만식, 「현인군의 몽을 계함」, 『제일선』, 1932, 7~8쪽.

반면에 사회주의자는 일본 제국주의의 버팀목인 자본주의를 전복시켜야만 다시 독립을 얻을 수 있다고 주장했다.[70]

사회주의 진영에 대비되는 관점을 제공한 것과는 별도로, 좌파적 민족주의의 입장은 그 자체로 민족독립에 대한 논쟁에 중요한 기여를 했다. 온건한 민족주의적 전망은 1920년대 초에 이광수와 그의 지지자들에 의해 제기된 바 있다. 한국 최초의 근대소설『무정』[1917]으로 명성을 얻은 이광수는, 서구와 일본을 모델 삼아 조선을 개조시키려는 문화적 교육의 관점을 갖고 있었다. 그 때문에 이광수는 독립을 장기적인 목표로 보고 당분간은 서구적 가치들을 점진적으로 받아들이면서 식민 당국의 발전 계획을 묵인할 것을 제안했다.[71] 이광수의 문화적 민족주의의 전망은 좌파 민족주의 지식인들에게 강력한 비판을 받았다. 좌파 민족주의 지식인들은 그보다 한층 더 비타협적인 반식민주의적 입장을 신봉하고 있었다. 그들은 식민주의가 어떻게 노동계급 조선인들을 황폐화시키는지 인식하고 있었으며, 노동계급에게 강요된 토착 양반에 대한 경제적 복종이 이제 식민 당국이 강제한 새로운 짐에 의해 복합적으로 심화되었음을 알고 있었다. 따라서 그들은 조선 민중의 정치적·경제적 해방을 요구하는 입장을 취하면서, 먼저 일본으로부터 해방되고, 또한 적시에 전통적·근대적 자본주의의 노동 조건을 규정하는 불평등에서 벗어날 것을 주장했다.[72]

---

70　신간회의 조직의 역사에 대해서는 이균영,『신간회 연구』참조.

71　Michael Robinson, *Cultural Nationalism*, pp.64~73.

72　좌파 민족주의자들은 식민화 과정에서의 한국의 물질적 상황을 강조하면서, 실제적으로 한국의 발전과 근대화에서 일본의 자애로운 지배인의 신화를 거부했다. 그들은 일본의 식민적 사상을 "프롤레타리아 민족"으로서 조선의 이미지로 대체하면서, 다른 아시아 국가들처럼 한국을 일본과 서구의 착취적인 자본주의적 야망의 희생자로 만드는 과정을 보여 주었다. 좌파 민족주의자들의 위치는 1920~1930년대의 정치적 논쟁에서 새로운 입장을 드러낸 것이었다. 그들의 반식민주의적 위치는, 이후 20세기 후반 미

이런 사회주의적으로 굴절된 민족주의의 관점은 초기 아나키즘 경향과 그 후의 카프적 마르크스주의 양자에 대한 강력한 좌파적 대안이 되었다. 염상섭은 카프 작가와의 논쟁에 가장 능동적으로 참여한 좌파 민족주의 지식인 중의 하나였다. 일련의 논설과 소설을 통해 염상섭은 궁극적인 계급 혁명을 위한 전제로서 민족해방의 긴급성을 보여주는 열정적인 사례를 들었다. 그에 반해 실제적으로 모든 카프 회원들은 프롤레타리아 혁명을 우선시한 셈이었다. 그러나 그처럼 우선 사항이 달랐지만 신간회와 카프는 앞서 살핀 문화적 민족주의의 입장을 반대하는 데는 일치하고 있었다. 3·1운동의 혁명적 정신을 계승하면서 카프와 좌파 민족주의자들은 둘 다 시종일관 식민 당국에 대항하고 있었다. 그러면서도 그들은 우선 사안이 현저하게 달랐으며 서로 간의 논쟁은 때로 강한 반박의 어조를 나타냈다.

아나키스트와 마르크스주의자의 경우처럼 좌파 민족주의자 역시 문학적 생산물이 번성한 특징을 갖고 있었다. 어떤 작가의 작품들은 나중에 좌파 민족주의의 이데올로기적 혈맥의 상징처럼 보여지게끔 되었다. 예컨대 홍명희는 오늘날 10권의 서사시적 대하소설 『임꺽정』1928~1940으로 명성을 얻고 있다. 『임꺽정』은 유명한 한국의 전통 문화에 당대 역사에 대한 사회주의적 임무를 혼합시키면서, 봉건질서와 외적의 침공에 대한 민중적 저항 정신을 소환하는 17세기의 영웅적 의적義賊의 이야기를 들려준다.[73] 다른 한편 염상섭은, 독특한 감성과 문학적 세련성을 통해 민족

---

국 영향 하의 한국의 신식민지적 상황에 대항한 민중운동에 강력한 영감을 제공했으며, 그 시기의 좌파 민족주의를 가능하게 했다.

73 홍명희는 『임꺽정』에서 1592년 일본의 침략에 대응한 한국의 저항적 삽화를 과감하게 도입했다. 이 소설은 저자가 여러 번 투옥되었던 시기에 『조선일보』에 연재되었다. 강영주, 『벽초 홍명희 연구』, 창작과비평사, 1999, 625쪽 참조.

주의와 사회주의의 영향을 결합시킴으로써, 식민지 조선의 가장 중요한 작가의 한 사람이 되었다. 오늘날 고전의 반열에 든 염상섭의 소설에는 중편 「만세전」[1924]과 역사적인 장편 『삼대』[1931]가 포함되어 있다.[74]

카프의 동반적 여행자의 또 다른 중요한 사람들에는 아나키스트적인 작가와 지식인이 있었다. 실상 카프 비평가들은 방향 전환의 시기에 그들을 추방했지만 아나키스트적 문학은 식민지 시기 전체를 통해 한국의 문화적 저류低流로 잔존하고 있었다. 그런 맥락에서 잘 알려진 초기 작가 중의 한 사람은 나도향이었다. 나도향은 자신의 지적인 경로의 모험을 시도하기 전에 낭만적인 백조파의 일원이었다. 그는 「행랑자식」[1923], 「물레방아」[1925], 「지형근」[1926] 같은 가장 유명한 신경향파적 작품을 썼다. 이 작품들은 모두 농촌의 하인들과 도시 일용 노동자들의 일상의 곤경을 드러내고 있으며, 빈번히 짓밟힌 주인공들의 입장을 나타내는 반항적인 분노의 폭발로 작품이 끝난다.[75] 사적인 낭만적 감정을 정치적 대의의 이데올로기적 요구에 종속시킨 카프 작가와는 달리, 나도향은 사랑의 감정을 인간의 삶의 욕망에 대한 최고의 표현으로 보여주었고, 관습에서 이탈한 불행한 사랑의 사건을 기존의 사회질서에 대한 반항의 근거로 전환시켰다. 여기서 보듯이 그의 작품은 1920년대 초의 낭만적 경향과 1920대 중반의 신경향파 문학의 양쪽에 걸쳐져 있었다.[76]

---

74  식민지 시대 동안 염상섭의 지적·문학적 궤적에 대한 전체적 설명에 대해서는 제5장 참조.

75  나도향의 「지형근」(『조선문단』, 1926.3~5)과 「행랑자식」(『개벽』, 1923.10), 「벙어리 삼룡이」(『여명』, 1925.7) 참조.

76  현진건은 카프에 가담하지 않은 또 다른 백조파였지만 앞서 살핀 「인」(1922)과 「운수 좋은 날」(1924), 「불」(1925) 등에서 사회주의적인 영향을 보여주었다. 「운수 좋은 날」 은 인력거꾼의 어느 날의 힘겨운 노동과 아내의 비극적 죽음에 대한 이야기이며, 「불」 은 학대받는 어린 며느리가 시집에 불을 지르는 내용이다.

나도향은 카프에 가담하지 않았지만, 아나키즘에 의해 고취된 다른 작가들은 카프의 최초의 회원들이었으며, 이후로도 계속 그들 자신의 참여적인 정치적 문학 집단을 형성하려 했다. 앞에서 살폈듯이, 김화산이 카프의 마르크스주의적인 전환에 대해 문제제기를 했을 때 카프에는 내부적 균열이 생겨났다. 김화산은 권구현과 함께 추방되었으며 두 사람은 허문일, 이향, 이홍근 같은 작가들과 결합해 자유예술연맹1928~?을 창건했다.[77] 이들은 농촌 사회와 한국 농민의 상황을 특히 면밀하게 주목한 일련의 작품들을 남겼다. 예컨대 허문일은 「걸인」1932과 「소작인의 딸」1933 같은 작품에서 쇠락한 농촌 마을의 인간 비극을 묘사했으며, 두 작품은 『농민』1930~1933이라는 잡지에 실려 출간되었다.[78] 그와 같은 주제는 작가이자 화가, 문화 비평가였던 권구현의 작품에도 나타난다. 권구현은 『흑방의 선물』1927이라는 획기적인 아나키스트 시 선집으로 문단에 첫발을 딛었다. 그의 시와 산문은 농촌에 대한 관심을 확장해서 매춘과 노숙 같은 도시 빈민의 병증을 묘사했으며, 그런 특징은 「폐물」1927, 「파산」1929, 「인육시장점경」1933 같은 작품에서 눈에 뜨게 나타난다.[79]

1920년대에서 1930년대 초로 전환되면서 식민지 조선에는 새로운 집단들과 문학적 경향이 나타나기 시작했다. 이 시기 동안에 정치적·경제적 국면이 모두 변화되면서 제국 일본에 대한 피식민자로서의 조선인

---

77  식민지 시대 아나키스트 문학에 대해서는 김택호, 『한국 근대 아나키즘 문학, 낯선 저항』(월인, 2009)과 조남현, 「한국 현대문학의 아나키즘 체험」, 『한국 현대 문학사상 연구』 참조.

78  허문일, 「걸인」, 『농민』, 1923.3. 「소작인의 딸」, 『농민』, 1933.2~3. 김택호, 「허문일, 농민주의와 아나키즘이 만나는 자리」, 『한국 근대 아나키즘 문학, 낯선 저항』, 위의 책, 134~160쪽 참조.

79  권구현, 「폐물」, 『별건곤』, 1926.12. 「파산」, 『동아일보』, 1929.12.15~17. 「인육시장 점경」, 『조선일보』, 1933.9.28~10.10.

의 상황은 재형성되는 과정을 갖게 되었다. 정치적 측면에서 식민 당국의 심화된 군사적 통치는 자유를 박탈하는 방향으로 나아갔으며, 조선인은 혹독한 대가를 치르지 않고는 사회적 행동주의에 참여할 기회를 얻기가 더욱 어려워졌다. 앞 절에서 본 것처럼, 카프 회원의 대규모의 검거는 1931년에 시작되어 1935년에 마침내 카프가 해산될 때까지 강화되어 갔다.

다른 한편 경제적 측면에서, 1930년대 초는 일본이 조선을 만주 침략의 기지로 전환시키기 위해 산업화에 박차를 가하면서 전례없는 팽창과 번영이 이루어진 시기였다. 그 같은 변화 속에서 서울은 단 수년 동안에 도시 풍경을 빠르게 변화시켰고, 새로운 백화점들을 개점하면서 더욱 더 근대적 대도시의 특성을 드러내게 되었다. 그와 함께 상대적으로 풍요롭게 교육받은 중산계층이 위축된 지주 귀족을 대체하며 부상하는 과정이 나타났다.

이런 정치적 자유의 축소와 경제적 번창의 증대는 조선의 지식인들의 삶에 중대한 영향을 끼쳤다. 1920년대의 활력적인 10년 간 등장한 청년 좌파 작가들은, 이제 정치 조직에 공개적으로 참여하는 데서 좌절을 맛보았지만, 부상하는 중산계층의 취향에 맞춘 많은 새로운 대중잡지의 발간에서 보상적인 기회를 발견하게 되었다. 『삼천리』[1929~1941]와 『조광』[1935~1940] 뿐만 아니라 『별건곤』[1926~1931], 『비판』[1931~1940], 『혜성』[1931~1932], 『제일선』[1932~1933], 『대중공론』[1930] 같은 진보적인 잡지들은 모두 문학적 열망을 고취하는 넉넉한 출판 기회를 제공했다[화보 6, 7]. 이 잡지들에서 활동한 유망한 작가들은 카프의 "동반적 여행자"라는 새로운 자원을 실제적으로 형성했으며, 카프는 이따금 그들을 신입 회원으로 모집하려 했다. 그러나 많은 작가들은 카프에 가담하지 않은 채 남아 있으려 했는데, 그것은 식민 당국에 대한 두려움 때문이거나 카프의 지도력에 동의하지 않기 때문이었다.

1930년대 초에 눈에 띄게 된 젊은 작가는 이효석과 유진오였다.[80] 명성 있는 경성제대를 졸업한 두 사람은 당시에 프롤레타리아 문학의 예술적 부흥을 꾀하던 카프 비평가들의 관심을 끌었다. 이효석은 「도시와 유령」[1928]에서 경성의 노숙자를 식민지 도시의 거리에 출몰하는 유령으로 은유하면서 하층민의 인간적인 비참함을 그렸으며, 「깨뜨려지는 홍등」[1930]에서는 성 노동자들의 홍등 거리의 일상적 시련과 파업의 조직을 묘사했다. 또한 「노령근해」[1930]에서는 러시아 선박 노동자와 비밀리에 이주하는 조선인들 사이의 동료적 관계를 드러냈다.[81] 유진오는 「오월의 구직자」[1929]에서 실직자 지식인의 프롤레타리아적 자기 각성을 그렸으며, 「밤중에 거니는 자」[1931]에서 노조 노동자와 공장 첩보원 간의 싸움을 보여주었다.[82] 세계적 경기 침체의 영향과 회복의 어려움으로 인한 인간적 희생이 새로운 좌파 문학의 주제로 떠오르는 동안[그림 2.4], 언어적 능숙함과 예술적 세련성 역시 그 시기 좌파 문학의 특징으로 나타났다. 후자의 특징은 우수한 교육을 받은 엘리트 작가들이 활동하면서, 요코미츠 리이치의 신감각파 문학 같은 일본 모더니스트의 실험문학에 대한 관심이 나타난 결과였다.[83]

---

80  장양수의 『한국의 동반자 소설』(문학수첩, 1993)에서 이효석과 유진오에 대한 연구 참조.

81  이효석, 「도시와 유령」(『조선지광』, 1928.7), 「깨뜨려지는 홍등」(『대중공론』, 1930.4), 「노령근해」(『조선강단』, 1930.1)를 참조할 것. 또한 Kimberly Chung의 "Colonial Horrors", *Acta Koreana*, 17.1(2014)에서 특이하게 초자연적 요소를 지닌 프롤레타리아 소설로서 「도시와 유령」에 대한 논의를 볼 것.

82  유진오, 「밤중에 거니는 자」, 『동광』, 1931.3. 「오월의 구직자」, 『조선지광』, 1929.9.

83  유진오의 초기 작품 「삼면경」(1928)과 「넥타이의 침전」(1928)은 참신한 은유와 파편적 서사의 사용에서 신감각파의 영향을 보여준다. 이후에 유진오 자신도 신문연재 회고록 「편편야화」(『동아일보』, 1974.4.10)에서 그의 예술적 영감의 주요 원천이 요코미츠와 가와바타 야스나리의 실험적 글이었음을 인정했다. 이효석의 작품은 고양된 시각

<그림 2.4> 「3월 풍경」이라는 제목의 이 『비판』(1932.3)의 만평은 대공황의 사회적 영향을 나타내고 있다. 한편에는 노동자들(왼쪽 아래)과 함께 학생들(왼쪽 위)의 저항 행렬이 그려져 있다. 또한 실직자들은 주변에 흩어져 있고 부자는 옆에 큰 돈가방이 있지만 "적자"라고 쓰여진 회계장부 더미에 기대앉아 있다.(서울대 도서관 제공)

1930년대의 "신좌파" 작가 중에서 특별히 언급할만한 사람은 풍자 작가인 채만식이다. 채만식은 독특한 풍자적 글쓰기를 통해 식민지 근대화의 수혜자이자 일본풍에 동화된 기호를 지닌 새로운 도시 중산계급들을 매우 혹독하게 패러디했다. 그는 『탁류』[1938]와 『태평천하』[1938]에서 특히 정치적 유머를 능숙하게 사용했으며, 식민지 검열과의 직접적 충돌을 우회해 사회비판적 효과를 잘 성취해냈다. 또한 채만식의 유머러스하고 교란적인 대안적 서사는, 에로틱, 그로테스크, 익살 같은 당대 대중의 취향에 맞아떨어졌으며, 정치적 진보주의와 1930년대에 비옥해진 대중문화를 연결하는 생산적인 영역을 넓혀주었다.[84]

좌파 지식인의 또 다른 새로운 특징적 면모는 사회주의적 여성 작가이다. 그들 역시 당시의 대중 잡지에 "여류문학"의 제도가 확립되면서 1930년 초에 출현했다. 백신애와 박화성, 강경애, 송계월 같은 작가들은 학생 신분이나 신간회의 자매 조직 근우회의 회원으로 1920년대의 사회적 행동주의에 참여해 왔다. 그러나 식민지 여성 지식인들은 1930년대 초 이전까지는 직업적인 문학인의 기회를 별로 가질 수 없었으며, 성적 격리의 관습 때문에 카프 같은 전원 남성 조직에 참여할 수 없었다. 그러던 여성문학은 식민지 후반에 당대의 대중잡지 — 『신여성』[1923~1934]과 『신가정』[1933~1936] 같은 여성잡지와 『신동아』[1931~1936]와 『삼천리』[1929~1941] 같은 주류잡지 — 에 제도화되기에 이르렀고, 신교육을 받은 중산층 여성의

---

적·후각적 감각 이미지와 미스터리의 사용에서 모더니즘적 감수성이 스며있으며 그런 경향은 이후로 더 강화되었다. 그 결과 이효석은 식민지 조선에서 가장 주목할 만한 모더니스트 작가의 한 사람이 되었다. 두 사람과는 별도로 그 밖의 많은 작가들이 적어도 문학적 한 시기에 프로문학의 영향 하에서 창작을 했다. 예컨대 『조용만 작품집』(지만지, 2010), 『계용묵 전집』(민음사, 2006), 『현경준』(보고사, 2006), 『이무영 문학전집』(국학자료원, 2000)을 볼 것.

84 채만식, 『탁류』, 『조선일보』, 1937.10.12~1938.5.17. 『태평천하』, 『조광』, 1938.1~9.

독자층에게 호응하기 시작했다.

한국의 최초의 공개적인 사회주의 여성 조직은 조선여성동우회[1924~1927]였다.[85] 조선여성동우회의 창립 선언은 여성의 교육과 전통 유교윤리 · 가족제도에서의 해방이라는 자유주의 페미니즘의 의제를 부각시켰다. 그러나 이 창립 선언은 또한 여성문제를 보다 유물론적으로 접근하는 전환적인 수사학을 명백히 나타냈다. "여자는 자못 가정과 임금과 성의 노예가 될 뿐이오. 각 방면으로 생활에 필요한 일을 힘껏 다하여 사회에 공헌을 하여 왔으나 횡포한 남성들이 여성에게 주는 보수는 교육을 거절하고 모성을 파괴할 뿐이다. 더욱 조선 여성은 그 위에 동양적 도덕의 질곡에서 울고 있게 하니 이러한 비인간적 생활에서 분기하여 굳세게 굳세게 결속하자."[86]

조선여성동우회에 뒤이어 다양한 사회주의적 여성 조직의 창립이 이어졌다. 그 중에 눈에 띄는 것은 경성여자청년동맹[1925~1926]인데, 이 단체는 "청년 노동계급 여성을 교육하고 가르치는 것"을 목표로 한 전위적인 조직이었다. 또 다른 여성 단체 경성여자청년회[1925~1926]는 "여성의 독립, 성적 평등, 모성의 보호"를 위한 사회개혁 운동을 보다 넓게 추진했다. 아울러 여성해방동맹[1925~1926]은 신여성 엘리트의 제한된 범위를 넘어서 여성운동을 확장시키는 것을 목표로 했다.[87]

남성 사회주의자와 진보적 민족주의자 간의 신간회의 연합을 본보기

---

85 박용옥은 사회주의 여성 조직과 활동에 대한 자세하고 폭넓은 연구 정보를 제공하고 있다. 박용옥, 『한국 여성 항일운동사 연구』, 지식산업사, 1996 참조. 조선여성동우회에 대해서는 258~273쪽을 볼 것.

86 이 선언문은 원래 『동아일보』(1929. 5. 22)에 발표되었다. 조선여성동우회의 선언문과 강령에 대해서는 위의 책 263쪽 참조.

87 김경일, 「1920~1930년대 한국의 신여성과 사회주의」, 『한국 근대사회와 문화』 III, 서울대학교 출판문화원, 2007, 169~176쪽.

삼아, 이 다양한 여성 집단들은 또한 근우회1927~1931라는 상위 조직을 창건했다. 근우회의 이름은 한국 민족의 상징적인 꽃 무궁화에서 영감을 얻어 지어진 것이었다. 근우회는 많은 기독교적 자유주의 여성 지식인을 포함했지만, 지도부는 『근우』라는 잡지의 첫 호에 명백히 나타났듯이 좌파적 방향의 성격을 갖고 있었다(화보 8). 근우회의 창립 강령은 고전적 자유주의 페미니스트의 의제에 계급적인 것을 결합시키고 있었다. 즉 "여성에 대한 사회적, 법률적 일체 차별 철폐", "일체 봉건적 인습과 미신 타파", "조혼 폐지 및 결혼의 자유" 같은 자유주의 페미니즘의 목표에, "농촌 부인의 경제적 이익 옹호", "부인 노동의 임금 차별 철폐 및 산전산후 임금 지불", "부인 및 소년공의 위험 노동 및 야업 금지" 같은 계급의식적인 것을 접합시켰다.[88]

일차적인 관심사가 여성교육과 성적 해방이었던 자유주의적 신여성 작가의 뒤를 이어, 사회주의적 작가는 여성 해방에 대한 사회주의 이론이 주입된 새로운 페미니즘적 입장을 창안했다. 이 집단의 가장 대표적인 작품 중에는 강경애의 『인간문제』[1934]와 「소금」[1934]이 있다. 두 소설은 프롤레타리아 여성의 세부적 초상을 제공하고 있으며, 특히 공장 노동자와 가사 노동자의 물질적 곤경과 노동 착취, 성적 학대의 일상적 경험에 초점을 맞추고 있다.[89] 제6장에서 자세히 살펴볼 것처럼, 이 소설들은 사회주의 페미니즘의 성과로서 노동계급 여성의 특수한 이해를 재현하면서, 사회주의의 계급적 전망에 페미니즘의 젠더적 입장을 접합한 내적 긴장을 드러낸다.

신좌파와 여성 작가들은 카프와 제휴한 역사가 없지만, 또 다른 주변

---

88  위의 책, 183쪽.
89  강경애의 문학적 경험에 대한 자세한 설명은 제6장 참조.

적 사회주의 집단은 카프의 행동주의적 경험의 직접적 지류였다. 이들은 분리된 재일 카프 회원들로 이루어진 사람들인데, 김두용, 김용제, 이북만 같은 작가들은 일본에서 무산자와 동지사라는 이름의 신단체를 통해 꾸준히 활동성을 보여주었다. 1931년 이후에 이 작가들은 코프KOPF라는 일본 조직에 합류했다. 이는 "일국 사회주의"라는 스탈린의 정책에 순응해 소련이 통제하는 상위 조직 아래 각국 사회주의자들이 통합한데 따른 것이었다. 그러나 그런 통합에 따르면서도 작가들은 (다른 여러 잡지 중에서)『우리 동무』1932~1933라는 조선어 기관지를 발간하면서 일본의 조선인 거주자들의 이해를 드러내는 일을 계속했다.[90] 그와 함께 장혁주와 김사량을 포함한 새로운 세대의 비동맹적 이중언어 작가들조선인 일본어 작가들은 프롤레타리아 문학의 이데올로기적·미학적 장치들을 사용해 자신들의 이산적인 정체성을 표현했다. 세련된 문학적 일본어로 쓰여진 장혁주의 「아귀도」1932와 김사량의 「빛 속으로」1939 같은 작품들은 극심한 차별과 인간적 고통을 드러냄으로써 한국 비평가들뿐 아니라 일본 문학계에서도 주목을 받았다. 이 작가들은 오늘날 일본 내의 한국인 소수자 문학의 초기 개척자들로 인정받고 있다.[91]

---

90  이 잡지에 대한 보다 자세한 설명은 오사무 마스오(大村益夫),『朝鮮近代文学と日本』(綠陰書房, 2003)과 Emiko Kida, "Japanese-Korean Exchange within the Proletarean Visual Arts Movement", *Positions : East Asia Cultures Critique* 14, no 2(Fall 2006), pp.495~525, 참조.

91  일본에서의 한국 프롤레타리아 작가의 운동의 역사에 대해서는 任展慧,『日本における朝鮮人の文学の歴史 : 1945年まで』(法政大学出版局, 2005)와 Samuel Perry "Korean as Proletarian", *Positions : East Asia Cultures Critique* 14 no.2,(Fall, 2006) 참조. 권나영의 김사량에 대한 연구는 "Translated Encounters and Empire"(Ph. D. diss., UCLA, 2007)의 제2장 "Empire and Minor Writer", pp.31~102 참조. 장혁주의 일본으로의 이주와 함께 카프 시인이자 작가인 조명희는 1928년 소련으로 망명했으며, 그는 그곳에서 한국 이주민 사이에서 한국어 문학을 개척하는 데 헌신했다. 조명희는 1942년에 일본의 스파이를 했다

이 절에서 살펴본 작가들은 좌파적 경향이라는 점을 빼면 공통적인 요소가 거의 없는 셈이다. "동반적 여행자"라는 범주 자체는 매우 논쟁적이며 내포뿐 아니라 외연에서도 역사적인 가변성을 지니고 있다. 그러나 그런 이름을 사용하게 되면 우리는 사회주의에 의해 고취되었지만 미처 카프에 가담하지 않은 상당수의 작가 집단의 존재를 주목하게 된다. "동반적 여행자"로 불리는 작가들은 좌파적인 문학적 생산에 뜻 깊은 기여를 하고 있었다. 오늘날 그들을 인식하는 일은 한국 좌파 문학운동 영역의 보다 정확한 지도 그리기를 가능하게 해 준다. 그런 '다시 지도 그리기'는 이제 좌파 문학운동 전체의 역사적·이데올로기적 의미를 보다 훌륭히 통찰하게 해 준다.

## 오늘날의 프롤레타리아 물결의 재발견

한국 근대문학 연구는 빈번히 카프를 식민지 시대 좌파 문학운동의 유일한 표현으로 간주해 왔다. 예컨대 유명한 『한국현대문학사』에서 권영민은 카프작가만을 논의하며 "계급문학"의 연대기적 역사를 추적하고 있다.[92] 마찬가지로 타티아나 가브로센코 역시 북한문학의 지역적 뿌리를 설명하면서 카프작가만을 식민지 시대 문학적 좌파의 대표로 선정하고 있다.[93] 많은 학자들은 실제적으로 좌파 문학의 역사가 당대의 마르크스

는 거짓 누명을 쓰고 처형되었지만 1956년 스탈린 사후에 복권되었다. 우정권, 『조명희와 선봉』(역락, 2005)을 참조할 것.

92  Kwon Youngmin, "Class Movements and Ideology", *A History of Korean Literature*(Cambridge University Press, 2004), pp.397~399.

93  Tatiana Gabroussenko, *Soldiers on the Cultural Front*, University of Hawai'i Press, 2010.

주의 문학 집단을 이끈 카프의 역사와 부합한다고 가정한다. 그런 가정은 매우 확고해서 한국 문학비평에서 "카프문학"과 "프롤레타리아 문학"은 통상적으로 동의어로 간주된다.[94]

식민지 시대의 가장 중요한 좌파문화적 집단이 카프라는 평가는 매우 당연한 것이다. 1925년 창립에서 1935년 해산까지, 카프는 사회주의 문화의 실질적 핵심으로 행동하며 지부와 문학잡지, 폭넓은 집행 장치를 통해 작가들에게 손을 뻗었다. 그러나 제2장에서 본 것처럼 한국의 좌파문화는 카프라는 중심 마르크스 조직의 제한을 훨씬 넘어서고 있었다. 1920년대 중반 카프에 도입되었을 때 마르크스주의는 상대적으로 새로운 사상이었다. 오히려 그때까지는 표트르 크로포트킨과 오스기 사카에[95] 같은 작가들이 반란적이고 반권위주의적인 사상으로 인기가 있었기 때문에, 아나키즘이 대단한 이데올로기적 영향력을 갖고 있었다. 더욱이 다양한 신념을 지닌 몇몇 작가 집단들은 이후 마르크스주의가 한국 좌파의 강력한 이데올로기가 된 뒤에도 카프에 가담하기를 자제하고 있었다. 그런 집단들의 구성원들은 전형적으로 카프의 "동반적 여행자"의 입장을 취했으며, 그 중 어떤 사람들은 선봉의 마르크스주의 조직과 때로는 상조

---

가브로센코는 러시아의 한국 시인 조기천과 월북한 유미적인 이태준을 다루긴 하지만 식민지 시대 문학적 좌파의 논의에서 카프 작가에 집중하고 있다.

94  권영민, 『한국 계급문학 운동사』. Brian Myers, *Han Sŏrya and North Korean Literature : The Failure of Socialist Realism in the DPRK*, Cornell University Press, 1994. 박명용, 『한국 프롤레타리아 문학연구』, 글벗사, 1992.

95  [역주] 오스기 사카에(1885~1923)는 일본의 아나키스트이자 노동운동가이다. 1921~1922년에 일본 사회주의 진영 내부에서 '아나르코-볼셰비키' 논쟁이 벌어졌을 때 볼셰비즘파와 격렬하게 대립했다. 한국의 이동휘와 여운영 등을 만나 국제적 연대를 시도했으며 박열 등이 만든 흑도회의 결성을 후원했다. 1923년 9월 간토 대지진이 일어났을 때 아내, 조카와 함께 일본 헌병 대위에 의해 살해당했다.

적相助的이고 때로는 경쟁적인 제휴를 형성했다.[96]

그런 복합적이고 가변적인 프롤레타리아 물결은 "사회주의적 질문"이라고 부를 수 있는 것에 많은 이질적 대답들을 들려주었다. "국제적 사회주의 문화는 어떻게 될 것인가"라는 20세기 초의 질문은, 식민지 조선의 지역적 상황 내에서 번역되고, 응용되고, 전유되었다. 그 같은 이데올로기적 번역의 관점에서 볼 때, 한국의 사회주의적 교리는 일찍이 사이드가 1990년대에 제안한 "여행하는 이론"과 매우 유사해 보일 것이다.[97] 사이드에 의하면, 원래의 이론의 본체는 여행을 통해 시간과 지정학적 경계를 넘어 새롭게 응용되면서 어떤 다른 것 — 신선한 영감, 다른 전통과의 연결, 그리고 기꺼이 새 해변을 향해 출발하는 또 다른 "원본" — 이 된다. "정통성"이라는 보수적인 협소한 개념은 이런 종류의 운동을 설명하는 데 적절하지 못한 셈이다.

사회주의적 질문에 답변을 주면서, 식민지 조선의 지식인들은 정통 마르크스주의 노선에 묶이지 않고 자주 다양한 이론적 방향들로 빗겨났다. 그런 흐름에서, 아나키즘은 새로운 활력을 얻어 당시의 경직된 위계 사

---

96 식민지의 문화적 좌파에 대한 카프 헤게모니의 신화는 부분적으로 단지 역사의 우발적 요인에서 기인된 것이다. 즉 카프는 식민지 시기와 그 이후에 상당히 강한 영향력을 지녔으며, 식민지 좌파 문학에 대한 초기의 설명은 거의 임화와 백철 같은 구 카프 회원들에 의해 쓰여졌다. 그러나 그와 함께 마르크스주의와 카프에 대한 지나친 강조는 한국 내에서의 냉전기 세계적인 문화적 정치학의 반영이기도 했을 것이다. 냉전시대의 이분법적인 정치적·이데올로기적 질서 내에서 세계 사회주의의 복합적인 역사는 자주 마르크스 레닌주의의 단순한 노선으로 축소되었고, 그런 노선에 맞지 않는 경향과 운동은 망각되거나 비판되었다. 식민지 좌파의 문화운동에 대한 카프 회원의 초기의 설명에 대해서는 임화, 「조선 신문학사론 서설」(『조선중앙일보』, 1935.10.9~11.13)과 백철, 『조선 신문학사조사』(수선사, 1948) 참조.

97 Edward Said, "Traveling Theory", *The World, the Text and the Critical*, Harvard University Press, 1983. "Traveling Theory Reconsidered", *Critical Reconstructions : The Relations of Fiction and Life*, Stanford University Press, 1994.

회에서 계몽사상의 평등주의적 판본의 특성을 나타냈다. 마찬가지로 서구에서는 사회주의 사상과 양립할 수 없었을 근대 민족주의는, 한국으로 "여행"하면서 사회주의적 입장과 뒤섞이는 흐름의 운명을 드러냈다. 그래서 대중혁명 봉기를 통해서만 독립을 얻게 될 "프롤레타리아 민족"으로서의 조선이라는 전망을 이끌어내게 되었다. 이 예와 다른 경우들에서, 사회주의적 질문은 엄격한 기준에서는 비사회주의적으로 보일 방법으로 답변이 돌아왔다. 그럼에도 그런 마르크스 레닌주의 노선으로부터의 이탈은 한국의 사회주의 문화의 실제적 효력을 손상시키지 않았다. 그와는 정반대로, 새로운 문화적 생성물들의 "비정통성"은 식민지의 복합적인 이데올로기적 환경 내에서 흔히 사회주의의 성공적인 배치 및 특이한 적용의 요인이 되었다.

아나키즘의 역사적 경험은 한국 사회주의 문화의 통상적 규정인 "정통성과 일탈"이 기묘하게 혼합된 예를 실제로 잘 보여준다. 과거의 비평가들은 빈번히 식민지의 아나키스트들이 한국적 상황에 대한 명쾌한 반자본주의적 분석이 결여된 듯하다고 애석해 했다.[98] 그러나 그런 비평은 식민지 조선의 이데올로기적 경제 속에서 아나키즘이 지녔던 특수한 기능을 놓치는 중요한 실수를 범하고 있다. 근대 초기 한국의 아나키스트 문화는, 1930년대 자본주의 사회의 심화된 불균등 발전과 싸우게 될 이후의 마르크스주의 문학과는 달리, 조선조 말의 정치 질서가 쇠락 후에도 잔존한 사회적·법적 불평등성을 드러내는 데 더 관심을 가졌다. 잔존하는 특권체계는 20세기 이후에도 한국인들을 출생 신분에 따라 분리시키고 있었으며, 아나키스트는 유산자와 무산자라는 일반적 구분을 통해 그

---

98    예컨대 김재용 외, 『한국 근대 민족문학사』(한길사, 1993), 316쪽과 김윤식·정호웅, 『한국소설사』(문학동네, 2000), 133쪽을 볼 것.

런 위계적 특권체계를 효과적으로 고발했다. 이런 반전통주의의 역할이 좌파가 전형적으로 수행하는 역할과 매우 다르다고 불평하는 것은 잘못된 일일 것이다. 그보다는 식민지 좌파문화는 보다 구성적으로 반자본주의와 반전통주의의 임무를 둘 다 떠맡고 있었다고 여겨진다. 한국 좌파 지식인들은 마르크스가 소중해 했을 단어를 통해 자본주의와 봉건적 질서의 비판에 동시에 참여하고 있었다.[99] 그들은 근대성이 압축의 형식과 가속의 속도로 한국에 다가왔을 때 그런 중요한 일을 했다.

유비를 통해 정통성과 변용을 상호작용하게 하면서,[100] 몇몇 한국 지식인들은 좌파 민족주의라는 새로운 이데올로기적 생성물을 통해 사회주의를 민족에 공헌하도록 배치했다. 앞에서 살펴본 것처럼, 카프 내의 마르크스주의 비평가들은 계급투쟁의 대의를 민족 독립에 종속시키는 일을 인정하지 않았다. 그러나 식민지 상황의 배경에 대응해서 생각할 때, 좌파 민족주의자의 경험은 양립불가능한 이데올로기적 입장들의 혼란된 병치에 그친 것이 결코 아니었다. 우리는 마르크스주의의 모든 민족주의에 대한 비판이 실상은 프랑스 혁명 이후 부르주아가 민족과 동일시된 상황에 대한 대응이었음을 상기해야 한다. 마르크스가 민족주의를 보수적인 이데올로기의 도구로 보게 된 것은, 분명히 민족 사상이 유럽 전역에서 부상하는 부르주아에 의해 민족 그 자체로 주장된 때문이었다. 그러나 20세기 초 식민지 조선의 상황에서 민족성은 어떤 영감의 고취에 다름이 아니었으며, 민족 사상은 부르주아와 노동 계급 모두에 의해 평등의 정당성과 함께 주장될 수 있었다. 이 점은 한국에서 좌파 민족주의

---

99  [역주] 예컨대 프롤레타리아는 유비를 통해 민족문제까지 포함하게 된다.
100  [역주] 식민지에서는 "프롤레타리아 민족" 같은 유비를 통해 정통성과 변용이 상호작용하고 있었다.

가 어떻게 발흥했는지, 또 어떻게 곧바로 문화적 민족주의와의 대결에 돌입할 수 있었는지 설명해 준다. 이와 비슷한 역동성은 수십 년 후 새로이 탈식민화된 알제리의 정치적 풍경에 대한 프란츠 파농의 설명에서도 나타난다.[101] 파농의 분석에서 역시 새롭게 사용할 수 있게 된 민족의 지도력은 매판 부르주아와 이제껏 무력화된 대중 사이에서 다툼의 대상이 되고 있었다. 또한 알제리에서도 한국처럼 "마르크스주의적이면서 민족주의적인" 사상의 지형은, 근본적으로 사회주의적·민중적 접근으로 민족해방을 추구하는 지식인들에게 강력한 이데올로기적 발판으로 입증되고 있었다.

카프가 한국 좌파 내의 주변적 운동들에 반대해 강경한 노선을 선택한 것은 역사적 사실이다. 카프의 회원들은 마르크스주의 교리를 조직의 규범으로 삼는 경향이 있었으며, 그에 따라 마르크스 레닌주의 정치학에 정확하게 동조하지 않는 — 조직의 내부와 외부의 — 좌파 영역에 비정통성이라는 낙인을 찍었다. 그러나 식민지 조선의 복합적인 이데올로기적 경제 내부에서 교리적 분파나 "비정통적" 변주는 시기적절하고 불가피한 문화적 논쟁이 생겼다는 생생한 신호였다. 아나키즘과 좌파적 민족주의는 식민지 조선에서 진정한 사회주의적인 문화적 실천의 여러 대안적 통로 중 두 가지 길이었을 뿐이다. 그와 똑같이 흥미로운 사회주의 문화의 변주는, 1930년대 초의 신좌파 물결과 1920~1930년대의 사회주의 페미니즘 운동, 그리고 같은 시기의 재일 조선인 좌파 작가 집단에서 전개되었다. 카프 지도자들은 역사적인 "공산주의 미래"로의 목적론적 열차를 놓칠지 모른다는 우려 속에서, 그런 비동맹적인 주변 운동들에 대해

---

101  Frantz Fanon, "The Pitfalls of National Culture", *The Wretched of the Earth*, Grove Press, 1963, pp.148~205.

조바심을 보이는 글들을 썼다.

그처럼 빠르게 변화하는 환경 속에서, 한국의 좌파 작가들은 사회주의적 사상들을 자신들의 지역적 상황에 적용되도록 번역하고 있었다. 오늘날 그런 지식인들이 진짜로 사회주의를 "이해했는지" 질문하는 것은 큰 의미가 없다. 진정으로 중요한 것은, 지역 지식인의 입장에서의 전유 과정이 없었다면 사회주의는 그 자체로는 한국에서 별 의미가 없었을 것이라는 점이다. 오늘날 식민지 좌파문화의 역사적 의의를 평가할 때 편협한 지역주의를 피해야 하며, 좌파 지식인이 우리의 민족적 역사에서 얻어왔던 명성과 역할에만 근거해 그들을 찬양할 수는 없을 것이다. 그러나 식민지 문화의 사건·제도·사상이, 어떤 완전한 세계에서 소련이나 서구에 기원을 둔 추상적 정통성에 따르게 될 거라는 어설픈 기대 역시 경고해야 한다.

백낙청은 「민족문학 개념의 정립을 위해」[1974]에서 제국의 중심에서 방출되는 문화적 규범에서 해방되려는 탈식민적postcolonial 지식인의 열망을 이렇게 적절히 표현했다. "[우리는] 어떤 작품이 중국의 규범에 얼마나 맞았느냐 하는 당대의 성행하는 평가나, 서구문학의 개념과 미의식에 어느 정도 부합하느냐 하는 요즘 (무엇보다도 일부 국문학자 자신들 틈에서) 맹위를 떨치고 있는 사고방식을 일단 제쳐" 놓아야 한다.[102] 백낙청은 사이드의 『오리엔탈리즘』이 출간되기 5년 전인 이른 시기에, 우리의 문화적·문학적 생산물의 평가 기준이 "서구문학의 개념과 미의식"에 조응할 필요가

---

102　Paik, Nak-chung, "The Idea of a Korean National Literature Then and Now", *Positions : East Asian Cultures Critique* 1, no. 3, 1993, p.562.
　　[역주] 백낙청, 「민족문학 개념의 정립을 위해」(1974), 『백낙청, 현대문학을 보는 시각』, 솔, 1991. 이 글은 「민족문학이념의 신전개」(『월간중앙』, 1974.7)로 발표된 글을 다소 수정한 것이다.

없다고 분명히 판단했다. 오늘날의 연구자들은 식민지 좌파문화의 자료보관소에서 "정통 마르크스주의"를 많이 발견하지 못할 것이다. 그 대신 그들이 발견하는 것은 사회주의의 영향 하에서 한국을 위한 이상적 통로를 추적하려던 지식인들의 "정통적인" 인간적 고투일 것이다. 더 나아가 연구자들은 식민지 조선의 복합적이고 가변적인 이데올로기적 환경에서 지식인들의 고투가 어떤 생생하고 구체적인 문화적 결과물들을 얻었음을 확인하게 될 것이다. 이제 우리가 다음에서 살펴볼 것은 바로 그런 생생한 결과물들이다.

# 제3장

## 좌파 문학과 문화적 근대성
### 비판적 개괄

근대성은 부르주아 계급의 부상과 도시 중심지의 확장, 산업화의 진행을 통해 한국에 극적인 사회경제적 변화를 가져왔다. 그런 흐름은 1920년대 중반까지 순조로운 과정 속에 있었다. 더욱이 근대성은 한국인들에게 문학과 예술의 본질이 급진적으로 재개념화되는 길을 열었다. 이 역동적인 창조적 가능성의 시기에, "민족적인 문학"의 발흥과 문학어로서 한국어의 전개, 최초의 근대소설의 출현은, 새로운 미학적 · 이데올로기적 창안에 다름이 아니었다. 증진된 문해력과 번창하는 서적 시장의 발전에 의해, 대중적 출판은 서울 및 다른 도시 중심지에 싹튼 자본주의 경제 안에서 지속가능한 사업이 되었다. 모든 곳에서 새로운 사상과 사회적 변화가 일어나면서, 19세기 말기와 20세기 초엽은 한국인들에게 유례없는 변화의 시대가 되었다.

하지만 그와 함께 근대성은 정치적인 폭력을 발생시켰다. 한국이 주변 제국들의 충돌의 와중에서 독립을 잃은 것은 근대성이 발흥한 수십 년 동안이었으며, 그 시간은 급격한 근대적 변화가 그에 적응하는 국가의 대응력을 앞지른 시기였다. 조선의 국제 조류를 향한 개방[1876]과 농민혁명[1894], 한일병합[1910]은, 모두 각기 다른 방식으로 조선조와 구시대적 삶의 방식의 종말을 촉진시킨 사건들이었다. 근대라는 시대의 항구적인 모순된 특성 — 유혹과 위협, 위대한 진보의 약속과 두려운 사건들의 연속 — 은, 한국인의 의식에 "근대화의 변화"에 대한 양가적인 태도가 나타나게 만들었다. 두려움과 찬양의 양면성 속에서 근대성은 한국인의 담론에서 "명확한 목적"과 "저주의 운명"이라는 이중적인 일을 수행했다. 한국에 부를 가져오고 도시를 확장시킨 산업화 자체가 동시적으로 국가의 정체성의 상실과 전통적 유교 가치의 타락에 책임이 있는 것으로 간주되어 온 것이다.

근대화의 중심에서 한국에 다가온 사회주의 문화는 한국인의 근대성에 대한 이중적 감정을 여러 면에서 축약하고 있었다. 좌파 지식인은 그들 자신이 근대적이었으며 전체적으로 20세기 초의 커다란 개혁적 운동에 소속돼 있었다. 그들은 전통주의 및 유교문화에 대한 반감과 민족해방에 관한 관심을 당대의 다른 지식인들과 공유했으며, 서구적 가치의 교육과 접촉해 한국의 위상을 발전시키는 전형적인 근대적 기획을 승인했다. 그러나 그런 근대적 가치들을 옹호하는 것과는 별도로, 좌파 작가와 활동가들은 그 시대에 새로 확립된 부르주아 문화를 직접적으로 공격했다. 그들은 태반이 자신의 선생이자 조언자였던 동시대 개혁 지식인들에 맞서 격렬한 표현으로 예술적 미학주의 및 엘리트주의와 싸웠다. 또한 자본주의가 한국에 사회적으로 견실한 발전 모델을 제공하지 않는다는 사상에 참여함으로써, 근대화와 산업화의 해악을 자주 비난했다.

사회주의적 문화는 몇몇 비평가들이 주장하는 것[1]처럼 반근대적이지

---

1    Brian Myers, *Han Sŏrya and North Korean Literature: The Failure of Socialist Realism in the DPRK.* (Cornell University Press, 1994)와 Tatiana Gabroussenko, *Soldiers on the Cultural Front : Development in the Early History of North Korean Literature and Literary Policy*(University of Hawai'i Press, 2010)를 참조할 것.

않았다. 사회주의자와 그 동조자들은 오히려 근대성의 다른 통로의 제안 자였으며, 국제적 마르크스주의와 아나키즘에서 얻은 교훈을 핵심으로 대안적 발전 모델을 옹호하려 했다. 근대적인 동시에 대항문화적이었던 좌파 지식인들은 자신들의 이데올로기적 방식으로 진보를 표방하며 식민주의적 발전과 상황에 저항했다. 그들의 경험은 근대 초기 한국에서의 강력한 사회주의적 호소이면서, 또한 역사적 격변기에 국가에 닥친 흥망의 위기 속에서 한국적 문화를 회생시키려는 시도였다.

## 식민지 조선의 근대문화

제국의 압력과 국내적 불안, 허약한 통치 계급의 지도력은 20세기로의 전환기에 조선 왕조의 몰락을 가져왔다. 제1장에서 예비적으로 살폈듯이, 외세를 향한 조선 시장의 강제적 개방은 국내의 각 지방의 불만을 발생시켰으며, 마침내 1984년의 동학혁명에 불을 붙였다. 그러나 궁극적으로 왕조의 몰락과 권력의 판도를 결정한 것은 동학혁명에 대한 지도층의 대응이었다. 농민 봉기의 격렬함에 두려움을 느낀 조선의 지배층은 민중운동을 진압하기 위해 청나라의 군대를 불러 들였다. 일본은 그런 상황을 재빨리 이용해 조선에 군대를 파견했으며, 그 후 조선을 지배하기 위해 2년 동안 청나라와 전쟁을 벌였다. 전쟁이 일본의 승리로 끝난 뒤 조선은 외세에 예속되는 운명을 맞게 되었다.

독립의 상실은 중대한 정치적·군사적 사건이자 한국의 근대적 쇠락의 상징이 되었다. 한국인들은 근대성 자체를 수세기의 전통적인 자주적 통치의 시대가 끝난 것으로 부정적으로 연상하게 되었다. 마찬가지로 중요한 것은, 조선조의 멸망이 더 나아가 중요한 문화적 변화를 일으키며 구 문화의 엘리트 지지층과 유교문화 자체를 점차 주변화시켰다는 점이다. 이제 전통적 통치자들의 실패한 지도력에 대응해서 진보적 지식인과 상인 및 아전 출신의 중인 계층에서 몇 가지 목소리들이 출현했다. 대중의 여론은 유교적 관리들이 국가의 전체 공동체보다 가족과 당파의 이익을 중시했다고 비판했다. 마찬가지로 보편적인 공공의 담론은 양반 귀족을 후진적 세력이자 조선의 근대화의 방해물로 간주했다.[2]

이 시기에 진보적 사상을 주장하며 전통문화와 경쟁한 많은 목소리들은 "문화적 개혁운동"의 이름으로 포괄될 수 있다. 그러나 명심해야 할 것은, 그런 지식인과 직업인, 사업가, 정치인들이 결코 단일하게 일관된 제도나 운동으로 통합될 수 없다는 점이다. 그들은 조직적 운동의 참여자가 아니라 근대화의 임무의 명백한 불가피성을 느꼈던 한 세대의 한국인들이었다. 그것의 표현 집단들은 다양한 의제를 지닌 수많은 조직들로 구성되어 있었다. 예컨대 독립협회는 1896~1899년에 자국어로 최초의 신문『독립신문』을 발행한 초기 민족주의적 단체였다. 1900년대의 자강운동 역시 민족주의 이념을 추구했지만 근대화의 중요 수단으로서 학교 교육과 경제발전에 초점을 맞췄다. 이 두 운동들은 식민지 시대 초기의 신문학 운동을 위한 선구적 입장을 확립한 셈이었다. 그러나 다시 새로운 흐름이 나타나 운동의 강조점을 서구에 영향을 받은 근대 지식인 계층의

---

2   실제로 한국의 개혁주의자들은 제국적 선전의 중심적 주제를 지지하면서, 일본이 양반을 게으르고 부패한 세력으로 본 것에 찬성하고 있었다. 그러나 일본인들과는 달리 한국인들은 한국의 근대화의 지도자가 되기 위해 전통적인 엘리트를 개혁하는 방법에 대해 더 많은 관심을 보여주었다. 개혁주의적인 언론에서의 양반의 비판에 대해서는 Andre Schmid, "Images of Yangban", *Korea between Empires*(Columbia University Press, 2002), pp.121~128 참조.

자유주의적 교육과 교양으로 이동시켰다. 이들과 또 다른 문화적 집단들은 구식의 유교 사회를 반대하는 공적 담론 재건의 토대로서 개혁주의와 민족주의, 진보적 가치들을 옹호했다.

문화적 현상으로서 근대성이 한국에서 발판을 얻은 것은 그런 진보적인 민족의 구성의 맥락에서였다. 실제로 민족의식의 발전은 근대 지식인들의 주요 임무였다. 물론 조선조의 백성들 역시 문화적 전통과 동족관계의 감각을 공유했었지만, 그런 혈통적 민족의식ethnic consciousness[3] 자체는 전통적으로 굳어진 계급적 분리를 극복할 만큼 강렬하지 않았다. 따라서 새로운 개혁적인 지식인들은 대중의 지지를 이끌기 전에 평등한 시민의 상상적 공동체로서 민족 사상 자체를 처음으로 창안하고 선전해야 했다. 그들의 행동은 어떤 사회적·정치적 목표를 향하기에 앞서 문화적일 수밖에 없었다. 조선의 해가 기울고 있을 때 미래를 향해 바라보기 위해서는 한반도의 새로운 정치적 문화를 지지할 수 있는 신사상을 발굴하는 것이 필요했다.

19세기 말 조선조의 위기에 대한 개혁적 대응은 여러 면에서 서구적 가치의 영향 아래서 한국의 정치 체제를 널리 재상상하는 일과 같았다. 그 같은 재상상에 의해 새로운 지식인들이 도입한 특수한 관습과 문화적 정치가 생겨나고 있었다. 그 시기의 가장 눈에 띄는 새로움은 한국의 국어한글를 학문과 문학적 목적을 위한 언어로 인정한 것이었다. 『독립신문』이 최초로 한글로 인쇄되어 발간된 이후에 『제국신문』1898~1910과 『대한매일신보』1904~1910 역시 한글판 신문을 발행했다. 민주적 이상에 의해 추진된 신기원적인 언어적 기획으로서 문학과 뉴스의 자국어화는 많은 노력

---

3    [역주] 근대 이전에도 민족의식이 있었지만 그때의 혈통적 민족의식은 근대적 민족(nation) 개념에 이르지 못했다.

에 의해 점진적으로 성취되었다. 초기 신문 편집자와 기고자들은 천하고 비속하게 여겨온 언어에 높은 이상과 고귀한 계몽의 수사학을 부여하기 위해 자주 고투를 벌였다. 더욱이 한글이 신문에 모습을 드러내자 한국에서는 새로운 다언어적 상황이 만들어졌다. 예컨대 영향력 있는 『대한매일신보』는 한글판의 보완을 위해 영어판과 국한문 혼용판을 내면서 세 가지 다른 언어로 발행되었다. 그런 어려움 속에서도 신문이 한글로 인쇄되자 학생 문학잡지 등 다른 한글 간행물 발간의 길이 열렸고, 1920년대 초까지 한글은 돌이킬 수 없는 한국의 공식적인 인쇄 언어가 되었다.[4]

자국어는 흔히 우아하지 않고 제한된 어휘를 지녔다고 생각된다. 그러나 새로운 문학 언어는 단순히 세상을 자국어로 옮기는 일에 그치는 것이 아니었다. 새로운 글쓰기 양식에 숨겨진 미학은 일본을 거쳐 한국에 전달된 모델, 즉 서구적 리얼리즘의 묘사적 서사 양식에 있었다. 당대의 많은 한국 작가들은 개인주의적인 문학적 이상의 형식적 실현을 일본의 사소설적 고백체 서사에서 찾았다. 이 서사는 흔히 작가의 자전적 자아인 지식인 주인공의 개인적 사고와 감정의 세부 기록에 초점을 두고 진행된다. 그에 따라 한문의 한글로의 "언어적 대체"는 보다 깊은 "문화적 감응력의 대체"를 낳는 결과를 초래했다. 그 시대에 일본과 서구 문화는 새로운 명망을 얻게 되었으며, 부유층 출신 청년 지식인이 일본과 중국, (때로는) 유럽, 미국에까지 머물며 공부를 마치는 것은 관례적인 일이 되었다.

주요 문학 언어를 고전적인 한문에서 일상어로 획기적으로 대체함으로써, 작가들은 더 폭넓은 대중과 만나고 더 큰 시장에 의존할 수 있는 중요

---

4 　『대한매일신보』의 한국어판과 근대문학 발전의 관여에 대해서는 김영민, 『한국의 근대 신문과 근대소설』1(소명출판, 2006), 참조.

한 실천적 결과를 얻었다. 더욱이 문화적·이데올로기적 용어들에서 그런 교체는 적어도 두 가지 면에서 상징적인 의미를 지녔다. 첫째로 그것은 한국 민족의 문화적 정체성의 표현에서 이제 "외래어"가 된 한문이 부적합하다는 개혁주의자의 신념을 나타냈다. 개혁주의자들은 사대사상과 "큰 중국"에 대한 예속을 암암리에 거부함으로써, 문화적 자율성을 선언하면서 한문 문학전통을 유지하려는 학자들에게 반역의 낙인을 찍었다.

둘째로 일상적 문학어로의 교체는 유교문화의 엘리트주의에 대항하는 입장을 나타냈다. 한문에 대한 독점을 중시한 유교적 학자들은 평민의 한문 교육을 막았으며 1446년 훈민정음이 반포된 이래로 한글에 대해 비판적이었다. 개혁주의자들은 일상적 국어에 문학적 가치의 명예를 부여함으로써, 국민의 참여와 감상이 가능한 문학적 공간을 개방하고 고전적인 유교문화의 전제들을 거부했다.

개혁적 문화 정치학의 또 다른 중요 요소는 예술적 형식과 확대된 공공 교육의 수단으로서 대중소설의 재발견이었다. 대중적 산문소설은 적어도 17세기 이래로 한국에 존재해 왔지만, 유교문화 내에서 일반적으로 하류 양식으로 취급되어 왔다. 고착된 문화적 위계가 전복되면서 새로운 지식인들은 조선시대의 시와 철학적 글들을 구시대의 폐물로 여기기 시작했다.[5] 그들은 지난 시대의 글들을 근대소설과 단편소설 같은 새로운 문학 형식으로 대체했다. 그러자 이 신 장르들은 부분적으로 일련의 서사적 과제들에 유연하게 적용될 수 있었기 때문에 번창하게 되었다.

문화의 자국어화와 대중소설의 재발견은 당대의 중국과 일본의 모델에서 영향받은 한국 지식인들에 의해 수행되었다. 한국에 영향을 준 사람 중

---

5    권보드래, 『한국 근대소설의 기원』, 소명출판, 2012, 96~101쪽 참조.

에 매우 유명한 중국 작가는 량 치차오<sup>양계초</sup>였다. 그의 개혁적인 글들은 한국에 새로운 유형의 공적 덕목을 만든 준소설적인 전기적 작품의 물결을 고취시켰다.[6] 또한 한국 지식인들은 통상 알레고리적 방식으로 작가의 정치적 관점을 재현하는 일본 정치소설<sup>政治小說, 세이지 쇼세츠</sup>에서 영감을 끌어왔다.[7] 특히 일본에서 교육받은 언론인 이인직은 신소설이라는 새로운 문학 형식을 개척했다. 이인직은 근대적 사상과 어법을 익숙한 국문소설 서사 양식과 혼합함으로써 자신의 소설적 특색을 나타냈다. 이인직의 소설 중에서 『만세보』<sup>1906~1907</sup>에 연재된 최초의 신소설은 『혈의 누』<sup>1906</sup>였다. 이 소설은 부모를 잃은 양반 출신의 소녀가 외국<sup>일본과 미국</sup>에서 공부한 후 근대 여성으로 성장하는 이야기를 통해 개혁적인 정치적 전망을 드러내고 있다.[8] 신소설은 생산적인 장르로 입증되었으며, 이인직, 최찬식, 이해조 같은 작가의 소설들은 20세기 초에 큰 인기를 얻었다. 전기적인 글쓰기처럼, 신소설은 새로운 시민문화와 민족적 충의를 채워 넣기 위해 흥미를 끌면서

---

6  량 치차오(양계초)는 1900년대에 한국에서 가장 널리 출판된 외국 작가였다. 한국에서 출판된 량 치차오의 원본과 번역본의 포괄적인 목록에 대해서는 우림걸, 『한국 개화기 문학과 양계초』(박이정, 2002), 30~32쪽 참조. 박은식과 함께 량 치차오의 『이태리 건국 삼걸전』(1907)을 번역한 신채호는 『대한매일신보』에 한국의 민족적 영웅의 소설적 전기 『수군 제일 위인 이순신전』(1908)을 연재했다. 원래 국한문 혼용체로 쓰여진 이 소설은 나중에 『슈군의 뎨일 거룩흔 인물 리슌신젼』이라는 한글 제목의 국문본으로 같은 신문에 다시 실렸다. 『이순신전』의 두 판본에 대해서는 『단재 신채호전집』 4(독립 기념관한국독립운동사연구소, 2007), 155~200쪽과 230~281쪽 참조. 또한 량 치차오의 번역본에 대해서는 같은 책, 362~455쪽 참조.

7  1900년대의 일본 정치소설의 한국어 번역과 수용에 대해서는 Karen Thornber, *Empire of Texts in Motion : Chinese, Korean, and Taiwanese Transculturations of Japanese Literature*(Harvard University Asia Center, 2009), pp.158~171에서의 세밀한 분석을 볼 것. 손버는 한국 작가들이 일본의 서사들을 한국의 맥락에서 재생산하는 과정에서 자주 한국과 한국 민족의 힘과 잠재성을 새롭게 강조하고 덧붙였음을 주목하고 있다.

8  이인직, 『혈의 누』, 서울대 출판부, 2001. 이 책에는 『혈의 누』의 문학사적 의미에 대한 편집자의 설명이 실려 있다.

도 교훈적인 이야기 방식을 고려했다. 신소설은 강력한 상업적 호소력에 의해 그 활력이 증가되는 흐름을 보였으며, 확대된 시장에서의 문화적 생산인 동시에 신지식층 사상의 이데올로기적 수단이었다.[9]

자국어화와 대중문화는 20세기 전환기에 한국의 문학적 근대성의 핵심적인 신 경험이었다. 그런 새로움에 추가되어야 하는 것은 아마도 문화적 개혁에 흔히 뒤따르는 미학적인 공헌일 것이다. 즉 학문·역사·법이나 다른 실무적 주제와 상관없는 자율적 규율로서 문학의 재개념화이다. 물론 문학이라는 한국어 단어는 이전부터 존재해 왔다. 그러나 "문학文學"이 학문 일반과 학습을 뜻하는 "문文"과 처음 구분된 것은, 1910년대 동안 일본에 있는 학생 지식인 집단에 의해서였다. 당시의 안확과 최두선, 백대진, 이광수의 에세이에서는, "문학"적 글쓰기가 자율적 가치의 예술적 노력으로 찬양되었고, 문학은 전통적 결박과 편견에서 해방된 개인적 자유의 가치 있는 일을 뜻했다.[10] 이광수는 「문학이란 하오」[1916]에서 문학을 일반 학문 및 지식 탐구의 작업과 대비시키면서 문학의 창조적 기능을 인정했다. 그는 정情의 만족과 제시를 문학의 특수한 임무로 주장

---

9    신소설의 대다수의 작품들은 1912~1914년에 출판되었다. 1915년 이후부터는 식민지의 검열과 강화된 감시, 상업주의에 의해 점차로 신소설 생산의 질이 떨어지게 되었다. 1910년대의 신소설의 사회사에 대해서는 한기형, 「1910년대 신소설에 미친 출판, 유통환경의 영향」, 『한국 근대소설사의 시각』(소명출판, 1999) 참조. 1910년대의 검열과 한국출판의 영향에 대해서는 이중연, 『책의 운명―조선~일제 강점기 금서의 사회 사상사』(혜안, 2001), 426~433쪽 참조.

10   안확, 「조선의 문학」, 『학지광』 6호, 1915.7. 최두선, 「문학 의의에 관하야」, 『학지광』 3호, 1914.12. 이광수(보경), 「문학의 가치」, 『대한흥학보』, 1910.3. 1916년 3월 『신문계』에 실린 백대진의 「문학에 대한 신연구」에 대해서는 김복순, 『1910년대 한국문학과 근대성』(소명출판, 1999), 199쪽 참조. 이 네 명의 초기의 근대문학의 제안자 중에서 안확은 자율적 예술 원리로서의 새로운 신문학의 중요성을 공개적으로 지지했지만 서구의 예를 따라 한국문학을 개혁하는 데 보다 유보적이었다. Serk-Bae Suh, *Treacherous Translation*(University of California Press, 2013), pp.28~31에서 안확의 글에 대한 분석을 볼 것.

했다. 이광수의 논의에 의하면, 정은 과거에는 지식의 노예에 불과했지만, 지금은 "문학·음악·미술 등으로 자기의 만족을 구하려" 하는 영역이 되었다.[11]

이광수의 정에 대한 강조는 카타르시스와 자기표현의 수단으로서 예술의 신낭만적 개념에 크게 기댄 것이었다. 그런 예술적 관점은 문학에 자기 규율적 자율성을 부여하는 데 효용이 있었다. 이 관점을 정확히 말하면, 문학은 자신만의 주제 ─ 작가의 내면적·정서적 삶 ─ 를 지니며, 그런 주제는 학교와 공적 담론에서 독립된 규율로 정당하게 취급된다는 것이었다. 거기서 더 나아가, 정의 예술로서 문학에 내재된 것은 서구적 개인주의 개념이었으며, 그것은 한국의 새로운 문화적 조류에서 독특한 신 경험을 나타내고 있었다.(그림 3.1) 개인이 한국 민족의 시민이 되는 순간에도, 개인적 인격은 권리의 주체이자 내면성을 지닌 존재였으며, 최고의 정치적 가치로서 공동체의 조화를 앞세우는 전통적인 유교적 요구와 대비되었다.

새로운 개혁운동의 혼합적인 이데올로기적 경제 안에서, 감정의 자기표현과 개인주의라는 쌍생아적 이상은 민족문학의 창조나 민족적 주체와 반드시 대립되지는 않았다. 그와는 매우 다르게, 개인은 가족·분파·신분적 정체성에 대한 전통적 복종에서 자유로워지는 것을 뜻했으며, 그/그녀<sup>개인</sup>가 근대 민족국가의 주체의 역할로 호명될 수 있는 전제로 위치했다고 할 수 있다.[12] 이진경이 논의했듯이, 미학적 주체는 "자유의지

---

11    이광수, 「문학이란 하오」, 『매일신보』, 1916.11.10~23. 권영민 편, 『한국현대문학비평사』 1, 단국대 출판부, 1981, 39쪽.
12    [역주] 독립된 개인이여야지만 민족국가의 주체로 참여할 수 있는 것이다. 개인과 민족은 대립되는 것 같지만 근대 초기 담론에서 반드시 그런 것만은 아니었다.

&lt;그림 3.1&gt; 문화 민족주의 잡지 『청춘』(1914.12). 최남선이 발간한 이 잡지는 필진으로 이광수를 포함하고 있었다. 고희동이 그린 위의 표지에서는 고대 그리스의 의상을 입은 청년이 한국 민족의 상징인 호랑이를 어루며 이끌고 있다.(근대서지학회 제공)

와 내면성, 서구적 개인의 자율성을 집약하며 식민지 근대의 [그리고 민족적인] 주체의 출발점이 되었다".[13] 따라서 개인의 담론적인 해방은 민족 구성의 필수조건으로 간주될 수 있었으며, 개혁운동의 이데올로기적 구성은 원리상 민족주의적 이상에 집중되어 있었다. 한국에서의 근대성은 근대 민족국가로서 그런 국가의 근본적이고 혁명적인 재형성 과정에 부응하고 있었다.


## 문학적 좌파와 문화적 운동

사회주의적 작가가 1910년대 중반경에 한국에 처음 출현했을 때 그때까지 확립된 개혁운동은 그들의 가장 명료한 논쟁의 대상이었다. 좌파 지식인들은 이광수와 최남선 같은 부르주아적 경향에 충실한 작가들과 격렬한 문화적 전쟁을 수행하고 있었다. 그들은 이광수와 최남선을 자본주의와 제국주의에 흡수된 대표적인 작가의 예로 간주하고 있었다. 식민지 시대의 비평가와 역사가들은 이후에 개혁운동<sub>이광수 등</sub>과 그에 대한 사회주의적 대응을 상당 정도 대립명제로 제시해 왔다.[14]

---

13    Jin-Kyung Lee, "Autonomous Aesthetics and Autonomous Subjectivity", Ph. D. diss., UCLA, 2000 참조.
      [역주] 식민지 시대에 미학적 주체는 지상에서는 국가의 주체일 수 없었지만, 문학(미학)을 통해 물밑에서 개인의 독립성을 나타내며 (식민화되지 않은) 은밀히 민족적 네트워크의 주체를 표현했다고 할 수 있다. 문학에서는 개인의 자율성의 표현이 물밑의 식민화되지 않은 네트워크의 표현의 필수조건이었을 것이다.

14    예컨대 마이클 로빈슨은 한국의 민족주의 운동을 초반의 "온건한" 단계와 이후의 "급진적" 단계로 구분했는데, 이는 대략 초기의 부르주아 운동과 후기의 혁명적 방법의 구분에 상응한다. Michael Robinson, *Cultural Nationalism in Colonial Korea, 1920~1925*, University of Washington Press, 1988 참조.

그러나 흔히 그렇듯이 대립적 위치는 미묘한 음영과 중요한 연속성을 숨긴 상태일 수 있다. 한국의 사회주의적 문화의 경우에는 실상 자신이 의도적으로 반대한 개혁운동 자체에 스스로 포함되려 논쟁이 만들어졌을 수 있다. 청년 좌파 지식인들의 전통 유교문화에 대한 반대는 실제로 개혁주의와 조응했으며, 그들은 결국 개혁운동의 근대적 분위기 속에서 교육을 받아 온 셈이었다. 그들의 선배들이 자유주의의 영향을 받은 것처럼, 좌파의 사회주의적 영감은 매우 서구적이었으며, 사회주의는 중국 및 일본의 경우와 똑같은 지리적·문화적 경로를 거쳐 한국으로 "여행한" 셈이었다. 사회주의와 개혁주의는 심지어 구성원에서도 약간 겹쳐지는 양상을 보였다. 즉, 좌파문화의 유명한 인물들은 처음부터 개혁주의 운동과 제휴해오고 있었다.[15]

한국의 독립에 대한 끝없는 관심은 개혁적 지식인과 좌파적 후계자들 사이에 강력한 연속성의 동기를 부여하고 있었다. 그 두 집단이 해방을 목표로 삼은 것은 식민지 주체로서 차별과 예속의 경험에 대응한 것이었던 셈이다. 그러나 사회주의 지식인들은 그런 민족적 문제에 쇄신된 에너지와 절박성을 끌어왔다. 제2장에서 살핀 것처럼, 1920년대 초까지의 문화운동은 대부분 식민 정부와의 준법적인 편의주의적인 관계에서 행해졌다. 좌파 민족주의는 부분적으로 그런 점진주의적이고 준법적인 전술의 거부로서 일어선 셈이었다. 사회주의적 행동주의자들은, 그처럼 주류 운동에 분파적 논쟁을 일으킨 바로 그 순간, 민족주의적 운동에 혁명

---

15  예컨대 신채호는 민족의 중심에 양반 귀족보다는 민중을 위치시키려는 한국 민족의 새로운 역사의 "개혁적인" 개척자로 활동을 시작했다. 염상섭과 박영희 같은 다른 좌파 작가들은 문학 번역과 창작 활동, 『삼광』, 『폐허』, 『백조』 같은 출판물과 문학 단체를 통해 "개혁주의적인" 신문학 운동에 활발하게 기여했다.

적인 열기를 불어넣고 있었다. 반면에 마이클 로빈슨이 주장했듯이, 일본은 한국 민족주의자들의 대오에 생긴 균열을 유리하게 이용할 수 있었으며, 궁극적으로 조선인 활동가들의 전망을 약화시킬 수 있는 선택적 진압의 전략을 전개했다.[16]

새로운 좌파 작가와 활동가들은 선배들의 민족주의라는 구체적 명칭을 거부하는 중에도 개혁운동의 몇몇 문화적 전술은 승인하고 있었다. 그중에서 눈에 띄는 것은 식민지 조선인의 사회적 의식을 성장시키는 수단으로서 대중 계몽과 공적인 문화 변용을 지속시킨 일이었다. 개혁주의와 사회주의 지식인들은 둘 다 당대의 사회를 지식인들<sup>교육받은 사람들</sup>의 교육에 의해 인도되는 비옥한 진보의 토양으로 여겼다. 이런 연속성에서 상징적인 것은 아직도 남아 있는 전통적인 교육의 서사의 대중성이었다. 그런 교육의 서사에 의거해 지식인은 노동계급 공동체로 들어가서 교육과 사상 전파의 지도자로 봉사하는 인물로 그려졌다. 예컨대 이기영의 『고향』은 농촌 계몽의 개혁적 소설인 이광수의 『흙』과 대중적 교육서사를 공유하고 있다. 다만 좌파 작품에서는 고전적 교육서사에 흥미로운 변형을 일으켜 때때로 두 명의 주인공을 출현시켰다. 예컨대 이기영의 소설에서 군건한 도덕성을 지닌 지식인 청년 김희준은 소작인 인동과 긴밀하게 교섭하는 것으로 그려진다. 인동은 학교 공부가 부족한 인물이지만 동료들로부터 배운 용기와 능력을 보여주는 인물이다. 이 같은 묘사에서 기존의 엘리트주의적인 서사적 가정은 자연히 대개의 좌파 작가들의 민족적·민중적 야망과 긴장관계에 놓이게 된다.[17] 다른 곳에서도 그렇듯

---

16    Michael Robinson, *Cultural Nationalism in Colonial Korea, 1920~1925*, pp.157~166.
17    [역주] 기존의 엘리트적인 계몽의 서사는 지식인 주인공이 주도적인 반면 사회주의 서사에서는 지식인과 민중(두 명의 주인공)이 교섭하는 것으로 그려진다. 좌파작가의 민

이, 한국에서도 사회주의 문화는 지식인 전위가 개입하는 대중해방 기획에서 "내재된 난제"에 부딪히게 되었다.

새로운 좌파 지식인들은 선배 개혁주의자들 만큼이나 근대적인 도정에 있었으며, 위급한 정치적 위기의 시대에 한국을 위한 문화적·이데올로기적 근대화의 기회들을 떠받치고 있었다. 서로의 차이에도 불구하고 좌파와 개혁주의자는 산업화를 옹호하고 있었고, 조국을 강력하게 만들고 정치 행위력을 발전시키는 데 산업적 발전이 필수적이라고 여겼다. 따라서 좌파적 문화가 어떤 면에서 향수어린 퇴행적 역사의 세력이라고 해석하는 것[18]은 잘못일 것이다. 식민지 근대화 과정에 대한 좌파의 잦은 혹독한 비판에도 불구하고, 사회주의 지식인들은 자신의 나라를 "자주적 근대성"의 발전에까지 더 밀어 올리려는 급진적 모더니스트에 보다 가까웠다. 좌파문화는 한국의 대안적 근대성을 상징하거나, 20세기 국제적 정치학의 핵심인 이데올로기적 변증법을 한국적 논쟁으로 번역함으로써 그것이 가능했다. 사회주의가 식민지 조선의 근대 문화에 가했던 충격을 평가하려면, 바로 그런 번역과 적용의 복합적 과정을 면밀히 살펴봐야 할 것이다.

중적 야망은 흔히 지식인과 민중의 교섭으로 나타난다.

18    Brian Myers, *Han Sŏrya and North Korean Literature : The Failure of Socialist Realism in the DPRK*와 Tatiana Gabroussenko, *Soldiers on the Cultural Front* 참조.

# 대중<sup>people</sup>의 문화를 창조하기

좌파 지식인들은 과거의 전통을 매우 강력히 반대하며 나타나서 자주 당대 역사의 고착된 위계적 조직에 대응하고 있었다. 조선조 말의 한국은 복합적인 사회 역할의 층위에 따라 조직화되어 있었으며, 혹여 개인이 구할 수 있는 직업도 그런 역할들과 연관되어 있었다. 통치자의 위치나 높은 관리의 자리는 모두 왕족과 양반 엘리트가 차지했고, 그런 지배층의 신분은 출생에 의해 엄격하게 결정되었다. 지배 귀족의 신분 밑에는 두 번째 신분으로 여기는 집단이 있었는데, 그들은 아전과 무관 같은 하급 관료가 될 자격이 있었다. 또한 그런 집단의 약간 밑에 중인中人이 있었으며, 그들은 통역이나 법률 전문가, 회계관, 의원醫員 같은 기술적인 직업을 맡았다.[19] 나머지 대부분의 백성을 포함한 사람들은 규정상 초급 수준 이상의 교육을 받을 수 없었다. 이 상민에는 농민, 장인, 상인이 포함되며, 이들은 모두 부를 얻을 수는 있었지만 사회적 존중은 받을 수 없었다. 그런 사회적·직업적 계층 아래 조선조의 복합적 위계의 밑바닥 계층으로 노비라는 특수한 집단이 있었고, 그들은 대부분 종과 하인으로 살고 있었다. 그와 함께 추방된 자들로서 백정, 무당, 기생 같은 직업의 사람들은 전통적으로 종교나 윤리적 이유 때문에 멸시를 받고 있었다.

이런 계급화된 사회제도에서 백성들은 사실상 세습 직업을 갖고 출생해 사회적 상승의 기회를 거의 누릴 수 없었다. 공직을 위한 국가시험인 과거제도는 양반의 가계에 근거해 지원자를 분류했으며 응시자에게 한

---

19    Kyung Moon Hwang, *Beyond Birth : Social Status in Early Modern Korea*,(Harvard University Press, 2005), pp.17~41에서 두 번째 신분집단의 각기 구분되는 사회적 범주에 대한 체계적 설명을 볼 것.

자와 한문학의 깊은 지식을 보여줄 것을 요구했다. 유교의 교리는 여러 면에서 신분제도를 완화하기보다는 강화시키는 데 기여했다. 문학을 배우고 실천하는 일은 양반의 특권이었으며, 양반들은 방심하지 않고 그런 특권의 독점권을 지키려 애썼다. 그와 함께 한문은 세종이 창제[1446]한 낮은 지위의 한글에는 없는 위용을 지닐 수 있었다.[20] 17세기 무렵에 이르러 국문 문학이 발전했을 때에도 국문 작가는 대부분 가난하거나 몰락한 양반 출신이었다. 그에 비해 후원자들은 부유한 상층의 평민이거나 공적 문학 교육의 기회를 잃은 (젠더적으로 열등한) 양반 여성이었다.[21] 이런 생산자와 소비자의 계층적 이해관계 때문에 국문 문학은 자신들[담당자들]보다 사회적 지위가 낮은 사람들은 주변적 인물로만 재현했다.

그 같은 지배적인 불평등성에 대처하면서 좌파 지식인들은 근대화 과정에서 재분배와 사회적 민주화의 잠재성을 보았다. 예컨대 『신생활』 창간사에서 김명식은 새로운 출판의 사명을 타협 없이 과거의 전통과의 단절을 알리는 단어들로 규정했다. "신생활은 신생활이라. 대중의 동무로다. 불합[不合]한 구생활[舊生活]을 배척하나니 따라 자본의 탐람[貪婪]을, 인습[因襲]의 무리[無理]를, 위압[威壓]의 폭력을 배척하는도다. 다시 말하면 대중의 의사를 체[體]하야 대중의 배척하는 바를 신생활도 배척하나니 그럼으로 신생활이며 그럼으로 대중의 동무로다."[22]

"대중"이란 단어는 당시까지 모호하게 정의되던 사회적 주체를 가리키는 주문처럼 사용되었고, 이제 좌파 운동의 문화적 · 정치적 의제를 위한

---

20    조선시대 동안 한글은 내내 이차적인 언어의 지위에 있었으며, 암클(여성 글)이나 아해 글(어린이 글)이라는 낮은 이름으로 불렸다.
21    조광국, 「한국 고전소설의 작자」, 『한국 고전소설의 세계』, 돌베개, 2005. 이주영, 「한국 고전소설의 독자」 같은 책 참조.
22    김명식, 「창간사」, 『신생활』, 1922. 3, 9쪽. 『신생활』은 순간으로 발행되었음.

표지이자 준거점처럼 쓰이기 시작했다. 그런 방식으로 "대중문화"의 건설은 마르크스주의와 아나키즘에 영향받은 청년 지식인들이 공유하는 사업이 되었다.

좌파 지식인들은 또한 20세기 초 격동의 상황 속에서 문화적·정치적 관계를 근본적으로 재배열할 책임을 갖고 있었다. 사상 최초로 사회주의적 전망에 의존함으로써 김명식과 청년 작가들은 한국의 지식인 세계의 지형을 재배치할 수 있었다. 그들은 문화 개혁주의자들이 과거의 적인 유교적 문인과 짝을 이룬다고 여기면서, 그 둘을 한국인의 소수의 이해를 대변해 문화를 생산하는 "부르주아" 문인으로 간주했다. 이런 움직임이 특별했던 것은 얼마간은 당시의 개혁주의자들이 갖고 있던 위세 때문이었다. 좌파들은 도발적인 의도와 명확성을 지니고 계급의식적 대의를 강조했다. 김명식은 봉건적 양반제에서 자본주의로의 문화적 형식의 흐름은 같은 차원에 있었다고 언급했다. 그는 그렇게 말하면서 이제 그 둘은 소수의 문화가 되었다고 주장했다. 새로운 시대는 노동문화나 대중문화에 속하며 새로운 문화는 대중의 정신으로부터 연원될 것이었다.[23] 마찬가지로 앞에서 카프의 설계자로 살폈던 김기진은 부르주아 문화가 "다른 나라보다 일층 복잡하게 되어 내려왔다"고 인식했다. 그 이유는 부르주아 문화가 "금일 지배계급인 저 사람들의 질서 정연한 조직적 교화기관과 거일前日의 지배계급이던 소위 양반급의 전통적인 동시에 무형적인 교화작용"[24]을 결합하고 있기 때문이다. 두 번째 지적 혁명의 감각은 새로

---

23　김명식, 「구문화와 신문화」, 『신생활』 2호, 1922.3, 6쪽. Michael Robinson, *Cultural Nationalism in Colonial Korea, 1920~1925*, p.119에서 인용되고 있음.

24　팔봉산인, 「지배계급교화, 피지배계급 교화」, 『개벽』, 1924.1. 이 글은 김기진의 필명(팔봉산인)으로 쓰여졌다.

운 정치화된 문화적 물결의 글쓰기를 규정하고 있었다. 근대적 개혁주의가 도래한지 단 20년 만에, 사회주의 지식인들은 조선을 위한 새로운 급진적 전망으로 문화적 상황을 다시 뒤흔들고 있었다.

문화적 개혁운동에 대한 좌파의 계급에 기초한 질책은 근거가 없는 것이 아니었다. 예컨대 신소설은 전통 국문 소설과 동일한 독자층의 요구에 부응했으며, 주요 인물로 대개 중상위층 여성과 하위 관료, 부유한 상인, 근대 지식인 등을 그렸다. 엘리트주의는 이후의 신문학 작품에서 더 강화된 측면이 있었는데, 그것은 외국에서 공부한 지식인들이 흔히 일본의 사소설을 모델로 해서 자신과 같은 유형을 창조하는 데 초점을 뒀기 때문이다. 문화 엘리트가 새로운 한국 민족을 근대 문명적 신사 숙녀의 공동체로 계획했던 점에서, 그리고 평민 교육을 통해 그런 전망을 성취하려 했던 한에서, 엘리트들의 운동은 자족적인 자기 재현을 선전하는 위험을 피할 수 없었던 셈이다. 로빈슨이 지적했듯이, 좌파 지식인들은 개혁주의자들이 그들만의 공동체로서 "머리가 잘린 민족의 전망"을 주장한다고 쉽게 비판할 수 있었다. 개혁주의자는 그런 전도된 전망을 통해 식민 정부가 그들의 물질적 요구를 돌봐주는 동안 조선인 사회의 지도자 위치를 유지하게 되는 것이다.[25]

문화적 대중화 기획을 추구하면서 좌파 지식인들은 문학을 일반 노동자 농민의 관심과 경험에 보다 적합하게 하는 방법을 모색했다. 그들은 부분적으로 작가와 프롤레타리아 독자 간의 간격을 좁히는 형상화를 통해 그 일을 탐색했다. 좌파 잡지의 편집자는 노동자 신분의 문학적 인재를 모집하기 위해 자주 독자 자신의 기고를 유도했으며, 그런 방법을 통

---

25    Michael Robinson, *Cultural Nationalism in Colonial Korea, 1920~1925*, p.163.

해 작가가 노동계급의 삶의 조건에 친숙해져야 함을 강조하곤 했다. 실제로 박영희는 1920년대 동안 『개벽』에서 현상 문학경연을 개최해 몇몇 새로운 카프 회원을 편입했고, 1930년대 좌파 잡지들은 노동자와 농민이 기고한 노동 르포르타주 추천작품을 정기적인 특집으로 다뤘다.[26] 이런 문학적 모집 계획은 그람시의 "유기적 지식인"[27]의 한국적 등가물을 창안할 수 있는 길을 열었다. 그런 일들은 역사의 방향을 확신하며 계급적 이해를 재현하고 촉진하는 사회 계급의 교육으로 이해되었다.[28] 적지만 중요한 노동계급 출신 작가들은 한국 근대문화를 대중화하려는 좌파의 노력이 상대적인 성취를 이뤘음을 증명하고 있다.

노동계급 작가의 지원과 함께, 좌파 지식인들은 학교, 청년 센터, 야학, 노동조합에서 비공식적인 연구와 독서 그룹을 조직해 공동체주의적 방향을 추구했다. 사회주의자가 그런 일을 발의한 최초의 유일한 사람은 아니었지만, 그들의 개입은 공동체주의적 단체의 확산에 추진력을 제공했다. 문화 역사가들은 1920~1930년대 중반의 독서 단체의 확산을 진정한 "전 민족적인 독서운동"과도 같았다고 논했으며[29], 특히 천정환은

---

26  1930년대의 르포르타주 운동에 대한 보다 상세한 설명은 제4장을 볼 것. 또한 Sun-young Park, "A Forgotten Aesthetic : Reportage in Colonial Korea 1920s-1930s", *Comparative Korean Studies* 19, no. 2 (August 2011), pp.35~69 참조..

27  [역주] "유기적 지식인"(그람시)은 지배권력에 대항하는 근본계급과 유기적으로 결합하며 형성된 지식인이다. 전통적 지식인이 외부의 권위에 의존해 인정받는 사람이라면 유기적 지식인은 대중과 관계하며 사상과 도덕성을 인정받아 대중이 스스로 따르게 하는 활동가이다.

28  Antonio Gramsci, *Selections from the Prison Notebooks*, International Publishers, 1999, p.3

29  윤금선, 「1920~1930년대 독서운동 연구」, 『근대 한국의 일상생활과 미디어』, 민속원, 2008, 87쪽 참조. 도시 노동자들(신문배달부나 공장 노동자)과 학생들 사이의 독서 그룹의 활동적 조직 같은 지방 공산주의 운동에 대한 사례 연구는 윤선자, 「1933년 전북 조공 재건 및 충남 전위 동맹의 조직과 활동」, 『한국 독립운동사 연구』 28(2007), 261~299쪽 참조.

그런 현상을 "광범위한 대중들이 지적 해방의 대규모 투쟁에 착수했음을 보여주는" 것으로 해석했다.[30] 독서 단체는 책이나 간행물들을 흔히 도서관 대출이나 기증, 집단적 기부를 통해 구했으며, 그런 책을 돌려가며 읽거나 문맹의 청중에게 글을 아는 사람 — 학생, 선생, 비문맹자 — 이 낭송해 주었다. 사회주의적 저서들은 많은 독서 단체에서 정례적으로 읽혔고, 독서 단체의 반정부 활동과의 연합은 주류 매체에 의해 불법적이고 범죄적이라고까지 낙인찍히게 되었다.[31]

"대중문화"를 위한 좌파의 시도의 핵심이었던 문화적 주체성의 재배치는, 근대 한국의 문화적 담론에 어느 정도 직접적 충격을 주었다. 그런 사실에 대한 뚜렷한 증거는 몇 년간에 걸쳐 "대중people"에 연관된 담론의 어휘적 형성이 이뤄졌다는 것이다. 몇 가지 눈에 띄는 명칭이 1930년까지 유행했으며 각 단어들은 약간 다른 내포적 의미를 갖고 있었다. 가장 일반적인 용어는 민중, 무산자, 노동자, 대중, 프롤레타리아였다. 대부분 일본에서 만들어진 이 여러 단어들은 근대의 시기에 새롭게 도입되어 사회주의의 영향 아래서 유행했다. 이 단어들은 공적인 논쟁의 주제가 변환되었음을 알리기도 했지만, 그 용어적 다양성은 집단적 주체로서 "대중people"이 어떻게 근대 한국의 지적·문학적 담론에서 중요한 관심사가 되었는지 다시 보여준다.

좌파의 개입의 또 다른 직접적 충격은 한국 소설에 최초로 노동계급 주인공이 등장한 것이다. 도시와 농촌의 노동자 — 인력거꾼에서 건설 노동자까지, 공장 노동자에서 소작인까지 — 를 그린 소설들은 사회주의의 전파 이후에 비로소 근대 한국문학에 한꺼번에 나타났다. 이런 노동

---

30    천정환, 「1920년대 독서회와 '사회주의 문화'」, 『대동문화연구』 64호, 2008, 67쪽.
31    위의 글, 48쪽.

<그림 3.2> 『별건곤』(1927.8)에 실린 이 안석주의 그림은, 대장간 노동자가 바깥의 여름 더위에서 일하는 동안 카페에서 빈둥거리는 모던걸과 모던보이를 묘사하고 있다. 여성은 "아이그 귀가 따가워 못듣겠네"라고 불평하고 있다. 이에 대해 남자는 "그 미친놈들이 밥지랄로 쇠를 두드리나?"라고 대꾸하고 있다.(남캘리포니아대학 한국 헤리티지 도서관 제공)

계급 주체에 대한 새로운 주목은, 도시 빈민가, 공장, 쇠락한 농촌 마을 같은 전에 볼 수 없던 사회적·물리적 배경을 담을 수 있게 한국문학의 미학적 어휘를 확장시켰다. 그러나 보다 중요한 것은 그런 과정을 통해 한국 사회와 현실의 공적인 지각에서 내포적인 관점의 변화perspectival shift가 명백해졌다는 점이다. 김기진은 프롤레타리아 문학의 평가기준으로 "작가의 계급의식과 주제에 대한 태도"를 권고한 최초의 비평가였다.[32] 이런 관점의 변화의 주제에 동조하면서 박영희 역시 "거리를 갖고 [프롤레타리아의 삶을] 미학화하는" 부르주아 일반의 함정을 피하고 "모든 고통을 쏟아 자기 자신의 관점으로 프롤레타리아의 삶을 그리라"고 작가들을 부추겼다.〈그림 3.2〉[33]

---

32　김기진, 「피투성이 된 프로 혼의 표백」, 『개벽』, 1925.2, 44쪽.
33　박영희, 「신흥문예의 내용」, 『시대일보』, 1926.1.4.

좌파의 "시각과 관점의 변화"는 궁극적으로 노동계급 조선인에 대한 재현의 문제를 해결하는 주요 도구였다. 만일 계급적 자각이 자기의식을 요구한다면, 그런 의식의 필수 조건은 문화적 재현과 공적 담론에 반영된 어떤 사람의 삶을 보는 기회를 갖는 것이다. 소설 텍스트에서 비천한 민중이 많아진 것은 1920년대 한국문학의 중요한 특징이었으며, 이는 민중이 잘 그려지지 않거나 경멸적으로 묘사되기까지 한 단 몇 년 전의 재현 방식과 크게 대조된다.

그런 발전을 잘 보여주는 것은, 서울 도시 풍경의 소품이자 1910~1920년대 한국문학의 상징물이었던 인력거꾼의 문학적 재현의 변화이다. 예컨대 김동인의 「약한 자의 슬픔」[1919]에서는 인력거꾼이 인력거 자체와 거의 구분할 수 없는 대상으로 나타나며, 도시 엘리트의 운송 수단이 그의 존재의 핵심처럼 여겨지고 있다. 김동인의 여주인공 엘리자베트는 비오는 저녁에 인력거를 타고 있다. 엘리자베트는 어둠 속에서 귀를 기울이며 소리를 듣는다. "툭툭툭툭 하는 인력거의 비 맞는 소리, (…중략…) 인력거꾼의 식식거리는 소리, 자기의 두근거리는 가슴소리."[34] 그녀는 인력거꾼에게 성적으로 공격당할까봐 두려워하고 있으며, 인력거꾼의 인격은 그녀에게 동물적이고 "짐승처럼" 여겨진다. 엘리자베트의 공포는 작품의 맥락에서 남작에게 성적으로 유린당했기 때문이지만, 이 장면은 또한 노동계급의 남성성이 당시에 흔히 범죄성과 융합되어 있었음을 반영한다.

그에 반해 현진건의 「운수 좋은 날」[1924]에서는 비슷한 장면이 인력거꾼의 관점에서 서술된다. 서술의 초점은 처음부터 노동하는 사람의 육체적·심리적 경험에 놓여진다. "노동으로 하여 흐른 땀이 식어지자 굶주린

---

34    김동인, 「약한 자의 슬픔」, 『창조』 1~2호, 1919.2~3, 인용은 2호 2쪽.

창자에서, 물 흐르는 옷에서, 어슬어슬 한기가 솟아나기 비롯하매 일 원 오십 전이란 돈이 얼마나 괴치 않고 괴로운 것인 줄 절절히 느끼었다."[35] 이 소설의 이야기는 김첨지의 돈벌이와는 별도로 그의 가난한 집안과 가족의 비참한 상태 — 죽어가는 아내와 굶주린 개똥이 — 를 드러내며 노동자의 삶을 그리는 것으로 진행된다. 그처럼 노동자의 육체적 고통과 가난을 강조함으로써, 화자는 김첨지의 개인적 비극 — 결말에서의 아내의 죽음 — 과 당시의 쇠락한 인력거 노동의 물질적 곤경 사이의 인과적 연관성을 깨닫게 한다. 결과적으로 1919년의 김동인과 1924년의 현진건 사이에서 재현 방식의 근본적인 변화가 발생한 것이다. 후자의 소설은 인력거꾼의 존재 자체를 다시 그리고 있다. 즉 부르주아적 삶을 조용히 위협하는 이질적 타자에서 식민지 근대화가 만들어낸 조선인의 비참한 삶의 상태로 재조망하고 있다. 넓은 맥락에서 이런 변화는, 근대적 발전 자체가 "모두를 위한 진보의 추동력"에서 "불평등과 계급분화의 발생 과정"으로 재개념화됨을 암시한다.

노동계급의 관점에 문학적 재현을 제공하면서, 좌파 지식인은 한층 평등한 사회 이념을 구성하는 데 중요한 기여를 했다. 그들은 그람시의 용어로 한국의 공공 담론의 헤게모니를 위한 문화적 전쟁을 창시했다. 사회주의적 문학의 직접적 효과는 단지 문화적일 수 있으며, 좌파운동은 식민 정부와 수구적인 사회적 특권의 압력에 별로 대항하지 못했을 수 있다. 그러나 결과적으로 식민지 좌파 문학의 반 엘리트적 주장은 이후 수십 년 간 큰 울림을 준 선례와 정전을 만들었다. 예컨대 얼마나 대중적 popular 합당성을 지녔느냐는 1950년대 이래로 남한과 북한의 체제 유지

---

35 현진건, 「운수 좋은 날」, 『개벽』, 1924. 6, 139~150쪽.

를 위한 핵심적 필수 요건이 되었다. 또한 1980년대 말 마침내 남한이 민주화되었을 때, 당시의 문화적 행동주의자들은 식민지 좌파 문학의 유산을 재소환했다. 그렇게 하면서 그들은 그때처럼 리얼리즘 비평과 문학적 실천의 헤게모니를 주장하고 있었다. 이제 평등성과 민중적 권리의 담론은 식민지 문학의 책갈피에서 새로 민주화된 국가의 문화 행동주의로 역사적 질주를 수행했다. 그 때의 담론은 오늘날 남한의 진보적 정치학에서 여전히 중심적 준거 기준이며, 미학적·사상적 사명감으로 리얼리즘을 옹호하는 수많은 작가와 지도자들에게 계속 영감의 원천이 되고 있다.

## 미학주의에서 사회적 참여로

문학을 감정과 개인성의 예술적 표현으로 이론화한 일은 식민지 초기에 이중적인 의미를 지니고 있었다. 첫 번째 직접적인 가치는 문학을 글쓰기와 학문의 일반적 전통 범주에서 독립된 영역으로 분리시킨 데 있었다. 그러나 시간이 지남에 따라, 감정에 대한 개인주의 담론은 또한 예술적 기획 자체의 새로운 근대적 해석을 발생시켰다.[36] 즉, 정치와 사회적 삶의 구속으로부터 자유로워진 미적 자율성을 뜻하게 된 것이다. 서구의 낭만주의 담론에 뿌리를 두고 있는 이런 예술에 대한 유미주의적 관점은, 한국의 많은 예술가들이 유교 문화의 공동체주의적·실용주의적인 편향에 대항할 수 있게 했다. 20세기 초 한국작가들 사이에서는 일상생활의

---

36 [역주] 초기의 작가들은 문학의 담론적 독립성을 주장하면서 점차 미학적 유미주의의 경향을 갖게 되었다.

진부함에 오염되지 않는 순수한 형식의 미를 탐구하며 예술적 자율성을 옹호하는 것은 일반적인 일이 되었다.

한국의 신유미주의의 유명한 옹호자 중의 하나는 프랑스 상징주의 시를 번역한 시인 김억이었다. 김억은 「예술적 생활」[1914]에서 '예술을 위한 예술'이라는 유미주의의 구호로 시작하면서 실제적으로는 그 말을 해체하는 논의를 보여준다. 그에 의하면, 예술을 위한 예술과 삶을 위한 예술 사이의 논쟁은 공허한데, 왜냐하면 예술과 삶은 궁극적으로 함께 흘러가는 것이기 때문이다. "예술의 향상은 전생활의 향상이며, 따라서 전생활의 향상은 예술의 향상 아니어서는 아니된다." 왜냐하면 "예술의 의미는 생명을 전 긍정함에 있어 불완전한 실재를 향상시키며, 창조시키며, 발전시키며, 완전한 곳으로 이끄는 힘 ─ 생명의 단편을 모아 완전케 하는 것이 아니여서는 아니 되기"[37] 때문이다. 김억의 입장에 나타난 명백한 니체적 영감을 통해, 우리는 예술적 모험 자체의 해방과 힘의 증진의 감각을 느끼게 된다.[38] 김억 세대의 근대 지식인들은 문화의 실행자를 자임하며 반귀족적 미학을 배태한 최초의 한국인이었을 것이다. 그들에게 예술의 자율적 공간은 개인의 자유의 확장된 외연이 되었으며, 전통적 한국 사회의 구속적 결속으로부터 해방되는 능력을 제공했다.

사회적 목적이 전혀 없진 않았지만 초기 개혁적 지식인의 미학주의는 그들답게 간접적인 경로를 통해 공적 참여와 개량주의를 나타냈다. 예컨대 많은 신소설 작가들은 예술은 각 개인들에 대한 영향력 때문에 사회

---

37　김억, 「예술적 생활」, 『학지광』 6호, 1915. 2, 61쪽.

38　김억의 말은 특히 "예술적 인간은 완전성으로서 스스로를 즐긴다"(『우상의 황혼』)는 니체의 말에 조응한다. 니체는 당시의 동아시아 지식인들 사이에서 널리 인기가 있었으며, 김억은 니체의 사상을 도입한 최초의 한국 작가 중의 하나였다. 김정현, 「니체 사상의 한국적 수용」, 『니체연구』 12(2007), 33~68쪽 참조.

를 변화시키는 효과를 갖는다고 믿었다. 또한 김억은 개인의 미학적 현현顯現은 집단성 내에서 자연스럽게 발산된다고 가정하면서 그런 믿음을 이렇게 표현했다. "개인의 중심적 생활을 예술적 되게 하여라. 그러면 사회적 생활도 예술적 되리라."[39] 마찬가지로 이광수 역시 「예술과 인생」1922에서 당대의 미학주의의 사회적 의의에 대해 설명했다. 이 글에서 이광수는 좌파 작가들의 주장에 대응하며 미학주의적 에토스로 기백 있게 방어하고 있다. 이광수는 매우 추상적이고 일반적인 형태로 미학주의의 요지를 반복했다. 즉, "인생의 최고 이상이 무엇이냐. 인생의 생활 전부를 예술화함이외다". 더욱이 "인생"에 대한 자신의 이해를 확장해 자세히 말하면서, 그는 개인과 사회 영역을 모두 포괄하는 범주를 드러냈다. "생각도, 행동도, 의식주도, 사회도, 촌락도, 도시도 전부 예술화함이외다."[40] 인생의 모든 차원을 예술적으로 승화시킴으로써, 조선의 근대적 르네상스는 (비유적으로) "조선의 황야"를 "예술의 화원"으로 변화시키리라는 것이 이광수의 믿음이었다.[41] 따라서 조선 민중에게 문화와 예술적 미를 제공하는 것은 그들의 인생을 어떤 "정치적, 경제적 혹은 사회적" 개조로 인도하는 것과도 같다.[42] 근대적 미학주의의 압도적인 세계관에서, 예술은 사회를 변화시키는 힘으로 매우 가치가 있지만, 그런 변화는 사회를 예술적인 것으로 해체함으로써만 성취될 것이었다.

사회주의가 한국의 문화적 상황에 도착한 순간, 좌파 비평가들은 당대 문학의 미학주의적 유행을 자신의 주요 논쟁적 타깃의 하나로 삼았다.

---

39   김억, 「예술적 생활」, 『학지광』 6호, 62쪽.
40   경서학인, 「예술과 인생」, 『개벽』, 1922.1, 21쪽. 이광수는 이 글에서 필명을 사용하고 있다.
41   위의 글, 17쪽.
42   위의 글, 5쪽.

스스로가 포괄적인 근대화 운동의 참여자였던 그들은, 미학적 자율성이 근대문학의 제도적 확립을 돕는 한 그 취지에 공감했다. 그러나 그들은 개인적 감정에 낭만적으로 탐닉하는 예술, 즉 선배들의 일종의 문학적 세말주의細末主義를 거부했다. 예컨대 박영희는 조선 문단에 생겨난 "기이한 현상"을 경계할 것을 말하면서, 많은 작가들이 "추상적으로 정서의 미화뿐을 목적하여 가지고 현실에 대한 몰지한 영靈의 욕구의 나라로 달아나려" 한다고 논했다. 박영희에 의하면, 그런 "도피적 문학은 우리 생활과 우리 시대와는 아무러한 관계가 없다".[43] 비슷한 맥락에서 김기진은 낭만적·부르주아적 문학의 미가 단순한 "손장난감 같은" 미이며 정치적으로 순응주의적이라고 비난했다.[44] 김기진은 설령 창작과정에서 유미적 미를 잃을 위험이 있어도 그 대신 "명일明日을 건설하는 데 필요한 문학"을 창조할 것을 동료 사회주의자들에게 촉구했다.[45] 김기진과 박영희 같은 사회주의적 지식인들의 경우, 사회를 변화시키는 목표는 사회적으로 참여적인 문학적 이상의 도움으로만 성취될 수 있었다. 사회적 개량주의의 간접적인 미학적 경로는 그들 지식인들에게 좋게는 유토피아적이며 나쁘게는 위선적인 것으로 여겨졌다.

　미학주의적인 사회적 이상을 통렬하게 거절하면서, 좌파 비평가들은 안락한 서재에서 벗어나 현실의 거리의 대중과 교섭하라는 공간적인 은유로 자주 호소하곤 했다. 박영희는 이렇게 충고했다. "[문학은] 생활 없는 유령의 상아탑에 보관되어 있는 것이 아니라 인생의 생활을 위한 가상街

---

43　박영희, 「고민문학의 필연성」, 『개벽』, 1925.7, 64쪽.
44　김기진, 「감각의 변혁」, 『생장』, 1925.2. 『김팔봉문학전집』1, 37쪽.
45　김기진, 「금일의 문학, 명일의 문학」, 『개벽』, 1924.2, 54쪽.

上에서 시장에서 공장에서 더 많은 가치를 갖게” 된다.[46] 마찬가지로 김기진은 부르주아적 제도 외부에서 프롤레타리아 문화를 계발하기 위해 지식인들이 일상인의 세속적 현장에 위치할 것을 간청했다. 즉, “우리의 교화기관이 우리의 눈이 가는 곳마다 있다. 행길에 있다. 농촌의 머슴들 모이는 한간 방에 있다. 논고랑·밭두덕·풀밭·공장·인력거 병문·선술집, 모든 곳에 있다. 눈가는 곳마다 있다. 없는 데가 없다”.[47] 지식인의 닫힌 서재에서 열린 공적 공간으로의 이 특징적인 변화는, 예술적 과정에서 불가피하게 작가의 내면성에 우선권을 두는 미학주의 관점의 거부를 암시한다. 새로운 문화적 풍토에서는, 개인의 계발과 전체 공동체의 향상 간의 연관성이 더 이상 당연히 주어지는 것으로 간주되지 않는다.〈그림 3.3〉

좌파 지식인들은 자신들의 검열관 같은 비판적 어조를 넘어서서, 지식인의 사회적 책무를 잘 실천할 문학을 이론화하며 실행적 예술의 관점을 제공하려 애썼다. 그들의 많은 논의들은 “리얼리즘적” 문학의 미학을 적절히 체계화하는 데 집중되었다. 좌파 지식인들의 미학적 반성에 의해 시작된 문학 전통으로서, 리얼리즘은 한국에서 사회주의적 문화의 가장 특징적이고 오래 지속된 유산이 되어 왔다. 오늘날 많은 작가들이 아직도 리얼리즘의 이름을 옹호하거나 그와 경쟁하고 있으며, 리얼리즘과 모더니즘 간의 적절한 대립은 여러 미학적 논쟁들에서 여전히 기본적인 것으로 여겨진다.

가장 초기의 영향력 있는 리얼리즘 미학의 이론화는 김기진의 「변증적 사실주의」[1929]에서 제시되었다. 김기진은 당시의 문학적·문화적 흐름을 살피면서, “주관적”이고 “이상주의적”인 문학을 “객관적”이고 “리얼리

---

46    박영희, 「신흥문예의 내용」, 『시대일보』, 1926.1.4.
47    김기진, 「지배계급 교화, 피지배계급 교화」, 『개벽』, 1924.1, 22쪽.

〈그림 3.3〉 김규택이 그린 (『개벽』을 계승한) 『제일선』(1932.6)의 표지 그림 중의 하나. 이 잡지의 창간사
는 "대중과 함께 하는 제일 전선"을 지향할 것을 선언했다.(근대서지학회 제공)

즘적"인 문학에서 분리시키는 선을 그었다. 김기진은 20세기 초의 일본의 사소설적 고백체가 리얼리즘 진영[48]에 변함없이 존재하고 있다고 믿었다. 그러나 한때 진보적이었던 조선의 많은 사소설 작가들은 "개인주의의 문학으로 되고 말았으니, 이러한 그들의 생활원칙의 적용은 점점 그들로 하여금 현실에 대한 전체적·구체적 파악을 거부케 하고 다만 목전의 현상만에 관찰을 집중케 하고 말았다".[49] 김기진은 그런 "부르주아 리얼리즘"을 거부하면서 대안적인 프롤레타리아적 리얼리즘 형식이 미래의 문학이 될 것으로 강력히 단언했다. 그는 구체적으로 이렇게 설명했다. 프롤레타리아 작가는 "현실 사물을 있는 그대로 객관적으로, 현실적으로" 써야 할 뿐 아니라, "사물을 그 정지 상태에서 보지 말고 그 운동 상태에서 보아야 하며, 그 고립상태에서 보지 말고 전체와의 불가분의 관계에서" 생활경험을 묘사해야 한다. 그런 작가는 "발전선상에서, 전체와의 불가분의 관계를 파악"하게 하는 "프롤레타리아 전위"의 관점을 유지할 것이다.[50]

이런 불충분한 생략된 주장을 통해 김기진은 실상 식민지 조선의 상황에서 활용할 수 있는 리얼리즘 미학의 내용을 체계화하려 시도했다. 김기진의 기획은 아주 직접적으로 당시의 국제주의적 사회주의 문화에 의해 고취된 것이었다.[51] 특히 루카치는 리얼리즘을 1920년대 초의 사회주

---

48  [역주] 자연주의와 부르주아 리얼리즘을 포함한 리얼리즘 진영을 말한다. 또한 사소설적인 문학의 작가는 자연주의 작가이다.

49  김기진, 「변증적 사실주의」, 『동아일보』, 1929.2.25∼3.7 『김팔봉문학전집』 1, 65∼66쪽.

50  위의 글, 72쪽.

51  김기진의 직접적인 영감의 근원은 구라하라 고레히토였다. 구라하라의 「프롤레타리아 리얼리즘의 길」(1928)은 라프(1928∼1932)의 1928년의 회의에서 소련의 문화적 상황에 대해 변증법적 유물론이 나타난 데서 자극받은 것이었다. 조진기, 『한일 프로문학론의 비교연구』(푸른사상, 2000), 240∼253쪽에서 한일 프롤레타리아 리얼리즘

의적 아방가르드의 정전이 되는 미학으로 이론화했다. 루카치의 유명한 견해에 따르면, 모더니즘은 현실의 재현을 파편화하고 왜곡함으로써 자본주의의 사회적 장악을 표현하고 고착화시킨다.[52] 루카치는 그런 왜곡에 대한 대항책으로 사회주의 예술이 현실을 "총체성" 속에서 재현해야 한다고 주장하며, 예술적 파편화란 프롤레타리아가 자신의 계급의식을 자각하지 못하게 방해하는 이데올로기적 술책임을 드러냈다. 결론은 현재와 미래의 혁명적 역사 발전의 정향을 보여주는 행동주의적 예술일 것이다. 결과적으로 그것은 20세기적 삶의 이데올로기적 도발에 대처하기 위해 19세기 중반의 재현양식을 재전유하는 예술일 것이다.

김기진과 카프는 루카치식의 리얼리즘 미학의 기획을 옹호했지만, 그들의 리얼리즘 미학의 이해와 실행은 실제적으로 이웃 소련의 경우와는 달랐다. 조선인들이 러시아 작가와 좌파 지식인들을 찬양했음에도 불구하고 사회주의 리얼리즘의 교리는 식민지 조선에서 결코 뿌리를 내릴 수 없었다. 그 이유는 부분적으로 시대적 불일치 때문인데, 소련은 1932년에야 사회주의 리얼리즘을 공식적인 교리로 채택했지만, 그때는 검열과 억압 때문에 조선의 좌파문화가 쇠퇴하는 시기였다. 그러나 보다 직접적인 이유는 두 나라에서 사회주의 문화가 맡은 역할이 달랐기 때문이다. 소련 작가들은 강한 어조로 혁명적 이상주의를 주장할 수 있었지만, 조선에서는 정치적으로 통제된 환경에서 자주 방어적인 싸움을 치러야 했으며, 그 때문에 프롤레타리아의 단결은 민족적 대의의 추구와 접합되어 주

---

이론의 비교 분석 참조. 라프의 역사에 대해서는 Edward James Brown, *The Proletarian Episode in Russian Literature 1928~1932*(Octagon Books, 1971) 참조.

52    루카치의 모더니즘 예술의 비판에 대해서는 "Realism in the Balance" Theodor Adorno et al., *Aesthetics and Poltics*, pp. 28~59 참조.

장되는 경향이 있었다. 제1장에서 살핀 것처럼, 한국의 문화적 좌파는 강한 공산당의 지지가 부족했으며, 좌파 작가와 지식인들은 사회주의를 명확한 교리적·이데올로기적 방향보다는 정치적 영감으로 실천하는 경우가 훨씬 많았다.

리얼리즘의 예술적 전망은 작가의 역할을 낭만적 천재에서 사회적 행동가로 근본적으로 재정의하게 만들었다. 일찍이 김동인은 「자기의 창조한 세계」[1920]에서 예술과 시의 논리에만 유미적으로 반응하는 영향력 있는 예술적 창조의 관점을 제안했다. 김동인에 의하면, 작가는 불충분한 표현으로 삶을 재현하기보다 허구세계를 창조하는 인형조종술에 따라야 하며, 불완전한 현실세계를 보상하는 인물과 플롯을 발전시켜야 한다.[53] 좌파의 문학적 실천에서는, 그런 자율적 주체로서 작가의 시적 이미지는 보다 세속적이고 사회 참여적인 모습의 작가에게 길을 내주게 되었다. 참여는 상대적으로 거리를 둔 관찰과 보고에서부터 노동의 조직을 위해 공장에 잠입하는 것까지 다양한 형식을 지닐 수 있었다. 전자의 입장이 염상섭에 의해 재현되었다면 후자는 김남천과 이북명 같은 카프 작가들에게서 생생한 모델을 볼 수 있었다. 그런 보다 급진적인 제안에서 참여적 작가의 좌파적 이상은 발터 벤야민과 세르게이 트레티아코프의 "실행하는operating 작가" — "보고하는 작가"의 대립항 — 의 개념과 유사했으며, 작가의 사명은 "보고하는 것이 아니라 투쟁하는 것이었다". 즉, 직접적으로 사회적 변화를 촉진시키기 위해 "구경꾼의 역할을 하는 것이 아니라 행동적으로 개입하는 것"이었다.[54] 리얼리즘은 또한 문학의 생산 양

---

53  김동인, 「자기의 창조한 세계」, 『창조』 7호, 1920.7, 539~542쪽.
54  Walter Benjamin, "The Author as Producer", *Reflections*, Schocken Books, 1978, p.223. 벤야민과 관련된 트레티아코프의 더 자세한 활동에 대해서는 Devin Fore, "Soviet Fac-

식에서 혁신을 가져왔으며, 르포르타주와 벽소설 같은 문학 형식의 발전을 북돋았다.

르포르타주는 탐사적 보고와 언론적 선동성을 혼합하며 객관적이면서 일반 민중의 도덕과 정서에 맞는 시각으로 사회 현실을 묘사할 기회를 제공했다. 예컨대 1920년대 후반부터 『별건곤』과 『조선일보』 같은 간행물들은 자주 사회적으로 낙후된 지역의 생활 상황을 보고했다. 이 잡지와 신문은 특히 거지촌, 감화원, 사창가, 도시 빈민굴 같은 우범 지역에 초점을 맞췄다.[55] 이는 분명히 그런 후진 곳에 대한 부르주아 독자의 매혹을 이용한 것이었지만, 많은 르포 작가들은 제재에 대한 오해와 편견에 명백히 반대하며 도시의 궁핍과 사회적 불의를 자각하게 하는 데 기여했다.[56] 이와 밀접히 연관해서 인기를 얻은 하위 장르는 공장 르포르타주였다. 근대성의 상징으로서 공장은 그 내부에서의 노동에 대해 잘 알지 못했던 대중에게 호기심의 대상이었다. 특히 이북명은 허구성의 의장을 유지하면서 참혹한 노동 환경을 드러내는 르포르타주 같은 소설을 주로 썼다.[57] 일부는 기사이고 일부는 문학인 르포르타주는 작가에게 관찰자와 참여자의 위치를 동시에 요구했으며, 문학적 좌파 내에서 이론과 실천의

---

tography" *October* 118(Fall 2006), pp.3~10 참조.

55    송작, 「대탐사기 깍정이로 변신 잠입하야 포사군의 소굴에 일야(一夜) 동숙(同宿)」, 『별건곤』, 1927.7(거지굴). 쌍(双) S, 「전율할 대악마굴─여학생 유인단 본굴 탐사기」, 『별건곤』, 1927.3(사창가). 윤성상「여감옥 방문기」, 『삼천리』, 1930.11(여감옥). 「B기자의 수기」, 『중앙일보』, 1931.11.28(도시 빈민굴). 식민지 시대의 르포르타주와 그에 대한 분석에 대해서는 Sunyoung Park, "A Forgotten Aesthetic : Reportage in Colonial Korea 1920s–1930s" 참조.

56    1930년대 중국에서의 이와 유사한 현상은 Charles A. Laughlin, *Chinese Reportage* (Duke University Press) 2002, p.13에서 다루어졌다.

57    이북명의 문학적 경력에 대한 보다 자세한 논의는 제4장과 Sunyoung Park, "A Forgotten Aesthetic : Reportage in Colonial Korea 1920s–1930s" 참조.

다리를 놓는 이상적인 방법으로 흥미를 불러일으켰다.

짧은 산문 장르인 벽소설은 문학적 실천을 행동 및 사회적 영향과 혼합하는 시도에서 훨씬 더 급진적이었다. 르포르타주처럼 벽소설은 독일 좌파문화에 기원을 두고 있으며 일본을 통해 조선에 소개되었다.[58] 이서찬은 「벽소설에 대하여」[1933]에서 이 장르를 소개하면서, 노동자가 모이는 장소에서 "벽에 붙이고 읽는 짧은 소설"라고 간단하게 정의했다. 보다 자세히 말하면, 벽소설은 아지프로의 실험이며 그 때문에 서사는 노동 휴식 시간에 쉽게 읽을 수 있는 몇 페이지로 응축되곤 했다. 이서찬에 의하면, "벽소설의 가치는 비상히 직접성의 역할을 가지고 있다"는 점이며, 평가의 고저는 "노동자에게 대하여 미치는 영향과 효과의 여하로써" 규정된다.[59] 바로 그런 급진성 때문에 조선에서의 벽소설의 생산은 오히려 제한적이었다. 이서찬 자신이 말하고 있듯이, 벽소설은 노동자 속에서 노동자 자신이 작업장에 쓰는 것으로 여겨졌으며, 그 때문에 이제까지 조선 작가들은 벽소설의 단 몇 개의 견본만을 생산할 수 있었던 것이다.

미학주의에서 사회적 참여로 방향을 바꾸면서, 한국 근대문학은 중국 비평가 쳉 팡우가 재치 있게 묘사한 "문학적 혁명에서 혁명적 문학으로"[60]와 유사한 변화를 겪었다. 그런 변화는 작가의 역할을 공적인 지식

---

58　일본과 한국의 벽소설에 대한 비교 연구는 Samuel Perry, "Aesthetics of Justice"(Ph. D. diss., University of Chicago, 2007), pp.26~126과 *Recasting Red Culture in Proletarian Japan*, University of Hawai'i Press, 2014, pp.70~123 참조.

59　이서찬, 「벽소설에 대하여」, 『조선일보』, 1933.6.13. 『카프비평자료총서』 5, 112~114쪽. 또 다른 벽소설에 대한 논의로는 이갑기, 「문예시평」(『비판』, 1932.3) 참조. 이 글은 카프 비평가의 필명 현인이라는 이름으로 쓰여졌다.

60　Cheng Fangwu, "From a Literary Revolution to a Revolutionary Literature", *Modern Chinese Literary Thought*, Stanford University Press, 1996. 원래 낭만적 비평가였다가 사회주의로 전환한 쳉 팡우의 지적 궤적은 당시에 중국과 한국, 일본에서 일어난 이데올로기적 변화를 통렬하게 증명하고 있다.

인으로서 재정의하는 데 포괄적인 의미를 갖게 되었다. 공적인 지식인의 많은 표현과 선언들은 새로운 행동적인 문학 형식의 출현을 나타냈다. 또한 대중에게 필요한 필수품으로서 문학의 대중화와 문학생산 및 소비 양식의 실제적인 변화를 암시했다. 빠르게 다양화된 식민지 조선의 문화 환경 속에서 미학주의는 결코 소멸되지 않았다. 그러나 개혁운동의 세련된 미학적 근대문학은 진보적인 진정한 근대문학의 유일한 모델로서 규범적인 기능을 상실했다. 사회주의의 영향력은 한국 지식인들에게 "대안적 근대성"이라는 필요한 전망을 제공했으며, 이제 그런 전망은 일상의 한국인들이 전통적 습속이라는 고착된 엘리트주의를 과거로 보낼 수 있게 했다. 그 순간 하나의 공동체로서의 한국은 느리지만 지속적인 민주화 과정의 경로에 있게 되었으며, 1980년대 말에 정치적 현실로 민주주의가 확립되기 오래 전에, 문화적이고 사회적인 민주적 가치들을 옹호하는 길을 시작한 셈이었다.

## 유물론적 미학을 향하여

상부구조 현상의 설명에서 경제영역에 우선권을 주는 유물론적인 문화사회적 관점은, 과거의 철학적 전망과 완전히 결별한 사회주의자에 의해 한국에 처음 소개되었다. 조선조에서 가장 널리 수용된 신유교주의의 신념 체계는 근본적으로 관념론적 철학이었다. 신유교주의 관점에서는 모든 천지의 사물들이 영원하고 초월적인 리理, 논리에서 연원되며, 그런 리는 기氣, 에너지라는 물질적 형식으로 세상에 자신을 드러낸다. 리는 모든 덕의 근원이라고 여겨진 반면, 기는 물질과 땅에 매인 악과 무상無常 등 인간적 욕망과 감정을 내포했다.[61] 따라서 유교 교육의 이상은 정신적 삶이 우주의 원리 리에 조화되게 인간의 마음 — 확대하면 백성들의 마음 — 을 계발하는 것이며, 그것을 통해 물질세계에서 조화와 질서를 실행하는 것이다.

전통적 유교문화의 여러 측면을 거부하면서도, 개혁적 지식인들은 유교문화로부터 도덕과 사회, 정치에 대한 관념론적 사유방식을 이어받았다. 그런 근대적 형식의 관념론의 한 예는 이광수의 "민족의 특성"을 개조해 강한 조선을 건설하자는 제안이었다. 이광수는 「민족개조론」[1922]에서, 그가 말한 "조선 민족의 쇠퇴"의 원인은 도덕적 해이에 있으며, 그 때문에 "도덕적 개조, 정신적 개조가 가장 근본이 된다"고 주장했다. 그런 논의를 위해 이광수는 프랑스의 심리학자 구스타프 르봉의 권위에 호소했다. 이광수는 르봉의 『민족심리학』을 인용하며 "언어, 제도, 사상, 신앙, 미술, 문학 등 무릇 일국의 문명을 조직하는 각종 요소는 이를 지어낸 민족성의 외적 표현"이라고 말했다.[62] 인종주의적 유전학의 전제를 지닌 르봉의 이론은 인종주의와 제국주의에 관한 당대의 서구적 담론을 정당화하는 데 기여하고 있었다. 그러나 이광수의 글에서는 조선 민족을 강하게 만들기 위한 도덕 교육의 중요성을 강조하기 위해 언급되고 있었다.[63]

사회적·문화적 현상에 대한 관념론적 접근법에서 벗어나면서, 많은 한국 지식인들은 사회주의적인 영감을 통해 역사 일반과 식민지 현실을 이해하려면 물질적 조건이 매우 중요함을 발견했다. 유물론적 접근법의

---

61 조선조에서의 신유교주의 세계관에 대해서는 Chung Chaesik, *A Korean Confucian Encounter with the Modern World*(University of California Press, 1995), pp.85~130 참조.

62 이광수, 「민족개조론」, 『개벽』, 1922.5, 30·31·34쪽

63 일본과 한국에서의 르봉의 이론의 도입과 전유에 대해서는 하타노 세츠코, 최주한 역, 『일본 유학생 작가 연구』(소명출판, 2011), 150~170쪽 참조.

초기의 주창자 중의 하나는 신채호였다. 그는 개혁주의 지식인과 고전적 중국 시의 작가를 연결지으며 비판적으로 말했다. 신채호에 의하면, 두 부류의 학자들은 "무엇이 현실이냐, 무엇이 중요하냐"에 대해 잘못 판단하는 관념론에 의해 이끌리고 있다. 신채호는 이렇게 반박했다. "현실을 도피하는 꼴이 피차 일반이라 함이로다. 이를테면 한강의 철교가 현실이 아니냐? 인천의 미두가 현실이 아니냐? 경제의 공황이 현실이 아니냐? 상공 각계의 소조蕭條[64]가 현실이 아니냐? 다수 농민의 서북간도 이주가 현실이 아니냐?"[65]

지금은 유명해진 또 다른 반박으로는, 조선인의 열등한 도덕성에 대한 이광수의 불만을 비판한 박영희의 논의가 있다. 박영희는 이른바 조선인의 "놀고먹음"이란 단지 지체된 (조선의) 산업발전과 민족차별적 고용정책으로 인한 일자리 부족 탓이라고 유물론적 근거를 들었다.[66] 신채호와 박영희를 포함한 몇몇 사람의 비판에서처럼, 한국의 역사와 사회의 고착성의 서사는 그 당시엔 특히 새로웠던 경제적 분석의 형식을 통해 파열되고 있었다.

1920년대 중반을 시작으로 마르크스의 역사적 유물론은 한국 지식인들에게 중요한 문화적 준거틀이 되었다. 한국에서 마르크스와 연관된 최초의 출판물은 정태신의 「맑스와 유물사관의 일별」[1920]이었다. 일세대 공산주의 지도자 중 한 사람에 의해 쓰여진 이 글 역시, 이전의 정신적·도덕적 설명 방식에 직접적으로 대응하기 위해 마르크스의 관점을 전개하고 있다. 즉, "인생사회의 진보 또는 제도의 진화는 유심론자의 소론과 여

---

64    [역주] 피폐해짐을 말함.

65    신채호, 「문예계 청년에게 참고를 구함」, 『백세 노승의 미인담 외』, 범우, 2004.

66    박영희, 「문학상으로 본 이광수」, 『개벽』, 1925.1.

히 인생사상의 변화한 결과가 아니라 그 사회에 대한 물질적 조건이 발달된 결과라. 하여 물질적 조건이 오직 사회의 진실한 근본이 된다 함이다. (…중략…) 인과 인 간의 선악정사의 사상이라던지 인과 신 간의 신앙상의 사상이라던지 긴히 인생 생활 물질적 조건의 변화로 기인되어 변화하는 것이다. (…중략…) [따라서] 사회의 변천, 정체의 변형은 진리라 정사라 하는 사상 정신의 진보에 관계함이 아니요 다만 생산과 교환방법의 변화에 관계됨이라 함이니".[67] 이 글이 출간되면서 역사적 유물론은 식민지 조선의 간행물에서 가장 자주 논의되는 철학적 주제 중의 하나가 되었다.[68] 조선의 지식인들은 또한 사카이 도시히코의 『사회주의 학설 대요』[1925] 같은 번역서를 통해 마르크스의 관점에 대한 체계적인 설명을 접할 수 있었다. 그와 함께 1920년대 말까지 마르크스 자신의 글을 일본어 번역을 통해 접근하게 되었다. 사회주의적 이론의 저서들의 일본어 선집 — 바쿠닌과 크로포트킨, 레닌뿐 아니라 마르크스와 엥겔스의 책들 — 은 교육받은 조선의 독자들 사이에서 폭넓은 인기를 누렸다.[69]

역사적 유물론은 식민지 조선에서 인식론적 정합성에 덧붙여 미학적·문학적 실천에도 충격을 미쳤다. 많은 좌파 문학작품들은 화폐와 노동, 경제적 현실의 관점에서 인간의 삶과 사회를 재현했다. 문학적 서사들은

---

67 정태신(우영생), 「맑쓰와 유물사관의 일별」, 『개벽』, 1920.8.25, 99~100쪽. 우영생은 정태신의 필명이다. 정태신의 글은 사카이 도시히코의 「역사적 유물론 입문」(1919)에 기초하고 있었다. 박종린, 「1920년대 초 정태신의 마르크스주의의 수용과 개조」(『역사문제연구』 21호, 2009), 144쪽을 참조할 것.

68 김민환, 「일제강점기 사회주의 잡지의 사회주의 논설 내용 분석」, 『일제강점기 언론사 연구』, 나남, 2008 참조.

69 천정환, 『근대의 책읽기』, 212~214쪽 참조. 『정치경제학 비판 요강』, 『독일 이데올로기』, 『공산당 선언』 같은 약간의 마르크스 자신의 저서는 한국어로도 번역되었다. 마르크스의 저서에 대한 한국어 번역의 역사에 대해서는 홍영두, 「마르크스주의 철학사상 원전 번역사와 우리의 근대성」(『시대와 철학』 14, no. 2, 2003.12), 55~101쪽 참조.

흔히 계급적 정체성을 말하거나 직업과 생활조건을 묘사하면서 인물들을 소개하곤 했다. 서로 다른 계급의 인물들은 임금, 지대, 부채, 뇌물, 급여 같은 다양한 형식의 화폐의 매개에 의해 일차적으로 상호작용하는 것으로 보여졌다. 섹스는 매우 자주 매춘의 상품화된 형식이나 불평등한 교환의 형식으로 재현되었다. 이런 텍스트적 특징은 염상섭의 『삼대』와 이기영의 『고향』, 강경애의 『인간문제』, 채만식의 『탁류』 같은 다양한 작품들에서 강렬하게 나타났다. 이 작품들이 말하는 무엇보다도 중요한 요지는, 평범한 조선인들의 일상생활에서 화폐적 계산이 감성적 결속이나 가족적 유대보다 우선적이었다는 점이다. 삶의 경제적 측면에 대한 주목은 또한 노동과 일에 대한 주제적 관심으로 확장되었다. 좌파의 서사는 현재의 사회적 질서를 지탱하는 생산양식으로서 노동 과정 — 농업이나 공업, 혹은 가내 노동 — 에 대한 재현을 자주 상세하게 보여주었다.

유물론과 연관된 또 다른 미학적 특징은 작가의 육체성과 연관된 장소에 대한 쇄신된 관심이었다. 그 점은 사소설의 감성적 내면성의 선취나 그에 상응하는 외적 환경에 대한 무관심과 대비되었다.[70] 내면에서 외면으로의 이런 서사적 방향의 전환은, 염상섭의 「만세전」에서 자연주의로부터 리얼리즘으로의 이행을 통해 그 특징이 분명히 나타났다. 장소에 서사적 초점을 맞추는 것은 또한 르포르타주 문학에서도 일반적인 현상이였다. 그와 함께 유물론적 전환을 상징적으로 보여주는 수사학적 변화로서, 많은 작가들은 경제적 연관성을 지닌 서사적 배경에 따라 작품의 제목을 붙였다. 강경애의 「지하촌」이나 이기영의 「종이 뜨는 사람들」, 이북명의 「기초공사장」, 「질소비료공장」 같은 제목의 유래는 그런 맥락

---

70   Elaine Gilbert, "Spatial and Aesthetic Imagination in Some Taishō Writings", *Japan's Competing Modernities*, University of Hawai'i Press, 1998 참조.

에서 이해된다.

　마르크스의 유물론적 교리, 즉 "인간의 의식이 존재를 결정하는 것이 아니라 사회적 존재가 의식을 결정한다"는 말은, 신체적 경험에 대한 서사적 강조라는 미학적 표현을 추가하게 했다.[71] 좌파문학에서는 굶주리고, 여위고, 병들고, 혹사당하고, 불타고, 절단된 신체들이 눈에 띄게 묘사되고 있었다. 노골적으로 속물처럼 보이는 돈에 대한 강조가 부르주아의 미적 감성을 침해하는 것처럼, 병들고 훼손된 신체의 "무분별한" 재현은 건강한 아름다운 신체라는 규범적인 제국적·민족적 이상을 공격하는 전복 효과를 지녔다. 좌파 문학작품에서 상해를 당한 신체는 노동자의 정신적 불구성이나 미개성의 표상이 아니라, 오히려 그와 그의 계급의 물질적 조건을 상징화했다. 노동자의 비천한 신체를 보여줌으로써 좌파 문학은 가속된 사회적 근대화에서 기인된 자본주의적 착취와 폭력의 인간적 대가를 극적으로 묘사했다.[72]

　역사적 유물론의 도입은 식민지 조선에 인식론적 혁명에 준하는 어떤 것을 야기했다. 전에는 민족들 사이의 도덕성과 문명의 차이가 매우 강조되었지만, 이제는 식민지적 과정 자체가 경제적 현상의 심층으로 재개념화되기에 이르렀다. 더욱이 역사적 유물론은 미적 개념들과 문학적 실천들에 다양하게 영향을 끼쳤다. 예컨대 김기진은 사회주의적 문학과 예술의 중심적 특징으로 유물론적 접근을 말하면서, 그 자신은 "추상적 인간성의 묘사에 중심을 두지 말고 물질적 사회생활의 분석·대조·비판에

---

71　Marx and Engels, "Preface to A Contribution to the Critique of Political Economy", *Marxist Literary Theory : A Reder*, MA; Blackwell, 1996, p.31.

72　식민지 좌파 문학에서의 신체의 재현에 대한 다른 연구로는 Kyeong-Hee Choi, "Impaired Body as Colonial Trope"(*Public Culture* 13.3, 2001)와 Jin-Kyung Lee, "Performative Ethnicities"(*Seoul Journal of Korean Studies* 19, no. 1, 2006) 참조.

중점을 둔"소설가의 지위를 누렸다. 김기진에 의하면, 그렇게 되는 이유는 "물질적 사회생활이 인간성을 좌우하는" 것이기 때문이었다.[73] 유물론적 인간학은 궁극적으로 역사와 사회의 중심에 인간성을 놓는 사회주의적 재사유의 핵심이었다. 그것은 사유와 감정의 자율적 보관소로서 예전의 근대적 개인이라는 개념으로부터의 급진적인 결별이었다.

## 식민지 조선의 문학과 좌파문화

한국의 근대 지식인들은 19세기 말 양반 지도층의 실패에 대항해 이데올로기적 건축을 포괄적으로 재사유하며 민족을 강화하려 했다. 시민적 이상과 개인주의, 만민 공동의 지위는 개혁주의 프로그램의 중심 요소였으며, 그런 기획은 새로운 가치와 미래의 전망의 보고로서 예술과 문학, 문화 일반에 투자되었다. 제3장에서 살핀 것처럼, 20세기 초에 사회주의는 그런 개혁운동에 영향을 끼친 지배적인 이데올로기적 힘들의 하나가 되었다. 사회주의 지식인들은 해방에 대한 관심과 유교 전통에 맞서는 근대화의 야심을 예전의 개혁주의자들과 공유했다. 반면에 그들은 사회와 역사, 미학에 대한 관점에서 문화적 개혁주의자들과 일치하지 않았다. 그들은 수백 년 동안 대중들이 문학적 문화에서 소외되었음을 비판하면서, 사회의 하층으로부터 새로운 인재들을 모집하며 "대중의 문학"의 대의를 옹호했다. 좌파들은 문학적 자율성에 치우쳐 미학주의화하는 근대적 경향에 반대하는 한편, 문학적 생산의 미학적 지침으로서 리얼리즘과

---

73　김기진, 「변증적 사실주의」, 『동아일보』, 1929.2.25~3.7.

사회적 참여를 제의했다. 마지막으로 사회주의 사상가들은 당대 한국 문화에 만연된 관념론에 대응해 유물론적 인식론의 전망을 도입했으며, 그것을 통해 문화적·심리학적 입장보다는 경제적 관점에서 제국주의와 식민주의 같은 현상을 이해하려 했다.

어떤 면에서 좌파 지식인들은 한국에 펼쳐진 복합적인 이데올로기적 역동성 속에서 근대적인 동시에 반근대적이었다. 그들은 개혁과 쇄신을 위한 광범위한 운동의 필수적인 부분이었지만, 또한 다른 근대화론들의 입장과 일본의 조선의 산업화 방식에 대해 날카로운 비판을 나타냈다. 한국 사회주의 문화의 이런 이중적인 기능은 양가성을 나타낸 신호가 아니었다. 사회주의 문화는 오히려 식민지 조선의 문화적 논쟁 속에서 근대성의 대안적 형식의 제안으로 가장 잘 이해된다. 사회주의 지식인들은 자신의 조국의 압축된 근대화를 목격하고 승인했지만, 또한 엘리트주의와 관념론, 미학주의 문화에 기운 경향을 감지하고 개혁주의 운동을 반대했다. 그들은 한국의 근대화의 다른 쪽을 모색했으며, 한국의 역사 발전의 정당한 주체로서 대중이나 민중에게 힘을 부여하는 방향을 발견했다.

식민지 좌파는 한국의 미래에 대안적 근대성을 투사하면서, 또한 문화적으로 당대의 문학의 제도와 우호적인 관계를 맺고 있었다. 실제로 식민지 시대에 사회주의적 행동주의와 문학적 생산은 상호적으로 연결된 공조 관계를 지속했다. 공개적인 정치적 비판이 허용되지 않았을 때, 사회주의 지식인들은 문학에서 상대적으로 자유로운 문화적 공간을 발견했으며, 심한 대가를 치르지 않고도 소설의 커버를 이용해 논쟁적인 메시지를 발신할 수 있었다. 반대로 근대적 실천으로서의 문학은 좌파문화에서 정당성과 공적 옹호의 수단을 발견했다. 식민지 문학의 몇몇 명작들은 사회주의 작가들이 창작한 것들이며, 아직도 그 작가들은 남북한 모두에서 명성을 누리고 있는데, 그런 신망은 식민지 시기 문학의 정치적 기능에서 부분적으로 유래한 것이다. 한때 밀접히 연관되었던 문학 제도와 좌파문화의 관계는, 문학에 정치적 관여성을 부여하고 좌파 정치학에 문화적 깊이를 주면서, 오늘날 양자 모두의 특징적인 요소가 되었다.

문학과 정치학을 연합시키는 일에는 의심할 바 없는 위험이 따르며, 비평가들은 흔히 사회주의 문화가 예술을 정치적 기획에 종속시켰다고 비판해왔다. 그러나 1930년대 독일에 대한 발터 벤야민의 통찰에 의거하면, 우리는 식민지 조선의 맥락에서 "정치화된 예술"의 의미를 더 잘 평가할 수 있게 된다. 벤야민은 히틀러 정권의 대중문화의 접수를 비판하면서 이렇게 언급했다. 파시즘 정부는 "대중에게 권리[부의 재분배의 권리]를 부여하는 것이 아니라 자기 자신을 표현할 기회를 부여하는 데서 구원을 찾았다".[74] 벤야민에 의하면, 나치의 상품화된 예술은 대중의 정치와 요구에서 분리된 채 "미학화된 정치"에 봉사하며 정권의 종말을 촉진시켰다. "공산주의는 예술의 정치화로써 파시즘에 맞서고 있었으며" 그것이 나치의 예술의 전유를 격퇴하는 유일한 방법이었다. 그 같은 관점에 의해 식민지 조선의 예술의 정치화는 날카로운 이데올로기적 대항운동으로서 실행적인 의미를 갖는다. 범아시아의 꿈으로 비상하려는 일본 자신의 정치의 미학화에 직면해서, 사회주의적 지식인들은 작가와 예술가만이 증대되는 억압적 식민 세계에서 아직 최소한의 자유를 지녔음을 인식했다.[75] 예술은 파시즘적 제국의 주변 내에 자율성의 사치를 제공할

---

74  Walter Benjamin, "The Work of Art in the Age of Mechenical Reproduction", *Ilumina-tions*, Schocken books, 1988, p.241.
　　[역주] 파시즘은 대중의 권리를 박탈한 채 그들이 스스로를 표현한다는 환상을 줌으로써 정치에 끌어들인다.
75  전시기 일본에서의 정치의 미학화에 대해서는 Alan Tansman, *The Aesthetics of Japanese*

수 없었다. 많은 조선인들에게 예술은 유일하게 남아 있는 저항의 공간
이 되었으며, 따라서 제국과 순응적 부르주아가 제공한 것과는 다른 근대
성의 열망을 표현하는 영역이 되었다.

*Fascism*(University of California Press, 2009)을 볼 것.

# 제3부

# 초상

# 제4장

## 프롤레타리아를 번역하기
### 카프의 논쟁과 문학적 경험

　1910년대 말 마르크스주의가 러시아 혁명의 승리 이데올로기로서 한국 해안을 여행했을 때, 그 도착점은 혁명 후의 러시아나 태생지 독일과는 매우 다른 사회였다. 한국인은 아직 산업적 변화를 경험하지 않았으며 조선조 말의 사회구조가 대부분 그대로 남아 있었다. 1910년 일본의 한국의 식민화는 산업화 과정을 직접적으로 부양시키지 못했다. 오히려 식민 정부는 지역의 토지에 기반한 잔반들과 밀착관계를 이루어 쌀 생산의 증식에 중점을 두었다. 제3장에서 살핀 것처럼 근대교육을 받은 지식인들은 이미 식민화 이전부터 나타나 민족주의적 개혁운동을 주도하고 있었다. 그렇긴 했지만 그들의 주도권은 일본의 식민화와 10년의 무단통치로 인해 방해를 겪게 되었다. 카프의 프롤레타리아 작가들이 1920년대 중반에 출현한 것은 그런 사회적·문화적 상황에서였다.

　"조선 프롤레타리아 예술동맹"의 약칭 카프KAPF는 냉전 시대 동안 두 개의 한국에서 혹독한 이데올로기적 비판을 받았다. 남한의 경우 수십 년간 카프 작가들은 공산주의를 신봉한 대가로 원래의 선의가 "뒤틀려진" 지식인들로 기억되었다. 다른 한편 북한에서는 1960년대에 김일성 개인 숭배가 과거의 문학 전통을 민족의 역사 주변으로 밀어내며 카프의 역사적 기억이 거의 말소되었다. 그 이후 카프는 김일성이 사망한 1994년에야 북한문학의 정전으로 복권되었다. 또한 남한에서는 1980년대에 민중적 민주화 운동의 해석적 패러다임 안에서 카프가 구출되어 회생했다.[1]

그러나 카프에 대한 가장 심한 비판은 보다 최근의 학자들일 것이다. 그들은 카프에 대해 소련식 사회주의 문학을 식민지 조선의 지역 상황에 적용하는 데 실패한 시도로 해석하고 있다. 1994년에 출간된 영향력 있는 책에서 브라이언 마이어스는, 한설야와 이기영, 그 밖의 자기 고백적 프롤레타리아 작가의 작품이 사회주의적 의도와 실제 내용 사이의 심한 불일치를 드러낸다고 주장했다. "프로 문화운동 초기의 이 이른바 신경향파 단계의 작품에서는 마르크스주의 이데올로기의 의미 있는 반영을 발견하기 어렵다. 이 시기에 쓰여진 대부분의 작품들은 당대 한국의 '부르주아' 자연주의 같은 민족중심적 애국주의와 반산업주의의 특징을 드러냈다."[2] 마이어스에 의하면, 카프는 명목상 한국문학과 예술에서 정통적 마르크스주의를 지지하고 선전하려 했지만, 여러 요인들 — 무능과 이데올로기적 곡해 등 — 이 결합되어 그런 실패에 이르게 되었다. 그 대신 우리가 카프에서 발견하는 것은, 농민의 삶의 순수성에 대한 향수에 의해 견지되는 반식민지적·반근대적 감정들의 혼합물이다. 최근에 타티아나 가브로셴코는 마이어스의 견해 공감하면서, 북한 공산주의 정권이 출현

---

1   냉전시대 동안의 남한의 문학 연구에 대해서는 조연현, 『한국현대문학사』(성문각, 1973)와 김우종, 『한국현대소설사』(성문각, 1978) 참조. 카프에 대한 북한의 변화하는 역사적 설명에 대해서는 박종원 외, 『조선문학사 19세기말~1925』(과학백과사전출판사, 1980)와 류만, 『조선문학사 8 — 1926~1945』(사회과학출판사, 1992) 참조. 김재용은 북한문학사에서 "항일혁명문학"을 앞세워 카프의 기억을 공식적인 기록에서 삭제한 것은 1963년부터임을 언급하고 있다. 김재용, 『북한문학의 역사적 이해』(문학과지성사, 1994) 157쪽. 민주화 이후의 남한 학계의 연구에 대해서는 김재용 외, 『한국 근대민족문학사』(한길사, 1993)와 김윤식·정호웅, 『한국소설사』(문학동네, 2000) 참조.

2   Brian Myers, *Han Sŏrya and North Korean Literature : The Failure of Socialist Realism in the DPRK*, p.17.

하기 전에 "한국에는 공산주의 지식인 전통이 확립되어 있지 않았다"고 주장했다. 가브로센코에 의하면, 카프가 마르크스주의의 생생한 이론적 참여에 실패했음을 요약적으로 보여주는 것은 이기영이다. 이기영은 "프롤레타리아 작가로서의 자기 묘사에도 불구하고, 전통적인 감성과 전근대적 농민생활의 거친 이상화의 성향을 지닌 '농민작가'의 모습 거의 그대로였다."[3]

제4장에서는 카프의 문화적 경험을 보다 포용적으로 해석하려 시도하면서, 카프의 비정통적인 문학생산을 그것을 발생시킨 특수한 역사적·사회적 맥락에 위치시킬 것이다. 카프작가들은 어떻게 마르크스주의 이론을 자신들의 창조적 실천 속에서 개인적·집단적으로 해석하고 적용했는가? 어떤 가변적 요인들이 그들의 변화하는 해석에 영향을 미치고 조건을 부여했는가? 이런 질문들을 탐색하면서, 나는 카프 작가들의 문화적 번역자로서의 역할을 강조해야 한다고 믿고 있다. 우리는 특히 "프롤레타리아"의 국제적 사회주의 개념을 한국의 변화하는 사회적·문화적 상황 내에서 이해하려 노력했던 방법들에 초점을 맞춰야 할 것이다. 프롤레타리아 문학은 정의상 프롤레타리아의 관점을 반영하는 문학이다. 그러나 "프롤레타리아"의 실제적 참조틀은 역사적으로 큰 가변성을 나타냈으며, 그것을 이해하는 것은 한국의 비평가와 작가들 모두에게 하나의 도전을 뜻했다.

---

3    Tatiana Gabroussenko, *Soldiers on the Cultural Front* : *Development in the Early History of North Korean Literature and Literary Policy*, p.167.

# 신경향파 문학과 프롤레타리아적 그로테스크

이른바 '신경향파'라는 산업화 이전의 식민지에서 쓰여진 초기 카프 문학은, 일견 이데올로기적 의식을 지닌 프롤레타리아 문학보다는 단순한 빈민들의 이야기로 보인다. 그러나 이 초기 사회주의 문학은 마르크스주의보다는 주로 아나키즘에서 영감을 얻고 있었다. 신경향파의 역사적 의의는 사회주의가 선전되며 한국에서 발생한 인식론적 혁명에 문학적 표현을 부여한 데 있다. 신경향파 문학의 작가는 빈민들을 불행한 사회적 패배자에서 불의한 사회체계의 전복적 희생자로 회생시켰다. 빈민들을 계급의 렌즈로 바라보며 식민지 조선의 가난을 재해석함으로써, 카프 작가는 노비, 농촌 노동자, 공장 노동자를 잘 보이지 않는 대중에서 압축적이며 보다 인식가능한 프롤레타리아로 효과적으로 전환시켰다.

초기 사회주의 문학의 공식적인 명칭은 박영희의 「신경향파 문학과 그 문단적 지위」[1925]에서 유래했다. 이 글에서 박영희는 근래에 발표된 공통된 특징을 지닌 일단의 문학작품에 대해 논의했다. 즉 "주인공은 모두가 새 생활을 동경하는 개척아였으며, 그가 부르짖는 선언은 모두가 생활에 대한 진리의 계시이다". 박영희에 의하면, 이 새로운 흐름의 작가들은 전부 폭넓게 이해된 어떤 사회적 대의를 지닌 사람들로 보여진다. "[그들은] 스스로가 현 사회 제도에서 고민하여 그곳에서 생기는 불법과 폭행에 대한 파괴와 또는 불평을 절규하며, 따라서 그들은 무산적 조선을 해방하려는 의지의 백열을 볼 수 있었다." 이 글은 카프의 사실상의 선언서de facto manifesto로서 제공된 것이었다. 특히 "형식보다는 절규에, 묘사보다도 사실 표현에, 미보다도 역力에, 타협보다도 불만에" 우선권을 부여할 문학

적 세력의 도래를 알리고 있었다.[4]

박영희의 선언문 뒤에는 노동계급 조선인의 궁핍과 절망, 자발적 반항이 묘사된 이른바 "빈궁과 살인의 이야기"가 있었다. 「가난한 사람들」, 「전투」, 「살인」, 「광란」, 「기아와 살육」 같은 제목과 함께, 그런 이야기들은 사무원과 공장 노동자, 일용 노동자, 실직자 지식인, 청년 학생, 농민, 매춘부 등의 일상 투쟁을 재현했다. 그 같은 인물들은 흔히 개인적으로 방화나 살인을 계획하고 실행하면서, 착취적 마름과 부유한 지주, 일본인 공장주, 식민 관헌 등의 억압자들에 대항한다.[5]

이런 계급투쟁의 사회주의적 주제는 빈번히 민족투쟁의 반제국주의적 주제와 중첩되었다. 예컨대 박길수의 「땅 파먹는 사람들」[1925]은 일본인 정착자들에게 땅을 빼앗긴 식민지 농민의 곤경을 다루고 있다. 마찬가지로 최서해의 「탈출기」[1925]는 민족적 차별로 땅을 가질 수 없는 간도 이주민의 추락의 운명을 자세히 그렸다. 그러나 신경향파 소설들 중에는 사회주의적 국제주의를 제시한 작품도 있었다. 예컨대 송영의 「용광로」는 조선인 남성 노동자와 일본인 여성 동료 사이의 사랑의 이야기를 들려준다.

신경향파 소설의 여러 일반적 특징을 보여주는 것은 이기영의 초기 소설 「가난한 사람들」[1925]이다. 일기 같은 고백적 서사로 쓰여진 이 소설은 수년 동안 일본에서 방황하다 국내로 돌아온 학생 성호라는 자전적 인물

---

4  박영희, 「신경향파 문학과 그 문단적 지위」, 『개벽』, 1925.12. 『박영희 전집』 3, 영남대 출판부, 1997, 121~122쪽.
5  김기진, 「붉은 쥐」, 『개벽』, 1924.11(실직자 지식인과 일용노동자). 이익상, 「광란」, 『개벽』, 1925.2(사무원). 송영, 「늘어가는 무리」, 『개벽』, 1925.7(공장 노동자). 이기영, 「가난한 사람들」, 『개벽』, 1925.5(실직자 지식인). 최학송, 「기아와 살육」, 『조선문단』, 1925.6(농민), 최승일, 「두 젊은 사람」, 『개벽』, 1925.8(매음녀), 주요섭, 「살인」, 『개벽』, 1925.6(매음녀). 박길수, 「땅 파먹는 사람들」, 『개벽』, 1925.7(농민의 아들). 학송은 최 서해의 필명임.

에 초점을 맞추고 있다. 그는 지금 취직난 때문에 생계가 어려워진 상태에서 아내와 함께 지방의 마을에 살고 있다. 가난과 굶주림, 절박한 취직의 욕구 속에서 성호는 서울에 있는 친구에게 도움을 청하는 편지를 보낸다. 그리고 그는 또 다른 친구의 집을 방문하는데 거기서 반인종주의 파업에 참여한 이유로 해고된 순사 출신의 청년을 만난다. 집에 돌아온 성호는 아내가 울고 있는 모습을 보게 된다. 아내는 부유한 육촌 형에게 쌀을 꾸러 갔다가 문전타박을 당했다는 말을 들려준다. 그 얘기를 들은 성호는 분노를 터뜨리는데, 이때 화자가 계급투쟁의 언어로 개입해 성호의 좌절을 분석적으로 전해준다.

> 그 형님과의 사이를 면도로 싹 베어 논 것 같은 무엇이 있다. 그는 분명히 계급의식이었다. 있는 자와 없는 자의 편이 남극과 북극 같이 상거가 떠어 있는 자본주의 시대의 절정이 지금이다. 비록 친자형제간이라도 있고 없는 그 편을 따라 갈리었다. 그러므로 윤기보다 계급의 적대이다. 이 까닭에 친자형제간에 살상이 있고 구수가 되지 않는가? (…중략…) 오직 유무가 서로 싸워서 지든지 이기든지 승부를 다룰 것이다. 그러나! 계급투쟁이다![6]

이어서 곧 성호는 그의 취직 부탁에 부정적인 답변을 담은 친구의 봉함엽서를 받는다. 바로 그 순간 마침내 한계점까지 몰린 성호는 살인적인 광포함이 깃든 무서운 시각성의 희생자가 된다. 그는 악몽 같은 환각에 사로잡힌다. 그의 환각 속에서 집안의 여성들은 미쳐서 고리대<sup>고리대금업자</sup>를 식칼로 산멱을 찔러 죽게 하며 난폭해진다. 격노한 광기 속에서 여

---

6    이기영, 「가난한 사람들」, 위의 책, 80쪽.

성들은 또한 자신들의 간난애들을 땅에 내던져 숨이 끊어지게 한다. 앞마당에서 기고 있는 "영아의 송장은 마치 털 안 난 참새 새끼가 떨어져 죽은 것같이 처참하게 한 아이는 모가지가 부러지고 한 아이는 창아리가 터졌다. 문 앞에는 구레나룻이 난 무서운 송장[고리대금업자]이 눈을 흘기고 이를 앙당그려 물고 피를 동이로 쏟고 누웠다".[7] 악몽에서 깨어난 성호는 악의 세계에 복수하려는 욕망을 불태우며 갑자기 거친 질주를 시작한다.

「가난한 사람들」의 특징은 "프롤레타리아적 그로테스크"의 사용, 즉 "미학적으로 의도된 충격"과 노동계급 빈곤의 총체적 묘사에 있다. 프롤레타리아적 그로테스크는 마이클 데닝이 만든 신조어이다. 이는 대공황 이후의 빈곤과 인종적 폭력, 파시즘의 발호 같은 불편한 현실을 묘사하기 위해, 1930년대 미국 좌파 작가들이 반리얼리즘적·아방가르드적 그로테스크 미학을 전유한 것을 말한다.[8] 1920년대 동안 그와 비슷한 수사학적 장치가 한국과 일본에서 인기를 얻고 있었다. 「가난한 사람들」 외에도 그로테스크한 이미지는 초기 한국 프롤레타리아 문학에서 많이 발견된다. 예컨대 이기영의 「실진」[1927]에는 "더러움, 추함, 가난"이 도시의 화려함 속에서 눈에 거슬리는 요소로 작품 안에 동거하고 있다. 또한 최승일의 「걸인 텐둥이」[1926]에서는 "거지의 화상 입은 얼굴이 시체의 부패한 얼굴"처럼 보여진다. 김기진의 「붉은 쥐」[1924]에서는 두개골이 깨어지고 창자가 튀어나온 굶주린 혁명론자의 시체가 그려진다.[9] 이런 현상은

---

7    위의 책, 84쪽.

8    Michael Denning, *The Cultural Front : The Laboring of American Culture in the Twentieth Century*, Verso, 2000, pp.122~123.

9    이기영, 「실진」, 『동광』, 1927.1. 최승일, 「걸인 텐둥이」, 『조선일보』, 1926.1.2. 김기진, 「붉은 쥐」, 『개벽』, 1924.11.

특히 일본에서 공부한 작가들에게서 특징적이었다. 일본에서는 프롤레타리아 문학의 출현이 신감각파의 아방가르드 혼성으로 대표되는 실험적 모더니스트 예술의 등장과 일치하고 있었다. 미리엄 실버버그는 제1, 2차 세계대전 사이의 일본 대중문화 연구에서, 당대의 문화적 코드 그로테스크와 사회적 불평등성 간의 빈번한 제휴를 언급한다. 즉 그녀는 그로테스크 미학과 걸인·부랑자 등 영락한 사람들의 생활상과의 관련성을 발견한다.[10] 수사학적 전략으로서 프롤레타리아 그로테스크는 독자들이 일상적 안위에서 벗어나 충격을 받게 하면서, 고착된 사회적 위계가 만든 자본주의 발전의 비극적인 인간적 대가와 마주치게 한다.

상당수의 비평가들은 신경향파 문학이 이론적인 정교함을 감지하지 못했다는 이유로 멀리해왔다. 신경향파 문학은 흔히 마르크스주의 이론의 초보적인 이해만을 드러내며, 유산자/무산자의 대립을 넘어선 현대 자본주의의 변증법적 기제를 거의 반영하지 못했다고 평가된다. 그와 함께 비평가들이 지적하는 것은, 신경향파의 주인공들이 자주 개인적인 복수를 실행하며, 투쟁 중에 다른 노동자와 연대하는 보다 보편적인 사회주의적 실천을 방기한다는 점이다. 그 같은 이유로, 공감적인 비평가마저도 이 문학을 악화된 일반적 물질 조건에서 큰 사상적 영감이 없이 "자연발생적으로" 나타난 소박한 "빈궁문학"으로 간주해왔다.[11]

---

[역주] 주인공 형준은 극한적 상황에서 거리의 행인이 쥐처럼 보이는 환각을 느끼며 총을 쏘다가 순사에게 쫓기게 된다. 그는 소방차에 치어 붉은 쥐처럼 두개골이 깨어지고 창자가 튀어나온다.

10  Miriam Silverberg, *Erotic, Grotesque, Nonsense : The Mass Culture in Japanese Modern Times*, University of California Press, 2009, pp.29~30.

11  앞에서 언급한 마이어스와 가브로센코의 연구에 덧붙여서 김윤식·김현, 『한국문학사』 (민음사, 1984), 160~163쪽과 김재용 외, 『한국 근대 민족문학사』, 315~332쪽을 볼 것. 한 권의 책으로 된 드문 신경향파 연구 중에서 박상준 역시 신경향파 시기를 "진정

실제로「가난한 사람들」같은 작품에는 마르크스주의의 피상적인 영향만이 보이기 때문에, 그런 평가는 얼마간 인정될 수 있다. 이기영의 서사적 전개는 특히 그 같은 추상성을 잘 드러낸다. 앞의 작품 요약에서처럼, 성호가 육촌 형수의 도움의 거절에 분연히 반응하는 장면에서 작가는 마르크스주의적 계급의식과 계급투쟁의 용어를 이야기의 핵심에 바로 주입한다. 하지만 그 순간의 사회주의적 수사학은 여전히 추상적이고 고백적 서사의 나머지 부분의 구체성과 잘 맞지 않는다. 더욱이 성호는 "친족관계"를 파괴하는 힘으로 느껴지는 계급투쟁의 개념을 안타까워하는 것처럼 보인다. 이는 보다 정통적인 마르크스주의 주인공이 계급투쟁과 프롤레타리아 혁명의 대의를 열광적으로 포용하리라는 기대와 충돌한다.

그러나 조금 다른 관점에서 볼 때, 이기영의 마르크스주의 이론의 불안한 이해는 곧바로 "단순성"과 "이데올로기적 미숙성"[12]의 징표로 파악돼서는 안 된다. 이기영과 다른 신경향파 작가들은, 이 단계에서 마르크스주의를 향해 단지 신호만 보내면서 어설픈 사상적 진술을 단순하게 제공한 것이 아니다. 그와 달리 빈부의 적대감과 개인적 반항의 폭력적 결말은, 1920년대 전반까지 한국에 헤게모니적으로 잔존했던 사회주의에 대한 아나키스트적 해석의 유산이었다.제2장을 볼 것. 마르크스주의 이론에 비해 아나키즘의 패자looser의 교리는 신경향파 작가들의 요구를 이론적으로 더 잘 만족시킬 수 있었다. 왜냐하면 작가들은 산업노동자뿐 아니라 도시 일용 노동자, 농민, 여성, 가난한 지식인, 그리고 식민지 조선인 일반의 이해를 주장하기 위해, "무산자"라는 모호한 개념을 전개할 수 있었기 때문이

---

한" 프로문학에 앞선 단순한 이행기적 단계로 보는 관습적인 해석을 비판하고 있다. 박상준,『한국 근대문학의 형성과 신경향파』, 소명출판, 2000, 151~153쪽.

12    김재용 외,『한국 근대 민족문학사』, 위의 책, 292쪽.

다. 또한 산업적 테러의 아나키스트적 옹호는 1919년의 일본의 폭력적 진압 이후 널리 퍼진 복수의 감정에 조응했기 때문에, 소박한 카타르시스를 통해 자연스럽게 조선인에게 대중적 호소력을 지녔다.〈그림 4.1〉

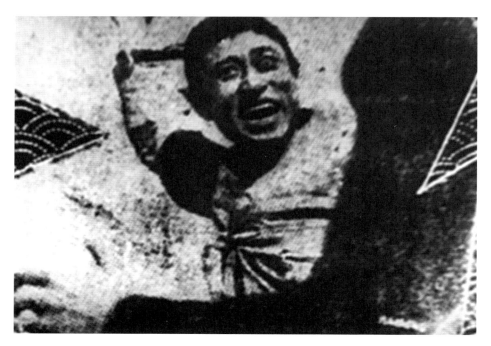

〈그림 4.1〉 나운규의 전설적인 영화 『아리랑』의 잔존하는 희귀한 스틸. 폭력적인 저항을 재현한 점에서 이 영화는 이기영의 「가난한 사람들」 같은 초기 신경향파 문학에 조응하고 있다.(한국영상자료원 제공)

다음 절에서 볼 것처럼, 아나키스트 문학은 1920년대 중반 카프와 그 회원들이 마르크스주의로 전환됨에 따라 점점 인기를 잃었다. 오늘날에 조차 신경향파 문학에 대한 마르크스주의적 비판은 남한 문학사가들 사이에서 널리 공유되고 있다. 그러나 지금의 시점에서 아나키즘을 재조명하게 되면, 당시의 문화적 맥락에서의 신경향파 문학의 담론적 효과를 재평가할 수 있게 된다. 「가난한 사람들」 같은 작품에 스며있는 적대감과 긴장은 20세기 초 한국의 가난에 대한 공적 개념에 일어난 중요한 인식론적 혁명의 징조이다. 많은 격언<sup>"부자는 하늘이 내린다"</sup>과 역사적 자료들이 암시하듯이 전통적 한국에서 가난은 개인 자신의 책임으로 간주되었으며, 이는 국가적 빈궁을 흔히 통치 군주의 도덕적 결함에 결부시키는 유교적 관점과 맥락을 같이했다. 서구적 자유주의의 새로운 헤게모니적 담론에서도 가난은 자주 개인적 책임으로 보여졌으며, 개인의 근면한 자기 계발에 의해 극복될 수 있다고 여겨졌다. 반면에 신경향파 문학에서는 가난이 불평등한 사회체계의 불가피한 산물이라는 새로운 의미를 얻었고, 불평등한 상황이 계속되면 점점 더 악화될 뿐인 불행으로 나타나고 있었다. 그처럼 가난이 내재된 복합적 기제를 지닌 사회적 재생산의 현상으로 다시 개념화됨으로써, 가난한 상황은 비로소 반항의 이유가 될 수 있었고, 작가의 미학적 재현의 가치 있는 주제가 될 수 있었다. 그런 측면에서 그로테스크한 이미지의 빈번한 사용은 다시 작가의 사회적 메시지를 확대시키는 역할을 하게 되었다. 신경향파의 절박한 반항은 세련되지 못하게 묘사되었을 수 있지만, 그것을 통해서도 소설들은 당시의 인식론적 전환을 강력하고 효과적으로 알릴 수 있었다.

　신경향파 문학은 새로 형성된 프롤레타리아 문학 집단에게 곧바로 카프 문학생산의 첫 번째 물결로 인식되었다. 이기영과 최서해, 송영 같은 작가는 노동계급 조선인의 삶을 전해주면서, 특권적 엘리트에 초점을 맞췄던 이전의 문학을 넘어서서 근대문학의 주제적 영역을 확대했다. 그러나 카프 작가들은 대중운동을 고취하고 추동할 문학을 생산하려 애씀으로써, 아나키즘의 교리적 단순성으로부터 보다 체계적인 마르크스주의의 혁명적 전망으로 이동하기 시작했다. 다음 절에서 우리는 카프 비평가들이 이후로 문학 생산물이 마르크스주의 교리에 더 가까워지도록 어떻게 노력했는지 검토할 것이며, 그런 움직임이 작가들의 창작적 실천에 어떤 충격을 주었는지 살펴볼 것이다.

## 우화적 이야기에서 노동 르포르타주로

1927년 1월 박영희는 카프 문학에 보다 명확한 마르크스주의를 주입하라는 새로운 비평적 지침을 공개했다. 그는 「투쟁기에 있는 문예비평가의 태도」에서 프롤레타리아 문학작품의 새로운 기준을 확립하려 모색하면서, 프로 문학의 정의에 대해 묻는 말로 글을 시작했다.

> 프로 문예라는 것은 어떠한 것인가? (…중략…) 물론 무산계급을 주제로 하며 노동자를 주제로 한다는 것은 그렇다고 말하는 것보다는 자연히 그렇게 되는 것이다. 그러나 그것을 주제로 한다고 프로 문예라고는 말하기 어려운 것이다. 어찌해서 노동자의 생활을 묘사하는 것으로써 프로 문예라면 벌써 오래 전 자연주의적 시대의 작품이 얼마나 많이 노동자를 주제로 한 것이 많았으며 따라서 얼마나 많이 프로 문학이었던가? 진정한 프로적 문예는 현대 무산계급의 생활에서 유동하고 있으며 절규하는 계급의식으로부터 나오는 무산계급의 XX[투쟁]와 그 XXX[역사적 방향을] 지시하는 것이라야 한다는 것은 오래전부터 필연적 모토가 되어 있는 것이다.[13]

---

13  박영희, 「투쟁기에 있는 문예비평가의 태도」, 『조선지광』, 1927.1. 『박영희 전집』 3, 영남대 출판부, 1997, 187~188쪽.

이 단락에서 주목되는 것은 박영희가 프롤레타리아의 해석에서 무산자를 노동자로 대체하고 있는 점이다. 영어 "labor"처럼 한국어 노동자는 산업노동자와 일용노동자를 가리키며 농민이나 다른 전통적인 하층계급은 제외한다. 박영희는 또한 미래의 "진정한 프로적 문예"를 한계를 지닌 선배들의 문학과 차별화하고 있다. 이전의 프롤레타리아 소설이 가난한 조선인의 참상과 분노의 묘사에 초점을 맞췄다면, 미래의 사회주의 문학은 완숙한 마르크스주의의 역사적 전망 안에서 계급의식을 보다 잘 재현할 것이다. 당시에 많은 카프 회원들이 제한된 마르크스주의 이론의 지식을 갖고 있었기 때문에, 박영희는 또한 작가들이 새로운 가이드라인에 쉽게 응할 수 있게 보다 많은 실제적 지침들을 제공했다. 특히 그는 신경향파의 "절망적이며 개인적인" 결말을 보다 "성장적·집단적"인 결말로 대체할 것을 주문했다.[14]

박영희가 신경향파의 "자발적" 문학을 넘어설 것을 촉구한 것은 한국 사회주의 운동의 마르크스 레닌주의 주류 노선에 부합하는 것이었다. 박영희는 비평적 지침을 체계화하면서 아오노 수에키치의 「자연생장과 목적의식」에서 논의를 끌어왔다. 일본의 비평가 아오노는 「자연생장과 목적의식」에서 이렇게 주장했다. "자연생장"의 프롤레타리아 문학은 노동자의 묘사에만 만족할 테지만 진정한 프롤레타리아 문학은 "객관적 의식" — 즉 묘사된 계급투쟁의 사회적·역사적 의미의 인식 — 을 보여줘야 한다.[15]

---

14    박영희, 「신경향파 문학과 무산파의 문학」, 『조선지광』, 1927.2. 『박영희 전집』 3, 위의 책, 205쪽.

15    靑野季吉(아오노 수에키치), 「自然生長と目的意識」, 『文藝戰線』, 1926.9. 아오노 수에키치 외, 조진기 역, 『일본 프롤레타리아 문학론』, 태학사, 1994 참조. 아오노는 뛰어난 비평가이자 레닌의 『무엇을 할 것인가?』의 번역자였다. 그는 자신의 글에서 레닌의 이

그런 이론적인 진술을 한 후에, 박영희와 카프는 곧바로 몇몇의 아나키스트 회원을 추방하는 구체적 절차를 밟았다. 많은 구 아나키스트들은 그런 분리의 과정에서 자신의 신념을 마르크스주의로 전환시켰다. 이는 주로 사회적 변혁을 추구하는 방식으로 개인행동보다 집단적 조직이 효과적이라고 생각한 때문이었다. 1927년 말까지 카프는, 포괄적인 사회주의 문학 친교 단체에서 조선 전역과 도쿄에 넓은 지국 연대망을 지닌 엄격한 ML주의마르크스 레닌주의 문화 동맹으로 재조직되었다.

박영희의 비평적 지침은 이후 수년 동안 카프문학의 생산에 근원적인 영향을 주었으며, 작가들은 마르크스주의 전망을 식민지 조선의 지역 현실에 효과적으로 적용할 문학생산을 모색했다. 이 시기를 빠르게 반영한 카프문학의 대표적인 예는 이기영의 「호외」[1927]였다. 이 소설은 공장에서 일어난 사건을 활기차게 얘기하는 제철소 노동자 집단의 모습으로 시작된다. 이 소설이 밝히고 있듯이 노동자들은 모두 비공식적 노동조합의 회원들이었다. 그날 그들은 감독의 스파이로 의심되는 비노조원 원식이 성득이라는 겁 많은 노동자를 괴롭히는 것을 구해주었다. 같은 날 저녁 그들이 노조 모임을 위해 모였을 때 성득은 뜻밖에 모임에 참여해서 동료들에게 고맙다고 말했다. 노동자들은 성득을 따뜻하게 환영하면서 함께 강연회 계획을 세웠다. 그리고 최근 앓아누운 회원에 대해 걱정하며 임박한 이웃 전기회사 파업 지원을 논의했다. 다음 날 원식과 싸웠던 노

론을 직접적으로 문학 창작의 정치적 행동에 적용시켰다. 일본에서 아오노의 이론은 후쿠모토 가츠오의 일본 사회주의 운동 내에서의 마르크스주의 정통성 확립 논의에도 부응하고 있었다. 그런 논의는 제3전선파로 알려진 젊은 활동가 집단의 귀환에 의해 한국에 소개되었으며 박영희는 1927년 중반에 제3전선파를 카프에 가입시켰다. 아오노와 박영희의 문학 이론에 대한 보다 자세한 비교 연구는 조진기, 『한일 프로문학론의 비교연구』(푸른사상, 2000), 44~51쪽 참조.

동자들은 감독에게 호출되었고, 감독은 폭력을 사용했다는 이유로 즉각 그들을 해고했다. 노동자들이 공개적으로 항의를 표시했을 때 성득은 용기를 내어 그들을 응원하는 말을 해주었다. 성득의 말은 원식의 뒤를 캐며 흥분한 동료 노동자들에게 감화를 주고 마음을 움직였다. 이 소설은 그날 저녁의 "호외"로 끝나는데, 호외는 제철소의 파업과 함께 같은 저녁의 전기회사 파업을 보도하고 있다.

「호외」는 이기영의 가장 인상 깊은 노동투쟁의 묘사 중 하나이긴 하지만, 또한 이 소설은 1920년대 말에 많은 카프문학에 영향을 끼친 추상성과 고답성의 상징이다. 예컨대 이 소설의 첫 장면은 인물들의 이름을 말하지 않은 채 키와 나이, 외모 등의 신체적 특징을 약간씩 말하며 서로를 구분한다. 이야기의 많은 부분은 "착취"나 "계급의식", "파업", "투쟁" 같은 마르크스주의 용어로 된 산발적인 대화들로 구성되어 있다. 여기서의 몇몇 마르크스주의적 용어들은 원본에서는 방점으로 강조되어 있기까지 하다. 또한 심지어 어떤 노동자는 부르주아와 자본축적과의 모순적 관계를 예로 들며 "유물 변증법"을 언급한다. 즉 축적은 "부르주아를 살찌게" 하지만 프롤레타리아 혁명을 유발시켜 궁극적으로 그들 자신의 "무덤을 파게" 만든다.[16] 소설의 이야기는 계급의식을 반복적으로 나타내고 있으며, 노동자들은 파업 중의 그들의 자아각성을 종교적인 현현에 비유한다. 소설의 플롯이 마지막 저항을 향해 구성됨에 따라, 첫 장면의 노동자의 발걸음은 미리 결정된 역사적 승리를 향한 프롤레타리아의 상징적 행진으로 전환된다.

「호외」 같은 소설은 '계급의식의 우화'로 가장 잘 논의될 수 있을 것이

---

16   이기영, 「호외」, 『현대평론』, 1927.3, 193쪽.

다. 이런 소설들은 마르크스주의의 깊은 비법을 숙달하기 위한 작가의 시도이며, 교훈적이고 얼마간 지나치게 단순화되어 있다. 그런 식의 이야기는 교리적인 교훈을 전달하지만 노동 행동주의의 현실을 좀처럼 생생하게 재현하지 못한다. 이 같은 특징들은 캐터리나 클락이 말한 교리적인 소설에 대한 설명에 상응한다. 클락은 사회주의 리얼리즘의 미학적 교리에 따른 소련 소설을 "역사에서 마르크스 레닌주의를 연습하는 우화"[17]로 읽으라고 말했다. 소련의 경우에서처럼, 1920년대 말의 카프 작가들은 그들의 소설이 독자에게 마르크스주의 교리를 교육시키기 위한 공론장으로 기능하길 원했다.

이 시기의 카프문학을 통괄하는 눈에 띄는 특징은 현실의 추상화와 양식화였다. 예컨대 「호외」의 첫 장면은 집단적인 계급적 정체성을 강조하기 위해 인물들의 개인성을 모호하게 하고 있다. 이 소설은 또한 노동자들이 어떤 공장 지대에 살면서 "제철소"에서 일함을 알게 할 뿐 배경을 불분명한 상태로 남겨둔다. 「호외」 같은 소설에서는 개인성과 세부묘사가 부족한 반면, 프롤레타리아적 숭고의 서사 공간의 구성이 주목된다. 여기서는 노동자의 생활세계가 마르크스주의 이론의 이상으로 증류되고 있다. 이진경이 언급했듯이, 그런 소설에의 마르크스주의 수사학은 "[노동자의] 신체와 생활의 물질성을 노동과 생산, 혁명의 추상 세계에 집어넣어 구체성이 부재한 상태로 만든다".[18]

우화적인 추상적 서사는 다른 어떤 시기보다 1920년대 후반 카프문학에서 더 특징적이었다. 예컨대 김영팔의 「어떤 광경」[1927]은 「호외」의 이상주의와 비슷한 또 하나의 노동 파업 소설이다. 조명희의 유명한 「낙동

---

17    Katerina Clark, *The Soviet Novel : History as Ritual*, Indiana University Press, 2000, p.9.
18    Jin-Kyung Lee, "Performative Ethnicities", p.115.

강」[1927] 역시 한국의 역사를 태동에서부터 현재의 사회적 행동주의까지 세세히 전하는 성전聖傳 같은 서사를 열고 있다. 또한 이기영의 풍자소설 「광명을 찾아서」[1930]는 부르주아 집주인에 대한 "프롤레타리아" 쥐의 승리를 묘사하며 우화적 서사를 따르고 있다.[19]

그러나 한국의 소설들은 스탈린 정권의 경직화 이후 사회주의 리얼리즘이 국가 신화의 보관소가 된 소련의 경우와 달랐다. 식민지 조선에서 사회주의적 우화는 이행기적인 장르였으며, 불만족한 작가들은 곧 이론적 지식과 지역적 현실 간의 심한 불일치를 해소하려 모색했다. 그들의 노력은 식민지 시대에 가장 오래 지속된 문학논쟁으로 이어졌다. 즉 실제적으로 카프 내외의 모든 좌파 작가들과 관련된 리얼리즘 논쟁이 계속되었다. 김기진은 1929년 「변증적 사실주의」에서 당대 프롤레타리아 문학의 박진성 부족의 문제를 말함으로써 처음 논쟁을 시작했다.[20] 김기진의 비판의 대상은 그가 카프작가의 "지적 마스터베이션"이라고 도발적으로 말한 작품들이었으며, 그는 마르크스주의 이론을 교조적인 소설로 번역하는 고집스러운 태도를 그렇게 불렀다. 김기진은 프롤레타리아 작가는 "리얼리즘의 작가여야 한다"고 논의했다.

자기의 주관을 가지고 갑을 을과 같은 것으로 보고 백을 적으로 본다는 것

---

19  조명희, 「낙동강」, 『조선지광』, 1927.7. 김영팔, 「어떤 광경」, 『조선지광』, 1927.3. 이기영 「광명을 찾아서」, 『해방』, 1930.12. 이기영의 소설은 이전의 풍자적 소설 「쥐이야기」의 속편이다.

20  김기진의 글의 제목은 1년 전 라프(RAPP, 1928~1932)가 채택한 새로운 문학정책인 "변증법적 유물론 리얼리즘"에서 직접 영감을 얻은 것이었다. 그러나 그의 박진성의 고양과 심리적 묘사의 강조가 라프의 일반적 방향과 일치된 것이긴 하지만, 김기진의 주요 초점은 새로운 소련 미학의 원안이 아니라 한국 좌파 작가들 사이의 박진성의 논쟁에 맞춰진 것이었다.

은 현실을 자기 형편에 좋도록만 억지로 휘어다 붙이는 비과학적 태도다. 그러
므로, 부르주아는 어디까지든지 그것이 부르주아로 있는 그대로 묘사하지 않
으면 안 된다. 뺨 맞는 프롤레타리아일 것 같으면 어디까지든지 뺨 맞는 프롤
레타리아로 있는 그대로를 그리지 않으면 안 된다. (…중략…) 번연히 무지무
식한 농민을 그리면서도 농민으로 하여금 프롤레타리아 경제학의 일장을 강
의케 하[는] 실패는 일소할 수가 있을 것이다.[21]

당시의 문제와 연관해 발표된 김기진의 비평에서는, 그럴듯한 프롤레
타리아 인물을 창조하는 문제란 원래의 대상 노동계급 독자층에게 선전
선동이 용이토록, 쉽게 읽을 카프문학을 만드는 일과 관련이 있었다. 이
처럼 그의 비평은 자신의 보다 넓은 논의<sup>대중화론</sup>와 결부되어 있었다.

김기진의 제안은 처음부터 카프의 젊은 급진적 지도자들의 강한 반발
에 부딪혔다. 젊은 지도층은 김기진의 논의를 보수적이고 반동적인 것으
로 간주했다.[22] 그러나 수년 후에, 창조적 창작과 비평적 수용의 면에서
일반 프로 작가들에게 경험적 현실과 박진성이 중요하게 평가되면서, 김
기진의 관점은 점차로 영향력을 얻게 되었다. 이기영은 김기진의 비평적
조언에 유념한 최초의 작가로 볼 수 있다.[23] 이기영의 「종이 뜨는 사람들」

---

21  김기진, 「변증적 사실주의」, 『김팔봉 문학 전집』 1, 62·67쪽.
22  김기진은 프로문학의 대중화를 위한 논의의 구성을 구라하라 고레히토와 하야시 후사
    오 같은 일본 좌파 비평가로부터 끌어왔지만, 그의 글의 직접적인 동기는 보다 엄중히
    개정된 치안유지법 실행(1928) 후 카프에 대한 정치적 긴장의 강화에 따른 것이었다.
    새롭게 강화된 사회주의자에 대한 경찰의 탄압은 1929년경에 카프를 거의 마비상태에
    이르게 했고, 회원들이 공개적으로 소통하는 것을 어렵게 하며 문학적 생산성을 급격
    히 하락시켰다. 그러나 그런 증가된 위협과 희생 때문에, 카프의 급진적 회원들은 더욱
    더 패배주의적 타협에 불응하기 위해 어떤 온건한 태도도 모멸하려 했다. 카프의 보다
    급진적인 젊은 회원들의 김기진에 대한 반응에 대해서는 제2장을 참조할 것.
23  또 다른 작가는 「과도기」(1929)를 쓴 한설야였다. 「과도기」는 간도로 이주했던 주인공

<sup>1930</sup>은 구체적 배경과 신빙성 있는 인물을 고착된 교리적 언어가 아닌 일
상어로 그린 점에서, 초기 프롤레타리아 우화들과는 눈에 띄게 달랐다.

이 소설은 주민들이 수 세대 동안 종이 만드는 수공업을 해온 산협의
계곡 마을에서 시작된다. 그런 마을에 전기와 전화, 자전거, (당나귀를 대신
한) 모터[24] 같은 신문명과 함께 현대식 종이 만드는 공장이 가동되기 시작
했다. 마을사람들은 처음에 새롭고 놀라운 근대 문명의 혜택을 기대하며
흥분했지만, 공장이 가동되고 매우 적은 임금만 받게 되자 실망하게 되었
다. 노동자들은 샌님이라는 별명을 지닌 알 수 없는 지식인 노동자의 지
도 아래 파업을 조직한다. 그러나 샌님은 파업 중에 곧 보이지 않게 되었
고 공장 쪽의 조치에 따라 연행되어 투옥된 것으로 그려진다. 공장 쪽에
서 일을 다시 시작하라고 명령하고 동료 중의 한 명마저 투옥되자 노동
자들은 흔들리고 분열되었다. 이 파업은 끝내 실패했지만 노동자들이 샌
님의 귀환을 기다림을 서술함으로써 낙관적 미래를 암시하고 있다. 노동
자들의 마음속에 "샌님의 뿌려준 씨는 낮으로 밤으로 싹트기 시작"[25]하고
있었던 것이다.

가브로센코는 「종이 뜨는 사람들」을 막심 고리키의 『어머니』와 비판
적으로 대조하면서, 이기영의 문학적 실천은 러시아 거장의 작품과 비교
하면 창조성이 부족하며 "표절의 위험"이 있다고 주장했다.[26] 그러나 그

---

창선이 고향으로 귀환하는 장면에서 시작된다. 창선은 공장이 들어선 고향에서 소외감
을 느끼다 마침내 자기 자신이 공장 노동자가 된다. 이 소설은 마르크스의 사적 유물론
세계관을 계급투쟁의 도식적인 이야기로 만들기보다는, 식민지 발전의 정당성을 질문
하는 데 적용하고 있으며, 그 점에서 이전의 교조적인 프롤레타리아 문학에서 벗어나
고 있다. 한설야, 「과도기」, 『조선지광』, 1929.4 참조.

24　[역주] 방아를 찧는 모터를 말함.

25　이기영, 「종이 뜨는 사람들」, 『대조』, 1930.4.

26　Tatiana Gabroussenko, *Soldiers on the Cultural Front : Development in the Early History of*

둘의 관계는 이기영이 고리키의 모범적 소설을 창조적으로 적용한 역동적인 상호텍스트성의 예에 더 가까울 것이다.[27] 우리는 「종이 뜨는 사람들」의 플롯이 『어머니』의 서두에서 착안되었다고 말할 수 있다. 즉 두 작품은 모두 통제 사이렌과 착취적 노동 일정을 지닌 노동자들의 산지옥 같은 공장에서 시작된다. 또한 이기영의 소설에서처럼 『어머니』의 서두 역시, 가족 걱정과 방종한 음주 습관 등 노동자의 일상의 흐름과 "희미한 희망의 그림자"[28]를 가져온 낯선 사람과의 우발적 조우를 묘사한다. 그러나 이런 유사성은 「종이 뜨는 사람」의 창조성을 위축시키기 보다는, 이기영이 식민지 조선의 현실 묘사에서 이전보다 한층 더 인상 깊은 성취를 이뤘음을 보여준다. 이기영의 그런 성공은 전통적 수공업에서 전환된 공장 노동자들이 경상도 방언으로 말하게 할 뿐 아니라 종이 뜨는 과정을 정교하고 세밀하게 묘사함으로써 얻어진 것이었다. 그와 함께 정신적 지주인 "알 수 없는 샌님" 자신은 교리적 언어보다는 생생한 일상적 언어를 사용하고 있다. 즉 그는 자본주의적 착취에 대한 도식적인 언어를 사용하는 대신, 미각성 노동자들이 "말하는 물건"처럼 다뤄짐을 얘기하며 계급의식의 필요성을 설명한다. 이런 장점들 때문에 「종이 뜨는 사람들」은 새롭고 보다 실험적인 프롤레타리아 문학의 본보기로 알려졌으며, 『카프 작가 7인집』[1932]에 「제지공장촌」이라는 제목으로 실려 이기영의 대표작

---

*North Korean Literature and Literary Policy*, p.75.

27  Karen Laura Thornber, *Empire of Texts in Motion : Chinese, Korean, and Taiwanese Trans-culturations of Japanese Literature*(Harvard University Asia Center, 2009), pp.218~219에서 역동적 상호텍스트성과 수동적 상호텍스트성에 대한 논의를 볼 것. 고리키는 이기영이 좋아하는 러시아 작가였는데, 이기영이 고리키를 좋아한 것은 높은 평판 때문이 아니라 자신처럼 여러 해 방랑생활을 했다는 개인적인 친화성 때문이었다. 이기영, 「이상과 노력」, 『이기영선집』 13, 풀빛, 1989, 70쪽 참조.

28  고리끼, 최윤락 역, 『어머니』, 열린책들, 2009, 12~13쪽.

에 포함되었다.[29]

「종이 뜨는 사람들」이 더 진전된 모습을 보였음에도, 박진성의 문제는 1920년대 동안 카프 작가들 사이에서 계속 중요한 관심사로 남아 있었다. 노동운동은 1920년대 말에 큰 조류를 이루었지만, 대다수의 작가들은 근대적 공장노동의 직접적 경험이 거의 없었다. 작가들은 식민지 공장에 쉽게 접근할 수 없었으며, 공장에서는 정보의 공개적 유통의 제한 속에서 노동법의 실행 없이 난폭한 혹사가 자행되었다.[30] 그 때문에 그 시기의 식민지 산업노동자에 대한 소설들은 대부분 작가의 제한된 간접적 지식에 근거해 쓰여졌다.

1930년대 초에 노동 르포르타주가 프롤레타리아 작가의 새로운 예술적 방법으로 떠오른 것은 부분적으로 그런 문제들에 대한 대응이었다. 르포르타주는 잘 재현되지 않은 사회적 배경에 대한 탐사적·실험적 보고였으며, 1920년대 동안 잡지 『별건곤』을 통해 가장 인기가 있었다. 이 잡지의 기자들은 자주 불우한 이웃 속에 뛰어들거나, 잠행을 실행하고, 빈민굴과 사창가, 아편굴을 방문하곤 했다. 그런 후에 그들의 눈으로 목격한 취재물을 탐사적 보고로 발표했다. 그 같은 보고들은 선정성 때문에 흥미로운 읽을거리가 되었지만, 또한 서울의 도시적 근대성의 취약 지역을 파헤치는 비판적 목적을 제공하기도 했다. 카프에 가담하지 않은 좌파뿐 아니라 카프작가들도 르포 장르에 관심이 있었는데, 그 이유는 이론적 전제와 문학적 실천을 쉽게 이어주는 새로운 행동주의 미학을 열어

---

29   『카프작가 7인집』은 검열에 의해 자료가 남아 있지 않지만, 이기영의 개작된 소설은 북한에서 출간되었다. 재인쇄된 「제지공장촌」(『서화 외』, 범우, 2006)을 참조할 것.

30   Carter J. Eckert, *Offspring of Empire : The Koch'ang Kims and the Colonial Origins of Korean Capitalism, 1876~1945*, University of Washington Press, 1991, p.191.

줄 것이기 때문이었다. 더욱이 부상하는 르포르타주는 1928년 코민테른의 조선문제에 대한 결정에 의해서도 격려되었다. 코민테른은 조선의 사회주의자들이 민족주의적 엘리트들과 협력하는 대신 노동자·농민과 강한 연대를 맺도록 촉구했다.[31] 카프작가들은 그 결정을 수용하면서 공장, 야학, 지하 독서회 같은 침투적인 장소를 통해 노동계급 대중에게 접근하려는 노력을 배가시켰다.[32]

이른바 "르포르타주 운동"은 크게 두 가지 방향으로 추구되었다. 한편으로 『혜성』[1931~1932], 『제일선』[1932~1933], 『신계단』[1932~1933], 『시대공론』[1931], 『부인공론』[1932] 같은 좌파 잡지들은 노동자 자신의 기고를 적극적으로 유도했다. 그 같은 전략을 도입하면서 좌파 잡지인들은 독일, 러시아, 중국, 일본 같은 다른 나라의 노동자 통신원 운동의 선례를 따랐다.[33] 다른 한편 비평가들은, 프로 작가들이 공장신문과 파업 보고서 같은 생생한 소재를 작품에 포함시키며 현장경험에 기초한 작품을 쓰도록 격려했다.[34] 그런 방식은 결과적으로 인기 있는 초현실주의적 실험 기법의 날카로운 문학적 전유를 뜻했다. 노동경험을 입증하는 재현과 외부 문서들을 포함한 작품들은 둘 다 르포르타주라는 새로운 장르가 지닌 본래의 시각적 특성을 반영한 것이었다. 테드 휴즈에 의하면, 프로 문학은 만화와 영화 같은

---

31　Dae-sook Suh, *Documents of Korean Communism, 1918~1948*, Princeton University Press, 1970, pp.243~256.

32　보다 자세한 설명은 Sunyoung Park, "A Forgotten Aesthetic : Reportage in Colonial Korea 1920s-1930s" 참조.

33　다른 나라의 르포르타주 운동에 대해서는 League of Proletarian-Revolutionary Writers, "To All Proletarian-Revolutionary Writers, To All Workers' Correspondrnts", *The Weimar Republic Sourcebook*(University of Califonia Press, 1994), pp.244~245와 Devin Fore, "Soviet Factography", *October* 118(Fall 2006), pp.3~10, Chares A Laughlin, *Chinese Reportage*(Duke University Press, 2002)와 ルポルタージュ集를 볼 것.

34　예컨대 권환, 「조선 예술운동의 당면한 구체적 과정」(『중외일보』1930.9.2~16)을 볼 것.

시각적 문화생산물의 투자와 직접성의 미학의 경향에 따라 시각적인 것의 언어적 호소에 의존했다."[35]

르포르타주 운동은 여러 결과물들을 생산해 내게 되었다. 1930~1933년의 4년 동안 조선의 잡지들은 일기와 편지, 고백의 다양한 형식으로 쓰여진 많은 증언적인 르포르타주를 발간했다. 또한 르포르타주 요소를 지닌 소설 작품은 당시 카프 작가의 작품에서 전형적인 것이 되었다. 예컨대 김남천은 평양 고무공장의 노동자 파업에 참여한 자신의 경험을 토대로 「공우회」[1932]와 「문예구락부」[1934]를 썼다. 또한 김기진은 어부들의 파업에 관한 리얼리즘 소설인 『해조음』[1930]을 창작했다. 한설야 역시 「사방공사」[1932]에서 관개공사장에서 일용노동을 하는 농민들의 생생한 모습을 그려냈다. 카프 회원이 아닌 사회주의 여성 작가 박화성은 「하수도공사」[1932]에서 하수도 노동자들의 파업에 대한 세밀한 묘사로 주목을 받았다.[36]

그와 함께 르포르타주 운동은 카프에 새로운 인재들을 불러 모았다. 당시 동아시아 최대 공장인 함흥 질소비료공장 노동자였던 이북명은, 「질소비료공장」[1932]〈그림 4.2〉, 「암모니아탱크」[1932], 「여공」[1933], 「어둠에서 주운 스케치」[1936] 같은 작품들로 가장 생산적인 성취를 이룬 르포 작가의 지위에 올랐다. 그의 소설들은 과감한 계급의식의 재현에 근대적 공장생활의 내밀한 세부묘사를 결합함으로써, 오늘날 한국 프롤레타리아 문학의 가장 생생한 작품들에 속한 것으로 인정받고 있다.[37]

---

35 Theodore Hughes, *Literature and Film in Cold War South Korea*, Columbia University Press, 2012, p.26. 테드 휴즈, 나병철 역, 『냉전시대 한국의 문학과 영화』, 소명출판, 2013, 32~33쪽 참조.

36 김남천, 「공우회」, 『조선지광』, 1932.2. 「문예구락부」, 『조선중앙일보』, 1934.1.25~2.2. 한설야, 「사방공사」, 『신계단』, 1932.11. 박화성, 「하수도공사」, 『동광』, 1932.5. 김기진, 『해조음』, 『조선일보』, 1930.1.15~7.24.

37 이북명, 「암모니아탱크」, 『비판』, 1932.9; 「질소비료공장」, 『조선일보』, 1932.5. 29~30;

<그림 4.2> 이북명의 「질소비료공장」에 삽입된 이상춘의 판화. 출전 『조선일보』, 1932.5.29.(남캘리포니아 대학 한국 헤리티지 도서관 제공)

1927~1930년대 전반에 카프문학은 추상적인 우화적 서사에서 노동 르포의 생생한 다큐와 그것에 살을 붙인 소설로 차츰 발전해 갔다. 그런 발전은 국제적인 "프롤레타리아"의 개념을 그들 자신의 살아 있는 소설 의 제재로 전환시킨 작가적 투쟁의 산물로 해석될 수 있다. 카프 지도층 이 프롤레타리아를 계급투쟁의 이상화된 주체로 묘사하길 촉구했을 때, 이기영 같은 작가들은 처음에 그런 교리적인 강요가 박진성의 요구와 조 화되기 어려움을 발견했다. 그러나 작가들은 곧 르포르타주 장르를 계발 하기 시작했으며, 조선 노동자들의 현장의 목소리로 노동 경험의 구체적

「어둠에서 주운 스케치」『신인문학』, 1936.3; 「여공」, 『신계단』, 1933.3. 이북명의 『조선 일보』에 연재된 「질소비료공장」은 식민지 당국에 의해 중단되었다. 그는 그 작품을 「초 진(初陣)」(1935.5)이라는 새로운 제목의 일본어본으로 『문학평론(文學評論)』에 발표 했다. 한국어 번역본은 「질소비료공장」, 『이북명 소설 선집』(현대문학, 2010)을 볼 것.

인 세부를 기록하려 시도했다.

　노동 르포르타주가 거의 공장이나 도시 노동자의 묘사에 초점을 맞춤으로써, 작가들에게는 조선의 노동계급의 절대 다수인 농민을 소홀히 할 위험이 있었다. 그에 따라 1930년대 초반에 카프 비평가들은 노동 르포 문학의 촉진과 함께 농민문학 논쟁에 적극적으로 참여했다. 이제 우리는 다음 절에서 카프문학 발전에서의 농민문학의 문제를 검토할 것이다.


## 농민문학과 집단적 소설

　근대문학은 서구에서 교육받은 지식인들의 생산물이었기 때문에, 지식인이 쓴 문학은 엘리트적일 뿐 아니라 도시적인 성향을 갖고 있었다. 그 같은 경향은 문학 개혁주의자들과 좌파 작가들 모두에게 해당되었다. 두 집단의 작가들은 목적론적인 역사적 전망을 갖고 있었으며, 그런 관점에서 농민들은 산업 프롤레타리아 전위와 근대 엘리트의 어둡고 후미진 "타자"로 그려졌다. 민족문학의 대의 속에서 이광수와 김동인이 전통 문화 쪽으로 전환했을 때조차도 그들은 대부분 군주나 도시의 양반에 관한 역사소설을 썼다. 따라서 농민문학이 적색 농조 운동이나 관주도의 농촌 재활운동의 맥락에서 한국 근대문학의 하위 범주로 확립된 것은 1930년대 초에 이르러서였다.[38]

---

38　적색농조운동에 대해서는 Gi-Wook Shin, *Peasant Protest and Social Change in Colonial Korea*, University of Washington Press, 1996, pp.75~113 참조. 농촌 재활운동에 대해서는 Gi-Wook Shin and Do-Hyun Han, "Colonial Corporatism : The Rural Revitalization Campaign, 1932-1940", *Colonial Modernity in Korea*(Harvard University Press, 1999) 참조.

농민문학을 둘러싼 논쟁은 1920년대 전반에 농촌 민족주의 집단에서 시작되었다. 농촌 민족주의 혹은 농본주의는, 일부는 유교와 도교의 전통적 사유에서, 또 일부는 아나키즘에서 그 영감을 가져왔다. 그들의 이상은 근대 자본주의의 부패한 권력으로부터 농촌을 보호하고 자족적인 유토피아적 농촌 공동체를 건설하는 것이었다.[39] 『조선농민』[1925~1930] 잡지의 창간자로 추정되는 이성환은 농민문학을 창조할 것을 요구했다. 이성환에 의하면, 조선은 가난한 사람들의 나라이기 때문에 문학예술 역시 가난한 사람들의 것이어야 하며 특히 농민의 것이어야 한다.[40] 그러나 그처럼 농민적 주제를 옹호했음에도 불구하고, 농본주의 문학은 농촌 생활의 추상적 지식에 의존하는 도시 지식인에 의해 쓰여지며 자주 이상화되고 전원주의적이 되었다. 그런 특징을 보여주는 초기 문학의 예는 아나키스트이자 카프 회원이었던 이익상의 「흙의 세례」[1925]일 것이다. 이 자전적인 고백적 소설은 테러리스트의 길 대신 "정직한 농부의 삶"을 선택한 남편을 따라 시골로 귀환한 지식인 부부의 이야기이다.[41] 이익상의 소설은 부부의 농촌생활의 적응이 어려움을 묘사하며 도시 거주자들의 관점과 시점을 계속 유지하고 있다. 따라서 이 소설은 농민의 생활환경과 경험을 재현하는 데는 미치지 못하고 있다. 그 점에서 오늘날의 비평가들은 이런 유형의 소설을 "농민문학"보다는 농촌문학이나 전원문학으로 분류하는 경향이 있다.

가장 유명한 농촌 민족주의 소설은 이광수의 『흙』[1932]이다.[42] 당대의 베

---

39  Gi-Wook Shin, "Agrarianism" 참조.
40  이성환, 「빈민에게로 가라」, 『동아일보』, 1923.10.20.
41  이익상, 「흙의 세례」, 『개벽』, 1925.5
42  이광수, 『흙』, 문학과지성사, 2005.

스트셀러 작가의 작품인 이 소설은, 브나로드 운동을 장려하며 학생들의 농민 교육과 농촌행을 촉구한 『동아일보』에 연재되었다. 대지를 뜻하는 『흙』은 이제까지의 비슷한 제목의 소설들 중 가장 엘리트주의적인 작품일 것이다. 소설의 주요 인물들은 모두 고등 교육을 받은 사람들이며 법률과 과학 같은 전문직종의 명망을 누리고 있다. 이 소설의 서사는 주인공 허숭의 농촌 계몽을 중심으로 전개되며, 거기에 허숭과 그의 아내<sup>윤정선</sup>, 유순<sup>옛 연인</sup> 간의 개인적인 삼각관계의 로맨스를 덧붙인다.[43] 허숭의 아내 윤정선은 부유한 근대적 여성인 반면 유순은 유교적인 정숙한 여성의 이상을 구현한 인물이다. 이 소설의 사건은 대도시 서울과 전원적인 이름의 허구적 마을 살여울 사이에서 발생한다. 그러나 배경이 바뀌어도 『흙』은 계속 도시 지식인의 관점을 재현하면서 몇몇의 보조적인 농민들을 주변적 인물로 축소시키고 있다. 이광수 같은 문화 개혁주의 농촌소설에 대한 신기욱의 비판에서처럼, "농민은 사회적 변화의 역사적 행위자가 아니라 농촌의 가난을 근절하기 위해 교육되고 계몽돼야 할 '대상'일 뿐이다".[44] 이 소설은 당시에 유려한 묘사와 농촌 계몽의 옹호로 높은 평가를 받았다. 그러나 이 작품은 주제적으로나 미학적으로, 근대 한국 문화에서 농민의 생활무대가 매우 소외되고 불편한 장소임을 확인시켜줄 뿐이었다.

농촌 민족주의 문학과는 별도로, 1920년대에는 농촌의 역사적·사회적 상황을 보다 면밀히 조망한 소설도 나타나고 있었다. 나도향의 「물레

---

43   [역주] 흙의 주인공 허숭은 농촌 출신의 고학생으로 살여울의 유순과 서울의 부잣집 딸 윤정선 사이에서 갈등하다 정선과 결혼한다. 허숭은 결혼 후에도 농촌 계몽운동을 계속한다.

44   Gi-Wook Shin, *Peasant Protest and Social Change in Colonial Korea*, p.87.

방아」[1924]와 「벙어리 삼룡이」[1925]는 억압적 사회에서의 개인적 해방이라는 사회주의적 주제를 표현하며 농촌 노동계급 인물의 금지된 성적 로맨스를 그려냈다. 또한 최서해는 「홍염」[1927]에서 간도 이주 조선 농민의 물질적 곤경을 묘사했다. 이기영은 「민촌」[1926]과 「원보」[1928]에서 식민지 근대화 과정에서의 농민의 소외를 보여주었다.[45] 이 좌파 작가들의 소설은 모두 사회주의적 영감을 드러내고 있었으며, 그 점은 작품에 연관된 삽화에서도 명백하게 나타나고 있었다[화보 9]. 그러나 농민문학의 이론적인 주제는 1920년대 카프의 비평적 관심에서 벗어나 있었는데, 그것은 일차적으로 카프가 산업 프롤레타리아에 몰두해 있었기 때문이다.

카프는 1930년대 초에 마침내 농민문학의 문제에 직면하게 되었다. 1928년 코민테른은 (사회주의자들에게 흔히 "12월 테제"로 알려진) 조선문제에 대한 결론을 발신했는데, 그 내용은 조선과 동아시아의 운동조직이 농민혁명을 옹호하라는 공개적인 선언이었다. 즉 "조선의 혁명은 농민혁명이어야 한다. (…중략…) 제국주의의 전복과 농민문제의 혁명적 해결은 발전적인 첫 단계에서 조선의 혁명의 주요 목적으로 여겨져야 한다".[46] 이런 결정의 근거는 일본의 산미증식계획[1920~1934]의 시행 이후 점점 양극화되고 있는 조선의 농촌사회 계급구조의 변화였다. 조선 농업의 수출지향적 산업화 정책은 농업자본이 소수 대규모 지주의 손에 집중되게 만들었으며, 결과적으로 자작농과 준소작농의 숫자를 감소시켰다. 그런 상황의 분석에 기초해서 코민테른은 "조선 농민은 혁명 없이는 지위를 개선할 전망이

---

45  나도향, 「벙어리 삼룡이」, 『여명』, 1925.7; 「물레방아」, 『조선문단』, 1925,9; 최서해, 「홍염」, 『조선문단』, 1927.1; 이기영, 「민촌」, 『문예운동』, 1926.5; 「원보」, 『조선지광』, 1928.5.

46  Dae-sook Suh, *Document of Korean Communism, 1918~1948*, Princeton University of Press, 1970, p.247.

없다"[47]는 판단을 내렸다. 코민테른의 결정은 이후 적색 농조운동의 직접적 자극제가 되었으며, 농민 문제의 분석은 최소한 1945년 태평양 전쟁이 끝날 때까지 동아시아 지역 전체에 영향력이 남아 있었다.[48]

코민테른의 결정을 인정한 카프 비평가들은 곧 농민문학과 프롤레타리아 문학의 위상의 문제에 대한 토론에 참여했다. 이 토론의 중심에 놓인 것은 또다시 식민지 조선의 맥락에서 "프롤레타리아" 개념을 번역하는 문제였다. 그때까지 농민문학은 프롤레타리아의 문화에서 대부분 주변적인 모퉁이로 간주되었다. 실제로 마르크스 자신이 때때로 농민 ─ 특히 유럽의 자작농 ─ 을 혁명적인 역사적 진행의 도정에 서 있는 반동적인 세력으로 여겼다.[49] 그런 관점에 반대하며, 안함광은 조선 노동계급 인구의 80% 이상에게 호소할 선전적 문학을 육성할 필요성을 논의했다. 안함광은 농민문학을 옹호하는 목소리를 내면서, 카프가 농민에게 "프롤레타리아 헤게모니" 안에서 교육을 제공해야 하며, 그와 동시에 객관적인 "역사적 맥락에서 현실을 이해"하도록 도와야 한다고 촉구했다.[50] 백철은 논쟁에 가담하며 안함광이 농민문학을 도시 프롤레타리아의 문화 헤게모니 하에 종

---

47    Ibid.

48    농민에 대한 강조는 이후 1930년에 하리코프에서 열린 IURW(International Union of Revolutionary Writers) 2차 회의의 문화 영역에서 새롭게 제기되었다. 이 회의는 일본 프롤레타리아 작가들이 보다 적극적으로 농민문학 생산에 참여하라는 충고를 통과시켰다. 나프는 그 문제에 관한 새로운 연구 집단을 설립해 회의의 충고에 따랐다. 이런 움직임은 카프에도 영향을 미쳤다. 예컨대 1931년에 권환은 IURW 회의에 대한 신문 기사를 쓰면서, 조선의 프롤레타리아 작가들이 그 결정에 유의해서 이제까지 농민을 소홀히 한 태도를 수정하는 것이 좋을 것이라고 조언했다. 권환, 「하리코프대회 성과에서 조선프로예술가 얻은 교훈」, 『동아일보』, 1931.5.14 · 15 · 17 참조.

49    예컨대 Karl Marx, "After the Revolution : Marx Debates Bakunin", *The Marx-Engels Reader*(Norton, 1978), p.543을 볼 것.

50    안함광, 「농민문학에 대한 일고찰」, 『조선일보』, 1931.8.12~13. 임규찬 · 한기형 편, 『카프비평자료총서』 4, 태학사, 1989, 302쪽.

속시키려 하는 것 같다고 비판했다. 백철은 그보다는 조선인은 구라하라 고레히토가 최근에 "농민 자신의 입장權利을 지닌 혁명적 문학"으로 이론화 한 농민문학을 옹호해야 한다고 논의했다. 그처럼 농민문학은 농민의 특수한 계급적 특성에 맞는 잠정적 자율성을 지녀야 하지만, 또한 "종국적으로는 프롤레타리아 문학에 일치되는" 운명을 갖는 것이었다.[51]

농민문학의 자율성의 인정은 창작적 실천과 구체적인 연관을 지닌 문제였다. 무엇보다도 농민은 더 이상 산업 프롤레타리아의 수동적 추종자로 재현될 필요가 없으며, 작가는 제재를 찾기 위해 "농민의 일반생활"을 연구하도록 해야 할 것이었다. 안함광은 적절한 주제로서, 농촌의 산미증식계획을 반대하고 농촌교화운동 및 유교부흥운동의 부정적 영향을 비판할 수 있다고 말했다. 더 나아가 농민문학 논쟁에서 똑같이 강조된 것은 창작 과정에 농민을 포함시킬 필요성이었다. 그 방법은 "농민통신원 모집"과 "문학서클, 야학, 청년조직 같은 곳에서 작가와 잠재적 독자의 교류"를 통해서였다.[52] 이 같은 지침들은 농민의 생활을 사회주의적 맥락에서 묘사하려는 이기영의 노력을 북돋아주었을 것이다. 그것의 결과물은 오늘날 이기영의 최고의 문학적 성취로 여겨지는 『고향』1933~1934이었다.

이기영의 소설에서 1920년대 중반~30년대 전반의 농민에 관한 묘사는 카프의 발전과정에 매우 상응하는 진화된 경로를 드러낸다. 농촌 가족의 경제적 곤경을 주로 재현하던 이기영은, 이 시기에 농민의 집단행동을 보다 공격적으로 묘사하는 것으로 발전적 변화를 보인다. 예컨대 「민촌」1925은 농민의 곤경을 그리면서도 농민 자신의 어떤 반항적 행위도 암

---

51  백철, 「농민문학문제」, 『조선일보』 1931.10.1~20. 『카프비평자료총서』 4, 325쪽.
52  인용한 내용 대해서는 위의 글과 암함광, 「농민문학 문제 재론」, 『조선일보』, 1931.10.21 ~11.5, 『카프비평자료총서』 4, 347쪽 참조.

시하지 못했다. 이 소설에서는 농민의 딸이 지주의 첩으로 팔려가도 가족들은 슬퍼할 뿐 분노를 참고 있다. 그들은 이미 스스로의 무력함과 봉건 질서에서의 비천한 지위를 뼈아프게 인식하는 듯했다. 그러나 이기영은 「민며느리」[1927]에서 보다 반항적인 여주인공을 등장시켰다. 이 소설에서 주인공 금순은 시집 식구들에게 심한 학대를 당하다가 결국에는 도망쳐서 공장노동자가 된다. 마침내 「홍수」[1930]는 농촌 마을에서의 농민조합의 탄생을 서술하고 있다. 이 소설에서 T촌의 농민들은 일본에서 돌아온 학생[박건성]을 중심으로 공동체를 재건하고 소작쟁의를 위해 농민조합을 결성한다. 그에 덧붙여, 1930년대 전반의 르포르타주 운동과 농민문학 논쟁은 이기영이 일반적 농민 묘사에서 생활 속의 인물로 전환하도록 응원해 주었을 것이다. 예컨대 1928년의 「원보」에서는 공장 노동자로부터 도움을 받는 불쌍하고 어리석은 농민이 그려졌다. 그러나 원보의 농민 형상은 1933년의 「서화」에서 돌쇠로 대체되었다. 돌쇠는 사랑에 대한 관심과 도박의 습관을 지닌 생생한 자기 의지를 지닌 농민이다.[53]

40일만에 쓰여졌다고 하는[54] 장편 『고향』은 오늘날 식민지 농민문학의 고전적 작품으로 널리 인정받고 있다.[55] 『고향』은 1933년 11월 15일에서 34년 9월 21일까지 『조선일보』에 연재되었다. 이 소설은 농촌계몽운동에 참여하려 일본에서 돌아온 김희준의 준자전적인 이야기가 주요 플롯의 하나이다. 처음에 희준은 야학을 열기 위해 마을의 농촌 민족주의[56]

---

53    이기영, 「민며느리」, 『조선지광』, 1927.6. 「서화」, 『조선일보』, 1933.5.30~7.1.
54    [역주] 이기영은 천안의 성불사로 올라가 40일 동안 묵어가며 『고향』을 썼다고 술회하고 있다. 이기영, 「나의 이사 고난기-셋방 10년」, 『조광』, 1938.2.
55    이기영은 「작가의 학교는 생활이다」(1962)에서 『고향』의 창작과정을 매우 자세하게 회상했다. 이 글은 북한의 『문학신문』에 실렸으며 부분적으로 조남현, 『이기영』(한길사, 2008) 88~92쪽에 다시 실렸다.
56    [역주] 농촌이 살아야 민족이 산다고 생각하는 우파 민족주의를 말함.

청년 조직에 가담하지만, 곧 중간계층 회원의 미온적 태도에 실망하고 만다. 그 다음에 그는 직접 농민들 속으로 들어가 어울리며 공동체적 노동에 마을 축제를 결합한 전통 상조조직 두레를 부활시키려 한다. 두레는 일단 결성되자 농민들을 단결시키고 마을의 공공 담론 공간을 만들며 노동조합의 기능을 제공하게 된다. 그해 홍수 때문에 농작물을 망치자 희준은 탐욕스럽고 악랄한 마름<sup>지주의 대리인</sup> 안승학에 대항해 소작쟁의를 이끈다. 소작쟁의가 길어지면서 희준과 농민들은 이웃 제사공장 노동자들로부터 경제적인 도움을 받게 된다. 즉 마을의 농민의 딸들과 마름의 딸 갑숙<sup>노동 행동가가 된 학생</sup>이 그들을 돕게 된다. 마지막에 안승학은 농민들의 요구를 받아들이지만, 그것은 희준과 농민들이 안승학의 딸<sup>갑숙</sup>의 "품위 없는" 행실 ─ 갑숙이 공장의 여공이 되었으며 비천한 신분의 경호와 한때 사귀었다는 사실 ─ 을 누설할까 겁이 나서였다. 갑숙의 연애 행적과는 별도로, 이 소설의 감성적 진폭은 희준의 불행한 결혼과 갑숙에 대한 사랑의 관심에 의해 풍부해진다. 희준과 갑숙은 서로 끌리는 관계임을 고백하지만 그런 감정을 넘어서서 동지로 남기로 맹세한다.

지식인이 농촌으로 돌아오는 이런 기본 플롯에 덧붙여 『고향』은 또한 몇 가지 다른 이야기들을 그리고 있다. 여기에서는 주요인물들이 충청도 방언을 사용하는 다채로운 농민들로 묘사되고 있다. 이 소설은 한 농민 가족의 소개로 시작하는데 집의 가장인 원칠은 잘 생긴 외모와 도덕적 기품으로 전설적인 관우 장군에 비유된다.[57] 원칠의 큰 아들 인동과 딸 인순 역시 활기차고 야망과 기백이 있는 인물들이며, 당대 카프소설의 프롤레타리아 주인공들과 얼마간 비슷한 방식으로 그려진다. 인동은 희

---

57 이기영, 『고향』, 풀빛, 1989, 39쪽. 관우장군은 당시에 잘 알려진 가장 인기 있는 중국 고전소설의 하나인 『삼국지』의 세 주인공 중의 한 명이다.

준에게서 진정한 지도자의 모습을 발견하지만 지식인의 후원자적 태도 때문에 소설 내내 그들의 관계가 매끄럽지만은 않다. 원칠의 가족 주변에는 또한 다양한 배경의 사람들 — 몰락 양반, 일용 노동자, 여인숙 주인, 마을의 천치 등 — 이 있는데, 화자는 각각의 가족의 내력과 개인적 특성을 자세하게 전해준다. 그들이 사는 "원터" 마을은 "본래의 장소"라는 뜻을 지니며 소설의 제목"고향"과 밀접하게 조응한다. 그래서 희준의 이야기가 여전히 중심적이지만 서사적 공간의 폭넓은 인물배치는 『고향』이 단일 주인공이 아니라 공동체의 소설임을 나타낸다.<sup>〈그림 4.3〉</sup>

〈그림 4.3〉 이기영의 『고향』에 삽입된 안석주의 삽화. 출전 『조선일보』, 1934.6.8.(남캘리포니아대학 한국 헤리티지 도서관 제공)

『고향』을 쓸 때 이기영은 인물들의 실제 모델과 접촉하기 위해 고향 천안을 자주 방문해 마을 근처의 절에 머물렀다고 한다. 그런 면밀한 다큐적인 방법은 농민의 일상이 생생하게 묘사된 요인일 것이다. 그로 인해 이기영은 식민지 근대화를 통해 점차 변화되는 전통 사회관계의 복잡성과 언어의 미묘한 색조에 세밀한 주의를 기울일 수 있었다.

『고향』은 지역 현실에서 소재를 가져왔지만, 또한 1920년대와 30년대 사회주의 문화의 국제적 급진주의에서 미학적 영감을 얻은 것이기도 했다. 창작 당시에 이기영에게 강력한 영향을 준 것은 그 시기에 일어판으로 읽은 숄로호프의 대하소설 『고요한 돈강』[1928~1940] 과 『개척되는 처녀지』[1932]였다.[58] 숄로호프의 농민소설처럼, 『고향』 역시 다중적인 사회적·개인적 전망을 통해 농촌생활을 넓은 문학적 화폭에 담으며 "원터 공동체"를 서사의 실제 주인공으로 만들고 있다. 바바라 폴리는 그런 공동체 지향적 작품을 "집단적 소설collective novel"이라고 명명하면서, 이 소설 양식을 근대 국제적 좌파 문학의 뛰어난 미학적 발명의 하나로 통찰했다. 폴리는 존 도스 패소스의 『미국』의 예를 인용하면서 집단적 소설의 장르적 특성을 이렇게 설명했다. 즉 집단적 소설은 독자가 원 소재를 생생하게 다큐적으로 보게 하면서, 개별 주인공들보다는 상호연결된 집단적 주체성들이 특권을 갖게 만든다.[59] 『고향』은 지주의 계산서나 공장 노동자의 노래 등 역사적 소재들을 포함하고 있으며, 그런 측면에서 집단적 소설

---

58 이기영은 「창작방법문제에 관하여」(『동일일보』, 1934.5.30~6.4)(『이기영선집』 14, 풀빛, 1989, 191~203쪽)에서 두 작품에 대해 언급했다. 당시의 비평가 민병휘 역시 「민촌의 『고향』론」(『백광』, 1937.3)에서 두 러시아 소설과 『고향』 사이의 유사성에 대해 말했다. 이와 연관된 북한 기록에 대해서는 Tatiana Gabroussenko, *Soldiers on the Cultural Front : Development in the Early History of North Korean Literature and Literary Policy*, p.88 참조.

59 Barbara Foley, *Radical Representations : Politics and Form in U.S. Proletarian Fiction, 1929~1941*, Duke University Press, 1993, p.401.

같은 다큐적인 추진력을 갖고 있다.[60] 노동 르포르타주라는 당대의 장르처럼, 이기영의 『고향』은 국제적인 문학적 관습을 자신의 비평적 이해에 따라 전유하려는 카프의 작가적 노력의 최선의 성과에 속했다.

『고향』의 글쓰기는 최초이자 최고의 정치적 행위였다. 이 소설은 원래 브나로드 운동과 관 주도 농촌진흥운동에 비판적인 『조선일보』의 편집자<sub>좌파 민족주의자</sub>에 의해 (작가에게) 위촉되었다. 브나로드 운동과 농촌진흥운동은 전통적인 유교적 도덕 가치를 강화하려 했으며, 경제적 악화의 구조적 문제의 언급 대신 농촌사회의 정신적·문화적 개혁에 초점을 두고 있었다. 그런 개혁을 장려하며 농촌 민족주의자와 식민지 관리들은 마을사람들의 노동력과 도덕적 행실을 통제하는 지역적 체계인 향교나 유교적 학당, 향약 등 엘리트적 마을 제도에 의존했다. 그 같은 측면에서 이기영의 두레나 상조회 같은 전통적인 모티프의 사용은 중요한 비판적 의미를 지닌다. 두레는 일반적으로 작은 땅을 가진 자작농들 사이에서 자발적으로 생긴 풀뿌리 조직이었다. 조선조 말에 기원을 둔 두레는 농번기에 노동력의 교환을 관장하는 뜻 깊은 경제적 제도였다.[61] 이기영은 향약을 두레로 대체함으로써 농민문제에 대한 지배적인 엘리트적·문화적 접근법에 효과적으로 대응했다. 또한, 대중적 형태로 두레를 재해석해 농민 사

---

60 이기영의 소설은 폴리가 말한 세 번째 기준에는 미치지 못한다. 세 번째 기준은 "빈번한 실험적 장치의 사용으로 서사가 해체되고 이음새 없는 환영이 파괴되"는 특징이다 (p.401). 그와 달리 『고향』은 리얼리즘적인 모방적 서사이지만 집단적 소설로서의 작품의 질을 충분히 지니고 있다. 세계문학의 측면에서 보면 폴리의 세 번째 기준은 집단적 소설의 역사적 관습에서 부수적인 요소로 볼 수 있을 것이다.

61 조선조부터 식민지 시대에 이르는 두레의 역사에 대해서는 주강현, 『한국의 두레』1(집문당, 1997), 19~98쪽 참조. 두레는 농민들이 상조 조직 내의 협동을 통해 고유한 대중적 음악과 춤을 발전시켜왔기 때문에 중요한 문화적 역할도 했다.

회를 쇠퇴시킨 물질적 요인을 강조했다.[62]

『고향』은 프롤레타리아 문학의 고전적인 예로 널리 인정되었으며, 많은 사람들이 논란의 여지 없는 사회주의 농민문학의 정점으로 언급했다. 그러나 잘 말해지지 않는 것은, 이기영의 초기 아나키스트적인 문학적 실천이 『고향』에 와서 마르크스주의의 한국적 적용에 의해 어떻게 변화되었는지이다. 『고향』은 보다 정통적인 마르크스주의 이론을 어떤 방법으로 농촌적인 식민지 조선의 상황에 적용시키고 있는가. 예컨대 「풍년」이라는 절에서 두 농민들의 대화는, 전통적 지주제도가 새로운 산업기계를 도입한 자본주의 생산양식으로 어떻게 진화되었는지 조명한다. 농민들은 (소문으로 들은) 거대한 농장의 새로운 규칙에 놀라고 있다.[63] 거기서 소작인들은 더 이상 스스로 쌀을 탈곡해서 자루에 넣을 수 없으며, 그들의 농작물을 지정된 장소에 갖고 가서 기계에 의해 탈곡되고 무게를 재고 자루에 넣도록 해야 한다. 새로운 추수 방식은 모두에게 "공평무사하게 한다"고 떠들려지지만, 농민들은 그런 현대 기술이 실상 지주가 기계의 정확성을 빌미로 "자기네가 한톨이라도 더 가져가려" 사용될 뿐이라 여긴다.[64] 그와 함께 농민들의 부담은 지주가 판매하는 화학 비료를 강제적으로 사용해야 한다는 데 있었다. "금비 값은 점점 올라가고 곡가는 점점 떨어진다."[65] 이런 농업의 합리화 과정에서, 농민들은 마르크스의 용어로

---

62 문화 민족주의 담론에 대항하는 또 다른 측면으로, 『고향』은 음전 같은 전통적인 수동적 인물과 잘 대비되는 인동의 애인 방개의 강한 독립적인 여성 농민상을 묘사하며, 여성의 성적 자유에 대한 보다 진보적인 입장을 취했다.

63 [역주] 소작인들은 소문으로 들은 '큰 들'에서 추수를 하는 방식에 대해 서로 이야기를 나누고 있다.

64 이기영, 『고향』, 『이기영 선집』 1, 376쪽.

65 위의 책, 369쪽.

"자본의 땅의 병합"[66]에 특별히 관심을 가져야 했던 것이다.[67]

마르크스주의적 색채는 또한 서사의 과정에서 농민들의 집단적 행위력이 부각되는 데서도 분명히 나타난다. 안승학이 홍수의 피해로 도지를 감해달라는 농민의 요구에 일체 응하지 않자, 마을사람들은 마침내 집단행동으로 서울에 있는 지주에게 대표를 보내며, 이때 여비는 두레의 공동기금에서 지불된다. 그런 시도가 허사로 돌아가자 그들은 쟁의에 돌입한다. 이런 농민들의 집단행동과 변화하는 농촌경제에 대한 이기영의 통찰은 사상적 영감을 매개로 한 문학적 상상력을 보여준다. 즉 그것은 마르크스의 "자본주의 비판과 프롤레타리아적 집단행동의 전망"이 "문학적 상상력"을 매개로 표현된 것이었다.

일반적인 비평의 추세와는 달리, 가브로센코는 최근에 『고향』이 프롤레타리아 소설로서 조금 미흡하다고 주장했다. 1994년에 마이어스가 처음 언급한 해석을 발전시키면서, 그녀는 『고향』에서 가끔 나타나는 좌파적 수사학과 실제적인 전통주의적·반근대적 핵심 내용이 분명히 모순된다고 말한다. 그녀의 주장의 증거 중에는 이기영의 두레의 재발견이 포함되어 있다. 두레는 진정한 마르크스주의 관점의 진보적 방향에 맞지 않는 전원적 과거에 대한 향수의 징후라는 것이다. 결론적으로 그녀는 『고향』을 이기영의 글쓰기의 좌파적 경향이 (1930년대 전반에) 쇠퇴하기 시작했음을 나타내는 텍스트적 증거로 간주한다.[68]

가브로센코의 논의가 전혀 무용한 것은 아니다. 즉 이기영의 농민소설

---

66    [역주] 땅을 자본의 논리에 병합시킴을 말함. 마르크스, 역, 김수행 역, 『자본론』I, 비봉출판사, 2001, 1007~1008쪽 참조

67    Karl Marx, *Capital* 3, Penguin Booksm 1993, pp.756~757.

68    Tatiana Gabroussenko, *Soldiers on the Cultural Front*, pp.90·92.

은 실제로 토속적 이미지와 민속적 풍경으로 가득 차 있으며, 작가는 전근대적인 시적 감수성을 보이는 듯한 서사적 전환을 자주 사용한다. 그러나 그런 요소들에 담긴 의미를 해석할 때 우리는 세 가지 고려사항을 유의해야 한다. 먼저 만일 이기영이 반근대적인 전통적 주제를 전달하려 했다면, 농촌의 삶을 개선하려는 지식인의 노력을 『고향』의 중심 서사로 삼지 않았을 것이다. 그런 중심 플롯은 농본주의와 카프의 공통 요소로서 근대화 서사의 기본이며, 여기서는 농촌의 발전이 지식인의 노력과 계몽사상의 주입에 의해 점화되곤 한다. 둘째로 『고향』의 토속적 감정 또한 프롤레타리아 문학을 대중화하려는 이기영의 열망에 의한 것이며, 배움이 없는 농민 독자에게 호소할 수 있는 감성과 어조, 정조를 견지하기 위한 것이다. 앞 절에서 본 것처럼 대중화의 문제는 1920년대 후반 카프의 논쟁에서 중요한 역할을 했다.

셋째, 이미 논의했듯이 이기영이 두레를 상기시킨 의미는 농촌 민족주의적 문화주의와 정신주의에 대한 사회주의적 대응의 맥락에서 이해되어야 한다. 이기영의 선택은 이상화된 과거로 회귀하려는 재현이기는커녕, 농촌의 문학적 재현을 농민 착취의 경제적 실체를 통해 재조망하려는 의도였다. 그런 의미에서 『고향』에서 상상된 두레는 이웃 소련의 사회주의적 집단 농장 제도에 조응하는 식민지 조선의 자연스런 등가물이었다.

그러나 이기영의 소설의 이데올로기적 감동이 분명히 사회주의적이긴 하지만, 『고향』이 당대 소련의 사회주의 리얼리즘 소설의 기준에 맞지 않는다는 가브로센코의 지적 역시 옳다.[69] 보다 일반적인 사회주의적 플롯은 공산주의 지식인 지도자와 프롤레타리아 하층민제자의 위계적 쌍을 나

---

69    Ibid., pp.88~91.

타낼 것이며, 하층민의 자각된 "긍정적 주인공"으로의 성장이 혁명적인 역사적 과정의 전형성일 것이다.[70] 그에 비하면 『고향』에서 김희준과 정 신적 제자인 인동과의 관계는 그다지 성공적이지 않다.[71] 희준은 인동과 부유한 음식점집 딸을전의 결혼을 후원자처럼 주선한다. 그러나 그런 후 원자적인 결합은 곧 깨지며, 인동은 마음에 두었던 야생적이고 독립심이 있는 방개와 결혼하지 않은 것을 후회한다. 김희준이 인동의 아내에 대 한 애정의 결핍을 나무라자 인동은 분노와 좌절을 폭발시킨다. 그때 김 희준지도자은 격노한 농민 제자로부터 두려움 속에서 물러서게 된다.[72] 그 와 유사한 삽화들을 통해, 『고향』은 지식인 지도자의 권위를 약화시키며 김희준을 보기 드물게 비판에 노출된 자기 반성적 사회주의 인물로 제시 한다.

사회주의 리얼리즘의 관습과 다른 또 하나의 특징은 지주와 마름 간 의 소작쟁의가 보다 온건하게 해결된다는 점이다. 즉 소작인들은 이성적 논박이나 고귀한 동지애의 승리보다는 마름을 협박해 양보를 얻어낸다. 이 같은 (그리고 앞의 예와 같은) 이기영의 플롯의 조심스럽고 억제된 특징 은 점증하는 일본 지배 하의 통제된 정치적 기류 때문일 것이며, 이는 이 기영과 다른 작가들이 항상 검열과 투옥의 위협 속에서 살았음을 뜻한다. 『고향』이 쓰여지기 직전인 1931년에 식민지 경찰은 김기진과 박영희 등

---

70 Katerina Clark, *The Soviet Novel*, Indiana University Press, 2000 참조. 가브로셴코가 비 판했듯이 클락의 구조주의적인 분석은 지나치게 일반화하는 경향을 갖고 있다. 그러나 위계적인 지도자-제자 관계의 개별적인 사례에서 보면, 스탈린 시대의 소련에는 예외 가 존재했으며 그것들은 실제적인 예외였을 것이다. Tatiana Gabroussenko, *Soldiers on the Cultural Front*, pp.7~8 참조.

71 [역주] 서로를 형과 동생으로 부르는 김희준과 인동은 지적인 멘토와 제자 같은 관계에 있다.

72 이기영, 『고향』, 『이기영 선집』 1, 500쪽.

몇몇 카프 지도층과 함께 이기영을 검거했다. 약 두 달 후에 모두 석방되긴 했지만, 이 검거 선풍은 한국의 반항적인 사회적 행동주의가 쇠퇴하기 시작했음을 뜻했다. 이기영의 회고에 의하면 그 역시 『고향』의 공장 파업 부분을 검열에 의해 삭제당해야 했다.[73] 실제로 검열과 투옥의 문제는 "『고향』의 결말을 누가 썼는가" 자체를 논쟁적으로 만들고 있다. 이 소설은 급히 쓴 초고에 기초해서 1933~1934년 사이에 신문 연재를 위해 매회 수정해서 쓰여지고 있었다. 그러나 연재가 끝나기 한 달 전에 이기영은 다시 체포되어 투옥되었다.[74] 우리는 마지막 달의 연재분을 김기진의 주장대로 그가 대신 썼는지 알 수 없다.[75] 하지만 결말부를 누가 썼든지 이기영의 초고의 비판적 날카로움은 무뎌질 수밖에 없었을 것이다.[76]

『고향』이 카프 비평가들에게 사회주의 리얼리즘의 모범적 예로 갈채를 받은 것[77]은 아이러니한 일이다. 이 소설은 전반적으로 소련의 고전과 모호한 유사성을 지닐 뿐이기 때문에 그런 평가는 잘못된 판단처럼 보일 수 있다. 또한 이기영이 소비에트 중앙위원회 문학분과장이자 사회주의 리얼리즘의 유명한 제안자인 발레리 키르포친을 신뢰한 것도 의아한 일이다. 이기영은 "목적의식"과 "유물변증법적 리얼리즘"같은 구호에 의해 그의 창조적 본능이 마비된 과거로부터 "해방"되고 있기 때문이다.[78]

---

73  이기영, 「작가의 학교는 생활이다」, 조남현, 『이기영』, 92쪽.

74  권영민, 『한국 계급문학 운동사』, 문예출판사, 1998, 424쪽.

75  [역주] 김기진은 이기영이 검거된 후 『고향』의 결말부 15~16회분을 자신이 대필했다고 술회하고 있다. 김기진, 「한국문단측면사」, 홍정선 편, 『김팔봉 문학 전집』 2, 문학과지성사, 1988, 105쪽.

76  김기진은 「문단교류기」, 『김팔봉 문학 전집』 2, 529쪽에서 이렇게 주장하고 있다.

77  예컨대 민병휘는 『고향』을 숄로호프의 『고요한 돈강』과 『개척되는 처녀지』에 비유하고 있다. 민병휘, 「민촌의 『고향』론」, 『백광』, 1937.3, 『카프비평자료총서』 8, 360쪽.

78  이기영, 「사회적 경험과 수완」, 『조선일보』, 1934.1.25.

그러나 우리가 시대적 차이를 넘어 이기영과 그의 동료들의 입장에서 생각하면, 그들의 반응이 그렇게 오도된 것으로 보이지 않을 수 있다. 사회주의 리얼리즘이 1932년 소련에서 미학적인 교리로서 채택되었을 때 공식적인 공표는 미학적으로 보다 모호한 규정을 갖고 있었다. 즉 이 미학적 규정은, "혁명적 발전 속에서 역사적으로 구체적인 현실의 재현"을 제공할 것이며, 새로운 정책 하에서 적어도 이론상으로 작가는 "예술적 주도성과 다양한 형식·문체·장르를 선택할 특별한 기회"를 갖게 된다고 말하고 있다.[79] 이런 해방적인 문구에도 불구하고 소련 문화에서 사회주의 리얼리즘이 실제로 끼친 역사적 영향은 예술 활동에 대한 정부의 통제의 경직화였다. 그러나 한국에서는 사회주의 리얼리즘의 도입이 카프의 해산 시기와 일치했고, 그런 상황에서 이기영 같은 작가는 새로운 미학적 지침을 문자 그대로 해석하고 있었다.[80] 그와 함께 그는 그 해석을 과거의 교조적인 문학 실천을 비판하는 데 사용한 것이다. 따라서 번역의 역사적 아이러니에 의해 소련의 사회주의 리얼리즘의 도입은 식민지 조선에서 다른 문학적 결과를 낳게 되었다.[81]

오늘날의 더 좋은 위치에서 보면, 『고향』은 10년간의 한국 프롤레타리아 문학운동의 기념비적인 성취로 자리하고 있다. 신경향파 문학의 빈궁의 주제에서처럼, 근대 한국작가들은 농민들을 창작의 대상으로 삼기에 앞서 지난 시대의 잔존물이 아닌 현재의 불평등성의 문제에 속한 것으로 재발견할 필요가 있었다. 농촌 민족주의 작가들이 농민을 한국의 민

---

79  Regine Robin, *Socialist Realism*(Stanford University Press, 1992), p.55에서 인용되고 있음.
80  [역주] 구체적 현실을 예술적 주도성을 갖고 자유롭게 그린다는 해방적인 문구대로 이해했음을 뜻함.
81  [역주] 소련은 예술에 대한 통제로 나아간 반면 식민지 조선에서는 (이기영 등에 의해) 오히려 교조주의에서 해방되어 구체적으로 현실을 그리는 문학이 탄생할 수 있었다.

족적 정체성의 핵심으로 고양시킨 반면, 이기영 같은 사회주의 작가들은 농민생활을 역사적 유물론의 세계관에 맞춰 재현하기 위해 최선을 다했다. 이런 문학적 재발견은, 농민을 단순한 전원적인 배경이 아니라 자신의 열망과 의지를 지닌 능동적 역사의 주체로 보는 것이었으며, 그것은 작가가 그들을 보다 넓은 의미의 "프롤레타리아"의 개념을 통해 새롭게 바라봄으로써 가능해진 일이었다. 그러나 『고향』은 이정표가 아니라 기념비가 되었는데, 왜냐하면 이 소설은 실제적으로 카프의 붕괴 이후에 완성되었기 때문이다. 카프는 대부분의 회원들이 구금된 상태에서 1935년에 공식적으로 해산되었다. 『고향』의 마지막 장면에서 김희준은 새벽의 먼동을 배경으로 인동과 갑숙 같은 이제 성장한 제자들이 흩어지는 모습을 응시한다. 프롤레타리아-농민 동맹의 이 상징적인 이미지는, 근대 여성으로서 갑숙의 진정한 정체성에서 보면 남성 지식인의 꿈과도 같으며, 『고향』의 마지막 연재분이 인쇄될 때 사라지기 시작한 신화 같은 이미지이기도 했다.


## 카프문학의 재평가


나는 1925~1935년 사이의 카프문학의 미학적·이데올로기적 궤적을 추적했다. 논의의 초점은 줄곧 사회주의적 "프롤레타리아" 개념이 식민지 조선의 맥락에서 시대에 따라 번역되는 여러 방식들에 있었다. 나는 특히 그런 번역 과정의 미학적 결과에 각별한 주의를 기울였다. 1920년대 전반에 도입되었을 때 프롤레타리아는 아나키스트적 방식으로 이해되어 넓고 느슨하게 "무산자"에 적용되었다. 그런 "번역"은 빈민의 책임으로 돌릴 수 없는 사회적 질병의 그로테스크한 재현을 보여주는 신경향파 문학을 발생시켰다. 그 다음에는 1920년 대 후반에 카프 이론가들이 움직였는데, 그들은 프롤레타리아를 보다 정통적으로 혁명적 역사의 이상적 주체인 "도시 산업 노동자" 계급으로 제안했다. 그런데 그런 범주의 선명한 참조틀이 부족했기 때문에, 작가들은 처음에는 고투 속에서 혁명적 역사 과정의 사회주의 전망을 추상적 우화로 생산하기 시작했다. 하지만 그들은 곧 노동 르포르타주를 계발했으며, 그것을 통해 마르크스주의의 교리적 요구와 박진성의 필요성을 보다 성공적으로 조화시킬 수 있었다. 마침내 1930년대 전반에 도시 노동자에 대한 좁은 관심은 농민 프롤레타리아를 포함하도록 확장되었고, 그로부터 농민문학의 창작과 함께 가장 뛰어난 농민 작가 이기영의 출현이 가능했다. 이기영의 프롤레타리아-농민 소설『고향』의 집단적 서사는 식민 당국과 농촌 민족주의자에 의해 장려된 엘리트적 농촌개혁 담론에 대항하는 데 효과적이었다. 그와 함께『고향』의 자기의지적인 생생한 농민의 재현은 당대 소련의 사회주의 리얼리즘의 정전과는 다른 방식을 보여주었다. 이 소설은 서구적·국제적 프롤레타리아 개념을 "농촌적인" 식민지 조선의 특수한 역사 속에서 자생화한 카프 작가 10년 투쟁의 정점을 의미했다.

일본 제국의 한계지점에서의 대립적 문화행동 프로문학 운동은 1935년 카프의 강제적 해산과 함께 분열되었다. 그 동안 프로 작가들은 표현과 집회, 운동의 탄압으로 큰 곤경을 치렀으며, 특히 1930년대 전반에 더 넓은 독자층에게 접근하려 시도했을 때 어려움이 커졌다. 이 시기의 영화와 연극 공연 같은 문화 행사에서의 잦은 경찰의 방해와 노동자 통신원 운동의 짧은 생존의 경험이 그것을 보여준다. 그러나 그 모든 억압 속에서도 카프는 강제 해산의 시기까지 결코 추동력을 잃지 않았다. 오히려 카프의 운동은 높은 문화적 생산성 속에서 지속적으로 변화를 모색하는 과정에 중단되었다.

한국 문학비평에서는 카프에 관한 많은 글들이 쓰여졌다. 그중 명확하게 긍정적 평가들은 카프를 한국문학의 근대화에 가장 큰 공헌을 한 조직으로 보면서, 문화적 개입을 통해 사회적 변화를 모색한 세력으로 평가한다.[82] 그러나 외국뿐 아니라 한국에서도 그와 정반대되는 것으로 보이는 평가도 있다. 그중 하나는 카프의 문학예술에 대한 공헌이 미미할 뿐 아니라 해롭기까지 했다는 비판이다. 즉 카프문학은 대부분 빈약하고 공식적이며 예술적 가치를 정치 노선에 교리적으로 종속시킨 대표적 예라는 것이다.[83] 하지만 카프 역사의 개관에서 명백히 드러났듯이, 신경향파 문학과 노동 르포르타주, 집단적 농민소설은 모두 한국 근대문학 정전에 추가될 가치를 지니고 있었다. 이 문학적 혁신들은 다양한 방식으로 이른바 "고급" 문학의 엘리트적 실천 속에 사회적이고 정치적인 주제들을 주입시켰다. 특히 르포르타주 운동은 현대적인 탐사문학 전통의 발전을 예견하게 했다. 탐사문학은 전례가 없는 것이었으며 오늘날 남한에서 번성하는 진정한 민주적 문학 형식의 발전으로 이어졌다.

"예술적 빈약성"의 비판 역시 문학작품의 평가에서 비판적 글쓰기보다 창조적 글쓰기를 특권화한 데서 기인된 것이다. 우리는 카프의 경우 논쟁이 창작적 실천만큼이나 중요함을 보아왔으며, 실제로 카프 회원들은 자주 일련의 주요 주제들 ─ 리얼리즘 미학, 문학의 사회적 기능, 민족적 문학·프롤레타리아 문학·농민문학의 다른 임무들 등 ─ 에 대한 이론적

---

82  예컨대 김윤식·정호웅의 『한국소설사』와 김재용 외, 『한국 근대 민족문학사』를 볼 것.

83  예컨대 Youngmin Kwon, "Early Twentieth-Century Fiction by Men", Peter H. Lee, ed., *A History of Korean Literature*, (Cambridge University Press, 2004), p.399쪽을 볼 것.

논의에 참여했다. 카프는 생생한 상징적 존재감을 드러내며 한국 근대문학의 세계에서 작가들에게 하나의 준거적 위치로 작용하고 있었다. 몇몇 비평가들은 카프가 예술의 기능을 경직된 마르크스주의 이론에서 찾는 교리주의라고 지적했지만, 그들이 교리주의로 본 바로 그 측면이 카프 회원들이 지지한 비판적 입장을 날카롭게 만드는 주요 요인들이기도 했다.

비평가 조연현이 카프문학을 "외국에서 영향 받은" "민족에 대한 오류"의 문학으로 규정한 이래로, 카프문학은 본질적으로 "소련 모델에서 파생된 모방"이라는 비판을 계속 받아 왔다.[84] 돌이켜보면 카프문학은 분명히 1920~1930년대의 국제적인 프롤레타리아 문화 행동주의에 합체되었던 표현물로 이해된다. 그러나 그 사실이 카프가 단지 소련문학의 아류였음을 뜻하는 것으로 오해되어서는 안 된다.[85] 카프 작가들은 코민테른의 변화하는 정책에 반응하고 있었지만, 그들은 일차적으로 강력한 내적 논쟁에 거친 후에야 비로소 그 정책을 채택했다. 농민문학의 중요성의 강조<sup>안함광</sup>와 프롤레타리아적 농민소설의 창작 투쟁<sup>이기영</sup>, 그리고 리얼리즘에 대한 지속적인 논쟁에 이르기까지, 카프 작가들은 국제적 사회주의의 "보편" 이론과 지역적 생활 경험의 특수성 사이의 간극을 날카롭게 의식하고 있었다. 그들은 끊임없이 그 둘을 매개하려 애쓰고 있었다. 더욱이 작

---

84    조현연, 『현대문학 개관』, 반도출판사, 1978, 184쪽.

85    로센 자갈로프(Rossen Djagalov)는 주변적인 사회주의 문화가 소련 모델로부터의 상대적인 독립성을 지님을 통찰력 있게 언급했다. 그가 말했듯이, 만일 "소련이 인민들의 공화국, 즉 사회주의 작가들의 국제적인 공동체의 상황이었다면,"…… "그런 공화국을 잘 통제하지 못했을 것이다." Rossen Djagalov, "The People's Republic of Letters", ph. D. diss., Yale University, 2011, p.2 참조. 또한 세계적 사회주의 문화에 대한 그와 비슷한 다원적·지역적 방법에 대해서는 Dubravka Juraga and M. Keith Booker, eds., *Reading Grobal Socialist Cultures after the Cold War*(Praeger, 2002)와 *Socialist Cultures East and West*(Praeger, 2002)를 볼 것.

가들은 소련의 모델에서 영향을 받으면서도, 또한 일본 프로 작가들과의 국경을 넘는 사상·창작의 교류 및 개인 관계를 통해 초문화적 연대를 유지했다. 그런 상호연관성의 문제는 이제까지의 연구에서 충분히 탐구되지 않았으며 미래의 연구를 위한 중요한 통로가 되고 있다.[86]

한국 프로문학과 일본 및 러시아 문학 사이의 개인적 교류와 상호텍스트적 교환을 재고찰할 때, 우리의 분석 방법은 식민지적 차이를 비정통성과 이탈의 징후로 보는 대신, 상호적 실천의 초문화적 역동성과 복합성으로 충분히 고려해야 한다. 식민지 프로 작가의 주제적 관심사를 "전통적 삶의 '낙원상실'에 대한 반근대적인 한탄이나 작가들의 태생적 배경의 혼란"으로 보는 것은 잘못된 일이다. 마찬가지로 "사회의 도덕적 타락에 대한 실망감과 지식인의 무력함에 대한 슬픔"[87]으로 규정할 수도 없다. 그런 규정들은 모두 뚜렷한 논쟁의 초점이 없으며, 카프의 논의에 반공산주의적 프레임의 족쇄를 채워온 선동적인 거부의 수사학을 지속시킬 뿐이다. 카프문학에는 분명히 체념과 향수 같은 감성적인 요소가 존재했다. 그러나 제4장에서 살핀 것처럼, 흔히 그런 감정들은 사회 정의의 강한 열정과 사회주의적 길의 근대적 열망, 더 좋은 미래의 희망 같은 다른 감성들과 함께 혼성되어 있었다.

---

86  이런 비교적 관점에서의 대표적인 연구로는 Heather Bowen-Stuyk, ed., "Proletarian Arts in East Asia : Quest for National, Gender and Class Justice", Special issue, *Positions : East Asia Cultures Critique* 14, no. 2(2006)를 볼 것.

87  Gabroussenko, *Soldiers on the Cultural Front*, p.167.

# 제5장

## 식민지적 자아를 고백하기
### 염상섭의 "프롤레타리아적 민족"의 문학적 민족지학

식민지의 문학적 좌파의 급진적 흐름을 형성한 카프 작가의 곁에는, 카프에 가담하지 않은 채 사회주의적 대의에 동정적이었던 "동반적 여행자 fellow travelers"가 있었다. 동반적 여행자의 존재는 프롤레타리아의 물결을 식민지 조선에서의 비판적 주류로 전환시키고 있었다. 그들 중 몇몇은 1920년대 후반~30년대 전반까지 신간회民族主義와 社會主義의 최대 연합체가 주도한 좌파적 민족주의 운동의 공개된 옹호자로서 뚜렷한 세력을 형성했다. 제5장에서는 그중 한 작가인 염상섭에 대해 살펴볼 것이다. 식민지 서울의 도시인들에 대한 냉정하고 단호한 기록으로 매우 잘 알려진 염상섭은 파리에 거주한 리얼리즘의 대가 발자크에 자주 비유되어 왔다. 발자크처럼 염상섭은 정치적 조직의 정식 회원이 아니었지만 신간회에 대해 가장 큰 목소리를 내는 후원자의 한 사람이었다. 나는 염상섭의 작품들을 면밀히 살펴봄으로써, 사회주의가 근대문학과 사상에 끼친 폭넓은 파급력을 보여주면서 식민지의 민족주의와 그 문화적 실천의 문제를 재검토할 것이다.

나는 제5장에서 염상섭에 대한 갱신된 비평적 초상을 제시할 것이다. 이제까지 염상섭은 김윤식의 영향력 있는 연구1987[1] 이래로 사회주의를 피

---

1    김윤식, 『염상섭 연구』, 서울대 출판부, 1987.

상적으로만 이해한 부르주아 민족주의자와 정치적 보수주의자로 널리 간주되어 왔다. 염상섭에 대한 그런 평가가 한국에서 아무 논란이 없이 지속되고 있는 것은 아니다. 예컨대 보다 최근에 이보영은 김윤식과는 달리, 염상섭이 사회주의적<sup>일차적으로</sup> <sup>마르크스주의적</sup> 운동에 순수하게 공감적이었으며, 사회주의를 민족적 저항의 이데올로기로서 포용했다고 주장했다.[2] 또한 한기형은 염상섭의 사상적 토대가 실제로는 아나키즘이었으며, 그 점에서 1920년대 한국문학을 카프의 프로문학과 문화적 민족주의의 대립으로 보는 관례적 이분법은 맞지 않는다고 주장했다.[3] 제5장에서 나는 이런 비판적 통찰들을 더 진전시켜서 염상섭과 사회주의의 관계에 대한 대안적인 설명을 제안할 것이다. 나는 사회주의가 염상섭의 민족적 주체성에 외적이거나 도구적이기보다는 필수적 요소였으며, 그의 유물론적인 리얼리즘 미학의 형성 자체에 영향을 끼쳤음을 논의할 것이다.

염상섭의 지적·문학적 발전에서 사회주의의 능동적인 영향을 재검토하기 위해, 나는 제기된 논점과 연관해 다음 같은 일련의 질문들을 탐색할 것이다. 먼저 염상섭은 사회주의적 사상(들)을 어떻게 이해하고 적용시켰는가? 보다 구체적으로, 그는 어떤 사회주의 교의를 신봉하거나 거부했으며 그 이유는 무엇인가? 또한 염상섭의 절충적인 사회주의적 참여가 그의 작품에 어떤 영향을 끼쳤는가? 나는 3·1운동<sup>1919</sup>에서부터 신간회의 해체<sup>1931</sup>까지, 활동가로서 염상섭의 10년의 시기를 관통하는 문학적

---

2    이보영, 『난세의 문학─염상섭론』, 예림기획, 2001. 『염상섭 문학론』, 금문서적, 2003.

3    한기형, 「초기 염상섭의 아나키즘 수용과 탈식민적 태도」, 『한민족어문학』 43, 2003. 12쪽. 이 책은 한기형의 의견에 공감하면서도 그의 논의처럼 염상섭을 좌파와 우파 사이에 놓지 않는다. 그보다는 식민지 조선의 보다 넓은 사회주의 문화 운동 내에 위치시킬 것이다.

궤적을 분석하며 그런 질문들을 탐구한다. 그 같은 분석을 통해, 나는 염상섭이 근대 자본주의에 대한 사회주의적 계급 비판을 옹호하면서도 사회적 혁명의 선행조건으로 민족해방을 중시했음을 제안할 것이다. 결과적으로 염상섭은 식민지 근대화를 점진적 부국의 길로 본 문화 민족주의의 대안으로 좌파 민족주의의 입장을 발전시켰다. 염상섭의 유물론적인 리얼리즘 미학은 좌파 민족주의의 주체성을 구현해내고 있었다. 염상섭은 문학적 이상을 추구하면서 글쓰기의 초점을 점차 식민지적 자아의 고백 ― 식민지적 "우리"의 발견 ― 에서 식민지 민족의 민족지학<sup>ethnography</sup>으로 이동시켰다. 무엇보다도 그는 민족지학적 초상을 식민지 조선인의 정동적 공동체로 조망했으며, 조선인을 제국적 억압의 유물론적 상황과 공동의 해방의 이념을 공유하는 전지구적 제국주의 세계의 "프롤레타리아"로 직시했다.

식민지 조선의 가장 중요한 작가의 하나에 대한 그런 새로운 조망을 제시하면서, 나의 연구는 그것을 넘어서는 두 가지 폭넓은 주제를 포함시킬 것이다. 첫째로 나의 연구는 흔히 간과된 식민지의 민족주의적 주체성의 다양성을 상기시킬 것이다. 역사적 다원성 속에서 식민지의 민족주의를 기억하는 것은 한국의 경우에 특히 중요하다. 식민지 조선에서 문화 민족주의자들은 1920년대 후반 이후로 식민 정권에 회유되었으며, 좌파 민족주의자들과 사회주의자들만이 반식민지적 저항의 짐을 지도록 남겨두었다.

둘째로 나의 연구는 또한 식민지 조선에서의 좌파 사상의 폭넓은 진폭과 복합성을 한눈에 보여줄 것이다. 식민지의 좌파는 구성적인 집단이었으며, 다양한 구성원들은 흔히 서로 간에 경쟁과 논박의 관계에 있었고, 1945년 해방 이후에는 각기 다른 길로 나아갔다. 한국이 분단되었을 때 어떤 좌파들은 북한의 공산주의 정권을 선택했으며, 다른 좌파들은 남한에서 사회 민주적 정권의 건설을 꿈꿨다. 또한 나머지 다른 좌파들은 바람직하지 않은 두 개의 정권 양쪽에서 덫에 갇힘을 느꼈다. 염상섭을 포함한 많은 아나키스트들과 좌파 민족주의자들은 후자의 두 좌파 쪽에 속해 있었다. 한국의 근대문화에서 사회주의 사상의 영향과 범주를 측정하려 할 때, 우리는 식민지 좌파의 내적 다양성을 주목할 필요가 있다. 그러나 그런 다양성은 냉전의 문화 정치학을 규정하는 이분법적 사고로 인해 흔히 억압되고 망각되어 왔다.

제5장은 4개의 부분으로 구성되어 있다. 나는 1920년대 동안 염상섭의 좌파 민족주의자로서의 지적 발전과정을 검토하면서 논의를 시작할 것이다. 여기서는 일본에서 아나키즘의 영향을 받았을 때부터 신간회의 가장 "접합적인 지지자"[4]로 출현한 사회적 행동주의의 정점기까지를 추적한다. 그런 배경적인 고찰에 이어서 나머지 절들에서는 식민지 시대 염상섭의 대표작에 대한 면밀한 해석으로 전환할 것이다. 먼저 내면고백체 「표본실의 청개구리」[1921]에서 보다 상호주체적인 여행기 「만세전」[1924]으로의 이동을 분석하고, 그 과정에서의 사회주의적 영향을 살펴볼 것이다. 그 다음에 나는 이후의 염상섭의 리얼리즘 소설에서 성숙한 좌파 민족주의적 주체성의 전개를 검토한다. 여기서는 특히 식민지 조선의 프롤레타리아적 민족을 묘파한 민족지학적 소설로서 『삼대』[1931]를 살펴볼 것이다. 결론은 식민지 조선에서의 민족주의와 사회주의를 재고하면서 염상섭의 갱신된 의의를 숙고하는 것이다.

---

4    [역주] 신간회와 연계하며 민족주의와 사회주의를 접합시키는 역할을 한 것을 말함.

# 염상섭의 좌파 민족주의의 형성과정

구 카프 서기장이었던 임화는 1935년에 신문학사<sup>조선 근대문학사</sup>의 집필로 전환하면서, "사실 염상섭은 이기영을 발견하기까지 조선 문학사상 최대의 작가였다"고 주장했다.[5] 임화의 평가는 염상섭이 카프 회원들 사이에서도 상당히 존중받을 가치가 있었음을 드러내고 있다. 염상섭과 카프회원들은 식민지 사회운동의 정치적 우선권과 "프로문학의 개념"에 관해차이를 보이며 격렬하게 논쟁을 한 바 있다. 그러나 임화의 유화적인 존중에 내재되어 있는 것은 두 사람 간의 알려지지 않은 사상적 친화성이다. 그런 친화성은 두 작가의 경쟁적 관계와 논쟁들에 의해 빈번히 가려져 왔다.

실제로 염상섭은 사회주의에 진지하게 관심을 가진 근대 한국작가의첫 번째 세대에 속했다. 염상섭은 일본 유학 시절<sup>1912~1918</sup>에 제1차 세계대전 후의 경기침체와 러시아 혁명의 승리로 부각된 노동운동의 대의에 관심을 갖게 되었다. 1919년 3월 19일 염상섭이 3·1운동에 응답해 오사카에서 저항적인 조선인 학생과 노동자들을 조직했을 때, 그는 독립선언서를 작성한 후 "오사카 한국 노동자 대표 염상섭"[6]이라고 서명했다. 그런 활

---

5   임화, 「조선 신문학사론 서설」, 『조선중앙일보』, 1935.10.9~11.13. 『임화문학예술전집』 2, 소명출판, 2009, 409쪽.

6   염상섭, 「독립선언서」, 한기형·이혜령 편, 『염상섭문장전집』 1(소명출판, 2013), 44쪽에서 인용. 강조-인용자. 당대의 많은 한국의 엘리트들처럼 염상섭은 성장기를 일본에서 보냈다. 그는 1897년 서울의 중인 집안에서 태어났다. 중인은 양반과 평민 사이에서 세습적으로 기술직을 맡는 조선조의 두 번째 신분이다. 염상섭은 조선의 초등학교에서 근대적 교육을 받은 후 1912년 15세 때 일본에 가서 고등교육을 계속 받았다. 그는 교토에서 제2 부속 중학교를 나온 후 도쿄에서 게이오대학을 다녔는데, 그때 그는 분명히 경제적 어려움 때문에 학교를 떠나야 했다. 염상섭의 자세한 전기적 사실에 대해서는 위의 책(『염상섭문장전집』)과 염상섭 자신의 회상과 논설들을 볼 것. 염상섭,

동으로 인해 그는 4개월 동안 투옥되었다.

감옥에서 석방된 후 게이요대학에서 탈락한 염상섭은 요시노 사쿠조로부터 대학을 계속다닐 수 있는 경제적 도움을 주겠다는 포용적 제안을 받았다. 요시노 사쿠조는 도쿄제대 정치학 교수이자 다이쇼 민주화 운동의 지도자였다. 그러나 반항적인 청년 염상섭은 그 제안을 거절했다. 그 대신 그는 외국 무역과 코스모폴리턴이즘의 중심인 요코야마로 가서 인쇄소에서 식자공으로 생활비를 버는 노동 활동가가 되었다.[7]

그런 염상섭의 초기 글쓰기에 사회주의적 영감이 특징적으로 주입된 것은 놀라운 일이 아니다. 그 뚜렷한 예가 일본 특파원으로 선발 된 후 『동아일보』에 기고한 기사 「노동운동의 경향과 노동의 진의」[1920]였다. 이 기사는 염상섭이 그 시기의 다양한 사회주의적·민주주의적 사상들을 가까이 하고 있었음을 보여준다. 즉 아브라함 링컨의 민주 정부의 원칙"인민의, 인민에 의한, 인민을 위한"에서부터 마르크스의 가치에 대한 "과학적" 노동이론"상품의 가치는 그 상품에 투입된 노동시간의 추상적 총량"과 같다과 표트르 크로포트킨의 아나키스트적 공산주의 사상"개인성은 존중될 것이며 모든 조직은 각인의 의사에 의해서만 지배된다", "모든 사람은 노동을 하고 상호 복지를 발전시키기 위해 서로 도울 것이다"에 이르기까지를 보여주고 있다.[8] 그와 함께 인용되고 있는 것은 미국 "강철 노동자 조합장" 존 피츠패트릭과 영국 "전국 철도 종업원 조합회장" 존 토마스였다. 염상섭에 의하면, 두 사람은 모두 노동운동이 임금인상 같은 단기적 성과만이 아니라 "인류의 해방" 같은 유토피아적 목표를 추구한다고 공언했다. 염

『염상섭 전집』 12, 민음사, 1987.

7    염상섭, 「횡보 문단 회상기」, 『사상계』, 1962.11~12, 『염상섭 전집』 12, 위의 책, 227쪽.

8    염상섭, 「노동운동의 경향과 노동의 진의」, 『동아일보』, 1920.4.21~26. 『염상섭문장전집』 1, 102~122쪽.

상섭은 갓 태어난 조선의 노동운동은 무엇보다도 전통적인 계급적 위계에 도전하는 데서 최대의 의의를 가질 것이라고 조망했다.[9]

염상섭의 사상적 정체성을 더 잘 엿볼 수 있는 것은 『삼광』[1919~1920]에 기고된 「이중 해방」이라는 글이다. 『삼광』은 도쿄의 조선인 학생들이 발간한 음악과 미술 잡지이다.[10] 오늘날 염상섭은 반전통적인 니힐리즘과 문화적 코스모폴리턴주의의 특징을 지닌 동인지 『폐허』[1920~1921, 〈그림 5.1〉]의 창립 회원으로 더 잘 알려져 있다. 그러나 『삼광』에 실려 있는 글들은 질과 내용에서 『폐허』를 능가하는데, 이는 제국 본토에서의 상대적으로 느슨한 검열 때문일 것이다. 염상섭은 아나키즘의 "사실상의 선언문"으로 읽히는 글[「이중 해방」]에서 제1차 세계대전 후에 어떤 "개조"가 추구되어야 하는지 질문하며 논의를 시작한다. 그는 해방을 약속하지 않는 어떤 개혁도 반대한다고 언명하는데, 왜냐하면 그것은 인간성에 더 큰 황폐함을 가져올 뿐이기 때문이다. "나는 해방을 상상치 않고는 개조를 생각할 수 없다. (…중략…) '해방'의 획득이 그 결과가 아닐 지경이면, 개조는 도리어 우리 민중을 도탄에 인도함에 지나지 않는다. 우리는 그 참담한 불행한 사실을, 유사 이래로 계속하여 왔다. 사이비 개조는 생각만 하여도 소름이 끼친다." 염상섭의 관점에서 진정한 "개조"는 단지 "하나의 권위

---

9    위의 글, 1920.4.26.
10   이 잡지는 홍영후의 「음악상 음의 해설」 같은 음악 관련의 글들을 싣고 있지만, 유지용의 원작 희곡 『이상적 결혼』(개인적 선택에 의한 결혼의 옹호) 같은 다른 글들도 포함하고 있다. 또한 도스토옙스키의 「빈민」의 한국어 번역본과 익명의 작가의 「막스와 엥겔스의 소전」, 염상섭의 첫 번째 미완성 소설 「박래묘」도 실려 있다. 「박래묘」는 나쓰메 소세키의 유명한 풍자소설 『나는 고양이로소이다』의 염상섭의 패러디인데, 화자가 고양이로 설정되어 있고, 화자는 자신의 할아버지가 소세키 작품의 진짜 저자라고 감히 주장하고 있다. 염상섭의 「이중 해방」(『삼광』, 1920.4)과 「박래묘(『삼광』1920.4)」를 참조할 것.

가 다른 권위로 대체되는" 비극의 역사를 넘어서 인간성을 진정으로 해
방된 세계로 데려갈 것이었다. 다음의 인용문은 그런 궁극적 개조의 내
용을 강조하고 있다.

> 미후충비하는 구도덕의 질곡으로부터 신시대의 신인을, 완명고루한 노부형
> 으로부터 청년을, 남자로부터 부인을, 구관누습의 연벽으로 당한 가정으로부
> 터 개인을, 노동과잉과 생활난의 견뇌한 철쇄로부터 직공을, 자본주의 채찍으
> 로부터 노동자를, 전제의 기반으로부터 민중을, 모든 권위로부터 민주 데모크
> 라시에 철저히 해방하여야 비로소 세계는 개조되고, 이상의 사회는 건설되며,
> 인류의 무한한 향상과 행복을 보장할 수 있다.[11]

염상섭의 모든 것을 망라한 해방의 기획의 특징은, 개인적 해방의 자
유주의적 의제를 페미니즘과 사회주의에 결합시키고 있다는 점이다. 여기
서 명료하게 부재한 것은 프롤레타리아나 노동투쟁의 폐쇄적인 우선권
이다. 또한 그런 프롤레타리아 혁명을 대신해서 "민주주의"와 "모든 권
위들"로부터의 해방을 요구하고 있다. 이 선언문은, "내적이면서 외적인,
정신적이면서 물질적인, 정치적이면서 경제적인" 이중 해방을 요구하며
끝나고 있다. 당대의 담론적 맥락에서 그런 이중 해방은, 점진적 개혁의
문화주의와 마르크스주의의 경제 결정론에 대한 아나키스트적 비판으로
제공될 수 있었다.[12]
    이런 초기의 지적 궤적을 볼 때, 염상섭이 서로 적대적으로 보이는 문

---

11    염상섭, 「이중 해방」, 위의 책, 5쪽.
      [역주] 염상섭, 『염상섭문장전집』 I, 74쪽.
12    염상섭, 「이중 해방」, 인용은 3·5쪽.

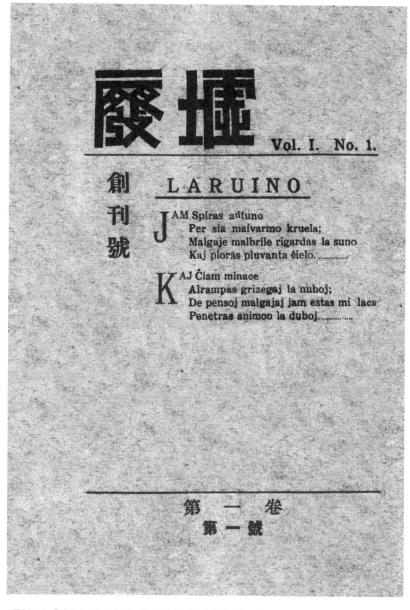

廢墟 Vol. I. No. 1.

創
刊
號

LARUINO

JAM Spiras aŭtuno
  Per sia malvarmo kruela;
  Malgaje malbrile rigardas la suno
  Kaj ploras pluvanta ĉielo...........

KAJ Ĉiam minace
  Alrampas grizegaj la nuboj;
  De pensoj malgajaj jam estas mi laca
  Penetras animon la duboj..........

第 一 卷
第 一 號

〈그림 5.1〉『폐허』(1920.7) 창간호의 표지. 잡지의 이름을 에스페란토어 "La Luino"로도 나타내고 있
다.(근대서지학회 제공)

화 민족주의와 카프의 마르크스주의 조직에서 모두 비판적 거리를 유지한 것은 당연할 수밖에 없다. 문화 민족주의의 잡지 『조선문단』에 가담하긴 했지만, 그는 그 주류 문학적 방향에 동화되지 않은 주변 회원의 하나였으며, 양 진영文化 民族主義와 마르크스주의 사이에서 자기 자신의 입장을 가지려 모색했다. 예컨대 이광수와 달리 염상섭은 프롤레타리아 문학 사상 자체를 인정했으며, 프로 사상을 자본주의 사회 발전의 "자연적" 부산물로 간주했다. 그와 동시에 그는, 노동자에 대한 미래의 문화적 교육이 성과를 얻을 때 프롤레타리아 문학의 생산자는 노동자 자신이며, 부르주아 출신의 자칭 프롤레타리아 작가의 조산무産의 장작을 대체할 것으로 믿었다.[13] 그런 신념을 언명한 점에서 염상섭은 일본 아나키스트 운동의 지도자 오스기 사카에와 의견이 일치하고 있었다. 당시에 오스기 사카에의 글들과 크로포트킨의 번역은 조선의 사회주의자들 사이에서 영향력을 갖고 있었다.[14]

이처럼 염상섭은 아나키스트적 입장을 취하며 프로문학의 개념에서 카프와 입장을 달리했다. 그와는 별도로, 염상섭은 또한 카프의 젊은 회원들로부터 겁 없는 교리적 태도로 공격을 받았다. 젊은 카프 회원들은

---

13    염상섭, 「작가로서는 무의미한 말」, 「계급문학시비론」, 『개벽』, 1925. 2, 60쪽.

14    오스기 사카에, 「노동운동과 노동문학(勞動運動と勞動文学)」. 이 글은 『신조(新潮)』 (1921.10)에 실려 있었다. 염상섭은 주로 민족주의자로 이해되어 왔기 때문에 비평가들은 그와 오스기와의 지적인 관계를 간과해왔다. 염상섭 역시 자신의 회상적인 글에서 일본 아나키스트의 영향을 말하지 않고 있는데, 이는 아마도 1923년 제국의 경찰에 의해 살해된 오스기와의 관계를 인정하는 것이 (식민지 시기나 그 이후에) 현명하지 않은 일이었기 때문일 것이다. 그러나 모든 텍스트의 증거들은 염상섭의 초기 시절에 오스기가 중요한 지적 영감의 근원의 하나였음을 나타내고 있다. 예컨대 염상섭의 『동아일보』와 『개벽』의 글들은 오스기의 「노동운동의 정신(勞動運動の精神)」, 「노동운동과 개인주의(勞動運動と個人主義)」, 「노동운동과 프래그마티즘(勞動運動とプラグマティズム)」 같은 글들에서 영감을 얻은 것이다.

염상섭을 포함한 조직 외부의 모든 (이른바) "부르주아" 작가들을 "데카당스"라고 무차별적으로 비난했다. 반면에 염상섭은 카프가 문학을 단순한 선전으로 환원한다고 생각하며 카프 작품의 조야한 도식주의를 거칠게 비판했다. 그는 카프 작가들에게 이렇게 충고했다. "프롤레타리아라는 이유가 그 손에는 칼만 쥐어주는 것도 아니오, 그의 의지는 반역과 전투욕으로만 응결되는 것은 아니다. 프롤레타리아는 프롤레타리아로서의 정열이 있다. 눈물이 있다. 웃음이 있다. 희망이 있다. 로맨틱한 모든 심정이, 활동이 있고, 그 유로가 있다. (…중략…) 그뿐 아니라 프로문학도 이미 문학인 다음에야 예술적 소성분을 구비치 않고는 성립할 수 없는 것이다."[15]

하지만 무엇보다도 염상섭이 가장 관심을 가졌던 것은, 카프의 계급적인 강조에 의해 민족적 저항의 노력이 분열될 위험이었던 듯하다. 그 점을 암시하고 있는 것은 단편 「윤전기」[1925]였다. 이 소설은 3일 간의 신문사 노동자 파업의 마지막 순간을 편집인 A의 시점으로 면밀하게 기록하고 있다. 소설의 서두는 A가 노동자들의 밀린 임금을 가져올 전령을 사무실에서 초조히 기다리는 장면으로 시작된다. 적개심이 가득 찬 노동자들에게 볼모로 잡힌 채, A는 취해 곤드라진 인쇄공 때문에 돈이 도착해도 틀렸다는 동요에 두려움을 느낀다. 이 소설은 또한 파업을 주도한 "기계간 주임" 덕삼의 목소리로 노동자들의 관점을 제시하기도 한다. 덕삼은 이렇게 항의한다. "아, 또 삼십분이 밀려나가요? …… 얼렁 얼렁 밀어 넘기기만 위주로군." "열시 반까지 기다리다가 이대루 뒤통수를 치구 가게

---

15   염상섭, 「계급문학을 논하야 소위 신경향파에 여함」, 『조선일보』, 1926.1.22~2.2, 『염상섭전집』 12, 65쪽.
     [역주] 염상섭, 『염상섭문장전집』 I, 446~447쪽.

되면, 어쩌란 말이요? 불두 못 때구 저녁을 굶구…… 예서 같이 죽든지 사든지…… 어구!"[16] 그와 함께 이 소설은 소수의 허가된 신문을 중단시키지 말아야 할 양측의 "같은 의무, 같은 책임감"을 (A의 목소리로) 강조하며 계급적 적대감을 약화시킨다. "신문이 아무리 중하여도 먹어야 하지! 지당한 말이다. 그러나 굶고라도 신문을 죽여서는 아니되겠다는 것은 허영심에서 나온 말인가? (누구고 간에 다시는 총독부의 허가를 얻을 가망이 없고, 그 발행권의 취소가 무서운 까닭이다.)"[17] 노동자들이 폭력적이 될 위험에 따라 상황은 점점 긴장되지만, 마지막 순간에 오래 기다린 돈이 마침내 도착해 곧 위기가 해소된다. 덕삼의 지휘 아래 노동자들이 다음 날 신문을 신나게 다시 인쇄하는 것을 보면서, A는 덕삼의 "곤장만한" 노동자의 손을 덥석 잡고 화해의 눈물을 흘린다.

「윤전기」는 일견 부르주아 민족주의 주체에 의해 쓰여진 반프롤레타리아적 소설로 읽힐 수 있다. 노동자들은 무지하고 이기적이고 무책임하게 묘사되고 있으며, 염상섭의 노동자의 성격화에는 치켜세우는 말이 전혀 없다. 이 소설을 그런 식으로 읽으면, 몇 년 전에 노조 운동 옹호 기사를 썼고 곧 사회주의 대의의 동정자를 주장한 작가로서, 위선을 드러내는 듯이 보인다. 그러나 다른 관점에서 보면, 이 소설은 노동자 파업에 대한 염상섭의 부정적인 비판만은 아니며, 급진적 카프 작가와의 논쟁적인 재

---

16　염상섭, 「윤전기」, 『조선문단』, 1925.10. 이 소설을 번역할 때 나는 "The Rotary Press"(*Ready-Made Life*, Translated by Chong-un Kim and Bruce Fulton)를 참고했다. 그러나 이 영어 번역본이 해방 후의 개정판에 근거하고 있기 때문에 나는 식민지 시기의 원래의 초고에 충실하게 하기 위해 번역본을 다소 수정했다.

17　염상섭, 위의 소설. 1945년 해방 이후 A의 모호한 독백을 수정해서 "누구고 간에 다시는 총독부의 허가를 얻을 가망이 없고, 그 발행권의 취소가 무서운 까닭이다"를 추가했다. "Rotary Press", p.36. 염상섭, 「윤전기」, 『염상섭 단편선』, 문학과지성사, 2006, 247쪽.

결합으로 읽힐 수 있다.[18] 사실상 1920년대 중반에 대중적 독자층이 부족했음을 생각한다면, 후자가 이 소설의 실제적 목적일 가능성이 매우 크다. 「윤전기」가 목표로 하는 감상자<sup>대중</sup>를 그런 식으로 재고하면, 이 소설은 더 이상 부르주아 작가가 프로 독자를 향해 민족 통합을 주장하는 교의적 서사로 보이지 않는다.[19] 오히려 계급적 전투에만 폐쇄적으로 초점을 맞추는 것은, 식민지 조선의 사회적 모순에 대한 급진적 사회주의의 근시안적 해결책으로 보인다.

염상섭은 자신의 논의를 이후의 글쓰기에서 계속 발전시켰지만, 그의 어조는 점차 논쟁적인 것에서 화해적인 것으로 변화되었다. 그는 1926년에 「프롤레타리아문학에 대한 P씨의 언」<sup>1926</sup>[20]에서 자신이 사회주의 운동에 대한 "동정자"임을 선언했다. 동정자<sup>sympathizer</sup>는 러시아어 "poput-chik"<sup>포풋치키, fellow traveler</sup>에 대한 염상섭의 번역어, 즉 "혁명의 반려"를 뜻했다. "포풋츠키"는 당과 제휴하지 않으면서도 혁명을 옹호하는 작가를 지칭해 트로츠키가 처음 사용한 용어였다. "포풋츠키-심퍼사이저"는 염상섭의 전유를 통해, 사회주의적 역사의 전망을 공유하지만 가능성이 적은 프롤레타리아 혁명보다 민족해방을 직접 목표로 삼는 의식 있는 부르주

---

18 [역주] 이 소설은 노동자 파업의 입장과 지식인의 민족주의 입장이 논쟁을 거쳐 재결합하는 과정으로 볼 수 있다.

19 민족주의 담론의 교의적 기능에 대해서는 Homi Bhabha, "Dissemination", *The Location of Culture*, Routledge, 1994, pp.199~244 참조. 호미 바바, 나병철 역, 『문화의 위치』, 소명출판, 2012, 333~335쪽.

20 [역주] 염상섭, 「프롤레타리아문학에 대한 P씨의 언」, 『염상섭문장전집』 I, 474~479쪽. 염상섭은 보리스 필냐크가 말한 러시아의 "포풋츠키"(혁명의 반려, 동반적 여행자)에 관한 글을 번역해 소개하며 자신의 입장도 그와 같다고 논하고 있다. 보리스 필냐크는 『굶주린 해』(1922), 『꺼지지 않는 달 이야기』(1927) 등을 썼으며 트로츠키적인 공산주의 사상을 옹호하면서도 소련의 현실에 대한 비판을 담는 양면성을 보였다.

아 지식인을 나타냈다.[21]

　염상섭은 동정자의 위치에 대한 논리적 근거를 1927년에 「민족, 사회운동의 유심적 고찰」에서 명료화했다. 이 글에서 염상섭은 한 민족은 정신적·물질적인 두 가지 종류의 전통을 지닌다고 가정하고 있다. 정신적인 것은 언어와 관습 같은 혈통적·문화적인 측면으로 구성되며, 물질적인 것은 계급적 질서나 사회 제도 같은 정치적·경제적 측면으로 형성된다. 전자는 영원하진 않지만 지속적인 질을 지니는데, 그 이유는 조선의 자연환경에 조응해서 오랜 시간을 발전해왔기 때문이다. 그에 반해 후자는 역사적으로 변화의 가능성을 지니고 있다. 민족주의는 민족 전통의 정신적유심적 측면을 강조하는 반면 사회주의는 물질적유물적 측면을 중시한다. 그처럼 서로 다른 우선권을 지님에도 그 둘은 양립할 수 있는데, 양자의 목표 — 유심적 전통을 회복하려는 민족주의적 목표와 유물론적 제도를 더 좋게 바꾸려는 사회주의적 목표 — 가 현재의 식민지적 굴레에서 조선 민족을 구출하려는 데서 겹쳐지기 때문이다. 이 논설은 다음과 같이 결론을 맺고 있다.

　'민족 대 민족'의 착취를 자민족의 자본주의의 발달로서 방어할 수밖에 없는 답안에 득달하였다. 이것은 확실히 변태요, 역류다. 부르주아 자신이 자진하여 할 일을 여론으로써 부르주아적 발달을 촉진케 한다는 것은 숙호충비宿虎衝鼻요, 교인행적教人行賊케 하는 셈이요, 까딱하다가는 무산자 스스로의 묘혈을 준비하는 것이지마는 일면으로 보면 과연 여기에 피압박민족, 피착취민족의 남에게 말 못할 이중, 삼중의 고통이 있고 딜레마가 있는 것이다. 그러나 이것

21　염상섭, 「프롤레타리아문학에 대한 P씨의 언」, 『조선문단』, 1926.5 참조. 또한 Leon Trotsky, *Literature and Revolution*, Haymarket Books, 2005, pp.61~104 참조.

이 자민족의 현실을 유지하는 유일로일 지경이면 순리적 입장을 버리고 사태에 순응하여 일시적 권도를 취하는 수밖에 없다. 그렇다! 이점이다! 민족주의가 현재에 지지하는 경제정책이 어떠한 시기까지의 임기응변적인 권도인 것을 자진하여 인식하는 때부터 사회운동의 우익에 출진할 자격을 가지게 될 것이다. 그것은 아무리 정치적 해결이 단독히 성취된다 할지라도 현재의 조선이 가진 부르주아의 미약한 역량으로서는 자본주의적으로일망정 경제적 해결을 주지 못하리라는 이유, 환원하면 '사회운동적' 경제정책에 의하지 않으면 경제적 해결 그 자체뿐만 아니라 정치적 해결[즉 식민주의의 해결]도 완성키가 어려우리라는 예상 하에서 인식될 것이다. 이에 반하여 사회운동은 민족주의가 제국주의적 발달의 과정 또는 그 귀결에 도달할만한 하등의 필연성이 없는 동시에 '민족적 피착취'라는 현실의 사실만을 인식하고 또 민족주의의 권도정책을 묵인하면 양자는 실제 운동선상에서 충분히 협동되리라 믿는다.[22]

인용문은 조선의 장기적인 역사적 미래가 사회주의적 방향에 있다 해도, 사회주의자는 (조선의) 경제 소생을 보장하는 단기 전략으로 민족 부르주아를 돕거나 최소한 묵인해야 한다고 말한다. 그에 반해 부르주아는 자신의 한계를 명심하면서, 궁극적으로 새로운 사회주의 정부 건설의 전망을 갖고 제국의 자본주의와 싸우는 사회주의 투쟁을 자발적으로 도와야 한다.

염상섭의 논리를 부르주아 지식인의 얄팍하게 위장된 자기이익의 도모라고 거부하는 것은 쉬운 일이다. 그러나 염상섭이 그런 견해를 홀로 주장했던 것은 결코 아니다. 이 관점은 한국의 역사에서 "좌파적 민족주

---

22    염상섭, 「민족, 사회운동의 유심적 고찰」, 『조선일보』, 1927.1.4~15.

의자", "비타협적 민족주의자", "중도파" 등으로 다양하게 알려진 많은 동시대인과 공유한 것이었다. 이 집단의 주도적 인물에는 『조선일보』 편집장 안재홍, 『시대일보』 사장이자 소설가인 홍명희, 제3차 조선 공산당[일명 ML당] 책임비서 김준연, 최초의 마르크스주의적 한국사 『조선사회경제사』[1933]를 쓴 백남운, 선구적인 마르크스주의 경제학자 이순탁이 포함된다.[23]

개인적인 차이가 있긴 하지만, 이 지식인들은 사회주의가 가미된 민족적 주체성을 함께 공유하고 있었다. 그들은 근대 자본주의에 대한 사회주의적 비판을 신뢰하면서, 더 좋은 대안적인 사회체제를 추구해야 한다고 믿었다. 하지만 또한 그들은, 식민지 조선의 사회적 질병이 계급적 산물과 식민지 모순의 결합이기 때문에, 그 해결책은 두 단계의 혁명을 추구해야 한다고 생각했다. 즉 첫 번째 단계는 민족해방이며, 두 번째는 프롤레타리아 혁명이 아니라도 사회적 혁명을 통해 사회 민주주의를 닮은 민족국가를 창출하는 것이다. 결과적으로 그들은 계급투쟁 대신 민족통합을 추구했는데, 그 방법은 통일된 민족주의적 전선을 형성하는 것이며, 여기에는 노동자·농민 운동이 포함될 것이었다. 실제로 그런 입장은, 국민당[중국]의 배신과 공산주의자 대학살[1927] 후 통일전선 정책을 버리기 전 코민테른 자신의 입장과 유사했다.

---

23  좌파 민족주의자에 대한 한국 학자의 포괄적인 설명은 이균영, 『신간회 연구』와 국사편찬위원회 편 『한민족 독립운동사』 8, 249~263쪽 참조. 또한 개별적인 지식인들에 대해서는 다음의 책들을 참조할 것. 강영주, 『벽초 홍명희 연구』, 창작과비평사, 1999. 허도산, 『건국의 원훈 낭산 김준연』, 자유지성사, 1998. Pang Kie-Chung, "Paek Namun and Marxist Scholarship during the Colonial Period", *Landlords, Peasants and Intellectuals in Modern Korea*, Cornell East Asia Series, 2005. Lee Ji-won, "An Chaehong's Thought and the Politics of the United Front", *Landlords, Peasants and Intellectuals in Modern Korea*. Hong Sung-Chan, "Yi Sunt'ak and Social Democratic Thought in Korea", *Landlords, Peasants and Intellectuals in Modern Korea*.

식민지 조선의 역사에서 가장 큰 민족주의적 연합인 신간회가 조직되자 좌파 민족주의자들은 1920년대 후반 주도적인 독립적 정치세력으로 출현했다. 좌파 민족주의가 주도한 신간회는 1927년 2월에 결성되었다. 여기에는 총독부를 배경으로 일부의 자율성만을 보장하는 문화 민족주의자들<sub>이광수, 최남선, 김성수 등</sub>의 조직 결성을 저지하려는 의도가 있었다. 문화 민족주의자들은 조선이 완전한 독립을 얻는 것이 불가능하다고 보고, 조선을 제국 안의 자율적 지역으로 만들어 준다는 일본의 제안이 가장 가능한 선택이라고 여겼다. 그러나 그들의 그런 양보는 좌파 민족주의자들 대부분에게는 "파문을 당할 일"로 여겨졌다. 신간회의 창립 강령은 문화 민족주의 집단을 겨냥하면서, "조선민족의 정치 · 경제의 구경적 해결"과 함께 "기회주의를 일체 부인할 것"을 주장했다.[24]

신간회의 지도층은 실천에 있어 실용적인 포용적 정책 노선을 채택했다. 신간회는 사실상의 기관지 『조선일보』와 계간지 『현대평론』[1927~1928]을 갖고 있었다. 『현대평론』의 창간 서문은 포용적 정책을 공언하고 있었다. 창간사에 의하면, 민중의 요구에 부응하는 한 레닌주의든 워싱턴주의든 어떤 이데올로기도 기꺼이 포용할 것이었다.[25] "레닌주의"가 사회주의를 나타낸다면, 여기서의 "워싱턴주의"는 문화 민족주의의 점진적 개혁의 입장을 언급하고 있다. 워싱턴주의란 부커 T. 워싱턴[26]의 사상으로서, 미국 흑인은 자기 신뢰와 신뢰성 있는 시민을 스스로 입증함으로써 점차 시민권을 얻어야 한다는 것이다. 『현대평론』의 서문은 신간회의 지

---

24  이균영, 『신간회 연구』, 97쪽.

25  「서문」, 『현대평론』 1, 1927.1, 1쪽.

26  [역주] 부커 T. 워싱턴은 노예로 태어나 남북전쟁 이후 자유의 몸이 된 뒤 흑인의 경제 자립을 돕기 위해 기술학교를 설립했다. 그는 평등을 직접 실현하기 위한 투쟁보다는 백인 중심의 체제 속에서 흑인의 권익을 돕는 타협적 태도를 선택했다.

도층들의 실용적이고 화해적인 태도를 입증해 보이고 있었으며, 그들은 식민지 조선의 정치적·경제적 이익을 추구하는 어떤 사회 집단과도 협력한다는 이데올로기적 유연성을 선택하고 있었다.

좌파 민족주의의 실체적인 존재는 한국 민족주의자들에게 사회주의가 강력한 호소력을 지녔음을 나타내고 있다. 또한 그와 동시에 사회주의 운동과 민족해방 운동 사이의 갈등도 암시하고 있다. 사회주의는 많은 한국 민족주의자들에게 매력적이었는데, 그것은 제국적 자본의 강탈과 점증하는 피식민 대중의 프롤레타리아화 같은 식민지 사회 현상에 대한 강한 설명의 힘 때문이었다. 그러나 마르크스의 자본주의 비판이 많은 이들에게 진실의 울림을 들려줬지만, 프롤레타리아 혁명이라는 정치적 해결책은 그만큼 사람들을 확신시키기에는 부족했다. 그 이유는 프롤레타리아 혁명의 전망은 1920년대 한국 같은 산업적으로 미발달된 식민지에서는 실현 가능성이 너무 적어 보였기 때문이다. 더욱 중요한 것은 서구를 배경으로 한 마르크스주의 이론은 인종주의를 거의 고려하지 않았으며, 그로 인해 궁극적으로 반식민지 저항운동을 위해서는 불충분한 이데올로기였다는 점이다. 파농이 30년 후에 주목했듯이, 식민지적 맥락에서는 인종차별이 계급 갈등과 뗄 수 없는 관계에 있었으며, "식민지 문제를 다룰 때 마르크스주의 분석은 항상 조금씩 확대되어야"만 했다.[27]

---

27  파농은 이렇게 언급하고 있다. "식민지적 상황의 근원적 특성은 경제적 현실, 불평등성, 생활방식의 현격한 차이가 결코 인간적 현실을 은폐할 수 없다는 점이다. 식민지 상황의 거주지를 면밀히 살펴보면, 세계를 구분하는 단초가 특정한 인종에 속하느냐 속하지 않느냐의 사실에 달려있음이 분명해진다. 식민지에서는 경제적 하부구조가 상부구조이기도 하다. 여기서는 원인이 결과이기도 하다. 즉 백인이기 때문에 부자이고 부자이기 때문에 백인인 것이다. 그러므로 식민지 문제를 다룰 때 마르크스주의 분석은 항상 조금씩 확대되어야 한다."

[역주] 경제적 요인만 원인으로 작용하는 것이 아니라 인종적 요인이 원인으로 작용하

좌파 민족주의의 독자적인 시도로 보이는 두 단계 혁명 이론은, 실상 민족적 저항의 대의를 마르크스주의의 이론적 명령과 조화시키려는 노력[28]의 결과일 수 있다. 그처럼 양자의 조화가 시도되는 중에 "식민지의 좌파 민족주의"라는 자신들의 정치적 정체성이 형성되었던 셈이다.

좌파 민족주의는 식민지에서 나타난 좌파 사상의 복합성과 민족주의적 주체성의 다중성을 입증했다. 그런 좌파 민족주의는 염상섭 같은 사상적 옹호자의 문화적 실천에서 독특한 미학적 형상화를 발견하고 있었다. 다음절에서 우리는, 염상섭의 좌파 민족주의적 주체성이 어떻게 창조적인 문학적 실천을 형성했는지, 반대로 문학 실천이 어떻게 좌파 민족주의적 주체성을 구성했는지 살펴볼 것이다. 우리는 먼저 그의 내면고백체<sup>사소설적 고백체</sup>에서 보다 상호주체적인 여행기적 서사형식<sup>1920년대 중반</sup>으로의 전환을 고찰 할 것이다. 앞으로 보게 될 것처럼, 그런 전환은 문학적 민족지학<sup>ethnography</sup>이라는 후기의 발전을 예시하고 있었다. 염상섭의 문학적 민족지학이야말로 식민지 근대성에 대한 사회주의적 비판을 통해 탐사된 민족주의적인 문학적 성과물이라고 할 수 있다.

---

기 때문에 경제적 요인은 원인인 동시에 인종차별의 결과이기도 하다. Frantz Fanon, *The Wretched of the Earth*, Grove Press, 1963, p.40. 파농, 남경태 역, 『대지의 저주받은 사람들』, 그린비, 2004, 53~54쪽.

28    [역주] 이는 파농의 주장대로 마르크스주의를 확대해 늘리려는 노력이라고 할 수 있다.

# 식민지적 자아의 고백, 식민지적 민족의 발견

작가적 여정의 초기 단계에서 염상섭은 내면고백체의 명확한 옹호자이자 실천자였다.[29] 자전적인 글쓰기는 1920년대 전반에 유행의 흐름을 이뤘으며, 이 시기에 일본과 한국에서 가장 "진정성 있는" 진실한 문학 형식으로 널리 인정되었다. 잘 알려진 근대 한국의 모든 작가들은 고백체 형식을 생산해냈다. 염상섭 역시 「표본실의 청개구리」, 「암야」[1922], 「제야」[1923] 같은 작품을 쓰면서, 고백체라는 주도적 문학 형식의 대가임을 자랑스러워했다. 그는 또한 유아론적 경향을 지닌다는 비판을 방어하면서, 고백체의 개인적 진리는 자각된 자아가 "모든 권위를 부정하고 우상을 타파하는" 표현에서 근본적인 의의를 지닌다고 논의했다.[30] 그러나 이 거침없는 고백체의 옹호자는 곧 그런 서사형식을 개조해야 할 필요성을 발견했다. 이 절에서는 염상섭의 「표본실의 청개구리」와 「만세전」의 자세한 해석을 통해, 그가 왜 어떤 방법으로 내면고백체와 결별했는지 검토할 것이다. 여기서의 분석이 제시하는 것은, 두 소설에 노동계급 주인공이나 계급투쟁의 주제 같은 프롤레타리아 문학의 장르적 관습이 거의 없지만, 프롤레타리아적 식민지 민족의 시각으로 사회주의적 영감을 일

---

29  [역주] 자아의 내면 고백을 옹호한 글이 「개성과 예술」이라면 그 문학적 실천은 초기 3부작(「표본실의 청개구리」, 「암야」, 「제야」)이다.

30  「암야」(1922)는 예술 및 연애의 열망과 가족에 대한 의무 사이의 지적 갈등에 대한 일기 같은 기록이다. 또한 「제야」(1923)는 공부를 위한 외국 여행에서 불륜에 빠져들고 원치 않은 임신과 결혼의 파탄 끝에 자살에 이르는 신여성의 편지체의 고백이다. 이 초기 소설들에 대한 분석은 Kim Soonsik, *Colonial and Postcolonial Discourse in the Novels of Yŏm Sang-Sŏp, Chinua Achebe, and Salman Lushdie*(Peter Lang, 2004), pp.36~48 참조. 염상섭의 고백체의 옹호에 대해서는 「개성과 예술」(『개벽』, 1922.4), 35쪽 참조. [역주] 염상섭, 「개성과 예술」, 『염상섭 문장 전집』 1, 190쪽.

으킴으로써 형식적 변화를 야기했다는 것이다.

텍스트를 분석하기 전에, 20세기 초반 일본과 한국, 중국 작가들 사이에서 성행한 고백적 서사<sup>내면고백체</sup>의 주요 특징을 검토하는 것이 유용할 것이다. 이 문학적 형식은 1900년대 말에 "자연주의자" — 다야마 가타이, 시마자키 도손, 도쿠다 슈세이 등 — 로 알려진 일단의 일본 작가들에 의해 최초로 전개되었다. 이들 일본 작가들은 프랑스의 자연주의자, 특히 에밀 졸라로부터 처음 영감을 얻었으며, 졸라의 "과학적인" 사회적 세계관과 정교한 묘사방식에 놀라운 자극을 받았다. 그러나 일본에서 자연주의는 또한 다른 서양 사상들을 함축하고 있었고, 특히 관습적 금기에서 해방된 니체의 우상 타파와 루소의 "자연적 인간"의 이상화라는 철학적 사유를 내포하게 되었다.[31] 그 두 사상은 졸라의 유전적 결정론보다 훨씬 더 메이지 시대 일본 지식인들에게 호소력이 있었으며, 그로 인해 일본 자연주의의 개인주의적 경향에 영향을 미치게 되었다. 이제 확립된 문학적 관습으로서 자연주의적 고백체는 통상 갈등에 시달리는 근대 지식인의 내면을 세밀한 묘사로 기록하는 양식이 되었다. 소설의 절정에서 드러나는 지식인의 갈등의 요인은 흔히 부정한 성적 욕망이나 연애사건이며, 그런 것들이 인간의 개인성의 근원적인 상징적 표현으로 제시되었다.[32] 이런 형식은 다이쇼 시대<sup>1912~1926</sup>에 시가 나오야와 아리시마 다케

---

31 일본 자연주의 문학의 형성에 대해서는 Edward Fowler, *The Rhetoric of Confession*,(University of California Press, 1988), pp.73~148와 Tomi Suzuki, *Narratung the Self*(Stanford University Press, 1996), pp.33~47을 볼 것.

32 Karatani Kojin, "Confession as a System", *Origin of Mordern Japanese Literature*, Duke University of Press, 1993. 이 글에서 가라타니는 진실한 자아의 문학적 기록으로서 사소설(고백체)의 신화를 전복시키고 있다. 그는 그것을 위해 자연적 본능 뿐 아니라 기독교적 참회에 수반된 관습의 효과로서 성에 관한 비밀성을 분석하는 푸코의 방법을 끌어오고 있다. 가라타니의 논리에 따르면, 사소설의 문학적 기록은 작가가 이미 존재

오 같은 작가에 의해 더욱 인기를 얻게 되었고, 그 시기에 사소설[I-novel]이라는 이름으로 알려지게 되었다. 사소설이라는 이름은 일본 문학계의 파벌적인[cliquish] 문화 내에서 주인공이 흔히 작가 자신과 일치되었기 때문에 붙여진 것이다.[33]

그렇다면 사소설이라는 일본의 고백적 서사 형식의 기원은 이렇게 설명될 수 있다. 즉 사소설은 일본작가들이 가장 발전된 서구적 글쓰기라고 여긴 형식을 자신들의 매우 긴급한 관심, 즉 "근대적인 개인적 자아의 창조와 주장"에 적용하려는 노력에서 시작되었다. 그런 미적 열망과 주제적 관심은 근대 한국작가 첫 세대들도 널리 공유하고 있었다. 한국작가의 첫 세대들이란 일본에서 공부했거나 일본 자연주의에서 가장 접근 가능한 근대문학의 모델을 발견한 사람들이었다.[34]

염상섭의 첫 작품 「표본실의 청개구리」 역시 내면고백체[사소설적 고백체]로 쓰여졌으며 고백체의 여러 장르적 특징을 보여주고 있다. 이 소설의 익명의 1인칭 화자 '나'는 일본에서 돌아온 학생인데 알 수 없는 불안에 시달리고 있다. '나'의 증상은 만성적 피로와 신경과민, 오랜 불면증과 악몽 같은 것들이다. '나'의 반복되는 악몽 중의 하나는 실험실의 청개구리의 해부된 형상이다. '나'는 불안에서 벗어나기 위해 친구들과 여행길에 오르지만, 어디를 가든지 번민이 유령처럼 유출되는 광기의 상태에 빠지게 된다. 일본의 사소설이 흔히 그렇듯이, 이 소설은 '내'가 여행하는 장소의

---

하는 비밀을 고백하지 않을 수 없는 경우가 아니라 고백적 서사의 제도적 존재가 비밀을 드러내도록 유도하는 방식이다.

33  Tomi Suzuki, *Narrating the Self*, pp.3~8.

34  고백적 서사에 대한 한국 쪽의 보다 최근의 포괄적 연구로는 우정권, 『한국 근대 고백소설의 형성과 서사양식』(소명출판, 2004)을 볼 것. 우정권은 또한 『한국 근대 고백소설 작품선집』(역락, 2003)에서 고백체 소설들을 모아놓고 있다.

물리적 배경에는 거의 관심이 없으며, 주인공'나'의 동요하는 정신적·감정적 상태를 묘사하는 데만 초점을 두고 있다. 이 소설의 제목에서처럼 "해부"를 암시하는 비유는 당시의 동아시아 문학 담론에서 인기 있는 상징이었다.[35] 구체적인 외부 세계의 묘사가 부족하기 때문에 소설의 전체 이야기는 '나'의 악몽의 연장처럼 읽혀질 수 있다.

그러나 이 식민지적 사소설은 기묘한 형식적 불규칙성을 갖고 있다. 이 소설의 서사는 중간에 독립된 삽화처럼 보이는 ('내'가 만난) 광인 김창억의 삶에 관한 이야기로 갈라지게 된다. 김창억이라는 광기의 철학자는 '나'에게 예기치 않은 도취감을 불러일으키는 신비스러운 인물이다. '나'는 친구들의 독려에 김창억 자신이 만든 임시거처 산록山麓에 "우뚝 선" 삼 층짜리 두옥을 찾아간다. '나'의 일행의 방문에 김창억은 세계평화론과 윌슨의 자결주의, 기독교도의 위선 같은 국제 정치학과 국내 사회문제에 대해 종횡무진 떠든다. 친구들은 광인을 웃음거리로 여기지만 '나'는 왠지 심오한 전율에 압도된다. 돌아오는 길에 '나'는 감창억에 대한 강렬한 감동을 서울의 친구에게 엽서를 써서 보내기까지 한다. '나'는 김창억에 대해 "자유민"이자 "우리의 욕구를 홀로 구현한 승리자"라고 찬사를 보낸다.[36] 이 도취적인 순간은 딱히 논리적인 근거가 없음에도 불구하고

---

35   일본 사소설의 공간 묘사에서의 일반적인 추상적 특성에 대해서는 Elaine Gilbert, "Spatial and Aesthetic Imagination in Some Taishō Writings", *Japan's Competing Modernities*,(University of Hawai'i Press, 1998)를 볼 것. 또한 일본 자연주의에 영향 받은 근대 중국 작가 중 심리적 리얼리즘에서 "해부(dissection)"라는 인기 있는 수사학의 사용에 대한 언급은 Lidia H Liu, *Translingual Practice*(Stanford University Press, 1995), p.128을 볼 것.

36   염상섭,「표본실의 청개구리」,『개벽』, 1921.8~10. 염상섭의 신비스럽고 성스러운 광인은 오스기 사카에의「정기의 광인」이라는 숨겨진 하위 텍스트를 갖고 있다. 오스기는 1911년 대역 사건 이후 사카이 도시히코의 직접 행동의 개인적 행동주의에 대한 회의에 대응해 이 글을 썼다. 사카이는 "인간은 가장 높은 정점에 오를 수 있지만 그곳에

이 소설의 감동적인 절정을 나타낸다.

　이 지점에서 내면고백체는 갑자기 중단된다. 그리고 시간과 목소리가 변화되어 3인칭 전지적 화자 시점으로 김창억의 삶의 이야기를 서술하기 시작한다. 화자는 김창억이 평양 근처의 항구 도시 남포의 고향에서 신동으로 자라났음을 알려준다. 김창억은 경성으로 보내져서 한성고등사범에 입학하지만 아버지의 급작스런 죽음으로 학교를 그만두게 된다. 이어서 나날이 수척해 가던 모친도 세상을 떠나게 된다. 김창억은 남포에서 소학교 선생이 되지만 애정 없는 결혼생활과 가정적 비극으로 술에 빠지게 된다. 그러는 동안 "그의 책상 위에는 신구약전서 대신에 동경 어떠한 대학의 정경과[정치경제학과] 강의록이 놓이게 되었다". 그 후 곧 그의 사랑 없는 아내 역시 시부모의 뒤를 따라가게 된다. 그는 자기보다 나이가 어린 귀여운 여자와 재혼하여 새로운 삶을 시작했다. 그러나 김창억이 마침내 얼마간의 행복을 맛보게 되었을 때, 그는 "불의의 사건으로 철창에 매달려 신음하지 않으면 안 되게 되었다".[37] 그가 감옥에서 나왔을 때 아내는 어린 딸을 남겨두고 처가가 있는 평양으로 가버리고 없었다. 직업도

---

오래 머물지 못한다"는 조지 버나드 쇼의 말을 인용하며 주의를 요한 바 있다. 오스기는 그에 대항하며 이렇게 논의했다. 정점에 오르는 것은 "정기의 광인의 행동"이며 "고귀한 행동의 예술"이다. 만일 그것이 없다면 우리는 무지한 대중 속에 있게 되며 "역사의 창조적 주체"가 될 수 없을 것이다. 따라서 우리가 얼마나 굴러 떨어지든지 다시 올라가야 하며 "똑같은 일을 다른 사람들에게도 촉구하고 강요라도 해야 한다." 사카이와의 논쟁에서 오스기의 광인의 비유는 니체의 초인과 베르그송의 생철학에서 영감을 얻은 것이며, 그는 그것을 통해 사카이의 실효성의 의심에 대항하며 아나키즘의 신디컬리즘과 테러리즘을 옹호했다. 그러나 오스기의 정기의 광인 이론은 염상섭 소설에 전유되면서 또 다른 의미를 얻고 있는데, 그것은 많은 희생을 무릅쓴 3·1운동에 대한 정당화이다. 大杉榮, 「正気の狂人」, 『大杉榮全集』 2, 65~73쪽 참조. 사카이의 버나드 쇼에 대한 언급은 65쪽, 나머지 인용은 73쪽 참조.

37　염상섭, 「표본실의 청개구리」, 위의 책.

아내도 잃고 자포자기 상태로 분열된 그는 광기어린 행복한 망각 속에서 위로를 찾게 되었다. 그는 망상 속에서 여섯 개의 기둥과 두 개의 널판지, 멍석조각, 돌멩이, 진흙만으로 자신이 꿈꾸던 서양식 3층집을 짓기 시작했다. 그는 큰 포부를 지닌 완성된 임시건축에 "동서친목회"라는 이름을 붙였다. 김창억의 삶의 이야기를 서술한 뒤에 이 소설은 고백체 형식으로 되돌아간다. 그리고 '나'는 삼층집 건물이 불타 없어진 뒤 김창억이 남포에서 사라졌다는 소식을 듣고 다시 우울에 빠져든다.

이런 구조를 지닌 불규칙한 형식의 소설을 어떻게 해석해야 할까? 소설의 중간에 길게 서술된 중심인물 김창억은 어떤 상징적 의미를 지니고 있는가? 광인 철학자 김창억은 염상섭의 고백체 소설에서 잃어버린 비밀의 인격화로 간주되어야 할 것 같다. 「표본실의 청개구리」는 자전적 화자의 불안의 요인인 비밀이 밝혀지지 않은 점에서 고백체 소설로서는 특이한 요소를 지닌다. 그 대신에 이 소설은 광인 김창억의 삶의 이야기를 전해주는데, 그 이야기는 작가 자신의 삶에 조응하는 측면을 지니고 있다. 염상섭 역시 대학을 중퇴했으며 3·1운동으로 투옥되었고 집필 당시에 학교교사였다. 실제로 이 소설은 의도적으로 김창억과 '나'의 연관성을 주목하게 만들고 있다. 예컨대 1인칭 화자는 다른 인물들은 영어 이니셜로 지칭하면서 김창억만은 이름 전체를 호명하고 있다. 또한 김창억은 서두의 백일몽 같은 박물선생을 연상시키며, 그는 유일하게 주인공 '내'가 감성적으로 반응하는 인물이기도 하다. 그런 간접 고백의 서사적 전략을 채택함으로써, 염상섭은 사소설적 고백체의 해석적 관습, 즉 주인공과 작가를 일치시켜가는 밀접한 순환의 기대감에 호소할 수 있었을 것이다. 그와 동시에 3·1운동이라는 민족적 차원의 충격이 문제시되기 때문에, 염상섭은 더 많은 일반 독자들이 자신의 경험3·1운동에 공명하며 제휴하는 과정에 기댈 수 있었을 것이다. 그런 맥락에서 「표본실의 청개구리」
는 "나의 전기ㅣme-moir"이기보다는 "우리의 전기ㅣus-moir"의 소설이었다.[38]

　사소설과는 달리 개인적 비밀의 폭로가 없는 염상섭의 내면고백체는
캐런 손버가 말한 "역동적 상호텍스트성"에 해당된다 할 수 있다. 역동적
상호텍스트성이란 작가가 의식적으로나 무의식적으로 자신의 문학적 선두
주자들을 수정하는 경우를 말한다. 즉, 일본 사소설의 권위를 지배적인
문학 형식으로 인정하면서 그 유산을 변형시키는 방식 같은 것이다.[39] 그
런 맥락에서 염상섭의 첫 번째 고백체의 형식적 복합성은 부분적으로 식
민지적 검열의 효과로 간주될 수 있다. 사소설적 고백체는 원래 철학적
토대가 자유주의적 개인주의이지만, 고백체 서사는 집단적 주제의 표현
에도 쓰일 수 있고 실제로 그래왔다. 예컨대 한국 프롤레타리아 작가들
은 초기에 고백체를 많이 사용했으며, 유 다푸 같은 중국작가들은 민족주
의적 주체성을 표현하기 위해 사소설을 재발명해냈다.[40] 그 점을 고려해
도 작품의 주제가 3·1운동과 같은 불법적인 것일 경우, 사소설은 위장의
어려움 때문에 작가가 사용하기 불편한 형식이 된다. 바로 그 때문에, 염
상섭은 사소설의 관습에 형식적인 우회로를 만들어 금기의 주제를 자신
의 "간접적 전기"로 썼을 것이다.

　염상섭은 「만세전」에서 「표본실의 청개구리」의 형식적 실험에서 더

---

38　나는 캐롤라이나 곤잘레스의 블로그 포스트에 인용된 에드위지 단티캣의 신조어("나
　　의 전기"(me-moir)이기 보다는 "우리의 전기"(us-moir))를 사용하게 해준 앤 맥나이트
　　에게 고마움을 전한다. http://soundtaste.typepad.com/sound_taste/2007/11/brother-
　　im-dyin.html.

39　Karen Laura Thornber, *Empire of Texts in Motion*, Harvard University Asia Center, 2009,
　　pp.218~219.

40　Christopher T. Keaveney, *The Subversive Self in Modern Chinese Literature*, Palgrave Mac-
　　millan, 2004 참조.

나아가 고백체를 여행기로 바꾸는 또 다른 "수정"을 시도한다. 「만세전」은 「표본실의 청개구리」의 "고백적 여행기"를 다시 사용하지만 이제 서사는 여행기의 본령에 더 가까워진다. 여기서는 1인칭 화자 이인화가 주변 환경을 보다 주의 깊게 관찰하면서 여행에서 만나는 사람들과 더 많은 상호작용을 하게 된다. 「만세전」은 공간적으로 순환적인 서사구조를 지니고 있다. 즉 이인화가 위독한 아내의 소식을 듣고 도쿄에서 서울로 향하는 장면에서 시작해 아내가 죽은 후 도쿄로 귀환하는 결말로 끝난다. 두 도시 사이에서 이인화는 고베 — 예전 여자친구을라가 있는 곳 — 와 항구도시 시모노세키, 부산 등 여러 곳을 거치며 여행을 한다. 여행의 목적은 죽어가는 아내를 방문하는 것이지만 그런 목적은 여행하는 동안 좀처럼 이인화의 의식에 떠오르지 않는다. 표면적인 목적이 무엇이든 그의 여행은 코스모폴리턴적 지식인에서 식민지 민족주의자로의 변화를 위한 크로노토프로시공간로서 독립적인 의미를 지닌다.[41] 그런 과정에서 이 소설은, 이인화의 변화하는 내면성을 (단일하고 모호한 비유보다는) 연속적인 사회적 장면들과 식민지 조선인들의 파노라마적인 모자이크에 투사한다. 이런 형식적 변화는 염상섭의 민족지학적 소설을 향한 이후의 문학적 발전을 예시한다.

「만세전」의 주인공은 처음에는 민족의식이 별로 없는 자기도취적 부르주아 자유주의 지식인처럼 보인다. 이 소설은 도쿄에서 하숙집, 대학, 이발소, 선물점, 카페 같은 일상의 행선지를 추적한다. 이인화는 이따금 보편적 인간 본성이나 여러 사회계급의 아비투스와 도덕 같은 추상적인 철학적 사유에 빠지지만, 결코 민족적 정체성을 깊이 생각하지 않는

---

41    박상준은 『1920년대 문학과 염상섭』(역락, 2000)에서 이 점을 고찰하고 있다.

다. 이인화는 일본인과의 교류에서도 무심코 민족의식을 드러내는 법이 없다. 그는 자신이 연애감정을 느끼는 일본인 카페여급 시즈코[정자]와 희롱하는 말을 주고받기까지 한다. 이인화가 작별 인사 차 카페를 방문했을 때 시즈코는 그에게 아내 소식을 듣고도 출발을 늦춘다고 질책한다. 이인화는 변명조로 니체식의 인습타파에 대한 과장된 말을 늘어놓는다. "목숨 하나 없어진다는 것과, 내가 술을 먹는다는 것과는 별개한 문제다. 그 사이에 아무 연락이 있을 리가 없다. 그러면서도 '내 처'가 죽어가는데 술을 먹다니? 하는 소위 '양심'이 머리를 들지만, 그것은 진정한 양심이 아니라, 관념이란 악마가 목을 매서 끄는 것이다. 사람은 그릇된 관념의 노예다. 그릇된 도덕적 관념으로부터 해방되는 거기에 진정한 생활이 있는 것이다."[42]

그러나 이런 코스모폴리턴적 자유주의자는, 조선을 여행하는 동안 식민지적 자아가 체현되는 경험을 통해 분노한 (식민지) 민족주의자로 변모된다. 이인화는 제국의 수도의 자유주의적 분위기 속에서 민족의식에 무관심할 수 있었지만, 항구나 철도 정거장 같은 경계지역에 만연된 극심한 인종주의에 의해 격렬한 자각을 일으킨다. 그런 곳에서는 외모가 조선인 지식인이라는 이유만으로 순사가 불시에 검문을 하고 사복 형사가 골칫거리처럼 쳐다보고 있었다. 그들의 의심스러운 눈초리는 이인화의 신체를 민족적 정체성의 표지로 전환시키면서, 그의 개인성을 해체하고 그 자리에 치욕적인 식민지 민족의 일원이라는 집단적 정체성을 부과한다.

이인화의 민족주의적인 전환은 프란츠 파농의 식민지 지식인의 민족주의적 성장의 이론에 조응한다. 파농에 의하면, 유럽에서 교육받은 식

---

42    염상섭, 「만세전」, 『신생활』, 1922.7~9, 『시대일보』, 1924.4.6~6.7.

민지 지식인은 처음에 순수하게 동화된 "모방적" 삶을 살게 되며, 아무런 인종적·혈통적 민족의식이 없는 천진스러운 코스모폴리턴에 머물게 된다. 그러나 그런 그가 처음으로 인종차별을 받게 되면, 두 번째의 "혼란스런" 단계에 들어서서 자신의 다른 자아 곧 중첩결정된 식민지적 주체를 뼈아프게 인식한다.[43]

중요한 것은, 이인화의 민족적 자각이 농민에 대한 감정적 동일시와 순응적 부르주아 자아에 대한 비판에 부합하는 점이다. 이인화의 서술에서 결정적인 순간은 조선행 연락선에 탄 세 명의 일본인의 대화를 엿들었을 때이다. 이 공중목욕탕 장면에서 욕실의 김이 그를 일본인들에게 보이지 않게 만들었을 때, 그의 개인성은 완전히 지워진 상태였다. 이인화의 존재를 알지 못한 채 일본인들은 식민지 노동자의 인신매매에 대해 자유로이 주고받는다. 즉 그들은 "조선인 요보"와 "타이완인 생번生蕃, beasts"에 대해서 떠들고 있었다("요보"는 문자 그대로 "여기 보오"를 뜻하는 말로, 식민지 시기 일본인이 조선 노동자를 지칭해 사용한 일상의 구어였다). 어리숙하고 빈궁한 농민들에 대한 방만한 대화와, 그들을 손쉽게 인신매매에 빠지게 하는 일인의 이야기는, 이인화의 도덕적 반감을 일깨우면서 인종적 적개심의 감정을 자각시킨다. 그와 동시에 이인화는 죄의식의 고통에 사로잡힌다.

스물 두셋쯤 된 책상도련님인 그때의 나로서는, 이러한 이야기를 듣고 놀라지 않을 수 없었다. 인생이 어떠하니 인간성이 어떠하니 사회가 어떠하니 해야, 다만 심심파적으로 하는 탁상의 공론에 불과할 것은 물론이다. 아버지나, 그렇지 않으면 코빼기도 보지 못한 조상의 덕택으로, 공부자나 얻어 하였거나,

---

43  Frantz Fanon, *The Wretched of the Earth*, Grove Press, 1963, pp.217~218 참조.

소설권이나 들춰보았다고, 인생이니 시니 자연이니 소설이니 한대야 결국은 배가 불러서, 포만의 비애를 호소할 따름이요, 실인생 실사회의 이면의 이면 진상의 진상과는 아무 관계도 연락도 없을 것이다. 그러고 보면 내가 지금 하는 것, 이로부터 하려는 일이 결국 무엇인가 하는 의문과 불안을 느끼지 않을 수가 없었다.[44]

따라서 이인화의 민족주의적 자아각성은 "부르주아 관념론"에 대한 자기비판 및 식민지 조선에 대한 유물론적 현실인식과 함께 이루어진다. 그런 현실인식을 매개하는 것은 농민 대중에 대한 공감이었다. 계속되는 반성적 의식 속에서 이인화는 노예 상태에 있는 많은 농민들에 대해 이렇게 질문한다. "열 방울의 땀과 백 방울의 피는 한 알의 나락을 기른다. 그러나 그 한 알의 나락은 누구의 입으로 들어가는가? 그에게 지불되는 보수는 무엇인가? — 주림만이 무엇보다도 확실한 그의 받을 품삯이다……" 총독부가 자신의 이익을 위해 착취적인 전통 지주제를 (개혁하기보다) 옹호했음을 생각할 때, 우리는 「만세전」에서 식민지 근대성에 대한 계급적 관점으로 된 최초의 소설적 비판을 보게 된다.[45]

이제 고향으로 여행하는 동안, 이인화는 식민지에 대한 민족주의적 비판의 위치에서 정치적·경제적 억압 하에 있는 동포들을 관찰하게 된다. 「만세전」의 여행 서사의 부분은 공간의 사용에서 다른 부분과 구분된다. 이인화는 몇몇 개인적 일상의 닫힌 영역 대신에 거리, 철도역, 기차, 부두 등 다양한 공동의 배경 속에서 나타난다. 그런 공간들은 철학적 반성에 몰두하기보다 — 친지나 연인 대신 — 많은 낯선 사람들과 실제적으로

---

44    염상섭, 「만세전」, 『염상섭 중편선』, 문학과지성사, 2014, 54쪽. 이 선집은 고려공사본임.
45    위의 책, 55쪽.

상호작용하는 장소로 그려진다.[46] 서사의 초점이 사람들의 출현이나 행동, 그들과 이인화의 대화의 기록에 맞춰짐에 따라, 이인화는 탈중심화된 비판적 관찰자의 역할을 하게 된다. 이인화가 만난 인물 중에는 교육을 받지 않은 무지한 갓장수가 있었다. 구식행색을 한 그는 근대적 외모를 해도 일본말을 쓰지 않는 사람은 수모를 당한다고 말했다. "가는 데마다 시달리고 조금만 하면 뺨다귀나 얻어맞고 유치장 구경을 한 달에 한 번씩은 한다"는 것이다.[47] 또한 조선인과 일본인의 혼혈 소녀는 자신의 조선인 어머니를 증오하고 있었다. 사무원과 역부는 일본말만 사용하고 있었고, 기차 승객들은 모두 무장한 일본 헌병 앞에서 공포에 질려 있었다. 그리고 아이를 업은 가난한 여편네를 포함해 학대받는 수인囚人들이 있었다. 이 모든 사람들의 모습은, 식민지 근대화의 과정에서 고통을 당하는 수많은 조선인들을 입증하는 생생한 집합적 증인들이었다.

따라서 염상섭의 소설에 나타난 것은, 제국의 자본주의적 축적과 착취로 인한 "빈민화를pauperization를 낳는 발전의 과정", 그리고 그에 걸려든 프롤레타리아 민족으로서 식민지 조선의 시각화였다. 그런 식민지의 시각화는 이인화가 부산에 도착해 조선음식에 향수를 느끼며 큰길을 걷고 있을 때, 일본인 정착자가 조선인 주거지를 도시 중심에서 쫓아냈음을 발견하는 순간 가장 잘 암시된다. 이인화는 큰길에서 새로운 극장과 활동사진관, 형형색색의 그림조각과 깃발을 본다. 조선인들은 근대성의 놀라움에 경탄하지만, 이인화는 조선인의 "집문서는 식산은행의 금고로 돌아들어가서 새 임자를 만난다"고 생각한다. "그리하여 또 백가구 줄어들고 또 이백가구 줄어든" 것이며, 그와 함께 예전의 거주자들은 간도지방

---

46    물론 직접 관계하거나 애정을 느끼지는 않는다.
47    염상섭, 「만세전」, 『염상섭 중편선』, 115쪽.

의 이주 길로 내몰린 것이다.[48] 이런 관점에서 근대성의 최신 설비 — 서양식 이층집, 전차, 신문, 전보 — 는 이광수의 『무정』[1917]에서와는 달리 더이상 문명의 진보를 자랑하는 신호로 인식되지 않는다.[49] 이인화는 "누구의 이층이요 누구를 위한 위생이냐"고 묻는다. 여기서 식민지 근대화는 "식산은행"[식민지 개발의 중심 역할을 한 제도]의 서사로 축약된 착취적인 제국 자본의 침략과 등가화된다. 식민지 근대성에 대한 이런 부정적 인식 속에서, 제국의 문명화 사명[mission civilsatrice][50]의 요구와 점진적 개혁의 낙관적 전망은 헛되고 위선적이기까지 한 목소리로 들릴 것이다.

이 소설은 핵심 부분의 신랄함과 비교해서 결말부는 보다 온건해진 듯이 보인다. 염상섭은 충분한 결론을 제시하기보다는 미래에 대한 모호한 낙관성을 암시한다. 이는 제목[「만세전」]에서 예상되는 것과는 다르며, 새롭게 각성된 식민지 민족주의자의 정치적 최후 단계[투쟁적 단계]-파농와도 상이하다. 이인화는 대중 시위의 가담에 돌입하지 않으며, 시즈코에게 안부편지를 부친 후에 도쿄로 돌아가는 기차에 탑승할 뿐이다. 편지에서 그는 지금의 상황을 이렇게 애달파한다. "생활력을 잃은 백의의 민民— 망량魍魎 같은 생명들이 준동하는 이 무덤 가운데에 들어앉은 지금의 나로서 어찌 '꽃의 서울'을 꿈꿀 수 있겠습니까?" 하지만 편지는 개인적 창조성을 고양시키는 추상적인 말로 끝맺을 뿐이다. "비단 구주 천지뿐이리요. 전세계에는 신생의 서광이 가득하여졌습니다. 만일 전체의 알파와 오메가가 개체에 있다 할 수 있으면 신생이라는 광영스러운 사실은 개인

---

48   위의 책, 78쪽.

49   이광수, 『무정』, 문학동네, 2003.

50   [역주] 프랑스 식민주의의 이데올로기적인 정당화를 말함.

에게서 출발하여 개인에 종결하는 것이 아니겠습니까?"[51]

그러나 결말을 소심하게 만든 데에는 분명히 검열의 역할이 있었다. 염상섭이 처음에 이 소설을 「묘지」[1922]라는 제목으로 『신생활』에 연재했을 때, 3회 연재분은 압수되었고 이어 잡지 자체가 폐간되었다. 염상섭은 1924년 『시대일보』에 「만세전」이라는 현재의 표제로 재연재할 수 있었다.[52] 그 후 해방된 뒤 「만세전」을 단행본으로 재출간했을 때, 그는 실제로 보다 날카로운 결말을 위해 끝부분을 고쳐 썼다. 해방 후의 수선사 본은 위에서 인용한 편지 부분을 다음과 같이 수정하고 있다. "부질없는 총칼을 거두고 제법 인류의 신생을 생각하려는 것 같습니다. 그러나 이 땅의 소학교 교원의 허리에서 그 장난감칼을 떼어 놓을 날은 언제일지? 숨이 막힙니다."[53] 여기서 이인화는 변화시켜야 하는 것은 개인이 아니라 체제임을 암시하면서, 1910년대의 일본의 무단정치를 비판하고 있다. 해방 후의 수정이 검열 이전의 내용과 같은 것인지 예단할 수 없지만, 특히 이 부분의 수정은 식민지 시대 이 작품을 쓰던 때의 작가의 사상적 방향과 더 잘 맞는 것처럼 보인다.

「표본실의 청개구리」가 식민지 지식인의 사적 자아의 고백으로 시작해 "식민지적 우리"의 폭로로 끝난다면, 「만세전」은 그런 서사적 형식을

---

51 염상섭, 「만세전」, 『염상섭 중편선』, 159~161쪽.
52 염상섭이 연재를 재개했을 때 그는 제목을 바꾸는 것 이외에 눈에 띄는 변화를 보이지 않았다. 그러나 그가 해방 후 1948년 이 소설을 재출판했을 때 세 가지 중요한 수정을 했다. 즉 몇몇 표현들을 현대적으로 세련되게 고쳤으며 특히 주목되는 것은 일본식 용어를 한국어로 바꾼 것이다. 또한 이인화와 옛 여자 친구 을라와의 관계를 포함한 절들을 상당 분량 축약했다. 마지막으로 작품의 민족주의적 색채를 강화한 점을 들 수 있다. 이재선, 「일제의 검열과 「만세전」의 개작」(『염상섭 문학 연구』, 민음사, 1987)에서 두 판본에 대한 결말 연구를 볼 것.
53 염상섭, 『삼대 외』, 동아출판사, 1995, 671쪽. 이 선집의 「만세전」은 수선사본임.

넘어서면서 식민지 민족의 발견에 이르고 있다. 그 같은 과정에서 염상섭은 사적 고백에서 한층 상호주체적인 여행기의 서사형식으로 이동한다. 이인화가 고향으로 귀환하는 여행의 기록은 식민지 주체가 제국에게 "되받아 쓰는"[54] 기록이 아니며, 이 소설은 서구-일본의 제국적 여행자가 조선과 조선인에게 가하는 인식론적 폭력을 역전시키는 데 그치지 않는다. 오히려 이인화의 기록은 외국에서 공부한 식민지 지식인이 자신을 그의 식민지적 자아를 포함한 "무덤 같은" 고향과 민족에 일치시켜가는 여행 서사이다.〈그림 5.2〉[55]

빌 애시크로프트에 의하면, "여행은 항상 근본적으로 타자를 이해하면서 자아를 발견하는 과정이지만, 화해와 일치의 여행에서의 발견 ─ 상호주체적 발견의 변증법 ─ 은 불화를 해소하려는 시도에서 필요한 자기폭로의 기능을 한다".[56] 여기서 애시크로프트는 구 제국의 주체와 구 식민지 주체가 상호인종적 화해를 얻어가는 여행을 언급하고 있다. 그러나 그의 통찰은 민족의 틈새와 계급의 간극을 지나가는 이인화의 "일치의 여행"에도 적용될 수 있다. 이인화는 여행의 과정에서 식민지 프롤레타리아 민족에 자신을 일치시키며, 코스모폴리턴적·부르주아적 자아와 직면해 그 자신을 비판하고 있다.

그러나 애시크로프트 자신이 언급했듯이, 여행기는 핵심적인 주체적

---

54 [역주] 되받아 쓰기(writing back)는 제국이 식민지에 가하는 문화적인 인식론적 강요를 피식민자의 입장에서 되돌리는 것을 말한다. 애시크로프트의 『제국의 되받아쓰기』에서 제시된 이 개념은 인식론적 역전의 과정을 말하고 있지만 내부 식민화의 위험이 지적되기도 했다.

55 [역주] '무덤 같은 고향'은 제국에 동화될 수 없는 타자성의 발견이며, 이인화는 그것을 통해 자신의 서구적 부르주아 자아를 반성한다.

56 Bill Aschcroft, "Afterword: Travel and Power", *Travel Writing, Form, and Empire*, Routledge, 2009, p. 238.

<그림 5.2> 일본에서 공부할 당시의 염상섭과 그의 친지의 딸. 이 사진은 염상섭 가족의 허락을 얻어 게재한다.

서사가 집단 주체성을 증언할 수 없기 때문에 형식적 한계를 지닌다. 염상섭이 이후에 3인칭 서사형식으로 한 걸음 더 이동하게 된 것은 아마 그런 이유 때문일 것이다.

이어서 염상섭이 민족지학 소설가로 성숙하는 과정에서도 사회주의는 계속 핵심적인 역할을 했다. 「표본실의 청개구리」가 염상섭의 사회주의적 영감 위에 해방적인 민족주의 의제를 올려놓은 작품이라면, 그 점은 「만세전」에서 오히려 더 눈에 띄게 나타났다. 「만세전」에서 식민지 조선에 대한 사회적 조망을 활력적으로 만든 것은 마르크스 — 혹은 크로포트킨 — 의 현대 자본주의 비판의 방식이었다. 그러나 「만세전」은 이인화의 개인적인 주체적 관점으로 프롤레타리아 민족의 전망을 투사했지만, 이후의 소설에서는 보다 객관적인 형식으로 그런 전망을 드러내려는 시도가 나타났다. 염상섭은 보다 넓은 문학적 화폭 위에 다양한 사회적 행보를 하는 일군의 인물들을 그리면서, 그들이 각자의 차이에도 불구하고 프롤레타리아 식민지 민족의 일원으로 함께 묶여 있음을 보여줬다.


## 프롤레타리아 민족에 대한 문학적 민족지학의 글쓰기

염상섭은 훗날 이렇게 회고했다. "사실주의에서 한 걸음도 물러나지는 않았고 문예사조에 있어 자연주의에서 앞선 것은 벌써 오랜 일이었다."[57] 염상섭은 「만세전」 출간[1924] 이후 자연주의적 내면고백체에서 벗어났지만, 그의 새로운 문학적 이념이 리얼리즘임을 공언한 것은 1927년에 이르

---

[57]　염상섭, 「나와 자연주의」, 『서울신문』, 1955.9.30. 『염상섭 전집』 12, 220쪽.

러서였다. 염상섭이 생각한 것처럼 리얼리즘은 자연주의적 고백체가 지니고 있는 단순한 평면적 글쓰기 양식이 아니었다. 그보다도 리얼리즘은 유물론적인 세계관이 갖춰진 민족적 미학을 함축하고 있었다. 예컨대 「문예와 생활」[1927]에서 염상섭은 리얼리즘 소설가의 임무를 "금대인今代人의 생활" 및 "금대인의 생활을 구성하는 시대의식과 사회의식" ─ 보다 범위를 좁혀서는 "민족의식" ─ 을 재현하는 것으로 규정했다. 염상섭은 민족의식을 재현하려면 작가는 물질적 토대를 검토하며 "생활, 사회, 펼쳐져 움직이는 세계"를 묘사해야 한다고 강조했다. 왜냐하면 "생활은 현실 위에 밟고 서서 춤을 추나 그 춤의 반주자는 현실이기" 때문이다.[58] 「문예와 생활」에서 염상섭은 초기 자연주의적 고백체의 개인주의 미학에서 민족적 미학으로 완전히 이동했으며, 그와 함께 생활의 재현이 물질적 현실에 토대를 두어야 함을 강조했다. 민족주의적 배음을 괄호 안에 넣으면, 염상섭의 문학적 이념은 루카치의 비판적 리얼리즘 개념에 가장 잘 비유될 수 있다. 비판적 리얼리즘 작가는 묘사된 사회 질병에 대한 명확한 해결책을 처방하지 않은 채 역동적 총체성 속에서 현실을 비판적으로 그린다.[59]

염상섭 리얼리즘의 비판적 관여성은 동시대의 다른 문학적 경향과 비교할 때 평가가 가능해진다. 한편으로 보면 염상섭의 리얼리즘 소설은 당시의 프롤레타리아적 리얼리즘과는 구분된다. 그가 작가의 역할을 혁명의 선동적 전위보다 현실의 비판적 관찰자로 보면서 "민족적" 의식을 강조한 점에서 그렇다고 할 수 있다.

다른 한편 염상섭의 리얼리즘은, 유물론적 세계관으로 당대적 제재에

---

58　염상섭, 「문예와 생활」, 『조선문단』, 1927.2, 『염상섭 전집』 12, 107~108쪽.

59　사회주의 리얼리즘과 대비되는 비판적 리얼리즘에 대한 루카치의 논의는 Georg Lukács, *The Meaning of Contemporary Realism*(Merlin Press, 1979), pp.93~135를 볼 것.

지속적인 관심을 보인 점에서, 문화 민족주의자의 향토적 미학과도 구분된다. 최남선과 이광수 같은 문화 민족주의자들은 신문학 운동기에 근대적 문학형식의 개척자였지만, 1920년대 중반에 사회주의의 엘리트적 문화주의 비판에 대응해 보수적인 토착주의로 미학적 경향을 변화시켰다. 1920년대 후반에 최남선은 전통적인 고유한 시 형식인 시조의 부흥운동을 일으켰고, 비슷한 시기에 이광수는 『마의 태자』[1927]와 『단종애사』[1929] 같은 왕조 시대를 배경으로 한 역사소설을 썼다.[60] 그러나 염상섭은 그런 상황 속에서도 비판적 리얼리즘의 원리를 계속 지속시키고 있었다. 문화 민족주의자들이 본질주의적으로 발명된 문화적 과거에 대한 향수로 전환하고, 카프 작가들이 혁명적 미래로 비상하고 있을 때, 염상섭은 결연히 생생한 현재를 그리는 데 전념하며 진귀한 미학적 차이를 보여줬다.

염상섭은 대안적인 민족적 미학을 실천하면서 "민족지학적 소설"이라고 규정할 수 있는 소설들을 생산해냈다. 여기서 민족지학적 소설이란 염상섭의 작품이 일상을 넘어서서 인류학적 규율과 친화적이 되었다는 뜻이 아니다. 민족지학적 소설은 그런 뜻보다는, 자넷 탤먼이 "소설의 발생 근원인 문화(들)의 뜻 깊은 정보를 전달하는" 작품들에 부여한 폭넓은 일반적인 의미를 지닌다.[61]

---

60 두 소설은 직계 왕위 계승의 박탈이라는 공통의 주제를 갖고 있었으며, 이 주제는 식민지 조선 독자들에게 공감을 얻을 수 있었다. 이 소설들에서 이광수는 문학적 주제를 고대 및 중세 왕조의 과거로 방향을 전환했고, 소설 안에서 보다 고풍의 언어를 도입하기도 했다. "삼베옷을 입은 태자"라는 뜻의 마의태자는 고대 신라 왕조의 마지막 태자의 별칭이다. 전설에 의하면 태자는 918년에 신라가 고려에게 멸망되자 산속에서 은둔하며 생을 마치는 길을 선택했다. 세종의 손자인 단종은 겨우 12세 때 왕위에 올랐다. 단종은 야망가인 삼촌 수양대군(세조)에 의해 폐위되어 귀양지에서 처형되었다.

61 Janet Talman, "The Ethnographic Novel", *Between Anthropology and Lterature*, Routledge, 2002, p.12.

신간회 운동 기간 동안 염상섭은 많은 장편소설들을 썼으며 대부분의 작품을 신문에 연재했다. 즉『사랑과 죄』[1927~1928],『이심』[1928~1929],『광분』[1929~1930],『삼대』[1931],『무화과』[1931~1932] 등이다. 이 모든 소설들은 인물들이 생생하게 살아 움직이는 풍부한 서사적 구성을 보여주고 있다. 염상섭 소설의 인물은 서울의 모든 모퉁이들과 생활의 행적들로부터 나타난 사람들이다. 그들은 전통적 부유층과 신흥부자이거나, 보수적 지식인과 현대적·급진적 지식인, 신여성과 구여성, 공장 노동자와 머슴, 형사와 죄수, 성직자와 매춘부들이다. 이들 등장인물 중에는 외국인도 있으며 특히 일본인과 미국인이 출현한다. 염상섭의 소설은 인물들 각각의 환경과 생활방식, 도덕을 여러 가닥으로 된 플롯으로 섞어 짜면서 풍부한 문학적 직조물을 이루어내고 있다.

이들 소설은 당대를 대표하는 역사적 사건들을 배경으로 삼는 특성이 있는데, 그 점은 염상섭이 신문기자 출신인 점과도 연관이 있다. 즉『삼대』의 1928년의 조선 공산당 해체 사건,『광분』의 1929년의 산업 박람회,『무화과』의 1931년의 만주사변 등이다. 염상섭은 신문기자의 감각을 넓은 문학적 화폭에 색칠함으로써, 식민지 자본 속에서 펼쳐진 당대 조선인의 생활 경험을 생생한 문학적 기록으로 생산해냈다. 염상섭의 소설을 식민지 조선의 문학적 민족지학으로 평가할 수 있는 것은 바로 그런 의미에서이다.

그러나 민족을 그리는 문학적 민족지학은 단순히 사회적 관계와 문화적 관습을 기록하는 것에 그치지 않는다. 문학적 행동은 또한 상상적 민족 공동체를 환기시키는 담론적 기능을 통해 민족에 대한 어떤 일관된 전망을 독자에게 전달한다. 그 점에서 우리는 염상섭의 좌파 민족주의적 소설에서 식민지 조선에 대한 어떤 전망이 환기되었는지 질문할 수 있다.

나는 염상섭이 최고의 비평적·상업적 성공을 얻은[62] 『삼대』를 분석함으로써 그런 질문을 탐구할 것이다.

1931년[1월 1일~9월 17일]에 『조선일보』에 연재된 『삼대』는 당대 서울의 상류 부르주아 집안의 가족의 위기를 서술하고 있다. 조의관의 가족은 삼대의 가부장제적 가계를 이루고 있다. 가장 조의관은 유교적인 지주이며, 그의 아들 조상훈은 미국에서 공부한 기독교 자선 사업가이고, 손자 조덕기는 일본에서 유학 중인 학생이다. 이들 삼대의 가족은 내부적인 여러 갈등에 둘러싸여 있다. 즉 조의관과 조상훈은 종교와 세대의 차이로 논쟁적인 관계에 휘말려 있다. 또한 조의관의 첩 수원댁은 유산을 물려받기 위해 조씨 집안 아들들과 다투고 있다. 상훈과 그의 아내는 혼외 연애 사건 때문에 서로 소원한 관계에 있다. 법정 상속인이자 충실한 손자인 조덕기는, 가족적 불화의 와중에서 쿄도[경도]의 학교로 돌아가 모든 사람으로부터 도피하길 바라고 있다. 이런 가족의 위기와 쇠락을 재현한 점에서 염상섭의 소설은 시마자키 도손의 『가족』[1911]과 유사한 점이 있다.

그러나 이 "식민지 가족사 소설"에서는 가정의 서사가 덕기를 둘러싼 개성적인 청년집단의 이야기와 교차되며, 그로 인해 서사의 경계가 보다 넓은 사회로 확장된다.[63] 덕기가 다른 사회적 행로를 지닌 인물들과 교류하게 되는 것은 주로 어릴 때의 친구 김병화를 통해서이다. 예컨대 덕기는 병화의 보호를 받는 여공 필순을 만나며, 자신이 기혼자임에도 필순에게 연애 감정을 발전시키게 된다. 이 부류에 속하는 또 다른 인물은 홍경

---

62   서광운, 『한국 신문소설사』, 해돋이, 1993, 187쪽 참조.

63   손버는 근대소설에서 이런 가족과 사회의 결합이 한국 및 중국 가족소설과 일본 가족소설의 차이점이라고 언급한다. Karen Laura Thornber, *Empire of Texts in Motion*, p.315 참조.

애인데, 그녀는 과거 덕기의 학교친구이면서 상훈의 첩으로 버려진 채 지금은 술집<sup>바커스</sup> 여급으로 있다. 그녀는 홀로 아이를 키우는 세련된 근대 여성으로서 병화에게 사랑의 관심을 불러일으킨다. 덕기는 모든 사람들에게 후원자처럼 행동하며 필요할 때 금전적 도움을 주는데, 그 과정에서 병화의 활동을 위장하기 위해 은밀한 경제적 후원자가 되어 의도치 않게 지하활동에 연루된다.

『삼대』의 전반부가 인물들을 소개하며 그들의 교류관계를 연결시킨다면, 후반부는 추리물과 탐정소설의 분위기를 띠며 가족과 사회 문제를 더 깊이 얽히게 한다. 그런 서사적 전환은 조의관의 갑작스러운 죽음에서 시작된다. 덕기는 시험 준비 때문에 일본으로 돌아갔지만, 빈판에 넘어진 조의관의 병세가 나날이 악화되자 다시 경성으로 호출된다. 조의관이 세상을 떠난 후 장례식이 끝나자 덕기는 집안의 불화에 대해 책임감을 느끼게 된다. 그는 조부가 독살되었으리라는 의심을 품으면서 이제 가족들의 질투와 탐욕에 대응하지 않을 수 없게 된다. 마침내 경찰이 덕기 가족의 사건에 개입하는 것과 함께, 병화와 사회주의자들에게 테러 자금을 전달한 러시아에서 온 첩자를 추적하는 사건이 벌어진다. 두 사건이 차례대로 전개되면서, 실상 가족 문제와 테러 사건에 연루된 인물들이 모두 경찰에 구금된 채 소설은 끝을 맺는다.

『삼대』는 가족사 소설로 읽힐 수 있지만, 작가 자신의 말을 참고하면 자기의식적인 민족적 알레고리 ― 특히 신간회 시기의 민족적 상황을 묘사한 알레고리 ― 로 해석될 수도 있다.[64] 염상섭의 회상록에 의하면, 조

---

64    내가 『삼대』를 민족적 알레고리로 해석하는 것은 프레드릭 제임슨의 제3세계 소설의 알레고리적 특성에 대한 논의에 동의하는 것은 아니다. 제임슨은 모든 제3세계 텍스트들은 "필연적으로" 알레고리적이며 "사적 개인의 운명의 서사는 항상 공적인 제3세

씨 집안의 3대는 각 세대의 주도적 사회 집단을 상징하며, 그들 각자의
명운은 그 집단들의 집합적 운명을 축약하고 있다.[65] 사라진 왕조의 전
통적 양반인 조의관은 축첩의 봉건적 악습으로 인해 죽음으로 쇠락한다.
또한 상훈은 기독교적 자선심과 서구적 취향, 도덕적 위선을 지닌 타협적
개혁주의자를 나타낸다. 그들과 달리 덕기는 "동정자sympathizer" 혹은 동
반적 여행자fellow traveler로 등장한다. 그의 생각은 이렇게 표현되고 있다.
"덕기는 무산운동에 대하여 무관심으로 냉담히 방관할 수 없고 그렇다고
제일선에 나서서 싸울 성격도 아니요 처지도 아니니까 차라리 일 간호졸
격으로 변호사나 되어서 뒷일이나 보면 좋겠다는 생각이었다."[66]

이런 알레고리적 해석에서 세 세대의 남자들과 연관된 사랑의 삼각관
계는 민족적 지도력에서의 권력의 변화를 상징한다. 주목할 것은, 3·1운
동의 순교자적 지도자의 딸인 홍경애가 타협적 개혁주의자 상훈을 떠나
공산주의 혁명가인 병화에게로 옮겨간 점이다. 또한 이전의 노조 활동가
의 딸인 필순은 뼛속까지 급진적인 병화보다 한층 실용적인 덕기를 좋아
하게 된다. 염상섭의 좌파 민족주의 알레고리에서는, 부르주아적 동정자
가 문화 민족주의자에게 배신당한 민족을 지키기 위해 사회주의자 및 노
동계급과의 연대를 주도하고 있다.

그러나 면밀히 살펴보면, 염상섭의 자기의식적인 민족적 알레고리의 심
층에서는 프롤레타리아적 민족으로서 식민지 조선에 대한 보다 고통스럽고

---

계 문화-사회의 전투적 상황의 알레고리"라고 매우 비판적으로 논의한 바 있다. 그러
나 지나친 일반화를 배제하면 제임슨의 주장은 서구문학과 서구 외부의 식민지·반
식민지(혹은 포스트식민지) 문학 사이의 차이를 통찰하는 데 유용할 수 있다. Fredric
Jameson, "Third-World Literature in the Era of Multinational Capitalism", *Social Text* 15,
Fall 1986 참조.

65    염상섭, 「횡보 문단 회상기」, 『사상계』, 1962.11~12, 『염상섭전집』 12, 237쪽.
66    염상섭, 『삼대 외』, 128·129쪽.

비극적인 또 다른 전망이 발견된다. 즉 사회주의적 영감을 지닌 의식 — 특히 계급의식과 인간관계에 대한 유물론적 관점 — 이 염상섭의 민족적 서사를 구조화하고 있는 것이다. 『삼대』의 인물들은 경제적 불균형과 화폐적 욕망에 의해 분열되어 있다. 이 소설에서는 낯선 사람들 끼리든 부부나 가족관계이든 돈이 모든 인간관계를 매개한다. 또한 의식주의 묘사에서 가진 자와 못 가진 자 사이의 차이가 부각되면서, 소설 전체를 관통하는 계급의식이 모호함이 없이 반복해서 강조되고 있다. 예컨대 조상훈의 집은 호화스러운 가구로 가득 차 있으며, "체경이 번쩍거리는 의걸이"와 "금침 반", "보료, 안석, 장침, 사방침"으로 채워져 있다.[67] 반면에 필순의 움집 같은 집은 거의 가구가 없으며, "쓰러져 가는 일각 대문"에 "꺼멓게 썩은 거적으로 삥 둘러싼" 모습이다. 그런 추레한 집은 덕기가 생전 "처음 본 것 같았다".[68] 또한 이 소설은 3인칭 전지적 화자의 직접적 서술과 노동계급 및 사회주의자의 목소리를 통해 계급 갈등을 일상의 배경음악처럼 들려준다. 그와 함께 이 소설의 중심에는 부유한 상속자 덕기와 공장 노동자 필순 사이의 부르주아-프롤레타리아의 연애가 있다.

그처럼 인물들 사이의 돈에 의한 갈등과 분열을 충분히 인식하면서도, 『삼대』는 궁극적으로 그 갈등을 프롤레타리아적 식민지 민족 주체로서 공통의 정체성 아래 수렴시킨다. 보다 구체적으로 말해, 인물들 사이의 통합체의 감각을 창조하기 위해 이 소설은 주요 인물들을 모두 식민지의 경찰서에 집결시킨다. 그런 결말을 향하며 『삼대』는 세 가지 분리된 범죄적 하위 플롯들을 섞어짜고 있다. 즉 조의관을 독살한 수원집의 음모와 아들의 상속을 방해하는 조상훈의 유서위조, 그리고 테러를 일으키기 위

---

67　[역주] 조의관이 죽은 후 조상훈은 집을 호화스럽게 새로 꾸민다.
68　염상섭, 『삼대 외』, 48·453쪽.

&lt;그림 5.3&gt; 염상섭의 『삼대』에 삽입된 안석주의 그림. 염상섭이 추리소설의 서사형식을 도입한 점을 반영하면서, 안석주 그림은 자주 검은 얼굴과 어두운 실루엣, 격리된 장소와 함께 누아르(암흑가의 범죄영화)의 느낌을 준다.(남캘리포니아대학 한국헤리티지 도서관 제공)

한 사회주의자들의 밀모이다. 거의 모든 인물들이 각기 다른 이유로 마침내 경찰서에 끌려갈 때까지, 이 소설은 그 세 가지 플롯들을 교대로 반복하며 긴장감을 점증시킨다.

또한 주요 용의자 및 공범자들와 함께 덕기와 필순도 경찰에 잡혀 들어가게 된다. 덕기는 혁명가들에게 돈을 제공했다는 이유에서였고, 필순은 홍경애의 오래전에 헤어진 사촌이자 (코민테른 자체는 아니지만) 해외 공산당의 밀사인 피혁의 심부름을 한 때문이었다. 이 인물들은 위압적인 일본 순사부장 금천가네무라의 심문을 받는데, 금천의 도도함은 모든 조선인 인물들을 위축시키면서 바깥세상에서의 개개인의 차이를 무의미하게 만든다.

그들의 집단적인 시련을 집약하고 있는 것은 연속된 심문에 이어진 이례적인 고문의 장면이다. 이 소설은 고문의 희생자의 폭행당한 신체를 놀랍도록 생생하게 묘사해 보여준다. 즉 심한 고문 속에서 자살을 시도한 공산주의자 장훈의 피범벅된 얼굴, 독립운동 지도자의 미망인인 홍경애 어머니의 붉게 부어오른 손, 노조 운동가 출신으로 석방 후 죽음을 맞는 필순 아버지의 쇠약해진 신체 등이다. 죄가 있든 없든 일본 경찰에게 폭행당하는 이 고문의 장면은 조선인에 대한 일본 제국의 폭력을 통렬하게 상기시킨다.〈그림 5.3〉

이런 고문 장면의 삽입은 염상섭이 검열의 시선을 피해 교묘하게 얻어낸 놀라운 성과일 것이다. 고문의 장면은 일본 프롤레타리아 문학에서는 주요 주제였지만, 재일 조선인 사회주의주자의 몇몇 작품 외에 한국 프로문학에서는 거의 다뤄지지 않았다.[69] 실상 『삼대』의 도발적 장면 역시 경찰에 보다 협조적인 장면들을 그리는 척하며 틈새에 전략적으로 배치한 것이다. 예컨대 장훈이 죽어가는 순간의 순사부장의 잔인한 태도의 묘사는, 그순사부장가 (덕기에게) 조부의 독살과 상속 범죄의 해결에서 발휘한 수완을 뽐낸 바로 다음에 나타난다. 그런 연결의 방식은 가족 문제 이야기를 앞세워 정치적으로 민감한 문제가 검열을 비껴가도록 돕고 있다. 교란과 도발의 방식으로서 고문당한 신체의 문학적 시각화는, 정치적 권리를 빼앗기고 물질적으로 쇠락한 "프롤레타리아 민족/식민지 조선"의 비

---

69  국가적 억압의 구체적 표현으로서 일본 프로문학에서의 고문의 상징적 의미에 대한 논의는 Bowen-Struyk, "The Epistemology of Torture"를 볼 것. 고문이 일본 프로문학에서 중요 주제인 반면 한국의 프로 출판물에서는 거의 발견되지 않는 것은 식민지 검열 탓일 가능성이 크다. 『삼대』 외에 내가 발견한 고문의 서사는 모두 도쿄에서 발간된 한국 사회주의 잡지 『무산자』에 실려 있다. 최성수의 「봄」과 서상호의 「피」는 주로 고문의 공포와 고통의 기록에 초점이 맞춰져 있으며, 염상섭 소설보다 고문을 훨씬 더 생생하게 그리고 있다. 「봄」이 재일 조선인 사회주의자의 죽음을 묘사한 반면, 노조 노동자의 죽음을 다룬 「피」는 식민지 조선을 배경으로 한 듯하며 외국의 배경이나 급진적 의식에 대한 구체적 언급이 없다. 그러나 심하게 삭제되어 있어 명확하게 확정해 말할 수는 없다.

극적 전망을 효과적으로 떠받치고 있다.

염상섭의 식민지 조선에 대한 비극적 전망은 그 시기의 사회현실의 반영이었다고 할 수 있다. 그러나 부르주아의 몰락은 당대의 사회 전체에서 부분적인 현상이기도 했다. 1920년대 사회운동의 주도권을 제공했던 조선의 민족 부르주아는 실제로 위기를 경험하고 있었다. 그 이유는 1929년 세계 대공황으로 인한 경제적 침체와 신간회 해체로 인한 정치적 영향력의 상실 때문이었다. 그러나 1930년대는 또한 전통적 지주 대신 도시 전문직과 산업적 기업에 경제 기반을 둔 중산계급이 출현한 시기이기도 했다. 그런데 이 식민지 근대화의 수혜자들은 정치적 관심을 갖기보다는 문화적으로 동화되는 경향이 있었다. 프롤레타리아적 조선에 대한 염상섭의 수행적 서사는, 이 새로운 "매판" 부르주아와 그들이 누린 경제적 번영의 문제는 고려하지 않고 있다.

마침내 염상섭은 『삼대』의 속편 『무화과』에서 신흥 중산층을 다루고 있으며, 민족적 역사의 주체를 그들보다 노동자에게서 찾는 듯했다. 하지만 그런 관심의 변화가 염상섭의 정치적 우선권이 민족에서 계급으로 이동했음을 뜻하는 것은 아니었다. 『무화과』에서 덕기의 재출현인 원영은 파산한 신문 발행인으로 나타나고 있으며, 민족의 미래의 지도자는 개발에서 소외된 공장 노동자 완식으로 교체된다. 대화를 나누는 장면에서 낙심한 원영은 완식에게 이렇게 말한다. "너나 나나 같은 사회, 같은 시대, 같은 우리 계급[70] 속에서 자랐지만, 너는 앞으로 나갈 사람이다. 나는 삼십밖에 안 되었지만 벌써 뒤쳐진 사람이다." 또 다시 계급적 적대감보다 계급 간의 협력을 옹호하기 위해, 이 소설은 두 사람의 공통의 민족

---

70  [역주] 원식이 "우리 계급"이라고 말한 것은 빈부로 보면 다르지만 김참장의 외손인 점에서 다르지 않다는 뜻을 내포하고 있었다.

적 정체성에 호소하며 계급적 차이를 무마시키고 있다. 그에 따라 염상섭의 프롤레타리아 주인공<sup>완식</sup>은 "새로운 길"을 스스로 전망하며 원영과 구분지으면서도, 또한 자신의 낙오된 부르주아 동포를 소외시키지는 않는다.[71]

그처럼 염상섭은 계급의식을 민족의식 아래 포섭했지만, 억압된 계급적 감성의 존재는 민족의 전망 안에서 의미 있는 차이를 만들고 있었다. 그는 자신의 식민지 소설에서 조선을 위한 구체적인 미래의 길을 명시할 수는 없었다. 그러나 소설에서 암시된 것은 아마도 — 프롤레타리아 독재나 통제되지 않은 자본주의보다는 — 사회민주적인 복지국가 같은 전망이었을 것이다. 그런 전망은 개인적인 자유와 보다 큰 경제적인 평등을 둘 다 옹호한다.

염상섭의 온건한 사회주의적 전망은 『삼대』의 해방 후의 개작의 변화로 나타났다. 『삼대』는 연재가 완성된 후 식민지 시기 동안 출판이 금지되었다가 마침내 1948년에 단행본으로 출간되었다. 염상섭은 식민지 시기 때의 원고를 다시 고쳤으며, 주로 주인공의 능력을 강화시켜 결말을 보다 낙관적으로 만들었다. 원래의 신문 연재본에서는 덕기가 잡혀간 사람들을 구출할 수 없었기 때문에 많은 인물들이 여전히 구금상태에 있었다. 반면에 해방 후의 개작본에서는 덕기의 능력이 더 많아진 듯이 그려졌고, 덕기는 테러 용의자 외의 모든 가족과 동료들의 석방 운동을 하게 된다. 또한 집단적 불행 앞에서 필순이 울음을 터뜨리는 마지막 장면은 필순 모녀를 돌보겠다는 덕기의 맹세로 대체되었다. 마지막 독백에서 덕기는 이렇게 속으로 생각한다. "구차한 사람, 고생하는 사람은 그 구차, 그

---

71    염상섭, 『무화과』, 동아출판사, 1995, 844·819쪽.

고생만으로도 인생의 큰 노역이니까, 그 노역에 대한 당연한 보수를 받아야 할 것이 아닌가?"[72] 해방 후의 공간으로 귀환한 염상섭의 "민족적 역사"의 행위자 — 주인공 덕기 — 는, 구차한 "물질적 박탈"이라는 이유 자체로 프롤레타리아를 돌보게 될 새로운 한국의 민족국가를 그리고 있다.

실제로 의식 있고 자애로운 부르주아 교양인이자 민족 지도자인 동정자 이념(염상섭)은, 정통 마르크스주의보다 한층 사회민주적인 일본 마르크스주의 경제학자 가와카미 하지메의 제안"가난의 해결책"에 가까울 것 같다. 가와카미는 자본주의의 사회적 질병의 대책으로 산업의 국유화 및 부의 재분배와 함께 부르주아의 자애심을 촉구했다.[73] 정통적이진 않지만 가와카미의 견해는 일본 좌파 사이에서 대중적인 지지를 얻었으며, 염상섭의 『무화과』에서 완식이 읽고 있는 책 역시 그의 베스트셀러 『가난 이야기』"빈보 모노가타리", 1917였다.[74]

민족주의의 민족중심 사상과 사회주의의 계급적 교리 간에는 명백한 긴장과 궁극적 불일치가 있지만, 전자에 후자를 통합시키려는 염상섭의 시도는 사회주의적 영감을 완전히 배제한 것이 아니었다. 그보다도 양자의 통합을 통해 염상섭은 민족적 주체성을 사회주의적 억양으로 굴절시켰다. 그러나 해방 후 드러난 세계적 냉전의 그림자 속에서 두 개의 분단된 민족국가공산주의 북한과 반공적 남한가 시작되자, 염상섭은 자신의 온건한 좌파적 전망을 위한 공간을 발견하기 어려운 운명을 맞게 되었다.

---

72    염상섭, 『삼대』, 일신서적, 1999, 472쪽.

73    Gail Lee Bernstein, *Japanese Marxist*, Harvard University Press, 1976, pp.89~91.

74    염상섭, 『무화과』, 682쪽.

# 식민지 민족주의와 그 문화적 실천의 재고찰

이제까지 1920년대에 지속적인 활동적 시기를 보낸 염상섭의 지적·문학적 궤적을 살펴봤다. 염상섭이 처음에 사회주의에 들어서게 된 것은 아나키즘이 헤게모니를 지녔을 때의 근대 자본주의에 대한 과학적 비판과 해방의 약속 때문이었다. 그런 초기의 사회주의와의 만남에서, 그는 반권위주의적인 개인주의와 노동문제에 대한 관심, 마르크스주의에 뿌리를 둔 유물론적 세계관을 얻었다. 그와 동시에 염상섭은 카프의 교조주의에 비판적이었으며, 마르크스주의의 폐쇄적인 계급투쟁의 강조 — 그리고 그에 따른 인종차별에 대한 소홀함 — 가 식민지 조선의 맥락에서 맞지 않는다는 것을 발견했다. 그로 인한 그의 사회주의 운동에 대한 양가성은 좌파 민족주의자로서의 비판적 주체성을 형성했으며, 당대의 많은 사람들과 그런 관점을 공유했다. 염상섭의 주체성의 표현적인 — 그리고 구성적인 — 특성은 리얼리즘의 유물론적 미학에 상응했으며, 그는 내면고백체에서 프롤레타리아 민족에 대한 민족지학으로 전환하면서 그런 미학을 추구했다.

식민지 시대의 염상섭의 문학적 궤적은 많은 면에서 그의 식민지적 자아를 고백하려는 투쟁의 연속성 상에서 나온 결과였다. 그는 고백체 소설에서 식민지적 내면성을 자전적인 1인칭 화자를 통해 직접적으로 표현하며 드러내려 했다. 검열 때문에 그 일이 어려운 상황에서 그는 생활적 모습보다는 화자의 심리를 잘 방출하는 적당한 인물들에게 간접적으로 식민지적 내면성을 투사했다. 그러나 수년이 지나는 동안 그는 서사적 전략을 차츰 "말하기"에서 "보여주기"로 전환시켰다. 후기의 민족지학적 소설에서 염상섭은 세속적 인물들로 된 생생한 대중들을 통해 상상적인 민족적 공동체를 재현했다. 그의 소설 속의 한국인들은 계급과 이데올로기적 차이로 분리되어 있었지만 식민지 주체라는 공통의 위치에서 통합되어 있었다. 그들은 제국의 억압과 해방의 의제를 공유하는 "정동 공동체affective community"로서 식민지 조선의 전망을 함께 투사했다. 식민지적 내면성을 고백하려는 충동으로 소설적 글쓰기를 시작한 염상섭은, "프롤레타리아 민족"으로서 식민지 조선에 대한 민족지학적 소설을 쓰면서 식민지적 내면성을 표현하는 또 다른 길을 발견했다.

좌파 민족주의자로서 이런 염상섭의 초상은 식민지 민족주의와 그 문화적 표현의 복수성을 보여준다. 그에 근거할 때 우리는 현재의 탈식민주의의 주류 패러다임들을 재고하고 다양화하지 않을 수 없게 된다. 나는 호미 바바와 파사 채터지[75]가 제안한 두 개의 주요 패러다임을 염두에 두고 있다. 바바의 모방mimicry의 개념[76]은 식민지 민족주의를 서구 민족주의 이후에 형성된 것이면서도 서구의 이념을 비판하는 아이러니적 위치에 놓을 수 있게 한다. 즉 모방의 개념을 통해 피식민자의 민족주의는 제국에 위협을 주는 아이러니 효과를 갖는 근대 정치담론(그리고 이데올로기)으로 설명될 수 있다. 그러나 보편적 차원에 적용되었을 때 이 개념은 이론적으로 무력화될 수 있는데, 왜냐하면 모방 개념은 부분적으로 마르크스주의에서 구성적인 핵심적 영감을 끌어오는 "식민지 민족적 주체성"에 대한 고려를 미리 배제하기 때문이다.

---

75  [역주] 파사 채터지는 서발턴 연구가임. 아루준 아파두라이, 차원현·채호석·배개화 역, 『고삐 풀린 현대성』, 현실문화연구, 2004 참조.

76  [역주] 모방(mimicry)은 제국의 문화를 반복하는 과정에서 피식민자의 타자성에 의해 아이러니적 양가성이 나타나는 것을 말한다. 호미 바바가 차이와 타자성을 주목한다면, 박선영은 그에 근거해 제국적 동일성과는 다른 민족적 주체성이 출현하는 것을 강조한다. 피식민자의 민족주의는 제국에 영향받은 것이지만 제국과 달리 동일성이 아닌 미결정적인 주체성을 생성한다.

마찬가지로, 공적·정치경제적 영역을 통제하지 못하는 대신 사적 영역에서 민족 주체성을 구성하는 파사 채터지의 문화 민족주의 모델은, 흔히 보는 반제국주의와 종교적 근본주의의 융합을 설명하는 데 유용하다.[77] 그러나 채터지의 모델이 역사적 현실성에 접근하려면 다른 형태의 민족주의, 특히 프란츠 파농이 「민족문화론」에서 옹호한 민족주의 — 해방을 위한 투쟁의 심층 자체에 위치하는 민족주의 — 를 인식하는 보충이 필요하다.[78] 그런 인식은 20세기의 식민지 인도의 민족주의에 대한 이해에도 적합할 것이지만, 문화 민족주의자들이 인도와 달리 민족해방 투쟁의 지도력을 상실한 한국의 경우에 더욱 중요할 것이다.

제5장에서 살핀 것처럼, 1920년대에 문화 민족주의자들이 협력적이 된 후에 식민지 조선에서 반제국주의적 대항력의 조직화를 이끈 것은 좌파 민족주의자들이었다. 자신의 이데올로기적인 차이를 숙고하면서 좌파 민족주의자들은 문화 민족주의자들과는 다른 민족 문화의 형식을 배양했다. 문화 민족주의자들이 향토적 문화를 발명하고 보전·찬양했다면, 좌파 민족주의자들은 문학과 논설의 글쓰기를 통해 민족의 물질적 상황을 검토하고 기록하는 데 초점을 맞췄다. 역사와 사회학의 비평가들이 이미 논의했듯이, 식민지 조선의 민족주의는 단일한 이데올로기이기보다는 경쟁하는 사상들의 복합적인 장이었다.[79]

우리의 연구에서 염상섭 작품의 지적·문화적 궤적을 그리는 것만큼이

---

77 Partha Chatterjee, *The Nation and It's Fragments*, Princeton University of Press, 1994, pp.1~35.

78 Frantz Fanon, *The Wreched of the Earth*, Grove Press, 1963, p.233.

79 예컨대 Michael Robinson, *Cultural Nationalism in Colonial Korea, 1920~1925*(University of Washington Press, 1988)과 Gi-Wook Shin, *Ethnic Nationalism in Korea*(Stanford University Press, 2006)를 볼 것.

나 중요한 일은, 근대 한국의 지적·문학적 흐름에 대한 사회주의의 광범위하고 다양한 효과를 상기시키는 것이다. 최근에 윤해동은 민족주의적 역사 편찬을 비판하면서 반식민적 저항과 친일 협력 사이의 "회색지대"라는 넓은 띠를 인정할 필요성을 주장했다.[80] 그와 마찬가지로 우파와 좌파라는 극단적 양극 사이에 폭넓은 중간 스펙트럼의 존재를 주목하는 것도 매우 중요할 것이다. 보다 미묘한 차이들을 감지하는 관점을 갖지 않으면, 우리는 한국의 근대 문화에 끼친 사회주의의 실제적인 영향력의 범위를 평가할 수 없을 것이다. 1920년대 한국문학에 대한 관습적인 단순화된 대립적 관점 안에서, 염상섭은 계속 민족주의의 대표 작가이자 카프의 사회주의에 대한 완고한 비판자로 간주되어 왔다. 그러나 카프 작가들과 의견이 일치하지는 않았지만, 염상섭에게 사회주의는 좌파 민족주의자로서 그의 비판적 주체성에 필수적인 요소였다. 따라서 그의 리얼리즘의 유물론적 미학 이념은 어떤 유보도 없이 한국의 프롤레타리아 물결의 독특하고 생명적인 부분으로 평가되어야 한다.

---

80   윤해동, 「식민지 인식의 회색지대」, 『근대를 다시 읽는다』 1, 역사비평사, 2006.

# 제6장
## 식민지 조선의 페미니즘을 다시 사유하기
### 강경애의 프롤레타리아 여성에 대한 초상

일본이 만주국을 세운지 세 달 뒤인 1932년 6월, 어떤 기차가 새로운 식민지 만주에서 조선으로 돌아오고 있었다. 기차 안에는 창밖을 열중해 보고 있는 한 조선 여성이 타고 있었다. 기차가 덜컹거리며 남쪽을 향하자, 그 여성의 생각은 방금 떠나온 땅으로 뒤걸음질치고 있었다. 그 땅은 남동만주의 간도<sub>지엔다오</sub>[1]로서 대규모 한인 거주지가 있는 곳이었다. 그녀는 그곳에서 만났던 사람들, 특히 최근 조선인 유격대에 대한 일본군의 작전에서 가족을 잃은 "노유부녀老幼婦女 피난민들"을 회상했다.[2]

이 여행객은 식민지 시대에 가장 많은 성취를 이룬 여성작가의 하나인 강경애였다. 이후로 강경애는 계속 간도 경험을 형상화하며 생생하고 감동적인 여성들 — 대부분 가난하고 프롤레타리아적인 여성들 — 의 초상을 보여줬다. 그녀가 그린 여성들은 식민지 사회가 개발되는 동안 생활의 곤경에 처해진 모습을 드러내고 있었다. 오늘날 강경애의 소설은 한국 여성 문학에서 가장 손꼽히는 대표적인 작품으로 평가된다.

---

1    [역주] 청과 조선 사이에 있는 지역으로 신성한 곳으로 여겨져 "거주민이 없는 섬 같은 빈 땅"이라 불리면서 간도(間島)라는 이름이 생겼다.

2    황해도 송화에서 농민의 딸로 태어난 강경애(1906~1944)는 평양과 서울에서 학교를 다녔으며 결혼 후 간도로 이주했다. 그녀는 「간도를 등지면서」(『동광』, 1932.8~10)에서 간도 이주자로서 조선으로의 여행에 대한 글을 썼다.

강경애는 간도 이주경험을 지닌 특이한 작가이지만 또한 당대의 다른 여성 작가들과 많은 특징들을 공유하고 있다. 1930년대 전반에는 좌파적 경향이 짙은 일단의 여성작가들이 등장했으며, 그들의 작품은 식민지 조선의 노동계급 여성의 경험을 재현했다. 이들 이른바 "사회주의 여성 작가"에는 강경애와 박화성, 백신애가 포함되어 있었다. 그들은 1920년대 전반의 신여성 작가와는 명확하게 다른 페미니즘적 방법을 발전시켰다.[3] 나혜석, 김일엽, 김명순 같은 신여성 작가가 보편적 여성해방에 필요한 문화교육과 정신적 계몽에 우선권을 두었다면, 이후의 사회주의 여성 작가는 여성들 속에서의 계급적 차이에 보다 관심을 두었다. 후자의 작가들은 여성적 억압의 유물론적·경제적 차원을 말하면서, 여성해방을 성취하는 방법으로 계급투쟁과 혁명을 옹호했다. 신여성 작가들은 개인적 자율성의 여성적 자각을 그린 사소설적 고백체를 선호했지만, 사회주의적 작가들은 이데올로기적 차이를 반영하며 주로 노동계급 여성의 생활 상황을 폭로하는 작품을 썼다.

1930년대 사회주의 여성들의 문학은 지금까지도 한국문학사에서 다소 불분명한 페이지로 남아 있다. 그처럼 그들이 간과되어온 데에는 두

---

3    일본 여자대학(영문과)에서 공부한 박화성(1904~1988)은 1932~1938년 사이에 왕성하게 작품을 썼으며 이후로는 해방 때까지 창작을 중단했다. 1945년 이후 그녀는 가장 활력적인 여성 작가의 하나였고 여류문학회의 초대 회장을 역임했다. 1995년에 단 아한 박화성 문학관이 고향 목포에 개관되었다. 책 한권으로 된 작가 연구서로는 변신원, 『박화성 소설 연구』(국학자료원, 2001)를 볼 것.
      백신애(1908~1939)는 학교 교사였으나 사회주의 여성 조직 조선여성동우회에 가담한 이유로 해직되었다. 그녀는 1927년 러시아로 여행을 했으며 돌아오는 길에 일본 경찰에 체포되어 고문을 당했다. 1930~1932년에는 니혼대학 예술과에서 공부했다. 한국 문학사에서 백신애는 러시아 이주 한국인에 대한 소설인 「꺼래이」(1933)로 가장 잘 알려져 있다. 꺼래이는 "고려인"의 러시아식 발음을 나타낸다. 백신애에 대한 최근의 연구는 구모룡 편, 『백신애 연구』(전망, 2011)를 볼 것.

가지 중요한 요인이 작용하고 있었다. 무엇보다도 냉전시대의 문학비평은 남성이든 여성이든 일반적으로 좌파작가에게 우호적이지 않았다. 그와 함께 그들의 수용을 더욱 방해한 것은, 한국의 여성작가들이 매우 남성적이고 보수적인 비평적 해석 공동체에서 심하게 주변화되어온 점이었다. 여성작가들이 비로소 정당한 학문적 관심을 받기 시작한 것은 1990년대 전반 페미니즘 비평이 출현하면서부터였다.

사회주의 여성작가에 대한 연구가 시작되자, 첫 번째 반응은 얼마나 여성 평등과 사회 정의 문제에 참여했든지 그들의 작품을 진정한 페미니즘 입장의 대표로 다룰 수 없다는 것이었다. 이 여성작가들의 사회주의적 세계관으로의 전환은, 이전의 여성의 권리에 대한 관심을 계급투쟁에 대한 정통적인 사회주의적 관점으로 대체한 것으로 여겨졌다. 예컨대 쿠마리 자야와데나는 제3세계의 근대 초기 페미니즘의 역사에 대한 연구[1985]에서, 강경애와 박화성이 "특히 여성문제를 다루는 소설을 썼지만, 그 작품들의 관점은 어떤 의미에서도 페미니즘적이지 않다"고 말했다.[4] 마찬가지로 케니스 웰스는 식민지 조선의 여성운동에 대한 연구[1991]에서, 한국의 페미니즘은 신여성의 출현과 함께 과감하게 시작되었으나, 그 대의가 사회주의와 민족주의에 종속됨으로써 몇 년 안에 약화되었다고 주장했다.[5] 두 저자들의 입장에서는, 사회주의적 경향의 여성 지식인은 실제로는 초기 페미니즘적 관점으로부터의 탈선이거나 후퇴였던 것이다. 자

---

4     Kumari Jayawardena, *Feminism and Nationalism in the Third World*, Zed Books, 1986, p.223.

5     Kenneth Wells, "The Price of Legitimacy", *Colonial Mosernity in Korea*, pp.191~210. 웰즈는 보다 일반적으로 식민지 조선에서의 페미니즘의 퇴조 요인으로 다른 여성들의 지지의 부족과 남성 지식인의 배타주의, 그리고 활동가들 사이에서 페미니즘 대의가 사회주의와 민족주의에 종속된 점을 들고 있다.

야와데나와 웰스의 평가에 의하면, 설령 사회주의적 여성들이 계속 여성에 관련된 주제로 작품을 썼더라도, 그들은 페미니즘이 아니라 사회주의적 메시지를 발신하며 여성 문제를 다룬 셈이었다.[6]

이런 관점은 지속적으로 계속되었지만, 식민지 사회주의 여성운동을 보다 우호적으로 인정하는 비평가들에 의해 계속 반박되어 왔다. 예컨대 이상경은 그 작가들을 여성문학과 페미니즘 문학의 정전 안에서 재평가해야 한다고 강력하게 주장했다. 더 나아가 루스 배러클러프는 식민지 조선의 공장 노동자의 문학적 재현을 분석하면서 강경애의『인간문제』의 페미니즘적 측면을 언급했다. 배러클러프는『인간문제』가 "여공의 유혹"이라는 사회주의적 비유를 여성 자신의 독립과 비판적 행위력을 확인하는 효과로 재전유했다고 해석했다. 마지막으로 시어도어 준 유는 식민지 조선의 여성운동에 대한 최근의 연구에서, 여성 노동자 운동을 신장하는 데 기여한 사회주의 여성의 사회적·문화적 행동주의의 비판적 의의를 주목했다.[7]

이런 최근의 연구들을 토대로 하면서, 제6장에서는 1930년대 사회주의 여성문학의 역사적 의미에 대한 새로운 페미니즘적 해석 방법을 모색할 것이다. 내가 보기에 당대 한국문화의 맥락에서 읽는다면, 사회주의 여성작가의 많은 작품들은 진정한 페미니즘적 기능을 수행한 것으로 여겨질 수 있다. 그러나 그런 페미니즘적 기능은, 작품을 형성한 담론적 환

---

6   한국 비평가들 사이의 논쟁에서 역시 이보다 조금 덜 확고한 합의가 이루어졌다. 서영인, 「강경애 문학의 여성성」, 『강경애, 시대와 문학』(랜덤하우스코리아, 2006), 97~98쪽에서 강경애에 대한 양극화된 비평적 관점들의 논의를 볼 것.

7   이상경, 『한국 근대 여성문학사론』, 소명출판, 2002. Ruth Barraclough, "Tales of Seduction", *Positions : East Asian Cultures Critique* 14, no. 2, Fall 2006. Theodore Jun Yoo, *The Politics of Gender in Colonial Korea*, University of California Press, 2008, pp.138~139, p.654.

경에서 단순히 분리해 텍스트 그 자체로서만 해석하면 쉽게 상실된다. 그런 추상화에 반대하면서, 나는 강경애의 가장 성숙한 대표작인 『인간문제』[1934]와 「소금」[1934]에 대한 세밀하게 맥락화된 분석을 제안한다. 1930년대 사회주의 여성작가의 보다 넓은 창작의 패러다임에서 볼 때, 두 작품은 당대 한국사회의 맥락에서 1930년대 사회주의 여성운동의 페미니즘적 의미에 대한 귀중한 통찰을 제공한다.

제6장의 나머지 부분은 4개의 주요 절들로 구성되어 있다. 다음절에서는 1920년대 중반에서 30년대 전반 사이의 사회주의 여성운동에 대한 간단한 역사적 개관을 제시할 것이다. 이는 1920년대 전반의 신여성 문학과 1930년대의 사회주의 여성 문학 사이에 다리를 놓는 것으로서, 여기서는 두 여성작가 집단 사이의 분열 뿐 아니라 어떤 중요한 지속성이 설명된다. 그 다음에 2절에서는 강경애의 「소금」에 대한 자세한 해석을 제시할 것이다. 나는 「소금」을 여성의 가정적인 미덕을 찬양한 당대의 가부장적 담론을 반대하는 맥락에서 읽을 것이다. 그렇게 하면 이 프롤레타리아 모성성의 실패의 이야기는 "자기희생적인 모성적 구원"의 이상화된 이미지와 다른 명백한 "페미니즘적 입장"을 보여준다. 이어서 나는 그런 분석을 식민지 사회에 대한 가장 완벽한 묘사인 『인간문제』로 더 확장해서, 페미니즘과 사회주의 사이의 양가적인 관계에 대한 더 심화된 탐구로 나아간다. 『인간문제』는 계급지향적 사회주의 이데올로기와 강경애의 젠더화된 비판적 주체성 간의 긴장을 드러내면서, 사회주의 여성작가가 어떻게 사상 주도의 도식적 플롯의 위험을 넘어 페미니즘적 메시지를 끼워 넣는지 보여준다. 마지막 절에서는 식민지 여성운동의 사회주의적 흐름에 대한 보다 일반적인 평가를 제시할 것이다. 여기서는 여성의 보편 권리에 대한 관습적 페미니즘 개념에 단순히 포섭될 수 없는 사

회주의 여성 운동의 페미니즘적 의미를 주장할 것이다. 우리가 역사적으로나 지금의 맥락에서 페미니즘적 실천의 현실적 실체와 중요성을 보다 잘 이해하려면, 계급과 인종, 지역성과 연관된 여성적 경험을 고려한 보다 해석적인 페미니즘적 전망을 승인해야 할 것이다.

## 사회주의 여성운동의 전개

한국의 여성운동은 근대교육을 받은 신여성의 목소리를 들려준 『여자계』[1917~1920]와 『신여자』[1920] 같은 잡지가 발간되며 시작되었다.[8] 한국의 여성들은 이미 다른 성격의 사회적 행동주의에 참여해왔지만, 1917년 이전에는 젠더화된 관점이 강조된 적은 거의 없었다. 마찬가지로 1880년대의 국가적 개혁의 시작 이래로 "여성문제" — 즉 근대화되는 사회에서의 여성의 새로운 지위와 역할 — 에 대한 공적 토론이 계속되었지만, 그 같은 초기의 논의는 주로 이상적인 "국가의 어머니"를 생산하는 데 제한되어 있었다.[9] 반면에 유명한 나혜석과 김일엽 같은 초기 페미니즘의 지도자들은 국가적 이념의 대의와 긴밀히 연관되지 않은 채 여성 개인의 자율성을 옹호했다. 첫 번째 세대 한국 페미니스트들은 특히 히라쓰카 라이초와 요사노 아키코 같은 세이토청색양말 그룹의 일본 페미니즘 작가와

---

8    도쿄에서 한국 여학생들을 상대로 여학생들에 의해 발간된 『여자계』는 최초의 한국 여성 잡지였다. 3년 후 김일엽이 서울에서 『신여자』를 창간했을 때, 그녀는 새로운 잡지의 폭넓은 편집진과 기고자가 『여자계』와는 달리 모두 여성들로 이루어졌음을 강조했다. 유진월, 『김일엽의 신여자 연구』, 푸른사상, 2006, 35쪽 참조.

9    Jiweon Shin, "Social Construction of Idealized Images of Women in Colonial Korea", *Women and the Colonial Gaze*, New York University Press, 2002, pp.164~165 참조.

헨릭 입센과 엘렌 케이 같은 서구 지식인으로부터 영감을 얻었다. 그런 영향 하에서 1세대 여성들은 여성의 교육받을 권리뿐 아니라 경제적 독립과 성적 자유를 주장했다. 그들의 급진적인 목소리는 관습을 넘어선 파격적인 개인 생활과 함께 한국에서의 첫 번째 근대 페미니즘 운동의 태동을 보여주었다.

이 1920년대의 한국 페미니즘 운동은 지금까지 널리 소개된 현상이었다. 반면에 잘 알려지지 않은 것은 당대의 여성에 대한 공적 담론에서 이미 초기 단계부터 사회주의적 영향이 명백히 감지되었다는 사실이다. 예컨대 오천석은 이미 1920년에 한국 사회의 젠더적 불평등을 기술하며 계급의 개념에 호소하고 있었다. 즉, 고금의 인간사회 — 특히 우리시대 — 는 대립적인 계급으로 나뉘어져 있다. 첫 번째 구분은 양반과 평민 혹은 자본가와 노동자 사이에서 나타나며 두 번째는 남자와 여자 계급 사이에서 나타난다.[10] 사회적·경제적 불평등성과 같은 맥락에서 젠더적 불평등성을 말함으로써, 오천석은 여성의 사회적으로 열등한 지위와 프롤레타리아-농민의 위상 간의 중요한 평행적 관계를 드러내고 있었다. 이런 평행성은 『개벽』과 『신생활』 같은 잡지에 실린 다른 글들에서도 공통적으로 나타났다. 예컨대 신일용은 「부인 문제의 일고찰」에서 가정의 일상에서의 끝없는 여성 노동의 착취를 말하며 전통적·근대적 "부르주아 가족 제도"를 비판했다. 신일용은 그런 착취는 노동자와 하인의 경우보다도 한층 더 혹독하다고 언급했다. 그에 의하면, 일반적으로 모든 노동자, 남녀 노비는 그들의 불행에 대해 비판적 의식을 드러내기가 매우 어렵다고 할 수 있다. 그런데 대다수의 부인들은 그들과 다름없을 뿐 아니라 오히려

---

10   오천석, 「신여자를 위하여」, 『신여자』, 1920.3. 유진월, 『김일엽의 신여자 연구』, 113쪽.

더 열악하다. 왜냐하면 계약 노동자와 달리 부인은 이른바 혼인 제도를 통해 영원히 주인에게 묶여 있기 때문이다.[11]

오천석과 신일용 같은 초기 페미니즘 옹호자들이 계급과 착취 같은 개념을 사용하고는 있지만, 그들의 글은 여전히 여성교육과 경제적 독립, 성적 자유 같은 자유주의적 페미니즘으로 보이는 의제를 제안하고 있었다. 실제로 초기 페미니즘 담론에서 보다 명백한 사회주의적 목소리는 몇 년 후에 해외에서 급진적 여성교육을 받은 사람들이 돌아온 뒤에야 나타났다. 1920년대 중반의 사회주의적 페미니즘 담론의 급진화는, 동아시아 사회주의 사상의 주류에서 마르크스주의가 다소 자유주의적인 (그리고 개인주의적인) 아나키즘을 대체한 때문이기도 했다.[12] 조선의 사회주의 여성운동의 지도자가 되려는 많은 사람들은 일본에서 대학 교육을 받았다. 일본의 사회주의 운동에서는 1900년대 이래로 여성이 활발하게 참여하고 있었다. 1920년대 중반 경에 어거스트 베벨의 고전적인 『여성과 사회주의』*Woman under Socialism*를 일본어 완역으로 볼 수 있었고, 미야모토 유리코, 사타 이네코, 히라바야시 다이코 같은 여성 작가들은 노동계급 여성의 삶과 투쟁에 관한 소설 작품들을 발표했다. 허정숙, 박화성, 이현경 등의 조선의 여성 활동가들은 그런 급진적인 지적 분위기 속에서 내적 성장의 시기를 보내면서, 때로는 일본 사회주의 여성들과 개인적으로 교류하기도 했다.[13] 이현경과 다른 학생들은 일본 최초의 사회주의 여

---

11  신일용, 「부인 문제의 일 고찰」, 『신생활』, 1922. 3, 18쪽.

12  Peter Duus · Irwin Scheiner, "Socialism, Liberalism and, Marxism, 1901~1931", *Modern Japanese Thought*(Cambrige University Press, 1998), p.193과 구승회 외, 『한국 아나키즘 100년』(이학사, 2004), 203쪽 참조.

13  Vera Mackie, *Creating Socialist Women in Japan*, Cambridge University Press, 1997, p.157 참조. 한국 활동가 중에서 허정숙(1908~1991)은 일본과 미국에서 공부했다. 그녀는 뛰어난 사회주의 이론 능력과 자유연애의 실천으로 유명한 소련의 외교관이자 페미니

성 단체 세키란카이赤瀾會, 1921~1925를 창건한 야마카와 기쿠에의 적극적 도움으로 1925년 도쿄에서 조선 여성 단체 삼월회를 건립했다.[14]

또 다른 여성들은 중국과 소련에서 공부하는 동안 처음 사회주의 사상을 접하게 되었다. 예컨대 주세죽은 상하이에서 피아노를 공부하는 동안 사회주의자들과 교류하게 되었고 마침내 미래의 남로당 지도자 박헌영과 결혼하게 되었다.[15] 나중에 조선 공산당 건립에 참여한 고명자는 모스크바에 있는 동방 노력자 공산대학에서 공부했다.[16] 부분적으로 이런 여

---

즘 활동가 알렉산드라 콜론타이(1872~1952)를 잇는 "한국의 콜론타이"라는 별명을 얻었다. 가장 잘 알려진 사회주의 지식인의 한 사람인 허정숙은 식민지 시기 동안 두 번의 복역생활을 했다. 그녀는 1936년 중국에 망명했으며 1945년까지 정치적 활동을 계속했다. 이후 그녀는 북한 정권에 참여했고 살아 있는 동안 북한의 정치적 상황에서 지속적으로 활동적인 모습을 보였다. 이현경(1902~?)은 서울의 숙명여고와 도쿄 여자대학에서 공부했다. 그녀는 사회주의 활동가가 된 후에 사회주의자가 된 의학박사 안광천을 만나 결혼했다. 그녀는 근우회의 창립 멤버였지만 1928년에 남편과 함께 중국에 망명했으며 그곳에서 혁명적 활동을 계속했다. 사회주의 여성 활동가들에 대한 추가적인 전기적 사실들은 강만길·성대경 편, 『한국 사회주의 운동 인명사전』(창작과비평사, 1996) 참조.

14 삼월회 조직의 첫 번째 논제는 독일 공산당의 건립자이면서 1919년에 살해된 로자 룩셈부르크와 칼 리프크네히트에 대한 야마카와 기쿠에의 전기를 번역하는 일을 포함했다. 이에 대해서는 「동경 삼월회, 팜플레트 발행」 참조. 삼월회의 역사적 설명에 대해서는 박용옥, 『한국 여성 항일운동사 연구』, 270쪽 참조. 세키란카이(赤瀾會)와 야마카와 기쿠에의 세키란카이에 대한 설명은 Mikiso Hane, trans. and ed., *Reflections on the Way to the Gallows*(University of California Press, 1988), pp.125~174 참조.

15 주세죽(1901~1953)은 1921년 남편과 함께 귀국해서 공산주의운동에 헌신했다. 그녀는 1929년 소련으로 달아나기 전에 3번의 투옥을 겪었다. 1929~1931년 사이에 그녀는 모스크바의 동방 노력자 공산대학에서 공부했다. 1933에 박헌영이 체포되어 투옥되자 그녀는 모스크바 망명을 선택했다. 그녀는 1938년에 스탈린이 일본 스파이로 의심한 한국인들을 숙청할 때 다른 한국 이주자들과 함께 알마아타로 추방되었다.

16 고등학교를 졸업한 고명자(1904~?)는 조산사의 일을 배웠다. 그녀는 1925년에 조선 여성동우회에 가담했다. 그해 말 그녀는 모스크바의 동방 노력자 공산대학에 입학했다. 1929년 한국에 돌아온 후 그녀는 조선 공산당 재건 준비위원회에 참여했다. 그녀는 1930년에 체포되어 2년형을 선고받았다. 1945년 해방 후 그녀는 월북했다.

성 활동가들 덕분에 사회주의는 1930년대 전반까지 젊은 여성들 사이에서 주류적인 지적 경향을 보이는 흐름이 되었다. 마침내 소련의 혁명가이자 외교관 콜론타이의 소설『붉은 사랑』이 서울의 청년 학생들 사이에서 베스트셀러가 되자, 한 기자는『인형의 집』[입센]에서『붉은 사랑』으로 이동하는 것은 자연스러운 성장 과정인 것 같다고 말하게 되었다.[17]

사회주의 페미니즘은 주세죽과 허정숙처럼 매우 활동적인 참여를 보인 엘리트 여성들 사이에서 중요한 운동이 되었다. 그러나 그런 지식인들과 함께 하층계급의 여성 참여자들도 있었다. 가난한 여학생들에게 경제적·심리적 도움을 준 여학생상조회[자조단체, 1922]의 건립자 과부 정종명과 기생 출신 활동가 정칠성 등이 바로 그들이다.[18] 이런 비천한 신분의 여성들은 노동계급 여성의 경제적 어려움에 관심을 가지게 되면서 사회주의 페미니즘 담론에서 동류의식을 발견한 것 같았다. 일본의 대규모 농장을 장려하는 농업정책이 점점 소규모 농민의 파산을 야기하자, 곤궁한 농촌 가정의 여성들은 일자리를 찾아 도시로 흘러 들어왔다. 그런 여성들이 선택할 직업은 극히 제한되어 있었고, 상당수의 여성들은 매춘부로 전락했으며, 1925년에서 1931년 사이에 매춘부는 약 삼천 명에서 거의 육천 명으로 두 배로 증가했다.[19] 또한 가정의 가사노동이나 공장 노동에

---

17 천정환,『근대의 책읽기』, 푸른역사, 2014, 349쪽.

18 정종명(1895~?)은 간호사와 조산사의 직업을 갖고 있었다. 여학생상조회를 건립한 후에 그녀는 사회운동에 활발히 참여하게 되면서 자주 투옥되었다. 그녀는 한국이 분단된 후에 월북했으며 북한에서의 행적은 알려져 있지 않다. 정칠성(1895~1958)은 고급 기생이었으며 일본 게이샤 학교에서 공부했다. 그녀는 식민지 시대에 공적인 담론가와 활동가의 일을 한 후에 1948년 한국이 분단되자 북한 정권에 참여했다. 그녀는 1958년에 숙청된 것으로 여겨지고 있다.

19 이여성,「조선의 예기, 창기 및 작부 수」,『신가정』, 1934.7. 한국의 매춘에 대한 이차 자료로는 Song Youn-ok, "Japanese Colonial Rule and State-Managed Prostitution", *Positions : East Asian Cultures Critique* 5, no. 1 (1997)을 볼 것.

서 일자리를 찾은 여성들은 낮은 임금과 가혹한 처우로 고통을 겪었다.

여성들 사이의 계급적 차이의 존재는 『근우』의 창간사에서 정칠성에 의해 지적되었다. 그녀에 의하면, 오늘날의 근대화되는 사회에서는 모든 여성이 똑같은 삶을 살고 있지 않다. 부르주아의 딸은 잘 살게 태어나는 반면, 프롤레타리아 여성은 근대성으로부터 아무런 이득이 없으며, 오히려 모든 것이 발전할수록 나쁜 삶이 더 나빠지는 불행한 고통을 겪는다.[20]

정칠성이 말하고 있는 것은, 여성들은 계급적 정체성들에 의해 분열되었기 때문에 더 이상 단일한 집단이 아니라는 것이다. 그런 인식과 함께, 정칠성은 근대화의 본질을 해방의 역사적 과정으로 보는 이전의 자유주의 페미니즘을 은연중에 비판했다. 그보다는, 근대화란 부유한 여성이 산업 노동자와 가사 노동자의 값싼 노동으로부터 이익을 얻게 만들기 때문에, 근대화의 진행은 기껏해야 불공평한 해방의 과정인 것처럼 보였다. 여기서 암시되는 것은, 만일 여성운동이 모든 여성의 해방을 추구하는 것이라면, 활동가는 현재의 사회적 발전 방향에 대항하는 투쟁에 참여할 수밖에 없다는 것이다.〈그림 6.1〉

〈그림 6.1〉 『비판』(1931.1)에 실린 정칠성의 「여성의 눈으로 본 세계」에 삽입된 그림.(컬럼비아대학 C. V. 스타 동아시아 도서관 제공)

20　정칠성, 「의식적 각성으로부터 무산 부인 생활에서」, 『근우』 1, 1929, 35쪽.

1920년대 전반 신여성의 자유주의적 페미니즘의 입장은, 상대적으로 계급적 차이를 보지 못할 뿐만 아니라, 조선의 식민지 상황의 특수한 정치적 경향에 의해 곤란을 겪고 있었다. 남성 민족주의자 및 사회주의자의 압력과 여성 대중의 무관심은, 자유주의 페미니즘의 입장을 약화시키는 데 영향을 끼쳤을 것이다. 그러나 더욱 문제가 된 것은 식민지 조선에서는 여성의 정치적인 참여 운동이 실천 불가능했다는 점이었다. 서구와 중국, 일본의 자유주의 페미니즘은, 법적 개혁을 통해 정치적 참정권 등 모든 여성에게 권한을 부여하는 일을 요구할 수 있었지만, 조선의 경우에는 여성 교육과 문화적 계발을 신장하는 데서 그쳐야 했다. 그런 한계로 인해 지역적 자유주의 페미니즘 운동의 개척적 지도자들은, 남성 비평가뿐 아니라 사회주의 여성으로부터도 문화적 엘리트주의라는 비판을 받을 수밖에 없었다.

자유주의 페미니즘에 대한 사회주의적 비판은 흔히 신여성을 판에 박힌 인물로 부정적으로 그리는 것으로 나타났다. 예컨대 박화성은 「비탈」[1934]에서, 신여성 수옥을 이기적이고 물질주의적인 인물로 희화화하며 열정적이고 헌신적인 진정한 현대여성 주희[야학교사]와 대조시키고 있다.[21] 마찬가지로 강경애는 「그 여자」[1932]에서, 신여성 마리아를 간도 이주 농민을 "흑인종" 같다고 경멸하는 천박한 작가로 그리고 있다.[22] 간도에서 강연 여행을 하는 중에 마리아의 오만하고 동정심 없는 태도는 농민 청중들에게 격렬한 분노를 불러일으켰다. "그때에 [농민] 군중의 머리에는 며칠 전에 미음 한 그릇 따뜻이 못 먹고 죽은 그들의 아내며 그들의 누이며 사랑하는 딸들이 마리아의 좌우로 나타나는 것을 보았다. 자기들의 누이

---

21 박화성, 「비탈」, 『신가정』, 1933.8~12. 『박화성 문학 전집』 16, 푸른사상, 2004, 101쪽.
22 강경애, 「그 여자」, 『삼천리』, 1932.9. 『강경애 전집』, 소명출판, 1999, 437쪽.

와 아내는 이 여자를 곱게 먹이고 입히기 위하여, 공부시키기 위하여 이 여자 살빛을 희게 하여 주기 위하여, 못 입고 못 먹고 못 배우고 엄지손에 피가 나도록, 그 험악한 병마에 걸리도록 피와 살을 띠우지 않았던가? 이러한 생각을 하고 나니 마리아의 뒤에 둘러앉은 목사와 장로까지도 자기들의 살과 피를 빨아먹는 흡혈귀같이 보였다. 아니 흡혈귀였다."[23] 두 소설에서 신여성은 죽음을 맞거나 — 수옥은 애인 사회주의 활동가[정찬]와 주희의 만남을 몰래 지켜보다 절벽에서 떨어진다 — 거의 죽음 직전 — 마리아는 분노한 농민 군중에게 죽도록 두드려 맞는다 — 에 직면한다.

두 소설은 신여성 인물에 대한 반페미니즘적인 상징적 살인을 그린 것으로 보일 수도 있다. 그러나 이는 꼭 사회주의 여성 작가가 여성 해방의 대의에서 벗어났음을 뜻하는 것은 아니다. 예컨대 강경애 자신의 사회주의 이전의 삶에 대한 비판이 암시하듯이, 문학적 살인의 상징적 행위는 과거의 자아에 대한 통과제의적 죽음으로 의미심장하게 읽힐 수 있다. 또한 그것은 보다 사회적 관심을 지닌 대안적이고 주체적인 여성 활동가의 입장을 확립하려는 뜻을 갖고 있다.[24] 그와 함께 수옥과 마리아가 신여성의 독립적 정신을 잘 구현했다가보다는 소비주의적인 "모가[moga]"의 경박한 성격을 표현한 점도 주목되어야 한다. 모가는 일본과 조선에 알려진 이른바 "모던 걸[modern girl]"의 일본어 약어이다. 일본에서 모가는 일반적으로 서구식 패션을 따르며 자신을 위해 돈을 사치스럽게 쓰는 독립적인 도

---

23  위의 책, 440쪽.
24  강경애의 자신의 과거 문학적 실천에 대한 비판에 대해서는 「간도를 등지면서」를 볼 것. 한 부분을 인용하면 다음과 같다. "학생들은 무엇을 배우나, 소위 인테리층 나리들은 어떻게 살아가나. 누구보다도 나는 이때까지 무엇을 배웠으며 무엇으로 입고 무엇으로 먹고 이렇게 살아왔다. 저들의 피와 땀을 사정없이 긁어모아 먹고 입고 살아온 내가 아니냐!" 위의 책, 722쪽.

시 전문직 여성을 의미했다.[25] 반면에 1930년대 중반에야 보다 많은 여성이 도시 취업을 하게 된 조선에서는, 모가라는 표현은 상대적으로 한층 경멸적인 의미로 쓰이게 되었다. 즉 조선에서는 모가가 허영심으로 방종하게 소비하는 여성만을 나타내게 되었다. 실제 현실에 모가적인 여성은 없었지만, 모가라는 단어는 1920년대 후반과 30년대 전반의 맥락에서 지탄받을 소비주의적 신여성의 별칭을 뜻하는 경향이 있었다. 사회주의 여성 작가들이 그들 자신의 페미니즘적 주체성을 재창조하면서 비판한 것은 아마 페미니즘 선배들의 그런 패러디된 모가였을 것이다.[26]

신여성 인물의 문학적 살인에 대한 더 깊은 통찰은, 수옥과 마리아의 운명을 당대 남성 작가 소설의 비슷한 여성 인물과 비교하면 나타난다. 예컨대 염상섭의 『이심』[1927]에서 춘경이라는 여학생은 사회주의자 창호정구코지와 연애한 것으로 몰려 신접살림을 차리게 된다.[27] 그러나 창호가 감옥에 가자 춘경은 경제적 필요성 때문에 일본 및 미국 남자와 부당한 관계를 갖게 된다. 마침내 창호가 출옥한 후에 그녀를 유곽에 팔아넘기자 그녀는 그곳에서 자살을 한다. 춘경의 처벌과 죽음은 여성에게만 특별히 성적 도덕성을 전가시키는 염상섭의 잘못된 상징이며, 또한 민족적 배신에 대해 윤리적 처벌을 내리는 가부장제적 관점도 작용하고 있다.

---

25  사토는 일본대중문화에서의 모가의 출현과 그 소비주의적 전유에 대해 언급하고 있다. Barbara Sato, *The New Japanese Women*, Duke University Press, 2003, pp.45~77. 일본과 한국에서의 신여성과 모가의 의미에 대한 비교 설명으로는 김경일, 『여성의 근대, 근대의 여성』, 22~30쪽을 볼 것. "모던 걸"은 1923년에 일본에서 출현(Sato, p.57)한 데 이어 1927년에 한국에서 처음으로 활자로 나타났다(김경일, 28쪽).

26  일본과 한국에서 모가와 도시 여성노동자의 관계에 대한 보다 확장된 논의는 각각 Miriam Silverberg "Modern girl as Militant", *Erotic, Grotesque, Nonsense*(University of California Press, 2009), pp.51~72와 서지영, 「식민지 조선의 모던걸」, 『한국여성학』 22, no.3(2006)을 볼 것.

27  염상섭, 『이심』, 『매일신보』, 1928.10.22~1929.4.24.

또 다른 예로 채만식의 『인형의 집을 나와서』[1933]는 보호자인 변호사 남편[석준]으로부터 개인적인 자유를 선언하는 현대적 주부 노라를 그리고 있다.[28] 순진하고 전문 기술이 없는 노라는 잇달아 비천한 직업으로 전락할 수밖에 없었고, 결국 카페 여급이 되어 손님에게 강간을 당하고 만다. 노라는 마침내 강에 투신하지만 간신히 살아나서 공장 노동자로 새로운 삶을 시작한다. 노라의 자살 시도에 나타난 것은, 여성의 자유는 중요하지만 경제적 토대가 없으면 소용없다는 채만식의 관점이며, 이 소설의 결말에서 신여성은 계급투쟁의 주체로 재탄생한다.

성적으로 자율적인 여성 인물에게 자기파괴[자살]를 강제함으로써, 염상섭과 채만식은 고결한 여성성을 성적 순결성에 제한하는 유교적 젠더 윤리를 다시 보여준다. 반면에 사회주의 여성 작품에서 신여성 인물의 죽음은 성적 도덕성의 배신과는 별다른 상관이 없다. 그보다도 수옥과 마리아는 자신들이 누렸던 노동과 서비스를 제공한 여성 타자의 입장에 무관심함으로써 처벌을 받는다. 따라서 남성작가들의 편협한 성적 관심은, 여성문학에서는 흔히 여성 타자의 "좋은 삶"의 신장에 책임이 있는 관계적이고 공동체적인 도덕성으로 대체된다.

그처럼 사회주의 여성 작품에서 신여성 인물의 상징적 죽음의 이면에는 어떤 진정한 페미니즘적 동기가 존재한다. 그러나 그와 함께 인물들을 죽게 한 진행은, 박화성과 강경애와 같은 작가의 경우에 페미니즘과 사회주의 전망의 균형을 잡는 일이 특별한 난제가 될 수 있음을 (작품을 통해) 암시하기도 한다. 결국 마리아는 분노한 프롤레타리아 군중에 의해 죽음으로 내몰린 한 여성이며, 그 군중 자체는 남성과 여성 둘 다로 이루

---

28    채만식, 『인형의 집을 나와서』, 『조선일보』, 1933.5.27~11.14.

어져 있는 것으로 볼 수 있다.

그런 맥락에서 사회주의 페미니즘 작품을 읽을 때 이런 질문이 떠오른다. 새로 얻은 사회주의적 방법은 순수한 페미니즘 입장과 실제로 어디까지 양립 가능할까? 어떤 비평가는 이렇게 주장했다. 자유주의에서 사회주의로 이행할 때 한국 여성운동은 보다 생생한 페미니즘 정신의 접촉을 잃었을 것이며, 결과적으로 당대의 보다 넓은 사회주의와 민족주의의 풍경으로 흡수되었을 수 있다. 예컨대 웰스는 페미니즘의 전개의 평가에서, 초기의 강력한 페미니즘적 입장은 "민족주의와 사회주의의 논쟁 과정에서 점차 상대적이 되었다"고 말한다. 페미니즘은 "결국 예전의 자신보다 약하고 무력한 이미지가 되고만" 것이다.[29] 그의 견해에 의하면, 사회주의적 여성 작가는 계속 여성에 관해 쓰면서 일상에서 여성이 직면한 문제를 다룰 수 있었지만, 그 과정에서 자신들의 선명한 페미니즘적 입지를 상실했을 것이다. 한국 페미니즘 운동의 특수한 상황에서, 사회주의로의 방향전환은 여성해방의 대의에 전력할 수 없는 희생을 암시했을 수도 있다.

나는 다음 두 절에서 그런 주장에 대한 비판적인 평가를 자세히 제시할 것이며, 강경애의 가장 대표적인 두 소설을 분석함으로써 새로운 비평적 관점을 보여줄 것이다. 나의 논의의 방향은 제한된 범위에서 어떤 인정된 불화를 받아들이는 것이다. 즉 페미니즘이 사회주의와 동거하는 일의 어려움을 인정하면, 강경애와 다른 작가들의 많은 작품에서는 담론으로서의 페미니즘적 실천이 명백한 모습을 드러낸다.

그러나 나는 이제까지 식민지 조선에서 사회주의 페미니즘 사상이 발

---

29  Kenneth Wells, "The Price of Legitimacy", *Colonial Modernity in Korea*, p.218.

전한 이유에 대해 단지 윤곽을 그렸을 뿐이다. 식민지 조선에서는 여성에게 법적 권한을 주는 투쟁이 어려웠기 때문에, 1920년대 전반의 자유주의 페미니즘은 억압적 상황에 확실한 해결책을 제공할 능력이 부족했다. 식민 당국은 법적 체계에 도전하는 것을 용인하지 않을 것이므로, 여성들은 교육과 성적 자율성의 권리 같은 전통 관습의 개혁을 통해 이룰 수 있는 일에 전념할 수밖에 없었다. 그런 과정에서 자유주의 페미니즘은, 근대화가 야기한 새로운 문제들, 특히 노동계급 여성의 노동과 성적 착취 등을 침묵 속에 남겨두었다. 그 때문에 자유주의 페미니즘의 의제가 많은 사회문제에 연관되었음에도, 자신이 말한 모든 여성의 해방의 목표에 대처하는 데는 매우 불충분했다. 그런 불만족으로 인해, 자본주의적 근대성을 계급적으로 비판하며 혁명의 전망을 여는 사회주의는 여성해방의 대안적 통로를 제공했던 것이다.


## 사회주의 페미니즘과 가정을 재이미지화하기

근우회는 인상적인 조직화의 능력에도 불구하고 큰 구체적인 성과 없이 1931년에 해체되었다. 전성기의 근우회는 조선 내외에 60개가 넘는 지국을 갖고 있었다.[30] 근우회는 회원들 사이에서 이데올로기적 대립을 경험한 것 외에도, 비슷한 남성 조직 신간회처럼 법의 위반 없이 식민 당국과 싸울 수 없었기 때문에 어려움을 겪었다. 근우회 운동이 보다 공격적이 되자, 경찰은 회원의 활동에 대한 감시를 강화하고 회의를 방해했으

---

30  박용옥, 『한국 여성 항일운동사 연구』, 지식산업사, 1996, 373쪽.

며, 인쇄물을 압수하고, 운동의 몇몇 지도자들을 체포했다. 허정숙과 정종명 같은 유명한 인물들은 조선 공산당 재건에 연루된 혐의로 투옥되었고, 식민지 시기 동안 국내에서 정치적 활동을 재개할 수 없었다.[31] 그러나 사회주의 여성의 행동주의 자체는 정치적 패배 후에도 살아남았으며, 어떤 근우회 회원은 문학적 글쓰기에서 비판적 목소리를 내는 새로운 길을 찾았다. 세 명의 주요 사회주의 여성작가 — 박화성, 백신애, 강경애 — 들은 모두 근우회에 가담했었고, 1930년대 전반에 보다 활력적으로 문학적 생산에 참여하기 시작했다.

사회주의 여성 지식인들 사이에서의 문학으로의 전환은 출판 산업의 변화에 이어 나타났다. 1920년대 후반의 정치적 행동주의는 문화적 엘리트들의 한정된 경제적 자금을 많은 부분 써버렸고, 문학 전용으로 보존된 출판 공간이 실제적으로 사라지게 만들었다. 출판의 기회가 점점 어려워지자 여성에게는 문학적 성취를 위한 진로들이 모두 닫히게 되었다. 그런 상황이 변화된 것은 1930년대 전반이었으며, 점증하는 신교육 중산 여성[32]을 주요 독자층으로 삼는 대중잡지들이 출현하면서부터였다. 『신

---

31 이런 위기에 대처하기 위해 근우회는 보다 온건한 새로운 지도력을 발휘하기 시작했다. 즉 법적 개혁을 위한 공격적인 저항에 참여하는 대신에 농촌 여성을 교육하는 일 같은 상대적으로 순화된 제한적인 활동으로 돌아섰다. 그러나 그런 방향 수정은 사회주의적 여성들을 더욱 소외시키고 있었다. 더욱이 온건파와의 어떤 타협도 금지한 코민테른의 새로운 강경노선에 따라서 사회주의 여성들의 근우회에 대한 열정은 이미 기울기 시작했다. 김경일, 「1920~1930년대 한국의 신여성과 사회주의」, 『한국 근대사회와 문화』 III(서울대학교 출판문화원, 2003), 185~186쪽 참조. 근우회의 활동에 대한 경찰의 방해의 시기별 설명과 각 지국의 활동에 대한 상세한 자료는 박용옥, 『한국 여성 항일운동사 연구』, 410~413쪽과 416~461쪽을 볼 것.

32 당대의 견해로서 주요섭은 1920~1931년 사이에 초등교육을 받은 여성의 숫자가 7배로(14,367명에서 104,857명으로), 고등교육은 8배로(705명에서 5,788명으로) 증가했음을 나타냈다. 주요섭, 「조선 여자 교육사」, (『신가정』, 1934.4) 참조.

여성』[1923~1934]과 『신가정』[1933~1936] 같은 잡지[여성잡지]는 물론 『신동아』[1931~1936]와 『삼천리』[1929~1941] 같은 주류 인기 잡지들은 여성 독자를 끌기 위해 여성 작가를 찾았다. 이 잡지들은 모두 여성적 취향의 인기물의 수요를 만들면서 여류 문학 지망생들에게 성공 기회를 제공했다.[33]

정치적 억압이 심화되는 시기에 출판시장의 팽창은, 사회주의 여성 작가들에게 문학적 성취를 추구하게 하는 역설적 상황을 만들었다. 1930년대는 정치적 자유의 위축과 경제적 기회의 팽창이 짝을 이룬 시기였으며, 억압과 번영의 증대가 빈번히 동전의 앞뒷면을 이루는 때였다. 그 때문에 자기 자신의 출구가 막혀 있던 사회주의 여성 작가들은, 그들의 메시지를 상품화되고 젠더화된 특유한 출판 공간의 맥락에 투입할 수밖에 없었다. 새로운 잡지들은 주로 남성 편집자와 비평가, 출판인의 통제 하에 있었으며, 총독부의 강력한 정치적 검열과 함께 일종의 가부장제적 검열이 실행되는 상황에 있었다.

그런 새로운 기회를 이용한 작가들 중에는 강경애가 있었다. 강경애는 1930년대를 거치면서 문학적 성취를 이루었으며, 1940년에 신병으로 창작을 중단할 때까지 (조선과 일본, 간도에서) 신문과 잡지에 20여 편의 소설과 많은 에세이들을 발표했다.[34] 강경애의 여러 작품들은 간도의 조선

---

33  상업적 지향은 한국문학의 하위 범주로서 "여류문학"의 제도적 확립을 이끌었다. 여류문학은 여성 작가의 문학을 말한다. 제도로서의 여성문학에 대한 연구로는 심진경, 「문단의 여류와 여류문단」을 볼 것. 또한 1920년대 일본에서의 여성문학의 제도화에 대한 분석으로는 Joan Ericson, "The Origins of Concept of 'Women's Literature'", *The Women's Hand*(Stanford University Press, 1996)를 볼 것. 에릭슨은 "여성문학"의 장이 여러 독자층을 위한 잡지의 다양화의 여파로 확립되었다고 언급한다.

34  강경애의 대부분의 작품들은 한국 잡지들에 발표되었지만 「장산곶」은 일본 오사카 신문(『大阪每日新聞』)(1936)에 연재되었다. 또한 두 편의 시 「이 땅의 봄」(1935)과 「단상」(1936)은 간도에서 발간된 한국어 문학잡지 『북향』에 실렸다. 강경애의 생애와 작품의 전체적 연대의 목록은 이상경 편, 『강경애 전집』, 812~820쪽 참조.

인 이주민과 항일 유격대와 그들의 가족을 다루고 있는데, 오늘날 그녀가 만주 유격대를 이끌던 김일성의 북한에서 잘 알려지게 된 것은 그 때문일 것이다. 남한에서는 1980년대 말 식민지 좌파 작가들이 해금된 후에야 비로소 강경애의 존재가 알려지게 되었다. 강경애의 작품들은 그 당시에는 민족적 저항문학의 맥락에서 처음으로 재발견되었다.[35] 그런 민족주의적 해석은 강경애의 작품을 한국문학 정전에 복귀시켜 주었지만, 또한 작품에 내재한 복합성을 얼마간 단순화시키기도 했다. 강경애의 작품들은 1930년대 식민지 사회의 페미니즘과 사회주의의 중첩된 영역에 놓을 때 보다 더 본모습을 보여줄 수 있을 것이다.

강경애의 「소금」은 1934년 『신가정』에 6회에 걸쳐 연재되었다. 연재된 여섯 개의 삽화의 소제목들은 이 작품의 내용을 잘 드러내고 있다. 즉 "농가", "유랑", "해산", "유모", "어머니의 마음", "밀수입" 등이다.[36] 이 소설의 플롯은 남편이 폭력적인 죽음을 당한 후 농민 여성이 겪는 고통스러운 여로를 뒤쫓고 있다. 주인공 봉식 어머니는 집을 나와 전에 없는 연속된 혹독한 시련을 겪은 후에 프롤레타리아적 자각에 이르게 된다. 이 소설은 비극적인 프롤레타리아적 모성성의 서사로서 1930년대 프롤레타리아 여성문학이라는 하위 장르의 특징을 대표적으로 잘 드러낸다. 그러면서도 작가의 용기 있는 구체적 형상화와 함께 간도를 배경으로 하고 있다는 점이 특별한 차이를 보여준다.

「소금」은 농민의 아내인 주인공이 초조하게 손톱으로 집의 흙벽을 긁고 있는 장면으로 시작된다. 이 소설의 여주인공은 처음부터 끝까지 자

---

35  민족주의적 해석의 예는 김재용 외, 『한국 근대 민족문학사』(한길사, 1993), 496~502 쪽을 볼 것.

36  강경애, 「소곰」, 『신가정』, 1934.5~10 참조. 소곰은 소금의 고어이다.

신의 이름이 없이 줄곧 "봉식 어머니"나 "봉염 어머니"로 불려질 뿐이다. 일본군과 중국 보위단원, (조선과 중국의) 공산 유격대의 싸움이 계속되는 상황에서, 그녀는 중국인 지주 팡둥의 밭에서 일하는 남편이 돌아오길 불안하게 기다리고 있다. 그녀는 가족의 위태로운 삶을 비통해하는 한편 소금이 없어 남편에게 맛있는 음식을 해줄 수 없는 신세를 원망하고 있다. 가장 기본적인 양념인 소금은 일본 점령하의 만주 농민들의 물질적 박탈감을 뼈아프게 상징하고 있다. 제국 본토에 많은 소금을 수출하려는 일본의 정책으로 소금 값이 폭등했고, 농민들이 소금을 얻지 못해 밀수입이 생겨나는 상황이 된 것이다.[37]

서두의 봉식 어머니의 불안과 공포는 곧 현실화된다. 기다리던 남편이 만주국에 협력적인 팡둥을 응징하려는 중국 공산당에게 치명적인 상처를 입은 몸으로 돌아온 것이다. 장례식날 큰 아들 봉식은 아버지의 복수를 하러 떠나고, 봉식 어머니와 여동생 봉염은 황량한 변경에 남겨져 스스로를 지킬 수밖에 없게 되었다.

그 후 혹독한 시련들이 다시 계속해서 이어지게 된다. 어머니와 봉염은 팡둥에게 속아 그의 집에서 노동을 착취당했고 팡둥은 봉식 어머니를 겁탈하기에 이른다. 이어서 봉식 어머니는 팡둥의 아이를 임신하게 되지만, 팡둥은 봉식이 공산당 유격대에 가담했다 경비대원에게 처형됐다고 하며 모녀를 내쫓는다. 집을 잃은 봉식 어머니는 해란강변의 중국인 집 헛간에서 아이를 낳은 후, 그 동네에서 명수라는 아이의 유모가 된다. 그러나 유모일을 하기 위해 자신이 낳은 아이를 속이게 되고, 몰래 근처에 방

---

37 1930년대 화학공업을 위한 일본의 점증하는 소금의 수입에 대해서는 John Stewart, "Japan's Salt Production Program", *Far Eastern Survey* 8, no. 33(November 22, 1939)를 볼 것.

을 얻어 시간이 날 때만 젖을 먹였다. 그 후 봉염과 아이봉희가 전염병으로 죽자 그녀는 주인집에서 쫓겨나 다시 거처를 잃게 된다. 그녀는 자신이 젖을 먹이던 명수가 그리웠지만 그 집에 다시 돌아갈 수 없었다. 봉식 어머니는 덧없는 그리움에 사로잡힌 채, 이제 아이가 없는 어머니로서 좌절을 느끼며 "정이란 치사한 것"[38]이라고 저주의 눈물을 흘렸다.

이 소설의 마지막 삽화는 계급의식에 매개된 자기계몽과 함께 봉식 어머니의 독립적 자아의 각성을 얼핏 보여준다. 그녀는 조선에서 만주로 소금 밀수를 하는 조선 사람들의 일행에 합류한다. 그들은 위험한 소금 밀매 길에서 조선 공산당 유격대와 부딪혔지만, 유격대는 일행을 방해하지 않고 계급투쟁에 대한 짧은 설교를 하고 가게 해주었다. 그러나 그녀는 숙소로 돌아왔을 때 곧 만주국 경찰에게 붙잡혔고, 순사는 소금을 압수하고 그녀를 체포하려 했다. 그 때의 봉식 어머니의 마지막 말은 검열로 삭제되었지만, 남아 있는 몇 개의 단어들은 그녀가 분노하고 있음을 알려준다. 또한 이제 공산당 지도자의 설교를 새로운 확신으로 자각하고 있음을 암시하고 있다. 그녀는 자신이 처한 상황에 대항하여 일어서면서, 소설의 결말과 함께 마침내 의식적인 프롤레타리아 주체로서 재탄생하게 된다.[39]

작품의 주제가 그렇듯이, 「소금」의 플롯은 프롤레타리아적 자아를 발견하는 고전적인 사회주의적 우화로 읽힐 수 있다. 이 소설의 전체 과정에서는 농사와 유모, 밀수에서 겪은 착취에 대한 통렬한 설명과 함께, 노

---

38  강경애, 「소금」, 『강경애 전집』, 526쪽.
39  강경애, 「소금」, 앞의 잡지 참조. 최근의 남한 학자들에 의한 검열된 부분의 복원은 이런 추론을 확신하게 한다. 한만수, 「강경애 「소금」의 '붓질 복자' 복원과 북한 '복원'본의 비교」, 김인환 편, 『강경애, 시대와 문학』, 랜덤하우스코리아, 2006 참조.

동자로서의 주인공의 정체성이 계속 강조되며 언급된다. 그러나 더 나아가 그런 사회주의적 주제에 덧붙일 수 있는 것은 만주라는 소설의 배경과 연관된 민족주의적 의미이다. 만주는 일본의 근대화 과정에서 전락한 많은 농민 이주자들의 도착지일 뿐 아니라 조선인의 저항의 본거지였다. 일본의 만주국에 대한 오족협화의 선전에 반대하며, 강경애의 소설은 만주가 전쟁의 장소이자 외국 군대의 위협 속에서 조선 농민이 위험한 삶으로 내몰리는 곳임을 제시한다. 일본의 만주 점령은 중국 지배 하에서 땅을 가질 수 없던 조선인 정착자에게 새로운 법적·경제적 이익을 주었지만, 이전에 겪은 곤경으로 인해 많은 사람들은 여전히 궁핍 속에 남겨져 있었다. 또한 새로운 시대는 또 다른 위험을 가져왔는데, 일본 경비 기동대와 중국 저항군들은 조선인 정착자를 잠재적인 적으로 간주했기 때문이다.[40] 따라서 많은 노동계급 조선인들에게 만주는 여전히 민족적 정체성과 계급적 정체성이 거의 중첩된 곳으로 여겨졌다. 「소금」은 그런 만주를 배경으로 함으로써, 사회주의적 주제가 반식민지적인 민족주의적 주제에 쉽게 합쳐질 수 있게 하고 있다.[41]

그러나 그처럼 사회주의와 민족주의의 중첩으로만 해석하면, 「소금」의 주인공이 프롤레타리아일 뿐 아니라 여성, 특히 어머니인 점을 간과하

---

40  일본의 만주 점령 이후, 유격대를 섬멸하려는 일본군 기동대와 조선인을 일본의 협조자로 의심하는 중국 저항세력에 의해 조선인 이주자들은 고통 속에서 새로운 곤경에 처하게 되었다. Hyun Ok Pak, *Two Dreams in One Bed*, Duck University Press, 2005, 참조.

41  강경애의 간도지역의 혼란한 상황에 대한 묘사는 단디와 메이 낭 같은 만주 출신 중국 작가의 작품에 상응한다. 노먼 스미스는 일본 점령 하의 중국 여성문학에 대한 연구에서, 당시 사회의 헤게모니적 질서에 대해 비판하고 저항하는 중국 여성작가의 네 개의 수사학 — 어둠, 비관주의, 무질서, 궁핍 — 을 확인하고 있다(Norman Smith, *Resisting Manchukuo*, UBC Press, 2007, p.6 참조). 스미스의 통찰은 강경애의 작품에 쉽게 적용될 수 있으며, 그에 근거해 앞으로 비교문학적 연구가 가능할 것으로 생각된다.

게 될 것이다. 나는 이 소설의 페미니즘적 가치를 평가할 수 있는 것은 주인공을 여성과 어머니로 보는 관점이라고 생각한다. 그에 근거한 분석은 강경애 소설의 매력적인 복합성을 보여주면서, 또한 이 작품에 대해 논쟁적인 양쪽의 근거를 해명할 것으로 여겨진다.

「소금」의 이름 없는 주인공에 대해 첫 번째로 언급될 것은, 그녀의 무지하고 관습적인 일반적 성격이 의도적으로 설정된 것이라는 점이다. 그녀는 가족을 돌보며 자기 자신을 잃고 살아가고 있으며, 개인의 자율성의 요소를 거의 보여주지 않는 어머니로 등장한다. 예컨대 봉염이 운동화를 사달라고 하자 어머니는 "그 돈이 있으면 봉식이 공부를 더 시키겠다"고 대답한다. 그런 대답에 봉염은 어머니를 "아무것도 모르는" 여자로 불쌍히 여기게 되지만, 딸보다 아들을 선호하는 전통적인 가부장제적 편견은 계속된다.[42]

소설 전체에서 어머니는 관습에 얽매인 여성으로 그려지며, 가족에 관습적으로 헌신하는 것으로만 존재하는 여성으로 규정된다. 예컨대 그녀가 아픈 아이들을 밤길에 찾아가는 장면은 그녀의 정체성 자체가 실제로 모성과 동일시되고 있음을 극적으로 보여준다. "봉염이 어머니는 봉염이가 앓는 것을 보고 가서 도무지 잠들 수가 없었다. 그래서 밤중에 그는 속옷 바람으로 명수의 집을 벗어났다. (…중략…) 사방은 지척을 분간할 수 없이 어두우며, 몰아치는 바람결에 굵은 빗방울은 그의 벗은 어깨를 사정없이 내리쳤다. 그리고 눈이 뒤집히는 듯 번개불이 번쩍이고 요란한 천둥소리가 하늘을 때려 부수는 듯 아뜩아뜩하였다. 그러나 그는 지금 아무 것도 무서운 것이 없었다. 오직 그의 앞에는 저 하늘에 빛나는 번개불

---

42 강경애, 「소금」, 『강경애 전집』, 498쪽.

같이 딸년들의 신변이 각 일각으로 걱정되었던 것이다."[43]

아픈 딸들을 찾는 어머니의 은밀한 밤길은 이 소설에서 감정적인 절정에 이르는 부분이다. 그런데 여기서는 "지척을 분간할 수 없이", "사정없이", "눈이 뒤집히는 듯", "아뜩아뜩" 같은 강렬한 비유들이 여성의 아이들에 대한 초인적 헌신을 강조한다. 그런 모성애는 굵은 빗줄기의 밤길을 걷는 속옷바람의 어머니의 이미지에 의해 증폭될 뿐이다. 고전적 페미니즘 소설의 여성들이 자신의 행위력에 의해 규정되는 자율적 개인인 반면, 강경애의 주인공은 오히려 모성에 모든 정체성을 빼앗긴 수동적이고 절망적인 주체이다.

이처럼 자기희생적인 어머니를 여주인공으로 설정한 점에서, 「소금」에는 여성의 젠더화된 의식을 분명히 표현하는 일반적인 페미니즘 소설의 특징이 없는 것 같다. 그러나 그런 평가와 대조되는 해석을 가능하게 하는 것은, 강경애 소설의 담론적 기능에 대한 보다 세밀하게 맥락화된 분석이다. 이제 나는 강경애의 작품이 쓰여진 보다 넓은 문화적 환경을 고찰하기 위해 잠깐 논의의 초점을 전환시킬 것이다. 그처럼 불가피한 담론적 배경의 맥락에 대비시켰을 때 강경애 소설의 특징이 보다 잘 드러날 수 있을 것이다. 우리는 강경애 소설이 왜 점점 보수적으로 가부장제화되는 문화적 흐름에 대한 진정한 페미니즘적 간섭으로 해석되어야 하는지 더 잘 판단할 수 있을 것이다.

실패한 프롤레타리아적 모성성은 1930년대 사회주의 페미니즘 문학의 흔한 주제였다. 「소금」 외에도 강경애의 「지하촌」[1936], 백신애의 「적빈」[1934], 박화성의 「홍수전후」[1934], 「춘소」[1936]는 모두 강압적 환경에서 가

---

43 위의 책, 523쪽.

족의 파멸, 특히 아이의 죽음이나 불행을 무력하게 바라보는 어머니의 이야기이다.[44] 이런 주제가 반복된 이유 중 하나는 프롤레타리아 주인공에 대한 독자의 동정을 끌어내는 문학적 장치로 어머니가 효과적이었기 때문일 것이다. 그러나 또 다른 중요한 이유는 모성성의 장치가 당시 여성 잡지의 남성 편집자와 발행인이 선호하는 주제였다는 점이다. 예컨대 『신가정』이 1933년에 여성 작가들에게 옴니버스 소설의 창작을 위촉했을 때, 편집자는 소설의 표제와 주제로서 "젊은 어머니"를 선택했다.[45] 다른 당대의 잡지들 역시 가사 일과 육아의 새로운 방법이나 성공한 어머니 이야기, 혹은 어머니가 가운데에 있는 행복한 가족사진 등으로 다양한 특집을 채웠다.

이런 모성 및 주부의 예찬과 가정에 대한 진솔한 찬양의 표현은 1930년대 식민지 사회의 새로운 현상이었다. 예컨대 1933년의 『신가정』의 창간사가 암시하듯이, 그런 흐름은 1920년대의 페미니즘적 진행을 대체하려는 시대적 방편으로 나타난 것 같았다. 창간사에 의하면, 사람들은 주부의 지위를 잘못 이해해서 남편에게 종속된 것처럼 말하지만, 그것은 결코 진실이 될 수 없다. 만일 개개의 가정이 새롭고 밝고 질서 있고 풍요롭다면, 그것은 개인이나 가족 뿐 아니라 조선과 조선 사람들에게 행복을 가져다

---

44  강경애, 「지하촌」, 『조선일보』, 1936.3.12~4.3. 박화성, 「홍수전후」, 『신가정』, 1934.9. 백신애, 「적빈」, 『개벽』, 1934.11.

45  『젊은 어머니』는 사회주의 운동에서 남편을 잃은 젊은 과부와 어머니의 이야기를 전해준다. 이 옴니버스 소설의 전반적인 좌파 경향은 이 작품에 참여한 5명의 여성 작가 — 연재순으로 박화성, 송계월, 최정희, 강경애, 김자혜 — 의 이데올로기적 성향을 알려준다. 이 작품의 서사는 사회주의 활동가들의 갈등과 배신, 그리고 그에 뜻하지 않게 연루된 어머니에 집중되어 있다. 어머니는 은행지배인의 결혼 제안을 거절하고 다른 사회주의 활동가와 사랑에 빠지지만, 그 활동가는 친구의 배신으로 인해 곧 경찰에 검거된다. 다시 홀로 남게 된 어머니는 시골로 가서 가난한 마을 어린이를 위한 교사가 된다. 이 소설은 1933년 1월에서 5월까지 『신가정』에 연재되었다.

준다. 따라서 우리는 주부의 역할을 가볍게 여길 수 없는 것이다.[46] 이런 말들은 페미니즘적 여성성의 공적 이상인 "미혼의 독립적인 신여성"을 "다산의 자기희생적인 어머니"로 대체하려는 의미를 나타내고 있었다. 그 같은 담론적인 변화는 부분적으로는 10년 간 촉진된 근대화와 일본의 강화된 동화정책에 대한 보수적 민족주의의 반응이었다. 전통적 사회질서가 빠르게 사라지고 조선의 문화적 정체성이 점점 손상되는 시기에, 지식인들은 이전의 페미니즘적 태도를 포기하고 그 대신 사회적·민족적 책무를 잘 알고 있는 이상화된 강한 어머니상을 장려했다.[47]

그러나 모성성의 민족주의적 찬미는 아이러니하게 식민 당국의 이해와 맞아떨어지는 경향이 있었다. 총독부는 제국의 팽창과 그로 인한 과도한 징용이 남성 노동의 필요성을 더욱 강요하게 되자, 1930년대 동안 가족-국가 이데올로기의 초점을 점차 부성성에서 모성성으로 이동시켰다.[48] 그에 따라 일본은 만주와 조선, 제국 본토에서 국가적 선전으로서 "양육과 교육의 어머니" 이미지를 널리 이용하게 되었다.[49] 다음의 이광수의 논설은 일본과 조선 사이의 모성 예찬의 공모와 그 정치적 중요성

---

46 송진우, 「창간사」, 3쪽. 송진우는 문화 민족주의의 목소리를 대표하는 『동아일보』의 사장이었다. 『신가정』은 『동아일보』의 자매지였다.

47 Jiweon Shin, "Social Construction of Idealized Images of Women in Colonial Korea", *Women and Colonial Gaze*, New York University Press, 2002, pp.170~171.

48 Yoshiko Miyake, "Doubling Expectations", *Recreating Japanese Women, 1600~1945*, University of California Press, 1991 참조. 또한 안나 다빈(Anna Davin)은 어머니에 대한 근대적 담론의 사회적 생산을 세계적 제국주의 시대의 군사주의의 부상과 연관시킨다. 보다 구체적으로 그녀는 20세기 초 영국의 아동육아 담론의 증대를 서구 제국들 사이의 경쟁의 확대 속에서 전쟁과 식민지 경영을 위해 더 많은 남성 인구가 요구된 데 따른 것으로 논의한다.

49 민주국에서의 선전적인 정치학으로서 일본의 어머니의 수사학의 사용에 대해서는 Prasenjit Duara, *Sovereignty and Authenticity*(Rowman & Littlefield, 2004), pp.174~175 와 Louise Young, *Japan's Total Empire*(University of California Press, 1998), p.369 참조.

을 보여준다.

만일 여자들이 그의 가슴이 타오르는 청춘의 정열로다 모성의 사랑이라는 것을 연출하야 순결한 연애로부터 곧 성결한 모성애로 들어가고 다시 거기서 백척간두에 일보를 진하야 제 자녀를 사랑하는 깊고도 끝간 데 없는 사랑으로 인류의 모든 자녀들을 사랑하게 될 때에는 만일 그러한 시대가 온다고 하면 이 지구에는 새로운 인생의 봄이 올 것이다. 만일 조선의 여성이 이렇게 된다 하면 조선은 신생의 화평과 쾌락과 번영을 얻을 것이다.[50]

인류의 평화와 행복은 결코 제네바의 국제회의에서 오는 것도 아니오 꾀까다라운 각종의 법률에서 오는 것도 아니오 실로 모성적인 사랑에서만 오는 것이다.[51]

위에서 이광수는 천진난만한 말잔치를 통해 숭고하고 무한한 어머니의 사랑을 민족적·국제적 문제의 해결책으로 상승시키고 있다. 그의 논리에 따르면, 조선 여성은 사심 없는 모성에 헌신함으로써 자신의 가족과 사회, 그리고 심지어 세계를 구할 수 있다. 또한 반대로 집밖에서 출세하기 위해 가정의 의무를 소홀히 하는 여성은 자신의 동포와 인류의 모든 불행에 책임이 있다고 말할 수 있다. 모성애를 국제적 조약과 법의 효능조차 뛰어넘는 만병통치의 미덕으로 숭배함으로써, 이광수는 피식민자

---

50  이광수, 「모성」, 『여성』 1권 2호, 1936.5, 『한국 근대 여성의 일상문화』 6, 국학자료원, 2004, 204쪽.
51  이광수, 「모성으로서의 여자」, 『여성』 1권 3호, 1936.6, 『한국 근대 여성의 일상문화』 6, 위의 책, 206쪽.

가 경험하는 물질적 곤경을 완화시킬 책임을 식민 정권 — 그리고 중요한 조선 남성 엘리트 — 에서 식민지 여성으로 이전시키려 했다.

이런 당대의 배경에 비춰 보았을 때, 「소금」은 모성과 가정성의 헤게모니적인 긍정적 재현에 도전하는 점에서 예리한 논쟁적인 위치를 얻고 있다. 모성애의 가부장제적 예찬이 어머니의 사랑을 구원의 힘의 원천으로 상승시킨다면, 「소금」은 어머니가 가족의 행복을 보장할 수 없음을 강조하며 거짓 모성애 논리를 논박한다. 실제로 이 소설은 어머니 자신의 육체적 한계와 경제적 결핍을 내세움으로써, 모든 것을 주는 존재로서 "어머니 사상" 자체를 위반하는 듯이 보인다. 아이를 낳는 노동의 예리한 고통부터 강을 건널 때의 "쭈뼛해지는 오한"의 두통까지, 그녀의 육체적인 감각들은 모성에게 기대되는 모든 것을 줄 수 없는 어머니의 무력함을 계속 강조한다. 봉식 어머니는 절망적으로 지속되는 모정에 젖은 채 홀로 동네를 떠나면서, 마침내 "정이란 치사한 것이다"라고 생각하게 된다. 바로 그 순간의 그녀의 좌절은 제국적·민족적 모성의 전능성의 고양을 강력하게 부인하는 소리로 울려온다.[52] 따라서 고전적 페미니즘과 여성의 (재생산 기능과 구분되는) 자율성 주장의 편에서 "모성성 예찬"을 직접 반대하진 않지만, 「소금」은 사실상 모성 숭배의 환상적 본질에 도전하고 있다. <sup>(그림 6.2)</sup>

이 같은 방식으로 해석하면, 「소금」과 「적빈」, 「홍수전후」 같은 프롤레타리아 어머니 서사는 당대의 담론적 맥락에서 중요한 의미를 얻을 수 있다. 그와 함께 핵심적인 것은 이 작품들이 사회주의적 세계관과 완전히 조화된 상태에서 그런 의미를 지닐 수 있다는 점이다. 당대의 가정성과 모성애의 예찬은 신흥하는 식민지 중산계급에 그 토대를 두고 있었다.

---

52    강경애, 「소금」, 『강경애 전집』, 526쪽.

<그림 6.2> 『신가정』에 실린 강경애의 「소금」에 삽입된 최영수의 그림. (남캘리포니아대학 한국 헤리티지 도서관 제공)

프롤레타리아의 물결

즉 노동계급의 값싼 노동에 의존하는 중산층 여성만이 생존 노동의 걱정 없이 가사와 육아에 헌신할 수 있었던 것이다. 반면에 강경애와 백신애, 박화성 같은 작가는 프롤레타리아적 관점을 선택함으로써, 제국적·민족적 모성 예찬을 효과적으로 비판하며 그에 내재된 선전적 의도를 폭로할 수 있었다. 그들은 그렇게 함으로써, 독자들 — 일반적으로 조선의 여학생과 젊은 어머니들 — 에게 현재의 위기에서 조선(그리고 일본)의 미래를 되찾는 일은 여성의 자기희생이 아니라 정치경제적 제도를 바꾸는 투쟁에 달렸음을 상기시킬 수 있었다. 그리고 그런 투쟁이 소설 속의 불행한 어머니 같은 죄 없는 여성들을 실제적으로 구원하게 할 것임을 일깨우고 있었다.

사회주의 여성의 가정성 비판의 또 다른 중요한 효과는 여성의 일상경험의 공간으로서 가정의 재설정의 요구이다. 입센의 노라 같은 자유주의 페미니즘의 여주인공이 가정과 그에 연관된 것을 모두 거부했다면, 강경애(그리고 조선 작가들)는 오히려 가정을 벌거벗은 생존의 힘든 노동의 장소로서, 날것의 육체성으로 재현하며 재상상하는 것처럼 보였다. 로즈마리 마란골리 조지는 트랜스내셔널 페미니즘 문학에서의 "가정성의 재전유"의 특징으로 "책임감 있는 재생"이라는 유용한 비유를 제안했다.[53] 만일 가정의 공간을 떠나는 일을 실행 — 혹은 소망 — 할 수 없다면, 타당한 페미니즘적 선택은 "여성의 희생과 구원적 사랑"이라는 왜곡된 가부장제적 수사학을 교정하는 재현일 것이다. 한국 사회주의 여성소설에서 일상에 대한 환멸과 각성의 묘사는, 여성의 착취를 비판하는 과정에서 여성 경험의 보다 진정한 재현의 토대를 만드는 일종의 해방적 재상상을

---

53  Rosemary Marangoly George, "Recycling", *Burning Down the House*, Westview Press, 1998, p.3.

수행한다. 따라서 강경애의 "실패한 모성성"의 파괴적인 폭로가 암시하는 것은, 보다 진실하고 책임 있는 형태의 가정성을 재구성하려는 긍정적인 메시지일 것이다.

다음 절에서 우리는 강경애의 가장 잘 알려진 소설 『인간문제』에 나타난 페미니즘적 주제를 분석할 것이다. 그러나 그에 앞서 식민지 조선에서 "노동하는 프롤레타리아 어머니"가 남성과 여성 사회주의 작가에게서 어떻게 다르게 재현되었는지 다시 비교하는 것이 유용할 것이다. 남성 사회주의 작가들은 프롤레타리아 어머니를 주인공으로 한 소설을 거의 쓰지 않았지만, 채만식의 「빈…제일장 제이과」[1936]는 서로 비교할 수 있는 관점을 암시하고 있다. 이 소설은 강경애의 "이름 없는 어머니"처럼 가난 때문에 자기 아이 대신 다른 집 아기에게 젖을 먹이게 된 여성을 주인공으로 그리고 있다.[54] 그러나 채만식의 소설에서는 유모인 어머니가 자신이 번 돈으로 굶주린 가족의 음식 대신 파라솔을 사는 허영심 많고 이기적인 여성으로 그려진다. 그녀는 자본주의 사회 질서의 희생자로 제시되긴 하지만, 또한 그녀 자신이 힘없는 실직자 남편과 아기를 힘들게 하는 존재이기도 하다. 이 소설의 남성 작가의 가부장적인 관점은, 경제적으로 독립한 여성을 자신이 번 돈으로 남성의 권위를 위협할 수 있을 것처럼 의심스럽게 그리고 있다.

반면에 「소금」 등의 작품에서 사회주의 여성 작가는, 여성의 노동을 보다 넓은 프롤레타리아의 착취와 소외의 주제에 통합시키는 데 아무 어려움이 없었다. 즉 이름 없는 어머니의 노동은 결국 그녀가 처한 상황을 견딜 수 없게 만드는 서사적 진행의 한 부분이 된다. 이런 비교를 더 진전

---

54  채만식, 「빈…제일장 제이과」, 『신동아』, 1936.9.

시켜 볼 때, 남성 작가는 젠더적 편견이 야기한 불완전한 사회주의적 전망 때문에 곤란을 겪었을 수도 있을 것이다. 반면에 강경애 같은 여성 작가는 프롤레타리아 여성의 경험을 재현하는 데 더 좋은 위치에 있었으며, 가령 「소금」에 그려진 것 같은 실패한 프롤레타리아 모성성의 강력한 묘사 등을 통해 그것을 보여줄 수 있었다.

## 사회주의적 가부장제에 대한 비판

「소금」은 고전적인 자유주의 페미니즘의 서사와는 다르지만 여전히 진정한 페미니즘적 가치를 지니고 있다. 우리는 당대의 담론적 맥락에서 작동되는 페미니즘적 가치를 살피면서 그것을 인식할 수 있었다. 그와 비슷한 방법을 사회주의 여성 작가의 다른 작품들에 적용하는 일은 풍부한 분석을 가능하게 할 것이다. 여기서 나는 그런 작품들 중에서도 탁월한 소설인 강경애의 『인간문제』를 주목하려고 한다. 야심찬 주제와 길이를 지닌 이 장편소설은 오늘날 식민지 시대 문학 중에서 가장 성공한 작품의 하나로 평가된다. 루스 배러클러프가 언급했듯이, 강경애의 소설은 성적으로 학대받은 여공이라는 사회주의적 이미지를 여성의 젠더화된 경험과 행위력을 입증하는 서사 안에 성공적으로 재배치했다.[55] 나의 해석은 계급에 기초한 사회주의 사상과 강경애의 젠더화된 비판적 주체성 사이의 긴장을 보다 자세히 검토하는 데 초점을 맞출 것이다.

『인간문제』는 1934년 8월부터 12월까지 『동아일보』에 연재되었다. 용

---

[55]    Ruth Barraclough, "Tales of Seduction", *Positions : East Asian Cultures Critique* 14, no. 2, Fall, 2006, p. 364.

연마을을 배경으로 한 이 소설의 전반부는 주인공 선비가 순진한 시골 소녀에서 지주에게 착취 받고 유린당하는 농촌 노동자로 변화되는 과정을 추적한다. 선비는 용연마을 숲속의 전원적인 배경에서 처음 등장한다. 수풀에서 선비가 싱아를 따는 동안 그녀에게 마음이 있는 마을 청년 첫째는 짓궂게 훼방을 놓는다. 이 장면에서는 "계집애"선비와 "나무꾼"첫째이라는 단어만으로도 순수한 세계의 행복한 분위기가 고조되고 있다. 그러나 선비의 천진한 처녀 시절은 아버지가 지주에게 폭행을 당해 죽은 후 갑작스럽게 종말을 맞는다. 더욱이 어머니마저 병으로 세상을 떠난 뒤 선비는 지주 덕호에게 의지하며 그의 집에 들어가 부엌일을 하게 된다. 여기서 선비는 경성제대 학생이자 옥점의 사랑의 대상인 신철의 눈에 띄게 된다. 옥점은 덕호의 딸로서 소비적 욕망과 사랑의 소유욕에 사로잡혀 있는 인물이다. 반면에 신철은 부르주아 출신이지만 노동운동의 이념에 공감하고 있으며, 선비의 청초함과 순종적인 유순함에 반해 은밀한 애정을 싹틔우고 있다. 하지만 선비의 호응이 없는 신철의 불길한 사랑은 첫째의 진정성 있는 평등한 애정과 대비되어 제시된다. 첫째는 사회주의 사상을 접한 뒤 선비를 과거처럼 "온순하고 예쁘기만 한 것이 아니라 용감하고 강한 동지"로 생각한다.[56]

선비의 운명은 공부를 시켜주겠다는 덕호에게 속아 유린당했을 때 최악의 상태에 빠진다. 선비는 밤에는 덕호에게 겁탈을 당하고 낮에는 그의 부인에게 욕을 먹으면서 살아간다. 그러다 원치 않은 임신과 유산을 하게 되고 마침내 도시로 달아나기로 결심한다. 첫째 역시 그 이전에 스스로 소작분쟁에 연루되어 곤경을 치른 뒤에, 뜻하지 않게 소위 "법이라

---

56 강경애, 『인간문제』, 『강경애 전집』, 373쪽.

는 것"의 위반자가 된다. 지주에게 밭을 떼인 첫째는 도시로 달아나게 되면서 선비와 떨어져 지내게 된다. 선비와 첫째의 사랑의 이야기로 시작된 이 소설은 이제 두 청년의 "프롤레타리아적 성장소설"로 전환된다. 즉 1930년대의 팽창하는 식민지 산업화 환경에서 두 주인공이 계급적 주체로 성장하는 이야기가 전개된다.[57]

　도시로 이주한 선비는 그곳에서 어릴 때 친구였던 간난이를 만난다. 간난이는 노동자가 되어 있었으며 비밀리에 큰 방적공장<sup>대동방적</sup>의 노동운동 활동을 하고 있었다. 선비는 간난이의 소개로 인천의 대동방적 공장에 취직하지만 그곳은 곧 비인간적인 통제를 하는 감옥과도 같은 곳으로 드러난다. 강철과 유리로 빛나는 건물 안에서는 수백 명의 여공들이 정규적으로 울리는 사이렌에 따라 열 두 시간이 넘도록 힘들게 일하고 있었다. 선비는 여공의 작업이 너무나 과중해서 실을 잦는 기계의 얼레가 "그의 생명을 좀먹어 들어가는 커다란 벌레" 같다고 생각한다.[58] 그러나 공장은 선비에게 정치적 각성의 장소이기도 했으며, 선비는 간난이가 불법적으로 나눠준 전단지를 읽고 사회주의 운동의 이념을 이해하게 된다. 이후 간난이가 밖에서의 긴급한 지령으로 공장을 나가자 선비는 대신 노동운동의 조직의 일을 떠맡는다.〈그림 6.3〉

　그 동안 용연마을의 첫째도 부두 노동자가 되어 미래의 혁명을 약속한 신철의 영향으로 사회주의 운동에 참여하는 중이었다. 신철은 운동의 탄

---

57　폴리는 부르주아 교양소설(bildungsroman)의 역설적 적용으로서 "프롤레타리아 교양소설(성장소설)"에 대해 논의한다. 프롤레타리아 성장소설은 자율적인 개인의 성장과정을 추적하는 대신 개인 주인공이 그/그녀의 개별성을 자신의 계급의 운명에 연관시키는 방법을 배우는 이야기이다. Barbara Foley, *Radical Representations*, Duck Unuversity Press, 1993, p.359 참조.
58　강경애, 『인간문제』, 『강경애 전집』, 407쪽.

<그림 6.3> 『조선일보』(1934.11.23)에 실린 『인간문제』에 삽입된 이마동의 그림. 여성 노동자들이 공장의 식당에서 밥을 먹고 있다. 여공들의 모습과 뒤편의 노동자들의 대칭성은 근대적 공장 환경의 익명성과 소외의 분위기를 잘 나타낸다(남캘리포니아대학 한국 헤리티지 도서관 제공).

압이 강화되자 위협을 느끼게 되지만 첫째는 착취받는 프롤레타리아로서 더욱 더 상황을 극복할 것을 다짐한다. 마침내 그들이 참여한 파업이 실패하자, 신철은 체포되어 투옥되고 첫째는 동료 활동가와 몸을 숨기지 않을 수 없게 된다.

선비와 첫째의 재회는 소설의 결말부에서 극적으로 감정이 고조된 상황에서 이루어진다. 공장에서 지속적으로 방직 섬유에 노출되었던 선비는 결핵에 걸려 간난의 집에서 죽어가고 있었다. 간난이는 죽음이 임박한 선비를 위해 도움을 구했지만, 첫째가 집에 들어섰을 때 오랫동안 그리던 선비는 이미 몸이 싸늘해져 있었다. 무서운 충격을 받은 첫째는 분노로 몸을 떨고 있었다. 이 소설에서 프롤레타리아 혁명을 호소하는 듯한 암시는 그런 "첫째의 불불 떠는 모습"을 통해 나타난다.

선비의 시체는 점점 시커먼 뭉치가 되어 그의 앞에 칵 가로질리는 것을 그는 눈이 뚫어져라 하고 바라보았다. 이 시커먼 뭉치! 이 뭉치는 점점 확대되어 가지고 그의 앞을 캄캄하게 하였다. (…중략…) 이 뭉치야말로 인간문제가 아니고 무엇일까? 이 인간문제! 무엇보다도 이 문제를 해결하지 않으면 안 될 것이다. 인간은 이 문제를 위하여 몇 천만 년을 두고 싸워왔다. 그러나 아직 이 문제는 풀리지 않고 있지 않은가! 그러면 앞으로 이 당면한 큰 문제를 풀어 나갈 인간이 누굴까?[59]

선비의 신체는 은유적으로 "형체 없는 검은 뭉치"로 변해 있었다. 그 순간 선비의 죽음은 모든 프롤레타리아 — 남자와 여자 — 에게 자본주의적 착취에 맞선 투쟁을 일으킬 것을 요구하는 근거가 되고 있다.

「소금」처럼 『인간문제』역시 농촌 소녀의 비극적 삶의 프롤레타리아 성장 소설이자 멜로드라마적 서사로 읽을 수 있다. 일반적으로 개관해보면, 이 소설은 널리 유행하던 사회주의 리얼리즘 도식에 맞춰 주로 선비의 정치적 성장을 다룬 이야기로 볼 수 있다. 사회주의 리얼리즘 도식에서는 흔히 남성 노동자가 근대적 산업 노동력으로 편입되면서, 계급의식을 자각하고 마침내 프롤레타리아 혁명을 통해 해방에 이른다. 그러나 강경애의 식민지 소설에서는 결말의 승리가 없으며, 선비의 애처로운 죽

---

59  강경애,『인간문제』,『동아일보』, 1934.12.22. 해방 후 북한에서 단행본으로 발간되었을 때 마지막 문장의 질문은 다음과 같이 알 수 있게 개작되었다. "앞으로 이 문제는 첫째와 같이 험상궂은 길을 걸어왔고 또 걷고 있는 그러한 수많은 인간들이 굳게 뭉침으로써만 해결할 수 있을 것이다." 편집자는 약간의 수정을 하면서 질문의 문장을 명료하게 선언적인 것으로 바꾼 것 같지만, 이 개작에도 프롤레타리아 혁명의 사회주의적 전망의 가부장제적 편견이 강화된 셈이었다. 예컨대 혁명의 주인공을 첫째와 간난 대신에 첫째만으로 확정하고 있기 때문이다. 만일 강경애가 살아서 개작을 할 수 있었다면 첫째와 간난으로 표현했을 것이다. 개작된 결말에 대해서는 『강경애 전집』, 413쪽 참조.

음과 남성 동지의 혁명의 요구가 대신 그려진다. 이런 비극적 결말은 착한 여주인공이 잔혹한 운명의 변화에 휘말리는 당대의 대중적인 멜로드라마에 가까워진 플롯을 보여준다.

하지만 그런 사회주의적 도식과 멜로드라마의 관습과는 달리, 강경애의 소설은 또한 신철이라는 모호한 인물을 그리고 있다. 신철은 어리석은 사랑과 흔들리는 정치적 실천 사이에서 헛되게 동요하는 사회주의 지식인이다. 선비가 폐병에 걸린 소식을 듣기 직전에 첫째는 신철이 그들의 운동을 배신했음을 알게 된다. 즉 그는 감옥에서 공식적으로 사회주의를 포기했으며 만주국 관직을 받아들이고 이제 부잣집 여자 — 아마도 옥점 — 와 약혼했다. 『인간문제』의 주요 서사와 구체적 연관이 없는 이 신철의 이야기는, 이 소설의 서사적 경제에서 독립적인 의미를 요구하고 있는 듯하다. 신철은 중산층 출신이면서도 노동운동의 대의에 헌신했지만, 전체적으로 보면 부정적 인물에 속할 수 있다. 그와 함께 그는 이 소설의 프롤레타리아적 도식에 중심적 역할을 지니지 않으며, 바로 그 때문에 더욱 모호하고 어떤 점에서 다른 인물보다 흥미로운 면이 있다.

강경애의 신철의 묘사에는 두 가닥의 뒤섞인 맥락이 존재한다. 한편으로 그는 혁명적 노동자의 비열한 동지로서 결말에 운동을 배신하는 변절적인 정치 행위자로 그려진다. 그런 묘사를 통해, 강경애는 총독부와 경찰의 압력 하에서 사상적 신념을 포기하는 많은 당대 사회주의 지식인의 난처한 흐름을 비판한 것 같다. 다른 한편 신철은 경솔하고 극단적인 연인으로서 가부장제적 가치에 순응하는 젠더적 역할을 나타내는 남성으로 재현된다. 신철의 이상적인 여인상은 그가 처음에 선비에게서 기대했던 가부장제적으로 아름답고 순종적인 여성이었다.

강경애는 그런 두 가지 맥락을 연관시키는 중에 놀라운 공명의 효과를 얻고 있는 듯하다. 즉 이 소설 초반의 신철의 연애적 극단주의는 후반의 정치적 배신을 미리 암시하며, 반대로 그의 정치적 신뢰성의 부족은 감상적이고 미숙한 확신의 감성으로 나타난다. 남성중심적인 정치적 특성과 연애적 성격을 연결시키면서, 강경애의 소설은 정치와 사랑의 관계를 서로 필수불가결한 조건으로 그리고 있는 것 같다. 즉 좋은 연인만이 훌륭한 혁명을 수행할 수 있으며, 반대로 진정한 혁명가만이 진실한 연인이 될 수 있다.

남성 인물의 사적 감정과 정치적 충실성을 단호히 분리했던 당대 사회주의 작가의 지배적 경향과 비교하면, 강경애의 방법은 또 다시 당대적 담론에 대한 개입으로 평가될 수 있다. 연애와 사상이라는 두 가지 주제를 섞어 짜면서, 강경애는 사랑과 혁명의 실천을 양립 불가능한 것으로 취급했던 당대의 관습에 도전한다. 에이미 둘링은 중국 좌파 문학의 이른바 "사랑과 혁명이 결합된 장르"<sup>"아이칭 지아 제밍"</sup>에 대한 연구를 실행한 바 있다. 둘링에 의하면, 1920년대 후반에 사적인 연애적 감정과 공적인 혁명적 열정의 불화를 다룬 장르가 출현한 것은, 초기의 연애적 사회주의 문학에서 후기의 보다 교조적인 문학으로의 전환점을 나타낸다.[60] 그런 전환은 같은 시기의 한국 프롤레타리아 문학에서도 찾아볼 수 있다. 원래 연애적 감정의 표현은 자율적인 근대적 주체의 핵심으로 간주되었으며, 사회주의 작가는 그런 흐름에 따라 소설에서 자유로운 사랑의 실천과 사회주의 혁명의 열망을 합치시켜왔다. 그러나 1920년대 후반에 이르자, 사상적으로 보다 엄격한 카프 회원들은 사랑이 혁명적 대의에 전력해 헌신하는 데 달갑잖은 방해물이 된다고 생각하게 되었다. 이제 감성적인

---

60 Amy Dooling, "Love and/or Revolution?" *Women's Literary Feminism in Twentieth Century China*, Palgrave Macmillan, 2005, pp.103~136.

사랑은 쁘띠 부르주아의 덕목으로 간주되었으며, 연애의 문학적 찬양은 사회주의의 진정한 유물론적 세계관에 적대적인 것으로 여겨졌다. 예컨 대 1929년에 카프 회원 한설야는 두 공장 노동자의 사랑의 이야기인 송영의 「우리들의 사랑」[1929]을 즉각 비판했다. "'사랑이 의식을 결정하지 않는다' — 이 유물론자의 견해에 따라 이 작품은 말살된다."[61] 후기의 사회주의적 소설에서도 농민과 노동자들 사이에서 흔히 자기 각성의 신호로 사랑이 나타나긴 하지만, 주인공들은 변함없이 "이기적인" 사랑의 관심의 충족보다는 혁명에 대한 "고귀한" 헌신을 선택한다.

둘링이 주목한 것처럼, "사랑과 혁명의 서사들"의 통상적인 귀결은 가정적이고 사적인 "비정치적" 영역을 사회적·공적 정치 영역으로부터 분리시키는 과정이었다.[62] 그런 과정이 분명히 보여주는 것은, 대부분의 여성이 위치한 (강등된) 사적 영역의 부적절성이었으며, 사적 영역은 보다 정치적인 공적 삶의 영역과 명백히 대립된다는 것이었다. 강경애가 신철의 성격화에서 정치적 전향과 감성적 배신을 불가분리하게 연결시킨 것은, 말하자면 그런 "젠더 문제의 탈정치화"에 논쟁적으로 대항한 셈이었다. 젠더화된 주체성을 주장하기 위해 그런 서사적 전략에 의존한 것은 비단 경경애만이 아니었다. 예컨대 박화성과 백신애 역시 사상적으로 허약한 남성인물이 여성에 대해 경직된 태도를 취함을 보여줌으로써, 사회주의적 가부장제에 대한 완곡한 문학적 비판을 수행했다. 박화성의 『북극의 여명』[1935]에서 옛 사회주의 활동가는 아내가 자신의 사상적 전향을

---

61  한설야, 「신춘창작평」(『조선지광』, 1929.2), 108쪽. 한설야는 마르크스의 『독일 이데올로기(*The German Ideology*)』의 유명한 구절(의식은 삶을 결정하지 않으며 삶이 의식을 결정한다)을 잘못 인유하고 있는 듯하다.

62  Amy Dooling, *Women's Literary Feminism in Twentieth-Century China*, p.116.

비판하자 아내를 때리며 굴복시키려 하고 있다. 또한 백신애의 「광인수기」[1938]에서도 활동가 출신 남편은 헌신적인 아내를 배신하고 젊은 여자와 연애를 하고 있다. 두 작품에서 남성의 정치적 배신은 아내에 대한 경직된 태도와 무례함을 드러내는 행위를 통해 비판되고 있다.[63] 그런 인물들을 그리면서 여성 작가들은 젠더 문제를 끈질기게 정치적 논쟁의 핵심에 재위치시키고 있었다. 그들은 그런 방식으로, 프롤레타리아 문학이 발전할수록 오히려 젠더적 주제의 정치적 가치가 박탈되는 상황에서 젠더 문제를 재정치화시키고 있었다.

신철의 성격은 여성 작가들의 전기적 사실을 보다 면밀히 고찰했을 때 또 다른 흥미로운 논점을 드러낸다. 즉 신철은 강경애 같은 여성 작가들이 남성 지식인을 상대하며 일상에서 겪었던 가부장제적 태도를 반영하는 측면에서 주목된다. 정칠성 같은 여성 활동가는 여성 문제에 대한 남성 엘리트들의 무관심을 이렇게 비판하곤 했다. 구 남성과 신 남성 ― 즉 보수적이고 자유주의적인 민족주의자와 사회주의자 ― 은 여성운동이 전체 운동의 부분으로 얼마나 중요한지 크게 떠들면서도, 실제로 그들이 행동하는 것은 여성을 비판하고 거리를 두고 바라보는 것 뿐이다.[64] 강경애 역시 사회주의 동료들의 가부장제적 가치관을 주저 없이 공개적으로 비판했으며, 『인간문제』에서 허약하고 거친 성격의 신철의 세계관 속에 그런 비판을 침투시켰다. 그녀는 그런 방식으로, 남성들의 정치적 방향에 대응하기보다는 그들의 가부장제적 태도에 대해 공과 사를 횡단하는 비판을 제시했다. 「소금」이 일차적으로 제국적·민족주의적 가부장제

---

63    박화성, 『북극의 여명』, 『조선중앙일보』, 1935.3.31~12.4. 백신애, 「광인수기」, 『조선일보』, 1938.6.25~7.7.

64    정칠성, 「의식적 각성으로부터 무산 부인 생활에서」, 『근우』 1, 1929, 37쪽.

에 대응하고 있다면, 『인간문제』는 강경애의 남성 사회주의 동료들에게서 흔히 발견되는 남성적 극단주의를 더욱 공개적으로 비판하고 있다.[65]

## 식민지 조선의 페미니즘을 다시 사유하기

사회주의는 조선의 많은 여성 지식인들에게 식민지 근대화 과정에서의 계급 분열에 대한 응답으로 일차적 호소력을 지녔다. 식민지 근대화는 중산층 여성에게 새로운 기회를 열고 교육과 사회적 참여의 가능성을 확대했지만, 똑같은 산업화 과정이 가부장제적 국가와 기업의 이익에 따라 여성 노동자의 착취를 용이하게 하기도 했다. 국가와 자본 사이의 공모는 다양한 방법으로 모든 조선 여성들의 기회를 제약하는 결과를 가져왔다. 그러나 제국적 착취의 가장 큰 희생자는 특히 노동계급의 여성들이었다.

어떤 면에서 식민지 여성운동의 사회주의적 전개는 불가피한 과정이었다. 타니 바로우가 중국 페미니즘 운동의 연구에서 주목했듯이, 20세기 초의 자유주의 페미니즘은 여성의 권리와 열망을 옹호하는 완전한 중립적인 교리가 아니었다.[66] 19세기 유럽에서 시작된 신여성의 이념은 처음부터 프랑스 혁명의 부르주아적 가치에 확고히 물든 중산층의 경향을

---

65  [역주] 「소금」은 "헌신적인 모성애"를 찬양하는 제국주의와 민족주의의 공모를 암암리에 비판하고 있다. 그에 비해 『인간문제』는 사랑과 혁명을 서로 연관시킴으로써, 교조적인 남성 사회주의자들이 사적·공적으로 보여주는 경직된 극단성과 숨겨진 허약성을 비판하고 있다.

66  제국주의와 민족주의, 페미니즘의 관계에 대한 논의는 Tani Barlow, *The Question of Women in Chinese Feminism*(Duke University Press, 2004), pp.64~67 참조. 바로우가 보여주듯이 자유주의 페미니즘의 숨겨진 추동력의 일부는 우생학적으로 보다 건강하고 잘 교육된 자손을 얻으려는 제국적·민족적 관심에서 유래했다.

갖고 있었다. 결과적으로 이 운동은 노동계급 여성의 특수한 고통에 무감각했기 때문에, 전통 페미니즘의 자유주의 이념의 한계를 드러내며 많은 나라에서 "붉은 페미니즘"을 발흥시켰다.[67] 그런 과정은 식민지 조선에서는 더욱 더 분명했는데, 식민지의 경우 자유주의 페미니즘은 여성의 참정권과 법적 권리의 투쟁도 제도적으로 어려웠기 때문이다. 따라서 사회주의적인 길은 여성문제에 대한 보다 도전적인 정치적 해결을 추구하려는 식민지 페미니스트들에게 유일한 핵심적 선택이 되었다.

비정통적이고 의심스럽고 모순적이었지만, 1930년대 사회주의 여성작가들은 당대의 담론적 경제에서 진정한 페미니즘의 위치를 지닌 작품들을 생산했다. 출판계는 거의 남성 편집자들에 의해 통제되었고, 일본에 의한 검열과 선전이 강화되고 있었으며, 사회주의적 교리에 충실함으로써 생긴 이데올로기적 통제도 작용하고 있었다. 그러나 여성 작가들은 그런 담론적 맥락의 통제를 뚫고 진심어린 페미니즘 소설들을 창작했던 것이다.

따라서 「소금」과 『인간문제』 같은 작품은 당대에 확립된 가부장적 흐름에 대한 섬세하면서도 충분히 의도된 대응으로 읽혀져야 한다. 즉 1930년대는 여성성의 이상으로서 모성애와 주부를 예찬하거나, 젠더 문제를 공적 영역에서 이연시켜 탈정치화하며 가부장적 흐름을 강화했지만, 강경애의 소설들은 그에 맞서서 페미니즘적 대응을 보여주었던 것이다. 「소금」과 『인간문제』는 이른바 "양피지 사본"[68]이라는 중첩된 글쓰기의 좋은 예를 보여주고 있으며, 남성적인 서사적 관습의 표면에 비판적

---

67  유럽의 사회주의 페미니즘의 역사에 대해서는 Helmut Gruber and Pamela M. Graves eds., *Women and Socialism, Socialism and Women*(Berghahn Books, 1998) 참조.
68  [역주] "양피지 사본"은 글을 쓴 위에 다시 겹쳐서 글을 쓰는 방식의 비유이다.

관점을 기입해 넣는 층화된 여성 서사를 창조하고 있다.[69] 그런 서사적 전략을 사용함으로써, 강경애와 다른 여성들은 문학적인 가부장적 관습 내에서 글을 쓰면서 또한 그것을 전복시키고 있었다. 여성들은 페미니즘의 입장을 사회주의의 입장 속에 침투시키면서, 두 사상의 정치적 영역의 경계를 동시에 확장시켰다.[70]

식민지 조선의 여성운동은 1931년 근우회의 해산과 함께 쇠퇴하게 되었다. 1930년대는 대부분의 사회주의적 행동주의에 대해 경찰의 내적인 탄압이 자행된 시기였고, 여성의 정치적 행동주의는 그런 시대에 일본의 강화된 군국주의의 또 다른 희생물이 되었다. 그러나 정치적 운동은 중단되었지만, 문화적·문학적 실천으로서의 페미니즘은 식민지 시기 동안 끊임없이 지속되었다. 사회주의 여성작가들은 1930년대 후반까지 계속 좋은 글들을 썼으며, 강경애와 박화성, 백신애의 대열에 송계월과 임순득 같은 새로운 인재가 가담했다. 송계월은 『신여성』[화보 10]에서 창작과 편집을 통해 사회주의 페미니즘의 대의를 신장시켰다. 또한 1937년에 등장한 임순득은 페미니즘 집단에서 가장 젊고 명석한 비평가와 작가가 되었다.[71] 출옥한 후1935에 사회주의를 포기한 최정희를 제외하면, 사

---

69  Susan Gubart and Sandra M. Graves, *The Madwomen in the Attic*, Yale University Press, 2000, p.73.

70  폴라 라비노위츠가 논의하듯이 프롤레타리아 리얼리즘과 전통적 가정서사의 관습을 이용하는 사회주의 여성 소설은 "프롤레타리아 문학의 변형인 동시에 그 자체로 일관성 있는 장르"로 볼 수 있다. Paula Rabinowitz, *Labor and Desire*, University of North California Press, 1991, p.66 참조.

71  송계월(1911~1933)은 경성 여자 상업학교에 다니는 동안 사회주의를 알게 되었다. 그녀는 허정숙의 지도에 따라 서울에서 여학생 시위(1930년)를 조직한 학생 지도자의 한 사람이었다. 송계월은 결국 학교에서 퇴학을 당했으며 곧 투옥되었다. 집행유예로 석방된 뒤에 그녀는 처음에 백화점 점원으로 일하다가 곧 『신여성』 편집자로 채용되었다 (박정애, 「어느 신여성의 경험이 말하는 것」(『여성과 사회』 14, 2002.5)참조). 임순득

회주의 여성 작가 중에서 일본의 군국주의 선전에 적극적으로 동원된 사람은 아무도 없었다. 1930년대 후반에 출현한 임옥인과 이선희 같은 자유주의 페미니즘의 새로운 세대들 역시, 사회주의의 조류에 따라 보다 평등한 젠더 관계를 옹호하는 문학적 흐름을 발전시켰다. 최경희가 논의했듯이, 심지어 제2차 세계대전 중의 여성 "애국" 문학조차도 페미니즘적 관심을 완전히 포기하지는 않았다.[72]

식민지 조선의 사회주의 여성작가들은, 궁핍한 어머니와 학대받는 여공들, 매춘에 내몰린 농촌 여성들의 생생한 초상을 그림으로써, 식민지 여성 중에서 하위계층에게 문학적인 목소리를 부여했다. 그들은 그렇게 함으로써, 조선 사회와 보다 넓은 근대 세계 내에서 노동계급 여성의 위치를 재상상할 수 있게 해주었다. 사회주의 여성의 문학이 얼마나 밑바닥의 정치적 행동주의에 영향을 주었는지는 분명하지 않다. 1930년대 조선 여성의 문자 해독율은 겨우 10% 이상을 맴돌았으며, 여성 공장 노동자들의 경우에는 분명히 더 낮았을 것이다. 그렇다 해도, 프롤레타리아 소설의 주요 독자였던 여성과 남성이 흔히 야학과 독서회 같은 교육 조직의 지도자였으므로, 어떤 영향력의 잠재성을 제외하는 것은 성급한 일일 것이다. 식민지 시대 여성운동의 문화적 진영과 정치적 진영 사이의 상호작용은, 오늘날 사실상 미연구된 영역이며 미래의 연구를 위한 흥

---

(1915~1957)은 이화여고의 학생지도자로서 송계월과 함께 1930년 시위에 참여했다. 그녀 역시 퇴학당했지만 동덕여고에서 학업을 계속할 수 있었다. 그녀는 식민지 시기 동안 약간의 소설과 평문을 발표했지만 1945년 해방 이후와 그 뒤 북한에서 많은 활동을 보였다. 이상경, 『임순득, 대안적 여성 주체를 향하여』, 소명출판, 2009 참조.

[72] 한국 여성의 전시문학의 페미니즘적 해석에 대해서는 Choi Kyeong-Hee, "Another Layer of Pro-Japanese Literature", *Poetica : An International Journal of Linguistic-Literary Studies* 52(1999)와 이선옥, 「여성해방의 기대와 전쟁 동원의 논리」, 『친일문학의 내적 논리』(역락, 2003) 참조.

미로운 주제로 떠오를 수 있을 것이다.[73]

오늘날 페미니즘의 이념은 자주 논쟁적이 되는데, 그 이유는 전통적 페미니즘의 개념으로는 자신의 관점을 잘 나타낼 수 없다고 느끼는 여성들의 비판 때문이다. 이제 젠더적 평등을 중심에 놓으면서도 여성해방을 위해 똑 같이 중요한 다른 투쟁들 — 인종, 계급, 종교적 차별과의 싸움 — 과도 조화되게 운동을 재구성할 필요성이 널리 느껴지고 있다. 인더팔 그레월과 캐런 카플란이 논의했듯이, "다양한 가부장제들 및 국제적인 경제적 헤게모니들에 대응하면서, 역사적 특수성 속에서 세계 곳곳의 여성의 관심사를 다룰 필요성"[74]이 절박해지고 있다. 두 사람의 논의는 오늘날 우리에게 진실로 울려옴은 물론, 아마도 식민지 시대 조선의 여성 활동가들에게도 진실이었을 것이다. 사회주의 여성 작가들은 계급적 감수성의 관점에서 노동계급 여성의 곤경을 주목함으로써, 자유주의 페미니즘 운동의 관점을 교정하는 동시에 보충할 수 있었다. 그와 함께 페미니즘을 한층 복수적인 관점으로 만듦으로써, 식민지 조선의 민족주의와 제국주의 담론에 스며든 가부장제적 요인을 비판하는 데 효과적으로 기여하고 있었다.

---

73  식민지 시대 잡지들을 검토해 볼 때 독자의 성별과 상관없이 사회주의 여성소설에 대한 노동계급 독자의 반응은 나타나지 않는다. 그러나 좌파 잡지들은 사회주의적 영감을 보인 여성 노동자의 작품들을 분명히 싣고 있었다. 이에 대한 간단한 예로는 최옥순, 「열두 시간 노동을 하고」(『시대공론』, 1931.9)와 유희순, 「여직공의 하소연」(『부인공론』, 1932.4)을 볼 것.

74  Inderpal Grewal and Caren Kaplan, eds., *Scattered Hegemonies*, University of Minnesota Press, 2002, p.17.

## 제7장

# 비판으로서의 일상생활
## 김남천의 문학적 실험

김남천[1911~1953?]은 1920년대 중반 평양고보 시절에 학교 친구들과 『월역月域』이라는 동인잡지를 출간했다. 『월역』 동인들의 독서 목록은 유명한 일본 작가들로 채워져 있었으며, 김남천은 그 중에서도 특히 아쿠타가와 류노스케를 존경했다. 그는 10년쯤 지난 후에 그 시절을 이렇게 회상했다. "개천芥川, 아쿠타가와에게 활짝 홀려 돌아갈 때 그가 자살을 했다. 작가를 이렇게 순수한 마음으로 숭배해보긴 전무후무다."[1] 그러나 아쿠타가와나 요코미츠橫光利一 같은 실험적인 모더니스트들을 찬양하면서도, 그는 마침내 다른 문학적 길을 선택했다. 김남천은 1929년 도쿄의 호세이대학에 적을 두고 있을 때 카프의 도쿄 지부에 가담했다. 김남천 자신의 말을 빌리면, "예술의 대가가 되는 것보다 정치의 병졸을" 선택한 것이다.[2]

---

1  김남천, 「자작안내」, 『사해공론』, 1938.7. 정호웅·손정수 편, 『김남천전집』 1, 박이정, 2000, 383쪽. 김남천은 이 글을 쓴 후 곧 「장날」(1939)을 발표했다. 이 단편소설은 아쿠타가와의 유명한 『라쇼몽(羅生門)』을 모델로 했으며 아쿠타가와에게 헌정된 작품이다. 김남천은 식민지의 공교육을 받은 한국인 세대에 속하며 그의 고교시절의 독서는 일본 문화에 얼마나 빠져들었는지 보여준다. 아쿠타가와 외에 김남천의 독서목록에 포함된 다른 일본 작가로는 무샤노코지 사네아츠, 아리시마 삼형제, 기쿠치 간, 구메 마사오, 요코미츠 리이치, 시가 나오야 등이 있다.

2  김남천, 「몽상의 순결성」, 『조광』, 1938.3. 정호웅·손정수 편, 『김남천전집』, 2, 박이정, 2000, 57쪽.

그는 그 길로 계속 나아가 가장 성취를 이룬 좌파 작가 중 하나가 되었으며, 예리한 비평과 진귀한 미학적 발명을 통해 특별한 문단적 존재가 되었다. 김남천이 문학적 성공의 정점에 이른 것은 1938~1941년 사이의 시기였다. 당시의 유명한 잡지 『인문평론』은 1941년 문학비평 경연을 개최하면서 독자들에게 세 명의 뛰어난 당대 소설가 유진오와 이효석, 김남천에 대해 글을 쓰도록 했다.[3]

김남천은 북한에서 지식인들에 대한 대대적 파벌 숙청이 단행된 1953년경에 숙청된 것으로 알려져 있다.[4] 그때 이후로 그의 이름은 북한 문학사에서 지워지게 되었다. 같은 시기에 남한에서는 1947년에 월북했다는 이유로 그의 작품이 금지되었다. 그 후 1988년 김남천이 해금되었을 때 그의 작품은 학계에서 강렬한 비평적 관심의 대상이 되었다. 당시에 김남천을 읽은 사람들은 민중운동에 참여했던 세대의 학자들이었다. 그들은 남한의 민주화를 위한 투쟁을 하면서 김남천 문학이 식민지 시대에 누렸던 명성을 다시 귀환시켰다. 40년 이상 동안 잊혀진 시간을 보낸 후에, 오늘날 김남천은 한국 근대문학사에서 중심적 인물의 하나로 인식되고 있다.

김남천과 그의 카프 동료들은 식민지 조선과 일본 제국의 역사에서 격렬한 변화의 시기를 살았다. 1920년대 중반 카프가 창건되었을 때 한국은 아직 현저하게 농업중심의 국가였다. 그러나 카프가 강제로 해산된 1935년까지, 식민지는 빠른 산업화 과정을 겪으면서 제국적 팽창의 기획에 필수적인 부분이 되었다. 식민지 조선이 경제적으로 중요한 지역이

---

3   『인문평론』(1941.7), 300~301쪽의 광고를 볼 것. 작가의 생애와 작품의 자세한 연대에 대해서는 『김남천 전집』 1, 883~885쪽을 볼 것.
4   위의 책, 599쪽.

되는 과정은 일본이 대립세력을 근절하고 문화적 동화 — 일본어, 신사 참배, 창씨개명의 강요와 함께 1940년경에 정점에 이른 정책 — 를 촉진한 진행과 부합했다. 식민지에서 경제가 확대되며 자유가 위축되는 상황에서, 김남천과 다른 좌파들은 점차 검열과 투옥의 억압적 힘을 벗어나기 어려움을 절감했다. 그들 지식인들은 사회주의적 신념을 포기하라는 거대한 압력에 휘말리게 되었으며, 이른바 대동아 전쟁1941~1945 동안 대부분이 제국의 이데올로기적 명령 속에서 침묵하거나 다양한 방식으로 순응하게 되었다.

그런 험난한 시기에 글을 쓰면서 김남천은 단순한 일률적인 해석에 저항하는 복합적이고 도전적인 작품들을 남겼다. 1988년에 김남천이 재발견되었을 때, 장사선과 이상갑, 이덕화 같은 비평가는 곧바로 그를 식민지 말에 리얼리즘 문학을 견지한 주요 작가로 평가했다. 그들은 김남천을 민족주의적 대의와 식민지 사회의 유물론적 비판을 결합시킨 사회주의 작가로 간주했다.[5] 그러나 보다 최근에 다른 비평가들은 김남천에 대한 그런 평가를 반대하게 되었다. 반대자들은 특히 김남천의 이론적 비평과 실제 문학적 실천 사이의 불일치를 지적했다. 이론적인 작업에서 김남천은 줄곧 리얼리즘을 자신의 지도적인 미학적 원리로 옹호했다. 발자크를 예찬하고 루카치에 동조하면서, 김남천은 문학을 사회와 역사, 한마디로 "현실reality"에 대한 근본적 비판의 통로로 이론화했다. 그러나 그는 소설 창작에서는 리얼리즘적 관심사가 아닌 파편적이고 가변적인 것에 대해 몰두하며, 몽타주나 다중적 시점, 의식의 흐름 같은 실험적 기법을 사용하기도 했다. 그처럼 그는 이론과는 다른 위치에서 창작을 하면

---

5    장사선, 『한국 리얼리즘 문학론』, 새문사, 2001. 이덕화, 『김남천연구』, 청하, 1991. 이
     상갑, 『김남천』, 새미, 1995.

서, 거리 간판, 카페, 번화가 같은 도시적 근대성의 "달아나는 장면들"에 대한 세부묘사를 즐겼다. 결과적으로 오늘날의 평가는 김남천이 자신의 리얼리즘 미학 이념을 실천적으로 적용하지 않았음을 인정하는 것 같다. 채호석이나 김철 같은 비평가의 해석에 의하면, 김남천은 오히려 미학과 이데올로기적 충실성에서 깊은 분열을 지녔던 식민지 지식인의 상징으로 평가된다.[6] 채호석은 김남천이 어느 지점에서 사회주의적 실천으로부터 물러섰음을 내비쳤다.

이 같은 종전의 평가와는 달리 나는 제7장에서 식민지 말 김남천의 문학적 궤적에 대한 대안적인 관점을 제공하려 한다. 나는 김남천의 비평과 실천이 불일치한다고 가정하기 보다는, "[나는] 주장하는 것을 떠나서 내가 작품을 제작한 적은 거의 한 번도 없었다"[7]는 그의 말을 보다 중시할 것이다. 만일 김남천이 실제로 자신의 리얼리즘 미학 이념에 충실했다면, 우리가 해결해야 할 문제는 그를 한층 세심하게 해석하는 일일 것이다. 김남천이 말한 리얼리즘이란 과연 무엇이며, 급변하는 식민지 상황에서 그는 어떻게 자신의 미학 이념을 실천했는가? 나는 특히 일상생활 — 매일 일어나는 일상적·경험적 영역 — 에 대한 초기의 이론적 작업에 초점을 맞출 것인데, 김남천은 일상생활을 사회와 역사에 대한 유물론적 비판에 매우 적합한 문학적 공간으로 여겼기 때문이다. 김남천이 자신의 미학을 소설에서 다시 변주시키면도 여전히 리얼리즘 형식으로 인정될 수 있는 것은 바로 그런 일상의 움직임을 통해서일 것이다. 앞으로 볼 것처럼 그는 전체 창작 과정에서 계속 미학 원리에 충실했지만, 또

---

6 채호석, 「김남천창작방법연구」, 서울대 석사논문, 1987. 김철, 「근대의 초극」, 『낭비』그리고 베네치아」, 『민족문학사연구』 18, 2001. 6.
7 김남천, 「양도류의 도량」, 『조광』, 1939. 7. 『김남천 전집』 1, 511쪽.

한 다양한 변화에 맞추는 방식으로 자신의 미학을 창작에 적용했다. 결과적으로 김남천은 창작의 과정에서 도시적 근대성의 일상적 스펙터클로부터 줄곧 비판적 거리를 유지할 수는 없었을 것이다. 하지만 그처럼 가변적인 일상에 초점을 두는 방식은, 지나친 교조적 사회주의와 함께 범아시아적 유토피아 전망의 월권에 저항할 수 있는 요인이 되기도 했다.

　다음의 네 개의 절은 대략적으로 연대기적인 순서에 따르고 있다. 나는 먼저 조선의 좌파들이 1930년대 전반에 어떻게 일본의 강압적인 전향 정책의 영향을 받았는지 고찰할 것이다. 많은 지식인들의 검거와 재판은 1930년대 후반에 김남천 자신이 리얼리즘 미학을 재구성하게 되는 배경이 되었기 때문이다. 그 다음에 김남천의 문학적 발전의 핵심적 단계에 초점을 맞추면서, 그가 당대의 정치적 억압에 대응하며 어떻게 일상생활을 마르크스주의적인 사회역사적 비판에 적합한 공간으로 이론화했는지 살필 것이다. 이어지는 두 절에서는 김남천의 두 대표작 「녹성당」[1939]과 「맥」[1941]을 통해 그의 이론적 이념을 실천으로 번역하는 과정을 고찰할 것이다. 마지막 결론에서는 식민지 조선의 지적·문화적 역사의 이해에서 나의 분석이 지니는 보다 넓은 의미에 대해 논의할 것이다. 김남천의 문학적 경험은 식민지 말의 점증하는 정치적 억압의 상황에서 나타난 좌파문화의 탄력성의 지표이다. 불가피하게 정치적으로 패배한 이후에도, 매우 풍부한 잠재력을 지닌 좌파 지식인들은 검열의 소음과 투옥, 선전선동, 빠르게 다가오는 제2차 세계대전의 와중에서, 여전히 자신만의 특이한 대항 문화적 목소리들을 유지할 수 있었다.

# 일본의 사상적 탄압과 좌파 작가의 영향

1절에서는 한국 좌파 작가들에게 강요된 사상적 전향의 충격을 먼저 고찰할 것이다. 이 정치적 사건은 문학적 좌파의 발전에 분수령이 되었으며, 김남천이 자신의 이전의 정치적·미학적 가정들을 근본적으로 재고하게 만들었다. 이제 보게 될 것처럼, 그런 과정을 통해 김남천은 교조적인 사회주의적 관점을 포기하게 되었고, 마르크스주의를 식민지의 가변적인 역사적 상황에 적용시킨 보다 비판적인 방법을 옹호하게 되었다.

일본은 1925년에 치안유지법으로 알려진 사상통제 정책을 제정했다. 그러나 이 정책이 반대 세력을 해체하기 위해 적극적으로 실행된 것은 정부 내에서 보수파가 우위를 점한 1927년에 이르러서였다.[8] 이 법의 일차적인 대상은 일본 공산당의 회원들과 동조자들이었다. 특히 악명 높은 사건은 사회주의 작가이자 공산당 멤버였던 고바야시 다키지가 1933년에 경찰 조사 중 고문으로 사망한 일이었다. 그러나 대부분의 경우에 일본 정부는 보다 덜 폭력적으로 지식인을 회유하는 전략을 사용했으며, 그런 목적을 위해 1931년에 강제 전향 정책을 도입했다.[9] 그 같은 정책 하에서 경찰은 설득과 강압의 수단을 모두 사용할 수 있었고, 검거된 자들이 사상을 전향하고 앞으로 정부의 정책을 지지하는 맹세를 하게 압력을 가했다. 일본은 그런 사상 통제 정책을 제국 본토뿐만 아니라 타이완과 조선에까지 널리 실행했다.

조선에서 빈번히 일본의 사상적 통제의 대상이 된 것은 카프의 사회주

---

8    Richard Mitchell, *Thought Control in Prewar Japan*, Cornell University Press, 1976, pp.69~96.
9    Ibid, p.127.

의 작가들이었다. 경찰은 먼저 조선 공산당 재건을 공모했다는 혐의로 1931년 카프의 주요 회원들을 검거했다.[10] 이때는 평양 고무공장 총파업을 선동한 혐의로 기소된 김남천을 제외하고 전원이 석방되었다. 김남천은 2년형을 선고받았으며 1933년에 병보석으로 석방되었다. 그는 카프해산을 목적으로 대부분의 요원들을 체포한 2차 검거 사건[1934]에서는 조사 과정에서 과거 투옥 경력을 이유로 제외되었다. 2차 검거 사건은 무라야마 도모요시[일본 공산주의 극작가]가 각색한 『서부전선 이상 없다』[레마르크, 1929]의 전주공연을 준비하던 중 작가들이 체포된 사건이었다.[11] 1935년의 재판에서는 3년 이상의 중형을 선고받은 사람은 아무도 없었고 모두 집행유예로 석방되었다. 재판 기록에 따르면 법정에서 상대적으로 가벼운 형이 선고된 것은 작가들이 "전향을 약속"했기 때문이었다.[12] 아마도 김남천 역시 1933년에서 1934년 사이의 어느 시기에 전향을 진술했을 가능성이 크다.

식민지 작가들의 "전향"의 범위와 내용을 정확하게 말하는 것은 어려운 일이다. 제국 본토에서는 내부의 반대파를 뿌리 뽑는 데 일본의 정책이 효과적임이 입증되었다. 많은 일본 좌파들은 1933년 사노 마나부와 나베야마 사다치카가 공동성명을 발표한 이후에 사회주의에서 민족주의로 전향했다. 당시에 두 일본 공산당 지도자는 성명서에서 사회주의를 "외국" 이데올로기로 부인하며 일본 제국의 계획을 옹호할 것을 맹세했다.[13] 그러나 조선에서는 전향 정책의 영향이 상대적으로 그보다 덜 선명

---

10    권영민, 『한국 계급문학 운동사』, 문예출판사, 1998, 419~420쪽.
11    위의 책, 295쪽.
12    위의 책, 324쪽.
13    佐野学·鍋山貞親, 「共同被告同志に告ぐる書」, 『改造』 15, 1933. 7, 191~199쪽. 일본 좌파 지식인의 전향에 대해서는 Richard Mitchell, *Thought Control in Prewar Japan*,

했다. 조선의 좌파들이 일본의 군국주의 야심을 공개적으로 지지하기 시작한 것은 중일전쟁이 발발한 1937년경에 이르러서였다.[14] 그 이전까지 작가들은 흔히 정치투쟁에서 물러설 것을 약속하며 보다 덜 명확한 방식으로 식민 당국의 압력에 대응했다. 첫 번째의 공개적인 전향은 1934년에 과거 카프 서기장이었던 박영희가 이전의 프롤레타리아 작가들의 정치적 문학을 부인한 것이었다. 박영희는 작가들에게 문학으로, 특히 "리얼리즘"으로 돌아갈 것을 요구했는데, 여기서 리얼리즘은 이데올로기적 편견 없이 현실을 충실히 묘사하는 것을 의미했다.[15] 그는 "얻은 것은 이데올로기며 상실한 것은 예술 자신이었다"라는 그럴듯한 유행어를 만들었고, 이 말은 곧바로 유명해져서 당시와 이후에 한국 작가들 사이에서 널리 논쟁이 되었다. 실제로 박영희의 "정치적 문학"에서 "정치 없는 문학"으로의 전환은 다른 작가들의 전향을 위한 발판을 놓은 것처럼 보였다. 예컨대 백철은 1935년 재판에서의 작가들의 집단적 전향을 회고하면서 이렇게 적고 있다. "공판정에서는 대부분이 온건한 어조로 문학의 진실에 돌아갈 자신의 태도를 진술하였다. 이것은 카프가 정치주의의 편견을 버리고 문학의 진실에 돌아갈 것을 결정한 시기와 동시에 피검된 사실을 이해하고 생각하면 조금도 부자연한 태도가 아니고 실로 당연한 진술이었다."[16]

---

pp.109~111, Kevin Michael Doak, *Dreams of Difference*(University of California Press, 1994), pp.107~130와 노상래 편역, 『전향이란 무엇인가』(영한, 2000)를 볼 것. 노상래의 책은 혼다 슈고, 요시모토 다카아키, 사기우라 민페이 같은 유명한 일본 비평가가 쓴 일본 전향문학에 대한 글들을 모은 선집이다.

14  전상숙, 『일제 시기 한국 사회주의 지식인 연구』, 지식산업사, 2004; 김재용, 『협력과 저항』, 소명출판, 2004.

15  박영희, 「최근 문예이론의 신전개와 그 경향」, 『동아일보』, 1934.1.2~11.

16  백철, 「비애의 성사」, 『동아일보』, 1935.12.22. 임규찬·한기형 편, 『카프비평자료총서』

그러나 작가들이 대부분 "문학으로 돌아갈" 의향을 진술했다 해도, 그들의 새로운 미학과 이데올로기적 방향이 무엇일지는 그리 선명하지 않았다. 그들은 정치적 전쟁으로부터 문학으로 돌아왔지만, 그들이 알고 있는 문학을 더 이상 창작할 수 없음을 발견할 뿐이었다. 이어진 시기에서는 어떤 새로운 방향을 취할 것인지가 강력한 논쟁의 초점이 되었다. 예컨대 많은 존경을 받은 이기영은 초기 프롤레타리아 소설로 돌아가서 단순히 가난한 사람의 생활을 묘사하려 했지만, 그런 서사는 더 이상 1920년대 중반에 지녔던 전복적인 힘을 가질 수 없었다. 다른 한편 박영희의 비이데올로기적인 "객관적" 리얼리즘이라는 수정된 형식의 제안은 보다 이상적인 카프 회원들의 강력한 반대에 부딪혔다. 특히 임화는 박영희에 대항해서 "낭만적 정신을 지닌 리얼리즘"의 이념, 즉 낙관적 사회주의의 역사적 전망을 주입한 문학을 옹호했다. 임화에 의하면, "진실한 낭만적 정신 — 역사주의적 입장에서 인류사회를 광대한 미래로 인도하는 정신이 없이는 진정한 사실주의도 또한 불가능한 것이다".[17] 당대적 맥락에서 해석하면 임화는 실제적으로는 사회주의 리얼리즘 유형의 문학을 제안하고 있었다. 그러나 그의 제안 역시 1930년 후반의 정치적 상황에서는 실행 가능한 선택이 아니었다. 첫째로 명백한 사회주의적 전망을 지닌 소설은 강화된 검열을 견뎌낼 수 없었다.[18] 더욱이 "프롤레타리아 승리"의 왕관을 쓴 소련식 계급투쟁의 영웅적 재현은 좌파운동이 크게 붕괴된 한국에서 별로 신망을 얻을 수 없을 것이었다.

---

5, 473~474쪽.

17  임화, 『문학의 논리』, 단음출판사, 1989, 23~24쪽.

18  김남천은 1935~1936년 사이에 그의 소설 5편이 검열에 걸렸다고 회고하고 있다. 김남천, 「자작안내」, 『사해공론』, 1938.7. 『김남천전집』 1, 384쪽 참조.

이 지점에서 김남천은 「창작방법에 있어서의 전환의 문제」[1934]로 임화에 대응하며 이론적 논쟁에 가담했다. 이 글에서 김남천은 카프의 가정에 대한 보다 근본적이고 자주적인 재사유만이 작가의 문학 창작을 회생시켜 줄 것이라고 논의했다. 그는 은밀하게 임화를 비판하며 이렇게 언급했다. "우리[카프 작가들]가 문학공작의 대부분을 좌우하는 창작방법에 관한 문제를 우리 자신의 문제로 하지 않고 헛되이 선진한 딴 나라 동무들의 해결을 기다려 그 결과를 가져다 즉시로 우리 자신의 슬로건으로 삼는다는 태도는, 이제 와서는 다시금 되풀이되어서는 아니 될 불량한 경향이다."[19] 보다 정확하게 말해 김남천이 비판의 대상으로 삼은 것은 소련이 채택한 미학적 지침에 대한 카프 작가들의 교조적인 옹호였다. 그는 이어진 일련의 글들에서, 스스로의 정치적 상황에 맞는 문학의 창조를 위해 사회주의 리얼리즘의 "사회주의"를 비판적으로 재해석할 것을 동료들에게 촉구했다. "우리는 위선 외지와 이 땅의 문학의 사회적 기능과 임무의 차이를 구체성에 있어서 파악하려고 한다. 물론 세계사적 임무를 망각한 특수한 일 지역의 개별기능이란 생각할 수 없다. 그러나 어떤 나라에 있어서는 건설의 환희가 있는지 모르나 어떤 곳의 현실에는 낙관과 환희를 누르고 무엇보다 시대의 운무가 가득히 끼어 있는 것이 사실이다."[20] 분명히 소련과 식민지 조선을 가리키면서 김남천은 두 나라의 역사적 가변성의 차이를 강조했다. 그는 조선의 지역적 특수성이 보편적인 혁명적 과정의 역사적 대서사에 잘 맞지 않음을 논의했다. 따라서 조선의 좌파에게 가장 긴급한 과제는 먼저 우리 자신의 문학적 모델을 발전시키고, 그 다음에 식민지 조선의 생생한 현실이 특수성 속에서 재현되도

---

19    김남천, 「창작방법에 있어서의 전환의 문제」, 『형상』, 1934.3. 『김남천전집』1, 63쪽.
20    김남천, 「창작방법의 신국면」, 『조선일보』, 1937.7.15. 『김남천전집』1, 243쪽.

록 그 모델을 배치하는 것일 터였다.

김남천은 그에 근거해 동료 작가들이 외국에 기원을 둔 사회주의에 대해 무비판적으로 집착하는 것을 비판했다. 그러나 그가 사회주의 이념 자체를 포기하지는 않았음을 주목하는 것은 중요하다. 그는 줄곧 식민지 조선의 지역적 문제를 근본적으로 마르크스주의의 국제적 관점에서 분석해야 함을 인식하고 있었다. 여기에 카프 논쟁에서의 김남천의 진귀한 가치가 있는 동시에 또한 그에 따른 어려움도 있었다. 점증하는 억압적인 정치적 환경에서, 전통적 프롤레타리아의 혁명적 낙관주의 서사는 조화되지 않는 공허한 것으로 들려왔다. 그러나 제국주의의 시대에 사회적 불평등성을 드러내는 문학의 필요성은 여전히 남아 있었다. 김남천의 주요 관심사는 그런 문학을 위한 생생한 방향을 제시하는 것이었으며, 그는 이어진 시기 동안에 그 과제를 해결하기 위해 혼신의 힘을 다해 헌신했다.[21]


## 일상생활의 마르크스주의 미학을 이론화하기

김남천은 카프 내의 논쟁을 배경으로 삼아 조선의 상황에 맞는 사회주의 문학의 새로운 미학적 프로그램을 발전시키기 시작했다. 그것은 도전적인 과제였으며, 김남천은 처음부터 지난날의 잘못을 드러내는 데 보다

---

21  1935년 카프가 해산된 후에도 김남천은 여전히 구 카프 회원들과 대화를 하고 있었다. 그의 비평적 주장은 다른 좌파 작가들 사이에서 자주 논쟁이 되었으며 작품의 창작에 영향을 미쳤다. 예컨대 1939년 김남천이 『대하』를 발간한 이후에 이기영과 한설야는 각각 『봄』(1941)과 『탑』(1941)을 썼다. 『대하』로부터 영감을 받은 두 소설은 일본 통치 하의 식민지 조선의 상황이 아니라 쇠락하는 봉건사회 질서의 묘사에 초점을 맞췄다.

초점을 두었다. 예컨대 1937년에 그는 자신이 "고발문학"이라고 부른 새로운 전망을 지닌 창작방법론을 도입했다.

일체를 잔인하게 무자비하게 고발하는 정신, 모든 것을 끝까지 추급하고 그곳에서 영위되는 가지각색의 생활을 뿌리째 파서 펼쳐 보이려는 정열 ― 이것에 의하여 정체되고 퇴영한 프로문학은 한 개의 유파로서가 아니라 시민문학의 뒤를 낳는 역사적인 존재로서 자신을 추진시킬 수 있을 것이다. 이 길을 예술적으로 실천하는 곳에서 문학의 사회적 기능도 다 할 수 있을 것이다. 물론 이것은 리얼리스트 고유의 정신적 발전에 불과하다. 신창작 이론에서 날카롭게 제창된 모든 예술적 성격과 그의 사회적 기능 ― 이것이 이 땅 이 시대에 있어서 구체화되는 방향에서 작가가 당연히 가져야 할 정신임에 불외한다. 이 정신 앞에서는 공식주의도 정치주의도 폭로되어야 한다. 영웅주의도 관료주의도 고발되어야 한다. 추도, 미도, 빈도, 부도 용서 없이 고발되어야 한다. 지식계급도 사회주의자도 민족주의자도 시민도 관리도 지주도 소작인도 그리고 그들이 싸고도는 모든 생활과 갈등과 도덕과 세계관이 날카롭게 추궁되어 준엄하게 고발되어야 할 것이다.[22]

김남천의 공격적인 비평 언어는 모든 열정을 비판을 위해 쏟아 붓는 독특한 계획을 출현시키고 있다. 그것은 어떤 규범적인 사회주의 문학보다는 실험적인 부정적 미학과 유사한 프로그램이다. 실제로 김남천은 그런 창작방법을 매우 논쟁적으로 던졌지만 겨우 스물여섯인 그에게는 아직 문학적 실천의 근거가 될 적극적 제안이 없는 것 같았다.

---

22    김남천, 「고발의 정신과 작가」, 『조선일보』, 1937.6.1~5. 『김남천전집』 1, 231쪽.

그러나 김남천은 자신의 계획이 "리얼리스트 고유의 정신적 발전"이며 "리얼리즘 정신의 지역화된 표현"이라고 주장했다. 김남천이 과거의 문학적 실천과 그의 계획 사이의 연속성을 강조한 것은 예전의 실천들에 대한 건설적인 비판을 제공한다는 뜻이었다. 1920년대 후반 이후 카프 작가들은 흔히 계급투쟁의 주제를 중심으로 작품을 구성하면서, 노동자농민와 농업적·산업적 자본주의 사이의 갈등을 흑백논리로 말하곤 했다. 김남천 자신이 이전에 그런 도식적 문학을 창작했었고, 산업 프롤레타리아를 궁극적으로 마르크스의 역사적 예언을 실행할 각성된 주체로 그렸었다.[23] 고발문학을 통해 김남천은 실제로는 그런 도식주의와 목적론을 포기하고 보다 유연하고 덜 교리적인 문학 창작방법을 옹호한 셈이었다. 그는 여전히 마르크스주의 미학의 틀 내에서 작품을 쓰면서, 사회주의 문학의 범위를 계급투쟁에 한정된 것에서 "다양하게 다른 삶의 양식"김남천의관점의 한층 넓은 영역으로 확장하려 한 것이다.

우리는 김남천의 제안을 마르크스주의의 목적론적 결정주의를 부인하면서 마르크스의 역사적 유물론을 긍정한 것으로 해석할 수 있다. 김남천은 필연적 발전의 서사를 본능적으로 불신하면서도, 여전히 사회역사적 현상이 물질적 토대에서 발견되어야 한다고 생각했다. "필자가 지금 이곳에서 찾고 있는 고발의 문학은 (…중략…) 지금 이 땅의 특수성, 시대적 운무의 충실한 왜곡 없는 모사 반영으로 관철시키려는 문학정신에 불외한다. 그러므로 고발문학은 수미일관한 모사의 인식론에 입각한 현대 유물론과 관련된 이 땅의 리얼리즘 문학이라고 말할 수 있을 것이다."[24] 그러나 김남천은 보다 전통적인 마르크스주의 형식에서 한 걸음

---

23　김남천, 「공장신문」, 『조선일보』, 1931.7.5~15, 「공우회」, 『조선지광』, 1932.2.
24　김남천, 「창작방법의 신국면」, 『조선일보』, 1937.7.13. 『김남천전집』 1, 239쪽. 강조-

떨어져 나오면서, 물질적 토대를 경제적 현상의 영역에 제한된 것으로 여기지 않았다. 그는 경제적 관계를 사회 현상의 일차적 결정 요인에 속한 것으로 보면서도, 또한 리얼리즘 작가는 그것을 넘어 삶을 다층적 차원에서 묘사해야 한다고 주장했다. 과거의 카프문학의 엄격한 경제적 관점을 완화시키면서, 김남천은 예전 운동의 도식주의의 질병을 치료할 처방을 탐색하고 있었다. 그는 현대 유물론의 실천을 효과적으로 자유롭게 만듦으로써, "문학으로 돌아가"면서도<sup>전향선언</sup> 여전히 사회에 대한 유물론적 비판을 수행할 문학적 실천의 토대를 쌓았다.

그는 그처럼 경제적 심급의 제한을 넘어선 유물론을 생각하게 되면서, 경제·사회·문화·정치의 모든 심급들로 된 삶 자체가 리얼리즘 작가의 적합한 관심의 대상이라는 결론에 이른다. 그런 핵심적 생각에 근거해 그는 작가란 무엇보다도 일상생활의 관찰자이며, 일상적으로 평범하게 일어나는 사건들의 기록자라고 이해하게 되었다. 김남천은 리얼리스트의 책무란 그런 사건들을 선택하고 조명하면서, 보다 심층적·핵심적 구조를 드러내는 빛 속에 위치시키는 것이라고 주장했다.[25] 광의의 유물론적 비평은 그 같은 과정에 근거해 작가적 실천으로부터 유도되어야 하지만, 실천 자체는 여전히 일상생활의 관찰에 근거한 채 남아 있어야 한다. 김남천에 의하면, 비판과 비평은 일상적으로 발생하는 재현 과정에 본래 내재하는 것이지만, 비평이 그런 재현 과정을 도식적으로 구조화해서는 안 된다.[26] 따라서 그의 창작방법론은 사회적 비판을 일상생활에 적용한

---

인용자.

25  김남천, 「세태와 풍속」, 『동아일보』, 1938.10.14~25. 『김남천전집』 1, 420~421쪽.

26  [역주] 이론은 작품 속의 일상을 핵심적 구조에 연결시켜준다. 그러나 그런 이론이 문학 작품을 도식화해서는 안 되며 작품 자체에 일상생활의 요소가 남아 있어야 한다.

것인 동시에, 일상생활을 그런 비판을 위한 적합한 공간으로 이론화한 것이기도 하다.[27] 요컨대 우리는 김남천이 마르크스주의 이론을 "일상화한" 동시에 일상을 정치화했다고 말할 수 있으며, 그 둘은 사회 비판을 목적으로 한 문학적 실천에서 합쳐진다.

김남천은 소수의 비전향 좌파 철학자 일본의 도사카 준[1900~1945]의 이론에 의존해 마르크스주의적 일상생활의 미학의 방법을 보다 명료화했다.[28] 도사카는 김남천에 앞서 마르크스주의적 방법을 좁은 경제적 현상의 초점으로부터 자유로워지게 이동시킨 사람이었다. 그는 당대의 "일본주의"라는 국수주의적 "순수 일본문화 정체성"의 주장을 분석하면서, 사회의 형성력으로서 문화의 자율적인 의미에 대해 생각하게 되었다. 도사카는 『사상으로서의 문학思想としての文學』1936과 『사상과 풍속思想と風俗』1936을 쓰면서, 우리는 이데올로기를 제도로서뿐 아니라 일상생활의 형식, 즉 일반 모럴로서 연구해야 한다고 논의했다. 그는 사회의 윤리적 코드로서의 모럴道德은 경제적 토대에 이중적인 관여성을 갖는다고 생각했다. 모럴은 사회의 생산관계로부터 연원되지만, 결코 그런 생산관계의 단순한 반영이 아니며, 개인의 의식과 행동을 결정함으로써 사회 변화에 상당한 영향을 행사할 수 있다. 도사카는 그런 이데올로기의 일상적 형식으로서 모럴의 개념화와 함께, 자신이 "풍속"이라고 부른 일상의 문화를 분석 대상

---

27  [역주] 그처럼 일상생활을 이론화한 것이 바로 모럴이라고 할 수 있다. 일신상의 진리로서의 모럴은 사회과학(보편적 마르크스주의)과 연관되는 고리이지만 그것으로 환원되지 않고 일상의 육체적 진리로 남아 있다.

28  도사카는 김남천이 다닌 호세이대학의 교수였지만, 도사카가 1931년에만 학부에 참여했고 김남천은 한 달 후 학교에서 퇴학당했기 때문에 두 사람은 한 번도 만날 수 없었다. 이후 도사카는 1934년에 마르크스주의 사상 때문에 교수직을 박탈당했고 저서의 출간도 금지당했다. 도사카 준에 대한 더 자세한 전기적 사실은 山田洸, 『戸坂潤とその時代』(発売共栄書房, 1990) 참조.

으로 삼는 새로운 사회과학을 창조하려 했다.[29] 그는 문학처럼 생활의 세속적 측면에 관심을 갖는 과학을 옹호하면서, 문학은 그런 과학적 이해를 통해 생활을 제시해야 한다고 믿었다.

　김남천은 1938년에 쓴 일련의 글들에서 자신의 미학적 이념을 이론화하기 위해 도사카의 "풍속"과 "모랄"[30]의 개념을 빌려왔다.[31] 도사카처럼 김남천에게 사회의 풍속은 "경제현상도 정치현상도 문화현상도 아니고 이러한 사회의 물질적 구조상의 제 계단을 일괄할 하나의 공통적인 사회현상"[32]을 포함했다. 김남천에 의하면, 조선의 좌파 문학이 주제적으로 확대되려면 조선사회에서 이해된 풍속의 의미에 대한 온당한 인식에서 출발해야 할 것이다. 그와 함께 그는 풍속을 "흐름trend"을 의미하는 세태로부터 분리시키며 도사카의 개념에 또 다른 의미론적 층위를 덧붙였다. 김남천의 경우 세태는 개인에 의해 감성적으로 경험된 문화를 의미하는 반면, 풍속은 구조적 관계들 속에서 합리적으로 이해된 문화를 포함한다. 그처럼 두 개념을 대비시킴으로써 그는 당대의 모더니즘 작가의 미학세태과 자신의 미학 이념풍속을 구분하려고 했다. 그는 리얼리즘 작가는 모더니즘적 세태 묘사를 넘어서서 풍속을 제시해야 한다고 주장했다. 김남천에 의하면, 작가가 모랄의 렌즈를 통해 일상생활의 현실을 주시한다면,

---

29　도사카, 『사상으로서의 문학(思想としての文學)』(1936)과 『사상과 풍속(思想と風俗)』(1936) 참조. 도사카는 헤겔의 인륜성(Sittlichkeit)("풍속의 도덕" 혹은 "사회적 윤리")으로부터 "풍속"과 "도덕"의 개념을 가져온 것 같다. 헤겔의 정신의 철학에서 인륜성은 사회적 제도 특히 가족과 시민사회, 국가의 제도를 나타낸다.

30　[역주] 김남천이 제기한 모랄론의 당시의 의미를 살리기 위해 moral을 "모랄"로 표기하기로 한다.

31　김남천, 「도덕의 문학적 파악」, 『조선일보』, 1938.3.8~12. 「일신상 진리와 모랄」, 『조선일보』, 1938.4.17~24. 「모랄의 확립 - 조선문학의 성격」, 『동아일보』, 1938.6.1 참조.

32　김남천, 「일신상 진리와 모랄」, 『김남천전집』 1, 359쪽.

가변적으로 스쳐가는 국면들에 머물지 않고 일상의 구조적·물질적 요소들을 포착하게 될 것이었다.[33]

　일상생활에 스며든 이데올로기의 존재를 주목함으로써, 김남천은 도사카뿐 아니라 루카치[1885~1971]와 그람시[1891~1937] 같은 당대의 서구 마르크스주의자들과도 유사한 생각을 갖게 된다.[34] 실제로 그는 이후에 루카치의 역사적 리얼리즘 이론에 대한 명민한 이해를 발전시켰다. 그의 현실을 제시하는 감각적 양식과 이성적 양식의 구분은 루카치의 모더니즘과 리얼리즘의 대립, 즉 파편적인 감각적 미학과 총체성의 이성적 미학의 대비에 상응한다.[35] 그러나 그런 두 사람 사이의 친연성 때문에 한 가지 중요한 차이를 몰각해서는 안 될 것이다. 저항적 유럽 지식인으로서 루카치는 마르크스의 목적론적인 역사적 전망을 현실에서 결코 의심하지 않았다. 그는 그런 의심보다는 자본주의적 소외 — 환경과 노동, 자아로부터의 인간의 소외 — 가 혁명의 완성을 향한 불가피한 역사적 진행을 방

---

33　김남천, 「세태와 풍속」, 『김남천전집』 1, 420~421쪽.

34　해리 하루투니언은 세 명의 마르크스주의 사상가가 공통적으로 분석의 공간으로서 일상생활에 관심을 가졌음을 지적했다. Harry Harootunian, *History's Disquiet*(Columbia University Press, 2000)와 *Overcome by Modernity*(Princeton University Press, 2000)를 참조할 것. 근대성의 맥락 내에서의 그런 지적 발전에 접근하면서, 하루투니언은 세계적인 주요 근대 사상가의 저서에서 새로운 분석적 패러다임으로 일상생활의 출현을 개괄했다. 여기서 나는 1920~1930년대의 비판적 철학으로서 마르크스주의의 세계적 재배치를 주목하기 위해 하루투니언의 통찰을 다른 방향에서 다루려고 한다.

35　Georg Lukács, *The Meaning of Contemporary Realism*, Merlin Press, 1979 참조. 루카치의 『역사소설론(*The Historical Novel*)』의 일본어 번역은 1938년에 출간되었다. 루카치의 당대 한국 작가에 대한 영향의 연구는 김윤식, 『한국 근대 문학사상사』, 243~256쪽을 볼 것. 김남천은 루카치의 역사적 리얼리즘론에 고취되어 가족사 연대기 소설의 사상을 발전시켰다. 김남천, 「장편소설에 대한 나의 이상」, 참조. 김남천은 그런 이념에 근거해서 『대하』(1939)와 1946년의 미완의 속편 『동맥』을 썼다.

해할 것임을 매우 잘 이해하고 있었다.[36] 그는 모더니즘이 그런 소외의 극복을 훼방한다고 믿었기 때문에, 모더니즘 미학을 완강히 반대하며 보다 구조적이고 "총체적인" 리얼리즘의 전망을 옹호했다. 반면에 김남천은 마르크스주의의 역사적 전망이 식민지 조선에 적용될 수 있다는 가정을 심각하게 의심했다. 그는 비평적 동기가 당대의 문학적 좌파의 회생에 있었기 때문에, 조선 작가는 변증법적 필연의 결정성에 의거해 역사를 수동적으로 묘사하기보다는, 일상의 면밀한 관찰을 통해 역사의 방향감각을 능동적으로 발현시켜야 된다고 주장했다.[37] 따라서 김남천은 루카치가 말한 일상 현실의 총체성을 제시할 필요성에 원리상 동의하면서도, 실제적인 계획의 실행에서는 "총체성"보다 "일상생활"에 우선권을 부여하는 경향을 보였다.

일상생활이 한국의 공적 담론에서 관심 있는 주제가 된 것은 1930년대에 이르러서였다. 일상생활에 대한 관심의 부각은 도시 중산계급 — 기업인들이나 전문직업인들 — 의 성장과 부합하며, 해방 및 혁명의 대서사에 호소할 수 없게 만든 경찰의 억압의 강화와도 연관된다. 탈정치화된 상업적 문화가 발생하면서 도시 엘리트들은 현대적 상품에 의존한 새로운 생활양식을 즐기기 시작했고, 대중매체는 그런 생활양식을 신문과 잡지, 영화가 예찬하는 공적인 이상으로 만들었다. 그 시기의 일상생활의 담론의 출현은 근대성이 대중 현상과 대중적 이상이 된 순간을 나타낸다. 근대성의 스펙터클이 진귀함으로 간주되기를 그치고 조선이 "이

---

36  Georg Lukács, *History and Class Consciousness*, MIT Press, 1982, pp.83~222.

37  [역주] 김남천은 혁명의 실행이 매우 어려운 식민지 지식인이었고, 또한 전향이 강요되는 시기에 대처해야 했기 때문에, 루카치보다 더 일상 자체를 미학적으로 이론화하는 데 관심을 가질 수밖에 없었다.

뤄야 할" 규범적인 전시물이 된 것은 바로 그런 시기였다. 1930년대에 조선의 도시 문화가 번성하면서 일상생활은 번영과 함께 일본 및 서구의 근대적 가치와 동의어가 되었다.

20세기의 문화사에서 일반적으로 인정되는 사실은, 근대화의 과정이 예술적 대응을 촉발시켰으며 서구의 경우 그런 표현은 특히 모더니즘적 개인주의 미학에서 발견된다는 점이다. 조선에서도 박태원과 이상 같은 작가는 일상생활의 상업화된 형식에 저항하면서, "일상"을 모더니티의 상품화된 형식에서 이연된 개인의 진정성 있는 경험공간으로 재형상화 했다.[38] 그들과 비교해 볼 때, 김남천의 "일상"의 대응은 보다 더 공격적인 형식을 취했다고 할 수 있다. 김남천의 일상의 미학에서는, 일상생활이 식민지 근대성에 대한 유물론적 비판에 매우 적합한 구체적인 역사적 공간으로 전유되고 있었다. 그 때문에 김남천은 문학적 공간으로서 일상에 대한 관심을 모더니스트와 공유하면서도, 그 공간에 대한 미학적 방법에서는 그들과 완전히 일치되지는 않았다. 점증하는 억압적 환경에 처한 좌파 지식인으로서, 그는 소외와 정치적 박탈의 경험을 강렬하게 드러내고 있었다. 그러나 김남천은 그런 압력에 대항해 그 세계에서 철수하는 데 그치지 않고, 보다 관여적인 형식으로 세계를 비판하고 탈신비화하려 시도했다.

이런 관점에 근거해서 우리는 다음의 두 절에서 김남천의 문학적 실천을 분석할 것이다. 이제 보게 될 것처럼, 김남천은 자신의 새롭게 발전된 문학적 계획을 추구하는 데 항상 일관성을 지닌 것은 아니었다. 하지만 그가 자신의 계획을 창작에 지침이 되는 원리로 유지하려고 의도했음은

---

38  Janet Poole, "Colonial Interiors", Ph.D. diss., Columbia University, 2004.

분명한 사실이다. 김남천의 실험이 성공이든 실패든 간에, 그는 일상생활의 세밀한 관찰을 이론화한 새로운 사회 비판적 문학 이념 아래서 글쓰기를 시도했다.

## 일상생활에서 역사를 탐색하기

이제까지 우리는 김남천이 리얼리즘 이념을 마르크스주의적 프리즘에 여과된 일상생활의 미학을 통해 재개념화했음을 살펴봤다. 1930년대 중반에 전향이 강요되는 과정에서, 그는 일상의 세부를 세심히 탐색하며 사회의 유물론적 관계를 통찰하는 새로운 창작방법을 제안했다. 그런 이론적 고찰은 1938년까지 거의 완성되었고, 그는 이어서 식민지 조선에서 가장 실험적인 소설들을 연이어 창작했다.

김남천의 대표적인 실험적 작품으로는 「처를 때리고」[1937], 「녹성당」[1939], 『낭비』[1940~1941], 「경영」[1940], 「맥」[1941] 등을 들 수 있다. 이런 작품들에서 김남천은 실상 모더니즘 미학의 감각을 더 연상시키는 기법을 사용하며 자신이 공언한 리얼리즘 미학을 실행에 옮겼다. 우리는 창작에서의 이런 명백한 부조화를 의아하게 생각할 수도 있다. 물론 촘촘한 식민지 검열을 피할 수 없게 된 상황에서, 김남천이 전통적 리얼리즘의 단순한 글쓰기보다는 불투명한 미학적 형식을 선택한 것으로 추측할 수 있다. 그러나 그런 설명을 넘어서서, 김남천의 주제와 양식의 선택은 그처럼 계획적인 것이 아닐 수도 있다. 이제 보게 될 것처럼, 이론적인 계획과 실제적인 문학적 실천 사이의 불일치는, 급변하는 조선 사회에 대한 작가의 시각 자체의 보다 깊은 갈등의 징조로 해석될 수 있다.

우리는 그런 해석을 뒷받침하는 예로서 「녹성당」의 분석에 초점을 맞출 것이다. 「녹성당」은 김남천의 가장 실험적인 소설의 하나이면서도 이제까지 비평적인 조명을 많이 받지 않은 작품이다. 이 소설은 1939년에 문학잡지 『문장』을 통해 발표되었다. 소제목 없는 세 개의 절로 나눠진 이 실험적 소설은, 각 절마다 서로 다른 목소리들로 서술되고 있다.[39] 소설의 서두인 첫 번째 부분은 다음에서처럼 자기반영적인 화자의 서술로 시작된다.

"김남천"이라고 한다면 '응 바로 이 녹성당이라는 단편소설을 쓰고 앉었는 이 화상 말인가?' 하고 적어도 이 글을 읽는 이로선, 그 이름만이래도 모른다곤 안 할 테지만, 인제 다시 "박성운"이라는 석자를 내가 써 보았자, 그게 어이된 성명인지를 아는 이는 퍽이나 드물 것이다. 드덜기 박 자, 이룰 성 자, 구름 운 자, 한문자로 쓰면 '朴成雲', 이래도 모르겠느냐고 물어도, 역시 '응 그 사람, 참 김남천이와 함께 한 육칠 년, 아니 한 십년 전인가 더러 소설 비슷한 걸 쓰든 사람 아닌가'고, 간혹 박성운이와 목로라도 드나들던 사람이라야, 아니 그 중에도 기억력이 제법 월등하다는 이라야 생각해 낼 것이지, 이지음처럼 건망증이 유행하는 시절에는 그것조차 딱히는 장담할 수가 없다. (잊어버린다는 건 대단히 좋은 물건이다. 십 년 전, 아니 오 년 전 일을 날마다 밤마다 잊지 않고 회상하고 반성하고 흥분한다면야 대체 신경쇠약 난리가 나서 견뎌 배길 수가 있겠는가.) 그래서 모두들 잘 잊어버린다.[40]

---

39　「녹성당」은 두 개의 판본이 존재한다. 식민지 시대 때의 원본은 1939년에 발표되었고 이후 1947년에 단편선집 『삼일운동』에 재수록되었다. 김남천은 해방 후 『삼일운동』에 이 작품을 실을 때 서두의 자기지시적인 서술을 삭제했는데, 이는 변화된 시대와 독자를 고려한 때문으로 보인다. 남한에서 민주화운동 이후에 재발견된 것은 그런 삭제된 판본이었다. 원본 「녹성당」(『문장』,1939.3)과 재발행된 작품(『삼일운동』, 아문각, 1947과 『맥』, 을유문화사, 1988)을 볼 것.

40　김남천, 「녹성당」, 『문장』, 위의 책, 67~68쪽.

위에서 1인칭 화자 "김남천"은 주인공 박성운의 과거의 명성과 지금의 잊혀진 이름에 대해 여담처럼 길게 말하고 있다. 이어서 화자는 박성운이 문학에 입문한 직후 "어떤 사건"으로 투옥되어 대중 앞에서 사라졌음을 알려준다.[41] 최근에 박성운이 죽은 후에 그의 일기 같은 수기가 발견되었고, 화자는 자신이 바로 그 수기를 편집해 소설로 만든 사람이라고 말한다. 작가 김남천의 삶을 알고 있는 당대의 독자들 — 좁은 조선 문학계 내부의 대부분의 사람들 — 은 박성운의 삶과 김남천 사이에 유사성이 있음을 쉽게 눈치 챘을 것이다. 박성운처럼 김남천도 사회주의 활동으로 투옥 생활을 했고, 약사인 임신한 아내와 생활하기 위해 서울에서 평양으로 귀향했다.[42]

좌파 작가를 포함한 많은 문학 독자들은, 박성운의 이름에서 또한 조명희의 「낙동강」 1927의 혁명적 주인공에 대한 암시를 알아챘을 것이다.[43] 1920년대 프로문학의 고전으로 널리 인정된 「낙동강」은 민족주의자에서 사회주의자로 변화된 "박성운"에 대한 이야기이다. 박성운은 사회운동에 앞장서서 헌신하다 끝내 감옥에서 얻은 병으로 세상을 떠나게 된다.

더욱이 「녹성당」에서 박성운을 말하는 김남천은 상호텍스트적 지표로 가득한 작품들의 작가로서 스스로 여러 소설에 탐닉한 독자이기도 했다. 그 같은 김남천이, 박성운의 한자 철자까지 언급하고 서두 전체에서 그 희미해진 이름을 읊조리며, 계속 박성운의 전설적인 이름을 암시한 것은 우연이 아니었다. 박성운의 이름의 망각은 식민지 말의 변화된 문화적 기류

---

41  위의 책, 68쪽.
42  김남천의 아내와의 결혼생활에 대해서는 편지글 「어린 두 딸에게」와 「그 뒤의 어린 두 딸」을 볼 것.
43  또한 독자들은 김남천과 조명희의 소설 제목 「녹성당」과 「낙동강」 사이의 밀접한 발음의 유사성을 눈치챘을 것이다.

의 징조이다. 1939년에 이르러 경찰의 선별적 억압이 좌파 운동의 와해에 성공함에 따라, 1920년대의 활동적인 10년은 멀어진 기억이 되었다.

「녹성당」은 자전적인 요소를 지니긴 하지만, 실험적 서사로 인해 (1인칭이나 3인칭) 주인공이 작가 자신이라고 여기게 되는 사소설적 이야기의 접근이 방해받고 있다. 김남천의 서사는 자아의 다중적 반영 — 1인칭 화자 김남천, 죽은 박성운, 박성운의 수기적 소설 속의 박성운 — 을 통한 무한한 회귀의 효과를 창조하며 사소설적 동일시를 의도적으로 방해하고 있다. 그런 과정에서 다중적인 인격들은 자아의 안정된 동일성을 서로 서로 침식하고 있다.

그 때문에 「녹성당」이 두 번째 절로 이동하는 순간, 번성하는 상업도시 평양의 현대적 풍경을 다채롭고 길게 묘사하는 것이 누군지 불분명해진다. 확인되지 않은 1인칭 화자는 번화한 평양으로 독자를 안내하면서, 상점들이 행렬을 이루고 있는 본 거리와 그보다 지저분한 뒷골목을 묘사한다. 잡담처럼 늘어놓는 서술은, 카메라의 클로즈업처럼 움직이며 점차 박성운의 아내의 약국이 개점된 건물로 접근한다.

이 서문통 거리의 중복판쯤 해서, 그러니까 장삿목으로 치자면 거의 보잘것 없는 대목이면서도, 또 생각해보면 그렇게만 볼 곳도 아니라고 할 수 있을 만한, 그러툭한 곳에, 낡은 개와집 단층집, 두 칸 너비에 유리 창문을 해 달고 지붕에 자그마한 간판을 달았는데, 명조체로다 '녹성당약국'이라 썼고, 서양 글자는 서양 글잔데 영국 글은 아니고 또 독일 글도 아니고, 찬찬히 살펴보니 어미로 보아 에스페란토이기 갈데없는 글자로다 '벨다스텔로'라고 가로 쓴, 외모로 보아 이 거리로서는 그다지 초라하지 않은 점포가 하나 있었다. 이 점포의 주인 되는 이가 에스페란토 마다나 하는지, 혹은 그가 고적하고 조용한 곳에 있는 동안 이 글자와 친숙했는지, 어쨌건 '녹성'으로다 상호를 삼고, '녹성당약국'이라 했는데, 이 '약국'이 '약방'이 아닌 것이 실상은 이 집 주인의 자랑거리이기도 하다.[44]

약국 이름 중의 '녹성green star'은 1920년대 조선의 지식인들에게 인기가 있던 국제적 에스페란토 운동의 깃발을 나타낸다. 박성운은 "고적하고 조용한 곳" 감옥에 있을 때 에스페란토어를 배웠으며, 김남천 역시 얼마간 알고 있었을 것이다. 또한 약방이 아닌 약국[45]의 존재는 당시에 빠른 산업화를 겪은 식민지 말 평양의 번영을 나타낸다.

우리는 이제 녹성당 약국의 문 앞에 있지만, 화자는 안으로 들어가는 대신 계속 현대적 상업문화의 풍경을 관찰한다. 화자는 자전거포, 간판점, 양복점을 스쳐지나가면서, 각 상점마다 잠깐 머물며 상점과 입주자들에 대한 흥미 있는 이야기를 들려준다. 이제 관심의 시선이 "싸게 파는 눅거리 상점"[46]이라는 중복되는 이름의 잡화상에 머물면서, 상점 이름에 이어 그 가게 점원들의 "고약한 손님 끄는 술법"에 대해 서술한다.[47]

그러나 이걸[이름] 같고야 성화랄 것까진 될 것도 없다. 고약스럽기는 하루에도 몇 차례씩 점원이 총출동하여 점포 앞에 나서서 제금과 꽹과리와 갱지미를 뚜들어대는 것인데, 이 소동은 아닌 게 아니라 상당히 머리빡을 산란케 한

---

44    김남천, 「녹성당」(1939), 정호웅 편, 『김남천 단편집』, 지만지, 2013, 8쪽. 이 단편집의 「녹성당」은 『문장』 본을 저본으로 하고 있다.
45    [역주] 약국은 약제사가 없는 약방과 달리 "처방조제"가 가능한 격이 다른 곳이다.
46    [역주] "눅거리"라는 말은 "눅게 파는 상점"이라는 뜻으로 그 자체가 싸게 판다는 의미를 지닌다.
47    김남천은 '싸다'가 서울식 표현인 반면 "눅다"는 평양 사투리라고 설명한다. 상점 주인은 북쪽과 남쪽 사람 모두를 손님으로 끌도록 재치 있게 상점 이름을 지었다.

다. 손님을 끄는 광고술법이 이 지경이 되면 파는 이나 사는 이나 모두 엔간한 축들이지만, 그 덕분에 부근은 하루도 몇 차례씩 상당한 불편을 겪는다. 그런데 예까지는 그런대로 견뎌 배길 만하다. 아침부터 밤새도록 줄창하는 것이 아니라 하루 고작 네대 차례 한번에 오 분 내지 십 분이니, 그것쯤이야 못 참을 리 없겠는데, 참말 기가 맥히는 것은 축음기의 확성이다. 가게 문을 뜨고 꽹과리를 울려대기 전부터 축음기는 소란스리 울어댄다. 레코드나 좀 좋은가, 맹꽁이 타령, 군밤타령, 꼴불견, 조선행진곡 도합 예닐곱 장 되는 놈을 몇 번이든 되풀이한다.[48]

화자의 활달하고 반어적인 어조는 이 장면의 묘사를 특히 흥미롭게 만든다. 그러나 곧이어 이런 거리 풍경의 묘사는 끝나게 되며, 화자는 마치 자신이 너무 빠져든 듯이 거리 산책을 서둘러 마감한다. "이렇게 이 부근의 상인 신사 제씨를 소개할려면 한이 없을 테니 인제 이만 해두고, 그러니까 이런 틈에 끼어 있는 우리 녹성당 약국으로 이야깃머리를 돌려야겠는데……."[49]

전체적으로 이 두 번째 절은 단순히 이야기의 배경을 시각적으로 제시하는 것으로는 너무 길고 빗겨나 있다. 그보다도 김남천의 상점에서 상점으로의 수다스런 순회는 서사적 과정에서 별도의 독립적인 의미를 갖는 것처럼 보인다. 여기서의 1인칭 화자는 3인칭으로 된 자기 자신을 지칭하는 박성운일 수도 있고, 박성운의 이야기를 하기 전에 배경 묘사에 빠져든 김남천 자신일 수도 있다. 그러나 어느 쪽이든 화자의 흔쾌하고 가벼운 목소리는 이 소설의 다른 부분의 보다 억제된 반성적인 어조와

---

48   김남천, 「녹성당」(1939), 『김남천 단편집』, 11~12쪽.
49   위의 책, 14쪽.

조화되지 않는다. 이런 어조의 부조화는 이제 보게 될 「녹성당」의 중요한 주제적 양가성의 지표이다.

이 소설의 세 번째 절은 박성운의 수기의 발췌이며, 여기서의 행동은 대부분 약국 내부에서 일어난다. 박성운은 스무 살쯤 된 청년 활동가의 방문을 받는데, 청년은 박성운에게 그 지역 빈민가 주민들에게 예술의 사회적 임무에 대해 강연을 해줄 것을 요청한다. 청년은 그런 강연이 빈민들을 일깨울 것이며 그 일을 하는 것이 작가의 사회적 임무라고 열정적으로 말한다. 박성운은 조용히 그의 말을 들으면서 아무런 대답도 줄 수 없는 거북함과 무능력을 느끼고 있었다. 청년 활동가의 목적을 이해하면서도 기꺼이 격려하거나 비판할 수 없는 것은 더 이상 그 자신에 대한 확신이 없었기 때문이다. 결국 그는 자기 자신에 대해 생각하게 되고 자신이 아주 최근에야 감옥에서 석방되었음을 상기한다. 그는 문학적 생활을 떠나 여섯 달 전에 평양으로 귀향했으며, 이곳에서 임신한 아내와 약국을 열었다. 그는 이제 일상인으로 새로운 생활을 시작하려 애쓰지만, 때때로 사회운동을 떠났다는 죄책감을 느끼고 있었다. 그러나 박성운은 청년에게 그런 개인적 생각을 고백할 수 없었고, 마침 그때 과거의 동지<sup>철민</sup>로부터 온 전화가 그를 곤경에서 구출해 주게 된다. 사회주의 연극 활동가인 그의 동지 철민은 성병 치료약을 부탁한다. 박성운은 청년에게 강연 날 오후에 나가겠다고 약속하고 청년을 돌려보낸다. 이어서 박성운은 친구에게 보낼 약을 싸는 등 정신이 없었다. 그때 아내가 어디서 온 전화냐고 물으며 그런 쓸모없는 친구를 돌보는 데에 대해 질책을 한다. 아내의 말에 의하면, 철민은 "노동은 신성하다"며 "소시민 근성"에 대해 욕지거리를 하면서도, 스스로는 "게으르고 남에게 의뢰하고 비럭질하려는 룸펜

근성을 버리지 못하는" 인간이다.[50]

아내와의 갈등은 박성운을 감당할 수 없는 감정 상태에 이르게 만든다. 이때 문득 그는 어린 시절에 물속에 누가 더 오랫동안 들어가 있을 수 있는지 내기하던 질식할 듯한 잠수의 경험이 머리에 떠올랐다. "지기는 싫고, 그러자니 물속에서 숨은 답답하고, 눈을 감은 채 숨을 꼭 틀어막고 있던 어린 날의 장난, 그 질식할 듯한 안타까움이 문뜩 머리를 스치고 지나간 것이다." 박성운은 아내의 반대를 무시하고 철민의 심부름을 온 아이에게 약을 준 후 강연을 위해 집을 나선다. 거리로 나서서 일본 순사가 "약이 잘 나가십니까?"라고 인사를 하자, 그는 "오카게사마데<sup>덕분에요</sup>"라고 대답을 한다.[51]

전체로 보면 「녹성당」은 새로운 생활에 불만을 느끼지만 과거의 자신으로부터도 소원해져 있는 고독한 옛 활동가의 초상화이다. 우리는 박성운의 소외를 통해 김남천이라는 "사상범" 선고를 받은 지식인을 보게 되며, 김남천의 자유로운 육체와 정신이 1936년의 사상범보호관찰령[52]의 통제를 받고 있었음을 알게 된다. 이 법은 사상 위반의 위험이 있는 자를 경찰과 개인적 보호자의 감시 하에 두면서, 그의 정신적·경제적 고민을 도우며 재범을 피해 올바른 국가의 길로 돌아오게 하는 제도였다.[53] 그러나 법의 실행을 위한 실제적 지침은 보호자에게 관찰 대상<sup>사상범</sup>의 집회 뿐 아니라 거주의 자유를 제한하도록 요구했다.[54] 「녹성당」에서 사상범으로

---

50   위의 책, 32쪽.
51   위의 책, 35~37쪽.
52   [역주] 사상범을 보호관찰소 보호자나 개인적 보호자에게 인도하고 위탁하여 재범을 일으키지 않도록 거주·교우·통신을 제한하는 법.
53   민족문제연구소 편,『일제하 전시체제기 정책 사료 총서』66, 한국학술정보, 2000, 463쪽.
54   위의 책, 485쪽.

감시받는 김남천의 상황은 박성운을 정기적으로 살펴보는 일본 순사와의 조우로 암시된다. 그런데 순사와 마주치기 전에 이미 박성운은 질식할 듯한 육체적인 감각을 느낀다. 약국을 방문한 청년과의 대화에서 나타났듯이 박성운의 옛 활동가의 열정은 거의 사그라졌다. 빈민들에게 강연하는 일은 그에게 더 이상 긴급하지 않은 듯하며, 과거의 전투의 동지는 지금 질병과 궁핍에 시달리고 있다. 그의 아내가 매정하게 상기시키듯이 동지와의 우정을 지키는 것은 이제 그가 장사를 하는 데 불편한 일이다.

그러나 이 모든 것은 「녹성당」의 다층화된 내용의 한 부분일 뿐이다. 우울한 활동가의 좌절이라는 이 소설의 주요 주제와 부조화된 것은 바로 두 번째 절이다. 여기서는 김남천이 일상의 거리 풍경을 면밀히 관찰하며 세태적 풍속의 문학을 실천하고 있다. 둘째 절의 장난스럽고 익살맞은 서술은 침체된 옛 활동가는 물론 자본주의적 근대화에 비판적인 마르크스주의 작가의 것으로 보기 어렵다. 여기서의 미확인된 화자의 목소리는 오히려 빠르게 변화하는 도시 공간을 무위적으로 탐색하는 현대적 산책자나 순회자에 가깝다. 사실상 이런 부조화는 양식상의 문제인 동시에 주제적인 것이기도 하다. 자기반영적인 화자와 다양한 장면의 몽타주, 언어적·상황적 아이러니의 사용 — 이 모든 것은 예전의 김남천의 작품과 다르다 — 은 김남천이 경탄한 모더니즘 작가 박태원의 실험적인 문체를 생각나게 한다. 박태원은 「소설가 구보씨의 일일」과 『천변풍경』 같은 작품에서 도시 풍경의 준민족지학적 기록인 고현학modernologio을 처음 시도한 작가였다. 특히 「소설가 구보씨의 일일」은 도시를 순회하는 작가 자신의 패러디로 알려져 있으며, 조선에서 최초로 도시의 산책자적 인물

을 등장시킨 소설로 유명하다.[55]

「녹성당」의 둘째 절에서 김남천의 고현학의 사용은 이 소설의 심층적인 양가성을 암시한다. 한편으로 이 소설은 식민지 근대성을 비판하는 마르크스주의적 비평가 — 김남천 — 의 자전적인 작품이다. 그러나 다른 한편 소설의 한복판에서 우리는 근대성과 생생한 도시 풍경에 사로잡힌 화자 — 김남천? — 를 발견한다. 이런 실천적 사회주의자와 유희적 산책자의 불가능한 결합은 작가의 주체성이 심층적으로 분열된 표시로 이해될 수 있다. 실제로 김남천은 식민지 말의 새로운 도시적 근대성에 대해 양가적 태도를 품고 있던 것처럼 보인다. 분명히 그는 사상범의 선고를 받은 사람으로서 식민 권력의 억압적 측면에 눈을 감을 수 없는 존재였다. 그러나 그는 똑같은 권력에 의해 발생된 번영과 혁신에 매혹된 젊은 작가이자 문화적인 인간이기도 했다. 후자의 측면이 현대적 산책자로서 김남천이었다. 아이러니의 감각이 없는 것은 아니지만, 그는 스스로 고백했듯이 때때로 현대적 감각에 사로잡히곤 했다. 즉 "차이코프스키의 『안단테 칸타빌레』나 들으면서 잘 끓은 모카에 사탕을 한 달쯤 씁쓸한 커피맛이 나도록 넣어서 마시면서 수선이 자라나는 것을 바라보며 하루 종일을 보내고 싶은 이런 아니꼬운 상태가 자꾸만 그리워지곤"[56] 했다. 김

---

55　박태원 자신은 고현학의 개념을 일본의 건축가이자 문화비평가인 곤 와지로로부터 빌려왔다. 곤 와지로는 1923년 대지진 이후 도쿄를 재건하는 동안 현대적 삶에 대한 연구를 위해 에스페란토로 신조어(modernologio)를 만들어냈다(김윤식, 『한국 현대 현실주의 비평 선집』, 나남, 1989). 재건된 도쿄의 새로운 도시풍경에 매료된 곤은 변화된 현대적 삶의 풍경을 자세한 기록으로 편집하려 했다. 그러나 그는 비판적 분석을 통해 풍경들을 종합하지 못하고 개별적인 사실들을 기록했기 때문에 도사카 준으로부터 그의 방법이 현상적이고 비체계적인 것으로 비판을 받았다. Harootunian, *Overcome by Modernity*, pp.122~123.

56　김남천, 「활빙당」, 『조선일보』, 1939.1.12. 『김남천전집』 2, 132~133쪽.

남천은 「녹성당」을 통해 그런 식민지 근대성에 대한 매혹과 비판의 양가성을 교묘하고 강력한 상징적 표현으로 드러낸 것 같다. 그는 도시 일상생활의 풍경을 전향의 외상을 지닌 구 활동가의 고통에 느슨하게 연결한 파편적이고 불협화음적인 서사를 창조해냈다.[57]

김남천은 자신의 갈등하는 주체성에 대해 스스로 알고 있었다. 1938년 「지식인의 자기분열과 불요불굴의 정신」에서 그는 공개적으로 분열과 갈등을 말하며 스스로 극복의 의지를 표명했다. 김남천은 이 글에서 자신의 글쓰기의 두 가지 주제를 확인하고 있다. 즉 "소시민 지식인의 자기분열"과 "모든 생활적 신산과 오욕과 굴욕과 중압 속에서도 굴치 않고 자기 발전을 적극적으로 도모하는 불요의 정신"이다.[58] 사실 그런 모순에 맞서서 싸우고 있는 것은 김남천 혼자만이 아니었다. 그의 글에서 "분열"은 당대의 식민지 상황에서 조선의 지식인들이 겪는 보다 일반적인 인식론적 위기의 징후로 논의되고 있다. 1930년대 말에 식민지 조선은 이례적인 급속한 경제발전과 함께 전에 없는 정치적 억압을 경험하고 있었다. 1920년대에 일본이 조선을 미곡 창고와 이차적 시장으로 이용했을 때, 제국적인 착취는 상대적으로 자신의 맨 얼굴을 드러내고 있었다. 그 때문에 제국적인 발전을 옹호한 사람들조차도 발전이 너무 느리다고 불평을 할 수 있었다. 그러나 1930년대 전반의 산업화의 과정은 조선의 도시 중심에서 도처에 번영의 상징을 연출하기 시작했다. 한때 엘리트들의

---

57 그와 유사한 서사적 파편화는 서사시적 소설 『대하』에서도 분명히 나타난다. 이 소설은 외견상 역사적으로 발전하는 근대 초기 한국 사회에 초점을 맞추면서도, 많은 서사들은 결혼식, 잡화상, 학교 운동회 같은 근대 문화적 풍경의 디테일에 열중하고 있다. 「녹성당」에서처럼 이런 풍경들은 플롯에 빈약하게 연관될 뿐이며 그로 인해 서사가 파편화되고 있다.

58 김남천, 「지식인의 자기분열과 불요불굴의 정신」, 『조선일보』, 1937.8.14, 『김남천전집』 1, 246~247쪽.

담론에 제한되었던 모더니티는 거리에서 살아 있는 현실이 되었다. 많은 지식인들은 도시의 중산계급에 속하게 되었으며, 개선된 경제상황으로 부터 물질적으로 수혜를 입고 있었다. 결과적으로 그런 지식인들은 이데 올로기적으로 좌초된 혼란을 경험하게 되었고, 결국 사회비판과 매혹적인 순응 사이의 선택이 불가능함을 스스로 발견하게 되었다. 우리는 그 시기의 조선의 지식인들이 어떤 면에서 불투명한 역사적 전망으로 고통을 겪었다고 말할 수 있다.[59]

오늘날 우리는 식민지 말의 번영이 일본의 총력전의 부산물이었으며, 그 때문에 오래 지속될 수 없었다는 것을 알고 있다. 그러나 적어도 1942년까지는 일본이 승리를 계속했고, 많은 조선인들은 빨라야 1944년에서야 전쟁이 어떻게 전개될지 예견할 수 있었을 것이다. 이런 역사적 전망의 폐쇄에 대해 이해하려면, 20세기 전반의 많은 유럽 모더니스트들의 내면적 전환에 대한 프레드릭 제임슨의 통찰이 유용할 수 있다. 제임슨은 당시 모더니즘의 진행을 유럽 지식인들의 "인식론적 봉쇄"의 결과로 논의하고 있다. 즉 그때의 유럽 지식인들은 자신의 일상생활에서 자본의 세계적 흐름을 감지할 수 없는 어떤 지점에 놓여 있었다.[60] 조선이 일본

---

59 지식인들의 혼란과 함께 그들에게 경제적 번영을 가져다주는 위력 역시 지식인들의 민족 문화적 정체성을 위협했다. 식민지 체제 하에서는 근대적 사회영역이 식민자의 문화적 가치로 규정되기 때문에 근대화된다는 것은 흔히 피식민자에게 자신의 모국의 문화적 정체성의 양보를 요구했다. 그 점은 특히 1930년대 말 한국의 상황에서 잘 드러났는데, 1937년에 일본 당국이 이른바 황국 신민화 운동을 시작했기 때문이다. 이 시기에 한국인들은 일본어 사용과 신사참배, 창씨개명을 강요당했다. 그런 상황은 제국주의의 역설을 강화시켰으며 피식민자에게 동일한 지위를 부여하지 않은 채 동화를 강요했다. 1930년대의 점증하는 동화의 압력과 그로 인한 한국작가들의 재현의 위기에 대한 깊이 있는 분석으로는 Christopher P. Hanscom, *The Real Modern*(Harvard University Asia Center, 2013) 참조.

60 Fredric Jameson, "Modernism and Imperialism", *Nationalism, Colonialism, and Literature*,

의 자본주의 체제에 더욱 통합됨에 따라, 아마도 그와 유사한 봉쇄가 식민지 말의 조선 지식인들에게도 닥쳤을 것이다. 김남천 같은 비판적 지식인들은 일상생활의 비판적 분석을 통해 그런 그들의 인식론적 위기를 극복하려 시도했다. 그러나 단순히 일상생활의 장면을 통해서는 당대 조선의 사회상황 — 즉 해외의 전선으로 확대된 전쟁 — 을 형성한 주요 역사적 세력을 쉽게 감지할 수 없었을 것이다.(그림 7.1)

1940년대 전반에 대부분의 조선의 지식인들은 19세기 말 이래로 자신들의 세계관을 형성해온 두 개의 중요한 정치적 전망을 포기했다. 한편으로는 보편적 인간 발전의 요체로 여겨온 서구 자유주의가 두 번의 세계대전의 자기파괴적 재앙 속에서 쇠퇴하고 있는 듯 보였다. 일본의 반서구적 사상의 선전과 함께 슈펭글러 같은 종말론적 사상가들은 서구에 대한 그런 절망적인 시각을 성행하게 만들었다.[61] 다른 한편 공산주의적 유토피아를 향한 마르크스주의적 진보의 약속은 이제 신뢰를 잃었으며, 프롤레타리아 혁명은 조선의 악화된 정치적 상황에서 별로 가능성이 없는 것처럼 보였다. 그런 이데올로기적 진공 속에서 전쟁이 연이어 승리하자 많은 지식인들은 "제3의 길"의 유혹에 취약해지게 되었다. 제3의 길이란 서구에서의 파시즘의 확산과 함께 일본의 강력한 범아시아 이데올로기에 의해 유효해진 통로를 말한다. 다음 절에서 우리는 김남천이 조선의 지식인들 사이에서 확산된 범아시아주의에 어떻게 대응했는지 살펴볼 것이다. 아이러니한 것은, 김남천의 일상생활에 대한 관심이 「녹성당」에서는 그를 모더니티의 유혹에 노출되게 남겨뒀지만, 그 이후1940년대에는 당대의 범아

---

University of Minnesota Press, 1990.

61    김예림, 「1930년대 후반 몰락/재생의 서사와 역사 기획 연구」, 『한국 근대문학 연구』 6, 2002.

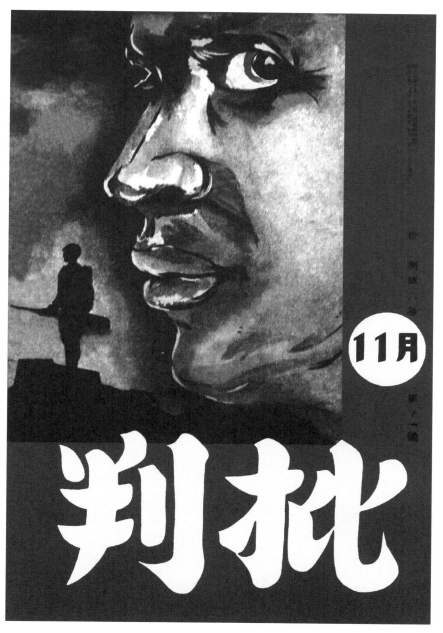

<그림 7.1> 『비판』(1938.11)의 표지에 나타난 중일전쟁 기간의 고뇌의 이미지.(아단 도서자료 제공)

시아주의를 비판할 수 있도록 도움을 주었다는 점이다. 즉 일상생활의 미학적 이론화는 범아시아주의를 아시아인의 살아 있는 역사적 상황의 근거가 결여된 추상적 이데올로기로 인식하도록 도움을 줄 수 있었다.

## 대동아전쟁기의 비판공간으로서의 일상생활

일본의 전쟁의 시도에 휘말린 식민지 조선인들은 태평양 전쟁의 전야에 새로운 국면을 맞게 된다. 일본군이 중국에서 난항을 겪고 서구와의 군사적 대결의 가능성이 커지자, 일본은 식민지에서 물자와 인적 자원을 최대한 동원하는 방법을 모색했다. 그런 목적을 위해 제국은 강압적 수단과 함께 범아시아라는 이데올로기적 선전을 이용했다.

일본의 범아시아 담론은 메이지 시대로 거슬러 올라가지만, 1940년경에 니시다 기타로[1870~1945]로 대표되는 보수적 교토학파에 의해 이른바 대동아전쟁의 근거로 새롭게 개념화되었다. 범아시아주의의 이론적 핵심에는 두 개의 상호연관된 정치적 의제가 있었다. 한편으로 범아시아주의는 인종적·문화적 친연성의 토대 위에서 서구 제국의 공격에 대항하는 아시아 민족들의 연대를 촉진시켰다. 다른 한편 그런 연대와 함께 일본의 지도성을 주장하며 다른 아시아 민족들의 제국주의적 정복까지 정당화했다. 과거의 범아시아주의가 동양의 정신적 가치로 서구의 물질적 발전을 보충한다는 "더 좋은 근대화"의 대안을 옹호한 반면, 전시기[戰時期]의 선전으로서의 범아시아주의는 서구적 모더니티의 해악을 정제할 "탈근대적" 목표를 구상했다. "근대의 초극"이라는 당대의 일본 담론에서, 근대성의 개념 자체는 서구적 제국주의, 자본주의, 과학, 민주주의, 자유주의, 개인주의 등 서구에 기원을 둔 문화적 총체성을 지칭했다.[62] 일본의 지도성 아래서, 이제 아시아 민족들은 서구적 근대성 전체를 아시아의 문화적 총체성으로 대체하게 될 것이며, 향토적 전통을 부활시켜 새로운 문화를 재창조하게 될 것이었다. 그에 따라 일본의 전시기의 선전은 조화로운 세계로서 대동아공영권의 유토피아적인 전망을 투사했으며, 그런 세계에서 아시아 나라들은 일본의 우호적인 보호 아래서 민족적·문화적 특수성을 보존하고 찬양하게 될 것이었다.

당대의 많은 조선 지식인들은 범아시아주의의 다원론적인 취지에 매력을 느끼고 있었다.[63] 대동아 공영권의 전망에 유혹되고 부수적인 물질적 이익에 의해 이끌리면서, 많은 지식인들은 자진해서 전쟁에 대한 지원을 확장시켰다. 그와 함께 전쟁의 암운이 일본 제국에 드리워지자 조선의 공적 인사들에게 제국의 이데올로기에 대해 공개적으로 충성을 맹세하라는 압력이 강화되었다. 그런 강압은 좌파의 경우에 더욱 심화되었다. 1930년대에 사회주의에서 전향을 강요당한 사람들은 흔히 기독교나 문화 민족주의, 순수문학, 수정된 마르크스주의에서 자유롭게 피난처를 발견했다. 반면에 1940년대 전반에 전향한다는 것은 사회주의에서 범아시아주의로의 공개적인 전환을 의미했다.[64]

점점 더 많은 지식인들이 범아시아주의로 전향하게 되었지만, 어떤 사람들은 여전히 대동아공영권의 전망에 설득되지 않은 채로 남겨져 있었

---

62  Takeuchi Yoshimi, *What is Modernity? Writings of Takeuchi Yoshimi*, Columbia University Press, 2005, pp.111~118. Harootunian, *Overcome by Modernity*, pp.34~47.

63  김재용, 『협력과 저항』, 소명출판, 2004; 이경훈, 「근대의 초극론」, 『다시 읽는 역사문학』, 한국문학연구회 편, 평민사, 1995.

64  많은 구 카프 회원을 포함한 250명 이상의 작가들이 1939년에 조선문인협회를 결성했다. 이 조직은 1939년 10월 29일 서울 시청에서 결성식을 열었다. 1943년에 이 단체는 조선문인보국회로 확장되어 통합되었다.

다. 아마도 김남천이 그런 경우였을 것이다. 그는 전쟁이 격화되었을 때조차 글을 쓰며 「맥」[1941], 「등불」[1942], 「구름이 말하기를」[1942]같은 소설들을 발표했다. 이제까지 다른 논의들에서는 김남천을 그 시기에 사회주의에서 범아시아주의로 전향한 작가의 하나로 해석해왔다. 김남천의 식민지 말의 글쓰기에 나타난 범아시아주의의 실제적 압력을 주목하면서, 파시즘적 영향의 징후로서 그의 분열된 주체성을 거론하기도 한다. 그러나 그런 해석들은 김남천의 지속적인 활동에 가해진 심각한 검열의 압력을 감안하지 않은 것이다. 제국의 공적인 철학으로서 범아시아 담론은 검열을 통과한 모든 출판물에 당연히 긍정적으로 나타나야 했을 것이다. 그러나 어떤 작가의 작품에는 그에 대한 은밀한 비판을 모색하는 전략이 배치되었는데, 나는 김남천의 소설이 그런 경우라고 믿고 있다.

　나는 「맥」을 면밀히 살펴보면서 그 같은 입장을 보여줄 것이다. 「맥」은 김남천의 가장 잘 알려진 작품의 하나이면서 매우 쉽게 잘못 이해되는 소설이기도 하다. 이 소설은 『낭비』와 「경영」에 이어지는 연작의 마지막 작품이다.[65] 이 소설의 주인공 최무경은 아파트 여사무원으로 일하고 있는 20대 초반의 여성이다. 3층의 현대식 아파트는 그녀의 직장인 동시에 거주지이기도 하다. 최무경은 홀어머니의 재혼에 맞춰 집에서 나와 최근에 아파트의 방으로 이사를 왔다. 그러나 그녀는 애인 오시형이 배신하지 않았다면 혼자서 살게 되지는 않았을 것이다. 최무경은 오시형이 사상범으로 감옥에서 재판을 기다리는 2년 동안 뒷바라지를 했으며, 그가 마침내 보석으로 석방되어 나올 수 있게 된 것도 그녀가 백방으로 애쓴 결과였다.

---

65　연속적으로 발표되지 않은 이 세 작품은 또한 각기 다른 잡지에 실려 있다. 『낭비』는 『인문평론』에 연재되었으며 「경영」은 『문장』에 「맥」은 『춘추』에 발표되었다.

오시형은 감옥에 수감되어 있는 동안 분명한 변화가 있었다. 그의 말에 의하면 "경제학으로부터 철학으로의 전향이요, 일원사관으로부터 다원사관으로의" 변화였다.[66] 그 두 가지 변화는 모두 당대의 문화적 맥락으로는 마르크스주의에서 범아시아주의로의 전환이었다. 오시형은 그처럼 이데올로기적인 전향을 경험하면서 또한 부유한 아버지와 화해를 하게 된다. 오시형의 아버지는 평범한 교육을 받은 수수한 집안의 딸인 최무경과의 결혼을 반대해 왔다. 오시형은 자신을 위해 헌신한 최무경을 버려두고 그런 아버지를 따라 평양으로 가버렸다.

오시형의 갑작스런 변화에 당황한 최무경은 그가 남겨두고 간 철학책을 읽기 시작했다. 그런 상황에서 그녀는 새로 입주한 경성제대 영문학 강사 출신 이관형을 만난다. 이관형은 양장점을 경영하는 문란주가 얻어준 방에서 게으른 생활을 이어가고 있었다. 그는 최무경의 요구로 범아시아주의의 철학적 전제에 대해 논쟁을 벌이며 동양학에 대해 물질적<sup>유물</sup><sup>론적</sup> 토대가 없음을 비판한다. 그들의 대화의 끝에서, 이관형은 자신이 보리의 이삭이라면 갈려서 빵이 되기보다는 흙에 묻히겠다는 듯이 말을 했다.[67] 이에 대해 최무경은 일찍 갈려 빵이 되기보다는 흙에 묻혀 꽃을 피워보자고 대답했다.

마침내 오시형의 재판 날 최무경은 공판정에 참석했다. 그러나 그녀는 오시형이 아버지가 약혼을 강요한 부유한 도지사 딸과 함께 있는 것을 목격한다. 그 후 애인 오시형에 이어 곧 이관형 역시 최무경의 주변에서

---

66  김남천, 「맥」, 『춘추』, 1941. 2. 「맥」, 『김남천 단편선 — 맥』, 문학과지성사, 2006, 288쪽.
67  [역주] 이관형은 명확한 입장을 말하지 않지만 자신의 처지에서 (갈려서 빵이 되기보다) 니힐리즘적으로 흙에 묻혀 있겠다는 듯한 암시를 보인다. 그에 비해 최무경은 흙에 묻혀 꽃을 피워보자는 보다 긍정적인 대답을 한다.

떠나게 된다. 이관형은 문란주를 버려둔 채 아파트에서 나가 버렸다. 이 소설의 결말에서 최무경은 서두에서와 똑같은 상황으로 되돌아가게 된다. 서두에서 그녀는 "혼자서 산다, 혼자서 살아갈 수 있다"고 새롭게 결심하지만 침대에 혼자 외롭게 남아 있었다.[68]

「맥」의 서사의 핵심에는 여성 시점으로 포착된 강렬한 배신의 경험이 있다. 김남천은 그런 주제를 선택하면서, 강경애와 백신애라는 두 사회주의 여성 작가가 전향의 시대에 발전시킨 문학적 전략을 도입했다. 앞장에서 살폈듯이, 강경애의 『인간문제』[1934]와 백신애의 「광인수기」[1938]는 전향한 사회주의 지식인에 의해 버려진 여성이 광기와 죽음으로 전락하는 비극을 보여준다. 두 작가의 경우 젠더화된 문학적 전략으로서 배신의 서사는, 남성 사회주의 지식인의 "개인적 배신"과 "정치적 전향"을 의미 있게 연결시켜주고 있다. 그러나 「맥」에 사용된 배신의 주제에는 미묘하고 복합적인 또 다른 층위가 작동되고 있다. 최무경은 결국 "범아시아주의로 전향한 오시형"과 "비판적인 이관형"이라는 두 명의 남자로부터 버려진다. 그래서 두 대립된 사상적 입장을 넘어서서, 또한 그런 입장의 성취 여부와는 상관없이, 두 남성은 서로 다르게 최무경을 불행에 빠뜨리는 요인이 된다. 그 같은 최무경의 감성적인 고통을 중심으로 「맥」을 구성하면서, 김남천은 두 남성 인물들을 통해 이성적 대립전향자와 비판자보다 더 깊이 심화된 어떤 불안을 수수께끼처럼 암시한다.[69] 명확하게 드러나지 않는 이 숨겨진 불안은 「맥」의 서사적 경제 안에서 오시형과 이관형

---

68    김남천, 『김남천 단편선 ─ 맥』, 285~291쪽.
69    [역주] 여성 시점을 사용함으로써 이 소설은 단순한 범아시아주의 비판을 넘어서서 당대의 남성중심적 사상들의 문제점과 함께 (두 남성 인물을 포함한) 모든 사람들이 경험한 시대적 불안을 암시한다. 여성 시점은 그런 시대적 불안에 더욱 깊이 공감하게 하는 효과를 지닌다.

의 성격을 모호한 색조로 가득 채우고 있다.

이런 복합성을 생각할 때 「맥」을 작가의 전향의 기록으로 해석하는 것은 잘못일 것이다. 확실히 이 소설은 범아시아에 대한 애상적 옹호로 읽힐 많은 요소를 포함하며, 식민지 말 사회주의 행동주의의 실패에 대한 날카로운 감각을 제공하기도 한다. 그와 함께 이 소설은 분명히 김남천 자신의 전향의 사소설적 고백체로 읽힐 수 없는 의미 구조를 갖고 있다. 특히 오시형이라는 인물을 통해서, 오히려 김남천은 (김남천 자신보다는) 식민지 좌파들의 전향의 근거에 부분적인 "감정이입적 분석"을 제공하려 한 것 같다.[70] 오시형은 법정에서 자신의 입장을 입증하는 말을 하면서, 공개적으로 범아시아주의의 다원사관을 옹호하고 마르크스주의를 부인했으며, 마지막 진술에서는 유명한 일본 철학자 와츠지 데츠로와 다나베 하지메를 언급했다. 그러나 그는 법정 밖에서 쓴 최무경에 대한 작별 편지에서는 다음과 같은 고백을 하고 있다. 이 편지에서 그는 이데올로기적 전향보다는 총체적으로 재탄생하고 싶은 욕망을 강조하고 있다.

지금 내가 생각하고 있는 것은 나의 장래에 대한 것이오. 내가 어떻게 하면 정신적으로 재생하여 자기를 강하게 하고 자기를 신장시킬 수 있을까 하는 문

---

70 [역주] 이 소설은 고백체 소설처럼 오시형의 내면에 감정이입하는 소설은 아니다. 그러나 독자는 최무경의 입장에서 오시형을 이해하려는 노력을 계속하게 되며 그 과정에서 전향자의 심리가 독자에게 전달된다. 가장 분명하게 전향을 말하는 오시형을 선택한 것 역시 전향자의 심리적 근거를 분석적으로 접근하기 위해서일 것이다. 물론 오시형이 전향한 지식인으로서 김남천 자신이라고 볼 수는 없다. 법정에서의 오시형의 말이 김남천의 입장이 될 수 없음은 물론 편지에서의 말도 심리적 분석의 근거일 뿐이다. 그럼에도 당대의 전향자의 심리를 엿볼 수 있게 함으로써 오시형 같은 인물의 선택은 식민지 말 상황에 대한 리얼리티를 높여주고 있다. 그런 중에 실제의 김남천의 숨겨진 입장은 여러 인물들로 분산되어 있다고 할 수 있다.

제입니다. 일찍이 나는 비판의 정신을 배웠습니다. 그러나 이러한 자기 자신에 대한 비판만 되풀이하고 있으면 그것은 곧 자학이 되기 쉽겠습니다. 나는 자학에 빠져버리고 싶지는 않습니다. 뿐만 아니라 외부 세계에 대한 준열한 비판만 있으면 모든 것이 그대로 이루어지리라는 요즘의 지식인들의 통폐에 대해서는 나는 벌써부터 좌단左袒을 표명할 수가 없었습니다. 비판해버리기만 하는 가운데서는 창조는 생겨나지 않을 것이기 때문입니다. 그러므로 설령 그러한 결과 도달하는 것이 하나의 자애에 그치고 외부 환경에 대한 순응에 떨어지는 한이 있다 하여도 나는 지금 나의 가슴 속에 자라나고 있는 새로운 맹아에 대해서 극진한 사랑을 갖지 않을 수는 없겠습니다. 새로운 정세 속에 나의 미래를 세워놓기 위해서 지금까지 도달하였던 일체의 과거와 그것에 부수되었던 모든 사물이 희생을 당하고 유린을 당하여도 그것은 또한 어떻게도 할 수 없는 일일까 합니다.[71]

긍정적인 역사적 전망이 없는 상황에서, 오시형의 고백은 무용한 비판가의 역할에 지쳐가는 좌파 지식인의 내면을 흘낏 보게 한다. 특히 마르크스주의적 비판이 조만간 어떤 구체적 결과를 내리라는 기대가 사라져가는 시기에, "비판만 있고 창조는 없다"는 오시형의 한탄은 쉽게 공감이 가는 말이었다. 그런 상황에서 오시형은 그의 정치적 과거를 스스로 포기하고 미래에 대한 낙관적 전망을 받아들여 자신의 삶을 전부 재생하겠다고 선언한다. 우리는 오시형 같은 좌파들이 초월적인 계급의 주체로부터 또 다른 초월적인 범아시아 주체로 건너뛰었다고 말할 수 있다.

그러나 모든 좌파들이 그런 도약을 선택한 것은 아닐 것이다. 김남천

---

71  김남천, 『김남천 단편선-맥』, 293~294쪽.

은 이관형의 목소리를 통해 그 점을 보여주고 있다. "니시다 같은 철학자도 서양철학의 방법을 가지고 일본 고유의 철학 사상을 창조한다고 애쓴다지 않습니까. 한동안 조선학이라는 것을 말하는 분들도 우리네 중에 있었지만 그 심리는 이해할 만하지만 별로 깊은 내용이 없는 명칭에 그칠 것입니다."[72] 전시의 범아시아 담론은 물질적이고 타락한 서양과 정신적이고 고결한 동양이라는 이분법에 의존했다. 그러나 이관형이 주장하듯이, 동양이라는 개념 자체가 서양적 패러다임을 통해서만 파악할 수 있는 서구적인 이론화였다.

> [동양학이] 독자적인 학문을 이룬다든가 하는 것은 어려운 일인 줄 생각합니다. (…중략…) 동양학을 건설한다지만 우리들의 대부분은 구라파의 근대를 수입한 이래 학문 방법이 구라파적으로 되어 있지 않겠습니까. 대학에서 공부한 사람의 거의가 구라파적 학문을 배운 사람들이니 그 방법을 버리고 동양을 연구할 수는 없지 않습니까. 그렇지 않다면 동양이 가지고 있는 고유의 학문 방법으로 동양을 연구하여야 할 터인데 내가 영국 문학을 한 사람이라 그런지 사회과학이나 자연과학이나 철학이나 심리학이나 구라파적 학문 방법을 떠나서는 지금 한 발자국도 옴짝달싹 못할 것입니다.[73]

이관형이 암시하듯이, 범아시아주의가 가정하는 오염되지 않은 동양이란 이론으로만 존재한다. 실제로 19세기말 이래로 일본과 조선은 불가역적으로 근대로 전환되어 왔으며, 1930년대까지 서양의 사회적인 영향은 구조적인 것이 되었다. 또한 향토적 전통은 서구적 패러다임에 기초

---

72  위의 책, 327쪽.
73  위의 책, 327쪽.

한 근대적 문화 담론의 영향 없이는 회복할 수 없는 것이 되었다.

　더 나아가 이관형은, 범아시아주의가 아시아 나라들 사이에 실재하는 인종적·문화적 갈등을 무시하고 아시아의 미래에 대한 모나드적 전망을 승인한다고 비판한다. 최무경이 범아시아주의의 특수한 역사적 전망 <sup>다원사관</sup>에 대해 묻자, 이관형은 통합된 아시아의 이념<sup>범아시아주의</sup>과 각 아시아인들의 실제적 차이 간의 불일치를 지적하며 대답한다. "동양에는 동양으로서의 완결된 세계사가 있다. 인도는 인도의, 지나는 지나의, 일본은 일본의, 그러니까 구라파학에서 생각해낸 고대니 중세니 근대니 하는 범주를 버리고 동양을 동양대로 바라보자는 역사관 말이지요. 또 문화의 개념도 마찬가지 구라파적인 것을 떠나서 우리들 고유의 것을 가지자는 것. 한번 동양인으로 앉아 생각해볼 만한 일이긴 하지요마는 꼭 한 가지 동양이라는 개념은 서양이나 구라파라는 말이 가지는 통일성은 아직껏은 가져보지 못했다는 건 명심해 둘 필요가 있겠지요."[74] 서양의 제국주의가 제국의 상상적 과거에 식민지를 투사하며 그 역사를 지웠다면, 범아시아주의는 각 문화들의 독자적인 발전과정을 인정함으로써 외관상 보다 다원적이었다. 그러나 이관형이 주장하듯이, 범아시아주의는 결국 일본의 식민지들의 물질적 현재를 "공동의" 역사적 운명이라는 똑같이 상상적인 전망 속으로 해체할 것이었다. 이관형의 설명은 「맥」 직전에 발표된 김남천 자신의 글에 상응한다. 김남천은 범아시아주의가 통합된 아시아라는 전망을 투사하며 아시아 나라들 사이에 존재하는 차이를 무시할 수 있다고 암시했다.[75]

---

74　위의 책, 329쪽.
75　김남천, 「소설의 장래와 인간성 문제」, 『춘추』, 1941. 3 참조. 고야마(1905~1993)는 니시다의 제자이자 교토학파의 회원이었다. 김남천은 고야마의 1940년의 글 「世界史の

이관형 역시 서양에 대해 비판적이지만 그는 서구적 모더니티 일체를 모두 단죄하지는 않는다. 그는 그 대신에 문제는 서구적 모더니티 자체에 있는 것이 아니라 그것의 "피상적" 이해에 있다고 생각한다.[76] 이 소설은 이관형이 암시한 서구적 모더니티에 대한 깊은 이해가 무엇인지 명확하게 제시하지는 않는다. 그러나 우리는 그것이 도사카가 "과학적 정신"이라고 부른 것, 즉 마르크스 사상에서 기원한 유물론적 합리주의 같은 것이라고 추정할 수 있다. 실제로 「맥」 이후 한 달 뒤에 발표한 「소설의 장래와 인간성 문제」[1941.3]에서, 김남천은 "인간성을 구체성 속에서 파악하여 사회적 관습(풍속)을 구성하는 요인으로 간주해야 한다"는 도사카의 마르크스주의 유물론적 명제를 반복했다.[77] 그처럼 마르크스주의 세계관의 책무를 지속시켰던 것으로 볼 때, 그는 범아시아주의의 지지자가 되기를 꺼려했을 것으로 생각된다. 마르크스주의를 서구의 패권적 제국의 이데올로기와 구분함으로써, 김남천은 또한 "범아시아"의 특징이기도 한 서구의 모나드적 관점을 암암리에 거부하고 있었다.[78]

---

理念(세계사의 이념)」에 대해 언급하고 있다.

76  김남천, 「김남천 단편선 − 맥」, 332쪽.

77  김남천, 「소설의 장래와 인간성 문제」, 『김남천전집』 1, 715쪽. 전시 검열 상황에서 쓰여진 이 글은 승인받은 화제의 하나로부터 주제를 취하고 있다. 즉 일본의 신세계의 새로운 건강한 주민으로서 인류의 재탄생에 대해서이다. 그러나 김남천은 승인된 이념을 미묘하게 비틀거나, 『밑바닥에서』와 『클림 삼긴의 생애』의 저자 고리키의 찬양 같은 모호한 암시를 통해 은밀히 비판적 견해를 주장한다. 김남천은 루카치의 역사소설의 모범적 예로서 1880~1917년의 러시아를 다룬 미완의 서사시 『클림 삼긴의 생애』(1925~36)에 관심을 갖고 있었음에 틀림없다. 『밑바닥에서』는 1934년에 좌파 작가 함대훈이 『밤주막』이라는 제목으로 번역했으며 1930년대 동안 한국 학생들에 의해 자주 공연되었다. 김병철, 『한국 근대 번역문학사 연구』, 을유문화사, 1975, 920쪽 참조.
[역주] "인간이 사회를 변화시킨다"는 명제는 비슷한 시기에 쓰여진 『낭비』(1940.2~1941.2)에서도 이관형을 통해 암시되고 있다.

78  [역주] 범아시아주의는 다원사관을 주장하지만 일본 주도의 상상적 미래를 향하게 함으

그러나 마르크스주의적 세계관을 유보시킬 수 있었다 가정해도, 일본의 군국주의가 공적 영역을 완전히 통제한 전시상황에서 그것을 실행할 여지는 거의 없었다. 따라서 이관형은 "흙 속에 묻혀 있기"를 바라면서 공적 영역의 외부에서 사적인 삶을 살게 된다. 김남천이 보리의 놀라운 이중적 의미를 암시하면서 은유를 적용시킨 곳은 바로 그런 사적 일상의 영역이다. 이관형은 화가 반 고흐의 말을 인용하면서 이렇게 언급한다. "인간의 역사란 저 보리와 같은 물건이다. 꽃을 피우기 위해서 흙 속에 묻히지 못하였던들 무슨 상관이 있으랴. 갈려서 빵으로 되지 않는가. 갈리지 못한 놈이야말로 불쌍하기 그지없다 할 것이다."[79] 소설의 내부 맥락에서 해석하면, 이 구절들은 이관형과 최무경의 일본의 동원 요청에 대한 거부감과, 점증하는 총체적 압력에 대응해 개인적 자율성을 지키려는 소망의 배경이 된다. 그러나 1940년대 식민지 조선의 정치적 맥락에서 보면, 반 고흐의 말은 인간의 희생의 총체적 요구에 대한 정당화로 해석될 수도 있다. 「맥」이 실린 『춘추』 창간호는 조선인 지원병이 제국의 군대에 참여하길 요청하는 「청년 조선의 영예」 같은 총독부 주관의 기사들로 채워져 있었다.[80] 실제로 김남천 소설의 표제 자체가 당대 독자에게 또 다

---

로써 다시 서구적인 모나드주의로 회귀한다.

79  김남천, 「김남천 단편선-맥」, 330쪽. 인용은 고흐의 편지의 다음의 일절을 나타내고 있다. "내가 성공하지 못했다 해도 아무 상관없이 나는 내가 해왔던 일이 계속되길 바란다는 것을—이 생각을 매우 자주 떠올리고 있음을— 전부터 너에게 말했었다는 것을—너는 알고 있니. 직접적으로는 아니라도 우리가 진실한 것을 믿는 일은 혼자가 아닐 것이다. 그렇다면 그것이 개인적으로 무엇이 문제인가! 나는 그것이 마치 밀과 같이 사람들에게도 똑같다는 것을 강렬히 느끼고 있다. 설령 땅에 묻혀 싹이 트지 못한다 해도, 그것이 무엇이 문제인가, 결국에는 갈려서 빵이 될 것이다."(반 고흐, 「테오 반 고흐(고흐의 동생)에게」) 김남천은 반 고흐의 글을 약간 수정했으며 원래의 텍스트에서 옮겨와서 다른 의미를 부여하고 있다.

80  「청년 조선의 영예」, 『춘추』, 1941.2.

른 보리를 상기시켰을 것이다. 즉 히노 아시헤이의 베스트셀러인 선전적 전쟁 소설 『보리와 병정』1938의 보리이다. 이 소설은 일본에서 선풍적인 인기를 끌었으며, 그 번역본은 분명히 조선 문인들 사이에서도 널리 읽혔을 것이다.[81] 히노의 보리는 일본 병사의 시점에서 본 소외된 중국 풍경의 알레고리였다.[82] 그러나 이 소설은 일본 병사의 고난과 희생에 깊이 초점을 맞추고 있기 때문에, 히노의 보리에 인간적 삶의 알레고리로서 고흐의 보리가 쉽게 겹쳐졌을 것이다.[83]

중요한 것은 「맥」이 최무경의 시점으로 서술되고 있으며, 그녀 또한 가장 비통한 순간들을 보내고 있다는 점이다. 김남천은 그전에는 소설에서 본격적으로 여성 시점을 사용하지 않았다. 「맥」의 특징적인 여성성의의 표현은 비단 그뿐만이 아니다. 범아시아주의를 비판하는 이관형은 외관상으로 자신의 남성성을 훼손시키고 있다. 최무경은 이관형을 처음 만났을 때 "화사한 여자의 가운" 같은 옷을 입고 침대에 누워 있는 그를 보게 된다.[84] 이런 김남천의 인물들의 여성화는 리타 펠스키가 서구 아방가르드 작품의 여성화 현상에 대해 말한 것에서 의미화의 단서를 얻을 수 있다. 펠스키는 『근대성의 젠더』에서, 여성과의 상상적 동일시는 지배적인 남성성의 사회규범에서 자주 소외를 느끼는 아방가르드 작가의 공통적 현상이라고 말했다. 펠스키에 의하면, 아방가르드 작가의 작품에서

---

81　이 소설의 일본에서의 평판에 대해서는 David M. Rosenfield, *Unhappy Soldier*(Lexington Books, 2002) 참조. 또한 한국에서의 명성에 대해서는 백철, 「전장문학 일고」(『인문평론』, 1939.10)와 김재용, 『협력과 저항』(소명출판, 2004), 102~103쪽 참조.

82　Hino Ashihei, *Barley and Soldiers*. Kenkyusha, 1939.

83　[역주] 『보리와 병정』은 보도부에 전속되어 전쟁의 대열을 따라가는 히노의 수기의 형식을 지니고 있다. 히노는 바다처럼 끝없이 펼쳐지는 보리밭에서 길을 헤매기도 한다. 무사히 돌아온 그는 이름 없는 병사들의 노고와 희생을 생각하며 쓸쓸함을 느낀다.

84　김남천, 『김남천 단편선─맥』, 306쪽.

"여성화된 남성은 당대적 가치들의 위기를 말하는 도발적인 상징이 되었다".[85] 이런 관점에서 볼 때 김남천의 긍정적 인물들의 여성화는 다시 이중적인 의미를 지니게 된다. 한편으로 그것은 육체적·정치적으로 통제된 지식인으로서 작가 자신의 침해된 남성성의 느낌을 의미화한다. 또한, 다른 한편 그것은 일본이 제국적 주체들 ── "신성한" 전쟁을 위해 기꺼이 목숨을 바치리라 여겨지는 사람들 ── 에게 요구한 호전적 남성성에 대한 김남천의 도전적인 상징으로 해석될 수 있다.(그림 7.2)

「맥」에서 눈에 띄는 특징은 김남천이 특정한 인물들특히 이관형과 최무경을 정치와 역사에 관한 자신의 관점의 대변자로 전환시키는 방법이다. 이는 식민지 조선의 특수한 상황을 전제로 설명이 가능한 문학적 방법이다. 검열과 구금의 위협은 반대 의견의 공개적 제시를 거의 불가능하게 만들었으며, 지식인들은 자신의 주체성을 소설의 위장된 변조를 통해 표현할 수밖에 없었다. 그와 함께 김남천은 많은 당대의 작가들처럼 사소설의 고백적 정신에 영향을 받았을 것이다. 결과적으로 식민지 시기의 문화적 생성 체제에서는 문학이 전적으로 허구적인 것일 수만은 없었다. 김남천의 「맥」은 소설인 동시에 작가적 관점과 열망의 문화적 재현의 매개체였다.

레오 칭이 암시했듯이, 전시 대만에서 범아시아 담론은 피식민자에 대한 전통적인 제도적 차별을 보다 포섭적인 "개인적 존재론"의 문제로 대체했다.[86] 이제 피식민자는 지역적 정체성을 넘어서서 "아시아인"의 평등한 공동체에 참여할 것이라는 기대감을 갖게 되었다. 칭의 언급은 조선에도 적용되지만 대만보다 더 낮은 정도로만 실행되었다. 조선인들은 대체로 순응적이지 않았기 때문에 일본은 보다 강압적인 수단에 의존할

---

85    Rita Felski, *The Gender of Modernity*, Harvard University Press, 1995, p.92.
86    Leo Ching, *Becoming "Japanese"*, University of California Press, 2001, p.126.

&lt;그림 7.2&gt; 김남천의 「맥」이 실린 『춘추』(1941.2)의 신춘호.(현담문고 도서자료 제공)

수밖에 없었던 것이다.[87] 일본의 군국주의를 자진해서 지지하지 않은 조선 작가들에게는 유아론적인 퇴각이 유일하게 가능한 방법인 것처럼 보였다. 김남천도 예외가 아니었다. 그는 1943년에 소설 쓰기를 중단했으며, 소수의 마지막 출간물들에서는 개인의 공간으로 보다 깊숙이 물러선 모습을 보여주고 있다.[88] 예컨대 「등불」의 인상 깊은 마지막 장면에서, 작가의 자전적 인물로 보이는 장유성은 잠자리에서 아들에게 이야기책을 읽어주고 있다.[89] 아들이 곧 잠에 떨어지자, 장유성은 스탠드 등의 작은 빛 웅덩이만 남기고 어둠 속에 조용히 앉아 있다. 그는 빛의 섬에서 포근함을 느끼는데, 그것은 자율성의 작은 조각마저 삼키려 위협하며 몰아치는 역사의 격랑에서의 피난처였다. 아도르노는 예술가의 유아론이 "비사회적"이기보다는 "사회적인" 결과로서의 미학이라고 논의했다.[90] 그렇다면 김남천의 「등불」의 결말부보다 아도르노의 유아론 미학을 더 잘 예증하는 경우는 발견하기 어려울 것이다.

---

87  Wan-yao Chou, "The *Kōminka* Movement in Taiwan and Korea", *The Japanese Wartime Empire 1931~1945*, Princeton University Press, 1996.

88  김남천은 그의 마지막 식민지 소설 「어떤 아침」을 일본어로 『국민문학』(1943.1)에 발표했다. 이 소설은 그의 다섯 번째 아이의 탄생을 초조하게 기다리는 개인적인 경험의 삽화이다. 식민지 잡지의 재발행 판에는 특정 화제가 빠져 있지만 김재용 외 편역, 『식민주의와 비협력의 저항』, 235~242쪽에서는 한국어 번역으로 나타난다.

89  김남천, 「등불」, 『국민문학』, 1942.3. 「등불」은 장유성이 여러 친척과 친지들에게 쓴 편지로 이루어진 서한체의 소설이다. 사상범 선고를 받은 장유성은 밀접한 감시 하에 있으며 군수품을 거래하는 회사 사무실에서 한정된 일을 하고 있다. 그는 아직도 문학에 대해 생각하고 있고 사회의 넓은 시야는 아니라도 삶의 구체적인 경험적 현실을 묘사하고 있다. 이는 조선인과 일본인 카페 여급 사이의 연애담보다는 리얼리즘에 가까운 선택인 셈이다. 그러나 그 역시 문학 활동을 위해 가족을 희생시킨 것을 후회하고 있으며 "단지 평범한 남편과 아버지"를 원하고 있다(『국민문학』, 1942.3, 123쪽).

90  Theodor Adorno, *Philosophy of Modern Music*, Continuum, 1994.

# 역사적인 것과 일상적인 것의 틈새에서

전체로 보면 김남천의 문학적 경험은 식민지 말 좌파 문학의 놀라운 탄력성을 입증하고 있다. 1920년대에 영향력 있는 전국적 운동으로 성장한 조선의 좌파는 1935년 카프가 해체된 후에도 살아남을 수 있었다. 구 카프 회원과 채만식, 강경애 같은 비회원 지식인들은, 1930년대의 빠른 산업화 시기의 사회적 질병을 재현하면서 계속 마르크스주의로부터 창조적 영감을 끌어왔다. 김남천은 그의 리얼리즘을 마르크스주의적 일상생활의 미학으로 재구성하면서, 자신처럼 식민지의 유물론적 삶의 상황을 그릴 방법을 찾던 좌파 작가들의 관심을 끌었다. 파격적으로 새로운 동시에 자신의 문학 전통에 확고하게 근거한 김남천의 문학은, 식민지 시대 좌파 문학 연구에서 우리의 시야를 확장시킬 것을 요구하고 있다. 식민지의 문학적 좌파의 복합성과 풍부성을 파악할 수 있으려면, 프로 문학의 전통 형식을 넘어서서 연구의 시야를 더 넓혀야만 할 것이다.

결과적으로 김남천이 "리얼리스트"였나 "모더니스트"였나를 결정하는 것은 별 의미가 없다. 실제로 어떤 관점에서 보면 그의 문학적 경험은 식민지 조선의 문학에서 리얼리즘과 모더니즘의 차이 자체를 불안정하게 만들고 있다. 김남천은 마르크스주의자였지만 그가 옹호한 비판적 마르크스주의는 어떤 목적론적인 역사적 전망도 반대하고 있었다. 그는 미학적 원리로서 리얼리즘을 지지했으나 아방가르드와 형식적 실험에도 열광적이었다. 결국 그는 리얼리스트처럼 역사적 사건의 구조적 요인들을 검토하는 데 힘을 쓰는 동시에 모더니스트처럼 개인적 삶의 소외에 대한 비판적 관심을 심화시키기도 했다. 양자의 긴장들을 해결하려는 시도에서는, 내적 개방성과 양가성을 지닌 사유로 마르크스주의와 그에 따른 리얼리즘 미학에 접근하는 일이 도움이 되었다. 마르크스주의를 역사적 발전의 과학으로 엄격하게 이해하면, 강력한 목적론과 총체론을 지닌 지배적인 역사관이 발생하게 된다. 그러나 보다 인간주의적으로 접근하면, 마르크스주의는 어떤 역사적 결정론의 위임을 피하며 자본주의와 그 문화적 산물에 대한 비판을 제공할 수도 있다. 제7장에서 살폈듯이, 김남천은 1938년에 전자에서 후자로 전환되었으며, 그런 변화 속에서 전통적인 리얼리즘과 모더니즘의 중간지점에 위치하게 되었다. 그 같은 위치의 미학적 요체는 일상생활의 리얼리티의 면밀한 관찰이었다. 식민지 조선의 일상생활의 풍속에 작가적 관심을 쏟으면서, 김남천은 점증하는 정치적 억압의 시기에 사회에 대한 유물론적 비판을 생산해내려 모색하고 있었다.

김남천의 문학적 실천은 일반 비평 담론이 일상생활의 미학을 흔히 모더니즘의 방법에 연관시키는 것에 대한 도전이기도 하다.[91] 모든 것을 포괄하는 듯한 비평적 관용어 "일상생활"은 어떤 일련의 특질들 — 세속성, 감각성, 파편성 — 을 내포하며 "역사"와 명확하게 대립된다. 일상생활과 반대되는 역사란 특별한 사건, 합리적 근거, 총체성과 연결될 것이다. 이런 식의 연상이 다시 암시하는 것은, 모던한 삶에 대한 가치 있는 진정한 미학인 모더니즘의 성과가 리얼리즘의 역사적 — 따라서 일상에 덜 밀착된 — 미학과 대립된다는 단정이다. 그런 시각에서의 리얼리즘과 모더니즘의 대립은, 도시의 중산계급, 특히 서구 대도시인의 생활경험을 모더니티의 일반 경험으로 특권화하는 경향을 내포한다. 그처럼 서구 모더니즘의 한정된 서사를 통해 보면, 모던한 삶은 흔히 매혹적인 동시에 지루한

---

91 예컨대 Ben Highmore, *Everyday Life and Cultural Theory*(Routledge, 2002)와 Xiaobing Tang, *Chinese Modern*(Duke University Press, 2000) 참조.

야누스적 얼굴의 모습을 드러낸다. 하지만 그 같은 그림이 놓치고 있는 것은 모더니티의 — 구체적이면서도 위협적인 — 제3의 얼굴이며, 그것은 근대성의 밑바닥 이면에 살고 있는 사람들에게 더 잘 보인다. 그곳의 개인들의 생활 경험에서는 역사적인 것과 일상적인 것이 서로 대립적으로 구분되지 않는다. 김남천의 경우에는 확실히 일상과 역사가 대립되지 않았으며, 그는 많은 역사가들이 그런 것처럼 식민지 조선의 일상생활을 실제적인 역사적 공간으로 간주하고 있었다.

# 결론

좌파 문학운동은 식민지 조선의 문화와 사회에 지금까지 잘 인식하지 못했던 영향력을 행사했다. 이제까지의 평가와는 달리, 이 문학운동은 카프의 마르크스주의 집단을 넘어서서 풍부한 영향력을 확장해갔다. 좌파 문학운동의 대열에는, 1910년대까지 소급되는 아나키즘 전통은 물론 가변적인 좌파 민족주의자들, 사회주의 여성작가 집단, 카프에 가입하지 않은 많은 다른 지식인들이 포함된다. 또한 좌파 작가들은 사상적 영향과 미학적 파급력을 통해 개혁운동이 주도한 근대화 세력들에 참여하는 동시에 반대하고 있었다. 좌파 지식인들은 전통적 봉건 문화에 대해 사회주의적 영감으로 비판한 점에서 철저하게 근대적이었다. 그러나 그들은 개혁적 지식인들의 부르주아적 가치를 대중적이고 반엘리트적으로 거부한 점에서 대립적인 특성을 드러냈다. 사회적 해방과 민주화에 헌신한 새로운 세력으로서, 좌파 문학은 식민지 조선의 복합적인 사상적 지형에서 참여적이고 대항문화적인 역할을 하고 있었다. 그와 동시에 그들은 당시의 국제주의적 사회주의 문화와 핵심 가치를 공유하는 대안적인 근대성의 전망을 제안했다.

식민지 시대 좌파문화의 역사적 경험은 조선어 출판금지를 포함한 1940년대 전반의 일본 제국의 군국주의화와 함께 끝이 났다. 정치적으로 패배한 그때는 물론 운동이 아직 활발했던 때조차도, 좌파운동은 역사적 난국에 대항하는 정치투쟁을 위해 필요한 통일성과 힘이 부족했다. 식민지 좌파에게 정치적 영향력이 미흡했던 데에는 몇 가지 요인들 ―

운동 내부의 분파주의와 항상 재편되는 허약한 공산당에 대한 제국적 억압의 실행 — 이 있었다. 문화적·담론적 의미의 고취에도 불구하고, 좌파운동은 마르크스주의와 아나키즘, 좌파 민족주의 등 진보 사상의 급진적 풍부함을 정치적 행동으로 전환시키는 데 실패한 듯했다.

우리는 해방 후의 식민지 좌파 문학의 유산을 검토하는 데 있어 그 같은 역사적 평가를 명심해야 할 것이다. 그러나 오늘날 좌파 문학의 유산의 가치는 식민지 시대의 좌파 정치학의 성과에 크게 좌우되지 않는다. 그보다는, 식민지 시대의 프롤레타리아 문학작품의 강렬함과 그 작품들이 남한의 다음 세대의 활동적인 지식인들에 의해 전승되고 재전유된 방법이 중요하다.

식민지 좌파문화는 일본의 강점 때문에 도전적인 상황 속에서 생존해야 했지만, 식민지가 끝난 후에도 해방된 한국의 삶에는 여전히 어려움이 남아 있었다. 1945년 일본의 통치가 종식된 후 한국은 다가오는 냉전의 위협에 휘말리게 되었으며, 미군 점령 하의 남한에서는 반공의 교리가 새로운 지배 이데올로기로 출현하게 되었다. 남한에 정부가 세워진 두 달 후인 1948년 11월, 새 정권은 모든 좌파 작가의 작품의 출판과 유통을 금지했으며, 민족 분단 상황에서 자진해서 경계선을 넘은 소위 월북 작가에게 특히 가혹한 제재를 가했다.[1] 그때부터 식민지 좌파문화는 냉전 이데올로기에 의해 민족문화에서 일탈된 불행한 과거로 여겨지게 되었다. 보수 진영의 대표적인 비평가인 조연현은 "외국의 영향을 받은" 식민지 시대 프롤레타리아 문학운동은 민족의 실수이자 문예의 오류라고 평가했

---

1    이봉범, 「반공주의와 검열 그리고 문학」, 상허학회 편, 『반공주의와 한국문학』, 깊은샘, 2005.9, 83쪽.

다.[2] 또한 김우종은 보다 동정자적 비평가의 입장에서 프로문학의 반식민적인 민족주의적 동기를 인정하면서도, "세계로 공산주의 통치를 확장하려는 스탈린 정책"에 궁극적으로 순응했음을 언급할 수밖에 없었다.[3] 중요한 것은 이런 평가들이 대중에게 제시된 것이 관련된 작가가 부재하고 대부분의 작품들에 접근할 수 없게 되었을 때였다는 점이다. 조연현의 "외국의 영향"이라는 질책은 특히 이례적인 것이었는데, 왜냐하면 20세기 초에 사회주의는 가령 개인주의나 페미니즘, 진화론보다 더 외래적인 것이 아니었기 때문이다. 사회주의에 의해 고취된 문학에 대한 "외국의 영향"이란 다른 근대문학 전통과 별반 차이가 없었으며, 해방 후 수십 년간 많은 비평가들이 애호한 순수문학 역시 마찬가지였다.[4]

해방 후 남한에서 좌파가 곤경을 치렀기 때문에, 흔히 식민지 좌파문학은 그 대신 북한의 공산주의 사회와 정치에서는 온당한 유산이 되었다고 여겨졌다. 아마도 그것은 민족이 분단된 이후 초기에 해당되는 일이었을 것이다. 해방된 지 불과 다섯 달 후인 1946년 1월에 평양에는 카프의 계통을 잇는 평남지구 프롤레타리아 예술동맹이 창립되었다.[5] 북한의 프롤

---

2  조연현, 『현대문학 개관』, 반도출판사, 1978, 184쪽.

3  김우종, 『한국 현대소설사』, 성문각, 1978, 205쪽.

4  해방 후 순수문학의 이념은 외관상 미적 자율성의 문학을 나타냈지만 실제로는 정치적 무해성이 검증된 문학을 암시하기도 했다. 이 문학의 개념은 처음에 1920년대 초 일본에서 교조적인 프로문학이나 상업적인 대중문학에서 벗어난 문학을 뜻하며 비평적으로 성행했다. 그런 순수문학은 1930년대 초에 한국에 도입되었을 때 유사한 기능을 했으며 그 때문에 아방가르드 시기의 서구 모더니즘에 필적되었다. 그러나 해방 후 남한에 재배치되었을 때 1960년대의 대립항 참여문학이 주장한 것처럼 매우 순응적인 정치적 성격을 갖게 되었다. 분단을 전후로 한 순수문학 논쟁에 대한 자세한 설명은 김재석, 「해방 직후 김동리 순수문학론」을 볼 것. 또한 냉전기 미국에서의 모더니즘 개념의 유사한 보수적 사용에 대해서는 Fredric Jameson, *A Singular Modernity*(Verso, 2002), pp.139~210의 분석을 볼 것.

5  권영민, 『해방 직후의 민족문학운동 연구』, 서울대 출판부, 1986, 30쪽.

레타리아 예술동맹은 곧 소련의 후원을 받은 김일성의 북조선 노동당과 제휴하게 되었으며, 임화와 김남천, 이기영 같은 주요 인물들의 지지와 참여로 위세가 더욱 공고해졌다.[6]

그러나 처음에는 혁명적이었던 북한의 체제는 단지 겉으로만 사회주의를 내세운 사실상의 왕조로 퇴조하게 되었다. 북한의 역사 기술은 점차로 김일성 개인을 중심으로 한 위인전 형식으로 변화되었으며, 1966년에는 김일성의 타도 제국주의 동맹[1926]을 (식민지 조선의) 최초의 유일한 공산주의 조직으로 명시한 새로운 시대 구분이 도입되었다.[7] 한때 강력했던 식민지의 프롤레타리아 물결은 이제 한낱 조수 웅덩이로 재현되었으며, 북한의 문예관文藝官은 새로운 체제에 기꺼이 순응하는 작가들의 영역이 되었다. 이제 마침내 북한에서도 남한에서처럼 식민지 좌파 문학의 역사적 기억은 냉전 정치질서의 도래와 함께 희미해지게 되었다. 좌파는 남한에서 비난받는 공공의 적이 되었으며, 북한에서는 권위주의적 민족

---

6    1948년 북한문학에 참여하기 전에 임화와 김남천은 1945년 8월 17일 서울에서 조선문학건설본부의 건립을 이끌었다. 이 새로운 협회는 한국작가를 전시 선전에 동원하기 위해 식민 당국이 만든 조선문인보국회(1943)의 본부를 상징적으로 탈취했다. 그러나 조선문학건설본부의 포섭적인 핵심노선은 이기영과 한설야 같은 보다 강경한 카프 회원들을 자극했으며 9월 17일 조선프롤레타리아예술동맹이라는 경쟁적인 조직을 창설하게 했다. 두 개의 단체는 마침내 그해 12월 조선문학가동맹으로 합쳐졌다. 위의 책, 9~26쪽 참조.

7    김하명 외, 『조선문학사』(1926~1945), 과학백과사전출판사, 1981, 7쪽. 이제 남한과 관계를 맺은 — 카프의 창설자 김기진과 박영희를 포함한 — 모든 작가들은 북한문학사로부터 삭제되었다. 전시 동안 북한군의 즉결재판에서 살아남은 김기진은 1960년대에 강제적으로 은퇴할 때까지 독재정권의 반대자로서 남한에서 활동적으로 잔존했다. 김기진은 1989년 서울에서 세상을 떠났다. 또한 임화와 김남천 역시 북한문학사에서 숙청되었다. 두 사람은 북한정권을 지지했음에도 불구하고 김일성의 정치적 헤게모니의 강화 과정에서 끝내 신임을 잃었다.

주의 체제의 고착화와 함께 불편한 유산의 신세가 되었다.[8]

1960년대 말에는 식민지 좌파 문학에 대한 역사적 평가가 거의 쓰여지지 않았을 것이다. 그것은 성벽이 쳐진 전통과도 같았으며, 냉전 이데올로기 앞에서 질식되어 미래 세대의 지식인과 활동가를 거의 배태하지 못할 듯이 보였다. 따라서 1970년대 전반에 시작된 민중적 사유를 통한 좌파문화의 극적인 부활은 놀라운 일이 아닐 수 없다. 이제 좌파 문학과 연극, 미술은 발흥하는 민중적 민주화 운동의 활동가와 비평가들에게 영감의 원천으로 작용하기 시작했다. 민주화 운동의 활동가와 비평가들은 앞으로 수십 년 간 남한의 이데올로기적 풍경에 심오한 영향을 미칠 좌파의 재전유의 과정 속에 있었다.

민중운동의 기원의 문제는 이 책에서 미처 다 다룰 수 없는 커다란 주제이다.[9] 그러나 우리의 논의를 위해 중요한 것은, 문학이 다시 한 번 운동을 위한 사상을 발아시키고 성장시키는 문화적 원리가 되었다는 점이다. 1971년에 임헌영은 새로운 문화적 행동주의 시대를 위한 문학의 임무를 재정의하면서, 새로운 운동의 뿌리는 18세기 실학의 글쓰기뿐만 아니라 더 뚜렷하게는 식민지 시대 저항운동의 "리얼리즘" 문학에 있다고 주장했다.[10] 이는 그때의 문학적 모험이 지금까지도 남한에서 신망과 정치적

---

8     어떤 카프 작가들은 1980년대 동안 북한의 공식적 문학사에서 선택적으로 복권되었다. 그 시기에 북한정권은 김일성의 만주 유격대 찬양에서 일반 시민 속의 "숨은 영웅"을 예찬하는 것으로 문화정책을 변화시켰다. 이런 방향전환에 내재된 것은 김일성에서 김정일로의 권력 계승을 위해 필요한 사항들이었다. 김정일은 과거의 반식민적 저항을 이용하기 보다는 군부와 중산계급의 지지와 신임에서 정당성을 얻어야 했다. 김재용, 『북한문학의 역사적 이해』, 문학과지성사, 1994, 260~263쪽 참조.

9     민중운동에 대한 포괄적인 역사적 설명은 Namhee Lee, *The Making of Minjung*(Cornell University Press, 2007) 참조.

10     임헌영, 「한국문학의 과제」, 『우리문학의 논쟁사』, 어문각, 1985 참조.

유효성을 인정받고 있다는 식민지 좌파 문학의 힘에 대한 증언이었다.

민중적 민주화 운동의 참여자들은 예전의 좌파 문학의 문화를 다양한 방식으로 재전유했다. 그들은 식민지 시대의 사회적 참여의 전통을 회생시키면서, 1970년대와 80년대의 산업발전의 배경에서 노동계급의 삶에 문학적 표현을 부여했다. 그렇게 하면서 노동 르포르타주, 옥중 수기, 정치소설, 사회시 같은 사상적 색채를 지닌 장르들에 새로운 생명을 불어넣었다.[11] 그와 함께 행동적 비평가들은 식민지 시대의 운동가처럼 『창작과 비평』과 『실천문학』 같은 진보적 계간지를 중심으로 모였고, 노동자들 사이에서 새로운 인재들을 적극 모집하며 잡지들을 지원했다. 독재정권과 보수언론에 의해 자주 빨갱이의 낙인이 찍혔던 그들에게는, 식민지 좌파 전통의 재발견이란 분단국가의 끊어진 역사를 치유하고 민중의 편에서 자신의 정체성을 확인하는 의미를 지녔다. 이시기의 민중이란 "보통의 사람들"이면서 권리를 빼앗긴 대중들이었으며, 이제 정치적 과정에 참여하면서 자신들의 권리를 위해 일어서는 사람들이었다.

식민지 좌파의 문화적 회생에는 문제점이 없었던 것은 아니었다. 예컨대 좌파문학의 민중적 독서는 대개 민족주의적 색조를 띠었으며, 보다 특수한 사회주의적 내용을 곡해하기도 했다. 그럼에도 식민지 좌파 전통의 유산이라는 관점에서 보면, 1970년대의 좌파 전통의 재활성화는 하나의 역사적 전환점을 상징했다. 실제로 1970년대와 1980년대는 좌파문화가 마침내 자신의 역사적 계기를 갖게 된 중요한 시기였다. 이제 식민지 좌파는 새로운 세대의 진보적 지식인들에게 매우 소중한 상징적 유산이 되었고, 당대 한국인들의 정치의식의 DNA에 효과적으로 각인되었다. 한

---

11    Choi Hyun-moo, "Contemporary Korean Literature", *South Korea's Minjung Movement*, University of Hawai'i Press, 1995.

때 미미한 존재로 강등되었던 강경애와 김남천, 이기영, 염상섭 같은 작가들은, 그 시대 이후로 많은 작품들이 재출간되고 강력한 학문적 관심의 대상이 되었다.

프레드릭 제임슨은 러시아와 유럽의 사회주의 운동의 흥망에 대해 논평하면서, "역사는 성공보다는 실패에 의해서 진보한다"고 말한 적이 있다. 즉, "레닌이나 브레이트<sub>임의로 꼽은 몇 개의 이름</sub>는 어떤 위인전이나 축전에 기록될 성공을 나타내는 모델에 견주면 실패 ― 즉 그들 자신의 이데올로기와 역사적 순간의 한계에 의해 제한된 행위자 ― 로 생각하는 편이 더 좋을 것이다".[12] 제임슨의 언급은 한국 좌파의 경험에 잘 적용된다. 식민지 운동이 겪은 한계적 경험은 수십 년 후의 민중적 활동가들에게 "실패를 통해 학습된 교훈"이 된 셈이었다.

비슷한 취지로 스튜어트 홀은 사회적 운동의 영향이 역사적 환경에 의해 유예되는 방법을 통찰력 있게 설명했다. 즉, "어떤 개별적인 역사적 시기에 실패한 사회적 힘은 그로 인해 투쟁의 영역에서 사라지지 않으며, 그 같은 환경에서의 투쟁은 결코 중단된 것이 아니다".[13] 이런 홀의 언명 역시 20세기 한국의 "프롤레타리아 물결"의 운명에 대해 암시적이다. 프롤레타리아 운동의 급진주의는 실제로 1940년대의 쇠퇴의 요인이 된 동시에 1970~1980년대의 계승과 부활의 원인이 되었다고 할 수 있다. 진보적 역사의 힘으로서 좌파의 대항문화는 일본의 파시즘과 냉전 질서에 굴복해야만 했다. 그러나 20세기 후반의 새로운 활동가들이 볼 때 그들

---

12    Fredric Jameson, *Postmodernism, or the Cultural Logic of Late Capitalism*, Duke University Press, 1995, p. 209.

13    Stuart Hall, "Gramsci's Relevance for the Study of Race and Ethnicity", *Stuart Hall : Critical Dialogues in Cultural Studies*, Routledge, 2005, p. 423.

의 운동의 명성을 빛나게 한 것은 바로 패배한 과거의 억압과 저항의 역사였다.

지금까지 식민지 좌파 문학의 역사와 유산을 추적했으므로, 이제 그런 전통을 재발견하는 일의 의미에 대해 질문해야 한다. 프롤레타리아의 물결은 우리에게 무엇을 가르쳐주는가? 우리의 문학사적 여행은 오늘날의 보다 폭넓은 문제들에 대해 어떤 교훈을 주는가?

먼저 "프롤레타리아 물결"의 존재는 우리가 식민지 시대 경험을 여과할 때 계급이 중심 범주의 하나임을 상기시킨다. 실제로 좌파의 문화적 전통의 새로운 강조는 현재 한국 사회가 겪고 있는 변화와 연관성을 지니고 있다. 오늘날 한국은 전례 없는 번영과 강력한 경제성장, 번성한 교역, 높아진 문화산업의 인기를 누리고 있다. 그러나 그런 부의 그늘에는 확대된 계급 격차와 높은 실업률, 이주노동자 차별, 하층민의 빈궁화, (매우 중요한) 세계 최고의 자살률 같은 사회 문제가 상존한다. 이 모든 문제들은 민족주의적 프레임보다는 계급에 기초한 틀 안에서 말해질 수 있다. 사회주의적 기조로 부활된 식민지 문화는 오늘날의 한국의 행동주의와 보다 잘 연계될 수 있으며, 그 비판적 에너지는 새로운 진보적 문화 세력에 계속 영향을 미치며 영감을 줄 수 있다.

또한 프롤레타리아의 물결을 기억하는 일은 오늘날 1970~1980년대의 민중적 민주화 운동을 새롭게 이해하는 데도 중요하다. 이미 1970년대 전반에 활동가와 학생들이 민중 담론을 발아시킨 이후로, 역사학이나 문학비평에서는 흔히 민족주의적 기조가 민중적 문화를 담보해왔다고 말해진다. 반면에 민중운동에서 계급, 노동, 사회 정의, 평등한 시민권 같은 주제들이 똑같이 강력한 실행 사안이었음은 그만큼 중시되지 않았다. 식민지 전통에서 부분적으로 영감을 가져온 민중적 학자와 활동가들은, 제어할 수 없는 역사적 세력에 의해 정치적으로 계속 좌절을 겪은 민중의 집단적 인식을 고양시키는 일을 지속해왔다. 그런 관점에서 보았을 때, 민중운동의 좌파적 유산을 재발견하는 일은 민족을 지나치게 강조한 시각에서 벗어나 재평가된 올바른 역사적 균형감각을 갖게 해준다. 민중적 사상에서 사회주의적 주제와 민족주의적 과제는 항상 공존해 왔지만 흔히 민족에 더 강조가 주어지곤 했다. 그런 사실을 지적하는 것은, 지난 40년 동안 한국의 진보적 정치의 방향에 영향을 끼친 정치적 운동을 새롭게 이해하는 데 중요하다.

인터내셔널한 정치학으로 전환하며 좌파문화의 유산을 보다 강력하게 인식하는 것은, 한국의 내적인 문제들에 더 좋은 영향을 미칠 수 있다. 북한의 공식적 공산주의가 모두 중국이나 소련에서 수입된 것으로 보게 되면, 남한 내의 보수적 세력들이 북한을 "외국"처럼 표현하는 일이 일어날 수도 있다. 남한에서 공적으로 구성된 제도적 민족주의[14]에 호소하면 북한을 거리를 두고 바라보는 일이 충분히 생길 수 있다. 그러나 식민지 시기에 이미 번성하는 자생적 좌파 전통이 있었음을 이해할 때, 북한은 단지 외국의 영향의 산물로 퇴출될 수는 없다. 1980년대 운동가와 학자들이 가장 먼저 한 일은 그처럼 북한의 유산을 이데올로기적으로 구원하는 일이었다. 그들은 그렇게 하면서 북한이라는 은둔의 나라와 관계를 맺는 것을 주요 임무의 하나로 삼았다.[15] 계속되는 북한의 위기에 의해 파편성

---

14   [역주] 국가를 구성하기 위해 필요한 민족주의를 말함.

15   예컨대 김재용, 『북한문학의 역사적 이해』를 볼 것. 냉전시대 동안 유행했던 "외부로부터의 혁명"이라는 신화는 브루스 커밍스와 찰스 암스트롱, 수지 김 같은 역사가에 의해 반박되었다. 이들의 연구는 북한의 건립에서 지역적 주체성과 환경의 중요한 역할을 강조해왔다. Bruce Cumings, *The Origins of the Korean War*, Princeton University Press,

과 양극성이 커져 감을 생각할 때, 20세기에 좌파문화를 공유했다는 인식은 오늘날의 논쟁들을 해소하는 데도 여전히 매우 중요하다.[16]

이제 보다 이론적인 논의로 결론을 내려 보자. 식민지 조선에서의 프롤레타리아 문학의 실체적인 존재는 동아시아와 전 세계의 식민지 문화 연구를 지배해 온 해석 패러다임들을 재고하게 만든다. 정체성의 형성과정에서 생각해보면, 관례적인 민족주의적 역사 기술은 식민자와 피식민자라는 지나치게 단순화되고 경직된 이분법에 의존하는 경향이 있었다. 그런 입장은 탈식민주의적 논의에서 호미 바바가 주장한 "제3의 공간"의 중요성에 의해 반박되었다. 바바의 제3의 공간은 제국과 식민지 사이의 틈새에 대한 비유이며, 여기서 피식민자는 식민자의 문화를 전유·번역·재역사화하며 자신의 정체성을 형성한다.[17] 바바에 의하면, 실제로 제3의 공간은 우리의 문화적 정체성을 형성하게 하는 유일한 위치이다.[18] 이런 모델은 모든 정체성 형성 과정에서 핵심적인 혼종성hybridity을 인식하게 하는 매우 유용한 이점을 지녀왔다. 그러나 이 이론 역시 두 종류의 주체 — 제국 본국과 타자의 식민지 — 에 대해 이항적으로 가정된 구속적이고 배제적인 성격을 승인하고 있다.

프롤레타리아의 물결을 한국의 식민지 근대성으로 통합시키기 위해,

---

1981. Charles K. Armstrong, *The North Korean Revolution, 1945~1950*, Cornell University Press, 2003. Suzy Kim, *Everyday Life in the North Korean Revolution, 1935~1950*, Cornell University Press, 2013.

16    오늘날의 북한문화에 대한 최근의 포괄적인 연구는 Suk-Young Kim, *Illusive Utopia*(University of Michigan Press, 2010) 참조.

17    Homi Bhabha, *The Location of Culture*, Routlege, 2002, pp.35~36. 호미 바바, 나병철 역, 『문화의 위치』, 소명, 2012, 97~99쪽.

18    Jonathan Rutherford, "The Third Space : Interview with Homi Bhabha", *Identity : Community, Culture, Difference*, Lawrence and Wishart, 1990, p.211 참조.

나는 우리의 전망을 보다 더 넓힐 것을 주장한다. 나는 상호문화적이기보다는 횡단문화적인cross-cultural 또 다른 종류의 공간을 포함할 것을 제안한다. 횡단문화적 공간에서는, 제국과 식민지의 대항문화 헤게모니 계급과 집단이 조직적 연대나 사상적 친연성을 통해 서로 연합해 모일 수있다.[19] 이론적인 틀에서 그런 확장이 없다면, 식민지 조선과 일본 제국의 재구성된 세계는 마이클 로빈슨과 신기욱이 "본래적 생태계original eco-system"라고 부른 것에 이르지 못하게 될 것이다. 여기서 본래적 생태계란조선의 사회적 세력들이 다양한 정체성들과 교섭하면서, 그와 동시에 내적으로 분기된 제국 일본의 문화와 상호작용하는, 복합적인 이데올로기적 환경을 뜻한다.[20]

결국 프롤레타리아의 물결은 20세기 한국의 문화적·이데올로기적 동역학을 상기시키는 요인으로 생각될 수 있다.[21] 사회주의는 20세기 전반에 한국 지식인들에게 주요한 이데올로기적 영향력을 행사했지만, 1945년 민족이 해방된 직후에는 냉전 문화의 재난으로 변질되었을 뿐이다. 북한에서는 식민지 시기의 억압된 민족주의와 한국 전쟁의 경험이 "외국혐오"를 점화시키고 있었다. 그로 인해 김일성 체제 하에서는 공식적으로 장려된 사회주의 리얼리즘의 민족중심적 판본이 만들어졌다.

---

19  [역주] 횡단문화적 관점이 바바의 제3의 공간과 다른 점은 제국 내의 대항세력과의 연대를 통해 제국 자체가 해체되게 만드는 전망을 지닌다는 점이다.

20  Gi-Wook Shin and Michael Robinson, eds., *Colonial Modernity in Korea*, Harvard University Press, 1999, p.5. 신기욱·마이클 로빈슨 편, 도면회 역, 『한국의 식민지 근대성』, 삼인, 2006, 42쪽.

21  [역주] 프롤레타리아의 물결은 사회주의적 사상들이 한국에서 번역되고 전유되면서 계급·민족·젠더의 영역을 횡단하는 수행적 차원의 장을 만든 것을 말한다. 그와 동시에 그 물결은 우리의 심연에 각인되어 다음 세대의 역사적 순간에 다시 대항문화적 힘으로 회생되게 만드는 요인이 되기도 한다.

마찬가지로 남한에서의 민족주의적 감성은 해방 후 1987년 전까지 군사 독재를 옹호하는 지배적인 보수적 이데올로기로 변질되었다. 계속된 반공선전에 의해 지지된 강력한 이데올로기적 배치는, 국가 자본주의와 개발주의, 냉전 질서의 엄격한 편입을 인증하는 거울이 되었다. 이런 관점에서 보면, 오늘날의 식민지 좌파문화의 재평가는 중요한 대항 헤게모니적 기능을 얻게 된다. 레이먼드 윌리엄스에 의하면, 대항 헤게모니의 역할은 흔히 "폐기된 영역의 회복"을 포함하며, 한때 융성했으나 이후 이데올로기적 착색으로 잊혀지고 왜곡된 전통의 복구를 나타낸다.[22] 한국의 식민지 좌파문화가 한 시기의 강력한 역사적 힘이었음을 인식한다면, 그 중요한 비판적 목소리는 민족주의와 반공담론에 의한 수십 년 동안의 망각에서 벗어나 마침내 떠오를 수 있을 것이다.

---

22  Raymond Williams, *Marxism and Literature*, Oxford University Press, 1977, p.116. 레이먼드 윌리엄스, 박만준 역, 『마르크스주의와 문학』, 지만지, 2013, 233~244쪽.

## 참고문헌

### 한국어 자료

강경애, 「간도를 등지면서, 간도야 잘 있거라」, 『동광』, 1932.8~10.

_____, 「그 여자」, 『삼천리』, 1932.9.

_____, 「소곰」, 『신가정』, 1934.5~10.

_____, 「지하촌」, 『조선일보』, 1936.3.12~4.3.

_____, 『인간문제』, 『동아일보』, 1934.8.1~12.22.

_____, 이상경 편, 『강경애 전집』, 소명출판, 1999.

강만길 외, 『한국노동운동사』 1 – 근대 노동자계급의 형성과 노동운동, 지식마당, 2004.

_____ · 성대경 편, 『한국 사회주의 운동 인명사전』, 창작과비평사, 1996.

강영주, 『벽초 홍명희 연구』, 창작과비평사, 1999.

강옥희 · 이순진 · 이승희 · 이영미, 『식민지 시대 대중 예술인 사전』, 소도, 2006.

강허봉, 「비맑스주의 문예론 배격을 배격함」, 『중외일보』, 1927.7.3~10. 임규찬 · 한기형 편,
          『카프비평자료총서』 3, 태학사, 1990.

검열연구회 편, 『식민지 검열, 제도, 텍스트, 실천』, 소명출판, 2011.

계용묵, 민충환 편, 『계용묵 전집』 전2권, 민음사, 2006.

곽근 편, 『최서해 작품 자료집』, 국학자료원, 1997.

구모룡 편, 『백신애 연구』, 전망, 2011.

구승회 외, 『한국 아나키즘 백년』, 이학사, 2004.

국사편찬위원회 편, 『한민족 독립운동사』, 전10권, 국사편찬위원회, 1991.

권구현, 「인육시장 점경」, 『조선일보』, 1933.9.28~10.10

_____, 「파산」, 『동아일보』, 1929.12.15~17.

_____, 「폐물」, 『별건곤』, 1926.12.

_____, 김덕근 편, 『권구현 전집』, 박이정, 2008.

권보드래, 『한국 근대소설의 기원』, 소명출판, 2012.

권영민 편, 『염상섭문학 연구』, 민음사, 1987.

_____, 『한국 계급문학 운동사』, 문예출판사, 1998.

_____, 『해방 직후의 민족문학운동 연구』, 서울대 출판부, 1986.

권환, 「조선 예술운동의 당면한 구체적 과정」, 『중외일보』, 1930.9.2~16. 『카프비평자료 총
          서』 4, 태학사, 1990.

권환, 「하리코프대회 성과에서 조선프로예술가가 얻은 교훈」, 『동아일보』, 1931.5.14
　　·15·17. 『카프비평자료 총서』 4.

근대문학 100년 연구총서 편찬위원회, 『근대문학 100년 연구 총서』 전7권, 소명출판, 2008.

김경일, 「1920~1930년대 한국의 신여성과 사회주의」, 『한국 근대사회와 문화』 Ⅲ, 서울대학
　　교 출판문화원, 2007.

_____, 『노동운동』, 한국독립운동사편찬위원회, 2008.

_____, 『여성의 근대, 근대의 여성』, 푸른역사, 2004.

김근수, 『한국 잡지사』, 청록출판사, 1980.

김기진, 「감각의 변혁」, 『생장』, 1925.2. 홍정선 편, 『김팔봉 문학 전집』 1, 문학과지성사, 1988.

_____, 「금일의 문학, 명일의 문학」, 『개벽』, 1924.2.

_____, 「나의 회고록」, 『세대』, 1964.7~1966.1. 『김팔봉 문학 전집』 2, 문학과지성사, 1988.

_____, 「또다시 클라르테에 대해서」, 『개벽』, 1923.11. 『김팔봉 문학 전집』 1.

_____, 「문단교류기」, 『대한일보』, 6.12~7.3. 『김팔봉 문학 전집』 2.

_____, 「바르뷔스 대 로망 롤랑간의 쟁론」, 『개벽』, 1923.10. 『카프비평자료총서』 2, 태학사,
　　1990.

_____, 「변증적 사실주의」, 『동아일보』, 1929.2.25~3.7. 『김팔봉 문학 전집』 1.

_____, 「붉은 쥐」, 『개벽』, 1924.11.

_____, 「조선문학의 현재의 수준」, 『신동아』, 1934.1. 『김팔봉 문학 전집』 1.

_____, 「조선에 있어서 프롤레타리아 예술운동의 과거와 현재」, 『사상월보』, 1932.10. 『김
　　팔봉 문학 전집』 2.

_____, 「지배계급 교화, 피지배계급 교화」, 『개벽』, 1924.1.

_____, 「클라르테 운동의 세계화」, 『개벽』, 1923.9. 『김팔봉 문학 전집』 2.

_____, 「피투성이 된 프로 혼의 표백」, 「계급문학시비론」, 『개벽』, 1925.2.

_____, 『해조음』, 『조선일보』, 1930.1.15~7.24. 『김팔봉 문학 전집』 3, 문학과지성사, 1988.

김남천, 「경영」, 『문장』, 1940.10. 채호석 편, 『김남천 단편선-맥』, 문학과지성사, 2006.

_____, 「고발의 정신과 작가」, 『조선일보』, 1937.6.1~5. 정호웅·손정수 편, 『김남천 전집』 1,
　　박이정, 2000.

_____, 「공우회」, 『조선지광』, 1932.2. 안승현 편, 『일제강점기 한국 노동소설 전집』 2, 보고
　　사, 1995.

_____, 「공장신문」, 『조선일보』, 1931.7.5~15. 『김남천 단편선-맥』, 문학과지성사, 2006.

_____, 「구름이 말하기를」, 『조광』, 1942.6~11.

_____, 「그 뒤의 어린 두 딸」, 『중앙』, 1936.6. 『김남천 전집』 2, 박이정, 2000.

김남천, 「녹성당」, 『문장』, 1939.3. 정호웅 편, 『김남천 단편집』, 지만지, 2013.

_____, 「녹성당」, 『삼일운동 ─ 김남천 창작집』, 아문각, 1947(『맥 ─ 김남천창작집』, 을유문화
　　　　사, 1988).

_____, 「도덕의 문학적 파악」, 『조선일보』, 1938.3.8~12. 『김남천 전집』 1.

_____, 「등불」, 『국민문학』, 1942.3.

_____, 「맥」, 『춘추』, 1941.2. 『김남천 단편선 ─ 맥』, 문학과지성사, 2006.

_____, 「모랄의 확립」, 『동아일보』, 1938.6.1. 『김남천 전집』 1.

_____, 「몽상의 순결성」, 『조광』, 1938.3. 『김남천 전집』 2.

_____, 「문예구락부」, 『조선중앙일보』, 1934.1.25~2.2. 『일제강점기 한국 노동소설 전집』 3,
　　　　보고사, 1995.

_____, 「세태와 풍속」, 『동아일보』, 1938.10.14~25. 『김남천 전집』 1.

_____, 「소설의 장래와 인간성 문제」, 『춘추』, 1941.3. 『김남천 전집』 1.

_____, 「양도류의 도량」, 『조광』, 1939.7. 『김남천 전집』 1.

_____, 「어떤 아침」, 『국민문학』 1943.1.

_____, 「어린 두 딸에게」, 『우리들』, 1934. 『김남천 전집』 2.

_____, 「일신상 진리와 모랄」, 『조선일보』, 1938.4.17~24. 『김남천 전집』 1.

_____, 「자작안내」, 『사해공론』, 1938.7. 『김남천 전집』 1.

_____, 「장편소설에 대한 나의 이상」, 『청색지』, 1938.8. 『김남천 전집』 1.

_____, 「지식인의 자기분열과 불요불굴의 정신」, 『조선일보』, 1937.8.14. 『김남천 전집』 1.

_____, 「창작방법에 있어서 전환의 문제」, 『형상』, 1934.3. 『김남천 전집』 1.

_____, 「활빙당」, 『조선일보』, 1939.1.12. 『김남천 전집』 2.

_____, 『대하 외』, 동아출판사, 1995.

_____, 『동맥』, 『신문예』 · 『신조선』, 1946~1947. 국립 디지털 도서관. http : //ultra.dlibrary.
　　　　go.kr.

_____, 『맥 ─ 김남천 창작집』, 을유문화사, 1988.

_____, 『삼일운동 ─ 김남천 창작집』, 아문각, 1947.

김동인, 「약한 자의 슬픔」, 『창조』 1~2, 1919.2~3.

_____, 「자기의 창조한 세계」, 『창조』 7, 1920. 7.

_____, 『동인 전집』 전10권, 홍자출판사, 1964.

김두용, 「정치적 시각에서 본 예술투쟁」, 『무산자』, 1929.5.

김명식, 「창간사」, 『신생활』, 1922.3.

김명진, 「청년에게 고함」, 『동아일보』, 1920.5.22.

김미현 편,『한국영화사』, 커뮤니케이션북스, 2006.

김민환,「일제강점기 사회주의 잡지의 사회주의 논설 내용 분석」, 김민환·박용규·김문종 편,『일제강점기 언론사 연구』, 나남, 2008.

김병철,『한국 근대 번역문학사 연구』, 을유문화사, 1975.

_____,『한국 근대 서양문학 이입사 연구』, 을유문화사, 1980.

김복순,『1910년대 한국문학과 근대성』, 소명출판, 1999.

김복진,「파스큘라」,『조선일보』, 1926.7.1~2.

김억,「예술적 생활」,『학지광』6, 1915.2.

김연숙,「사회주의 사상의 수용과 여성 작가의 정체성」, 민족문학사연구소 기초학문연구단 편,『탈식민의 역학』, 소명출판, 2006.

김영민,『한국 근대 소설사』, 솔, 1997.

_____,『한국 근대문학 비평사』, 소명출판, 1999.

_____,『한국의 근대신문과 근대소설』1, 소명출판, 2006.

김영택,「1930년대 풍자문학론 연구」,『국어국문학』114, 1995.5.

김영팔,「어떤 광경」,『조선지광』, 1927.3.『일제강점기 한국 노동소설 전집』1, 보고사, 1995.

_____,『곱창칼 외』, 범우, 2004.

김예림,「1930년대 후반 몰락/재생의 서사와 역사 기획 연구」,『한국 근대문학 연구』6, 2002.

김용달,『농민운동』, 한국독립운동사편찬위원회, 2009.

김우종,『한국 현대소설사』, 성문각, 1978.

김윤식,『염상섭 연구』, 서울대 출판부, 1987.

_____,『한국 근대 문예비평사 연구』, 일지사, 1976.

_____,『한국 근대 문학사상사』, 한길사, 1984.

_____,『한국 현대 현실주의 비평 선집』, 나남, 1989.

_____·김현,『한국문학사』, 민음사, 1984.

_____·정호웅,『한국문학의 리얼리즘과 모더니즘』, 민음사, 1989.

_____,『한국소설사』, 문학동네, 2000.

김을한,「인물론－석영 안석주」,『신문과 방송』, 한국언론재단, 1978.

김인옥,『한국 현대 전향소설 연구』, 국학자료원, 2002.

김인환 편,『강경애, 시대와 문학』, 랜덤하우스코리아, 2006.

김재용,『북한문학의 역사적 이해』, 문학과지성사, 1994.

_____,『협력과 저항』, 소명출판, 2004.

_____·곽형덕 편역,『김사량, 작품과 연구』, 역락, 2009.

김재용·김미란 편역,『식민주의와 협력』, 역락, 2003.

_____·김미란·노혜경 편역,『식민주의와 비협력의 저항』, 역락, 2003.

_____·김화선·박수연·이상경,『친일문학의 내적 논리』, 역락, 2003.

_____·이상경·오성호·하정일,『한국 근대 민족문학사』, 한길사, 1993.

김정현,「니체 사상의 한국적 수용」,『니체연구』12, 2007.

김정화,『강경애 연구』, 범학사, 2000.

김종균,『염상섭 연구』, 고려대 출판부, 1974.

김진기 외,『반공주의와 한국 문학의 근대적 동학』전2권, 한울, 2008.

김철,「근대의 초극',『낭비』그리고 베네치아」,『민족문학사연구』18, 2001.6.

_____·신형기,『문학 속의 파시즘』, 삼인, 2001.

김택호,「허문일, 농민주의와 아나키즘이 만나는 자리」,『한국 근대 아나키즘 문학, 낯선 저항』.

_____,『한국 근대 아나키즘 문학, 낯선 저항』, 월인, 2009.

김하명·류만·최탁호·김영필,『조선문학사』(1926~1945), 과학백과사전출판사, 1981.

김학동,『장혁주의 일본어 작품과 민족』, 국학자료원, 2008.

김화산,「계급예술론의 신전개」,『조선문단』, 1927.3. 권영민 편,『한국현대문학비평사』2, 단국대 출판부, 1981.

_____,「뇌동성 문예론의 극복」,『현대평론』, 1927.6.『한국현대문학비평사』2.

김희곤,「동제사의 결성과 활동」,『한국사 연구』48, 1985.3.

나경석,「양화와 시가」,『폐허』1, 1920.7.

_____,「저급의 생존력」,『학지광』4, 1915.2.

나도향,「물레방아」,『조선문단』, 1925.9.『나도향 전집』1.

_____,「벙어리 삼룡이」,『여명』, 1925. 7.『나도향 전집』1.

_____,「지형근」,『조선문단』, 1926.3~5.『나도향 전집』1.

_____,「행랑자식」,『개벽』, 1923.10.

_____, 주종연·김상태·유남옥 편,『나도향 전집』전2권, 집문당, 1988.

노상래 편역,『전향이란 무엇인가』, 영한, 2000.

_____,『한국 문인의 전향 연구』, 영한, 2000.

「동경 삼월회, 팜플레트 발행」,『조선일보』, 1926.3.6.

동국대 문화학술원 한국문학연구소 편,『식민지 시기 검열과 한국문화』, 동국대 출판부, 2010.

류만,『조선문학사 8－1926~45』, 사회과학출판사, 1992.

_____,『조선문학사 9－1926~45』, 과학백과사전출판사, 1995.

문학과사상과연구회,『임화문화의 재인식』, 소명출판, 2004.

문학과사상과연구회, 『염상섭 문학의 재인식』, 깊은샘, 1998.

문학사와비평연구회, 『염상섭 문학의 재조명』, 새미, 1998.

문학사와비평학회, 『최서해 문학의 재조명』, 국학자료원, 2002.

민병휘, 「민촌의 『고향』론」, 『백광』, 1937.3. 『카프비평자료총서』 8, 태학사, 1990.

민족문제연구소 편, 『일제하 전시체계기 정책 사료 총서』 전66권, 한국학술정보, 2000.

박길수, 「땅 파먹는 사람들」, 『개벽』, 1925.7.

박명용, 『한국 프롤레타리아 문학연구』, 글벗사, 1992.

박상준, 「프로문학 연구의 새로운 방향과 의의」, 『어문학』 102, 2008.12.

_____, 『1920년대 문학과 염상섭』, 역락, 2000.

_____, 『한국 근대문학의 형성과 신경향파』, 소명출판, 2000.

박영희, 「고민문학의 필연성」, 『개벽』, 1925.7.

_____, 「문학상으로 본 이광수」, 『개벽』, 1925.1. 이동희·노상래 편, 『박영희 전집』 3, 영남
　　　대 출판부, 1997.

_____, 「신경향파의 문학과 그 문단적 지위」, 『개벽』, 1925.12. 『박영희 전집』 3.

_____, 「신흥문예의 내용」, 『시대일보』, 1926.1.4. 『박영희 전집』 3.

_____, 「초창기의 문단 측면사」, 『현대문학』, 1960.5. 『박영희 전집』 2, 영남대 출판부, 1997.

_____, 「카프 작가와 그 수반자의 문학적 활동」, 『중외일보』, 1930.9.18~26. 『박영희 전집』 3.

_____, 「투쟁기에 있는 문예비평가의 태도」, 『조선지광』, 1927.1. 『박영희 전집』 3.

박용옥, 『한국 근대 여성운동사 연구』, 한국정신문화연구원, 1984.

_____, 『한국 여성 항일운동사 연구』, 지식산업사, 1996.

박원순, 『국가보안법 연구』 전2권, 역사비평사, 1997.

박정애, 「어느 신여성의 경험이 말하는 것」, 『여성과 사회』 14, 2002.5.

박종린, 「1920년대 초 정태신의 마르크스주의 수용과 "개조"」, 『역사문제연구』 21, 2009.

박종원·최탁호·류만, 『조선문학사 19세기말~1925』, 과학백과사전출판사, 1980.

박화성, 「비탈」, 『신가정』, 1933.8~12. 『박화성 문학 전집』 16, 푸른사상, 2004.

_____, 「하수도공사」, 『동광』, 1932.5. 『일제강점기 한국 노동소설 전집』 2.

_____, 「홍수전후」, 『신가정』, 1934.9. 『박화성 문학 전집』 16.

_____, 『북극의 여명』, 『조선중앙일보』, 1935.3.31~12.4. 『박화성 문학 전집』 2.

_____, 서정자 편, 『박화성 문학 전집』 전20권, 푸른사상, 2004.

백신애, 「광인수기」, 『조선일보』, 1938.6.25~7.7. 『아름다운 노을 외』.

_____, 「적빈」, 『개벽』, 1934.11. 『아름다운 노을 외』.

_____, 『꺼래이, 백신애소설집』, 조선일보사, 1987.

백신애,『아름다운 노을 외』, 범우, 2004.

백철,「농민문학 문제」,『조선일보』, 1931.10.1~20.『카프비평자료총서』4.

____,「비애의 성사」,『동아일보』, 1935.12.22~27.『카프비평자료총서』5.

____,「전장문학 일고」,『인문평론』, 1939.10.

____,『신문학사조사』, 민중서관, 1953.

____,『조선 신문학사조사』, 수선사, 1948.

____,『증보 신문학사조사』, 민중서관, 1957.

변신원,『박화성 소설 연구』, 국학자료원, 2001.

「본부, 지부, 각 기술부 보고」,『예술운동』, 1927.11.

「B기자의 수기－공가 공가 공가와 동굴에 사는 백성들」,『중앙일보』, 1931.11.28.

상허학회,『근대 지식으로서의 사회주의』, 깊은샘, 2008.

_____,『반공주의와 한국문학』, 깊은샘, 2005.

서광운,『한국 신문소설사』, 해돋이, 1993.

서상호,「피」,『무산자』, 1929.7.

서연호,『한국 연극사』, 연극과인간, 2003.

서영인,「강경애 문학의 여성성」, 김인환 편,『강경애, 시대와 문학』, 랜덤하우스코리아, 2006.

서지영,「식민지 조선의 모던걸」,『한국여성학』22, no.3, 2006.

성균관대 동아시아 학술원,『근대 지식으로서의 사회주의와 그 문화, 문화적 표상』특집,『대동문화연구』64, 2008.

성민엽 편,『민중문학론』, 문학과지성사, 1984.

손유경,「최근 프로문학 연구의 전개양상과 그 전망」,『상허학보』19, 2007.2.

_____,『프로문학의 감성구조』, 소명출판, 2012.

송영,「조선 프롤레타리아 운동소사 1」,『예술운동』, 1945.12.

____, 박정희 편,『송영 소설 선집』, 현대문학, 2010.

송영순,「강경애의 인간문제 원작과 개작의 비교 연구」,『성신어문학』4, 1991.3.

송작,「대탐사기 깍정이로 변신 잠입하야 포사군의 소굴에 일야동숙」,『별건곤』, 1927.7.

송진우,「창간사」,『신가정』, 1933.1.

신고송,「음악과 대중」,『음악과 시』, 1930.8.

신백우,「소작인조합론」,『공제』, 1920.10.

신일용,「부인 문제의 일고찰」,『신생활』, 1922.3.

신채호,「문예계 청년에게 참고를 구함」,『백세 노승의 미인담 외』, 범우, 2004.

신채호, 『이태리 건국 삼걸전』, 『단재 신채호 전집』 4, 독립기념관한국독립운동사연구소, 2007.

_____, 『단재 신채호 전집』 전10권, 독립기념관한국독립운동사연구소, 2008.

심진경, 「문단의 여류와 여류문단」, 민족문학사연구소 편, 『한국 근대문학의 형성과 문학장의 재발견』, 소명출판, 2004.

쌍 S., 「전율할 대악마굴-여학생 유인단 본굴 탐사기」, 『별건곤』, 1927.3.

안광희, 『한국 프롤레타리아 연극운동의 변천과정』, 역락, 2001.

안막, 「프로예술의 형식문제-프롤레타리아 리얼리즘의 길로」, 『조선지광』, 1930.3.

____, 전승주 편, 『안막 선집』, 현대문학, 2010.

안재홍, 『민세 안재홍 선집』 전8권, 지식산업사, 1981.

안함광, 「농민문학 문제 재론」, 『조선일보』, 1931.10.21~11.5. 『카프비평자료총서』 4.

_____, 「농민문학에 대한 일고찰」, 『조선일보』, 1931.8.12~13. 『카프비평자료총서』 4.

_____, 김재용 외 편, 『안함광 평론 선집』 전5권, 박이정, 1998.

안확, 『조선문학사』, 한일서점, 1922.

_____, 「조선의 문학」, 『학지광』 6호, 1915.7. 『한국현대문학비평사』 1, 단국대 출판부, 1981.

엄흥섭, 이승윤 편, 『엄흥섭 선집』, 현대문학, 2010.

역사문제연구소, 『카프문학운동연구』, 역사비평사, 1989.

염상섭, 「개성과 예술」, 『개벽』, 1922.4. 권영민·김우창·유종호·이재선 편, 『염상섭 전집』 12, 민음사, 1987.

_____, 「계급문학을 논하여 소위 신경향파에 여함」, 『조선일보』, 1926.1.22~2.2. 『염상섭 전집』 12.

_____, 「나와 자연주의」, 『서울신문』, 1955.9.30. 『염상섭 전집』 12.

_____, 「노동운동의 경향과 노동의 진의」, 『동아일보』, 1920.4.21~26.

_____, 「독립선언서」, 『염상섭 문장 전집』 1, 소명출판, 2013.

_____, 「묘지」, 『신생활』, 1922.7~9.

_____, 「문예와 생활」, 『조선문단』, 1927.2. 『염상섭 전집』 12.

_____, 「민족, 사회운동의 유심적 고찰」, 『조선일보』, 1927.1.4~15. 『염상섭 전집』 12.

_____, 「박래묘」, 『삼광』, 1920.4.

_____, 「이중 해방」, 『삼광』, 1920.4.

_____, 「작가로서는 무의미한 말」, 「계급문학시비론」, 『개벽』, 1925.2.

_____, 「통속, 재중, 탐정」, 『매일신보』, 1934.8.17~20.

_____, 「표본실의 청개구리」, 『개벽』, 1921.8.~10.

염상섭, 「프롤레타리아 문학에 대한 P씨의 언」, 『조선문단』 16, 1926.5.

＿＿＿, 「횡보 문단 회상기」, 『사상계』, 1962.11~12. 『염상섭 전집』 12.

＿＿＿, 한기형·이혜령 편, 『염상섭 문장 전집』 전3권, 소명출판, 2013.

＿＿＿, 『무화과』, 『매일신보』, 1931.11.13~1932.11.12. 『무화과』, 동아출판사, 1995.

＿＿＿, 『삼대 외』, 동아출판사, 1995.

＿＿＿, 『삼대』 개정판, 일신서적, 1999.

＿＿＿, 『삼대』, 『조선일보』, 1931.1.1~9.17.

＿＿＿, 『이심』, 『매일신보』, 1928.10.22~1929.4.24. 『염상섭 전집』 3, 민음사, 1987.

＿＿＿, 『효풍』, 『자유신문』, 1948.1.1~11.3. 『효풍』, 실천문학사, 1998.

오천석, 「신여자를 위하여」, 『신여자』, 1920.3. 유진월, 『김일엽의 신여자 연구』, 푸른사상,
　　　2006.

우림걸, 『한국 개화기문학과 양계초』, 박이정, 2002.

우정권, 『조명희와 선봉』, 역락, 2005.

＿＿＿, 『한국 근대 고백소설 작품선집』 전2권, 역락, 2003.

＿＿＿, 『한국 근대 고백소설의 형성과 서사양식』, 소명출판, 2004.

유진오, 「넥타이의 침전」, 『조선지광』, 1928. 3.

＿＿＿, 「밤중에 거니는 자」, 『동광』, 1931.3. 『1920~1930년대 민중문학선』 1, 탑출판사, 1990.

＿＿＿, 「삼면경」, 『조선지광』, 1928. 1.

＿＿＿, 「여직공」, 『조선일보』, 1931. 3.1~24. 『일제강점기 한국 노동소설 전집』 2.

＿＿＿, 「오월의 구직자」, 『조선지광』, 1929.9. 『1920~1930년대 민중문학선』 2.

＿＿＿, 「편편야화」, 『동아일보』, 1974.4.10.

유진월, 『김일엽의 신여자 연구』, 푸른사상, 2006.

유희순, 「여직공의 하소연」, 『부인공론』, 1932.4.

윤금선, 「1920~1930년대 독서운동 연구」, 단국대동양학연구소 편, 『근대 한국의 일상생활
　　　과 미디어』, 민속원, 2008.

윤기정, 「상호비판과 이론 확립」, 『조선일보』, 1927.6.15~20. 『카프비평자료 총서』 3.

＿＿＿, 서경석 편, 『윤기정 전집』, 역락, 2004.

윤선자, 「1933년 전북 조공 재건 및 충남 전위 동맹의 조직과 활동」, 『한국 독립운동사 연구』
　　　28, 독립기념관한국독립운동사연구소, 2007.

윤성상, 「여감옥 방문기」, 『삼천리』, 1930.11.

윤해동, 「식민지 인식의 회색지대」, 『근대를 다시 읽는다』 1, 역사비평사, 2006.

＿＿＿ 외, 『근대를 다시 읽는다』 전2권, 역사비평사, 2006.

이갑기, 「문예시평」, 『비판』, 1932.3. 『카프비평자료총서』 4.

이경훈, 「근대의 초극론」, 『다시 읽는 역사문학』, 평민사, 1995.

이광수, 「모성」, 『여성』, 1936.5. 『한국 근대 여성의 일상문화』 6, 국학자료원, 2004.

_____, 「모성으로서의 여자」, 『여성』, 1936.6. 『한국 근대 여성의 일상문화』 6.

_____, 「문학의 가치」, 『대한흥학보』, 1910.3. 『한국현대문학비평사』 1.

_____, 「문학이란 하오」, 『대한매일신보』, 1916.11.10~23. 『한국현대문학비평사』 1.

_____, 「민족개조론」, 『개벽』, 1922.5.

_____, 「예술과 인생」, 『개벽』, 1922.1.

_____, 김철 편, 『무정』, 문학동네, 2003.

_____, 『흙』, 문학과지성사, 2005.

_____, 『이광수 전집』 전20권, 삼중당, 1968.

이균영, 『신간회 연구』, 역사비평사, 1993.

이기영, 「가난한 사람들」, 『개벽』, 1925.5.

_____, 「광명을 찾아서」, 『해방』, 1930.12.

_____, 「민며느리」, 『조선지광』, 1927.6. 『서화 외』.

_____, 「민촌」, 『문예운동』, 1926.5. 『서화 외』.

_____, 「사회적 경험과 수완」, 『조선일보』, 1934.1.25. 『이기영 선집』 13, 풀빛, 1989.

_____, 「서화」, 『조선일보』, 1033.5.30~7.1. 『서화 외』.

_____, 「실진」, 『동광』, 1927.1. 『서화 외』.

_____, 「원보」, 『조선지광』, 1928.5. 『서화 외』.

_____, 「이상과 노력」, 『이기영 선집』 13.

_____, 「제지공장촌」, 『서화 외』.

_____, 「종이 뜨는 사람들」, 『대조』, 1930.4. 『이기영 선집』 2, 풀빛, 1989.

_____, 「쥐이야기」, 『문예운동』, 1926.1. 『서화 외』.

_____, 「창작방법 문제에 관하여」, 『동아일보』, 1934.5.30~6.4. 『이기영 선집』 14, 풀빛, 1989.

_____, 「호외」, 『현대평론』, 1927.3.

_____, 『고향』, 『이기영 선집』 1, 풀빛, 1989.

_____, 『고향』, 『조선일보』, 1933.11.15~1934.9.21.

_____, 『봄』, 『동아일보』, 1940.6.11~8.10, 『인문평론』, 1940.10~1941.2. 『이기영 선집』 4.

_____, 『서화 외』, 범우, 2006.

이기훈, 「도서의 근대, 근대의 도서」, 『역사문제연구』 7, 2001.

이덕화, 『김남천 연구』, 청하, 1991.

이동규, 강혜숙 편, 『이동규 선집』, 현대문학, 2010.

이무영, 『이무영 문학 전집』 전6권, 국학자료원, 2000.

이보영, 『난세의 문학―염상섭론』, 예림기획, 2001.

_____, 『염상섭 문학론』, 금문서적, 2003.

이봉범, 「반공주의와 검열 그리고 문학」, 상허학회 편, 『반공주의와 한국문학』, 깊은샘, 2005.9.

이북명, 「기초공사장」, 『신계단』, 1932.11. 『일제강점기 한국 노동소설 전집』 2.

_____, 「암모니아탱크」, 『비판』, 1932. 9. 『이북명 작품집』.

_____, 「어둠에서 주운 스케치」, 『신인문학』, 1936.3. 『일제강점기 한국 노동소설 선집』 3.

_____, 「여공」, 『신계단』, 1933. 3. 『이북명 작품집』.

_____, 「질소비료공장」(「初陣」), 『文學評論』, 1935. 5. 『이북명 소설 선집』.

_____, 「질소비료공장」, 『조선일보』, 1932. 5. 29~30. 『이북명 작품집』.

_____, 남원진 편, 『이북명 소설 선집』, 현대문학, 2010.

_____, 이정선 편, 『이북명 작품집』, 지만지, 2010.

이상갑, 『김남천』, 새미, 1995.

이상경, 『임순득, 대안적 여성 주체를 향하여』, 소명출판, 2009.

_____, 『한국 근대 여성 문학사론』, 소명출판, 2002.

이상택 외, 『한국 고전소설의 세계』, 돌베개, 2005.

이서찬, 「벽소설에 대하여」, 『조선일보』, 1933.6.13. 『카프비평자료총서』 5.

이선옥, 「여성해방의 기대와 전쟁 동원의 논리」, 『친일문학의 내적 논리』, 역락, 2003.

이성태, 「쇠공장」, 『신생활』, 1922.9.

이성환, 「빈민에게로 가라」, 『동아일보』, 1923.10.20.

이여성, 「조선의 예기, 창기 및 작부 수」, 『신가정』, 1934.7.

이익상, 「광란」, 『개벽』, 1925.2.

_____, 「생을 구하는 맘」, 『신생활』, 1922.9.

_____, 「흙의 세례」, 『개벽』, 1925.5. 『이익상 작품집』.

_____, 박연옥 편, 『이익상 작품집』, 지만지, 2010.

이인직, 『혈의 누』, 서울대 출판부, 2001.

이재선, 「일제의 검열과 「만세전」의 개작」, 권영민 편, 『염상섭문학 연구』, 민음사, 1987.

이주영, 「한국 고전소설의 독자」, 이상택 외, 『한국 고전소설의 세계』, 돌베개, 2005.

이준식, 『조선 공산당 성립과 활동』, 한국독립운동사편찬위원회, 2009.

이중연, 『책의 운명』, 혜안, 2001.

이호룡,『아나키스트들의 민족해방운동』, 한국독립운동사편찬위원회, 2008.

_____,『한국의 아나키즘』, 지식산업사, 2001.

이효석,「깨뜨려지는 홍등」,『대중공론』, 1930.4.『이효석 전집』1.

_____,「노령근해」,『조선강단』, 1930.1.『이효석 전집』1.

_____,「도시와 유령」,『조선지광』, 1928.7.『이효석 전집』1.

_____,『이효석 전집』, 전8권, 창미사, 2003.

임경석,『초기 사회주의 운동』, 한국독립운동사편찬위원회, 2009.

_____,『한국 사회주의의 기원』, 역락, 2003.

임헌영,「한국문학의 과제」, 홍신선 편,『우리문학의 논쟁사』, 어문각, 1985.

임화,「분화와 전개」,『조선일보』, 1927.5.16~21.

____,「조선 신문학사론 서설」,『조선중앙일보』, 1935.10.9~11.13.『임화문학예술 전집』2.

____,「착각적 문예이론」,『조선일보』1927.9.4~11.『카프비평자료총서』3.

____,「탁류에 항하여」,『조선지광』, 1929.8.

____,『문학의 논리』, 단음출판사, 1989.

____,『신문학사』, 한길사, 1993.

____, 임화문학예술전집 편찬위원회 편,『임화문학예술 전집』전5권, 소명출판, 2009.

장양수,『한국의 동반자 소설』, 문학수첩, 1993.

적진,「희생」,『신생활』, 1922.6.

전상숙,『일제 시기 한국 사회주의 지식인 연구』, 지식산업사, 2004.

전용호,「백철 문학사의 판본 연구」,『민족문화연구』41, 2004.

정우택,「조선 프로예맹 동맹, 방향전환의 결의」,『조선일보』, 1927.9.4.

정우택,『황석우 연구』, 박이정, 2008.

정칠성,「의식적 각성으로부터 무산 부인 생활에서」,『근우』1, 1929.

정태신,「막쓰와 유물사관의 일별」,『개벽』, 1920.8.25.

조광국,「한국 고전소설의 작자」, 이상택 외,『한국 고전소설의 세계』, 돌베개, 2005.

조남현,「동반자 작가의 성격과 위상」,『한국 현대 문학사상 연구』.

_____,「한국 현대문학의 아나키즘 체험」,『한국 현대 문학사상 연구』.

_____,『이기영』, 한길사, 2008.

_____,『한국 현대 문학사상 연구』, 서울대 출판부, 1994.

조명희,「낙동강」,『조선지광』, 1927.7.

_____, 이명재 편,『낙동강 외』, 범우, 2004.

조연현,『현대문학 개관』, 반도출판사, 1978.

조용만, 오태호 편, 『조용만 작품집』, 지만지, 2010.

조중곤, 「비맑스주의 문예론의 배격」, 『중외일보』, 1927.6.18~23. 『카프비평자료총서』 3.

조진기, 『한일 프로문학론의 비교연구』, 푸른사상, 2000.

주강현, 『한국의 두레』 1, 집문당, 1997.

주요섭, 「살인」, 『개벽』, 1925.6.

_____, 「조선 여자 교육사」, 『신가정』, 1934.4.

주종연·이정은 편, 『1920~1930년대 민중문학선』 전2권, 탑출판사, 1990.

지하련, 서정자 편, 『지하련 전집』, 푸른사상, 2004.

채만식, 「빈⋯제일장 제일과」, 『신동아』, 1936.9. 『채만식 전집』 7, 창작과비평사, 1989.

_____, 「현인군의 몽을 계함―반항적 작가로부터 조직적 예술 진영을 배경으로 한 평가에
        게」, 『제일선』, 1932.7~8. 『채만식 전집』 10.

_____, 『인형의 집을 나와서』, 『조선일보』, 1933.5.27~11.14. 『채만식 전집』 1.

_____, 『탁류』, 『조선일보』, 1937.10.12~1938.5.17. 『채만식 전집』 2.

_____, 『태평천하』, 『조광』, 1938.1~9. 『채만식 전집』 3.

_____, 『채만식 전집』 전10권, 창작과비평사, 1989.

천정환, 「1920~1930년대 소설 독자의 형성과 분화 과정」, 『역사문제연구』 7, 2001.

_____, 「1920년대 독서회와 '사회주의 문화'―사회주의와 대중지성의 형성」, 『대동문화연
        구』 64, 2008.

_____, 『근대의 책읽기―독자의 탄생과 한국 근대문학』, 푸른역사, 2014.

「청년 조선의 영예―자라가는 육군 지원병 제도」, 『춘추』 1, 1941.2.

최규진, 『조선 공산당 재건운동』, 독립기념관한국독립운동사연구소, 2009.

최두선, 「문학 의의에 관하야」, 『학지광』 3, 1914.12.

최병구, 「1920년대 프로문학의 형성과정과 '미적 공통성'에 관한 연구」, 성균관대 박사논문,
        2013.

최서해, 「기아와 살육」, 『조선문단』, 1925.6.

_____, 「탈출기」, 『조선문단』, 1925.3.

_____, 「홍염」, 『조선문단』, 1927.1. 『최서해 전집』 2.

_____, 곽근 편, 『최서해 전집』 전2권, 문학과지성사, 1995.

최성수, 「봄」, 『무산자』, 1929.5·1929.7.

최수일, 「근대문학의 재생산 회로와 검열」, 『대동문화연구』 53, 2006.3.

_____, 『개벽연구』, 소명출판, 2008.

최승일, 「걸인 덴둥이」, 『조선일보』, 1926.1.2. 『봉희 외』.

최승일,「두 젊은 사람」,『개벽』, 1925.8.

_____, 손정수 편,『봉희 외』, 범우, 2005.

최열,「1920년대 민족만화운동 - 김동성과 안석주를 중심으로」,『역사비평』2, 1988.3.

_____,『한국 근대미술의 역사』, 열화당, 1998.

최옥순,「열두 시간 노동을 하고」,『시대공론』, 1931.9.

최재서,「풍자문학론 - 문단 위기의 타개책」,『조선일보』, 1935.7.16~21.

하타노 세츠코, 최주한 역,『일본 유학생 작가 연구』, 소명출판, 2011.

한기형,「1910년대 신소설에 미친 출판, 유통 환경의 영향」,『한국 근대소설사의 시각』, 소명
　　　출판, 1999.

_____,「초기 염상섭의 아나키즘 수용과 탈식민적 태도 - 잡지『삼광』에 실린 염상섭 자료
　　　에 대하여」,『한민족어문학』43, 2003.12.

한만수,「강경애「소금」의 '붓질 복자' 복원과 북한 '복원'본의 비교」, 김인환 편,『강경애, 시
　　　대와 문학』.

_____,「식민시대 문학 검열로 나타난 복자의 유형에 대하여」,『국어국문학』136, 2004.5.

_____,「식민시대 문학 검열에 의한 복자의 복원에 대하여」,『상허학보』14, 2005.2.

_____,「식민지 시기 근대 기술과 인쇄물 검열」,『한국문화연구』32, 2007.

_____,「식민지 시기 문학 검열과 비교연구의 필요성」,『비교문학』41, 2007.

_____,「식민지 시기 문학 검열과 인쇄 자본」, 검열연구회 편,『식민지 검열, 제도, 텍스트, 실
　　　천』, 소명출판, 2011.

_____,「식민지 시대 소설의 바보 인물 - 채만식, 계용묵을 중심으로」,『한국어문학연구』
　　　27, 1992.

_____,「1930년대 문인들의 검열 우회 유형」,『한국문화』39, 2007.

한설야,「과도기」,『조선지광』, 1929.4.『일제강점기 한국 노동소설 전집』1.

_____,「사방공사」,『신계단』, 1932.11.『일제강점기 한국 노동소설 전집』2.

_____,「신춘창작평」,『조선지광』, 1929.2.

_____,『탑 외』, 동아출판사, 1995.

한식,「풍자문학에 대하여」,『동아일보』, 1936.2.11~27.

한용진,『근대 한국 고등교육 연구』, 고려대학교민족문화연구원, 2012.

한원영,『한국 근대 신문연재 소설 연구』, 이회문화사, 1996.

허도산,『건국의 원훈 낭산 김준연』, 자유지성사, 1998.

허동현 외 편,『한국 근대 여성의 일상문화』전9권, 국학자료원, 2004.

허문일,「걸인」,『농민』, 1923.3.

허문일, 「소작인의 딸」, 『농민』, 1933. 2~3.

현경준, 허경진 · 허휘훈 · 채미화 편, 『현경준』, 보고사, 2006.

현진건, 「불」, 『개벽』, 1925. 1.

_____, 「운수 좋은 날」, 『개벽』, 1924. 6.

_____, 「인」, 『신생활』, 1922. 5.

_____, 『현진건 문학 전집』 전6권, 국학자료원, 2007.

홍명희, 『임꺽정』 전10권, 사계절, 2008.

홍영기, 『한말 후기 의병』, 독립기념관한국독립운동사연구소, 2009.

홍영두, 「마르크스주의 철학사상 원전 번역사와 우리의 근대성─20세기 초엽부터 1953년
　　　까지를 중심으로」, 『시대와 철학』 14, no. 2, 2003. 12.

홍정선, 『카프와 북한문학』, 역락, 2008.


## 일본어 자료

青野季吉, 「自然生長と目的意識」, 『文藝戰線』, 1926. 9. 平林初之輔 · 青野季吉 · 藏原惟人,
　　　『中野重治集』, 77~78쪽 재수록.

平林初之輔 · 青野禾吉 · 藏原惟人, 『中野重治集』 Vol. 78, 『現代日本文學全集』, 筑摩書房,
　　　1955.

幸徳秋水, 『長広舌』, 人文社, 1902.

藏原惟人, 「プロレタリア─リアリズム」, 『戰旗』, 1928. 5. 平林初之輔 · 青野季吉 · 藏原惟人,
　　　中野重治集, 160~165쪽 재수록.

大村益夫, 『朝鮮近代文学と日本』, 緑蔭書房, 2003.

大杉榮, 「正気の狂人」, 『近代思想』 2. 8, 1914. 5. 『大杉榮全集』 2, 65~73쪽 재수록.

_____, 『大杉榮全集』 14, 日本図書センター, 1995.

_____, 『勞動運動の精神』, 『勞動運動』 1, 1919. 10. 『大杉榮全集』 6, 3~6쪽 재수록.

_____, 「勞動運動と個人主義」, 『近代思想』 3. 3, 1915. 12. 『大杉榮全集』 6, 244~255쪽 재수록.

_____, 「勞動運動と勞動文学」, 『新潮』, 1921. 10. 『大杉榮全集』 5, 59~77쪽 재수록.

_____, 「勞動運動とプラグマティズム」, 『近代思想』 3. 1, 1915. 10. 『大杉榮全集』 6,
　　　232~243쪽 재수록.

ルポルタージュ集 33, 34, 『日本プロレタリア文学語論集』, 新日本出版社, 1988.

戸坂潤, 『思想と風俗』, 平凡社, 2001.

_____, 『思想としての文学』, 日本図書センター, 1992.

山田洸, 『戶坂潤とその時代』, 発売共栄書房, 1990.

吉田精一·稲垣達郎 編, 『近代文学評論大系』 10, 角川書店, 1975.


## 영어 자료

Adorno, Theodor, *Philosophy of Modern Music*, Translated by Anne G. Mitchell and Wesley V. Blomster, New York : Continuum, 1994[1973].

Anderson, Benedict, *Imagined Communities : Reflections on the Origin and Spread of Nationalism*, London : Verso, 1996[1983].

Armstrong, Charles K., *The North Korean Revolution, 1945-1950*, Ithaca, NY : Cornell University Press, 2003.

Ashcroft, Bill, "Afterword : Travel and Power", *Travel Writing, Form, and Empire : The Poetics and Politics of Mobility*, edited by Julia Kuehn and Paul Smethurst, New York : Routledge, 2009.

_____, et al., *The Empire Writes Back : Theory and Practice in Post-Colonial Literatures*, 2nd ed, New York : Routledge, 1989.

Barlow, Tani E., ed., *Formations of Colonial Modernity in East Asia*, Durham, NC : Duke University Press, 1997.

_____, *The Question of Women in Chinese Feminism*, Durham, NC : Duke University Press, 2004.

Barraclough, Ruth, *Factory Girl Literature : Sexuality, Violence, and Representation in Industrializing Korea*, Berkeley : University of California Press, 2012.

_____, "Tales of Seduction : Factory Girls in Korean Proletarian Literature", *Positions : East Asian Cultures Critique* 14, no.2, Fall 2006.

Bartolovich, Crystal, and Neil Lazarus, eds., *Marxism, Modernity and Postcolonial Studies*, New York : Cambridge University Press, 2002.

Benjamin, Walter, "The Author as Producer", *Reflections*.

_____, *Illuminations*, Edited by Hannah Arendt, Translated by Harry Zohn, New York : Schocken Books, 1988[1968].

_____, *Reflections : Essays, Aphorisms, Autobiographical Writtings*, Edited by Peter Demetz, Translated by Edmund Jephcott, New York : Schocken Books, 1978.

_____, "The Work of Art in the Age of Mechanical Reproduction", *Illuminations*.

Bernstein, Gail Lee, *Japanese Marxist : A Portrait of Kawakami Hajime*, Cambridge, MA : Harvard University Press, 1976.

_____, ed. *Recreating Japanese Women, 1600-1945*, Berkeley : University of California Press, 1991.

Bhabha, Homi, *The Location of Culture*, New York : Routledge, 2002[1994].

Bowen-Struyk, Heather, "The Epistemology of Torture : 24 and Japanese Proletarian Literature", *Japan Focus*, September 23, 2006.

_____, ed., "Proletarian Arts in East Asia : Quest for National, Gender and Class Justice", Special issue, *Positions : East Asia Cultures Crtique* 14, no.2, 2006.

Brown, Edward James, *The Proletarian Episode in Russian Literature 1928-1932*, New York : Octagon Books, 1971.

Bürger, Peter, *Theory of rhe Avant-Garde*, Translated by Micheal Show, Minneapolis : University of Minnesota Press, 1999[1984].

Chatterjee, Partha, *The Nation and Its Fragments : Colonial and Postcolonial Histories*, Princeton, NJ : Princeton University Press, 1994.

Cheng, Fangwu, "From a Literary Revolution to a Revolutionary Literature", In *Modern Chinese Litreray Thought*, edited by Kirk Denton et al.

Ching, Leo, *Becoming "Japanese" : Colonial Taiwan and the politics of Identity Formation*, Berkeley : University of California Press, 2001.

Choi, Chungmoo, and Elaine H. Kim, eds., *Dangerous Women : Gender and Korean Nationalism*, New York : Routledge, 1998.

Choi, Hyun-moo, "Contemporary Korean Literature : From Victimization to *Minjung* Nationalism", In *South Koreas Minjung Movement : The Culture and Politics of Dissidence*, edited by Kenneth Wells.

Choi, Kyeong-Hee, "Another Layer of Pro-Japanese Literature : Choi Chunghui's 'The Wild Chrysanthemum'", *Poetica : An International Journal of Linguistic-Literary Studies* 52, 1999.

_____, "Impaired Body as Colonial Trope : Kang Kyŏngae's 'Underground Village'", *Public Culture* 13.3, 2001.

_____, "Neither Colonial nor National : The Making of the 'New Woman' in Pak Wansŏ's 'Mother's Stake 1'", *Colonial Modernity in Korea*, edited by Gi-Wook Shin and Michael Robinson.

Chou, Wan-yao, "The *Kōminka* Movenmet in Taiwan and Korea : Comparisons and Interpretations." *The Japanese Wartime Empire 1931-1945*, edited by Duus et al.

Chung, Chaesik, *A Korean Confucian Encounter with the Modern World : Yi Hangno and the West*, Berkeley : Institute of East Asian Studies, University of California Press, 1995.

Chung, Kimberly, "Colonial Horrors : The Starving Ghost in Colonial Korean Mass Culture", *Acta Koreana* 17.1, 2014.

Clark, Katerina, *The Soviet Novel : History as Ritual*, 3rd ed, Bloomington : Indiana University Press, 2000[1981].

Cooper, Frederick, "Postcolonial Studies and the Study of History", *Postcolonial Studies and Beyond*, edited by Loomba et al.

Crump, John, "Anarchism and Nationalism in East Asia", *Anarchist Studies* 4, 1996.

Cumings, Bruce, *Korea's place in the Sun : A Modern History*, Updated edition, New York : W. W. Norton&Company, 2005[1997].

_____, "The Legacy of Japanese Colonialism in Korea", *The Japanese Colonial Empire, 1895-1945*, edited by Myers and Peattie.

_____, *The Origins of the Korean War : Liberation and the Emergence of Separate Regimes 1945-1947*, Princeton, NJ : Princeton University Press, 1981.

David, Anna, "Imperialism and Motherhood", *History Workshop Journal* 5, 1978.

Denning, Michael, *The Cultural Front : The Laboring of American Culture in the Twentieth Century*, New York : Verso, 2000[1997].

Denton, Kirk, ed., *Modern Chinese Literary Thought : Writings on Literature 1898-1945*, Stanford, CA : Stanford University Press, 1996.

Dilworth, David A., Valdo H. Viglielmo, and Agustin Jacinto Zavala, trans, and eds., *Sourcebook for Modern Japanese Philosophy*, Westport, CT : Greenwood Press, 1998.

Dirlik, Arif, *Anarchism in the Chinese Revolution*, Berkeley : University of California Press, 1993.

_____, "Anarchism in East Asia", *Encyclopædia Britannica Online*, Encyclopædia Britannica Inc., 2011. (http://www.britannica.com/EBchecked/topic/22753/anarchism/)

_____, *Marxism in the Chinese Revolution*, Lanham, MD : Rowman&Littlefield, 2005.

_____, *The Postcolonial Aura : Third World Criticism in the Age of Global Capitalism*, Boulder, CO : Westview Press, 1977.

Djagalov, Rossen, "The People's Republic of Letters : Towards a Media History of 20th-century Socialist Internationalism", Ph.D. diss., Yale University, 2011.

Doak, Kevin Michael, *Dreams of Difference : The Japanese Romantic School and the Crisis of Modernity*, Berkeley : University of California Press, 1994.

Dooling, Amy, *Women's Literary Feminism in Twentieth-Century China*, New York : Palgrave Macmillan, 2005.

Duara, Prasenjit, *Sovereignty and Authenticity : Manchukuo and the East Asian Modern*, New York : Rowman&Littlefield, 2004.

Duus, Peter, "Liberal Intellectuals and Social Conflict in Taishō Japan", *Conflict in Modern Japanese History*, edited by Tetsuo Najita and J. Victor Koschman, Princeton, NJ : Princetron Universiry Press, 1982.

Duss, Peter et al., *The Japanese Wartime Empire, 1931-1945*, Princeton, NJ : Princeton University Press, 1996.

Duss, Peter, and Irwin Scheiner, "Socialism, Liberalism, and Marxism, 1901-1931", *Modern Japanese Thought*, edited by Bod Tadashi Wakabayashi.

Eagleton, Terry, *Maxism and Literary Criticism*, Berkeley : University of California Press, 1976.

Eckert, Carter J, *Offspring of Empire : The Koch'ang Kims and the Colonial Origins of Korean Capitalism, 1876-1945*, Seattle : University of Washington Press, 1991.

_____, "Total War, Industrialization, and Social Change in Late Colonial Korea", *The Japanese Wartime Empire, 1931-1945*, edited by Peter Duss et al.

Em, Henry, "*Minjok* as a Modern and Democratic Construct : Sin Ch'aeho's Historiography", *Colonial Modernity in Korea*, edited by Shin Gi-Wook and Michael Robinson.

Ericson, Joan, "The Origins of the Concept of 'Women's Literature'", *The Woman's Hand : Gender and Theory in Japanese Women's Writing*, edited by Paul Gordon Schalow and Janet A. Walker, Stanford, CA : Stanford University Press, 1996.

Fanon, Frantz, *The Wretched of the Earth*, Edited by Constance Farrington, New York : Grove Press, 1963.

Felski, Rita, *Beyond Feminist Aesthetics*, Cambridge, MA : Harvard University Press, 1999.

_____, *The Gender of Modernity*, Cambridge, MA : Harvard University Press, 1995.

Foley, Barbara, *Radical Representations : Politics and Form in U.S. Proletarian Fiction, 1929-1941*, Durham, NC : Duke University Press, 1993.

Fore, Devin, "Soviet Factography : Production Art in an Information Age", *October* 118, Fall 2006.

Foucault, Michael, *The History of Sexuality : An Introduction*, Vol.1. Translated by Robert Hurley, New York : Vintage Books, 1980[1978].

Fowler, Edward, *The Rhetoric of Confession : Shinshōsetsu in Early Twentieth-Century Japanese Fiction*, Berkeley : University of California Press, 1988.

Fukuyama, Fransis, *The End of History and the Last of Man*, New York : Free Press, 1992.

Gabroussenko, Tatiana, *Soldiers on the Cultural Front : Developments in the Early History of North Korean Literature and Literary Policy*, Honolulu : University of Hwawiʻi Press, 2010.

George, Rosemary Marangoly, "Recycling : Long Routes to and from Domestic Fixes", *Burning Down the House : Recycling Domesticity*, edited by Rosemary Marangoly George, Boulder, CO : Westview Press, 1998.

Gilbert, Elaine, "Spatial and Aesthetic Imagination in Some Taishō Writings," In *Japan's Competing Modernities : Issues in Culture and Democracy, 1900-1930*, edited by Sharon A. Minichiello.

Grajdanzev, Andrew, *Modern Korea*, New York : International Secretariat, Institute of Pacific Relations, 1944.

Gramsci, Antonio, *Selections from the Prison Notebooks*, Translated by Quintin Hoare and Geoffrey Nowell Smith, New York : International Publishers, 1999.

Grewal, Inderpal, and Caren Kaplan, eds., *Scattered Hegemonies : Postmodernity and Transnational Feminist Practices*, Minneapolis : University of Minnesota Press, 2002.

_____, "Transnational Feminist Cultural Studies : Beyond the Marxism/Poststructuralism/Feminism Divides", *Positons : East Asia Cultures Critique* 2, no.2, 1994.

Gruber, Helmut, and Pamela M. Graves, eds., *Women and Socialism, Socialism and Women : Europe between the Two World Wars*, New York : Berghahn Books, 1998.

Gubart, Susan, and Sandra M. Gilvert, *The Madwoman in the Attic : The Woman Writer and the Nineteenth-Century Literary Imagination*, 2nd ed, New Haven, CT : Yale University Press, 2000[1979].

Hall, Stuart, "Gramsci's Relevance for the Study of Race and Ethnicity", *Stuart Hall : Critical Dialogues in Cultural Studies*, edited by David Morley and Kuan-Hsing Chen, New York : Routledge, 2005[1996].

Hallas, Duncan, *The Comintern : A History of the Third International*, Chicago : Haymarket Books, 2008[1985].

Hane, Mikiso, trans. and ed., *Reflections on the way to the Gallows : Rabel Women in Prewar Japan*, Berkeley : University of California Press, 1988.

Hanscom, Christopher P., *The Real Modern : Literary Modernism and the Crisis of Representation in Colonial Korea*, Cambridge, MA : Harvard University Asia Center, 2013.

Harootunian, H. D., *History's Disquiet : Modernity, Cultural Practice, and the Question of Everyday Life*, New York : Columbia University Press, 2000.

_____, "Introduction : A Sense of an Ending and the Problem of Taishō", *Japan in Crisis : Essays on Taishō Democracy*, edited by Bernard S. Silberman and H. D. Harootunian.

_____, *Overcome by Modernity : History, Culture, and Community in Interwar Japan*, Princeton, NJ : Princeton University Press, 2000.

Highmore, Ben, *Everyday Life and Cultural Theory*, New York : Routledge, 2002.

Hino, Ashihei, *Barley and Soldiers*, Translated by K. Bush and L. W. Bush. Tokyo : Kenkyusha, 1939.

Hong, Sung-Chan, "Yi Sunt'ak and Social Democratic Thought in Korea", *Landlords, Peasants, and Intellectuals in Modern Korea*, edited by Kie-Chung Pang and Michael D. Shin.

Hughes, Theodore, *Literature and Film in Cold War South Korea : Freedom's Frontier*, New York : Columbia University Press, 2012.

Hughes, Theodore · Jae-Yong Kim · Jin-Kyung Lee, and Sang-Kyung Lee, trans. and ed., *Rat Fire : Korean Stories from the Japanese Empire*, Ithaca, NY : Cornell East Asia Series, 2013.

Hutcheon, Linda, *A Theory of Parody : The Teachings of Twentieth-Century Art Forms*, Chicago : University of Illinois Press, 2000[1985].

Hwang, Dongyoun, "Beyond Independence : The Korean Anarchist Press in China and Japan in the 1920s and the 1930s", *Asian Studies Review* 31, 2007.

_____, "Korean Anarchism before 1945 : A Regional and Transnational Approach," *Anarchism and Syndicalism in the Colonial and Postcolonial World*, edited by Lucian Van der Walt and Steven Hirsch.

Hwang, Jong-yon, "The Emergence of Aesthetic Ideology in Modern Korean Literary Criticism : An Essay on Yi Kwang-su", *Korea Journal* 38, no.4, 1999.

Hwang, Kyung Moon, *Beyond Birth : Social Staus in Early Modern Korea*, Cambridge, MA : Harvard University Press, 2005.

Hyŏn Chin'gŏn, "A Lucky Day", In *Modern Korean Fiction*, Translated and edited by Bruce Fulton.

Iwamoto, Yoshio, "Aspects of the Proletarian Literary Movement", *Japan in Crisis : Essays on Taishō Democracy*, edited by Bernard S. Silberman and H. D. Harootunian.

Jameson, Fredric, "Cognitive Mapping", *Marxism and the Interpretation of Culture*, edited by Carry Nelson and Lawrence Grossberg.

_____, "Modernism and Imperialism", *Nationalism, Colonialism, and Literature*, edited by Terry Eagleton, Minneapolis : University of Minnesota Press, 1990.

_____, *Postmodernism, or the Cultural Logic of Late Capitalism*, Durham, NC : Duke University Press, 1995[1991].

_____, *A Singular Modernity : Essay on the Ontology of the Present*, New York : Verso, 2002.

_____, "Third-World Literature in the Era of Multinational Capitalism", *Social Text* 15, Fall 1986.

Jayawardena, Kumari, *Feminism and Nationalism in the Third World*, Atlantic Hignlands, NJ : Zed Books, 1986.

Juraga, Dubravka, and M. Keith Booker, eds., *Rereading Global Socialist Cultures after the Cold War : The Reassessment of a Tradition*, Westport, CT : Praeger, 2002.

_____, *Socialist Cultures East and West : A Post-Cold War Reassesment*, Westport, CT : Praeger, 2002.

Kaes, Anton · Martin Jay, and Edward Dimendberg, eds., *The Weimar Republic Sourcebook*, Berkeley : University of California Press, 1994.

Kallander, George, *Salvation through Dissent : Tonghak Heterodoxy and Early Modern Korea*, Honolulu : University of Hawai'i Press, 2013.

Kang, Kyŏngae, "The Underground Village", *The Rainy Spell and Other Korean Stories*, translated and edited by Ji-Moon Suh.

Karatani, Kojin, "Confession as a System", *Origins of Modern Japanese Literature*.

_____, *Origins of Modern Japanese Literature*, Translated by Brett de Bary. Durham, NC : Duke University Press, 1993.

Kasza, Gregory J., *The State and the Mass Media in Japan 1918-1945*, Berkeley : University of California Press, 1988.

Kawashima, Ken, *The Proletarian Gamble : Korean Workers in Interwar Japan*, Durham, NC : Duke University Press, 2009.

Keaveney, Christopher T., *The Subversive Self in Modern Chinese Literature : The Creation Society's Reinvention of the Japanese Shishōsetus*, New York : Palgrave Macmillan, 2004.

Kida, Emiko, "Japanese-Korean Exchange within the Proletarian Visual Arts Movement", Translated by Brian Bergstom, *Positions : East Asia Cultures Critique* 14, no.2, Fall 2006.

Kim, Chong-un, and Bruce Fulton, trans., *Ready-Made Life : Early Masters of Modern Korean Fiction*, Honolulu : University of Hawai'i Press, 1998.

Kim, Janice C. H., *To Live to Work : Factory Women in Colonial Korea, 1910-1945*, Stanford, CA : Stanford University Press, 2009.

Kim, Soonsik, *Colonial and Postcolonial Discourse in the Novels of Yŏm Sang-Sŏp, Chinua Achebe and Salman Rushdie*, New York : Peter Lang, 2004.

Kim, Suk-Young, *Illusive Utopia : Theater, Film and Everyday Performance in North Korea*, Ann Arbor : University of Michigan Press, 2010.

Kim, Suzy, *Everyday Life in the North Korean Revolution, 1935-1950*, Ithaca, NY : Cornell University Press, 2013.

Kim, Yoon-sik, "KAPF Literature in Modern Korean Literary History," Translated by Yang Yoon Sun, *Positions : East Asia Cultures Critique* 14, no.2, 2006.

King, Ross, "Cho Myonghui : Pioneer of Korean Proletarian Fiction, Father of Soviet Korean Literature", *Korean Culture* 22, no.3, 2001.

_____, trans., "Cho Myonghui's *Naktong River*," *Korean Culture* 22, no.3, 2001.

Kloslova, Zdenka, "The Novel *Taeha* in Czech", *Korean Journal* 37, no.2, 1997.

Kollontai, Alexandra, *Alexandra Kollontai : Selected Writings*, Translated by Alex Holt, New York : Norton, 1977.

Kropotkin, Peter, "An Appeal to the Young," Anarchy Archives, 1996. (http ://dwardmac. pitzer.edu/anarchist_archives/kropotkin/appealtoyoung.html)

_____, *The Conquest of Bread and Other Writings*. Edited by Marshall S. Shartz, Cambridge : Cambridge University Press, 2005[1995].

_____, *Mutual Aid : A Factor of Evolution*, Project Gutenberg, 2002. (http ://www. gutenberg.org/cache/epub/4341/pg4341.html)

Kwon, Aimee Nayoung, "Translated Encounters and Empire : Colonial Korea and the Litera-
ture of Exile," Ph.D. diss., UCLA, 2007.

Kwon, Youngmin, "The Logic and Practice of Literary Nationalism", Translated by Marshall R.
Phil. *Korean Studies* 16, 1992.

Lau, Joseph S. M., ed., *The Unbroken Chain : An Anthology of Taiwan Fiction since 1926*, Bloom-
ington : Indiana University Press, 1983.

Laughlin, Charles A., *Chinese Reportage : The Aesthetics of Historical Experience*, Durham, NC :
Duke University Press, 2002.

Lazarus, Neil, ed., *The Cambridge Companion to Postcolonial Literary Studies*, Cambridge : Cam-
bridge University Press, 2004.

_____, "The Fetish of 'the West' in Postcolonial Theory", *Marxism, Modernity and Postco-
lonial Studies*, edited by Crystal Bartolovich and Neil Lazarus.

League of Proletarian-Revolutionary Witers, "To All Proletarian-Revolutionary Writers, To All
Workers' Correspondents," *The Weimar Republic Sourcebook*, edited by Kaes et al.

Lee, Hyangjin, *Contemporary Korean Cinema : Identity, Culture, and Politics*. Manchester : Man-
chester University Press, 2000.

Lee, Jin-Kyung, "Autonomous Aesthetics and Autonomous Subjectivity : Construction of
Modern Literature as a Site of Social Reforms and Modern National Building in Colo-
nial Korea, 1915-1925", Ph.D. diss., UCLA, 2000.

_____, "Performative Ethnicities : Culture and Class in 1930s Colonial Korea", *Seoul
Journal of Korean Studies* 19, no.1, 2006.

Lee, Ji-won, "An Chaehong's Thought and the Politics of the United Front", *Landlords, Peas-
ants, and Intellectuals in Modern Korea*, edited by Kie-Chung Pang and Michael D.
Shin.

Lee, Namhee, *The Making of Minjung : Democracy and the Politics of Representation in South Ko-
rea*, Ithaca, NY : Cornell University Press, 2007.

Lee, Peter H., trans. and ed., *Anthogy of Korean Literature : From Early Times to Nineteenth Cen-
tury*, Honolulu : University of Hawai'i Press, 1983.

_____, ed., *A History of Korean Literature*, Cambridge : Cambridge University Press,
2004.

Liu, Lydia H., *Translingual Practice : Literature, National Culture, and Translated Modernity-Chi-
na, 1900-1937*, Stanford, CA : Stanford University Press, 1995.

Lukács, Georg, *The Historical Novel*, Translated by Hannah Mitchell and Stanley Mitchell, London : Merlin Press, 1962.

_____, *History and Class Consciousness : Studies in Marxist Dialectics*, Translated by Rodney Livingstone, Cambridge, MA : MIT Press, 1982[1971].

_____, *The Meaning of Contemporary Realism*, Translated by John and Necke Mander, London : Merlin Press, 1979[1963].

_____, "Realism in the Balance," Theodor Adorno et al., *Aesthetics and Politics*.

Mackie, Vera, *Creating Socialist Women in Japan : gender, Labour and Activism, 1900-1937*, New York : Cambridge University Press, 1997.

Mally, Lynn, *Culture of the Future : The Proletkult Movement in Revolutionary Russia*, Berkeley : University of California Press, 1990.

Marx, Karl, *Capital : A Critique of Political Economy*. Vol.3. Translated by David Fernbach, New York : Penguin books, 1993.

_____, *The Economic and Philosophic Manuscripts of 1844*, Translated by Martin Milligan, Edited by Dirk J. Struik, New York : International Publishers, 1997[1964].

Marx, Karl, and Frederick Engels, *The German Ideology*, Edited by C. J. Arthur, New York : International Publishers, 1996[1970].

_____, *The Marx-Engels Reader*, edited by Robert C. Turker. 2nd ed. New York : Norton, 1978[1972].

_____, "Preface to A Contribution to the Critique of Political Economy", *Marxist Literary Theory : A Reader*, edited by Terry Eagleton and Drew Milne, Cambridge, MA : Blackwell, 1996.

Minichiello, Sharon A., ed., *Japan's Competing Modernities : Issues in Culture and Democracy 1900-1930*, Honolulu : University of Hawai'i Press, 1998.

Mitchell, Richard, *Thought Control in Prewar Japan*, Ithaca, NY : Cornell University Press, 1976.

Miyake, Yoshiko, "Doubling Expectations : Motherhood and Women's Factory Work under State Management in Japan in the 1930s and 1940s", *Recreating Japanese Women, 1600-1945*, edited by Gail Lee Berstein.

Myers, Brian, *Han Sŏrya and North Korean Literature : The Failure of Socialist Realism in the DPRK*, Ithaca, NY : Cornell University Press, 1994.

Myers, James T., "The Political Dynamics of the Cult of Mao Tse-Tung", *Communist China : A System-Functional Reader*, edited by Yung Wei, Columbus, OH : Merrill, 1972.

Myers, Ramon H., and Mark R Peattie, eds., *The Japanese Colonial Empire, 1895-1945*, Princeton, NJ : Princeton University Press, 1984.

Nelson, Carry, and Lawrence Grossberg, eds., *Marxism and the Interpretation of Culture*, Chicago : University of Illinois Press, 1988.

Nietzsche, Friedrich, *Twilight of the Idols*, Translated by Walter Kaufmann and R. J. Hollingdale. (www.handprint.com/SC/NIE/GotDamer.html)

Paik, Nak-chung, "The Idea of a Korean National Literature Then and Now", *Positions : East Asian Cultures Critique* 1, no.3, 1993.

Pak, Hyun Ok, *Two Dreams in One Bed : Empire, Social Life, and the Origins of the North Korean Revolution in Manchuria*, Durham, NC : Duke University Press, 2005.

Pang, Kie-Chung, "Paek Namun and Marxist Scholarship during the Colonial Period", *Landlords, Peasants, and Intellectuals in Modern Korea*, edited by Kie-Chung Pang and Michael D. Shin.

Pang, Kie-Chung, and Michael D. Shin, eds., *Landlords, Peasants, and Intellectual in Modern Korea*, Ithaca, NY : Cornell East Asia Series, 2005.

Park, Soon-Won, "Colonial Industrial Growth and the Working Class", *Colonial Modernity in Korea*, edited by Gi-Wook Shin and Michael Robinson.

Park, Sunyoung, "The Colonial Origin of Korean Realism and Its Contemporary Manifestation", *Positions : East Asia Cultures Critique* 14, no.1, 2006.

_____, "Everyday Life as Critique in Late Colonial Korea : Kim Namch'ŏn's : Literary Experiments, 1934-1943", *Journal of Asian Studies* 68, no.3, 2009.

_____, "A Forgotten Aesthetic : Reportage in Colonial Korea 1920s-1930s", *Comparative Korean Studies* 19, no.2, 2011.

_____, *On the Eve of the Uprising and Other Stories from Colonial Korea*, Ithaca, NY : Cornell East Asia Series, 2010.

_____, "Rethinking Feminism in Colonial Korea : Kang Kyŏngae and 1930s Socialist Women's Literature", *Positons : East Asia Cultures Critique* 12, no.4, 2013.

_____, "Writing the Real : Marxism, Modernity, and Literature, 1920-1941", Ph.D. diss., Columbia University, 2006.

Perry, Samuel, "Aesthetics of Justice : Proletarian Literature in Japan and Korea," Ph.D. diss., University of Chicago, 2007.

_____, "Korean as Proletarian : Ethnicity and Identity in Chang Hyŏk-chu's 'Hell of Starving'", *Positons : East Asia Cultures Critique* 14, no.2, Fall 2006.

_____, *Recasting Red Culture in Proletarian Japan : Childhood, Korea, and the Historical Avant-Garde*, Honolulu : University of Hawai'i Press, 2014.

Poole, Janet, "Colonial Interiors : Modernist Fiction of Korea", Ph.D. diss., Columbia University, 2004.

Rabinowitz, Paula, *Labor and Desire : Women's Revolutionary Fiction in Depression America*, Chapel Hill : University of North California Press, 1991.

Robin, Regine, *Socialist Realism : An impossible Aesthetic*, Translated by Catherine Poter. Stanford, CA : Stanford University press, 1992.

Robinson, Michael, "Colonial Publication Policy and the Korean Nationalist Movement". *The Japanese Colonial Empire, 1895-1945*, edited by Ramon H, Myers and Mark R. Peattie.

_____, *Cultural Nationalism in Colonial Korea, 1920-1925*, Seattle : University of Washington Press, 1988.

_____, *Korea's Twentieth-Century Odyssey : A Short History*, Honolulu : University of Hawai'i Press, 2007.

Rosenfield, David M., *Unhappy Solider : Hino Ashihei and Japanese World War Ⅱ Literature*. New York : Lexington Books, 2002.

Rutherford, Jonathan, "The Third Space : Interview with Homi Bhabha." In *Identity : Community, Culture, Difference*, edited by Jonathan Rutherford, London : Lawrence and Wishart, 1990.

Said, Edward, *Culture and Imperialism*. New York : Vintage books, 1993.

_____, *Orientalism*. New York : Vintage books, 1979.

_____, "Traveling Theory", *The World, the Text and the Critical*, Cambridge, MA : Harvard Univeisity Press, 1983.

_____, "Traveling Theory Reconsidered", *Critical Reconstructions : The Relationship of Fiction and Life*, edited by Robert M. Polhemus and Roger B. Henkle, Stanford, CA : Stanford University Press, 1994.

Sato, Barbara, *The New Japapnese Woman : Modernity, Media, and Women in Interwar Japan*, Durham, NC : Duke Uinversity Press, 2003.

Scalapino, Robert A., and Chong-sik Lee, *Communism in Korea*, 2 vols., Berkeley : University of California Press, 1972.

Schmid, Andre, *Korea between Empires, 1895-1919*, New York : Columbia University Press, 2002.

Shin, Gi-Wook, *Ethnic Nationalism in Korea : Genealogy, Politics, and Legacy*, Stanfotd, CA : Stanford University Press, 2006.

_____, *Peasant Protest and Social Change in Colonial Korea*, Seattle : University of Washinton Press, 1996.

Shin, Gi-Wook, and Do-Hyun Han, "Colonial Corporatism : The Rural Revitalization Campaign, 1932-1940", *Colonial Modernity in Korea*, edited by Gi-Wook Shin and Michael Robinson.

Shin, Gi-Wook and Michael Robinson, eds., *Colonial Modernity in Korea*, Cambridge, MA : Havard University Press, 1999.

Shin, Jiweon, "Social Construction of Idealized Images of Women in Colonial Korea : The 'New Women' versus 'Motherhood'", *Women and the Colonial Gaze*, edited by Tamara L. Hunt and Micheline R. Lessard, New York : New York University Press, 2002.

Sillberman, Bernard S., and H. D. Harootunian, eds., *Japan in Crisis : Esssays on Taishō Democracy*, Princeton, NJ : Princeton University Press, 1974.

Silverberg, Miriam. *Erotic, Grotesque, Nonsense : The Mass Culture in Japanese Modern Times*, Berkeley : University of California Press, 2009.

Smith, Norman, *Resisting Manchukuo : Chinese Women Writers and the Japanese Occuption*, Vancouver : UBC Press, 2007.

Song, Youn-ok, "Japanese Colonial Rule and State-Managed Prostitution : Korea's Licensed Prostitutes", *Positions : East Asian Cultures Critique* 5, no.1, 1997.

Sorenson, Clark, "National Identity and the Creation of the Category 'Peasant' in Colonial Korea", *Colonial Modernity in Korea*, edited by Gi-Wook Shin and Michael Robinson.

Spivak, Gayatri Chakravorty, "Can the Subaltern Speak?" In *Marxism and the Interpretation of Culture*, edited by Carry Nelson and Lawrence Grossberg.

Stewart, John, "Japan's Salt Production Program", *Far Eastern Survey* 8, no.33, November 22, 1939.

Suh, Dae-sook, *Documents of Korean Communism, 1918-1948*, Princeton, NJ : Princeton University Press, 1970.

Suh, Dae-sook, *The Korean Communist Movement 1918-1948*, Princeton, NJ : Princeton University Press, 1967.

Suh, Ji-Moon, *The Rainy Spell and Other Korean Stories*, New York : M. E. Sharpe, 1998.

Suh, Serk-Bae. *Treacherous Translation : Culture, Nationalism, and Colonialism in Korea and Japan from the 1910s to the 1960s*, Berkeley : University of California Press, 2013.

Suzuki, Tomi, *Narrating the Self : Fictions of Japanese Modernity*. Stanford, CA : Stanford University Press, 1996.

Takeuchi, Yoshimi, *What is Modernity? Writings of Takeuchi Yoshimi*, Edited by Richard Calichman, New York : Columbia University Press, 2005.

Talman, Janet, "The Ethnographic Novel : Finding the Insider's Voice", *Between Anthropology and Literature : Interdisciplinary Discourse*, edited by Rose De Angelis, New York : Routledge, 2002.

Tanaka, Stephan, *Japan's Orient : Rendering Pasts into History*, Berkeley : University of California Press, 1995.

Tang Xiaobing, *Chinese Modern : The Heroic and the Quotidian*, Durham, NC : Duke University Press, 2000.

Tansman, Alan, *The Aesthetics of Japanese Fascism*, Berkeley : University of California Press, 2009.

Thornber, Karen Laura, *Empire of Texts in Motion : Chinese, Korean, and Taiwanese Transculturations of Japanese Literature*, Cambridge, MA : Harvard University Asia Center, 2009.

Tōson, Shimazaki, *The Family*, Translated by Cecilia Segawa Seigle, Tokyo : University of Tokyo Press, 1976.

Trotsky, Leon, *Literature and Revolution*. Edited by William Keach and translated by Rose Strunsky, Chicago : Haymarket Books, 2005[1925].

Tsurumi, E. Patricia, "Colonial Education in Korea and Taiwan", *The Japanese Colonial Empire, 1895-1945*, edited by Ramon Myers and Mark R. Peattie.

Van der Walt, Lucian, and Steven Hirsch, eds., *Anarchism and Syndicalism in the Colonial and Postcolonial World, 1870-1940 : The Praxis of National Liberation, Internationalism, and Social Revolution*. Leiden : Brill, 2010.

Van Gogh, Vincent, "To Theo van Gogh. Saint-Rémy-de-Provence, on or about September 20, 1889," In *Vincent van Gogh the Letters*, The Van Gogh Museum. (http : //vangoghletters.org/vg/letters/let805/letter.html)

Venuti, Lawrence, ed., *The Translation Studies Reader*, New York : Routledge, 2000.

Wakabayashi, Bob Tadashi, ed., *Modern Japanese Thought*, Cambridge : Cambridge University Press, 1998.

Wales, Nym, and Kim San, *Song of Ariran : A Korean Communist in the Chinese Revolution*, 2nd ed., San Francisco : Ramparts Press, 1974.

Wang, David, *Fictonal Realism in 20th-Century China : Mao Dun, Lao She, Shen Congwen*, New York : Columbia University Press, 1974.

_____, *Fin-de-siécle Splendor : Repressed Modernities of Late Qing Fiction, 1849-1911*, Stanford, CA : Stanford University Press, 1997.

Wells, Kenneth, "The Price of Legitimacy : Women and the Kŭnuhoe Movement, 1927-1931", *Colonial Modernity in Korea*, edited by Gi-wook Shin and Michael Robinson.

_____, ed., *South Korea's Minjung Movement : The Culture and Politics of Dissidence*, Honolulu : University of Hawai'i Press, 1995.

Williams, Raymond, *Marxism and Literature*, Oxford : Oxford University Press, 1977.

Yŏm, Sangsŏp, "On the Eve of the Uprising", *On the Eve of the Uprising and Other Stories from Colonial Korea*, translated by Sunyoung Park.

_____, "The Rotary Press", *A Ready-Made Life*, translated by Chong-un Kim and Bruce Fulton.

Yoo, Theodore Jun, *The Politics of Gender in Colonial Korea : Education, Labor, and Health, 1910-1945*, Berkeley : University of California Press, 2008.

Young, Louise, *Japan's Total Empire : Manchuria and the Culture of Wartime Imperialism*, Berkeley : University of California Press, 1998.

Young, Robert J. C., *Postcolonialism : A Very Short Introduction*, New York : Oxford University Press, 2003.

Zur, Dafna, "The Construction of the Child in Korean Children's Magazines, 1908-1950", Ph.D. diss., University of British Columbia, 2011.

# 찾아보기